ŒUVRES COMPLÈTES

DE VOLTAIRE

TOME TRENTE-SEPTIÈME

PARIS

LIBRAIRIE HACHETTE ET Cᶦᵉ

79, BOULEVARD SAINT-GERMAIN, 79

COULOMMIERS. — TYPOGRAPHIE PAUL BRODARD.

ŒUVRES COMPLÈTES

DE VOLTAIRE

COULOMMIERS

Imprimerie PAUL BRODARD.

ŒUVRES COMPLÈTES

DE VOLTAIRE

TOME TRENTE-SEPTIÈME

PARIS

LIBRAIRIE HACHETTE ET Cⁱᵉ

79, BOULEVARD SAINT-GERMAIN, 79

—

1891

CORRESPONDANCE.

(SUITE.)

MMCDLXXXIV. — A M. LE MARÉCHAL DUC DE RICHELIEU.

6 avril.

Vous savez, il y a du temps, mon *neros*, la glorieuse victoire que l'ancien ministère anglais a remportée sur l'amiral Byng à Portsmouth ; mais vous ne savez peut-être pas avec quelle hauteur la plus saine partie de la nation joint les cris de l'indignation et de la pitié à ceux de toute l'Europe. On cite votre témoignagne comme la preuve la plus authentique de l'innocence de Byng ; et vous avez la gloire d'avoir vaincu les Anglais et de les faire rougir. Je m'attendais que vous ne vous en tiendriez pas là ; et, quoique l'exercice d'année de premier gentilhomme de la chambre soit une très-belle chose, j'espérais que les bords de l'Elbe pourraient être aussi glorieux pour vous que la Méditerranée. Le roi de Prusse paraît toujours fort gai ; il disait que les Français lui envoyaient vingt-quatre mille perruquiers : il se trouve qu'on lui en dépêche cent mille. Il y a là de quoi se peigner, à ce que disent les polissons. Pour moi, je ne me mêle que des héros de théâtre : nous avons fait à Lausanne une troupe excellente, et je vous souhaite d'aussi bons acteurs. M. d'Argental prétend toujours que la comédie est un des premiers devoirs d'un honnête homme. Le maréchal de Villars aima les spectacles jusqu'à l'âge de quatre-vingts ans : faites-en autant, monseigneur ; et que l'héroïsme que vous voyez à Versailles, de quelque côté que vous tourniez les yeux, ne vous fasse pas négliger les grands hommes de l'antiquité.

Les deux Suisses, plus Suisses que jamais, vous renouvellent leurs hommages. Vous connaissez le très-tendre respect du Suisse V.

MMCDLXXXV. — A MADAME LA COMTESSE DE LUTZELBOURG.

Près de Lausanne, 6 avril.

Quand je sais quelque chose, madame, j'écris ; quand je ne sais rien, je me tais. Hors la maladie dont est mort *monsieur* Damiens[1], il n'est rien parvenu à ma connaissance. Si vous savez quelques bagatelles du Rhin, de l'Elbe, du Niémen, ayez la bonté d'en faire part aux solitaires des Délices. Il faut regarder tous ces événements comme une tragédie que nous voyons d'une bonne loge où nous sommes très

---

1. Quand Louis XV parlait de Damiens, dit Mme du Hausset, il le désignait par ces mots : « Le *monsieur* qui a voulu me tuer. » (ÉD.)

1

à notre aise. Restez longtemps à la vôtre avec votre digne amie. Conservez-moi vos bontés, et priez toutes deux pour Marie.

MMCDLXXXVI. — A M. LE MARÉCHAL DUC DE RICHELIEU.

Aux Délices, 20 avril.

Mon *héros*, il y a longtemps que j'ai l'honneur d'être de votre avis sur bien des choses, et j'en serai sans doute encore sur tous vos acteurs tragiques. Je les crois très-médiocres; mais Le Kain leur est fort supérieur, à ce que dit le public. Il y a, sur de plus grands et de plus nobles théâtres, des acteurs qui ne valent pas mieux, et qui sont employés et récompensés. Ce siècle-ci est plus fécond en loteries qu'en grands hommes : il y aura toujours des jeunes gens qui rempliront les grandes places, il n'y en aura pas qui aient votre gloire. C'est surtout chez les étrangers que cette gloire est mise à son prix : la cabale et l'envie ne peuvent séduire ceux qui sont sans intérêt, et qui n'en croient que les faits et la renommée. Je voudrais que vous entendissiez les voyageurs que je vois quelquefois dans mes ermitages allobroges et suisses, vous seriez content d'eux et de vous; mais quoique vous puissiez avoir quelques jaloux en France, vous devez y avoir bien peu de rivaux, et je doute qu'il y ait beaucoup d'hommes que le public ose placer à vos côtés. Vous prétendez qu'il n'y a de bon que la santé; je sens mieux que vous, mon *héros*, de quel prix elle est, puisque je l'ai perdue; mais, de grâce, comptez la gloire dont vous jouissez pour quelque chose. Achille, dans Homère, dit que la gloire est une chimère, quand il est en colère; mais, dans le fond de son cœur, il l'aime à la folie.

Le *Salomon du Nord* en aura beaucoup, je parle de gloire et non de folie, s'il se tire du précipice sur le bord duquel il s'est mis; il y est avec plus de deux cent mille hommes, et c'en est assez pour attendre les événements. Les Russes ne paraissent point : il semble fort difficile aux Autrichiens de pénétrer dans les défilés de la Silésie, de la Lusace et de la Saxe. Je crois que vos troupes pourront aller sans obstacles jusqu'au fond de la Westphalie, et c'est assurément une grande perte pour lui. Il vous attend peut-être à Magdebourg : s'il vous donne bataille dans les plaines, auprès de cette ville, il paraît qu'alors il joue un jeu avantageux; car, s'il est battu, il couvre tout son pays par delà Magdebourg; et, s'il vous arrive un malheur, où sera votre retraite?

Il faut que j'aie une terrible confiance en vos bontés, pour oser vous dire les rêveries qui me passent par la tête. Pardon, monseigneur, si, moi qui ne connais que les événements passés, et encore assez mal, j'ose parler ainsi du présent devant vous. C'est à celui qui a fait de grandes choses à juger de la grande scène qui s'ouvre. La pièce est belle et bien intriguée; si vous étiez acteur, je répondrais du cinquième acte.

Mme Denis et moi nous sommes réunis toujours dans nos transports pour vous : recevez les tendres respects du Suisse, etc.

MMCDLXXXVII. — A M. LE MARQUIS DE THIBOUVILLE.

Aux Délices, 8 mai.

Votre roman, mon cher Catilina, fait les délices des Délices. Nous l'avons reçu contre-signé Trudaine, et l'avons dévoré. Mme Denis serait bien plus propre que moi à vous détailler tout ce qui nous a fait plaisir. Les nièces entendent mieux que les oncles à rendre compte des sentiments; elles ont des délicatesses que les vieux oncles n'ont pas; elle vous écrirait vingt pages, si elle n'était pas un peu malade. Pour moi, je m'imagine que vous viendriez faire un second roman aux Délices, si vous n'étiez pas enchaîné à Neuilly : vous verriez si les bords du lac Léman, tout Léman qu'il est, ne valent pas bien ceux de la Seine. Au reste, croyez que je n'ai pas plus d'envie de me mêler des affaires de votre théâtre que de celles de la Bohême, et j'espère que M. d'Argental secondera, par sa sagesse, mon goût pour le repos. Je n'ai que trop été livré au public, et j'aime mieux m'amuser sans regret avec mes Suisses, que de m'exposer à votre parterre. Il faut avoir l'esprit de son âge, et finir tranquillement sa carrière. Jouissez des plaisirs de la vôtre, et tandis qu'on se bat en Amérique et en Europe, sur l'Océan et sur la Méditerranée, vivez gaiement à Neuilly; continuez à mettre dans vos ouvrages les agréments de votre vie. Les deux ermites des Délices s'intéressent à vos plaisirs; mais ma compagne vous le dira mieux que moi.

MMCDLXXXVIII. — A M. LÉVESQUE DE BURIGNY.

Aux Délices, 10 mai.

Je ne puis trop vous remercier, monsieur, de votre présent. Vous vous associez à la gloire d'Érasme et de Grotius, en écrivant si bien leur histoire. On lira plus ce que vous dites d'eux que leurs ouvrages. Il y a mille anecdotes dans ces deux *Vies*, qui sont bien précieuses pour les gens de lettres. Ces deux hommes sont heureux d'être venus avant ce siècle; il nous faut aujourd'hui quelque chose d'un peu plus fort; ils sont venus au commencement du repas; nous sommes ivres à présent, nous demandons du vin du Cap et de l'eau des Barbades.

J'espère vous présenter dans un an, si je vis, cette *Histoire générale* dont vous avez souffert l'esquisse. Je n'ai pas peint les docteurs assez ridicules, les hommes d'État assez méchants, et la nature assez folle. Je me corrigerai, je dirai moins de vérités triviales, et plus de vérités intéressantes. Je m'amuse à parcourir les Petites-Maisons de l'univers; il y a peut-être de la folie à cela, mais elle est instructive. L'histoire des dates, des généalogies, des villes prises et reprises, a son mérite; mais l'histoire des mœurs vaut mieux, à mon gré; en tout cas, j'écrirai sur les hommes moins qu'on n'a écrit sur les insectes.

Je finis pour reprendre l'histoire de Grotius, et pour avoir un nouveau plaisir. Conservez-moi vos bontés, monsieur, et soyez persuadé de la tendre estime de votre, etc.

MMCDLXXXIX. — A M. LE MARQUIS DE FLORIAN.

Mai.

Mon cher surintendant des chars de Cyrus, j'ai oublié de vous dire qu'un petit coffre sur le char, avec une demi-douzaine de doubles gre nades, ferait un ornement fort convenable. J'ai honte, moi barbouilleur pacifique, de songer à des machines de destruction; mais c'est pour défendre les honnêtes gens qui tirent mal, contre les méchants qui tirent trop bien. On verra malheureusement, et trop tard, qu'il n'y a pas d'autre ressource.

On disait aujourd'hui Prague[1] prise; je n'en veux rien croire. On m'assure que Frédéric a désarmé Nuremberg, et qu'il en exige huit cent mille florins d'Empire; ce n'est pas là faire la guerre à ses dépens. Il est sûr que les Russes marchent. Voilà la plus singulière position, depuis la chute de l'empire romain.

Il y aura toujours des fous qui se feront égorger, des fous qui se ruineront, et des gens habiles qui en profiteront; mais les plus habiles, à mon sens, sont ceux qui restent chez eux.

Conservez votre amitié à   V.

MMCDXC. — A M. DE CIDEVILLE.

Aux Délices, 18 mai.

J'ai admiré, mon cher et ancien ami, la bonté de votre âme, dans le compte que vous avez daigné me rendre des aventures de Mlle de Ponthieu[2]; mais je n'ai pas été moins surpris de la netteté de votre exposé dans un sujet si embrouillé. On ne peut mieux rapporter un mauvais procès; vous auriez été un excellent avocat général. J'ai tardé trop longtemps à vous remercier.

Je n'ai nulle envie de me mettre actuellement dans la foule de ceux qui donnent des pièces au public : il est inutile d'envoyer son plat à ceux qu'on crève de bonne chère. Je ne veux présenter mes oiseaux du lac Léman que dans des temps de jeûne. Vous savez d'ailleurs qu'on n'est pas oisif pour être un campagnard; il vaut bien autant planter des arbres, que faire des vers. Je n'adresse point d'*Épître à mon jardinier* Antoine; mais j'ai assurément une plus jolie campagne que Boileau, et ce n'est point *la fermière qui ordonne* nos soupers.

J'ai eu la curiosité autrefois de voir cette maison de Boileau; cela avait l'air d'un fort vilain petit cabaret borgne : aussi Despréaux s'en défit-il, et je me flatte que je garderai toujours mes Délices.

J'en suis plus amoureux, plus la raison m'éclaire[3].

Je n'ai guère vu ni un plus beau plain-pied ni des jardins plus agréables, et je ne crois pas que la vue du Bosphore soit si variée. J'aime à vous parler campagne; car, ou vous êtes actuellement à la vôtre, ou

1. Frédéric venait (6 mai) de gagner une grande bataille contre les Autrichiens, sous les murs de Prague. (ÉD.)
2. *Adèle de Ponthieu*, tragédie de La Place. (ÉD.)
3. C'est à peu près le vers d'*Armide*, acte V, scène I. (ÉD.)

vous y allez. On dit que vous en avez fait un très-joli séjour; c'est dommage qu'il soit si éloigné de mon lac. Je me flatte que la santé de M. l'abbé du Resnel est raffermie, et que la vôtre n'a pas besoin de l'être. C'est là le point important, c'est le fondement de tout, et l'empire de la terre ne vaut pas un bon estomac. Je souffre ici bien moins qu'ailleurs, mais je digère presque aussi mal que si j'étais dans une cour : sans cela, je serais trop heureux; mais Mme Denis digère, et cela suffit : vous m'avouerez qu'elle en est bien digne, après avoir quitté Paris pour moi.

Bonsoir, mon cher et ancien ami. J'ai toujours oublié de vous demander si les trois académies, dont Fontenelle était le doyen, ont assisté à son convoi. Si elles n'ont pas fait cet honneur aux lettres et à elles-mêmes, je les déclare barbares.

MMCDXCI. — A M. DARGET.

Aux Délices, 20 mai 1757.

On gâte ses yeux, mon cher et ancien ami, en lisant, en buvant, et en faisant mieux : voyez si vous n'êtes pas coupable de quelque excès dans ces trois belles opérations. Se frotter les yeux d'eau tiède en hiver, et d'eau fraîche en été, est tout ce qu'il y a de mieux : frotter n'est pas le mot, c'est bassiner que je voulais dire; les remèdes les plus simples sont les meilleurs en tout genre.

Je vous assure que je suis bien fâché que ce ne soit pas vous qui achetiez la terre de M. de Boisi. Elle n'est qu'à une lieue de chez moi. Le château n'est pas si agréable que ma maison, il s'en faut beaucoup, mais c'est une terre très-vivante, et mon petit domaine est très-ruinant; j'ai préféré *dulce utili*.

Eh bien, voilà donc comme on traite ce cher frère, à qui on dit des choses si tendres dans l'épître dédicatoire! Je ne sais plus où j'en suis sur tout cela. Il peut encore arriver malheur : on peut avancer trop loin : des Cyrus peuvent trouver des Tomiris : il ne faut qu'un coupe-gorge pour ruiner un grand joueur. J'enfile des proverbes comme Sancho-Pança, mais c'est que je suis accoutumé aux don Quichottes : voyez comme a fini Charles XII. Bienheureux qui vit fort loin de tous ces illustres et dangereux mortels! Figurez-vous que Patkul[1] a demeuré deux ans à quatre pas de chez moi; donc il ne faut pas en sortir. Ce monde est un grand naufrage : sauve qui peut, c'est ce que je dis souvent. Faites souvenir de moi Mme Dupin. Adieu, mon cher et ancien ami.

Le Suisse VOLTAIRE.

MMCDXCII. — A M. DALEMBERT.

Aux Délices, 24 mai.

Voici, mon cher et illustre philosophe, l'article *Mages* de mon prêtre. Ce premier pasteur de Lausanne pourrait bien être condamné par la Sorbonne. Il traite l'étoile des mages fort cavalièrement. Il me semble

---

1. Roué et écartelé par ordre de Charles XII. (ÉD.)

que son article est entièrement tiré des prolégomènes de dom Calmet, et que mon prêtre n'y ajoute guère qu'un ton goguenard. Vous en ferez l'usage qu'il vous plaira. Il y a quelques articles dans le *Dictionnaire* qui ne valent pas celui de mon prêtre.

Je suis fâché de voir que le chevalier de Jaucour, à l'article *Enfer*[1], prétende que l'enfer était un point de la doctrine de Moïse ; cela n'est pas vrai, de par tous les diables. Pourquoi mentir? L'enfer est une fort bonne chose, mais il est bien évident que Moïse ne l'avait pas connu. C'est ce monde-ci qui est l'enfer; Prague en est actuellement la capitale, la Saxe en est le faubourg; les Délices seront le paradis quand vous y reviendrez. Vous avez des articles de théologie et de métaphysique qui me font bien de la peine; mais vous rachetez ces petites orthodoxies par tant de beautés et de choses utiles, qu'en général le livre sera un service rendu au genre humain.

Mme Denis vous fait mille compliments.

MMCDXCIII. — A M. LE MARÉCHAL DUC DE RICHELIEU.

A Monrion, 26 mai.

Feu l'amiral Byng vous assure de ses respects, de sa reconnaissance et de sa parfaite estime ; il est très-sensible à votre procédé, et meurt consolé par la justice que lui rend un si généreux soldat, *so generous a soldier;* ce sont les propres mots dont il a chargé son exécuteur testamentaire; je les reçois dans le moment, en arrivant à Monrion, avec les pièces inutilement justificatives de cet infortuné.

C'est là, mon *héros*, tout ce que je puis vous dire de l'Angleterre, où les amis et les ennemis de l'amiral Byng rendent justice à votre mérite.

Je crois qu'on ne se doutait pas en France de la campagne à la Turenne que fait le roi de Prusse. Faire accroire aux Autrichiens qu'il demande des palissades, sous peine de l'honneur et de la vie, pour mettre Dresde hors d'insulte; entrer en Bohême par quatre côtés, à la même heure; disperser les troupes ennemies, s'emparer de leurs magasins; gagner une victoire signalée, sans laisser aux Autrichiens le temps de respirer! vous avouerez, monseigneur, vous qui êtes du métier, que la belle campagne du maréchal de Turenne ne fut pas si belle. Je ne sais jusqu'à quel point de si rapides progrès pourront être poussés, mais on prétend qu'il envoie vingt mille hommes au duc de Cumberland, et que bientôt on verra les Prussiens se mesurer contre les Français. Tout ce que je sais, c'est qu'il en a toujours eu la plus forte envie. S'il y a une bataille, il est à croire qu'elle sera bien meurtrière.

Parmi tant de fracas, conservez votre bonne santé et votre humeur. Daignez, monseigneur, ne pas oublier les paisibles Suisses, et recevez avec votre bonté ordinaire les assurances de mon tendre et profond respect.   **V.**

---

1. Cet article est d'Edme Mallet. (ÉD.)

MMCDXCIV. — À MADAME DE FONTAINE.

Aux Délices, 31 mai.

Je vous dirai d'abord, ma chère nièce, que vous avez une santé d'athlète, dont je vous fais de très-sincères compliments; et que si jamais votre vieux malingre d'oncle se porte aussi bien que vous, il viendra vous trouver à Hornoy : ensuite vous saurez que Mme Denis était chargée d'envoyer trois cents livres à Daumart, dans sa province du Maine, quand il a débarqué chez vous, lui, son fils, et deux bidets. Je vous prie de lui dire que je lui donnerai trois cents livres tous les ans, à commencer à la Saint-Jean prochaine. Je vous enverrai un mandat à cet effet sur M. Delaleu, ou vous pourrez avancer cet argent sur les revenus du pupille, et sur la rente qu'il me fait : cela est à votre choix. J'ignore ce qui convient au jeune Daumart, je sais seulement que cent écus lui conviendront. Trouvez bon que je m'en tienne à cette disposition que j'avais déjà faite.

Mme Denis embellit tellement le lac de Genève, qu'il reste peu de chose pour les arrière-cousins. Quant à ma bâtarde de *Fanime*, son protecteur, M. d'Argental, vous dira que je ne prétends pas que cette amoureuse créature se produise sitôt dans le monde. Mlle de Ponthieu y fait un si grand rôle, et ses compagnes se présentent avec tant d'empressement, qu'il faut ne se pas prodiguer. Quand même la pièce vaudrait quelque chose, ce ne serait pas assez de donner du bon, il faut le donner dans le bon temps.

A vous maintenant, monsieur le capitaine des chariots de guerre de Cyrus [1]. Vous pouvez être sûr que je n'ai jamais écrit de ma vie à M. le maréchal d'Estrées, et que, s'il a été instruit de notre invention guerrière, ce ne peut être que par le ministère. J'aurais souhaité, pour vous et pour la France, que mon petit char eût été employé : cela ne coûte presque point de frais; il faut peu d'hommes, peu de chevaux; le mauvais succès ne peut mettre le désordre dans une ligne; quand le canon ennemi fracasserait tous vos chariots, ce qui est bien difficile, qu'arriverait-il ? ils vous serviraient de rempart, ils embarrasseraient la marche de l'ennemi qui viendrait à vous. En un mot, cette machine peut faire beaucoup de bien et ne peut faire aucun mal : je la regarde, après l'invention de la poudre, comme l'instrument le plus sûr de la victoire.

Mais, pour saisir ce projet, il faut des hommes actifs, ingénieux, qui n'aient pas le préjugé grossier et dangereux du train ordinaire. C'est en s'éloignant de la route commune, c'est en faisant porter le dîner et le souper de la cavalerie sur des chariots, avant qu'il y eût de l'herbe sur la terre, que le roi de Prusse a pénétré en Bohême par quatre endroits, et qu'il inspire la terreur.

Soyez sûr que le maréchal de Saxe se serait servi de nos chars de guerre.

Mais c'est trop parler d'engins destructeurs, pour un pédant tel que j'ai l'honneur de l'être.

1. Florian. (ÉD.)

On a imprimé dans Paris une thèse de médecine où l'on traite notre Esculape-Tronchin de charlatan et de coupeur de bourse. Il y a répondu par une lettre au doyen de la Faculté, digne d'un grand homme comme lui. Il y répond encore mieux par les cures surprenantes qu'il fait tous les jours.

Une jeune fille fort riche a été inoculée ici par des ignorants, et est morte. Le lendemain vingt femmes se sont fait inoculer sous la direction de Tronchin, et se portent bien.

Je vous embrasse tous du meilleur de mon cœur.

MMCDXCV. — A M. Thieriot.

A Monrion, 2 juin.

Je reçois, mon ancien ami, votre tres-agréable lettre du 25 de mai dans mon petit ermitage de Monrion, auquel je suis venu dire adieu. On joue si bien la comédie à Lausanne, il y a si bonne compagnie, que j'ai fait enfin l'acquisition d'une belle maison[1] au bout de la ville ; elle a quinze croisées de face, et je verrai de mon lit le beau lac Léman et toute la Savoie, sans compter les Alpes. Je retourne demain à mes Délices, qui sont aussi gaies en été que ma maison de Lausanne le sera en hiver. Mme Denis a le talent de meubler des maisons et d'y faire bonne chère, ce qui, joint à ses talents de la musique et de la déclamation, compose une nièce qui fait le bonheur de ma vie. Je ne vous dirai pas

> Omitte mirari beatæ
> Fumum et opes strepitumque Romæ,
>
> Hor., lib. III, od. xxix, v. 11-12.

car vous êtes trop admirator Romæ et præstantissimæ Montmorenciæ.

Ne manquez pas, je vous prie, à présenter mes très-sensibles remercîments à Mme la comtesse de Sandwich. Il faut qu'elle sache que j'avais connu ce pauvre amiral Byng à Londres dans sa jeunesse ; j'imaginais que le témoignage de M. le maréchal de Richelieu en sa faveur pourrait être de quelque poids. Ce témoignage lui a fait honneur, et n'a pu lui sauver la vie. Il a chargé son exécuteur testamentaire de me remercier, et de me dire qu'il mourait mon obligé, et qu'il me priait de présenter à M. de Richelieu, qu'il appelle a generous soldier, ses respects et sa reconnaissance. J'ai reçu aussi un mémoire justificatif très-ample, qu'il a donné ordre en mourant de me faire parvenir. Il est mort avec un courage qui achève de couvrir ses ennemis de honte.

Si j'osais m'adresser à Mme la duchesse d'Aiguillon, je la prierais de venger la mémoire du cardinal de Richelieu du tort qu'on lui fait en lui attribuant le Testament politique. Si elle voulait faire taire sa belle imagination, et écouter sa raison, qui est encore plus belle, elle verrait combien ce livre est indigne d'un grand ministre. Qu'elle

---

1. Cette maison est située, à Lausanne, rue du Grand-Chêne, n° 6, en montant à gauche, du côté de la promenade de Montbenon. (Éd.)

daigne seulement faire attention à l'état où est aujourd'hui l'Europe; qu'elle juge si un homme d'État, qui laisserait un testament politique à son roi, oublierait de lui parler du roi de Prusse, de Marie-Thérèse, et du duc de Hanovre. Voilà pourtant ce qu'on ose imputer au cardinal de Richelieu. On avait alors la guerre contre l'empereur, et l'armée du duc de Weimar était l'objet le plus important. L'auteur du *Testament politique* n'en dit pas un mot, et il parle du revenu de la Sainte-Chapelle, et il propose de faire payer la taille au parlement. Tous les calculs, tous les faits, sont faux dans ce livre. Qu'on voie avec quel mépris en parle Auberi, dans son *Histoire du cardinal Mazarin*. Je sais qu'Auberi est un écrivain médiocre et un lâche flatteur; mais il était fort instruit, et il savait bien que le *Testament politique* n'était pas du grand et méchant homme à qui on l'attribue.

Présentez, je vous prie, mes applaudissements et mes remercîments à *Gamache le riche*[1], qui fait de si belles noces. Il donne de grands exemples, qui seront peu imités peut-être par ses cinquante-neuf confrères. Je suis très-flatté que mon fatras historique ne lui ait pas déplu. Il est bon juge en prose comme en vers, par la raison qu'il est bon faiseur. Son suffrage m'encouragera beaucoup à fortifier cet *Essai* de bien des choses qui lui manquent. Les Cramer se sont trop pressés de l'imprimer. On ne sait pas à quel point le genre humain est sot, méchant et fou; on le verra, s'il plaît à Dieu, dans une seconde édition.

Vous me dites que cet Essai a trouvé grâce devant Mmes d'Aiguillon et de Sandwich. La dernière est sans aucun préjugé, la première n'en a que sur le grand-oncle de son oncle; elle devrait bien m'en croire sur ce maudit *Testament*. J'ai examiné tous les testaments, j'y ai passé ma vie, je sais ce qu'il en faut penser.

Ce qu'on m'avait dit de l'*atroce*[2] est une mauvaise plaisanterie qu'on a voulu faire à deux bonnes gens à qui on prétendait faire accroire qu'ils devaient pleurer sur leur patriarche; mais ils l'ont abandonné comme les autres. Nos calvinistes ne sont point du tout attachés à Calvin. Il y a ici plus de philosophes qu'ailleurs. La raison fait, depuis quelque temps, des progrès qui doivent faire trembler les ennemis du genre humain. Plût à Dieu que cette raison pût parvenir jusqu'à faire épargner le sang dont on inonde l'Allemagne ma voisine!

P. S. J'arrive aux Délices. Il faut que je vous dise un mot de *Jeanne*. Je vous répète que cette bonne créature n'est connue de personne; elle nous amusera sur nos vieux jours. Je n'y pense guère à présent. Il faut songer à son jardin et au temporel. Malheureusement, cela prend un temps bien précieux. Je vous embrasse de tout mon cœur.

---

1. Gamache le riche, l'un des personnages du *Don Quichotte*, désigne ici Leriche de La Popelinière, qui, tous les ans, mariait quelques jeunes filles, et les gratifiait d'une légère dot. (*Note de M. Beuchot*.)
2. Voy. la lettre MMCDLXXX.

MMCDXCVI. — A M. LE MARÉCHAL DUC DE RICHELIEU.

Aux Délices, 4 juin.

Ma conscience m'oblige, monseigneur, de vous présenter les *remontrances* de mon parlement : ce parlement est le parterre. Je suis assassiné de lettres qui disent que Lekain est le seul acteur qui fasse plaisir, le seul qui se donne de la peine, et le seul qui ne soit pas payé. On se plaint de voir des moucheurs de chandelles qui ont part entière, dans le temps que celui qui soutient le théâtre de Paris n'a qu'une demi-part. On s'en prend à moi; on dit que vous ne faites rien en ma faveur, et on croit que je ne vous demande rien; cependant, je demande avec instance. Je conviens que Baron avait un plus bel organe que Lekain et de plus beaux yeux; mais Baron avait deux parts; et faut-il que Lekain meure de faim, parce qu'il a les yeux petits et la voix quelquefois étouffée? Il fait ce qu'il peut; il fait mieux que les autres : les amateurs font des vers à sa louange; mais il faut que son métier lui procure des chausses; il n'a que la moitié d'un cothurne : je vous conjure de lui donner un cothurne tout entier.

J'aimerais mieux vous écrire en faveur de quelque Prussien que vous auriez fait prisonnier de guerre vers Magdebourg; mais puisqu'à présent vous êtes occupé d'emplois pacifiques, souffrez que je vous parle en faveur d'Orosmane, de Mahomet et de Gengis-kan. Les *héros* doivent-ils laisser mourir de faim les héros? On dit que vos chevaux manquent de fourrage en Vestphalie et qu'on leur donne du jambon. Pour Dieu, faites donner à dîner à Lekain, tout laid qu'il est.

Vous avez dû recevoir les dernières volontés de l'amiral Byng : les miennes sont que je vous serai attaché toute ma vie avec le plus tendre respect.

MMCDXCVII. — A MADAME LA COMTESSE DE LUTZELBOURG.

Aux Délices, près de Genève, 4 juin.

Que Dieu protège Marie et qu'il vous rende sœur Broumath! Ne soyez pas surprise, madame, que Frédéric ait eu tant d'avantage sur l'Irlandais Brown et sur le prince Charles. *Le Conseil des rats* est détruit par le chat Raminagrobis. Si le maréchal d'Estrées ne prévient pas le duc de Cumberland, soyez sûre que le Raminagrobis enverra vingt mille de ces grands coquins qui tirent sept coups par minute, et qui, étant plus grands, plus robustes, mieux exercés que nos petits soldats, et de plus, ayant des fusils d'une plus grande longueur, auront autant d'avantage avec la baïonnette qu'avec la tiraillerie.

Que faire à tout cela, madame? Cultiver son champ et sa vigne, se promener sous les berceaux qu'on a plantés, être bien logé, bien meublé, bien voituré, faire très-bonne chère, lire de bons livres, vivre avec d'honnêtes gens au jour la journée, ne penser ni à la mort, ni aux méchancetés des vivants. Les fous servent les rois, et les sages jouissent d'un repos précieux. Mille tendres respects.   V.

MMCDXCVIII. — A dom Fangé, a Senones.

Aux Délices, 14 juin.

J'admire la force du tempérament de monsieur votre oncle; elle est égale à celle de son esprit. Il a résisté en dernier lieu à une maladie à laquelle toute autre constitution eût succombé. Personne au monde n'est plus digne d'une longue vie. Il a employé la sienne à nous fournir les meilleurs secours pour la connaissance de l'antiquité. La plupart de ses ouvrages ne sont pas seulement de bons livres, ce sont des livres dont on ne peut se passer. Je vous prie, monsieur, de vouloir bien lui dire qu'il n'y a personne au monde qui ait pour lui plus d'estime que moi.

MMCDXCIX. — A M. le maréchal duc de Richelieu.

Aux Délices, 28 juin.

Il est bien vrai que mon cher d'Argental, le grand amateur du *tripot*, devait montrer à mon *héros* certain *histrionage;* mais vraiment, monseigneur, vous avez d'autres troupes à gouverner que celle de Paris, et ce n'est pas le temps de vous parler de niaiseries. Je voudrais bien pouvoir faire incessamment un petit voyage vers l'Alsace ou dans le Palatinat. Je n'aime plus à voyager que pour avoir la consolation de voir mon *héros;* mais vous ne sauriez croire combien je suis devenu vieux. Toutes mes misères ont augmenté, et un apothicaire est beaucoup plus nécessaire à mon être qu'un général d'armée. J'espère cependant que les grandes passions, qui font faire de grands efforts, me donneront du courage.

Donnez-vous le plaisir, je vous en prie, de vous faire rendre compte par Florian de la machine dont je lui ai confié le dessin. Il l'a exécutée; il est convaincu qu'avec six cents hommes et six cents chevaux on détruirait en plaine une armée de dix mille hommes.

Je lui dis mon secret au voyage qu'il fit aux Délices l'année passée. Il en parla à M. d'Argenson, qui fit sur-le-champ exécuter le modèle. Si cette invention est utile, comme je le crois, à qui peut-on la confier qu'à vous? Un homme à routine, un homme à vieux préjugés, accoutumé à la tiraillerie et au train ordinaire, n'est pas notre fait. Il nous faut un homme d'imagination et de génie, et le voilà tout trouvé. Je sais très-bien que ce n'est pas à moi de me mêler de la manière la plus commode de tuer des hommes. Je me confesse ridicule; mais enfin, si un moine, avec du charbon, du soufre et du salpêtre, a changé l'art de la guerre dans tout ce vilain globe, pourquoi un barbouilleur de papier comme moi ne pourrait-il pas rendre quelque petit service *incognito?* Je m'imagine que Florian vous a déjà communiqué cette nouvelle cuisine. J'en ai parlé à un excellent officier qui se meurt, et qui ne sera pas par conséquent à portée d'en faire usage. Il ne doute pas du succès; il dit qu'il n'y a que cinquante canons, tirés bien juste, qui puissent empêcher l'effet de ma petite drôlerie, et qu'on n'a pas toujours cinquante canons à la fois sous sa main dans une bataille.

Enfin, j'ai dans la tête que cent mille Romains et cent mille Prussiens ne résisteraient pas. Le malheur est que ma machine n'est bonne que pour une campagne, et que le secret connu devient inutile ; mais quel plaisir de renverser à coup sûr ce qu'on rencontre dans une campagne ! Sérieusement, je crois que c'est la seule ressource contre les Vandales victorieux. Essayez, pour voir, seulement deux de ces machines contre un bataillon ou un escadron. J'engage ma vie qu'ils ne tiendront pas. Le papier me manque; ne vous moquez point de moi ; ne voyez que mon tendre respect et mon zèle pour votre gloire, et non mon outrecuidance, et que mon *héros* pardonne à ma folie.

MMD. — A MADAME DE FONTAINE, A PARIS.

Le .... juin.

Votre idée, ma chère nièce, de faire peindre de belles nudités d'après Natoire et Boucher, pour ragaillardir ma vieillesse, est d'une âme compatissante, et je suis reconnaissant de cette belle invention. On peut aisément, en effet, faire copier à peu de frais; on peut aussi faire copier, au Palais-Royal, ce qu'on trouvera de plus immodeste. M. le duc d'Orléans accorde cette liberté. On peut prendre deux copistes au lieu d'un. Si par hasard quelque brocanteur de vos amis avait deux tableaux, je vous prierais de les prendre, ce serait autant d'assuré.

Vous ornerez ma maison du *Chêne* comme vous avez orné celle des Délices. La maison du Chêne est plus grande, plus régulière, elle a même un plus bel aspect; mais c'est le palais d'hiver, c'est pour le temps de nos spectacles; les Délices sont pour le temps des fleurs et des fruits. Ce n'est pas mal partager sa vie pour un malingre.

M. Tronchin dit que vous êtes fort contente de votre santé, et se vante toujours de la mienne; mais c'est une gasconnade.

Votre sœur est actuellement tout occupée des meubles pour la maison du Chêne. Elle insiste beaucoup sur une boule de lustre qu'elle prétend vous avoir demandée. Elle sera occupée en hiver de ses habits de théâtre. Nous espérons que vous viendrez voir encore nos douces retraites; elles valent bien la vie de Paris, quand on a passé le temps des premières illusions; et, en vérité, Paris n'a jamais été moins regrettable qu'aujourd'hui.

Je suis toujours en peine des succès du char assyrien. Il y a certaines plaines dans le monde où il ferait un effet merveilleux. Je m'y intéresse plus qu'à *Fanime*.

Si vous voulez vous amuser, conduisez cette *Fanime* avec le fidèle d'Argental. Encore une fois, tout ce que je souhaite, c'est que Mlle Clairon soit aussi touchante dans ce rôle que l'a été Mme Denis. Si la pièce est bien jouée, elle pourra amuser votre Paris, tout autant que l'histoire de M. Damiens, que le parlement va donner au public en trois volumes in-quarto.

Vous ferez comme il vous plaira avec Lekain et Clairon pour l'impression, si on imprime cette élégie amoureuse en dialogues; car, après tout, *Fanime* n'est que cela; mais de l'amour est quelque chose.

Il y a donc un Pagnon de moins sur le globe. Ces gros petits crapoussins-là s'imaginent qu'il n'y a qu'à boire et à manger; ils crèvent comme des mouches, et nous maigrelets, nous vivons.

Vivez, aimez-moi. Mille compliments à frère, à fils, au conducteur du char d'Assyrie. Bonjour.

MMDI. — A M. LE COMTE DE SCHOWALOW, CHAMBELLAN DE L'IMPÉRATRICE DE RUSSIE, A MOSCOU.

Aux Délices, 24 juin.

Monsieur, j'ai reçu les cartes que Votre Excellence a eu la bonté de m'envoyer. Vous prévenez mes désirs, en me facilitant les moyens d'écrire une histoire de Pierre le Grand, et de faire connaître l'empire russe. La lettre dont vous m'honorez redouble mon zèle. La manière dont vous parlez notre langue me fait croire que je travaillerai pour mes compatriotes, en travaillant pour vous et pour votre cour. Je ne doute pas que Sa Majesté l'impératrice n'agrée et n'encourage le dessein que vous avez formé pour la gloire de son père.

Je vois avec satisfaction, monsieur, que vous jugez comme moi que ce n'est pas assez d'écrire les actions et les entreprises en tout genre de Pierre le Grand, lesquelles, pour la plupart, sont connues : l'esprit éclairé, qui règne aujourd'hui dans les principales nations de l'Europe, demande qu'on approfondisse ce que les historiens effleuraient autrefois à peine.

On veut savoir de combien une nation s'est accrue; quelle était sa population avant l'époque dont on parle; quel est, depuis cette époque, le nombre de troupes régulières qu'elle entretenait, et celui qu'elle entretient; quel a été son commerce, et comment il s'est étendu; quels arts sont nés dans le pays; quels arts y ont été appelés d'ailleurs, et s'y sont perfectionnés; quel était à peu près le revenu ordinaire de l'État, et à quoi il monte aujourd'hui; quelle a été la naissance et le progrès de la marine; quelle est la proportion du nombre des nobles avec celui des ecclésiastiques et des moines, et quelle est celle de ceux-ci avec les cultivateurs, etc.

On a des notions assez exactes de toutes ces parties qui composent l'État, en France, en Angleterre, en Allemagne, en Espagne; mais un tel tableau de la Russie serait bien plus intéressant, parce qu'il serait plus nouveau, parce qu'il ferait connaître une monarchie dont les autres nations n'ont pas des idées bien justes, parce qu'enfin ces détails pourraient servir à rendre Pierre le Grand, l'impératrice sa fille, et votre nation, et votre gouvernement, plus respectables. La réputation a toujours été comptée parmi les forces véritables des royaumes. Je suis bien loin de me flatter d'ajouter à cette réputation : ce sera vous, monsieur, qui ferez tout en m'envoyant les mémoires que vous voulez bien me faire espérer, et je ne serai que l'instrument dont vous vous servirez pour travailler à la gloire d'un grand homme et d'un grand empire.

Je vous avoue, monsieur, que les médailles sont de trop. Je suis confus de votre générosité, et je ne sais comment m'y prendre pour vous en témoigner ma reconnaissance. Je sens tout le prix de votre présent; mais un présent non moins cher sera celui des mémoires qui me mettront nécessairement en état de travailler à un ouvrage qui sera le vôtre.

MMDII. — A M. LE COMTE D'ARGENTAL.

Aux Délices, 25 juin.

Mon cher ange, je serais bien homme à courir à Plombières pour y faire ma cour à la moitié de mon ange; mais pourquoi Mme d'Argental met-elle son salut dans des eaux? Le grand Tronchin prétend qu'elles ne valent rien, et que la nature n'a point fait nos corps pour s'inonder d'eaux minérales. Mme de Mui, qui était mourante, est venue dans notre temple d'Épidaure, et s'en est retournée jeune et fraîche. C'est le lac qui est la fontaine de Jouvence; ce n'est pas le précipice de Plombières.

Vous n'allez donc point aux eaux! Vous jugez à Paris, vous y voyez des *Iphigénie* [1] et des *Astarbé* [2]; mais, je vous en conjure, mettez au cabinet les *Fanime*, ou du moins ne donnez cette nourriture légère qu'en temps de disette.

Je doute fort que mon *héros* passe par Plombières pour aller se battre en Allemagne; cela n'aurait pas bon air pour un général d'armée. Il faut qu'un *héros* se porte bien, et ne prenne ni ne fasse semblant de prendre les eaux; mais, s'il y va, il sera le second objet de mon voyage. Ce sera apparemment sur la fin d'août, à la seconde saison, que Mme d'Argental ira boire. Je me flatte que ma santé, toute faible qu'elle est, mes travaux qui ne sont que petits, et les soins de la campagne, me permettront cette excursion hors de ma douce retraite.

Je n'ai point encore reçu la *Vie* de M. Damiens dont vous m'aviez flatté, mais je viens d'en lire un exemplaire qu'on m'a prêté. L'ouvrage est bien ennuyeux; mais il y a une douzaine de traits singuliers qui sont assez curieux : au bout du compte, cet abominable homme n'était qu'un fou.

Vous n'êtes pas trop curieux, je crois, de nouvelles allemandes; et comme vous ne m'en dites jamais de françaises, je devrais vous épargner mes rogatons tudesques. Cependant je veux bien que vous sachiez que, dans la pauvre armée du comte de Daun, il y a treize mille hommes qui n'ont ni culottes ni fusils, et que l'impératrice leur en fait faire à Vienne. En attendant, ils montrent leur cul au roi de Prusse; mais il y a cul et cul. A l'égard de ceux qui sont dans Prague, mal nourris de chair de cheval, je ne sais pas ce qu'on en fera. Il n'y a pas d'apparence que le prince Charles imite la retraite des *dix mille* du maréchal de Belle-Ile. Le pain n'est pas à bon marché dans votre armée de Vestphalie. Vous me croyiez un auteur tragique, et je ne suis qu'un gazetier. Mon très-cher ange, je vous aime de tout mon cœur, et je me dépite bien souvent d'être si loin de vous.

---

1. Par Claude Guimond de La Touche. (ÉD.)
2. Par Colardeau, représentée le 27 février 1758. (ÉD.)

MMDIII. — A M. LE MARÉCHAL DUC DE RICHELIEU.

Aux Délices, 2 juillet.

Qui! moi, que je me donne avec mon *héros* le ridicule de parler de ce qui n'est pas de mon métier? non assurément, je n'en ferai rien. Si vous avez envie d'avoir le modèle en question, envoyez vos ordres. Faites prier de votre part, ou Florian, ou Montigni de l'Académie des sciences, de venir chez vous. Tous deux ont travaillé à cette machine. Elle est toute prête. C'est à mon *héros* à en juger, et ce n'est pas à moi chétif à l'ennuyer par des explications qui ne donnent jamais une idée nette. Il n'y a que les yeux qui puissent bien comprendre les machines.

Vous avez sans doute, monseigneur, tous les détails de la bataille [1] donnée le 18 en Bohême, et de la sortie exécutée le 21 par le prince Charles. Il paraît qu'on peut battre les Prussiens sans le secours d'une nouvelle machine. Mais, malgré les vingt-deux postillons sonnant du cor à Vienne, et malgré les cent bouches de la Renommée, on ne voit pas encore que les Prussiens aient évacué la Bohême. Ils paraissent encore être en force au camp de Kollin et auprès de Prague.

Je voudrais, pour bien des raisons, que ce fût mon *héros* qui les battît complétement. Ah! quelle consolation charmante ce serait pour votre ancien courtisan, pour votre vieux idolâtre, de vous voir avant et après vos triomphes! Je ne sais pas trop ce que pourra mon corps malingre; mais je réponds bien de mon âme. Où ne me conduirait-elle pas pour vous faire ma cour? J'irais partout, hors à Paris. J'imagine que vous ferez plus d'un tour au delà du Rhin; que vous verrez l'électeur palatin; que vous passerez quelquefois dans la maison de campagne qu'il achève. Il m'honore de beaucoup de bontés. Ce ne sont pas les caresses du roi de Prusse : il ne me baise pas la main, et il ne met pas de soldats, la baïonnette au bout du fusil, au chevet du lit de ma nièce; mais il daigne me témoigner quelque confiance. Je ne sais s'il ne serait pas mieux que j'allasse vous faire ma cour dans ce pays-là que dans Strasbourg, où vous n'aurez pas un moment à vous. J'aimerais mieux vous tenir un jour à la campagne, que quatre dans une ville bruyante. Mais où ne voudrais-je pas vous voir, vous entendre, vous renouveler mon tendre et profond respect ?

MMDIV. — A M. DALEMBERT.

6 juillet.

Voici encore ce que mon prêtre de Lausanne m'envoie. Un laïque de Paris qui écrirait ainsi risquerait le fagot; mais si, par apostille, on certifie que les articles sont du premier prêtre de Lausanne, qui prêche trois fois par semaine, je crois que les articles pourront passer pour la rareté. Je vous les envoie écrits de sa main, je n'y change rien; je ne mets pas la main à l'encensoir.

Je vous conseille, mon illustre ami, de faire transporter sur le **trésor**

---

1. Celle de Kollin, perdue par Frédéric, le 18 juin. (ÉD.)

royal de Paris votre pension de Berlin. Si les choses continuent du même train, je compte faire une pension au roi de Prusse; mais il me semble qu'on chante trop tôt victoire.

MMDV. — AU MÊME.

Aux Délices, 8 juillet.

Voilà encore de l'érudition orientale de mon prêtre; il est infatigable. Vous avez sans doute quelque correcteur hébraïque? Si tous les articles étaient dans ce goût, les libraires n'y trouveraient pas leur compte.

Il faut que je vous dise, mon cher et illustre philosophe, que j'ai fait la recrue d'un jésuite. Il est venu à Genève, pour se faire guérir son estomac par Tronchin; il ferait tout aussi bien de se faire guérir de la rage de son fanatisme. Ne vous ai-je pas déjà parlé de ce vieux fou? il s'appelle Maire; il était théologien de l'évêque de Marseille Belsunce. Je crois vous avoir déjà mandé tout cela, Dieu me pardonne! Vous ai-je dit que ce capelan m'a donné un mandement contre les déistes, composé par lui, Maire, sous le nom de son évêque? Vous ai-je dit avec quelle fureur il déclame contre tous ceux qui croient un Dieu? Il attaque en cent endroits M. Diderot; il lui reproche de croire en Dieu, avec une amertume, avec un fiel si étrange! Il exhorte tous les Marseillais à n'y point croire. Je ne sais encore si l'absurdité de ces gens-là doit me faire pouffer de rire ou d'indignation. Rire vaut mieux; mais il y a encore tant de sots, que cela met en colère.

On prétend les affaires du roi de Prusse pires que jamais. On dit qu'il lève en Silésie ce qu'ils appellent le quatrième homme, et que ce quart des habitants ne veut pas se faire tuer pour lui; que les officiers désertent, qu'il en a fait arquebuser quarante. Quel diable de *Salomon!* Mais peut-être que tout cela n'est pas vrai. *Interim, vale.*

MMDVI. — A M. LE MARQUIS DE COURTIVRON.

Aux Délices, 12 juillet.

Monsieur, vous savez qu'il faut pardonner aux malades; ils ne remplissent pas leurs devoirs comme ils voudraient. Il y a longtemps que je vous dois les plus sincères remerciments de votre lettre obligeante et instructive.

Je commence par vous prier de vouloir bien faire souvenir de moi M. le comte de Lauraguais; je ne savais pas qu'il fût aussi chimiste. Le sujet de ses deux *Mémoires* est bien curieux. Non-seulement il est physicien, mais il est inventeur. On lui devra une opération nouvelle.

A l'égard de Constantin, je vous répondrai que, si je ne m'étais pas imposé une autre tâche, celle-là me plairait beaucoup; mais on serait obligé de dire des vérités bien hardies, et de montrer la honte d'une révolution qu'on a consacrée par les plus révoltants éloges.

Il est vrai que, dans les états généraux, les députés de la noblesse mettaient un moment un genou en terre; il est vrai aussi que les usages ont toujours varié en France : ce sont des fantômes que le pouvoir absolu a fait disparaître.

Ce que vous me dites des chapitres de Bourgogne, de Lorraine, et de Lyon, fait voir que les usages de l'Empire ont plus longtemps subsisté que ceux de France. La Lorraine, la Comté, et tout ce qui borde le Rhône, étaient terre d'Empire.

À l'égard de la petite anecdote sur le premier président de Mesmes il est très-vrai que l'abbé de Chaulieu le régala de ce petit couplet :

Juge, qui te déplaces,
Courtisan berné,
Des grands que tu lasses
Jouet obstiné,
Sur notre Parnasse
Le laurier d'Horace
T'est donc destiné.

Mais cela n'a rien de commun avec l'affaire de Rousseau, qui est un chaos d'iniquités et de misères, et l'opprobre de la littérature.

Le dernier maréchal de Tessé est en effet un terme impropre, c'est un anglicisme, *the late marshall*. J'étais Anglais alors, je ne le suis plus depuis qu'ils assassinent nos officiers en Amérique, et qu'ils sont pirates sur mer ; et je souhaite un juste châtiment à ceux qui troublent le repos du monde.

Ce que je souhaite encore plus, monsieur, c'est la continuation de vos bontés pour votre très-humble, etc.

MMDVII. — A M. DE CIDEVILLE.

Aux Délices, près du lac de Genève, 15 juillet.

Mon cher et ancien ami, j'ai l'air bien paresseux ; je ne vous ai point remercié de la belle exposition de la tragédie d'*Iphigénie en Tauride*, que vous m'avez envoyée. De maudites occupations que je me suis faites emportent tout le temps. On sort fatigué de son travail ; on dit : « J'écrirai demain : » la mauvaise santé vient encore affaiblir les bonnes résolutions, et on croupit longtemps dans son péché. C'est là la confession de l'ermite des Délices.

Je vous crois à présent dans vos Délices de Normandie, vers les bords de votre Seine. Vous y jugerez la famille d'Agamemnon à la lecture, vous verrez si les vers sont bien faits, si on les retient aisément, si l'ouvrage se fait relire : car c'est là le grand point, sans lequel il n'y a pas de salut.

La tragédie qu'on joue en Bohême n'est pas encore à son dernier acte. La pièce devient très-implexe. J'espère que le vainqueur de Mahon y jouera un beau rôle épisodique. Celui des peuples, qui représentent le chœur, sera toujours le même ; il payera toujours la guerre et la paix, les belles actions et les sottises.

On a cru d'abord le roi de Prusse perdu par la victoire du comte de Daun, et par la délivrance de Prague ; mais il est encore au milieu de la Bohême, et maître du cours de l'Elbe jusqu'en Saxe. On croit qu'enfin il succombera. Tous les chasseurs s'assemblent pour faire une

Saint-Hubert à ses dépens. Français, Suédois, Russes, se mêlent aux Autrichiens; quand on a tant d'ennemis, et tant d'efforts à soutenir, on ne peut succomber qu'avec gloire. C'est une nouveauté dans l'histoire que les plus grandes puissances de l'Europe aient été obligées de se liguer contre un marquis de Brandebourg; mais avec cette gloire, il aura un grand malheur; c'est qu'il ne sera plaint de personne. Il ne savait pas, lorsque je le quittai, que mon sort serait préférable au sien. Je lui pardonne tout, hors la barbarie vandale dont on usa avec Mme Denis. Adieu, mon cher ami.   **V.**

MMDVIII. — A MADAME DE FONTAINE, A PARIS.

Aux Délices, 18 juillet.

Ma chère nièce, mille amitiés à vous et aux vôtres. Que faites-vous à présent? Il y a un an que vous étiez bien malade à mes Délices, mais il paraît aujourd'hui que vous vous passez à merveille du docteur. Êtes-vous à Paris? êtes-vous à la campagne? allez-vous à Hornoi? vous amusez-vous avec le philosophe [1] du grand conseil? votre fils n'a-t-il pas déjà six pieds de haut? Mettez-moi au fait, je vous en prie, de votre petit royaume. Quant à celui de France, il me paraît qu'il fait grande chère et beau feu. Il jette l'argent par les fenêtres; il emprunte à droite et à gauche, à sept, à huit pour cent; il arme sur terre et sur mer. Tant de magnificence rend nos Normands de Genève circonspects; ils ne veulent pas prêter à de si grands seigneurs; et ils disent que le dernier emprunt de quarante millions n'étrenne pas.

Pour vous, monsieur le grand écuyer de Cyrus, je crois que vous avez montré la curiosité, la rareté de la tactique assyrienne et persane à un moderne qui se moque quelquefois du temps présent et du temps passé. Je m'imagine qu'à présent on croit n'avoir pas besoin de machines pour achever la ruine de Luc [2]. Mais quand j'écrivis au héros de Mahon qu'il fallait qu'il vît notre char d'Assyrie, on avait alors besoin de tout. Les choses ont changé du 6 de juin au 18; et on croit tout gagné, parce qu'on a repoussé Luc à la septième attaque. Les choses peuvent encore éprouver un nouveau changement dans huit jours, et alors le char paraîtra nécessaire; mais jamais aucun général n'osera s'en servir, de peur du ridicule en cas de mauvais succès. Il faudrait un homme absolu, qui ne craignît point les ridicules, qui fût un peu machiniste et qui aimât l'histoire ancienne. Mandez-moi, je vous prie, quelque chose de l'histoire moderne de vos amusements. Je vous embrasse tous de tout mon cœur. *Valete.*

MMDIX. — A M. LE MARÉCHAL DUC DE RICHELIEU.

Aux Délices, 19 juillet.

Mon *héros*, c'est à vous à juger des engins meurtriers, et ce n'est pas à moi d'en parler. Je n'avais proposé ma petite drôlerie que pour

1. L'abbé Mignot. (ÉD.) — 2. Le roi de Prusse. (ÉD.)

les endroits où la cavalerie peut avoir ses coudées franches, et j'imaginais que partout où un escadron peut aller de front, de petits chars peuvent aller aussi. Mais puisque le vainqueur de Mahon renvoie ma machine aux anciens rois d'Assyrie, il n'y a qu'à la mettre avec la colonne de Folard dans les archives de Babylone. J'allais partir, monseigneur, j'allais voir mon héros, et je m'arrangeais avec votre médecin La Virotte, que vous avez très-bien choisi autant pour vous amuser que pour vous médicamenter dans l'occasion. Mme Denis tombe malade, et même assez dangereusement. Il n'y a pas moyen de laisser toute seule une femme qui n'a que moi, au pied des Alpes, pour un héros qui a trente mille hommes de bonne compagnie auprès de lui. Je suis homme à vous aller trouver en Saxe, car j'imagine que vous allez dans ces quartiers-là. Faites, je vous en prie, le moins de mal que vous pourrez à ma très-adorée Mme la duchesse de Gotha, si votre armée dîne sur son territoire. Si vous passiez par Francfort, Mme Denis vous supplierait très-instamment d'avoir la bonté de lui faire envoyer les quatre oreilles de deux coquins, l'un nommé Freitag, résident sans gages du roi de Prusse, à Francfort, et qui n'a jamais eu d'autres gages que ce qu'il nous a volé; l'autre est un fripon de marchand, conseiller du roi de Prusse. Tous deux eurent l'impudence d'arrêter la veuve d'un officier du roi, voyageant avec un passe-port du roi. Ces deux scélérats lui firent mettre des baïonnettes dans le ventre, et fouillèrent dans ses poches. Quatre oreilles, en vérité, ne sont pas trop pour leur mérite.

Je crois que le roi de Prusse se défendra jusqu'à la dernière extrémité. Je souhaite que vous le preniez prisonnier, et je le souhaite pour vous et pour lui, pour son bien et pour le vôtre. Son grand défaut est de n'avoir jamais rendu justice ni aux rois qui peuvent l'accabler, ni aux généraux qui peuvent le battre. Il regardait tous les Français comme des marquis de comédie, et se donnait le ridicule de les mépriser, en se donnant celui de les copier. Il a cru avoir formé une cavalerie invincible, que son père avait négligée, et avoir perfectionné encore l'infanterie de son père, disciplinée pendant trente ans par le prince d'Anhalt. Ces avantages, avec beaucoup d'argent comptant, ont tenté un cœur ambitieux; et il a pensé que son alliance avec le roi d'Angleterre le mettrait au-dessus de tout. Souvenez-vous que, quand il fit son traité [1], et qu'il se moqua de la France, vous n'étiez point parti pour Mahon. Les Français se laissaient prendre tous leurs vaisseaux; et le gouvernement semblait se borner à la plainte. Il crut la France incapable même de ressentiment; et je vous réponds qu'il a été bien étonné quand vous avez pris Minorque. Il faut à présent qu'il avoue qu'il s'est trompé sur bien des choses. S'il succombe, il est également capable de se tuer et de vivre en philosophe. Mais je vous assure qu'il disputera le terrain jusqu'au dernier moment. Pardonnez-moi, monseigneur, ce long verbiage. Plaignez-moi de n'être pas auprès

1. Avec les Anglais, le 16 janvier 1756. (Éd.)

de vous. Mme Denis, qui est à son troisième accès d'une fièvre violente, vous renouvelle ses sentiments. Comptez que nos deux cœurs vous appartiennent.

MMDX. — De M. Dalembert.

A Paris, 21 juillet.

J'ai reçu, il y a déjà quelque temps, mon cher et très-illustre confrère, les articles *Magie*, *Magicien*, et *Mages*, de votre prêtre de Lausanne. J'ai en même temps envoyé votre lettre à Briasson, qui m'a fait dire que vos commissions étaient déjà faites avant qu'il la reçût.

Les articles que vous nous envoyez de ce prédicateur hétérodoxe sont peut-être une des plus grandes preuves des progrès de la philosophie dans ce siècle. Laissez-la faire, et, dans vingt ans, la Sorbonne, toute Sorbonne qu'elle est, enchérira sur Lausanne. Nous recevrons avec reconnaissance tout ce qui nous viendra de la même main. Nous demandons seulement permission à votre hérétique de faire patte de velours dans les endroits où il aura un peu trop montré la griffe; c'est le cas de reculer pour mieux sauter. A propos, vous faites injure au chevalier de Jaucourt de mettre sur son compte l'article *Enfer*; il est de notre théologien, docteur et professeur de Navarre, qui est mort depuis à la peine, et qui sait actuellement si l'enfer de la nouvelle loi est plus réel que celui de l'ancienne. Au reste, cet article *Enfer* n'est pas sans mérite; l'auteur y a eu le courage de dire qu'on ne pouvait pas prouver l'éternité des peines par la raison : cela est fort pour un sorboniste.

Sans doute nous avons de mauvais articles de théologie et de métaphysique; mais, avec des censeurs théologiens et un privilége, je vous défie de les faire meilleurs. Il y a d'autres articles, moins au jour, où tout est réparé. Le temps fera distinguer ce que nous avons pensé d'avec ce que nous avons dit. Vous serez, je crois, content de notre septième volume, qui paraîtra dans deux mois au plus tard.

Les affaires de Bohême ont bien changé de face depuis un mois. Voilà, je crois, ma pension à tous les diables; mais j'en suis d'avance tout consolé. Si la guerre dure, je ne réponds pas que celles du trésor royal soient mieux payées.

MMDXI. — A M. Dalembert.

Aux Délices, 23 juillet.

Voici encore de la besogne de mon prêtre. Je ne me soucie guère de Mosaïm, pas plus que de Chérubim. Si mon prêtre vous ennuie, brûlez ses guenilles, mon illustre ami.

Le maréchal de Richelieu a l'air d'aller couper le poing du payeur de la pension [1] berlinoise. Prenez vos mesures; tout ceci va mal. Il n'y a que quelque énorme sottise autrichienne ou française qui puisse sauver mon ancien disciple. Je lui ai écrit sur la mort de sa mère. J'ai peur qu'il ne soit dans le cas de recevoir plus d'un compliment de condoléance. Pour vous, mon cher philosophe, il ne faudra jamais

---

1. Cette pension, accordée par Frédéric à Dalembert, était de douze cents livres. (Éd.)

vous en faire; vous serez heureux par vous-même, et voilà ce que les philosophes ont au-dessus des rois. Mes compliments à l'autre consul, M. Diderot.

MMDXII. — A M. LE MARQUIS D'ADHÉMAR.

Il n'est chère que de vilain, monsieur le grand maître. Vous écrivez rarement; mais aussi, quand vous vous y mettez, vous écrivez des lettres charmantes. Vous n'avez pas perdu le talent de faire de jolis vers; les talents ne se rouillent point auprès de votre adorable princesse.

Pour moi, dans la retraite où la raison m'attire,
Je goûte en paix la *Liberté.*
Cette sage divinité,
Que tout mortel ou regrette ou désire,
Fait ici ma félicité.
Indépendant, heureux, au sein de l'abondance,
Et dans les bras de l'amitié,
Je ne puis regretter ni Berlin ni la France;
Et je regarde avec pitié
Les traités frauduleux, la sourde inimitié,
Et les fureurs de la vengeance.
Mes vins, mes fruits, mes fleurs, ces campagnes, ces eaux,
Mes fertiles vergers, et mes riants berceaux;
Trois fleuves, que de loin mon œil charmé contemple,
Mes pénates brillants, fermés aux envieux;
Voilà mes rois, voilà mes dieux.
Je n'ai point d'autre cour, je n'ai point d'autre temple.
Loin des courtisans dangereux,
Loin des fanatiques affreux,
L'étude me soutient, la raison m'illumine;
Je dis ce que je pense, et fais ce que je veux;
Mais vous êtes bien plus heureux,
Vous vivez près de Wilhelmine.

Vous devez revoir incessamment un chambellan de Son Altesse royale, qui est presque aussi malade que moi, mais qui est presque aussi aimable que vous. J'ai eu quelquefois le bonheur de le posséder dans mon ermitage des Délices, où nous avons bu à votre santé. Mme Denis, la compagne de ma retraite et de ma vie heureuse, vous aime toujours, et vous fait les plus tendres compliments; je vous fais les miens sur votre dignité de *grand maître.* Souvenez-vous que j'ai été assez heureux pour poser la première pierre de cet édifice : ne m'oubliez jamais auprès de Monseigneur et de Son Altesse royale; je voudrais pouvoir leur faire ma cour encore une fois, avant que de mourir. Ils ont un frère qu'il faudra toujours regarder comme un grand homme, quoi qu'il en arrive, et dont j'ambitionnerai toujours les bontés, quoi qu'il soit arrivé. Comptez, monsieur, sur ma tendre amitié, et sur tous les sentiments qui m'attacheront à vous pour jamais
                                                    Le Suisse V.

MMDXIII. — A M. Colini.

Aux Délices, 29 juillet.

Je vous remercie des bonnes nouvelles que vous m'avez envoyées, et je souhaite qu'elles soient toutes vraies. Il pourrait bien venir un temps où les Freitag et les Schmidt seraient obligés de rendre ce qu'ils ont volé; et vous ne perdriez pas à cette affaire. Vous me feriez un sensible plaisir de me mander tout ce que vous apprendrez.

J'ai été sur le point de faire un tour à Strasbourg, pour y voir M. le maréchal de Richelieu. Une maladie de Mme Denis m'en a empêché. J'aurais été fort aise de vous revoir, et de vous donner des assurances de mon amitié.

MMDXIV. — A M. Dalembert.

Juillet.

Et toujours mon prêtre! et moi je ne donne rien; mais c'est que je suis devenu Russe. On m'a chargé de *Pierre le Grand;* c'est un lourd fardeau.

Je prie l'honnête homme qui fera *Matière* de bien prouver que le je ne sais quoi qu'on nomme *Matière* peut aussi bien penser que le je ne sais quoi qu'on appelle *Esprit.*

Bonsoir, grand et aimable philosophe; le Suisse Voltaire vous embrasse.

MMDXV. — A madame la comtesse d'Argental.

Aux Délices, 1er août.

J'aurais bien voulu, madame, être le porteur de ma lettre; quelque arrêt qu'ait rendu notre grand docteur Tronchin contre les eaux de Plombières, je serais venu au moins vous les voir prendre. Vous savez quel serait l'empressement de vous faire ma cour; mais je ne suis pas comme vous, madame, je ne me porte pas assez bien pour faire cent lieues. Mme Denis, que je comptais vous amener, s'est trouvée aussi malade, et n'a pu s'éloigner de notre docteur en qui est notre salut. J'ai un double regret, celui de n'avoir point fait le voyage de Plombières, et celui de voir que vous n'avez pas donné la préférence à Tronchin qui engraisse les dames, sur des eaux chaudes qui les amaigrissent. Ah! madame, que n'êtes-vous venue à Genève! que n'ai-je pu vous recevoir dans mon petit ermitage! Vous auriez passé par Lyon, vous auriez vu l'illustre et saint oncle [1], qui vous aurait donné mille préservatifs contre les poisons du pays hérétique où je suis; et plût à Dieu que M. d'Argental vous eût accompagnée! mais je ne suis pas heureux. Je ne sais pas positivement quel est votre mal, mais je crois très-positivement que M. Tronchin vous aurait guérie; enfin je suis réduit à souhaiter que Plombières fasse ce que Tronchin aurait fait.

Nous avons presque tous les jours, dans notre ermitage, des nouvelles des succès qu'on obtient du Dieu des armées en Bohême contre mon ancien et étrange Salomon du Nord. On lui prend toujours quelque chose. Cependant il reste en Bohême, il y est cantonné, il est

1. Le cardinal de Tencin. (Éd.)

toujours maître de la Saxe et de la Silésie. Que m'importe tout cela, madame, pourvu que vous vous portiez bien ? Soyez heureuse, et ne vous embarrassez pas qui est roi et qui est ministre. Pour moi, j'oublie tous ces messieurs aussi parfaitement que je me souviendrai toujours de vous. Retournez à Paris bien saine et bien gaie; ayez beaucoup de plaisir, si vous pouvez, et jamais d'ennui. Amusez-vous de la vie, il faut jouer avec elle; et quoique le jeu ne vaille pas la chandelle, il n'y a pourtant pas d'autre parti à prendre. Vous avez encore un des meilleurs lots dans ce monde. Je ne sais de triste dans mon lot que d'être éloigné de vous. Daignez m'en consoler en conservant vos bontés au Suisse V.

MMDXVI. — A MADAME LA COMTESSE DE LUTZELBOURG.

Aux Délices, 6 août.

Madame, vous avez eu la consolation de voir monsieur votre fils, mais où va-t-il ? où est-il ? Pardonnez à mes questions, et souffrez l'intérêt que j'y prends. On dit à Paris que le maréchal de Richelieu va prendre le commandement de l'armée du maréchal d'Étrées, et j'en doute. On dit que ce maréchal d'Étrées a gagné une bataille le 26 juillet, et j'en doute encore. Les affaires du roi de Prusse paraissent bien mauvaises. On ne parle que de postes emportés par les Autrichiens, de convois coupés, de magasins pris. On ajoute que les officiers prussiens désertent, et que le roi de Prusse en a fait arquebuser quarante pour s'attacher les autres davantage; on dit qu'il a fait mettre en prison un prince d'Anhalt. On me mande de l'armée autrichienne que le roi de Prusse est sans ressource. Voici bientôt le temps où Mme Denis pourrait demander les oreilles de ce coquin de Francfort qui eut l'insolence de faire arrêter dans la rue, la baïonnette dans le ventre, la femme d'un officier du roi de France, voyageant avec le passe-port du roi son maître.

On croit à Vienne que si le roi de Prusse succombe, il sera mis au ban de l'Empire, et que ceux qui ont abusé de son pouvoir seront punis.

Les Russes avancent dans la Prusse. L'ennemi public sera pris de tous côtés. Vive Marie-Thérèse ! Portez-vous bien, madame, pour voir le dénoûment de tout ceci.

MMDXVII. — A M. LE COMTE DE SCHOWALOW.

Aux Délices, près de Genève, 7 août.

Avant d'avoir reçu les mémoires dont Votre Excellence m'a flatté, j'ai voulu vous faire voir du moins, par mon empressement, que je cherche à n'en être pas indigne. J'ai l'honneur de vous envoyer huit chapitres de l'*Histoire de Pierre Ier* : c'est une légère esquisse que j'ai faite sur des mémoires manuscrits du général Le Fort, sur des relations de la Chine, et sur les mémoires de Stralemberg et de Perry. Je n'ai point fait usage d'une *Vie de Pierre le Grand*, faussement attribuée au prétendu boïard Nestesuranoy, et compilée par un nommé Rousset en Hollande. Ce n'est qu'un recueil de gazettes et d'erreurs très-mal digéré; et d'ailleurs un homme sans aveu, qui écrit sous un faux nom, ne mérite aucune créance. J'ai voulu savoir d'abord si vous

approuveriez mon plan, et si vous trouvez que j'accorde la vérité de
l'histoire avec les bienséances.

Je ne crois pas, monsieur, qu'il faille toujours s'étendre sur les détails des guerres, à moins que ces détails ne servent à caractériser
quelque chose de grand et d'utile. Les anecdotes de la vie privée ne
me paraissent mériter d'attention qu'autant qu'elles font connaître les
mœurs générales. On peut encore parler de quelques faiblesses d'un
grand homme, surtout quand il s'en est corrigé. Par exemple, l'emportement du czar avec le général Le Fort peut être rapporté, parce que
son repentir doit servir d'un bel exemple; cependant, si vous jugez
que cette anecdote doive être supprimée, je la sacrifierai très-aisément. Vous savez, monsieur, que mon principal objet est de raconter
tout ce que Pierre Ier a fait d'avantageux pour sa patrie, et de peindre
ses heureux commencements qui se perfectionnent tous les jours sous
le règne de son auguste fille.

Je me flatte que vous voudrez bien rendre compte de mon zèle à Sa
Majesté, et que je continuerai avec son agrément. Je sens bien qu'il
doit se passer un peu de temps avant que je reçoive les mémoires que
vous avez eu la bonté de me destiner. Plus j'attendrai, plus ils seront
amples. Soyez sûr, monsieur, que je ne négligerai rien pour rendre
à votre empire la justice qui lui est due. Je serai conduit à la fois par
la fidélité de l'histoire et par l'envie de vous plaire. Vous pouviez choisir un meilleur historien, mais vous ne pouviez vous confier à un
homme plus zélé. Si ce monument devient digne de la postérité, il
sera tout entier à votre gloire, et j'ose dire à celle de Sa Majesté l'impératrice, ayant été composé sous ses auspices. J'ai l'honneur, etc.

P. S. M. de Wetslof m'a dit que Votre Excellence voulait envoyer
quatre jeunes Russes étudier dans le pays que j'habite. Lausanne est
bien moins chère que Genève, et je me chargerai de les établir à Genève avec tout le zèle et toute l'attention que méritent vos ordres.

Nota. Il paraît important de ne point intituler cet ouvrage Vie ou
Histoire de Pierre Ier; un tel titre engage nécessairement l'historien à
ne rien supprimer. Il est forcé alors de dire des vérités odieuses; et
s'il ne les dit pas, il est déshonoré sans faire honneur à ceux qui l'emploient. Il faudrait donc prendre pour titre, ainsi que pour sujet, La
Russie sous Pierre Ier; une telle annonce écarte toutes les anecdotes
de la vie privée du czar qui pourraient diminuer sa gloire, et n'admet
que celles qui sont liées aux grandes choses qu'il a commencées et
qu'on a continuées depuis lui. Les faiblesses ou les emportements de
son caractère n'ont rien de commun avec ces objets importants, et
l'ouvrage alors concourt également à la gloire de Pierre le Grand, de
l'impératrice sa fille, et de sa nation. On travaillera sur ce plan avec
l'agrément de Sa Majesté, qui est nécessaire.

MMDXVIII. — AU MÊME.

Des Délices, 11 août.

Monsieur, celle-ci est pour informer Votre Excellence que je lui ai
envoyé une esquisse de l'Histoire de l'empire de Russie sous Pierre

le Grand, depuis Michel Romanof jusqu'à la bataille de Narva. Il y a des fautes que vous reconnaîtrez aisément. Le nom du troisième ambassadeur qui accompagna l'empereur dans ses voyages est erroné. Il n'était point chancelier, comme le disent les mémoires de Le Fort, qui sont fautifs en cet endroit. Je ne vous ai envoyé, monsieur, ce léger crayon, qu'afin d'obtenir de vous des instructions sur les erreurs où je serais tombé. C'est une peine que vous n'aurez pas sans doute le temps de prendre; mais il vous sera bien aisé de me faire parvenir les corrections nécessaires. Le manuscrit que j'ai eu l'honneur de vous adresser, n'est qu'une tentative pour être instruit par vos ordres. Le paquet a été envoyé à Paris, le 8 (nouveau style), à M. de Becktejef, et, en son absence, à monsieur l'ambassadeur.

Je me suis muni, monsieur, de tout ce qu'on a écrit sur Pierre le Grand, et je vous avoue que je n'ai rien trouvé qui puisse me donner les lumières que j'aurais désirées. Pas un mot sur l'établissement des manufactures, rien sur les communications des fleuves, sur les travaux publics, sur les monnaies, sur la jurisprudence, sur les armées de terre et de mer. Ce ne sont que des compilations très-défectueuses de quelques manifestes, de quelques écrits publics, qui n'ont aucun rapport avec ce qu'a fait Pierre Ier de grand, de nouveau, et d'utile. En un mot, monsieur, ce qui mérite le mieux d'être connu de toutes les nations, ne l'est en effet de personne. J'ose vous répéter que rien ne vous fera plus d'honneur, rien ne sera plus digne du règne de l'impératrice, que d'ériger ainsi, dans toute la terre, un monument à la gloire de son père. Je ne ferai qu'arranger les pierres de ce grand édifice. Il est vrai que l'histoire de ce grand homme doit être écrite d'une manière intéressante; c'est à quoi je consacrerai tous mes soins. J'observerai d'ailleurs avec la plus grande exactitude tout ce que la vérité et la bienséance exigent. Je vous enverrai tout le manuscrit dès qu'il sera achevé. Je me flatte que ma conduite et mon zèle ne déplairont pas à votre auguste souveraine, sous les auspices de laquelle je travaillerai sans discontinuer, dès que les mémoires nécessaires me seront parvenus.

MMDXIX. — A M. PALISSOT.

Aux Délices, 15 août.

Je hasarde, monsieur, ce petit mot de réponse rue du Dauphin, où vous demeuriez l'année passée, et où je suppose que vous êtes encore. Votre jugement sur la pièce nouvelle confirme ce qu'on m'en a déjà mandé. Je sens combien le métier est difficile, et je vous jure que je ne voudrais pas le recommencer.

J'ai été longtemps en peine de votre ami M. Patu. Je désire de tout mon cœur qu'il repasse par mon petit ermitage à son retour; mais il sera triste qu'il y revienne seul. Il avait un compagnon de voyage que je regretterai toujours, et à qui je souhaiterais un emploi auprès de mon lac hérétique, plutôt qu'en terre papale.

C'est une chose bien flatteuse pour moi, que Mme la princesse de Robecq ait bien voulu ne pas m'oublier. J'ambitionnais son suffrage, quand elle ornait les premières loges de sa présence; je désirais son souvenir ; je l'en remercie bien respectueusement, et je vous prie de me mettre à ses pieds. Soyez sûr, monsieur, que votre souvenir n'est pas moins précieux pour moi que celui des belles princesses.

MMDXX. — DE CHARLES-THÉODORE, ÉLECTEUR PALATIN

Schwetzingen, ce 15 août.

Ce n'est que la quantité d'affaires dont j'ai été occupé, monsieur, qui m'a fait retarder si longtemps à répondre aux lettres que vous m'avez écrites. Je suis très-obligé au *petit Suisse* de ses justes réflexions sur *Raminagrobis*[1], dont les affaires vont à présent très-mal. Il faut espérer que cela l'obligera de souscrire à des conditions de paix qui rendront le calme à l'Europe.

Je suis bien charmé que l'affaire de la rente viagère[2] ait été terminée à votre satisfaction. Comptez qu'en toute occasion je serai fort aise de contribuer à tout ce qui pourra vous être agréable.

Vous me ferez plaisir, monsieur, de me dire votre sentiment sur la nouvelle tragédie d'*Iphigénie en Tauride*, qui a un si brillant succès à Paris ; je n'en ai vu, jusqu'à présent, qu'un extrait. On en dit la versification un peu dure, et qu'elle sera moins goûtée à la lecture qu'à la représentation. Il est si difficile de vous ressembler, et même d'approcher de vos talents! Je regrette infiniment que votre santé me prive du bonheur d'en pouvoir profiter. Je suis avec une parfaite estime, etc.   CHARLES-THÉODORE, *électeur*.

MMDXXI. — DE MADAME LA MARGRAVE DE BAREUTH.

Le 19 août.

On ne connaît ses amis que dans le malheur. La lettre que vous m'avez écrite fait bien honneur à votre façon de penser. Je ne saurais vous témoigner combien je suis sensible à votre procédé. Le roi l'est autant que moi. Vous trouverez ci-joint un billet qu'il m'a ordonné de vous remettre. Ce grand homme est toujours le même. Il soutient ses infortunes avec un courage et une fermeté dignes de lui. Il n'a pu transcrire la lettre qu'il vous écrivait. Elle commençait par des vers. Au lieu d'y jeter du sable, il a pris l'encrier, ce qui est cause qu'elle est coupée. Je suis dans un état affreux, et ne survivrai pas à la destruction de ma maison et de ma famille. C'est l'unique consolation qui me reste. Vous aurez de beaux sujets de tragédie à travailler. O temps! ô mœurs! Vous ferez peut-être verser des larmes par une représentation illusoire, tandis qu'on contemple d'un œil sec les malheurs de toute une maison contre laquelle, dans le fond, on n'a aucune plainte réelle. Je ne puis vous en dire davantage; mon âme est si troublée que je ne sais ce que je fais. Mais, quoi qu'il puisse arriver, soyez persuadé que je suis plus que jamais votre amie. WILHELMINE.

---

1. Le roi de Prusse. (ÉD.)
2. Voltaire avait placé entre les mains de l'électeur palatin une partie de son bien. (ÉD.)

MMDXXII. — A M. LE COMTE D'ARGENTAL.

Aux Délices, 19 août.

Je commence, mon cher ange, par vous dire que Tronchin s'est trompé sur les eaux de Plombières, et que j'en suis très-aise. J'avais pris la liberté d'écrire à Mme d'Argental contre les eaux, et je me rétracte; mais à l'égard des eaux d'Aix-la-Chapelle, je trouve que ce serait au duc de Cumberland à les prendre, et non pas au maréchal d'Étrées. Il vient de gagner une bataille; il faut que M. de Richelieu en gagne deux, s'il veut qu'on lui pardonne d'avoir envoyé aux eaux un général heureux. A l'égard du roi de Prusse, l'affaire n'est pas finie, il s'en faut beaucoup. Il est encore maître absolu de la Saxe; et si les Anglais envoient quinze mille hommes à Stade, l'armée de France peut se trouver dans une position embarrassante. Je me hâte de quitter cet article pour venir à celui de *Fanime*. Je vous avoue que je ne suis guère en train à présent de rapetasser une tragédie amoureuse, et que le czar Pierre a un peu la préférence. Comment voulez-vous que je résiste à sa fille? Il ne s'agit pas ici de redire ce qui s'est passé aux batailles de Narva et de Pultava; il s'agit de faire connaître un empire de deux mille lieues d'étendue, dont à peine on avait entendu parler il y a cinquante ans. Il me semble que ce n'est pas une entreprise désagréable de crayonner cette création nouvelle; c'est un beau spectacle de voir Pétersbourg naître au milieu d'une guerre ruineuse, et devenir des plus belles et des plus grandes villes du monde; de voir des flottes où il n'y avait pas une barque de pêcheur, des mers se joindre, des manufactures se former, les mœurs se polir, et l'esprit humain s'étendre.

J'ai au bord de mon lac un Russe qui a été un des ministres de Pierre le Grand dans les cours étrangères. Il a beaucoup d'esprit, il sait toutes les langues, et m'apprend bien des choses utiles. J'ai vu chez moi des jeunes gens nés en Sibérie : il y en a un que j'ai pris pour un petit-maître de Paris. C'est donc, mon cher ange, ce vaste tableau de la réforme du plus grand empire de la terre qui est l'objet de mon travail. Il n'importe pas que le czar se soit enivré, et qu'il ait coupé quelques têtes au fruit; il importe de connaître un pays qui a vaincu les Suédois et les Turcs, donné un roi à la Pologne, et qui venge la maison d'Autriche. On me fait copier les archives, on me les envoie. Cette marque de confiance mérite que j'y sois sensible. Je n'ai à craindre d'être ni satirique ni flatteur, et je ferai bien tout mon possible pour ne déplaire ni à la fille de Pierre le Grand ni au public. Je me suis laissé entraîner à me justifier auprès de vous sur cet ouvrage, que j'entreprends, qui convient à mon âge, à mon goût, aux circonstances où je me trouve. Une autre fois je vous parlerai au long de cette pauvre *Fanime*; mais je crois qu'il faut laisser oublier le grand succès de l'*Iphigénie en Tauride*. Mes Russes prirent la Tauride il y a dix-huit ans. Adieu, mon divin ange; je vous embrasse mille fois.

MMDXXIII. — A M. LE MARÉCHAL DUC DE RICHELIEU.

Aux Délices, 21 août.

Mon *héros*, c'est en tremblant que je vous écris. Je n'aurais pas été peut-être importun à Strasbourg, mes lettres peuvent l'être quand vous êtes à la tête de votre armée. Je vous jure que, sans la maladie de ma nièce, j'aurais assurément fait le voyage. Je voudrais vous suivre à Magdebourg, car je m'imagine que vous l'assiégerez. Il y a plus de quatre mois que j'eus l'honneur de vous mander qu'on en viendrait là. Je ne prévoyais pas alors que ce serait vous qui vous mesureriez contre le roi de Prusse; mais vous savez avec quelle ardeur je le souhaitais. Vous irez peut-être à Berlin, et d'Argens viendra au-devant de vous.

Sérieusement, vous voilà chargé d'une opération aussi brillante qu'en ait jamais fait le maréchal de Villars. Je vous connais, vous ne traiterez pas mollement cette affaire-là; et, soit que vous ayez en tête le duc de Cumberland, soit que vous vous adressiez au roi de Prusse, il est certain que vous agirez avec la plus grande vigueur. Je ne sais pas ce que c'est que la dernière victoire remportée par le duc de Cumberland; j'ignore si c'est une grande bataille, si les ennemis avaient assez de forces, si les Anglais viennent ajouter quinze mille hommes aux Hanovriens; mais ce que je sais, c'est que vous êtes dans la nécessité de faire quelque chose d'éclatant, et que vous le ferez.

Permettez que je vous parle du commissaire du roi pour les domaines des pays conquis; c'est un M. de Laporte, qui sera sans doute chargé plus d'une fois de vos ordres. J'espère que vous en serez très-content. Vous le trouverez très-empressé à vous obéir.

Je fais, dans ma retraite, mille vœux pour vos succès, pour votre gloire, pour votre retour triomphant.

Favori de Vénus, de Minerve, et de Mars, soyez aussi heureux que le souhaitent votre ancien courtisan le Suisse Voltaire et sa nièce.

MMDXXIV. — A M. L'ABBÉ D'OLIVET.

Aux Délices, 22 août.

Un Cramer, mon cher maître, m'a dit de vos nouvelles, que vous vous portiez mieux que jamais, que vous vous souvenez encore de moi, et que vous voulez que j'envoie mon maigre visage pour mettre à côté de votre grosse face. Tout cela est-il vrai? et ma physionomie ne sera-t-elle point de contrebande? Que faites-vous de tant de portraits? bientôt le Louvre ne les contiendra pas. Portez-vous bien et conservez-vous, voilà le grand point; c'est peu de chose d'exister en peinture. Si j'avais un portrait de Cicéron, je l'encadrerais avec le vôtre. Mais pour moi, je ne serai tout au plus qu'avec Campistron ou Crébillon. Dites-moi, je vous prie, si, révérence parler, vous n'êtes pas notre doyen? Il me semble que cette sublime dignité roule entre M. le maréchal de Richelieu et vous.

J'ai bien une autre question à vous faire. Olivet n'est-il pas dans mon voisinage près de Saint-Claude? N'allez-vous jamais chez vous?

ne pourrait-on pas espérer de vous voir dans mon ermitage des Délices ? Je mourrais content. *Interim, vale, et tuum discipulum ama.*

MMDXXV. — A MADAME LA MARGRAVE DE BAREUTH.

Août.

Madame, mon cœur est touché plus que jamais de la bonté et de la confiance que Votre Altesse royale daigne me témoigner. Comment ne serais-je pas attendri avec transport ? je vois que c'est uniquement votre belle âme qui vous rend malheureuse. Je me sens né pour être attaché avec idolâtrie à des esprits supérieurs et sensibles qui pensent comme vous. Vous savez combien, dans le fond, j'ai toujours été attaché au roi votre frère. Plus ma vieillesse est tranquille, plus j'ai renoncé à tout, plus je me suis fait une patrie de la retraite, et plus je suis dévoué à ce roi philosophe. Je ne lui écris rien que je ne pense du fond de mon cœur, rien que je ne croie très-vrai : et si ma lettre paraît convenable à Votre Altesse royale, je la supplie de la protéger auprès de lui comme les précédentes.

Votre Altesse royale trouvera dans cette lettre des choses qui se rapportent à ce qu'elle a pensé elle-même. Quoique les premières insinuations pour la paix n'aient pas réussi, je suis persuadé qu'elles peuvent enfin avoir du succès. Permettez que j'ose vous communiquer une de mes idées. J'imagine que le maréchal de Richelieu serait flatté qu'on s'adressât à lui. Je crois qu'il pense qu'il est nécessaire de tenir une balance, et qu'il serait fort aise que le service du roi son maître s'accordât avec l'intérêt de ses alliés et avec les vôtres. Si, dans l'occasion, vous vouliez le faire sonder, cela ne serait pas difficile. Personne ne serait plus propre que M. de Richelieu à remplir un tel ministère. Je ne prends la liberté d'en parler, madame, que dans la supposition que le roi votre frère fût obligé de prendre ce parti ; et j'ose vous dire qu'en ce cas il vous aurait beaucoup d'obligation, quand même les conjonctures le forceraient à faire des sacrifices. Je hasarde cette idée, non pas comme une proposition, encore moins comme un conseil, il ne m'appartient pas d'oser en donner, mais comme un simple souhait qui n'a sa source que dans mon zèle.

MMDXXVI. — A M. LE MARÉCHAL DUC DE RICHELIEU. (A VOUS SEUL.)

Mon *héros*, vous avez vu et vous avez fait des choses extraordinaires. En voici une qui ne l'est pas moins, et qui ne vous surprendra pas. Je la confie à vos bontés pour moi, à vos intérêts, à votre prudence, à votre gloire.

Le roi de Prusse s'est remis à m'écrire avec quelque confiance. Il me mande qu'il est résolu de se tuer, s'il est sans ressource ; et madame la margrave sa sœur m'écrit qu'elle finira sa vie, si le roi son frère finit la sienne. Il y a grande apparence qu'au moment où j'ai l'honneur de vous écrire, le corps d'armée de M. le prince de Soubise est aux mains avec les Prussiens. Quelque chose qui arrive, il y a encore plus d'apparence que ce sera vous qui terminerez les aventures de la Saxe et du Brandebourg, comme vous avez terminé celles de Hanovre et de la Hesse. Vous courez la plus belle carrière où on puisse entrer en Europe ; et j'imagine que vous jouirez de la gloire d'avoir fait la guerre et la paix.

Il ne m'appartient pas de me mêler de politique, et j'y renonce comme aux chars des Assyriens ; mais je dois vous dire que, dans ma dernière lettre à Mme la margrave de Bareuth, je n'ai pu m'empêcher de lui laisser entrevoir combien je souhaite que vous joigniez la qualité d'arbitre à celle de général. Je me suis imaginé que, si l'on voulait tout remettre à la bonté et à la magnanimité du roi, il vaudrait mieux qu'on s'adressât à vous qu'à tout autre ; en un mot, j'ai hasardé cette idée sans la donner comme conjecture ni comme conseil, mais simplement comme un souhait qui ne peut compromettre ni ceux à qui on écrit, ni ceux dont on parle [1] ; et je vous en rends compte sans autre motif que celui de vous marquer mon zèle pour votre personne et pour votre gloire. Vous n'ignorez pas que Mme de Bareuth a voulu déjà entamer une négociation qui n'a eu aucun succès ; mais ce qui n'a pas réussi dans un temps peut réussir dans un autre, et chaque chose a son point de maturité. Je n'ajoute aucune réflexion ; je crois seulement devoir vous dire que, dans le cas où l'on puisse résoudre le roi de Prusse à remettre tout entre vos mains, ce ne sera que par madame la margrave sa sœur qu'on pourra y réussir.

J'espère que ma lettre ne sera pas prise par des housards prussiens ou autrichiens ; je ne signe ni ne date. Vous connaissez mon ermitage ; j'ose vous supplier de m'écrire seulement quatre mots qui m'instruisent que vous avez reçu ma lettre.

J'ai eu l'honneur de mettre sous votre protection une lettre pour Mme la duchesse de Saxe-Gotha. Plus d'une armée mange son pauvre

---

1. L'idée de M. de Voltaire fut adoptée, comme on le voit par les lettres suivantes ; et elle aurait épargné de très-grands malheurs à la France, si elle eût produit à la cour l'effet qu'on pouvait raisonnablement en attendre.

Lettre de S. M. le roi de Prusse, à M. le maréchal de Richelieu.

A Rote, le 6 septembre 1757.

Je sens, monsieur le duc, que l'on ne vous a pas mis dans le poste où vous êtes pour négocier ; je suis cependant très-persuadé que le neveu du grand cardinal de Richelieu est fait pour signer des traités comme pour gagner des batailles. Je m'adresse à vous par un effet de l'estime que vous inspirez à ceux qui ne vous connaissent pas même particulièrement. Il s'agit d'une bagatelle, monsieur ; de faire la paix, si on le veut bien. J'ignore quelles sont vos instructions ; mais, dans la supposition qu'assuré de la rapidité de vos progrès, le roi votre maître vous aura mis en état de travailler à la pacification de l'Allemagne, je vous adresse M. Delchetet, dans lequel vous pouvez prendre une confiance entière. Quoique les événements de cette année ne devraient pas me faire espérer que votre cour conserve encore quelque disposition favorable pour mes intérêts, je ne puis cependant me persuader qu'une liaison, qui a duré seize années, n'ait pas laissé quelque trace dans les esprits ; peut-être que je juge des autres par moi-même. Quoi qu'il en soit enfin, je préfère confier mes intérêts au roi votre maître plutôt qu'à tout autre. Si vous n'avez, monsieur, aucune instruction relative aux propositions que je vous fais, je vous prie d'en demander, et de m'informer de leur teneur. Celui qui a mérité des statues à Gênes, celui qui a conquis l'île de Minorque, malgré des obstacles immenses,

pays, et, tout galant que vous êtes, vous y avez quelque part. Vous ne pouvez toujours contenter toutes les dames.

Permettez que j'ajoute que vous avez parmi vos aides de camp un comte de Divonne, mon voisin, qu'on dit très-aimable, et très-empressé à vous bien servir. Vous êtes très-bien en médecins et en aides de camp. Ils sont bien heureux. Que ne puis-je, comme eux, être à portée de voir mon *héros!*

MMDXXVII. — A MADAME DE FONTAINE.

Aux Délices, 27 août.

Ma chère enfant, je vous avoue que je suis fâché de faire venir des tableaux et des glaces pour Lausanne; j'aimerais mieux les placer à Hornoi; mais me voilà Suisse pour le reste de ma vie. Mme Denis a voulu une belle maison à Lausanne; les Délices s'embellissent tous les jours. Nous jouons la comédie à Lausanne; on nous la donne aux portes de Genève. On représenta hier *Alzire*, et, quand j'arrivai, tous les Génevois me reçurent avec des battements de mains. Il n'y a pas moyen de quitter ces hérétiques-là. Quand, avec une mauvaise santé, on est parvenu à la septième dizaine de son âge, il ne faut plus songer qu'à mourir tranquille, et tous les lieux doivent être égaux.

Je n'ai point de messe en musique, comme La Popelinière; je n'ai point un *trio* de complaisantes, mais je m'accommode assez de ma médiocrité; on peut être heureux sans être roi ni fermier général.

Le bruit court, dans notre Suisse, que M. le prince de Conti veut faire revivre ses droits sur le comté de Neuchâtel. En effet, il était le légitime héritier; et c'est une province que le roi de Prusse pourrait perdre. Vos Français sont dans Hanovre; j'espère qu'ils souperont à Berlin en 1758, au plus tard.

celui qui est sur le point de subjuguer la Basse-Saxe, ne peut rien faire de plus glorieux que de travailler à rendre la paix à l'Europe. Ce sera, sans contredit, le plus beau de vos lauriers. Travaillez-y, monsieur, avec cette activité qui vous fait faire des progrès si rapides, et soyez persuadé que personne ne vous en aura plus de reconnaissance, monsieur le duc, que votre fidèle ami, FÉDÉRIC.

Réponse de M. le maréchal de Richelieu au roi de Prusse.

SIRE, Quelque supériorité que Votre Majesté ait en tout genre, il y aurait peut-être beaucoup à gagner pour moi de négocier, plutôt qu'à combattre vis-à-vis un héros tel que Votre Majesté. Je crois que je servirais le roi mon maître d'une façon qu'il préférerait à des victoires, si je pouvais contribuer au bien d'une paix générale. Mais j'assure Votre Majesté que je n'ai ni instructions ni notions sur les moyens d'y pouvoir parvenir.

Je vais envoyer un courrier pour rendre compte des ouvertures que Votre Majesté veut bien me faire, et j'aurai l'honneur de lui rendre la réponse de l'affaire dont je suis convenu avec M. Delchetet.

Je sens, comme je le dois, tout le prix des choses flatteuses que je reçois d'un prince qui fait l'admiration de l'Europe, et qui, si j'ose le dire, a fait encore plus la mienne particulière. Je voudrais bien au moins pouvoir mériter ses bontés en le servant dans le grand ouvrage qu'il paraît désirer, et auquel il croit que je peux contribuer; je voudrais surtout pouvoir lui donner des preuves du profond respect avec lequel je suis, etc. (*Éd. de Kehl.*)

MMDXXVIII. — A M. DALEMBERT.

Au Chêne [1], 29 août.

Me voici, mon cher et illustre philosophe, à Lausanne; j'y arrange une maison où le roi de Prusse pourra venir loger quand il viendra de Neuchâtel, s'il va dans ce beau pays, et s'il est toujours philosophe. Il m'a écrit, en dernier lieu, une lettre héroïque et douloureuse. J'aurais été attendri, si je n'avais songé à l'aventure de ma nièce, et à ses quatre baïonnettes.

Je recommande à mon prêtre moins d'hébraïsme et plus de philosophie; mais il est plus aisé de copier le *Targum* que de penser. Je lui ai donné *Messie* à faire; nous verrons comme il s'en tirera.

Je n'ai point vu notre théologal de l'*Encyclopédie*; ce prêtre est allé à Évian, en Savoie. Il déménage; Dieu le conduise! Il est impossible que dans la ville de Calvin, peuplée de vingt-quatre mille raisonneurs, il n'y ait pas encore quelques calvinistes; mais ils sont en très-petit nombre et assez bafoués. Tous les honnêtes gens sont des *déistes* par Christ. Il y a des sots, il y a des fanatiques et des fripons; mais je n'ai aucun commerce avec ces animaux, et je laisse braire les ânes sans me mêler de leur musique.

On dit que vous viendrez leur donner une petite leçon. N'oubliez pas alors les Délices, et venez faire un petit tour au Chêne; c'est le nom de mon ermitage lausannais. Les uns ont leurs *chênes*, les autres ont leurs *ormes* [2]; mais il faut être dans les lieux qu'on a choisis, et non pas dans ceux où l'on vous envoie. J'aimerais mieux être à Tobolsk, de mon gré, qu'au Vatican, par le gré d'un autre. J'ai encore de la peine à concevoir qu'on ne prenne pas de l'aconit, quand on n'est pas libre. Si vous avez un moment de loisir, mandez-moi comment vont les organes pensants de Rousseau, et s'il a toujours mal à la glande pinéale. S'il y a une preuve contre l'immatérialité de l'âme, c'est cette maladie du cerveau; on a une fluxion sur l'âme comme sur les dents. Nous sommes de pauvres machines. Adieu; vous et M. Diderot vous êtes de belles montres à répétition, et je ne suis plus qu'un vieux tournebroche; mais ce tournebroche est monté pour vous estimer et vous aimer plus que personne au monde: ainsi pense la machine de ma nièce.

Je rouvre ma lettre, je me suis à grand'peine souvenu de ma face; j'en ai si peu! Si vous voulez me fourrer à côté de Campistron et de Crébillon, ma face est à vos ordres. Mme de Fontaine fera tout ce que vous ordonnerez. J'aimerais mieux avoir la vôtre aux Délices.

MMDXXIX. — A M. DE BRENLES.

Au Chêne, le 1er septembre 1757.

Mais, mon cher embaucheur, savez-vous qu'il est fort dur d'être à Lausanne quand vous n'y êtes point? Vous faites des enfants et vous

---

1. Rue de Lausanne où Voltaire avait une belle maison. (ÉD.)
2. Terre du comte d'Argenson, où il était exilé depuis le 1er février 1757. (ÉD.)

ne m en dites mot; vous m'avez débauché et vous me laissez là. Notre bailli est bien plus honnête que vous; il est venu voir la comédie auprès de Genève. Il y a mené sa fille et sa nièce. Il a dîné aux Délices, et vous nous méprisez positivement. Mille tendres respects à Mme de Brenles, mille souhaits pour le petit.

Je vous embrasse en vous grondant.

MMDXXX. — A M. BERTRAND.

Lausanne, 4 septembre. (Part le 6.)

Plus la robe dont vous me parlez, monsieur, est salie ailleurs, plus la vôtre est pure. Je conseille aux gens en question de faire laver la leur, mais je ne gâterai pas la mienne en me frottant à eux. La robe royale est plus dangereuse encore; elle est trop souvent ensanglantée. S'il y a quelques nouvelles touchant les barbaries du *meilleur des mondes possibles*, vous me ferez un grand plaisir de soulager un peu ma curiosité. Vous ne me parlez point de la réponse que vous m'aviez annoncée dans votre précédente. Je vous demande en grâce de me dire si elle paraîtra; et, en cas qu'elle paraisse, je vous supplie instamment de faire ajouter que je n'ai aucune connaissance de cette dispute historique et critique, et que la *lettre* qui m'est attribuée dans le *Mercure de France*, et sur laquelle cette dispute est fondée, n'est point du tout conforme à l'original. Ce que je vous dis est la pure et l'exacte vérité; en un mot, n'étant point de la paroisse, je ne dois pas entrer dans les querelles des curés.

Je suis très-fâché de la destitution de M. de Paulmi; plût à Dieu qu'il fût resté en Suisse! il aurait écrit des lettres intelligibles et agréables.

Mille tendres respects à M. et Mme de Freudenreich. Si vous voyez M. l'avoyer Steiger, je vous supplie de lui dire que Mme de Fontaine lui fait ses compliments, et que je lui présente mon respect.

Je vous embrasse, mon cher philosophe, du meilleur de mon cœur.

V.

MMDXXXI. — AU MÊME.

Au Chêne, à Lausanne, 9 septembre.

Mon cher théologien, mon cher philosophe, mon cher ami, vous avez donc voulu absolument qu'on répondît à la *lettre* du *Mercure de Neuchâtel.* M. Polier de Bottens, qui méditait de son côté une réponse, vient de m'apprendre qu'il y en a une qui paraît sous vos auspices. Il m'a dit qu'elle est très-sage et très-modérée; cela seul me ferait croire qu'elle est votre ouvrage. Mais, soit que vous ayez fait une bonne action, soit que j'en aie l'obligation à un de nos amis, c'est toujours à vous que je dois mes remercîments. Je lirai un journal pour l'amour de vous, et je ne lirai que ceux où vous aurez part. Il n'y a plus qu'une chose qui m'embarrasse; vous savez avec quelle indignation tous les honnêtes gens de la ville voisine des Délices avaient vu l'écrit auquel vous avez daigné faire répondre. Je leur avais promis non-seulement de ne jamais combattre cet adversaire, mais d'ignorer qu'il existât. Je vais perdre toute la gloire de mon silence et de mon indifférence. On verra paraître une réfutation, on m'en croira l'auteur ou du moins on pensera que je l'ai recherchée. On dira que c'est là le motif de mon voyage à Lausanne; ajoutez, je vous en supplie, à votre bienfait celui de me permettre de dire que je ne l'ai point mendié. Que votre grâce soit gratuite comme celle de Dieu. Puisque la lettre est remplie, dit-on, de la modération la plus sage, n'est-il pas juste qu'on en fasse honneur à l'auteur? Boileau se vanta, en prose et en vers, d'avoir eu Arnauld pour apologiste. Ne pourrai-je pas prendre la même liberté avec vous? Je pars demain pour ma petite retraite des Délices; j'espère que j'y trouverai vos ordres. J'ai besoin de quelque preuve qui fasse voir que je n'ai point manqué à ma parole. Une chose à laquelle je manquerai encore moins, c'est à la reconnaisance que je vous dois.

Il paraît que M. de Paulmi n'a point perdu sa place, et que le colonel Janus[1] n'a point gagné de victoire. Les fausses nouvelles dont nous sommes inondés sont assurément le moindre mal de la guerre.

Comme j'allais cacheter ma lettre, je reçois la vôtre; vous me mettez au fait en partie. Il y a un petit fou à Genève, mais aussi il y a des gens fort sages. J'aurais bien voulu que M. Bachi eût été votre voisin; c'est un homme fort aimable, philosophe, instruit; on en aurait été bien content.

Il faut que je présente une requête par vos mains à M. le banneret de Freudenreich, protecteur de mon ermitage du Chêne. M. le docteur Tronchin m'a défendu le vin blanc. M. le bailli de Lausanne a toujours la bonté de me permettre que je fasse venir mon vin de France.

Mais à présent que je suis dans la ville, il me faudra un peu plus de vin, et je crains d'abuser de l'indulgence et des bons offices de M. le bailli. Quelques personnes m'ont dit qu'il fallait obtenir une patente de Berne; je crois qu'en toute affaire, le moindre bruit que faire se peut est toujours le mieux. Je m'imagine que la permission de M. le bailli doit suffire; ne pourriez-vous pas consulter sur mon gosier M. le banneret de Freudenreich? Je voudrais bien pouvoir avoir l'honneur d'humecter un jour, dans la petite retraite du Chêne, les gosiers de M. et de Mme de Freudenreich, et le vôtre. Je retourne demain aux Délices, voir mes prés, mes vignes et mes fruits, et mener ma vie pastorale; c'est la plus douce et la meilleure. Je vous embrasse tendrement.

V.

MMDXXXII. — A M. THIERIOT.

Aux Délices.

Je suis *vir desideriorum;* premièrement, parce que *te desidero in Deliciis meis;* secondement, parce que *desidero* les paperasses de Hubert. M. de La Popelinière m'a flatté que le *compère* compilait.

Je vous prie, mon ancien ami, de bien remercier *Pollionem* de ses faveurs; et je vous avertis que si vous n'avez pas la bonté de hâter un

---

1. Attaqué par deux majors-généraux autrichiens, près de Landshut, le 14 août précédent, Janus, colonel au service de Frédéric II, les avait repoussés vivement. (ÉD.)

peu votre besogne moscovite. ma maison russe sera bâtie avant que
vous m'ayez envoyé votre brique. J'ai reçu de Pétersbourg des cartes
et des plans qui m'étonnent. Le pays n'a que cinquante ans de création, et la magnificence égale déjà l'étendue de l'empire.

Pierre était un ivrogne, un brutal parfois; je le sais bien; mais les
Romulus et les Thésée ne sont que de petits garçons devant lui. Vous
en voyez les effets. Élisabeth expédie, le même matin, des ordres
pour les frontières de la Chine, et pour envoyer cent mille hommes
contre mon disciple Frédéric, roi de Prusse. Ce sont là ces soldats qui
n'avaient que des bâtons brûlés par le bout à Narwa, qui ont ensuite
vaincu Charles XII, qui ont fait fuir les janissaires, et fait passer les
Suédois sous les *Fourches Caudines*. Joignez à ces miracles un Opéra
italien, une Comédie, des sciences, et vous verrez que le sujet est beau.

Je suis fâché de la mort de Mme de Rochester-Sandwich. C'est une
bonne tête qui est rongée de vers. La cervelle de Newton et celle d'un
capucin sont de même nature; cela est bien cruel, mais qu'y faire?

Ipse Epicurus obit decurso lumine vitæ [1].

Si j'avais eu de la santé, et point de nièce, j'aurais pu faire un
petit tour avec le vainqueur de Mahon; mais je ne quitte plus ce que
j'aime pour des *héros*.

On ne croit pas que mon disciple puisse résister; il faudra qu'il
meure à la romaine, ou qu'il s'en console à la grecque, qu'il se tue
ou qu'il soit philosophe. Voilà un grand exemple; mais nous n'en
sommes encore qu'aux premiers actes de la pièce; il faut voir le dénoûment. Il arrive toujours dans les affaires quelque chose à quoi on
ne s'attend point.

Interim, vale;   l'abbé Hubert et du Suisse V.

MM   , LE COMTE D'ARGENTAL

Aux Délices, 12 septembre.

Mon divin ange, moi qu   point pris les eaux de Plombières, je
suis bien malade, et je suis puni de n'avoir point été faire ma cour à
Mme d'Argental. Je voudrais qu'on eût brûlé, avec la fausse *Jeanne*,
le détestable auteur de cette infâme rapsodie. Elle est incontestable-
ment de La Beaumelle; mais s'il n'est pas *ars*, il est en lieu où il doit
se repentir.

On dit que c'est l'abbé de Bernis qui a ménagé le rétablissement du
parlement; si cela est, il joue un bien beau rôle dans l'Europe et en
France. Je ne lui ai jamais écrit depuis mon absence; j'ai toujours
craint que mes lettres ne parussent intéressées, et je me suis contenté
d'applaudir à sa fortune, sans l'en féliciter. Qui eût cru, quand le roi
de Prusse faisait autrefois des vers contre lui, que ce serait lui qu'il
aurait un jour le plus à craindre?

Les affaires de ce roi, mon ancien disciple et mon ancien persécu-

1. Lucrèce, liv. III, vers 1055. (ÉD.)

teur, vont de mal en pis. Je ne sais si je vous ai fait part de la lettre qu'il m'a écrite il y a environ trois semaines : *J'ai appris*, dit-il, *que vous vous étiez intéressé à mes succès et à mes malheurs;* il ne me reste *qu'à vendre cher ma vie*, etc., etc. Sa sœur, la margrave de Ba-reuth, m'en écrit une beaucoup plus lamentable.

Allons, ferme, mon cœur, point de faiblesse humaine [1].

Mon cher ange, j'écrirai pour Brizard tout ce que vous ordonnerez. Ayez la bonté de m'instruire de son admission dans le rang des héros, dès qu'on l'aura reçu. J'espère que l'autre *héros* de Mahon gouvernera mieux son armée que le *tripot* de la Comédie. A propos de Mahon, savez-vous que l'amiral Byng m'a fait remettre, en mourant, sa justifi-cation? Me voilà occupé à juger Pierre le Grand et l'amiral Byng; cela n'empêchera pas que je n'obéisse à vos ordres tragiques,

.... *Si* qua
Numina læva sinunt, auditque vocatus Apollo.

> *Georg.*, lib. IV, v. 6.

En voilà beaucoup pour un malade.
Mme Denis et le Suisse Voltaire vous embrassent tendrement.

MMDXXXIV. — A MADAME LA COMTESSE DE LUTZELBOURG.

Aux Délices, 12 septembre.

Voilà de grandes révolutions, madame, et nous ne sommes pas en-core au bout. On dit que dix-huit mille Hanovriens viennent de débar-quer à Stade. Ce n'est pas une petite affaire. Je souhaite que M. de Richelieu pare sa tête des lauriers qu'on a fourrés dans sa poche. Je souhaite à monsieur votre fils honneur et gloire sans blessure, et à vous, madame, une santé inaltérable. Le roi de Prusse vient de m'é-crire une lettre très-touchante; mais j'ai toujours l'aventure de Mme Denis sur le cœur. Si je me portais bien, j'irais faire un tour à Francfort dans l'occasion. On dit que, malgré les belles et bonnes pa-roles du roi, *messieurs* des plaids font encore les difficiles. Je ne puis le croire. Mais tout cela importe fort peu à un philosophe qui vit dans la retraite, et qui n'a ni rois, ni parlements, ni prêtres. J'en souhaite autant à tout le genre humain. Adieu, madame, L'oncle et la nièce vous seront toujours bien attachés.

MMDXXXV. — A M. THIERIOT.

Aux Délices, 12 septembre.

J'ai reçu un gros paquet des Mémoires de l'abbé Hubert, une lettre de M. de La Popelinière, et rien de son *compère*. Le compère est-il malade? méprise-t-il ses anciens amis parce qu'ils sont des Suisses? est-il à la campagne? dans quelque terre des Montmorency? S'il n'était pas oc-cupé auprès des grandes et belles dames, je lui dirais : Venez passer

---

1. Molière, *Tartufe*, acte IV, scène III. (ÉD.)

l'hiver à Lausanne, dans une très-belle maison que je viens d'ajuster, et puis venez passer l'été aux Délices; on vous donnera des spectacles l'hiver, et vous verrez, l'été, le plus beau pays de la terre; et vous apprendrez, messieurs les Parisiens, qu'il y a des plaisirs ailleurs que chez vous. De plus, vous mangerez des gelinottes dont vous ne tâtez guère dans votre ville; mais vous êtes des casaniers. Écrivez-moi donc; morbleu, quel paresseu! Adieux. *Vale, amice.*

Cette lettre des Délices vous viendra peut-être par Versailles.

MMDXXXVI. — De madame la margrave de Bareuth.

Le 12 septembre.

Votre lettre m'a sensiblement touchée; celle que vous m'avez adressée pour le roi a fait le même effet sur lui. J'espère que vous serez satisfait de sa réponse pour ce qui vous concerne; mais vous le serez aussi peu que moi de ses résolutions. Je m'étais flattée que vos réflexions feraient quelque impression sur son esprit. Vous verrez le contraire dans le billet ci-joint.

Il ne me reste qu'à suivre sa destinée si elle est malheureuse. Je ne me suis jamais piquée d'être philosophe. J'ai fait mes efforts pour le devenir. Le peu de progrès que j'ai fait m'a appris à mépriser les grandeurs et les richesses; mais je n'ai rien trouvé dans la philosophie qui puisse guérir les plaies du cœur, que le moyen de s'affranchir de ses maux en cessant de vivre. L'état où je suis est pire que la mort. Je vois le plus grand homme du siècle, mon frère, mon ami, réduit à la plus affreuse extrémité. Je vois ma famille entière exposée aux dangers et aux périls; ma patrie déchirée par d'impitoyables ennemis; le pays où je suis peut-être menacé de pareils malheurs. Plût au ciel que je fusse chargée toute seule des maux que je viens de vous décrire! Je les souffrirais, et avec fermeté.

Pardonnez-moi ce détail. Vous m'engagez, par la part que vous prenez à ce qui me regarde, de vous ouvrir mon cœur. Hélas! l'espoir en est presque banni. La fortune, lorsqu'elle change, est aussi constante dans ses persécutions que dans ses faveurs. L'histoire est pleine de ces exemples; mais je n'y en ai point trouvé de pareils à celui que nous voyons, ni une guerre aussi inhumaine et cruelle, parmi des peuples policés. Vous gémiriez si vous saviez la triste situation de l'Allemagne et de la Prusse. Les cruautés que les Russes commettent dans cette dernière font frémir la nature. Que vous êtes heureux dans votre ermitage, où vous vous reposez sur vos lauriers, et où vous pouvez philosopher de sang-froid sur l'égarement des hommes! Je vous y souhaite tout le bonheur imaginable. Si la fortune nous favorise encore, comptez sur toute ma reconnaissance; et je n'oublierai jamais les marques d'attachement que vous m'avez données : ma sensibilité vous en est garant; je ne suis jamais amie à demi, et je le serai toujours véritablement de frère Voltaire. WILHELMINE.

Bien des compliments à Mme Denis; continuez, je vous prie, d'écrire au roi.

MMDXXXVII. — A M. DE CHAMPBONIN, PREMIER COMMIS
DANS LES BUREAUX DES FORTIFICATIONS.

Aux Délices, route de Genève, 15 septembre.

J'avais, monsieur, recommandé expressément qu'on vous envoyât
les exemplaires reliés. J'apprends avec chagrin que les libraires sont
tout aussi malhonnêtes qu'autrefois; rien ne change; je vous en demande pardon. On vous a présenté là un énorme fatras; je vous crois
heureusement trop occupé pour avoir le temps d'y jeter la vue. Je
vous fais mon compliment sur tous les nouveaux ouvrages faits à Mar-
dick. La gloire de la France est rétablie de toutes façons. Je m'y intéresse du fond de ma retraite, dans laquelle j'ai renoncé à tout,
excepté à aimer ma patrie et mes amis. Je vous réponds un peu tard,
parce que je ne suis revenu que depuis peu de jours à mon petit ermitage. Je plante d'un côté, je bâtis d'un autre. Il faut occuper doucement sa vieillesse.

Ne m'oubliez pas, je vous prie, auprès de madame votre mère,
quand vous lui écrirez, et comptez toujours sur le souvenir et sur
l'amitié du Suisse V.

MMDXXXVIII. — A M. BERTRAND, A BERNE.

Aux Délices, 21 septembre.

Je vous écris, mon cher monsieur, en sortant de l'*Orphelin de la
Chine*, qui a été assez bien joué. Je crois qu'incessamment vous aurez
la même troupe à Berne; elle sera dans votre ville. Vous n'êtes pas
gens à chercher votre plaisir ailleurs que chez vous. On ne parle plus
du tout à Berne de la querelle qu'une [1] ou deux personnes très-mépri-
sées ont voulu exciter. L'indignation contre ces brouillons subsiste; et
leurs sottises sont livrées à l'oubli, digne punition des sots. Je vous
remercie bien tendrement de toutes vos attentions obligeantes pour
du vin que je voudrais bien boire avec vous. J'écris à M. le bailli
de Lausanne, ne voulant rien faire sans son aveu. Il est vrai que le
vin de la Côte me fait mal à la gorge; mais je risquerais volontiers des
esquinancies pour jouir de la liberté et de la douceur helvétiques.
J'espère que ma maison de Lausanne sera prête pour le mois de novembre.

On m'écrit de Vienne que le combat entre les Russes et les Prussiens
a été entièrement à l'avantage des Russes, et que le comte de Dohna,
que le roi de Prusse envoyait pour commander à la place du général
Lehwald, est très-dangereusement blessé. On presse vivement à
Vienne et à Ratisbonne la cérémonie du ban de l'Empire. On s'attend,
pendant ce temps-là, à une bataille entre les troupes du roi de Prusse
et celles du prince de Soubise, vers Eisenach.

Si après cela nous avons la paix, il faut avouer qu'elle sera chère-
ment achetée. Il paraît ici une espèce d'Histoire du roi de Prusse;

1. Jacob Vernet. (ÉD.)

c'est l'ouvrage d'un gredin, cela fait mal au cœur. J'ai peur que le fiscal de l'Empire n'ajoute un chapitre à cette histoire.

Mille tendres respects à M. et à Mme de Freudenreich. Adieu, mon très-cher philosophe.

MMDXXXIX. — A M. DE LA MICHODIÈRE, INTENDANT D'AUVERGNE.

Monsieur, c'est à Breslau, à Londres et à Dordrecht, qu'on commença, il y a environ trente ans, à supputer le nombre des habitants par celui des baptêmes. On multiplia, dans Londres, le nombre des baptêmes par 35, à Breslau, par 33. M. de Kerseboum, magistrat de Dordrecht, prit un milieu. Son calcul se trouva très-juste; car, s'étant donné la peine de compter un par un tous les habitants de cette petite ville, il vérifia que sa règle de 34 était la plus sûre.

Cependant elle ne l'est ni dans les villes dont il part beaucoup d'émigrants, ni dans celles où viennent s'établir beaucoup d'étrangers; et, dans ce dernier cas, on ajoute pour les étrangers un supplément qu'il n'est pas malaisé de faire.

Toutes ces règles ne sont pas d'une justesse mathématique; vous savez mieux que moi, monsieur, qu'il faut toujours se contenter de l'à peu près. La fameuse méridienne de France n'est certainement pas tirée en ligne droite; le roi n'a pas le même revenu tous les ans, et le complet n'est jamais dans les troupes. Il n'y a que Dieu qui ait fait au juste le dénombrement des combattants du peuple d'Israël, qui se trouva de six cent mille hommes au bout de deux cent quinze ans, tous descendants de Jacob, sans compter les femmes, les vieillards, et les enfants.

Les habitants de Clermont en Auvergne ne peuvent avoir augmenté dans cette miraculeuse progression. Ceux qui ont attribué quarante-cinq mille citoyens à cette ville, ont presque autant exagéré que l'historien Josèphe, qui comptait douze cent mille âmes dans Jérusalem pendant le siége. Jérusalem n'en a jamais pu contenir trente mille. Lorsque j'étais à Bruxelles, on me disait que la ville avait cinquante mille habitants : le pensionnaire, après avoir pris toutes les instructions qu'il pouvait, m'avoua qu'il n'en avait pas trouvé dix-sept mille.

J'ai fait usage de la règle de 34 à Genève; elle s'est trouvée un peu trop forte. On compte dans Genève environ vingt-cinq mille habitants; il y naît environ sept cent soixante-quinze enfants, année commune : or 775 multiplié par 34 donne 26 350.

La règle de 33 donnerait 25 575 têtes à Genève. Cela posé, monsieur, il paraît évident qu'il y a tout au plus vingt mille personnes à Clermont, et ce nombre ne doit pas vous paraître extraordinaire; les hommes ne peuplent pas comme le prétendent ceux qui nous disent froidement qu'après le déluge il y avait des millions d'hommes sur la terre. Les enfants ne se font pas à coups de plume, et il faut des circonstances fort heureuses pour que la population augmente d'un vingtième en cent années. Un dénombrement fait en 1718, probablement très-fautif, ne donne à Clermont que 1324 feux; si on comptait (en exagérant) dix personnes par feu, ce ne serait que 13 240 têtes; et si, depuis ce temps, le nombre en était monté à vingt mille, ce serait un progrès dont il n'y a guère d'exemples. Il vaut mieux croire que l'auteur du dénombrement des feux s'est trompé; mais quand même il se serait trompé de moitié, quand même il y aurait eu le double de feux qu'il suppose, c'est-à-dire 2648, jamais on ne compte que cinq à six habitants par feu: mettons-en six, il y aurait eu alors 15 888 habitants à Clermont; et, depuis ce temps, le nombre se serait accru jusqu'à vingt mille par une administration heureuse, et par des événements que j'ignore. Tout concourt donc, monsieur, à persuader que Clermont ne contient en effet que vingt mille habitants; s'il s'en trouvait quarante mille sur environ 588 baptêmes par an, ce serait un prodige unique dont je ne pourrais demander la raison qu'à vos lumières.

Voilà, monsieur, ce que mes faibles connaissances me permettent de répondre à la lettre dont vous m'avez honoré. Cette lettre me fait voir quelle est votre exactitude et votre sage application dans votre gouvernement; elle me remplit d'estime pour vous, monsieur; et ce n'est que par pure obéissance à vos ordres que je vous ai exposé mes idées, que je dois en tout soumettre aux vôtres. Vous êtes à portée de faire une opération beaucoup plus juste que ma règle. On vient, dans toute l'étendue de la domination de Berne, d'envoyer dans chaque maison compter le nombre des maîtres, des domestiques, et même des chevaux. Il est vrai qu'on s'en rapporte à la bonne foi de chaque particulier, dans le seul pays de l'Europe où l'on ne paye pas la moindre taxe au souverain, et où cependant le souverain est très-riche. Mais, sous une administration telle que la vôtre, quel particulier pourrait déranger, par sa réticence, une opération utile qui ne tend qu'à faire connaître le nombre des habitants, et à leur procurer des secours dans le besoin?

J'ai l'honneur d'être avec la plus respectueuse estime, etc.

MMDXL. — A M. LE COMTE D'ARGENTAL.

Aux Délices, 1er octobre.

Je ne vous ai point encore parlé, mon divin ange, de M. et de Mme de Montferrat, qui sont venus bravement faire inoculer leur fils unique à Genève. Ils viennent souvent dîner dans mon petit ermitage, où ils voient des gens de toutes les nations, sans excepter le pays d'Alzire.

Nous avons aux portes de Genève une troupe dans laquelle il y a quelques acteurs passables. J'ai eu le plaisir de voir jouer l'Orphelin de la Chine, pour la première fois de ma vie. J'ai, dans plus d'un endroit, souhaité des Clairon et des Lekain; mais on ne peut tout avoir. C'est vous, mon cher et respectable ami, que je souhaite toujours, et que je ne vois jamais. Vous m'allez dire qu'après avoir vu des comédies, je devrais être encouragé à en donner; que je devrais vous envoyer Fanime dans son cadre pour le mois de novembre; mais je vous conjure de vous rendre aux raisons que j'ai de différer. Empêchez, je vous en supplie, qu'on ne me prodigue à Paris. Ce serait actuellement un très-grand chagrin pour moi d'être livré au public. Il viendra un temps plus favorable ; et alors vous gratifierez les comédiens de cette *Fanime*, quand vous la jugerez digne de paraître. Nous nous amuserons à donner des essais sur notre petit théâtre de Lausanne, et nous vous enverrons ces essais ; mais point de Paris à présent. Comptez que ce n'est point dégoût, c'est sagesse ; car, en vérité, rien n'est si sage que de s'amuser paisiblement de ses travaux, sans les exposer aux critiques de votre parterre. Je vous supplie instamment de me mander s'il est vrai que vous ayez à Paris ou à la cour un comte de Grotter, grand maréchal de la maison du roi de Prusse, tout fraîchement débarqué, pour demander quelque accommodement qui sera, je crois, plus difficile à négocier que ne l'a été l'union de la France et de l'Autriche. Je reçois assez souvent des lettres du roi de Prusse, beaucoup plus singulières, beaucoup plus étranges que toute sa conduite avec moi depuis vingt années. Je vous jure que la chose est curieuse. Je vois tout à présent avec tranquillité. Je suis heureux au pied des Alpes ; mais je n'y serais pas, si l'envie et le brigandage qui règnent à Paris dans la littérature ne m'avaient arraché à ma patrie et à vous. Je me flatte que Mme d'Argental continue à jouir d'une bonne santé. Je vous embrasse tendrement, mon cher et respectable ami.

MMDXLI. — A M. THIERIOT.

Aux Délices, 1er octobre.

Vraiment, je n'ai point eu cette lettre que vous m'écrivîtes huit jours après m'avoir envoyé les *Mémoires* de Hubert. Il se perdit, dans ce temps-là, un paquet du courrier de Lyon, sans qu'on ait pu jamais savoir ce qu'il est devenu. Les amants et les banquiers sont ceux qui perdent le plus à ces aventures. Je ne suis ni l'un ni l'autre, mais je regrette fort votre lettre. Nous avons depuis longtemps, mon ancien ami, celle de *Fédéric* au très-aimable et très-humain conjuré anglais réfugié[1], gouverneur de Neuchâtel. Je vous assure que j'en reçois de beaucoup plus singulières encore, et de lui et de sa famille. J'ai vu bien des choses extraordinaires en ma vie ; je n'en ai point vu qui approchassent de certaines choses qui se passent et que je ne peux dire. Ma philosophie s'affermit et se nourrit de toutes ces vicissitudes.

Vous ai-je mandé que M. et Mme de Montferrat sont venus ici bravement faire inoculer un fils unique qu'ils aiment autant que leur propre vie ? Mesdames de Paris, voilà de beaux exemples. Mme la comtesse de Toulouse ne pleurerait pas aujourd'hui M. le duc d'Antin, si on avait eu du courage. Un fils du gouverneur du Pérou, qui sort de mon ermitage, me dit qu'on inocule dans le pays d'Alzire. Les Parisiens sont vifs et tardifs.

Ce ne sont pas les auteurs de l'*Encyclopédie* qui sont tardifs ; je crois le septième tome imprimé, et je l'attends avec impatience. La cour de Pétersbourg n'est pas si prompte ; elle m'envoie toutes les archives de

1. Milor: Maréchal. (ÉD.)

Pierre le Grand. Je n'ai reçu que le recueil de tous les plans, et un des médaillons d'or grands comme des patènes.

Je vous assure que je suis bien flatté que les descendants des Lisois soient contents de ce qui m'est échappé, par-ci par-là, sur leur respectable maison. Nous autres badauds de Paris, nous devons chérir les Montmorency par-dessus toutes les maisons du royaume. Ils ont été nos défenseurs-nés; ils étaient les premiers seigneurs, sans contredit, de notre Ile-de-France, les premiers officiers de nos rois, et, presque en tout temps, les chefs de la gendarmerie royale. Ils sont aux autres maisons ce qu'une belle dame de Paris est à une belle dame de province; et, en qualité de Parisien et de barbouilleur de papier, j'ai toujours eu ce nom en vénération. Ce serait bien autre chose, si je voyais la beauté près de laquelle vous avez le bonheur de vivre.

Quel est donc ce paquet que vous m'envoyez contre-signé *Bouret?* Je voudrais bien que ce fût un paquet russe; car j'ai actuellement plus de correspondance avec la grande Permie et Archangel, qu'avec Paris. Est-il vrai que M. Bouret n'a plus le portefeuille des fermes générales, et qu'il est réduit à ne plus songer qu'à son plaisir? Bonsoir; je vous quitte pour aller planter.

> ....Mais planter à cet âge!
> Disaient trois jouvenceaux, enfants du voisinage;
> Assurément il radotait.

Au moins, je radote heureusement; et je finis bien plus tranquillement que je n'ai commencé.   *Vale, amice. Le Suisse* **V.**

MMDXLII. — A Frédéric II, roi de Prusse.

Octobre.

Sire, votre *Épître* d'Erfurt est pleine de morceaux admirables et touchants. Il y aura toujours de très-belles choses dans ce que vous ferez, et dans ce que vous écrirez. Souffrez que je vous dise ce que j'ai écrit à Son Altesse Royale votre digne sœur, que cette *Épître* fera verser des larmes si vous n'y parlez pas des vôtres. Mais il ne s'agit pas ici de discuter avec Votre Majesté ce qui peut perfectionner ce monument d'une grande âme et d'un grand génie; il s'agit de vous et de l'intérêt de toute la saine partie du genre humain, que la philosophie attache à votre gloire et à votre conservation

Vous voulez mourir; je ne vous parle pas ici de l'horreur douloureuse que ce dessein m'inspire. Je vous conjure de soupçonner au moins que, du haut rang où vous êtes, vous ne pouvez guère voir quelle est l'opinion des hommes, quel est l'esprit du temps. Comme roi, on ne vous le dit pas; comme philosophe et comme grand homme, vous ne voyez que les exemples des grands hommes de l'antiquité. Vous aimez la gloire, vous la mettez aujourd'hui à mourir d'une manière que les autres hommes choisissent rarement, et qu'aucun des souverains de l'Europe n'a jamais imaginée, depuis la chute de l'empire romain. Mais, hélas! Sire, en aimant tant la gloire, comment pouvez-vous vous obstiner à un projet qui vous la fera perdre? Je vous ai déjà représenté la douleur de vos amis, le triomphe de vos ennemis, et les insultes d'un certain genre d'hommes qui mettra lâchement son devoir à flétrir une action généreuse.

J'ajoute, car voici le temps de tout-dire, que personne ne vous regardera comme le martyr de la *liberté*. Il faut se rendre justice; vous savez dans combien de cours on s'opiniâtre à regarder votre entrée en Saxe comme une infraction du droit des gens. Que dira-t-on dans ces cours? que vous avez vengé sur vous-même cette invasion; que vous n'avez pu résister au chagrin de ne pas donner la loi. On vous accusera d'un désespoir prématuré, quand on saura que vous avez pris cette résolution funeste dans Erfurt, quand vous étiez encore maître de la Silésie et de la Saxe. On commentera votre *Épître* d'Erfurt, on en fera une critique injurieuse; on sera injuste, mais votre nom en souffrira.

Tout ce que je représente à Votre Majesté est la vérité même. Celui que j'ai appelé le *Salomon du Nord* s'en dit davantage dans le fond de son cœur.

Il sent qu'en effet, s'il prend ce funeste parti, il y cherche un honneur dont pourtant il ne jouira pas. Il sent qu'il ne veut pas être humilié par des ennemis personnels; il entre donc dans ce triste parti de l'amour-propre du désespoir. Écoutez contre ces sentiments votre raison supérieure; elle vous dit que vous n'êtes point humilié, et que vous ne pouvez l'être; elle vous dit qu'étant homme comme un autre, il vous restera (quelque chose qui arrive) tout ce qui peut rendre les autres hommes heureux, biens, dignités, amis. Un homme qui n'est que *roi* peut se croire très-infortuné quand il perd des États; mais un philosophe peut se passer d'États. Encore, sans que je me mêle en aucune façon de politique, je ne peux croire qu'il ne vous en restera pas assez pour être toujours un souverain considérable. Si vous aimiez mieux mépriser toute grandeur, comme ont fait Charles-Quint, la reine Christine, le roi Casimir et tant d'autres, vous soutiendriez ce personnage mieux qu'eux tous; et ce serait pour vous une grandeur nouvelle. Enfin tous les partis peuvent convenir, hors le parti odieux et déplorable que vous voulez prendre. Serait-ce là la peine d'être philosophe, si vous ne saviez pas vivre en homme privé, ou si, en demeurant souverain, vous ne saviez pas supporter l'adversité?

Je n'ai d'intérêt dans tout ce que je dis que le bien public et le vôtre. Je suis bientôt dans ma soixante et cinquième année, je suis né infirme; je n'ai qu'un moment à vivre; j'ai été bien malheureux, vous le savez; mais je mourrais heureux, si je vous laissais sur la terre mettant en pratique ce que vous avez si souvent écrit.

MMDXLIII. — A M. DARGET.

Aux Délices, 5 octobre 1757.

Bénis soient les Russes qui m'ont procuré une de vos lettres, mon cher monsieur! Vous êtes un homme charmant; on voit bien que vous n'abandonnez pas vos amis au besoin. Mais comment l'écrit, que vous avez la bonté de m'envoyer, vous est-il parvenu? Savez-vous bien que c'est pour moi que le roi de Prusse avait bien voulu faire rédiger ce mémoire ? Il est parmi mes paperasses depuis 1738, et j'en ai même fait usage dans les dernières éditions de la *Vie de Charles XII*. Je l'ai négligé depuis comme un échafaudage dont on n'a plus besoin. J'en avais même égaré une partie, et vous avez la bonté de m'en faire parvenir une copie entière dans le temps qu'il peut m'être plus utile que jamais. Il est vrai que l'impératrice de Russie a paru souhaiter que je travaillasse à l'histoire du règne de son père, et que je donnasse au public un détail de cette création nouvelle. La plupart des choses que M. de Vokenrodt a dites, étaient vraies autrefois et ne le sont plus. Pétersbourg n'était autrefois qu'un amas irrégulier de maisons de bois; c'est à présent une ville plus belle que Berlin, peuplée de trois cent mille hommes; tout s'est perfectionné à peu près dans cette proportion. Le czar a créé et ses successeurs ont achevé. On m'envoie toutes les archives de Pierre le Grand. Mon intention n'est pas de dire combien il y avait de vessies de cochon à la fête des cardinaux qu'il célébrait tous les ans, ni combien de verres d'eau-de-vie il faisait boire aux filles d'honneur à leur déjeuner; mais tout ce qu'il a fait pour le bien du genre humain dans l'étendue de deux mille lieues de pays. Nous ne nous attendions pas, mon cher ami, quand nous étions à Potsdam, que les Russes viendraient à Kœnisberg avec cent pièces de gros canon, et que M. de Richelieu serait dans le même temps aux portes de Magdebourg. Ce qui pourra peut-être encore vous étonner, c'est que le roi de Prusse m'écrive aujourd'hui et que je sois occupé à le consoler. Nous voilà tous éparpillés. Vous souvenez-vous qu'entre vous et Algarotti c'était à qui décamperait le premier ? Mais que devient votre fils ? est-il toujours là ? ou bien avez-vous la consolation de le voir auprès de vous? je vous serais très-obligé de m'en instruire. J'aime encore mieux des mémoires sur ce qui vous regarde que sur l'empire de Russie; cependant, puisque vous avez encore quelques anecdotes sur ce pays-là, je vous serai aussi fort obligé de vouloir bien m'en faire part. J'ai reçu votre paquet contre-signé Bouret : cette voie est prompte et sûre. Je m'amuserai dans ma douce retraite avec l'empire de Russie, et je verrai en philosophe les révolutions de l'Allemagne, tandis que vous formerez de bons officiers dans l'École militaire. M. Duverney doit être déjà bien satisfait des succès de cet établissement par lequel il s'immortalise. Il faut qu'il travaille et qu'il soit utile jusqu'au dernier moment de sa vie. Je me flatte que la vôtre est heureuse, que votre emploi vous laisse du loisir et que vous ne vous repentez pas d'avoir quitté les bords de la Sprée. Il ne reste plus là que ce pauvre d'Argens; je le plains, mais je plains encore plus son maître. Mon jardin est beaucoup plus agréable que celui de Potsdam, et heureusement on n'y fait point de parade. Je me laisse aller, comme je peux, au plaisir de m'entretenir avec vous sans beaucoup de suite, mais avec le plaisir qu'on sent à causer avec son compatriote et son ami. Il me semble que nous nous retrouvons; je crois vous voir et vous entendre. Conservez votre amitié au *Suisse* VOLTAIRE.

MMDXLIV. — A M. LE COMTE D'ARGENTAL.

Aux Délices, 5 octobre.

Voilà qui est plaisant, mon cher ange ! M. Darget m'envoie un manuscrit que le roi de Prusse fit rédiger pour moi, il y a près de vingt ans, et dont j'ai déjà fait usage dans les dernières éditions de *Charles XII*. Je ne lui en suis pas moins obligé. Il me promet quelques autres anecdotes que je ne connais pas. C'est donc vous qui vous mettez à favoriser l'histoire, et qui faites des infidélités au *tripot*? Je vous renouvelle la prière que je vous ai faite par ma précédente; et cette prière est d'attendre. Laissons *Iphigénie en Crimée* reparaître avec tous ses avantages; ne nous présentons que dans les temps de disette; ne nous prodiguons point, il faut qu'on nous désire un peu. Eh bien ! ce M. de Gotter est-il à Paris, comme on le dit? Personne ne m'en parle, et je suis bien curieux. Je voudrais vous écrire quatre pages, et je finis parce que la poste part. Nous faisons ici des mariages; nous rendons service, Mme Denis et moi, à notre petit pays Roman, et nous allons jouer en trois actes *la Femme qui a raison* [1].

Mille tendres respects.

MMDXLV. — DE MADAME LA MARGRAVE DE BAREUTH.

Le 8 octobre.

Vos lettres me sont toutes bien parvenues. L'agitation de mon esprit a si fort accablé mon corps, que je n'ai pu vous répondre plus tôt. Je suis surprise que vous soyez étonné de notre désespoir. Il faut que les nouvelles soient bien rares dans vos cantons, puisque vous ignorez ce qui se passe dans le monde. J'avais dessein de vous faire une relation détaillée de l'enchaînement de nos malheurs. Ma faiblesse y a mis obstacle. Je ne vous la ferai que très-abrégée. La bataille de Kollin était déjà gagnée, et les Prussiens étaient les maîtres du champ de bataille, sur la montagne, à l'aile droite des ennemis, lorsqu'un certain mauvais génie, que vous n'aimez point, s'avisa, contre les ordres exprès qu'il avait reçus du roi, d'attaquer le corps de bataille autrichien; ce qui causa un grand intervalle entre l'aile gauche prussienne, qui était victorieuse, et ce corps. Il empêcha aussi que cette aile fût soutenue. Le roi boucha le vide avec deux régiments de cavalerie. Une décharge de canons à cartouches les fit reculer et fuir. Les Autrichiens, qui avaient eu le temps de se reconnaître, tombèrent en flanc et à dos sur les Prussiens. Le roi, malgré son habileté et ses peines, ne put remédier au désordre. Il fut en danger d'être pris ou tué. Le premier bataillon des gardes à pied lui donna le temps de se retirer, en se jetant devant lui. Il vit massacrer ces braves gens, qui périrent tous, à la réserve de deux cents, après avoir fait une cruelle boucherie des ennemis. Le blocus de Prague fut levé le lendemain. Le roi forma deux armées; il donna le commandement de l'une à mon frère de Prusse, et garda l'autre. Il tira un cordon depuis Lissa jusqu'à Leutmeritz, où

---

1. Comédie de Voltaire. (ÉD.)

il posa son camp. La désertion se mit dans son armée. De près de trente mille Saxons, à peine il en resta deux à trois mille. Le roi avait en face l'armée de Nadasti ; mon frère, qui était à Lissa, celle de Daun. Mon frère tirait ses vivres de Zittau ; le roi, du magasin de Leutmeritz. Daun passa l'Elbe, et déroba une marche au prince de Prusse. Il prit Gabel, où étaient quatre bataillons prussiens, et marcha à Zittau. Le prince décampa pour aller au secours de cette ville. Il perdit les équipages et les pontons, les voitures étant trop larges et ne pouvant passer par les chemins étroits des montagnes. Il arriva à temps pour sauver la garnison, et une partie du magasin. Le roi fut obligé de rentrer en Saxe. Les deux armées combinées campèrent à Bautzen et Bernstadt ; celle des Autrichiens entre Görlitz et Schonaw, dans un poste inattaquable. Le 17 de septembre, le roi marcha à l'ennemi, pour tâcher de s'emparer de Gorlitz. Les deux armées en présence se canonnèrent sans effet ; mais les Prussiens parvinrent à leur but, et prirent Gorlitz. Ils se campèrent alors depuis Bernstad, sur les hauteurs de Jauernick, jusqu'à la Neiss, où le corps du général Winterfeld commençait, s'étendant jusqu'à Radomeritz. L'armée du prince de Soubise, combinée avec celle de l'Empire, s'était avancée jusqu'à Erfurt. Elle pouvait couper l'Elbe, en se postant à Leipsick, ce qui aurait rendu la position du roi fort dangereuse. Il quitta donc l'armée, dont il donna le commandement au prince de Bevern, et marcha avec beaucoup de précipitation et de secret sur Erfurt. Il faillit à surprendre l'armée de l'Empire ; mais ces troupes craintives s'enfuirent en désordre dans les défilés impénétrables de la Thuringe, derrière Eisenach. Le prince de Soubise, trop faible pour s'opposer aux Prussiens, s'y était déjà retiré. Ce fut à Erfurt, et ensuite à Naumbourg, où le destin déchaîna ses flèches empoisonnées contre le roi. Il apprit l'indigne traité conclu par le duc de Cumberland, la marche du duc de Richelieu, la mort et la défaite de Winterfeld, qui fut attaqué par tout le corps de Nadasti, consistant en vingt-quatre mille hommes, et n'en ayant que six mille pour se défendre ; l'entrée des Autrichiens en Silésie, et celle des Suédois dans l'Ucker-Marck, où ils semblaient prendre la route de Berlin. Joignez à cela la Prusse, depuis Memmel jusqu'à Kœnigsberg, réduite en un vaste désert ; voilà un échantillon de nos infortunes. Depuis, les Autrichiens se sont avancés jusqu'à Breslau. L'habile conduite du prince de Bevern les a empêchés d'y mettre le siège. Ils sont présentement occupés à celui de Schweidnitz. Un de leurs partis, de quatre mille hommes, a tiré des contributions de Berlin même. L'arrivée du prince Maurice leur a fait vider le pays du roi. Dans ce moment, on vient me dire que Leipsick est bloqué ; mon frère de Prusse y est fort malade ; le roi est à Torgau ; jugez de mes inquiétudes et de mes douleurs ; à peine suis-je en état de finir cette lettre. Je tremble pour le roi, et qu'il ne prenne quelque résolution violente. Adieu ; souhaitez-moi la mort, c'est ce qui pourra m'arriver de plus heureux.   WILHELMINE.

MMDXLVI. — De Frédéric II, roi de Prusse.

9 octobre 1757.

Je suis homme, il suffit, et né pour la souffrance;
Aux rigueurs du destin j'oppose ma constance.

Mais avec ces sentiments, je suis bien loin de condamner Caton et
Othon; le dernier n'a eu de beau moment que celui de sa mort.

Croyez que si j'étais Voltaire,
Et particulier comme lui,
Me contentant du nécessaire,
Je verrais voltiger la fortune légère,
Et m'en moquerais aujourd'hui.
Je connais l'ennui des honneurs,
Le fardeau des devoirs, le jargon des flatteurs,
Ces misères de toute espèce,
Et ces détails de petitesse
Dont il faut s'occuper dans le sein des grandeurs
Je méprise la vaine gloire,
Quoique poëte et souverain.
Quand du ciseau fatal, en tranchant mon destin,
Atropos m'aura vu plongé dans la nuit noire,
Qu'importe l'honneur incertain
De vivre après ma mort au temple de mémoire?
Un instant de bonheur vaut mille ans dans l'histoire.
Nos destins sont-ils donc si beaux?
Le doux plaisir et la mollesse,
La vive et naïve allégresse,
Ont toujours fui des grands la pompe et les travaux.
Ainsi la fortune volage
N'a jamais causé mes ennuis;
Soit qu'elle me flatte ou m'outrage,
Je dormirai toutes les nuits
En lui refusant mon hommage.
Mais notre état fait notre loi;
Il nous oblige, il nous engage
A mesurer notre courage
Sur ce qu'exige notre emploi.
Voltaire dans son ermitage,
Dans son pays dont l'héritage
Est son antique bonne foi,
Peut s'adonner en paix à la vertu du sage,
Dont Platon nous marqua la loi.
Pour moi, menacé du naufrage,
Je dois, en affrontant l'orage,
Penser, vivre, et mourir en roi

FÉDÉRIC.

MMDXLVII. — DE MADAME LA MARGRAVE DE BAREUTH.

Le 16 octobre.

Accablée par les maux de l'esprit et du corps, je ne puis vous écrire qu'une petite lettre. Vous en trouverez une ci-jointe qui vous récompensera au centuple de ma brièveté. Notre situation est toujours la même : un tombeau fait notre point de vue. Quoique tout semble perdu, il nous reste des choses qu'on ne pourra nous enlever; c'est la fermeté et les sentiments du cœur. Soyez persuadé de notre reconnaissance, et de tous les sentiments que vous méritez par votre attachement et votre façon de penser, digne d'un vrai philosophe.

WILHELMINE

MMDXLVIII. — A FRÉDÉRIC II, ROI DE PRUSSE.

Octobre.

Sire, ne vous effrayez pas d'une longue lettre, qui est la seule chose qui puisse vous effrayer.

J'ai été reçu chez Votre Majesté avec des bontés sans nombre; je vous ai appartenu, mon cœur vous appartiendra toujours. Ma vieillesse m'a laissé toute ma vivacité pour ce qui vous regarde, en la diminuant pour tout le reste. J'ignore encore, dans ma retraite paisible, si Votre Majesté a été à la rencontre du corps d'armée de M. de Soubise, et si elle s'est signalée par de nouveaux succès. Je suis peu au fait de la situation présente des affaires; je vois seulement qu'avec la valeur de Charles XII, et avec un esprit bien supérieur au sien, vous vous trouvez avoir plus d'ennemis à combattre qu'il n'en eut, quand il revint à Stralsund; mais il y a une chose bien sûre, c'est que vous aurez plus de réputation que lui dans la postérité, parce que vous avez remporté autant de victoires sur des ennemis plus aguerris que les siens, et que vous avez fait à vos sujets tous les biens qu'il n'a pas faits, en ranimant les arts, en fondant des colonies, en embellissant les villes. Je mets à part d'autres talents aussi supérieurs que rares, qui auraient suffi à vous immortaliser. Vos plus grands ennemis ne peuvent vous ôter aucun de ces mérites; votre gloire est donc absolument hors d'atteinte. Peut-être cette gloire est-elle actuellement augmentée par quelque victoire; mais nul malheur ne vous l'ôtera. Ne perdez jamais de vue cette idée, je vous en conjure.

Il s'agit à présent de votre bonheur; je ne parlerai pas aujourd'hui des Treize-Cantons. Je m'étais livré au plaisir de dire à Votre Majesté combien elle est aimée dans le pays que j'habite; mais je sais qu'en France elle a beaucoup de partisans. Je sais très-positivement qu'il y a bien des gens qui désirent le maintien de la balance que vos victoires avaient établie. Je me borne à vous dire des vérités simples, sans oser me mêler, en aucune façon, de politique; cela ne m'appartient pas. Permettez-moi seulement de penser que, si la fortune vous était entièrement contraire, vous trouveriez une ressource dans la France, garante de tant de traités; que vos lumières et votre esprit vous ménageraient cette ressource; qu'il vous resterait toujours assez d'États pour tenir un rang très-considérable dans l'Europe; que le grand-

Électeur, votre bisaïeul, n'en a pas été moins respecté, pour avoir cédé quelques-unes de ses conquêtes. Permettez-moi, encore une fois, de penser ainsi en vous soumettant mes pensées. Les Caton et les Othon, dont Votre Majesté trouve la mort belle, n'avaient guère autre chose à faire qu'à servir ou qu'à mourir; encore Othon n'était-il pas sûr qu'on l'eût laissé vivre. Il prévint, par une mort volontaire, celle qu'on lui eût fait souffrir. Nos mœurs et votre situation sont bien loin d'exiger un tel parti; en un mot, votre vie est très-nécessaire. Vous sentez combien elle est chère à une nombreuse famille, et à tous ceux qui ont l'honneur de vous approcher. Vous savez que les affaires de l'Europe ne sont jamais longtemps dans la même assiette, et que c'est un devoir pour un homme tel que vous de se réserver aux événements. J'ose vous dire bien plus; croyez-moi, si votre courage vous portait à cette extrémité héroïque, elle ne serait pas approuvée; vos partisans la condamneraient, et vos ennemis en triompheraient. Songez encore aux outrages que la nation fanatique des bigots ferait à votre mémoire. Voilà tout le prix que votre nom recueillerait d'une mort volontaire; et, en vérité, il ne faudrait pas donner à ces lâches ennemis du genre humain le plaisir d'insulter à votre nom si respectable.

Ne vous offensez pas de la liberté avec laquelle vous parle un vieillard qui vous a toujours révéré et aimé, et qui croit, d'après une longue expérience, qu'on peut tirer de très-grands avantages du malheur. Mais heureusement nous sommes très-loin de vous voir réduit à des extrémités si funestes, et j'attends tout de votre courage et de votre esprit, hors le parti malheureux que ce même courage peut me faire craindre. Ce sera une consolation pour moi, en quittant la vie, de laisser sur la terre un roi philosophe.

MMDXLIX. — A M. Bertrand.

Lausanne, 21 octobre.

Il y a, mon très-cher philosophe, force méchants et force fous en ce bas monde, comme vous le remarquez très à propos; mais vous êtes la preuve qu'il y a aussi des gens vertueux et sages. Les La Beaumelle et les insectes de cette espèce pourraient nous faire prendre le genre humain en haine; mais des cœurs tels que M. et Mme de Freudenreich nous raccommodent avec lui. Il s'en trouve de cette trempe à Genève. Les brouillons qui ont répondu avec amertume à vos sages insinuations, sont désapprouvés de leurs confrères, et ont excité l'indignation des magistrats. Pour moi, j'ai tenu la parole que j'ai donnée de ne rien lire des pauvretés que des gens de très-mauvaise foi se sont avisés d'écrire. Toute cette basse querelle est venue de ce que j'ai donné l'*Histoire générale* aux Cramer, au lieu d'en gratifier un autre. Le chef de la cabale est celui-là même qui a fait imprimer l'*Histoire générale* en deux volumes, lorsqu'elle était imparfaite, tronquée, et très-licencieuse. Il s'élève contre elle lorsqu'elle est complète, vraie, et sage. Je n'ai fait que produire les lettres de ce tartufe, par lesquelles il me priait de lui donner mon manuscrit. Elles l'ont couvert de confusion. Il se meurt de chagrin : je le plains, et je me tais. Il demanda, il y a six semaines, au conseil, communication du procès de Servet. On le refusa tout net. Hélas! il aurait vu peut-être qu'on brûla ce pauvre diable avec des bourrées vertes où les feuilles étaient encore; il fit prier maître Jehan Calvin, ou Chauvin, de demander au moins des fagots secs; et maître Jehan répondit qu'il ne pouvait en conscience se mêler de cette affaire. En vérité, si un Chinois lisait ces horreurs, ne prendrait-il pas nos disputeurs d'Europe pour des monstres?

Ajoutons, pour couronner l'œuvre, que c'est un antitrinitaire qui veut aujourd'hui justifier la mort de Servet.

> *Quam temere in nosmet legem sancimus iniquam!*
> Hor., lib. I, sat. III, v. 67.

Je vais écrire pour avoir des nouvelles de Syracuse. Il n'est pas juste qu'elle perde l'honneur de son tremblement; il faut qu'il soit enregistré dans le greffe de mon philosophe.

Je n'ai point encore déballé mes livres. La maison est pleine de charpentiers, de maçons, de bruit, de poussière, et de fumée. Je l'aime, malgré le tourment qu'elle me donne, à cause du plaisir qu'elle me donnera.

Bonsoir, mon vertueux ami. Dieu nous donne la paix cet hiver, ou au plus tard le printemps! Si j'osais, je lui demanderais un peu de santé; mais je n'irai pas le prier de déranger l'ordre des choses pour donner un meilleur estomac à un squelette de cinq pieds trois pouces de haut sur un pied et demi de circonférence.

Tout malingre que je suis, je ne me plains guère, et je vous aime de tout mon cœur.

MMDL. — DE CHARLES-THÉODORE, ÉLECTEUR PALATIN.

Manheim, ce 25 octobre.

J'ai reçu, monsieur, avec bien de la reconnaissance, l'importante nouvelle que vous m'avez communiquée; vous pouvez être persuadé du secret inviolable que je vous garderai. Vous me donnez, dans cette occasion, une preuve bien réelle des sentiments que vous voulez bien avoir pour moi. Je serai très-charmé d'être à portée de pouvoir vous faire plaisir, et vous témoigner la reconnaissance et la parfaite estime avec laquelle je suis, etc., CHARLES-THÉODORE, *électeur.*

MMDLI. — A M. THIERIOT.

Au Chêne, 26 octobre.

Je vous envoie, mon cher ami, la réponse que je devais à M. d'Héguerti : elle a traîné quelques jours sur mon bureau. Si vous le voyez, je vous prie de lui dire combien je suis satisfait de son ouvrage et reconnaissant de son présent.

J'aime le commerce pour le bien public, car, pour le mien, je ne devrais pas trop l'aimer. Je m'étais avisé, il y a quelques années, de mettre une partie de mon avoir entre les mains des commerçants de Cadix. Je trouvais qu'il était beau de recevoir des lettres de la Véra-

Crux et de Lima. Messieurs de Gades et des Colonnes d'Hercule peuvent y avoir gagné ; et j'y ai beaucoup perdu. Je n'en suis pas moins persuadé que le commerce est l'âme d'un État. C'est ainsi que j'aime les beaux-arts et que je les crois toujours utiles, malgré tout le mal que l'envie attachée aux arts m'a pu faire. Dites-moi, je vous prie, à propos de ces arts que tant de coquins déshonorent, s'il est vrai que le misérable La Beaumelle soit sorti de la Bastille en même temps que votre archevêque est revenu de Conflans, et l'abbé Chauvelin de son exil. Puisque le roi est en train de donner la paix à ses sujets, j'espère qu'il la donnera à l'Europe. Si, dans les circonstances présentes, il en est le pacificateur, il jouera un plus beau rôle que Louis XIV.

Vous ne m'avez point parlé de Mme de Sandwich ; ne vous a-t-elle pas laissé par son testament quelque marque de son souvenir ? Qu'est devenu le diamant que vous avait laissé cette pauvre Mme de La Popelinière ? Êtes-vous encore puni de vous être attaché à elle ?

Je n'ai rien reçu encore de Pétersbourg.

> .... *Pendent opera interrupta, minæque*
> *Murorum ingentes........ .....*

Virg., Æneid.., lib. IV, v. 88.

J'ai grand'peur que l'hydropisie d'Élisabeth ne nuise à l'Histoire de Pierre. Ce qui se passe à présent mérite un petit morceau curieux. Il fournira, si je vis, un ou deux chapitres à l'*Histoire générale* que vous aimez. Il ne sera pas inutile de faire voir comment le pays sablonneux de Brandebourg avait formé une puissance contre laquelle il a fallu de plus grands efforts qu'on n'en a jamais fait contre Louis XIV. J'ai sur ces événements des anecdotes uniques ; mais c'est à présent le temps de se taire.

Quant à cette pauvre *Jeanne*, je vous réitère que personne ne connaît la véritable. Si jamais vous venez sur les bords de mon lac, nous la lirons au pied de la statue de *messer Ludovico Ariosto. Interim, vale. Sed quid novi?*

MMDLII. — A M. PALISSOT.

Au Chêne, à Lausanne, 29 octobre.

La mort de ce pauvre petit Patu me touche bien sensiblement, monsieur. Son goût pour les arts et la candeur de ses mœurs me l'avaient rendu très-cher. Je ne vois point mourir de jeune homme sans accuser la nature ; mais, jeune ou vieux, nous n'avons presque qu'un moment ; et ce moment si court, à quoi est-il employé ? J'ai perdu le temps de mon existence à composer un énorme fatras, dont la moitié n'aurait jamais dû voir le jour. Si, dans l'autre moitié, il y a quelque chose qui vous amuse, c'est au moins une consolation pour moi. Mais croyez-moi, tout cela est bien vain, bien inutile pour le bonheur. Ma santé n'est pas trop bonne : vous vous en apercevrez à la tristesse de mes réflexions. Cependant je m'occupe avec Mme Denis à embellir mes retraites auprès de Genève et de Lausanne. Si jamais vous faites un nouveau voyage vers le Rhône, vous savez que sa source est sous mes fenêtres. Je serais charmé de vous voir encore, et de philosopher **avec** vous. Conservez votre souvenir au *Suisse* V.

MMDLIII. — A M. DUPONT, AVOCAT.

Au Chêne, à Lausanne, 5 novembre.

Croyez-moi, je renonce à toutes les chimères
    Qui m'ont pu séduire autrefois;
Les faveurs du public et les faveurs des rois
    Aujourd'hui ne me touchent guères
Le fantôme brillant de l'immortalité
Ne se présente plus à ma vue éblouie.
Je jouis du présent, j'achève en paix ma vie
    Dans le sein de la liberté.
Je l'adorai toujours, et lui fus infidèle;
    J'ai bien réparé mon erreur;
    Je ne connais de vrai bonheur
    Que du jour que je vis pour elle.

Mon bonheur serait encore plus grand, mon cher Dupont, si vous pouviez le partager. Libre dans ma retraite auprès de Genève, libre auprès de Lausanne, sans rois, sans intendant, sans jésuites; n'ayant d'autres devoirs que mes volontés; ne voyant que des souverains qui vont à pied, et qui viennent dîner chez moi; aussi agréablement logé qu'on puisse l'être; tenant, avec ma nièce, une fort bonne maison, sans aucun embarras, il ne me manque que vous. Nos spectacles de Lausanne ne commenceront qu'en janvier. C'est malheureusement le temps où vous plaidez :

Et pro sollicitis non tacitus reis,
Et centum puer artium.

Hor., lib. IV, od. 1.

C'est grand dommage que vous soyez à Colmar. Une femme, des enfants et des plaideurs vous arrêtent dans votre Haute-Alsace. Vous seriez bien content de la vie de Lausanne et des agréments de ma petite terre des Délices; mais votre destinée vous retient où vous êtes.

Quand je vous dis que j'ai renoncé aux rois, cela ne m'empêche pas de recevoir souvent des lettres du roi de Prusse. Je suis occupé depuis trois mois à le consoler; c'est une belle et douce vengeance. Il avoue que je suis plus heureux que lui, et cela me suffit. J'ai fait depuis peu, avec l'électeur palatin, une affaire aussi bonne qu'avec le duc de Wurtemberg. Voilà comme il faut en user avec les souverains, et ne jamais dépendre d'eux. J'embrasse Mme Dupont et vos enfants aimables. *Vale, vive felix, et me ama.*

Mes respects à M. et Mme de Klinglin.   VOLTAIRE.

MMDLIV. — A M. LE MARÉCHAL DUC DE RICHELIEU.

Aux Délices, 5 novembre.

Je sais bien que quand on fait des marches savantes, quand on a quatre-vingt mille hommes et de grandes affaires, un *héros* ne répond guère à un pauvre diable de Suisse. Mais, en vérité, monseigneur, je je vous ai mandé une anecdote assez singulière, assez intéressante, assez importante pour devoir me flatter que vous voudrez bien ne me pas laisser dans l'incertitude inquiétante si vous avez reçu ou non ma lettre. Les choses sont toujours dans le même état. On persiste dans la première résolution qu'on avait prise, on dit qu'on l'exécutera, si l'on est poussé à bout.

Je vous ai mandé que j'avais pris la liberté de conseiller qu'on s'adressât à vous préférablement à tout autre. Je vous demande en grâce au moins de mander, par un secrétaire, à votre ancien courtisan, le Suisse Voltaire, si vous avez reçu la lettre dans laquelle je vous faisais part d'une chose aussi singulière.

Mme Denis se porte toujours fort mal, et vous présente ses hommages, aussi bien que le solitaire votre admirateur, affligé de votre silence.

MMDLV. — A M. LE COMTE D'ARGENTAL.

Aux Délices, 8 novembre.

Cela est d'une belle âme, mon cher ange, de m'envoyer de quoi vous faire des infidélités. Je veux avoir des procédés aussi nobles que vous ; vous trouverez le premier acte assez changé. C'est toujours beaucoup que je vous donne des vers quand je suis abîmé dans la prose, dans les bâtiments, et dans les jardins. J'ai bien moins de temps à moi que je ne croyais ; on s'est mis à venir dans mes retraites ; il faut recevoir son monde, dîner, se tuer, et, qui pis est, perdre son temps. J'en ai trouvé pourtant pour votre *Fanime ;* mais je vous avertis que je la veux un peu coupable, c'est-à-dire coupable d'aimer comme une folle, sans avoir d'autres motifs de sa fuite que les craintes que l'amour lui a inspirées pour son amant. Je serai d'ailleurs honteux pour le public s'il reçoit cette tragédie amoureuse plus favorablement que *Rome sauvée* et qu'*Oreste ;* cela n'est pas juste. Une scène de *Cicéron*, une scène de *César* sont plus difficiles à faire, et ont plus de mérite que tous les emportements d'une femme trompée et délaissée. Le sujet de *Fanime* est bien trivial, bien usé ; mais enfin vos premières loges sont composées de personnes qui connaissent mieux l'amour que l'histoire romaine. Elles veulent s'attendrir, elles veulent pleurer, et avec le mot d'*amour* on a cause gagnée avec elles. Allons donc, mettons-nous à l'eau rose pour leur plaire. Oublions mon âge. Je ne devrais ni planter des jardins, ni faire des vers tendres ; cependant j'ai ces deux torts, et j'en demande pardon à la raison.

Je ne décide pas plus entre Brizard et Blainville, qu'*entre Genève et Rome*[1]. Je vous envoie, selon vos ordres, mon compliment à l'un et à l'autre, et vous choisirez.

Vraiment, on[2] m'a demandé déjà la charpente de mon visage pour l'Académie. Il y a un ancien portrait[3] d'après Latour, chez ma nièce de Fontaine ; il faut qu'elle fasse une copie de ce hareng sauret · mais

---

1. *Henriade*, chant II, vers 5. (ÉD.) — 2. L'abbé d'Olivet. (ÉD.)
3. Ce portrait est de 1731, d'autres disent de 1736. (ÉD.)

elle est actuellement avec son ami [1] et ses dindons dans sa terre, et ne reviendra que cet hiver. Vous aurez alors ma maigre figure. Dalembert s'était chargé auprès d'elle de cette importante négociation. Je ne suis pas fâché que mon *Salomon du Nord* ait quelques partisans dans Paris, et qu'on voie que je n'ai pas loué un sot. Je m'intéresse à sa gloire par amour-propre, et je suis bien aise en même temps, par raison et par équité, qu'il soit un peu puni. Je veux voir si l'adversité le ramènera à la philosophie. Je vous jure qu'il y a un mois qu'il n'était guère philosophe; le désespoir l'emportait; ce n'est pas un rôle désagréable pour moi de lui avoir donné dans cette occasion des conseils très-paternels. L'anecdote est curieuse. Sa vie et, révérence parler, la mienne sont de plaisants contrastes; mais enfin il avoue que je suis plus heureux que lui, c'est un grand point et une belle leçon. Mille respects à tous les anges.

MMDLVI. — A M. DARGET.

Aux Délices, 9 de novembre 1757.

Vous aurez votre part, mon cher et ancien ami, à l'histoire de Russie, si ma mauvaise santé me permet d'achever cet ouvrage. Je vous remercie de votre nouveau présent. Ce gros Maustein est, je pense, celui qui a été massacré par des pandours. Il est plaisant que lui, qui était aussi pandour qu'eux, se soit avisé d'être auteur. Je lui avais conseillé de retrancher au moins le récit de son bel exploit de recors, quand il alla saisir le maréchal de Munich, et qu'il l'emmena garrotté avec son écharpe. Je me souviens que le maréchal Keith était de mon avis, et qu'il trouvait fort mauvais qu'un lieutenant-colonel se vantât de cette action d'huissier à verge. Mais je vois, par votre manuscrit, qu'il n'a pu résister au plaisir que donne la gloire; son nouveau maître l'a toujours aimée, et ne l'a pas toujours bien connue. Ce Pyrrhus n'a pas toujours écouté ses Cinéas. Je ne suis pas surpris qu'il vous ait rendu votre fils; mais pourquoi n'a-t-il pas permis que tout le bien de cet enfant sortît avec lui? Apparemment qu'en cas d'un malheur (qui n'arrivera pas, à ce que j'espère), ce bien devrait revenir aux parents de sa mère; mais les parents de sa mère n'étaient pas, ce me semble, ses sujets.

Enfin vous voilà fixé. Votre fils fait votre consolation, vous êtes tranquille; et il paraît que vous avez borné vos désirs, car, si je ne me trompe, vous étiez à portée de faire une fortune assez considérable dans bien des emplois dont vos anciens amis ont disposé. Je vous prie de ne me pas oublier auprès de M. de Croismare, et de vouloir bien recevoir en échange de vos manuscrits (je vous les renverrai dans quelques semaines) le fatras de mes rêveries imprimées, que les Cramer de Genève sont chargés de vous remettre. Si on m'avait consulté pour l'impression, il y en aurait quatre fois moins; mais la manie des gens à bibliothèque est aussi grande que celle des auteurs. *Poco e bene* devrait être la devise des barbouilleurs de papier et des lecteurs; c'est

---

1. Florian. (ÉD.)

justement tout le contraire. Je joins à mes anciennes folies celle de bâtir près de Lausanne, et de planter des jardins près de Genève. Chacun a son Sans-Souci; mais les housards ne viendront pas dans le mien. Je voudrais que vous pussiez voir mes retraites; nous avons tous les jours du monde de Paris, et vous êtes l'homme que je désirerais le plus de posséder. Mais il faut y renoncer, et me contenter de vous aimer de loin. Adieu, conservez-moi un souvenir qui m'est bien cher.

MMDLVII. — A FRÉDÉRIC II, ROI DE PRUSSE.

13 novembre.

Sire, votre *Épître* à d'Argens m'avait fait trembler; celle dont Votre Majesté m'honore me rassure. Vous sembliez dire un triste adieu dans toutes les formes, et vouloir précipiter la fin de votre vie. Non-seulement ce parti désespérait un cœur comme le mien, qui ne vous a jamais été assez développé, et qui a toujours été attaché à votre personne, quoi qu'il ait pu arriver; mais ma douleur s'aigrissait des injustices qu'une grande partie des hommes ferait à votre mémoire.

Je me rends à vos trois derniers vers, aussi admirables par le sens que par les circonstances où ils sont faits :

> Pour moi, menacé du naufrage,
> Je dois, en affrontant l'orage,
> Penser, vivre, et mourir en roi.

Ces sentiments sont dignes de votre âme; et je ne veux entendre autre chose par ces vers, sinon que vous vous défendrez jusqu'à la dernière extrémité avec votre courage ordinaire. C'est une des preuves de ce courage supérieur aux événements, de faire de beaux vers dans une crise où tout autre pourrait à peine faire un peu de prose. Jugez si ce nouveau témoignage de la supériorité de votre âme doit faire souhaiter que vous viviez. Je n'ai pas le courage, moi, d'écrire en vers à Votre Majesté dans la situation où je vous vois; mais permettez que je vous dise tout ce que je pense.

Premièrement, soyez très-sûr que vous avez plus de gloire que jamais. Tous les militaires écrivent de tous côtés qu'après vous être conduit à la bataille du 18 comme le prince Condé à Senef, vous avez agi dans tout le reste en Turenne. Grotius disait : « Je puis souffrir les injures et la misère, mais je ne peux vivre avec les injures, la misère, et l'ignominie ensemble. » Vous êtes couvert de gloire dans vos revers; il vous reste de grands États; l'hiver vient; les choses peuvent changer. Votre Majesté sait que plus d'un homme considérable pense qu'il faut une balance, et que la politique contraire est une politique détestable; ce sont leurs propres paroles.

J'oserai ajouter encore une fois que Charles XII, qui avait votre courage avec infiniment moins de lumières et moins de compassion pour ses peuples, fit la paix avec le czar sans s'avilir. Il ne m'appartient pas d'en dire davantage, et votre raison supérieure vous en dit cent fois plus.

Je dois me borner à représenter à Votre Majesté combien sa vie est nécessaire à sa famille, aux États qui lui demeureront, aux philosophes qu'elle peut éclairer et soutenir, et qui auraient, croyez-moi, beaucoup de peine à justifier devant le public une mort volontaire, contre laquelle tous les préjugés s'élèveraient. Je dois ajouter que, quelque personnage que vous fassiez, il sera toujours grand.

Je prends, du fond de ma retraite, plus d'intérêt à votre sort que je n'en prenais dans Potsdam et dans Sans-Souci. Cette retraite serait heureuse, et ma vieillesse infirme serait consolée, si je pouvais être assuré de votre vie, que le retour de vos bontés me rend encore plus chère.

J'apprends que monseigneur le prince de Prusse est très-malade; c'est un nouveau surcroît d'affliction, et une nouvelle raison de vous conserver. C'est très-peu de chose, j'en conviens, d'exister pour un moment au milieu des chagrins, entre deux éternités qui nous engloutissent; mais c'est à là grandeur de votre courage à porter le fardeau de la vie, et c'est être véritablement roi que de soutenir l'adversité en grand homme.

MMDLVIII. — A M. ET A MADAME D'ÉPINAI.

Je ne suis point encore assez heureux pour être en état d'aller rendre mes devoirs à M. et à Mme d'Épinai. On m'assure que madame se porte déjà beaucoup mieux; nous l'assurons, Mme Denis et moi, de l'intérêt vif que nous y prenons, et de notre empressement à recevoir ses ordres.

MMDLIX. — A MADAME LA COMTESSE DE LUTZELBOURG.

Aux Délices, 19 novembre.

Je n'ai que le temps et à peine la force, madame, de vous dire en deux mots combien je suis affligé du dernier malheur[1]. On doit le sentir plus vivement à Strasbourg qu'ailleurs. Je ne sais si monsieur votre fils était dans cette armée. En ce cas, je tremble pour lui. Si vous avez une relation, je vous supplie de vouloir bien me l'envoyer.

Mme Denis est très-malade. Je la garde. Pardon d'écrire si peu. Je répare cela en aimant beaucoup. Vous connaissez mon tendre respect.

MMDLX. — A M. LE COMTE D'ARGENTAL.

Aux Délices, 19 novembre.

Vous avez un cœur plus tendre que le mien, mon cher ange; vous aimez mieux mes tragédies que moi. Vous voulez qu'on parle d'amour, et je suis honteux de nommer ce beau mot avec ma barbe grise. Toutes mes bouteilles d'eau rose sont à l'autre bout du grand lac à Lausanne. J'y ai laissé *Fanime* et *la Femme qui a raison*, et tout l'attirail de Melpomène et de Thalie; c'est à Lausanne qu'est le théâtre. Nous plantons aux Délices; et actuellement je ne pourrais que traduire les *Géorgiques*. Cependant je vous envoie à tout hasard le petit billet que vous demandez. Je croyais l'avoir mis dans ma dernière lettre; j'ai encore des distractions de poëte, quoique je ne le sois plus guère.

1. La bataille de Rosbach, 5 novembre 1757. (ÉD.)

Je serais bien fâché, mon divin ange, de donner des spectacles nouveaux à votre bonne ville de Paris, dans un temps où vous ne devez être occupés qu'à réparer vos malheurs et votre humiliation; il faut qu'on ait fait ou d'étranges fautes, ou que les Français soient des lévriers qui se soient battus contre des loups. Luc n'avait pas vingt-cinq mille hommes, encore étaient-ils harassés de marches et de contre-marches. Il se croyait perdu sans ressource, il y a un mois; et si bien, si complétement perdu, qu'il me l'avait écrit; et c'est dans ces circonstances qu'il détruit une armée de cinquante mille hommes. Quelle honte pour notre nation! Elle n'osera plus se montrer dans les pays étrangers. Ce serait là le temps de les quitter, si malheureusement je n'avais fait des établissements fort chers que je ne peux plus abandonner.

Ces correspondances, dont on vous a parlé, mon cher ange, sont précisément ce qui devrait engager à faire ce que vous avez eu la bonté de proposer, et ce que je n'ai pas demandé. Je trouve la raison qu'on vous a donnée aussi étrange que je trouve vos marques d'amitié naturelles dans un cœur comme le vôtre.

Si Mme de Pompadour avait encore la lettre que je lui écrivis quand le roi de Prusse m'*enquinauda* à Berlin, elle y verrait que je lui disais qu'il viendrait un temps où l'on ne serait pas fâché d'avoir des Français dans cette cour. On pourrait encore se souvenir que j'y fus envoyé en 1743, et que je rendis un assez grand service; mais M. Amelot, par qui l'affaire avait passé, ayant été renvoyé immédiatement après, je n'eus aucune récompense. Enfin je vois beaucoup de raisons d'être bien traité, et aucune d'être exilé de ma patrie; cela n'est fait que pour des coupables, et je ne le suis en rien.

Le roi m'avait conservé une espèce de pension que j'ai depuis quarante ans, à titre de dédommagement; ainsi ce n'était pas un bienfait, c'était une dette comme des rentes sur l'Hôtel-de-Ville. Il y a sept ans que je n'en ai demandé le payement; vous voyez que je n'importune pas la cour.

Le portrait que vous daignez demander, mon cher ange, est celui d'un homme qui vous est bien tendrement uni, et qui ne regrette que vous et votre société dans tout Paris. L'Académie aura la copie du portrait peint par La Tour. Il faut que je vous aime autant que je fais, pour songer à me faire peindre à présent. Quant au roman que vous m'envoyez, il faudrait en aimer l'auteur autant que je vous aime, pour le lire; et vous savez que je n'ai pas beaucoup de temps à perdre. Il faut que je démêle dans l'histoire du monde, *depuis Charlemagne jusqu'à nos jours*, ce qui est roman et ce qui est vrai. Cette petite occupation ne laisse guère le loisir de lire les *Anecdotes syriennes et égyptiennes*.

Puisque vous avez un avocat nommé Doutremont, je changerai ce nom dans *la Femme qui a raison;* j'avais un Doutremont dans cette pièce. Je me suis déjà brouillé avec un avocat qui se trouva par hasard nommé Gripon : il prétendit que j'avais parlé de lui, je ne sais où.

M. le maréchal de Richelieu me boude et ne m'écrit point. Il trouve mauvais que je n'aie pas fait cent lieues pour l'aller voir

MMDLXI. — A M. LE MARQUIS DE THIBOUVILLE.

Aux Délices, novembre.

Mme Denis est malade, mon cher ami; je lui lis d'une voix un peu cassée vos histoires amoureuses d'Égypte et de Syrie. Vous faites nos plaisirs dans notre retraite. Mme Denis est, à la vérité, un peu paresseuse; mais vous savez qu'une femme qui souffre sur sa chaise longue, au pied des Alpes, a peu de choses à mander; c'est à vous, qui êtes au milieu du fracas de Paris, au centre des nouvelles et des tracasseries, à consoler les malades solitaires par vos lettres. Nous avons renoncé au monde; mais nous l'aimerions si vous en parliez. Nous pensons qu'un homme qui écrit si bien les aventures syriaques et égyptiennes , pourrait nous égayer beaucoup avec les parisiennes; mais vous ne nous en dites jamais un mot. Cela refroidit le zèle de Mme Denis; elle dit qu'elle s'intéresse presque autant à ce qui se passe entre Mersbourg et Weissenfeld qu'à ce qui s'est fait à Memphis. Nous sommes consternés de la dernière aventure. Ma nièce croyait que cinquante mille Français pourraient la venger des quatre baïonnettes de Francfort. Elle s'est trompée.

Elle vous fait mille tendres compliments; et je vous renouvelle, du fond de mon cœur, les sentiments qui m'attachent à vous depuis si longtemps.

Nous avons une comédie nouvelle, que nous jouerons à Lausanne; y voulez-vous un rôle?

MMDLXII. — A DOM FANGÉ, ABBÉ DE SÉNONES.

20 novembre.

Il serait difficile, monsieur, de faire une inscription digne de l'oncle et du neveu; à défaut de talent, je vous offre ce que me dicte mon zèle :

Des oracles sacrés que Dieu daigna nous rendre,
Son travail assidu perça l'obscurité;
Il fit plus, il les crut avec simplicité,
Et fut, par ses vertus, digne de les entendre.

Il me semble, au moins, que je rends justice à la science, à la foi, à la modestie, à la vertu de feu dom Calmet; mais je ne pourrai jamais célébrer, ainsi que je le voudrais, sa mémoire, qui me sera infiniment chère, etc.

MMDLXIII. — A M. THIERIOT.

Aux Délices, 20 novembre.

Je vois par vos lettres, mon ancien ami, que la rivière d'Ain en a englouti une vers le temps de la mort de Mme de Sandwich; car je n'ai jamais reçu celle par laquelle vous me parliez de la mort et du testament de cette philosophe anglaise, de votre pension remise, etc

Je vous répète qu'il se noya dans ce temps-là un courrier, et que jamais on n'a retrouvé sa malle.

Je crois qu'on serait moins affligé à Paris et à Versailles, si les courriers qui ont apporté la nouvelle de la dernière bataille s'étaient noyés en chemin. Je n'ai point encore de détails, mais on dit le désastre fort grand, et la terreur plus grande encore. Le roi de Prusse se croyait perdu, anéanti sans ressource, quinze jours auparavant, et le voilà triomphant aujourd'hui; c'est un de ces événements qui doivent confondre toute la politique. La postérité s'étonnera toujours qu'un électeur de Brandebourg, après une grande bataille perdue contre les Autrichiens, après la ruine totale de ses alliés, poursuivi en Prusse par cent mille Russes vainqueurs, resserré par deux armées françaises qui pouvaient tomber sur lui à la fois, ait pu résister à tout, conserver ses conquêtes, et gagner une des plus mémorables batailles qu'on ait données dans ce siècle. Je vous réponds qu'il va substituer les épigrammes aux épîtres chagrines. Il ne fait pas bon à présent pour les Français dans les pays étrangers. On nous rit au nez, comme si nous avions été les aides de camp de M. de Soubise. Que faire? Ce n'est pas ma faute. Je suis un pauvre philosophe qui n'y prends ni n'y mets; et cela ne m'empêchera pas de passer mon hiver à Lausanne, dans une maison charmante, où il faudra bien que ceux qui se moquent de nous viennent dîner.

Tros Rutulusve fuat, nullo discrimine habebo.
Æneid., X, v. 108.

Ce qui me console, c'est que nous avons pris dans la Méditerranée un vaisseau anglais chargé de tapis de Turquie, et que j'en aurai à fort bon compte. Cela tient les pieds chauds, et il est doux de voir de sa chambre vingt lieues de pays, et de n'avoir pas froid. S'il y a quelque chose de nouveau à Paris, mandez-le-moi, je vous en prie; mais vous n'écrivez que par boutades. Ayez vite la boutade d'écrire à votre ancien ami, qui vous aime.

MMDLXIV. — A madame d'Épinai.

André est un paresseux qui n'a pas porté mes billets écrits hier au soir, selon ma louable coutume. Ces billets demandaient les ordres du ressusciteur et de la ressuscitée. Le carrosse ou le fiacre le plus doux est à leurs ordres, à midi.

Je n'ai pas un moment de santé; je ne mange plus et j'ai des indigestions. Je suis sans inquiétudes et je ne dors point. C'est *la vecchiaia, la debolezza;* et c'est ce qui fait que je n'ai pu encore aller chez les dévotes du révérend père Tronchin.

A midi précis le fiacre part. Frère V.

MMDLXV. — De madame la margrave de Bareuth.

Le 23 novembre.

Mon corps a succombé sous les agitations de mon esprit, ce qui m'a empêchée de vous répondre. Je vous entretiendrai aujourd'hui de nouvelles bien plus intéressantes que celles de mon individu. Je vous avais mandé que l'armée des alliés bloquait Leipsick; je continue ma narration. Le 26, le roi se jeta dans la ville avec un corps de dix mille hommes; le maréchal Keith [1] y était déjà entré avec un pareil nombre de troupes. Il y eut une vive escarmouche entre les Autrichiens, ceux de l'Empire, et les Prussiens; les derniers remportèrent tout l'avantage, et prirent cinq cents Autrichiens. L'armée alliée se retira à Mersbourg, elle brûla le pont de cette ville et celui de Weissenfeld : celui de Halle avait déjà été détruit. On prétend que cette subite retraite fut causée par les vives représentations de la reine de Pologne, qui prévit avec raison la ruine totale de Leipsick, si on continuait de l'assiéger. Le projet des Français était de se rendre maîtres de la Sale. Le roi marcha sur Mersbourg, où il tomba sur l'arrière-garde française, s'empara de la ville, où il fit cinq cents prisonniers français. Les Autrichiens pris à l'escarmouche devant Leipsick avaient été enfermés dans un vieux château sur les murs de la ville. Ils furent obligés de céder leur gîte aux cinq cents Français, parce qu'il était plus commode, et on les mit dans la maison de correction. C'est pour vous marquer les attentions qu'on a pour votre nation, que je vous fais part de ces bagatelles. Le maréchal Keith marcha à Halle, où il rétablit le pont. Le roi, n'ayant point de pontons, se servit de tréteaux sur lesquels on assura des planches, et releva de cette façon les deux ponts de Mersbourg et de Weissenfeld. Le corps qu'il commandait se réunit à celui du maréchal Keith, à Bornerode. Ce dernier avait tiré à lui huit mille hommes commandés par le prince Ferdinand de Brunswick. On alla reconnaître, le 4, l'ennemi campé sur la hauteur de Saint-Michel; le poste n'étant pas attaquable, le roi fit dresser le camp à Rosbach, dans une plaine. Il avait une colline à dos, dont la pente était fort douce. Le 5, tandis que le roi dînait tranquillement avec ses généraux, deux patrouilles vinrent l'avertir que les ennemis faisaient un mouvement sur leur gauche. Le roi se leva de table; on rappela la cavalerie, qui était au fourrage, et on resta tranquille, croyant que l'ennemi marchait à Freibourg, petite ville qu'il avait à dos; mais on s'aperçut qu'il tirait sur le flanc gauche des Prussiens. Sur quoi le roi fit lever le camp, et défila par la gauche sur cette colline, ce qui se fit au galop, tant pour l'infanterie que pour la cavalerie. Cette manœuvre, selon toute apparence, a été faite pour donner le change aux Français. Aussitôt, comme par un coup de sifflet, cette armée en confusion fut rangée en ordre de bataille sur une ligne. Alors l'artillerie fit un feu si terrible, que des Français auxquels j'ai parlé disent que chaque coup tuait ou blessait huit ou neuf personnes. La mousqueterie ne fit pas moins d'effet. Les Français avançaient toujours en colonne, pour attaquer à la baïonnette. Ils n'étaient plus qu'à cent pas des Prussiens, lorsque la cavalerie prussienne, prenant un détour, vint tomber en flanc sur la leur avec une furie incroyable. Les Français furent culbutés et mis en fuite. L'infanterie, attaquée en

---

1. Frère puîné de milord Maréchal. (ÉD.)

flanc, foudroyée par les canons, et chargée par six bataillons et le régiment des gendarmes, fut taillée en pièces et entièrement dispersée.

Le prince Henri, qui commandait à la droite du roi, a eu la plus grande part à cette victoire, où il a reçu une légère blessure. La perte des Français est très-grande. Outre cinq mille prisonniers, et plus de trois cents officiers pris dans cette bataille, ils ont perdu presque toute l'artillerie. Au reste, je vous mande ce que j'ai appris de la bouche des fuyards, et de quelques rapports d'officiers prussiens. Le roi n'a eu que le temps de me notifier sa victoire, et n'a pu m'envoyer la relation. Le roi distingue et soigne les officiers français comme il pourrait faire les siens propres. Il a fait panser les blessés en sa présence, et a donné les ordres les plus précis pour qu'on ne leur laisse manquer de rien. Après avoir poursuivi l'ennemi jusqu'à Spielberg, il est retourné à Leipsick, d'où il est reparti, le 10, pour marcher à Torgau. Le général Marschall, des Autrichiens, faisant mine d'entrer dans le Brandebourg avec treize ou quatorze mille hommes, à l'approche des Prussiens ce corps a rétrogradé à Bautzen en Lusace. Le roi le poursuit pour l'attaquer, s'il le peut. Son dessein est d'entrer ensuite en Silésie. Malheureusement nous avons appris aujourd'hui la reddition de Schweidnitz, qui s'est rendu le 13, après avoir soutenu l'assaut; ce qui me rejette dans les plus violentes inquiétudes. Pour répondre aux articles de vos deux lettres, je vous dirai que la surdité devient un mal épidémique en France. Si j'osais, j'ajouterais qu'on y joint l'aveuglement. Je pourrais vous dire bien des choses de bouche, que je ne puis confier à la plume, par où vous seriez convaincu des bonnes intentions qu'on a eues. On les a encore. J'écrirai au premier jour au cardinal [1]. Assurez-le, je vous prie, de toute mon estime, et dites-lui que je persiste toujours dans mon système de Lyon, mais que je souhaiterais beaucoup que bien des gens eussent sa façon de penser; qu'en ce cas nous serions bientôt d'accord. Je suis bien folle de me mêler de politique. Mon esprit n'est plus bon qu'à être mis à l'hôpital. Vous me faites faire des efforts tant d'esprit que de corps pour écrire une si longue lettre. Je ne puis vous procurer que le plaisir des relations. Il faut bien que j'en profite, ne pouvant vous en procurer de plus grands, et tels que ma reconnaissance les désire. Bien des compliments à Mme Denis, et comptez que vous n'avez pas de meilleure amie que WILHELMINE.

MMDLXVI. — A MADAME D'ÉPINAI.

Heureusement Mme d'Épinai ne craint point le froid; sans cela je craindrais bien pour elle ce maudit vent du nord qui tue tous les petits tempéraments. Puisse-t-il, madame, respecter vos grands yeux noirs et vos pauvres nerfs! Quand honorerez-vous notre cabane de votre présence ? **V.**

1. De Tencin. (ÉD.)

MMDLXVII. — A M. BERTRAND.

26 novembre.

Mon cher et humain philosophe, l'aîné Cramer est en Portugal, le cadet court et fait l'amour; je lui parlerai de souscrire, et je crois qu'il le fera.

César disait que les Français étaient quelquefois plus qu'hommes, et quelquefois moins que femmes. Ils n'ont pas été hommes avec le roi de Prusse.

Il ne faut pas renoncer sitôt à sa religion pour quelques objections spécieuses. On vous a envoyé des pétrifications. Eh bien ! y en a-t-il de plus singulières que le *concha Veneris* et la langue du chien marin ? Cependant ni les chiens marins ne sont venus déposer leur langue en Calabre, ni Vénus n'y a laissé son bijou. On vous a montré des coquilles. Eh bien ! y avait-il de meilleures huîtres que dans le lac Lucrin ? et tous les lacs n'ont-ils pas pu fournir des huîtres et des poissons ? Que la mer soit venue à cinquante lieues dans les terres, qu'elle forme et qu'elle absorbe des îles, cela est commun; mais qu'elle ait formé la chaîne des montagnes du globe, cela me paraît physiquement impossible. Tout est arrangé, tout est d'une pièce.

> ....*Si quid novisti rectius istis,*
> *Candidus imperti.*
>   Hor., lib. I, ep. VI, v. 67.

Interim, vale, et me ama. Je fais un beau jardin que la mer n'engloutira pas. V.

MMDLXVIII. — DE MADAME LA MARGRAVE DE BAREUTH.

Le 30 novembre.

Schweidnitz est pris, et le prince Charles battu. C'est ainsi que la vie de l'homme est un mélange de biens et de maux. Les *traîtres Saxons* ont causé par leur rebellion la reddition de la place, qui a pourtant essuyé un assaut avant de se rendre. Je n'ai encore aucune particularité de la bataille de Breslau; tout ce que je sais est que le prince Charles, avec une armée de près de soixante mille hommes, a attaqué le prince de Bevern, qui à peine en avait la moitié, et que la victoire de ce dernier est complète. Le roi était déjà sur les frontières de Silésie, lorsqu'il apprit cette heureuse nouvelle[1]. Il marche en hâte pour couper la retraite aux Autrichiens. Je doute qu'il y parvienne, étant trop éloigné. Il s'est emparé de tous leurs magasins en Lusace; ce qui a obligé le corps de Marschall à se retirer.

J'ai reçu deux de vos lettres, avec des incluses pour le roi, que je lui enverrai par la première occasion. J'ai pris la liberté d'en tirer copie. Adhémar vous a fait, à ce qu'il m'a dit, une relation de la bataille, sans quoi je vous l'aurais envoyée. Je ne veux point priver le roi de ce plaisir. Vous la recevrez de sa main; elle vaudra sans doute beaucoup mieux que toutes les autres. J'espère que le retour de la for-

---

1. La *nouvelle* était fausse. (ÉD.)

tune aura banni toute idée sinistre de son esprit. Si le maréchal de
Richelieu s'était avancé, c'était fait de sa vie. Il serait tombé sur lui,
et serait mort l'épée à la main. Je puis vous assurer que c'était son
dessein, ce que je puis prouver par ses lettres. Je n'osais vous le dire
alors, puisqu'il me l'avait confié sous le secret. Nous avons quatre
mille lièvres ou fuyards de l'armée de l'Empire campés dans le pays.
Ce sont autant de loups affamés qui pourraient bien nous communiquer
leur faim. Ces pauvres gens ont été huit jours sans vivres, ne buvant
que de l'eau bourbeuse, et dormant à la belle étoile; on les a préparés
de cette façon à marcher au combat. Les Français étaient un peu
mieux; mais ils manquaient aussi de pain. L'Allemagne n'est point
faite pour les armées françaises; on en a déjà vu l'exemple dans la dernière guerre, il sera renouvelé dans celle-ci. Je souhaite leurs pertes
et leurs maux aux Autrichiens. J'ai un chien de tendre pour eux qui
m'empêche de leur vouloir du mal; le roi ne leur en fait qu'avec peine.
Il l'a bien prouvé; il pouvait les abîmer, s'il avait voulu les poursuivre
comme il le fallait. Qu'il est à plaindre! il passe ses jours dans le sang
et dans le carnage. C'est le destin des héros, mais un destin bien
triste pour un philosophe. Continuez, je vous prie, à me donner de
vos nouvelles. Vos lettres font mon unique récréation. Soyez persuadé
de toute mon estime. WILHELMINE.

Mes amitiés à Mme Denis.

MMDLXIX. — A MADAME D'ÉPINAI.

Madame, quand je vous appelai la *véritable philosophe* des femmes,
cela n'empêcha pas que notre docteur ne fût le *véritable philosophe*
des hommes. Il s'intitula fort mal à propos *singe de la philosophie*.
Plût à Dieu que je fusse son singe! mais, madame, faut-il que la pluie
empêche deux têtes comme la vôtre et la sienne de venir raisonner
dans mon ermitage? Nour aurons l'honneur de venir chez vous, madame, quand vous l'ordonnerez, quand vous voudrez nous recevoir,
et que je serai quitte de ma colique.

Je vous présente mon respect. V.

MMDLXX. — A M. LE COMTE D'ARGENTAL.

Aux Délices, 2 décembre.

Mon cher et respectable ami, dès que vous m'eûtes écrit que celui[1]

.... *Qui miscuit utile dulci,*

Hor., *de Art. poet.*, v. 343.

voulait bien se souvenir de moi, je lui écrivis pour l'en remercier. Je
crus devoir lui communiquer quelques rogatons très-singuliers qui auront pu au moins l'amuser. J'ai pris la liberté de lui écrire avec ma
naïveté ordinaire, sans aucune vue quelle qu'elle puisse être. Il est
vrai que j'ai une fort singulière correspondance, mais assurément elle

1. L'abbé de Bernis. (ÉD.)

ne change pas mes sentiments; et, dans l'âge où je suis, solitaire, infirme, je n'ai et ne dois avoir d'autre idée que de finir tranquillement ma vie dans une très-douce retraite. Quand j'aurais vingt-cinq ans et de la santé, je me garderais bien de fonder l'espérance la plus légère sur un prince qui, après m'avoir arraché à ma patrie, après m'avoir forcé, par des séductions inouïes, à m'attacher auprès de lui, en a usé avec moi et avec ma nièce d'une manière si cruelle.

Toutes les correspondances que j'ai ne sont dues qu'à mon barbouillage d'historien. On m'écrit de Vienne et de Pétersbourg aussi bien que des pays où le roi de Prusse perd et gagne des batailles. Je ne m'intéresse à aucun événement que comme Français. Je n'ai d'autre intérêt et d'autre sentiment que ceux que la France m'inspire; j'ai en France mon bien et mon cœur.

Tout ce que je souhaite, comme citoyen et comme homme, c'est qu'à la fin une paix glorieuse venge la France des pirateries anglaises, et des infidélités qu'elle a essuyées; c'est que le roi soit pacificateur et arbitre, comme on le fut aux traités de Vestphalie. Je désire de n'avoir pas le temps de faire l'Histoire du czar Pierre, et quelque mauvaise tragédie, avant ce grand événement[2].

Si vous pouvez rencontrer, mon divin ange, la personne[2] qui a bien voulu vous parler de moi, dites-lui, je vous prie, que j'aurais été bien consolé de recevoir deux lignes de sa main, par lesquelles il eût seulement assuré ce vieux Suisse des sentiments qu'il vous a témoignés pour moi.

Savez-vous que le roi de Prusse a marché, le 10 de novembre, au général Marschall, qui allait entrer avec quinze mille hommes en Brandebourg, et qui a reculé en Lusace? Vous pourriez bien entendre parler encore d'une bataille. Ne cessera-t-on point de s'égorger? Nous craignons la famine dans notre petit canton. Un tremblement de terre vient d'engloutir la moitié des îles Açores, dont on m'avait envoyé le meilleur vin du monde; la reine de Pologne vient de mourir de chagrin; on se massacre en Amérique; les Anglais nous ont pris vingt-cinq vaisseaux marchands. Que faire? gémir en paix dans sa tanière, et vous aimer de tout son cœur.

MMDLXXI. — A M. DALEMBERT.

Aux Délices, 2 décembre.

Dumarsais n'a commencé à vivre, mon cher philosophe, que depuis qu'il est mort; vous lui donnez l'existence et l'immortalité. Vous faites à jamais votre éloge par les *Éloges* que vous faites. On m'apprend que celui de Genève se trouve dans le nouveau tome de l'*Encyclopédie*; mais on prétend que vous y louez la modération de certaines gens. Hélas! vous ne les connaissez point; les Génevois ne disent point leur secret aux étrangers. Les agneaux que vous croyez tolérants seraient des loups, si on les laissait faire. Ils ont, en dernier lieu, joué sainte-

1. La pacification générale ne s'opéra qu'en février 1763. (ÉD.)
2. L'abbé de Bernis. (ÉD.)

ment un tour abominable à un citoyen philosophe qu'ils ont empêché d'entrer dans la magistrature, par une calomnie trop tard reconnue et trop peu punie. *Tutto'l mondo è fatto come la nostra famiglia.*

Je suis persuadé que vous êtes toujours exactement payé de votre pension brandebourgeoise. J'ai consolé pendant deux mois le roi de Prusse ; à présent il faut le féliciter. Il est vrai que ses États ne sont pas encore en sûreté ; mais il y a mis sa gloire, et il est encore en état de payer douze cents francs. Courage ; continuez, vous et vos confrères, à renverser le fantôme hideux, ennemi de la philosophie et persécuteur des philosophes. Mme Denis vous fait mille compliments.

MMDLXXII. — A M. LE COMTE D'ARGENTAL.

2 décembre.

Ne pourriez-vous point, mon cher ange, faire tenir à M. L. de B[1]. la lettre que je vous écris ? vous me feriez grand plaisir. Serait-il possible qu'on eût imaginé que je m'intéresse au roi de Prusse ? J'en suis pardieu bien loin. Il n'y a mortel au monde qui fasse plus de vœux pour le succès des mesures présentes. J'ai goûté la vengeance de consoler un roi qui m'avait maltraité ; il n'a tenu qu'à M. de Soubise que je le consolasse davantage. Si on s'était emparé des hauteurs que le diligent Prussien garnit d'artillerie et de cavalerie, tout était fini. Le général Marschall entrait de son côté dans le Brandebourg. Nous voilà renvoyés bien loin, avec une honte qui n'est pas courte. Figurez-vous que, le soir de la bataille, le roi de Prusse, soupant dans un château voisin chez une bonne dame, prit tous ses vieux draps pour faire des bandages à nos blessés. Quel plaisir pour lui ! que de générosités adroites, qui ne coûtent rien et qui rendent beaucoup ! et que de bons mots, et que de plaisanteries ! Cependant je le tiens perdu, si on veut le perdre et se bien conduire. Mais qu'en reviendra-t-il à la France ? de rendre l'Autriche plus puissante que du temps de Ferdinand II, et de se ruiner pour l'agrandir ! Le cas est embarrassant. Point de *Fanime* quand on nous bat et qu'on se moque de nous ; attendons des hivers plus agréables. Bonsoir, mon divin ange.

Nota bene que ce que j'ai confié à M. L. de B. prouve que le roi de Prusse était perdu, si on s'était bien conduit. Ce n'est pas là chercher à déplaire à Marie-Thérèse, et ce que j'ai mandé méritait un mot de réponse vague, un mot d'amitié.

MMDLXXIII. — A MADAME D'ÉPINAI.

Pour aujourd'hui, malgré mon respect pour les deux grands et beaux yeux de la véritable philosophe, je demande la permission de la robe de chambre.

J'attends aussi le véritable philosophe[2] avec impatience. J'envoie le fiacre à midi. **V.**

1. L'abbe de Bernis. (ÉD.)
2. Tronchin, à qui ce billet était adressé aussi. (ÉD.)

3 décembre.

Je vous écrivis par le dernier ordinaire, mon cher et respectable ami, un petit barbouillage assez indéchiffrable, avec une lettre ostensible pour une personne qui a été de vos amis, et que vous pouvez voir quelquefois. J'ai bien des choses à y ajouter; mais l'état de la santé de Mme d'Argental doit passer devant. Je voudrais que vous fussiez tous ici comme Mme d'Épinai, Mme de Montferrat, et tant d'autres. Notre docteur Tronchin fortifie les femmes; il ne les saigne point, il ne les purge guère; il ne fait point la médecine comme un autre. Voyez comme il a traité ma nièce de Fontaine; il l'a tirée de la mort.

Vous ne m'avez jamais parlé de Mme de Montferrat; c'est pourtant un joli salmigondis de dévotion et de coquetterie. Je ne sais où prendre Mme de Fontaine à présent, pour avoir ces portraits. L'affaire commence à m'intéresser, depuis que vous voulez bien avoir la triste ressemblance de celui qui probablement n'aura jamais le bonheur de vous revoir. Mais moi, pourquoi n'aurai-je pas, dans mes Alpes, la consolation de vous regarder sur toile, et de dire : « Voilà celui pour qui seul je regrette Paris ? » C'est à moi à demander votre portrait, c'est moi qui ai besoin de consolation.

Je reviens à ma dernière lettre. Il est certain qu'on a pris ou donné furieusement le change, quand on vous a parlé. Que pourrait-on attribuer à mes correspondances? quel ombrage pourrait en prendre la cour de Vienne? Quel prétexte singulier! Je voudrais qu'on fût aussi persuadé de mes sentiments à la cour de France qu'on l'est à la cour de l'impératrice. Mais, quels que soient les sentiments d'un particulier obscur, ils doivent être comptés pour rien; s'ils l'étaient pour quelque chose, la personne en question[2] devrait me savoir un assez grand gré des choses que je lui ai confiées. S'il a pensé que cette confidence était la suite de l'intérêt que je prenais encore au roi de Prusse, et si une autre personne[3] a eu la même idée, tous deux se sont bien trompés; je les ai instruits d'une chose qu'il fallait qu'ils sussent. Mme de Pompadour, à qui j'en écrivis d'abord, m'en parut satisfaite par sa réponse. L'autre, à qui vous m'avez conseillé d'écrire, et à qui je devais nécessairement confier les mêmes choses qu'à Mme de Pompadour, ne m'a pas répondu. Vous sentez combien son silence est désagréable pour moi, après la démarche que vous m'avez conseillée, et après la manière dont je lui ai écrit. Ne pourriez-vous point le voir? ne pourriez-vous point, mon cher ange, lui dire à quel point je dois être sensible à un tel oubli? S'il parlait encore de mes correspondances, s'il mettait en avant ce vain prétexte, il serait bien aisé de détruire ce prétexte en lui faisant connaître que, depuis deux ans, le roi de Prusse me proposa, par l'abbé de Prades, de me rendre tout ce qu'il m'avait ôté. Je refusai tout sans déplaire, et je laissai voir seulement que je ne voulais qu'une marque d'attention pour ma nièce, qui pût réparer, en quelque sorte, la manière indigne dont on en avait usé envers elle

1. L'abbé de Bernis. (Éd.) — 2. *Idem.* — 3. Mme de Pompadour. (Éd.)

Le roi de Prusse, dans toutes ses lettres, ne m'a jamais parlé d'elle. Mme la margrave de Bareuth a été beaucoup plus attentive. Vous voilà bien au fait de toute ma conduite, mon divin ange, et vous savez tous les efforts que le roi de Prusse avait faits autrefois pour me retenir auprès de lui. Vous n'ignorez pas qu'il me demanda lui-même au roi. Cette malheureuse clef de chambellan était indispensablement nécessaire à sa cour. On ne pouvait entrer aux spectacles sans être bourré par ses soldats, à moins qu'on n'eût quelque pauvre marque qui mît à l'abri. Demandez à Darget comme il fut un jour repoussé et houspillé. Il avait beau crier : *Je suis secrétaire!* on le bourrait toujours.

Au reste le roi de Prusse savait bien que je ne voulais pas rester là toute ma vie; et ce fut la source secrète des noises. Si vous pouviez avoir une conversation avec l'homme en question [1], il me semble que la bonté de votre cœur donnerait un grand poids à toutes ces raisons; vous détruiriez surtout le soupçon qu'on paraît avoir conçu que je m'intéresse encore à celui dont j'ai tant à me plaindre.

Enfin à quoi se borne ma demande? à rien autre chose qu'à une simple politesse, à un mot d'honnêteté qu'on me doit d'autant plus que c'est vous qui m'avez encouragé à écrire. Ne point répondre à une lettre dont on a pu tirer des lumières, c'est un outrage qu'on ne doit point faire à un homme avec qui on a vécu, et qu'on n'a connu que par vous.

Encore un mot, c'est que si on vous disait : « J'ai montré la lettre; on ne veut pas que je réponde à un homme qui a conseillé, il y a six semaines, au roi de Prusse de s'accommoder, » vous pourriez répondre que je lui ai conseillé aussi d'abdiquer plutôt que de se tuer comme il le voulait, et qu'il me répondit, cinq [2] jours avant la bataille :

> Je dois, en affrontant l'orage,
> Penser, vivre, et mourir en roi.

Tout cela est fort étrange. Je confie tout à votre amitié et à votre sagesse. Ma conduite est pure, vous la trouverez même assez noble. Le résultat de tout ceci, c'est que mon procédé avec votre ancien ami, ma lettre, et ma confiance, méritent ou qu'il m'écrive un mot, ou, s'il ne le peut pas, qu'il soit convaincu de mes sentiments, et qu'il les fasse valoir; voilà ce que je veux devoir à un cœur comme le vôtre.

MMDLXXV. — A M. Bertrand.

Aux Délices, 5 décembre.

Je crois que les Prussiens seraient bien plus capables de venir en France, mon très-cher philosophe, que les huîtres à l'écaille du Malabar d'être venues, comme vous le prétendez, sur l'Apennin ou les Alpes. Chaque science a son roman, et voilà celui de la physique. Si les poissons des Indes étaient arrivés chez nous, comme nos mission-

1. Bernis. (ÉD.) — 2. Lisez *vingt-sept jours.* (ÉD.)

naires vont chez eux, ils y auraient peuplé, et on les trouverait ailleurs que sur nos montagnes. J'avoue qu'il y a quelquefois des vérités
bien peu vraisemblables; par exemple, que vingt mille Prussiens
aient battu quarante-cinq mille hommes, et n'aient eu que quatre-
vingt-douze morts. La honte des Français et des Cercles devient encore plus humiliante, depuis que les Autrichiens viennent d'escalader,
en treize endroits, les retranchements des Prussiens, sous les murs
de Breslau, et de remporter une victoire complète[1]. Le comte de
Daun nous venge et nous avilit. Le roi de Prusse m'avait écrit une lettre toute farcie de vers, trois[2] jours avant la bataille de Mersbourg[3];
il me disait :

> Quand je suis voisin du naufrage,
> Il faut, en affrontant l'orage,
> Penser, vivre, et mourir en roi.

Nous verrons comment il soutiendra le revers de Breslau; on pourra
donner encore une ou deux batailles avant la fin de l'année.

Je vous envoie la lettre d'une folle que je ne connais pas; il faut
que quelqu'un se soit diverti à lui écrire sous mon nom. Comme il
est question de vous à la fin de la lettre, et de M. de Vattel votre ami,
vous saurez peut-être quelle est cette extravagante. Mille tendres respects, je vous prie, à M. et à Mme de Freudenreich. Bonsoir, mon
cher philosophe.

La folle a mis son portrait dans la lettre. Le voici; elle est jolie. La
connaissez-vous ?   V.

MMDLXXVI. — A MADAME LA COMTESSE DE LUTZELBOURG.

Aux Délices, 5 décembre.

Le petit Gayot, madame, ne nous apprend rien; mais pourquoi ne
m'apprenez-vous pas que, le 22, les serviteurs de Marie-Thérèse ont
attaqué, en treize endroits, les retranchements des Prussiens sous
Breslau, les ont tous emportés, et ont gagné une bataille meurtrière
et décisive qui nous venge et qui redouble notre honte? Les Français
sont heureux d'avoir de tels alliés. Si le roi de Prusse avait les mains
libres, je plaindrais fort de pauvres troupes éloignées de leur pays
n'ayant point de maréchal de Saxe à leur tête, et ayant appris à f..re
très-mal le pas prussien, tout étourdis et tous sots de paraître devant
leurs maîtres qui leur enseignent le pas redoublé en arrière. Le roi de
Prusse m'avait écrit trois jours[4] avant la bataille du 5 :

> Quand je suis voisin du naufrage,
> Je dois, en affrontant l'orage,
> Penser, vivre, et mourir en roi.

Nous n'avons pas voulu *qu'il mourût;* mais les généraux autrichiens

---

1. Le 22 novembre précédent. (ÉD.) — 2. Lisez *vingt-sept.* (ÉD.)
3. Rosbach. (ÉD.) — 4. Lisez *vingt-sept* jours. (ÉD.)

le veulent. Portez-vous bien, madame, vous et votre digne amie.
Mme Denis, qui se porte mieux, vous présente ses obéissances très-
humbles.

MMDLXXVII. — A M DALEMBERT.

Aux Délices, 6 décembre.

Je reçois, mon très-cher et très-utile philosophe, votre lettre du
1er de décembre. Je ne sais si je vous ai assez remercié de l'excellent
ouvrage dont vous avez honoré la mémoire de Dumarsais, qui sans
vous n'aurait point laissé de mémoire; mais je sais que je ne pourrai
jamais vous remercier assez de m'avoir appuyé de votre éloquence et
de vos raisons, comme on dit que vous l'avez fait à propos du meurtre
infâme de Servet, et de la vertu de la tolérance, dans l'article *Genève*.
J'attends ce volume avec impatience. Des misérables ont été assez du
sixième siècle pour oser, dans celui-ci, justifier l'assassinat de Servet;
ces misérables sont des prêtres. Je vous jure que je n'ai rien lu de ce
qu'ils ont écrit; je me suis contenté de savoir qu'ils étaient l'opprobre
de tous les honnêtes gens. L'un de ces coquins a demandé au conseil
des Vingt-Cinq de Genève communication de ce procès qui rendra
Calvin à jamais exécrable; le conseil a regardé cette demande comme
un outrage. Des magistrats détestent le crime auquel le fanatisme en-
traîna leurs pères, et des prêtres veulent canoniser ce crime! Vous
pouvez compter que ce dernier trait les rend aussi odieux qu'ils doivent l'être. J'en ai reçu des compliments de tous les honnêtes gens
du pays.

Quel est donc cet autre jeune prêtre, qui veut vous faire passer
pour usurier? Est-ce que vous auriez emprunté à usure à la bataille
de Kollin, lorsque votre Prussien paraissait devoir mal payer les pensions? Mais vous m'avouerez qu'à la bataille du 5 tout le monde dut
vous avancer de l'argent. Voici un nouveau rabat-joie pour les pensions, arrivé le 22 devant Breslau.

Les Autrichiens nous vengent et nous humilient terriblement. Ils
ont fait à la fois treize attaques aux retranchements prussiens, et ces
attaques ont duré six heures; jamais victoire n'a été plus sanglante et
plus horriblement belle. Nous autres drôles de Français nous sommes
plus expéditifs; notre affaire est faite en cinq minutes.

Le roi de Prusse m'écrit toujours des vers, tantôt en désespéré,
tantôt en héros; et moi, je tâche d'être philosophe dans mon ermitage. Il a obtenu ce qu'il a toujours désiré, de battre les Français, de
leur plaire et de se moquer d'eux; mais les Autrichiens se moquent
sérieusement de lui. Notre honte du 5 lui a donné de la gloire, mais
il faudra qu'il se contente de cette gloire passagère trop aisément
achetée. Il perdra ses États avec ceux qu'il a pris, à moins que les
Français ne trouvent encore le secret de perdre toutes leurs armées,
comme ils firent dans la guerre de 1741.

Vous me parlez d'écrire son histoire; c'est un soin dont il ne chargera personne, il prend ce soin lui-même. Oui, vous avez raison,
c'est un homme rare. Je reviens à vous, homme aussi célèbre dans
votre espèce que lui dans la sienne; j'ignorais absolument la sottise

dont vous me parlez; je vais m'en informer, et vous me ferez lire *le Mercure.*

Je fais comme Caton, je finis toujours ma harangue en disant : *Deleatur Carthago.* Comptez qu'il y a des traits dans l'*Éloge* de Dumarsais qui font un grand bien. Il ne faut que cinq ou six philosophes qui s'entendent pour renverser le colosse. Il ne s'agit pas d'empêcher nos laquais d'aller à la messe ou au prêche; il s'agit d'arracher les pères de famille à la tyrannie des imposteurs, et d'inspirer l'esprit de tolérance. Cette grande mission a déjà d'heureux succès. La vigne de la vérité est bien cultivée par des Dalembert, des Diderot, des Bolingbroke, des Hume, etc. Si votre roi de Prusse avait voulu se borner à ce saint œuvre, il eût vécu heureux, et toutes les académies de l'Europe l'auraient béni. La vérité gagne, au point que j'ai vu, dans ma retraite, des Espagnols et des Portugais détester l'inquisition comme des Français.

> *Macte* animo, generose *puer; sic itur ad astra.*
>   Virg., Æneid., IX, v. 641.

Autrefois on aurait dit : *Sic itur ad* ignem.

Je suis fâché des simagrées de Dumarsais à sa mort. On a imprimé que ce provincial Deslandes, qui a écrit d'un style si provincial l'*Histoire critique de la philosophie,* avait recommandé, en mourant, qu'on brûlât son livre des grands hommes morts en plaisantant. Et qui diable savait qu'il eût fait ce livre ? Mme Denis vous fait mille compliments. Le bavard vous embrasse de tout son cœur. Voyez-vous quelquefois l'aveugle clairvoyante [1] ? Si vous la voyez, dites-lui que je lui suis toujours très-attaché.

MMDLXXVIII. — A M. THIERIOT.

Aux Délices, 7 décembre.

Vous avez su, mon ancien ami, comment les Français ont été vengés par les Autrichiens. Dix-sept ponts jetés en un moment sur l'Oder, des retranchements attaqués en treize endroits à la fois, une victoire aussi complète que sanglante, l'artillerie prussienne prise, Breslau bloquée, ce sont là des consolations et des encouragements. Il faut espérer que M. le duc de Richelieu réparera de son côté le malheur de M. de Soubise. Le roi de Prusse m'écrit toujours des vers en donnant des batailles; mais soyez sûr que j'aime encore mieux ma patrie que ses vers, et que j'ai tous les sentiments que je dois avoir. Je n'ai point lu les rogatons pédantesques de je ne sais quel malheureux qui a voulu justifier le meurtre de Servet. Je sais seulement que ces écrits sont ici regardés avec mépris et avec horreur de tous les honnêtes gens sans exception. Comptez qu'il est heureux de vivre avec des magistrats qui vous disent : « Nous détestons l'injustice de nos pères, et nous regardons avec exécration ceux qui veulent la justifier. »

Vous voyez, mon ancien ami, quels progrès a faits la raison. C'est

---

1. Mme du Deffand. (ÉD.)

à ces progrès qu'on doit le peu d'effet des billets de confession et de vos dernières querelles. En d'autres temps elles auraient bouleversé le royaume.

J'ai lu et relu l'Éloge de Dumarsais, et je bénis la noble hardiesse de M. Dalembert; j'attends le septième volume de l'*Encyclopédie*. Tous les articles ne peuvent être égaux, mais il y en a d'admirables dans chaque volume.

Je suis bien aise que les poëtes fassent fortune quand leurs ouvrages ne le font pas, et qu'un poëte succède à un fermier général. J'ai aussi quelquefois chez moi une fermière générale; c'est Mme d'Épinai; mais je ne l'épouserai pas : elle a un mari jeune et aimable. Pour elle, c'est à mon gré une des femmes qui ont le meilleur esprit. Si ses nerfs étaient comme son âme et en avaient la force, elle ne serait pas à Genève entre les mains de M. Tronchin. Nous ne sommes jamais sans quelque belle dame de Paris. On ira bientôt à Genève comme on va aux eaux, et on s'en trouvera mieux.

Ferchault Réaumur avait, je crois, dix-sept mille francs de pension pour avoir gâté du fer et de la porcelaine, et pour avoir disséqué des mouches. Il a été bien payé. Vous avez, messieurs, autant de charlatanisme en physique qu'en médecine ; mais enfin il est toujours beau d'encourager des arts utiles.

Si quid novi, scribe veteri amico.

MMDLXXIX. — A M. LE COMTE D'ARGENTAL.

Aux Délices, 10 décembre.

Mon cher et respectable ami, je reçois une lettre de *Babet*, qui a troqué son panier de fleurs contre le portefeuille de ministre. J'en suis enchanté. M. Amelot ni même M. de Saint-Contest n'écrivaient pas de ce style. Je vous remercie de m'avoir procuré un bouquet de fleurs de la grosse *Babet*.

Rengaînez mes inquiétudes; mais si, dans l'occasion, on vous parlait encore de mes correspondances, assurez bien que ma première correspondance est celle de mon cœur avec la France. J'ai goûté la vengeance de consoler le roi de Prusse, et cela me suffit. Il est battant d'un côté et battu de l'autre ; à moins d'un nouveau miracle, il sera perdu. Il valait mieux être philosophe, comme il se vantait de l'être.

MMDLXXX. — A MADAME DE FONTAINE.

Aux Délices, 10 décembre.

Que faites-vous, ma paresseuse nièce ? comment vous portez-vous ? aurez-vous le temps de faire copier le portrait de votre oncle pour l'Académie française ? Dalembert se chargera de le donner, puisqu'on le demande. Je l'ai promis, et je vous prie de dégager ma parole. J'aime

---

1. Bernis, surnommé *Babet la Bouquetière*, avait remplacé Rouillé aux affaires étrangères en juin 1757. (ÉD.)

mieux les tableaux que vous m'avez envoyés pour Lausanne; cela est plus gai que le squelette d'un vieil académicien.

Je n'ai point eu de vos nouvelles depuis longtemps. Il s'est passé d'étranges choses. J'ai consolé *Luc*; je lui ai donné des conseils de *philosophe*, et il a été trop *roi* pour les suivre. Il nous a battus indignement. Il valait mieux, dira votre ami [1], faire courir des chariots d'Assyrie en rase campagne que de se faire assommer entre deux collines, et d'être obligés de s'enfuir avec honte devant six bataillons prussiens, sans avoir combattu. Quand M. de Custine est mort de ses blessures, le roi de Prusse a dit : « Je plains les Français, je regrette leur vie et leur gloire. » Il a fait déchirer les draps d'une dame auprès de Mersbourg pour faire des bandages à nos blessés, et il nous accable de bons mots. Les Autrichiens n'en disent point, mais ils battent ses troupes; ils nous vengent et nous humilient.

Vous savez que le prince de Bevern, son meilleur général, est prisonnier; que Breslau appartient du 23 de novembre à l'impératrice; que les Autrichiens vont marcher vers Berlin; que peut-être à présent M. de Richelieu a donné bataille aux troupes du roi d'Angleterre, qui ne sont pas plus honnêtes sur terre que sur mer : le droit des gens est devenu une chimère, mais le droit du plus fort n'en est point une. Voilà probablement le système de l'Europe qui va entièrement changer. Mais que nous importe? nous n'avons que notre maigre individu à conserver.

Ayez soin de votre santé. Nous avons toujours ici de belles dames de Paris; une Mme de Montferrat est venue faire inoculer son fils. Mme d'Épinai vient demander des nerfs à Tronchin; que ne venez-vous en demander aussi? J'embrasse toute votre famille, et vous surtout, et de tout mon cœur.

MMDLXXXI. — A M. DARGET.

10 décembre 1757.

Mon cher et ancien ami, j'ai lu le projet de l'hôpital; il en faudrait un bien grand pour y mettre nos pauvres soldats de l'armée de Soubise, qui ont manqué bien longtemps de pain. Heureusement les Autrichiens nous vengent; ils gagnent une bataille longue et meurtrière sous les murs de Breslau, ils prennent le prince Bevern prisonnier, ils sont dans Breslau. L'impératrice reprend sa chère Silésie, excepté Neis et la Barbarini, qu'elle n'a pas encore, mais qu'elle aura sûrement, à moins d'un miracle; et Dieu n'en fait point pour notre mécréant. Je lui donne des conseils de Cinéas, et j'ai peur qu'il ne finisse bientôt comme Pyrrhus. Vous souvenez-vous de quel air je prenais la liberté de corriger ses vers et sa prose? Je lui parle de même sur son état. C'est la seule vengeance que je puisse prendre, et elle est fort honnête. Sa gloire est en sûreté : après nous avoir bien battus, et nous avoir accablés de bons mots et de caresses, il ne devrait plus songer qu'à vivre tranquille; à ne pas s'exposer à la cérémonie du ban

1. Florian. (ÉD.)

de l'Empire, et à devenir philosophe. Il devrait aussi quelque honnêteté à ma nièce, mais il n'est pas galant. Je me flatte que M. de Richelieu fera décimer les Hanovriens. Je ne sais comment les sujets du
roi d'Angleterre se sont mis à mériter la hart sur terre et sur mer.

Je reviens à l'hôpital dont j'étais parti; il est clair que cette maison
ne sera pas sitôt fondée; mais je vous prie d'assurer M. de Chamousset
de ma sincère et stérile estime; je voudrais qu'on le fît prévôt des
marchands. Il est honteux qu'un homme qui a des intentions si nobles,
et qui paraît si exact et si laborieux, ne soit pas en place : c'est un
malheur public qu'il ne soit pas employé.

Mais vous! quand le serez-vous? Vous êtes une preuve que les talents ne sont pas tous mis en œuvre. Je bénis Dieu que vous ayez
quitté Berlin; mais je suis fâché que vous n'ayez pas trouvé mieux à
Paris, où vous deviez trouver tout. Mes compliments, je vous prie, au
laborieux mortel à qui je dois de belles tulipes. V. *diener* VOLTAIRE.

MMDLXXXII. — A MADAME D'ÉPINAI.

C'est grand dommage, madame, que vous n'existiez pas; car, lorsque vous êtes, personne assurément n'est mieux. Je n'existe guère,
mais je souhaite passionnément de vivre pour vous faire ma cour. Si
vous craignez les *escalades*[1], daignez venir jouir de la tranquillité dans
notre cabane, lorsque nous aurons battu les Savoyards. Honorez-nous
de votre présence; nous la préférons à tout. Nous sommes à vos ordres
et à vos pieds.

Les Hanovriens ont trente-huit mille hommes, et M. de Richelieu
n'en avait pu encore rassembler que trente mille le 28 novembre. Si
les Autrichiens n'étaient pas aussi bien conduits que nous sommes mal
dirigés, il ne reviendrait de Français que ceux qui déser*t*raient.

MMDLXXXIII. — A M. LE COMTE D'ARGENTAL.

Aux Délices, 12 décembre.

Mon cher ange, voici le plus grand service que vous puissiez jamais me rendre. Je ne peux vous dire à quel point je m'intéresse à
cette affaire. Il s'agit de gagner au conseil un procès qui paraît bien
juste, et dont le succès dépend de M. de Courteilles[2]. C'est contre un
receveur du domaine qu'on plaide; et les descendants du grand Budée
doivent l'emporter sur un receveur, quand ils ont la justice pour eux.
Je vous demande, avec la plus tendre instance, de parler à M. de
Courteilles avec la plus grande force. Je vous aurai une éternelle obligation.

MM. de Douglas, qui sont joints à MM. Budée de Boisi, vous rendront ce billet.

---

1. Allusion à la *fête* dite de *l'Escalade*, que l'on célébrait tous les ans à Genève, le 12 décembre, en commémoration du succès avec lequel les Génevois,
au mois de décembre 1602, avaient repoussé l'attaque nocturne des troupes du
duc de Savoie. (ÉD.)
2. Intendant des finances. (ÉD.)

MMDLXXXIV. — A M. Dalembert.

Aux Délices, 12 décembre.

Vous savez, mon cher philosophe, tous les murmures de la synagogue. M. de Cubières a dû vous en parler. Ces drôles osent se plaindre de l'éloge que vous daignez leur donner, de croire un Dieu, et d'avoir plus de raison que de foi.

Quelques-uns m'accusent d'une confédération impie avec vous. Vous savez mon innocence. Ils disent qu'ils protesteront contre votre article. Laissez-les protester et moquez-vous d'eux. Ils auront beau jurer qu'ils croient la Trinité; leurs camarades de Hollande, de Suisse et d'Allemagne, savent bien qu'il n'en est rien. Ils n'auront que la honte d'avoir renié inutilement leur créance. Mais vous, à qui quelques-uns se sont ouverts, vous qui êtes instruit de leur foi par leur bouche, ne vous rétractez pas; il y va de votre salut, votre conscience y est engagée. Ces gens-là vont se couvrir de ridicule; chaque démarche qu'ils font depuis le tombeau du diacre Pâris, la place où ils ont assassiné Servet et jusqu'à celle où ils ont assassiné Jean Hus, les rend tous également l'opprobre du genre humain. Fanatiques papistes, fanatiques calvinistes, tous sont pétris de la même m.... détrempée de sang corrompu. Vous n'avez pas besoin de mes saintes exhortations pour soutenir la gale que vous avez donnée au troupeau de Genève. Vous serez ferme, je n'en suis pas en peine; mais je ne peux m'empêcher de vous parler de leurs criailleries.

A l'égard de *Luc*, tantôt mordant, tantôt mordu, c'est un bien malheureux mortel; et ceux qui se font tuer pour ces messieurs-là sont de terribles imbéciles. Gardez-moi le secret avec les rois et avec les prêtres, et croyez que je vous suis attaché avec l'estime infinie et la reconnaissance que je vous dois. *Le vieux Suisse* V.

MMDLXXXV. — A madame d'Épinai.

Je demande aujourd'hui la permission de la robe de chambre à Mme d'Épinai. Chacun doit être vêtu suivant son état. Mme d'Épinai doit être coiffée par les Grâces, et il me faut un bonnet de nuit.

MMDLXXXVI. — A M. le comte d'Argental.

Aux Délices, 17 décembre

Il faut que vous me pardonniez, mon cher ange; je suis un bon Suisse qui avais trop pris les choses à la lettre. Vous me mandiez qu'on a plus de ménagements et plus de jalousies qu'un amant et une maîtresse, et que mes correspondances mettaient obstacle à un retour qu'on pourrait attribuer à ces correspondances mêmes. Daignez considérer que le temps où vous me parliez ainsi était précisément celui où le bon Suisse n'avait fait aucune difficulté d'avouer à Mme de Pompadour ces liaisons que je crus un peu dangereuses, sur votre lettre. Rien n'est assurément plus innocent que ces liaisons; elles se sont bornées, comme je vous l'ai dit, à consoler un roi qui m'avait fait beaucoup de mal, et à recevoir les confidences du désespoir dans lequel il était plongé alors. Je vous avertis que le roi de Prusse et l'impératrice pourraient voir les lettres que j'ai écrites à Versailles, sans que ni l'un ni l'autre pût m'en savoir le moindre mauvais gré. J'avais cru seulement que le désespoir où je voyais le roi de Prusse pouvait être un acheminement à une paix générale, si nécessaire à tout le monde, et qu'il faudra bien faire à la fin. Je ne m'attendais pas alors que nos chers compatriotes se couvriraient d'opprobre, et qu'une armée de cinquante mille hommes fuirait comme des lièvres devant six bataillons dont les justaucorps viennent à la moitié des fesses; je ne prévoyais pas que les Hanovriens assiégeraient Harbourg, et qu'ils seraient plus forts que M. de Richelieu. Nous avons grand besoin d'être heureux dans ce pays-là, car nous y sommes en horreur pour nos brigandages et méprisés pour notre lâcheté du 5 de novembre. Les Autrichiens disent qu'ils n'ont pris Breslau, et gagné la bataille, que parce qu'ils n'avaient pas de Français avec eux. Enfin, nous n'avons d'appui en Allemagne que ces mêmes Autrichiens qui se moquent de nous. Il faut espérer que M. de Richelieu rétablira notre crédit et notre gloire, et que les succès de Marie-Thérèse nous piqueront d'honneur. Si le roi de Prusse était tombé sur nous après sa victoire, nos armées découragées se seraient trouvées entre les Hanovriens enragés contre nous et les Prussiens vainqueurs; il ne revenait peut-être pas un Français d'Allemagne. Je me flatte enfin que tout sera réparé. Vous voyez que je suis aussi bon Français que bon Suisse. Tout bon que je suis, j'ai toujours sur le cœur les quatre baïonnettes que ma nièce eut dans le ventre. J'aurais voulu que le roi de Prusse eût réparé cette infamie; mais je vois qu'il est difficile de venir à bout de lui, même en lui prenant Breslau.

Au moment où je griffonne, la nouvelle vient de Francfort que nous avons été malmenés devant Harbourg; je n'en veux rien croire; ce sont des hérétiques qui le mandent; passons vite.

On a joué à Vienne l'*Orphelin de la Chine;* l'impératrice l'a redemandé pour le lendemain; voilà des nouvelles du *tripot* assez agréables. Le tripot de la guerre n'est pas si plaisant. Venons à l'article du portrait; donnez-moi des dents et des joues, et je me fais peindre par Vanloo. En attendant, mon cher ange, envoyez aux charniers Saints-Innocents, mon effigie est là trait pour trait.

J'ai actuellement chez moi Mme d'Épinai, qui vient demander des nerfs à Tronchin. Il n'y a point là de *salmigondis;* cela est philosophe, bien net, bien décidé, bien ferme. Je la quitte pourtant, et je vais au palais-Lausanne. Vous verrez, mon cher ange, des Écossais francisés, des Douglas qui ont des terres dans mon voisinage, qui ont un procès au Conseil, au rapport de M. de Courteilles. Je baise pour eux le bout de vos ailes; je vous demande votre protection. Mais vous! vous! vous avez une affaire et point d'audience; cela est drôle. Pour Dieu, expliquez-moi cela, *et vale, et ama nos.*

MMDLXXXVII. — A MADAME D'ÉPINAI.

On est aux pieds de la véritable philosophe; on est pénétré de regrets de la quitter, et de remords de n'être point allé à Genève; on demande pardon. On souhaite trois ou quatre ans de langueur à la vraie philosophe, afin qu'elle ait besoin quatre ans du grand Tronchin. Les deux ermites lui sont attachés avec tous les sentiments qu'elle inspire. Ah ! si elle pouvait venir à Lausanne !

MMDLXXXVIII. — A M. LE COMTE D'ARGENTAL.

Lausanne, 20 décembre, au soir.

Quand les Prussiens tuent tant de monde, il faut bien aussi que je vous assassine de lettres, mon cher ange. Il est difficile que vous ayez su plus tôt que nous autres Suisses la nouvelle victoire [1] du roi de Prusse, près de Neumarck en Silésie. Ce diable de *Salomon* est un terrible Philistin. La renommée le dit déjà dans Breslau ; mais il ne faut pas croire toujours la renommée. Elle parle d'une bataille entre M. de Richelieu et les Hanovriens; elle prétend que nous avons été très-malmenés [2] et je n'en veux rien croire ; car, si cela était vrai, nous perdrions encore cent mille hommes et deux cents millions, comme dans la guerre de 1741, dont Dieu nous préserve ! Peut-on songer à des *Fanime* à l'eau rose, quand on joue des tragédies si sanglantes? Dites-moi donc, je vous en prie, si vous êtes content, si vous avez eu ce que vous appelez votre audience [3]. Écrivez-moi un mot pour consoler le Suisse.

MMDLXXXIX. — A M. VERNES.

A Lausanne, 24 décembre.

Voici, monsieur, ce que me mande M. Dalembert : « J'écris à votre ami M. Vernes; il pourra vous communiquer ma lettre. Il me paraît que ces messieurs n'ont pas lu l'article *Genève*, ou qu'ils se plaignent de ce qui n'y est pas. »

Or, puisque vous voilà mon ami déclaré à Paris, communiquez-moi donc, mon cher ami, cette lettre de M. Dalembert. Je n'ai point encore le nouveau tome de l'*Encyclopédie*, et j'ignore absolument de quoi il s'agit. Je sais seulement, en général, que M. Dalembert a voulu donner à votre ville des témoignages de son estime. Il dit que le clergé de France l'accuse de vous avoir trop loués, tandis que vous autres vous vous plaignez de n'être pas loués comme il faut. Que vous êtes heureux, dans votre petit coin de ce monde, de n'avoir que de pareilles plaintes à faire, tandis qu'on s'égorge ailleurs !

Puissent tous vos confrères perpétuer cette heureuse paix, cette hu-

---

1. Celle du 5 décembre, remportée près de Leuthen et de Lissa, par Frédéric, sur Daun et le prince Charles de Lorraine. (ÉD.)

2. C'était une fausse nouvelle. Richelieu obtint même un avantage sur les Hanovriens, dans un combat, le 25 décembre. (ÉD.)

3. Relativement à une maison incendiée par les Anglais dans une île voisine de la Rochelle. (ÉD.)

manité, cette tolérance qui console le genre humain de tous les maux
auxquels il est condamné! Qu'ils détestent le meurtre abominable de
Servet, et les mœurs *atroces* qui ont conduit à ce meurtre, comme le
parlement de Paris doit détester l'assassinat infâme dont on fit périr
Anne du Bourg, et comme les Hollandais doivent pleurer sur la cendre des Barneveldt et des de Witt. Chaque nation a des horreurs à ex-
pier, et la pénitence qu'on en doit faire est d'être humain et tolérant.

Ne soyons ni calvinistes, ni papistes, mes frères, mais adorateurs
d'un Dieu clément et juste. Ce n'est point Calvin qui fit votre religion,
il eut l'honneur d'y être reçu; et vous avez parmi vous des esprits
plus philosophes et plus modérés que lui, qui font l'honneur de votre
république.

Bonsoir. Quand il s'agit de paix et de tolérance, je suis trop babil-
lard. Mes compliments à notre Arabe [1].

MMDXC. — A M. BERTRAND.

A Lausanne, 24 décembre.

Mon cher philosophe, si votre thermomètre à l'air est si au-dessous
de la glace, je m'imagine que le thermomètre de votre appartement
est comme le mien, tout près de l'eau bouillante. Je compte passer
mon hiver dans le climat doux que je me suis fait au milieu des glaces,
et que la liberté me rend encore plus doux.

Je plains le roi de Prusse d'acquérir tant de gloire aux dépens de
tant de sang. Je plains les Français qui vont se faire tuer à deux cents
lieues de leur pays, et les Suisses qui les accompagnent, et les peuples qu'ils pillent, et les ministres de Genève qui, lassés de leur vie
douce, veulent l'empoisonner en excitant contre eux-mêmes une tempête dont M. Dalembert ne fera que rire. Je n'ai point vu l'article; je
sais seulement que Dalembert n'a eu d'autre intention que de faire
leur éloge. Il faut qu'ils le méritent par leur circonspection.

J'avais vu les petits vers de l'horloger [2] de Genève; on les a un peu
rajustés, mais il est toujours singulier qu'un horloger fasse de si jolies
choses. Sa pendule va juste, et il paraît qu'il pense comme vous. C'est
aussi le sentiment de tous les magistrats de Genève sans exception.
Vous voyez que les mœurs se sont perfectionnées; on déteste les
atrocités de ses pères. Les misérables qui voudraient justifier l'assassinat de Servet, ou de du Bourg, ou de Barneveldt, et de tant d'autres,
sont indignes de leur siècle. Quoi qu'en dise l'horloger, un historien
n'a point *tort* de regarder la conduite de Calvin envers Servet comme
très-criminelle. Un ministre de Genève a chargé depuis peu un de ses
amis de consulter des manuscrits de Calvin qui sont à Paris dans la
Bibliothèque royale. Il croyait y trouver sa justification; son ami y a
trouvé tant de choses *atroces*, qu'il en est honteux. Malheur à quiconque est encore calviniste ou papiste! ne se contentera-t-on jamais
d'être chrétien? Hélas! Jésus-Christ n'a fait brûler personne; il aurait
fait souper avec lui Jean Hus et Servet.

1. Firmin Abauzit, descendant d'un médecin arabe. (ÉD.) — 2. Rival. (ÉD.)

J'ai acheté auprès de Genève une maison qui me coûte plus de cent mille livres; voilà ce que je brûlerais demain, si la tolérance et la liberté que j'ai cherchées étaient proscrites. J'ai quitté des rois pour cette liberté, et je serai encore libre auprès d'eux quand je le voudrai. Mais il vaut mieux être à soi-même qu'à un roi; et c'est ce qui me retient sur les bords du lac Léman, où je voudrais bien vous embrasser.

Mille respects à M. et Mme de Freudenreich.   **V**

MMDXCI. — A MADAME D'ÉPINAY.

A Lausanne, 26 décembre.

> Des préjugés sage ennemie,
> Vous de qui la philosophie,
> L'esprit, le cœur, et les beaux yeux,
> Donnent également envie
> A quiconque veut vivre heureux
> De passer près de vous sa vie;
> Vous êtes, dit-on, tendre amie;
> Et vous seriez encor bien mieux,
> Si votre santé raffermie
> Et votre beau genre nerveux
> Vous en donnaient la fantaisie.

Heureux ceux qui vous font la cour, malheureux ceux qui vous ont connue et qui sont condamnés aux regrets! Le hibou des Délices est à présent le hibou de Lausanne; il ne sort pas de son trou; mais il s'occupe avec sa nièce de toutes vos bontés. Il se flatte qu'il y aura de beaux jours cet hiver; car après vous, madame, c'est le soleil qui lui plaît davantage. Il a dans sa masure un petit nid bien indigne de vous recevoir; mais quand nous aurons de beaux jours et des spectacles, peut-être, madame, ne dédaignerez-vous point de faire un petit voyage le long de notre lac. Vous aurez des nerfs; M. Tronchin vous en donnera; j'espère qu'il vous accompagnera. Tous nos acteurs s'efforceront de vous plaire; nous savons que l'indulgence est au nombre de vos bonnes qualités.

Je vous demande votre protection auprès du premier des médecins, du plus aimable des hommes, et je lui demande la sienne auprès de vous. Mais si vous voyez la tribu Tronchin, et des Jallabert, et des Crommelin, etc., comme on le dit, vous ne sortirez point de Genève, vous ne viendrez point à Lausanne. L'oncle et la nièce en meurent de peur.

Recevez, madame, avec votre bonté ordinaire, le respect et le sincère attachement du hibou suisse.

Me permettez-vous, madame, de présenter mes respects à M. l'abbé de Nicolaï? Je voudrais bien que monsieur votre fils, qui est si audessus de son âge et si digne de vous, et son aimable gouverneur, voulussent bien se souvenir du Suisse de Lausanne.

MMDXCII. — DE MADAME LA MARGRAVE DE BAREUTH.

Le 27 décembre.

Si mon corps voulait se prêter aux insinuations de mon esprit, vous recevriez toutes les postes de mes nouvelles. Je suis, me direz-vous, aussi cacochyme que vous, et cependant j'écris. A cela je vous réponds qu'il n'y a qu'un Voltaire dans le monde, et qu'il ne doit pas juger d'autrui par lui-même. Voilà bien du bavardage. Je vois votre impatience d'apprendre les choses qui vous intéressent. Une bataille gagnée; Breslau au pouvoir du roi; trente-trois mille prisonniers, sept cents officiers et quatorze généraux de pris, outre cent cinquante canons et quatre mille chariots de vivres, de bagages, et de munitions, sont des nouvelles que je puis vous donner. Je n'ai pas fini. Il est resté quatre mille morts sur le champ de bataille, quatre mille blessés se sont trouvés à Breslau, et on compte quatre mille cinq cents déserteurs. Vous pouvez compter que c'est un fait non-seulement avéré par le roi et toute l'armée, mais même par une foule de déserteurs autrichiens qui ont été ici. Les Prussiens ont cinq cents morts et trois mille blessés. Cette action est unique, et paraît fabuleuse. Les Autrichiens étaient forts de quatre-vingt mille hommes; les Prussiens n'en avaient que trente-six mille. La victoire a été disputée; mais toute l'affaire n'a duré que quatre heures. Je ne me sens pas de joie de ce prodigieux changement de la fortune. Je dois ajouter encore une anecdote; le corps que commandait le roi avait fait quarante-deux milles d'Allemagne en quinze jours de temps, et n'avait eu qu'un jour pour se reposer avant de livrer cette mémorable bataille. Le roi peut dire comme César : « Je suis venu, j'ai vu, j'ai vaincu. » Il me mande qu'il n'est embarrassé à présent que de nourrir et de placer ce prodigieux nombre de prisonniers. La lettre que vous lui avez écrite, où vous lui demandez la relation de la bataille de Mersbourg[1], a été enlevée avec la mienne. Heureusement il n'y avait rien qui puisse vous faire du tort. Je vous adresse la lettre ci-jointe pour le *chapeau rouge*[2]. Pour des coquineries, il n'y a point; pour des douceurs, je n'en réponds pas.

Nous avons eu, il y a trois jours, trois secousses d'un tremblement de terre, à quatre milles d'ici; on dit que la première était forte, et qu'on a entendu des bruits souterrains. Il n'a causé aucun dommage. On n'a point d'exemple d'un pareil phénomène dans ce pays; je vous laisse le soin d'en trouver la raison. Bien des compliments à Mme Denis. Soyez persuadé de toute mon estime. WILHELMINE.

MMDXCIII. — A M. BERTRAND.

A Lausanne, 27 décembre.

Je vous souhaite une bonne et tranquille année, mon cher philosophe, car rien de bon sans tranquillité. J'épargne une lettre inutile à monsieur le banneret et à madame[3]; mais je m'adresse à vous pour

1. Ou de Rosbach. (ÉD.) — 2. Le cardinal de Tencin. (ÉD.)
3. De Freudenreich. (ÉD.)

leur présenter mes tendres respects, et mes vœux bien sincères pour
leur conservation et pour leur félicité dont ils sont si dignes. Ma nièce
se joint à moi et partage tout mon attachement. Que nous serions
flattés s'ils pouvaient honorer de leur présence ce séjour tranquille,
cette petite retraite de Lausanne que nous avons ornée dans l'espérance
de les y recevoir un jour avec vous! *Iste angulus mihi semper ridet*[1].
Je ne crois pas que j'aille jamais ailleurs, malgré les sollicitations
qu'on me fait. Quand on est aussi agréablement établi, il ne faut pas
changer. *Patria ubi bene* doit être ma devise.

J'ai lu enfin l'article *Genève* de l'*Encyclopédie*, qui fait tant de bruit.

> *Non nostrum inter vos tantas componere lites.*
>
> Virg., ecl. III, v. 108.

Je trouve seulement les Génevois très-heureux de n'avoir que de ces
petites querelles paisibles, tandis qu'on s'égorge depuis le lac des
Puants[2] jusqu'à l'Oder, et qu'on teint de sang la terre et les mers.

Il faut que ceux qui sont destinés à prêcher la paix soient au moins
pacifiques. Le grand mal, messieurs, qu'on vous accuse un peu de
variation! Eh! qui n'a pas varié? Le premier siècle ressemble-t-il au
quatrième? et *milord* Pierre[3] n'a-t-il pas couvert de rubans et de
franges l'habit simple et uni qu'il avait reçu d'un père très-uni?

Les dogmes ne se sont-ils pas accumulés d'âge en âge? On dit que
vous revenez à la simplicité des premiers temps, que vous abandonnez
l'architecture gothique, chargée de vains ornements, pour la noble
architecture des Grecs. Vous fait-on si grand tort?

M. Dalembert, à ce que vous dites, serait très-fâché que des inquisiteurs le louassent d'être tout prêt à faire brûler des hérétiques. Sans
doute il recevrait fort mal ce bel éloge, qu'il n'a jamais mérité; mais
en est-il de même de ceux qu'il loue de vouloir embrasser la simplicité
des premiers temps? Il ne dit que ce qu'il leur a entendu dire vingt
fois. Il révèle leur secret, je l'avoue; mais ce secret est celui de la
comédie; rien n'est plus public parmi vous autres que ce secret. S'ils
désavouent leurs sentiments, ils se feront peu d'honneur; s'ils les publient, ils s'attireront des disputes. Que faut-il donc faire? rien; se
taire, vivre en paix, et manger son pain à l'ombre de son figuier;
laisser aller le monde comme il va, recommander la morale et la bien-
faisance, et regarder tous les hommes comme nos frères. C'est ce que
je leur souhaite. Je vous embrasse tendrement, mon cher théologien,
humain et philosophe.

MMDXCIV. — A M. VERNES.

A Lausanne, 29 décembre.

Oui, je vous tiens, mon ami, et, tout jeune que vous êtes, je vous
fais mon prêtre. Je signe votre profession de foi[4], à condition que ni

---

1. Horace, liv. II, ode VI, vers 13-14. (ÉD.) — 2. Dans le Canada. (ÉD.)
3. C'est-à-dire saint Pierre. (ÉD.)
4. Le *Catéchisme* d'Osterwald, corrigé et amélioré par Jacob Vernes. (ÉD.)

fous ni votre aimable Arabe vous, n'y changerez jamais rien, et que vous ne mettrez jamais, comme *milord* Pierre [1], ni nœud d'épaule ni ruban sur votre bel habit uni.

Ayez la bonté de me garder les grands hommes lyonnais [2] jusqu'à mon retour. Le grand homme du jour [3] m'a fait faire des compliments, et va peut-être donner une nouvelle bataille pour ses étrennes. Il est vrai qu'il a fait conduire à Spandau [4] le théologien de Prades, qu'il a soupçonné d'avoir eu quelque commerce avec la pauvre reine de Pologne. Je ne sais si de Prades l'a confessée et communiée ; mais avouez que c'est une singulière destinée pour un gentilhomme bordelais d'être excommunié à Paris, chanoine en Silésie, et prisonnier à Spandau. Que ne venait-il sur les bords de mon lac ! il aurait signé votre *Catéchisme*, et aurait vécu paisiblement.

Or çà, *carissime frater in Deo et in Serveto*, êtes-vous bien fâché, dans le fond du cœur, qu'on dise dans l'*Encyclopédie* que vous pensez comme Origène, et comme deux mille prêtres qui signèrent leur protestation contre le pétulant Athanase ? Le bonhomme Abauzit ne rit-il pas dans sa barbe ? Vous voilà bien malade que quelques gros Hollandais vous traitent d'hétérodoxes ! Serez-vous bien lésés quand on vous reprochera d'être des infâmes, des monstres, qui ne croient qu'un seul Dieu plein de miséricorde ? Allez, allez, vous n'êtes pas si fâchés. Soyez comme Dorine qui aimait Lycas, comme vous devez le savoir. Lycas s'en vanta, et Dorine qui en fut bien aise, dit :

> Lycas est peu discret
> D'avoir dit mon secret [5].

Dalembert est Lycas, vous autres êtes Dorine, et moi je suis tout à vous, très-tendrement.

Au reste, si quelque orthodoxe ou hétérodoxe m'accusait d'avoir la moindre part à l'article *Genève*, je vous supplie instamment de rendre gloire à la vérité. J'ai appris le dernier toute cette affaire. Je ne veux que le repos, et je le souhaite à tous mes confrères, moines, curés, ministres, séculiers, réguliers, trinitaires, unitaires, quakers, ·······raves, Turcs, Juifs, Chinois, etc., etc., etc.

MMDXCV. — A M. Dalembert. (tibi soli.)

Lausanne, 29 décembre.

Mon cher et courageux philosophe, je viens de lire et de relire votre excellent article *Genève*. Je pense que le conseil et le peuple vous doivent des remercîments solennels ; vous en méritez des prêtres mêmes ; mais ils sont assez lâches pour désavouer leurs sentiments, que vous avez manifestés, et assez insolents pour se plaindre de l'éloge que vous

1. Saint Pierre. (ÉD.) — 2. Ouvrage de Jacques Pernetti. (ÉD.)
3. Frédéric, qui avait gagné les batailles de Rosbach et de Lissa, les 5 novembre et 5 décembre. (ÉD.)
4. Bastille prussienne. L'abbé de Prades n'y était pas renfermé. Il avait la ville de Magdebourg pour prison. (ÉD.)
5. Vers d'*Alceste*, opéra de Quinault, acte I, scène IV. (ÉD.)

leur avez donné d'approcher un peu de la raison. Ils se remuent, ils aboient; ils voudraient engager les magistrats à solliciter à la cour un désaveu de votre part; mais assurément la cour ne se mêlera pas de ces huguenots, et vous soutiendrez noblement ce que vous avez avancé en connaissance de cause. Vernet, ce Vernet convaincu d'avoir volé des manuscrits, convaincu d'avoir supposé une lettre de feu Giannone; Vernet, qui fit imprimer à Genève les deux détestables premiers volumes de cette prétendue *Histoire universelle*; Vernet, qui reçut trois livres par feuille du libraire; Vernet, le professeur de théologie, n'a-t-il pas imprimé, dans je ne sais quel *Catéchisme* qu'il m'a donné et que j'ai jeté au feu, n'a-t-il pas imprimé, dis-je, que *la révélation peut être de quelque utilité?* n'avez-vous pas vingt fois entendu dire à tous les ministres qu'ils ne regardent pas Jésus-Christ comme Dieu? Vous avez donc déclaré la vérité, et nous verrons s'ils auront l'audace et la bassesse de la trahir.

Quelque chose qu'il arrive, il demeurera consigné dans un livre immortel qu'il y a eu des prêtres, ou soi-disant tels, qui ont osé ne croire qu'un dieu, et encore un dieu qui pardonne, un dieu *pardonneur*, comme disent les Turcs.

Vous me donnez l'article *Historiographe* à traiter, mes chers maîtres. Je n'ai point ici la minute de l'article *Histoire*. Il me semble que je le fis bien vite et que je le corrigeai encore plus vite et plus mal. Il serait nécessaire que je le revisse, afin que je ne plaçasse point au mot *Historiographe* ce que j'aurais mis au mot *Histoire*, et que je pusse mieux mesurer ces deux articles.

Si donc vous avez quinze jours devant vous, renvoyez-moi *Histoire*. Cela est ridicule, je le sais bien; mais je serais plus ridicule de donner un mauvais article. Je vous renverrai le manuscrit trois jours après l'avoir reçu. Ayez la bonté de l'envoyer contre-signé à Lausanne.

Je cherche, dans les articles dont vous me chargez, à ne rien dire que de nécessaire, et je crains de n'en pas dire assez; d'un autre côté, je crains de tomber dans la déclamation.

Il me paraît qu'on vous a donné plusieurs articles remplis de ce défaut; il me revient toujours qu'on s'en plaint beaucoup. Le lecteur ne veut qu'être instruit, et il ne l'est point du tout par ces dissertations vagues et puériles, qui, pour la plupart, renferment des paradoxes, des idées hasardées, dont le contraire est souvent vrai; des phrases ampoulées, des exclamations qu'on sifflerait dans une académie de province, qui sont bien indignes de figurer avec tant d'articles admirables.

M. le ministre Vernes vous a, je crois, donné l'article *Humeur*; mais si vous ne l'aviez pas de sa main, je me serais proposé. Il me semble, par exemple, qu'on doit d'abord définir ce qu'on entend par ce mot; ensuite rechercher la cause de l'humeur, faire voir qu'elle ne vient que d'un mécontentement secret, d'une tristesse dans les hommes les plus heureux, en montrer les inconvénients; cela ne demande, à mon avis, qu'une demi-page; mais chacun veut étendre ses articles.

On oublie, comme dit Pascal, qu'on est ligne, et on se fait centre. On veut occuper une grande niche dans votre panthéon; on ose dire *je et moi* dans votre *Dictionnaire*. Ah! que je suis fâché de voir tant de stras avec vos beaux diamants! mais vous répandez votre éclat sur les stras. J'attends avec impatience *le Père de famille*. Je salue et j'embrasse l'illustre auteur.

MMDXCVI. — De madame la margrave de Bareuth.

Le 2 janvier, car, grâce au ciel, nous avons fini la plus funeste des années. Vous me dites tant de choses obligeantes sur celle qui court, que c'est un sujet de reconnaissance de plus pour moi. Je vous souhaite tout ce qui peut vous rendre parfaitement heureux. Pour ce qui me regarde, j'abandonne mon sort à la destinée. On forme souvent des vœux qui nous seraient préjudiciables s'ils s'accomplissaient; aussi n'en fais-je plus. Si quelque chose au monde peut contenter mes désirs, c'est la paix. Je pense comme vous sur la guerre; nous avons un tiers qui pense certainement comme nous; mais peut-on toujours suivre sa façon de penser? Ne faut-il pas se soumettre à bien des préjugés établis depuis que le monde existe? L'homme court après le clinquant de la réputation, chacun la cherche dans son métier et dans ses talents; on veut s'immortaliser. Ne faut-il pas chercher cette gloire chimérique dans les idées vraies ou fausses que l'esprit de l'homme s'en fait? Démocrite avait bien raison de rire de la folie humaine.

Je vois une hypocrite[1], d'un côté, courant les processions et implorant les saints, occupée à brouiller toute l'Europe, et à la priver de ses habitants. Je vois, de l'autre côté, un philosophe[2] faire couler (quoique avec regret) des flots de sang humain. Je vois un peuple avare[3] conjuré à la perte des mortels, pour accumuler ses richesses. Mais baste! je pourrais trop voir, et cela n'est pas nécessaire. Il faut vous contenter, pour cette fois, de mon verbiage et de mes réflexions, car je n'ai point de nouvelles depuis la dernière lettre que vous avez reçue de moi.

Ce que vous me proposez est un peu scabreux; je m'explique sur ce sujet dans la lettre que je vous adresse. J'en reviens à ma vieille phrase, que l'*on est sourd dans votre patrie*. Si je pouvais vous parler, vous jugeriez peut-être différemment que vous ne faites. Le roi est dans le cas d'Orphée, si sa bonne fortune ne le tire d'affaire. Il souhaite la paix, mais il y a bien des *mais*. Si elle ne se fait avant le printemps, toute l'Allemagne sera ruinée et désolée. L'état où elle se trouve déjà est affreux. Quelque conduite que qu'on tienne, on ne peut se mettre à l'abri des violences et du pillage. Je ne finirais point si je vous faisais un détail des malheurs qui l'accablent. C'est une honte que, dans un siècle policé, on en agisse avec tant de cruauté. Le roi n'en souffre point. Malgré tout ce qu'on en dit, le peuple saxon l'aime, mais la noblesse le hait, parce qu'elle est privée des pensions et des

1. Marie-Thérèse. (Éd.) — 2. Frédéric. (Éd.) — 3. Les Anglais. (Éd.)

appointements qu'elle retirait. On débite contre lui des calomnies atroces. Peut-on y ajouter foi? elles viennent de ses ennemis. L'envie a persécuté tous les grands hommes; il faut y joindre l'animosité. Que n'est-on sourd quand elle lance ses traits empoisonnés!... Encore une fois, il faut que je finisse, car je m'aperçois que je bavarde trop. Soyez persuadé de toute mon estime, et que je serai toute ma vie la véritable amie du frère Suisse. **WILHELMINE.**

MMDXCVII. — A M. DALEMBERT.

A Lausanne, 3 janvier.

Le peu que je viens de lire du septième tome, mon cher grand homme, confirme bien ce que j'avais dit quand vous commençâtes, que vous vous tailliez des ailes pour voler à la postérité. Comptez que je vous révère, vous et M. Diderot.

Il y a encore quelques gens d'un grand mérite qui ont mis de belles pierres à vos pyramides. Pour moi chétif, et mes compagnons, nous devons vous demander pardon pour nos petits cailloux; mais vous les avez exigés. En voici trois pour le commencement de votre huitième volume. Je me suis hâté, parce que après *Habacuc, Habile* doit venir. Je vous demande en grâce de ne pas retrancher un mot de la fin; il me semble que ce que j'ai dit doit être dit.

L'article *Hémistiche*, que vous m'avez confié, sera plus long, quoiqu'il semble devoir être plus court. Je voudrais y donner en vers de petits préceptes et de petits exemples de la manière dont on peut varier l'uniformité des hémistiches; j'aurais peut-être encore quelques nouveautés à dire, mais je ne suis qu'un vieux Suisse. Vous autres Parisiens, vous jetterez mes hémistiches au feu, s'ils ne vous plaisent pas.

Quand aurai-je *le Père de Famille?* On m'a dit que cela est extrêmement touchant. L'auteur prouve que les géomètres et les métaphysiciens ont un cœur.

Pour les prêtres, ils n'en ont point. J'ignore si l'hérétique de Prades a conspiré contre le roi de Prusse. Je ne le crois pas; mais les prêtres hérétiques de Genève conspirent contre nous; il n'y a sorte d'atrocité que quelques-uns d'eux n'aient faite contre le mot *Atroce;* mais je les attends à l'article *Servet.* En attendant, ils doivent vous écrire. Je vous prie très-instamment de leur mander, pour toute réponse, que vous avez reçu leur lettre, que vous leur rendrez service autant que vous le pourrez, et que vous me chargez de leur signifier vos intentions et de finir cette affaire. Je vous assure que, mes amis et moi, nous les mènerons beau train; ils boiront le calice jusqu'à la lie. Faites ce que je vous demande, et laissez agir vos amis; vous serez content. J'attends à Lausanne *Histoire* contre-signée. Je suis un peu incommodé des mouches dont mon appartement est plein, vis-à-vis des glaces éternelles des Alpes. Il y a toujours dans ce monde quelque mouche qui me pique; mais cela ne m'empêchera pas de vous servir.

On dit Breslau repris par le roi de Prusse; cela pourrait bien être, car il y a plus d'un mois qu'il ne m'a envoyé de vers. Je le crois très-occupé, et vous aussi. Ainsi je finis en vous embrassant de tout mon cœur; ainsi fait Mme Denis. Le *Suisse* V

MMDXCVIII. — DE MADAME LA MARGRAVE DE BAREUTH.

Lettre des pandoures au frère suisse.

Pourquoi nous nommez-vous *vilains?* nous pillons, nous saccageons, et nous sommes larrons privilégiés, cela est vrai. Sommes-nous en cela plus condamnables que ceux qui gouvernent le monde, que les auteurs qui dérobent les pensées d'autrui, et que les saints du paradis, qui, pour fonder des églises et des couvents, s'appropriaient les biens du peuple et des particuliers? Non, assurément. Rendez-nous donc plus de justice, et souhaitez, au lieu de nous injurier, que les souverains de l'Europe suivent à l'avenir notre exemple; qu'ils deviennent aussi avides que nous de posséder vos lettres; qu'ils apprennent, par leur lecture, à devenir philosophes, et pandoures de la vertu. Si jamais nous avons le bonheur de vous attraper, nous tâcherons de piller votre esprit et vos connaissances pour nous venger de votre mépris. Nos rossinantes seront alors métamorphosées en Pégases, et nous saurons bien, avec le secours d'une certaine dame qui se nomme Raison, vous empêcher de faire des neuvaines contre nous. Adieu.

P. S. J'ai reçu hier toutes vos lettres, et j'y réponds à la fois. Le plan de la comédie italienne n'est pas tout à fait assez juste; mais il me siérait mal de vouloir critiquer vos ouvrages. La sœur de Mezzetin n'ose se mêler que de ce qui la regarde; et d'ailleurs il est bien dangereux d'entreprendre de jouer la comédie, puisqu'on risque d'être enlevé par les pandoures, ou que les rôles ne soient interceptés. Il y a plus de quatre semaines que je n'ai aucunes nouvelles du roi. Il se peut qu'il m'ait écrit, ce que je crois très-sûrement; mais je pense que ses lettres ont peut-être pris des routes qui ne conduisent pas ici.

On dit que les Français ont reçu un petit échec à Bremen, et qu'il y a eu sept mille hommes de battus. Les Suédois sont au pis en Poméranie. Leur cavalerie s'est retirée dans l'île de Rugen. L'infanterie est à Stralsund, où on les a bloqués et où on va les bombarder. Voilà tout ce que je sais. Mon frère de Prusse m'a adressé cette lettre pour vous. Vous pouvez voir par la date combien les lettres arrivent régulièrement ici. Je plains votre aveuglement de ne croire qu'un dieu, et de renier J.... Comment ferez-vous pour plaider votre cause? Si quelque chose pouvait me divertir encore, ce serait de voir votre apologie. Adieu; donnez-moi, je vous prie, de vos nouvelles, et surtout de celles de mon amant [1]. Veuille le ciel qu'elles soient bonnes! WILHELMINE.

J'ai oublié de vous dire que c'est moi qui suis la *pandoure*. Je me suis méprise, et j'ai envoyé un papier blanc au roi au lieu de votre lettre que j'ai retrouvée. Je l'ai fait repartir. Si elle arrive à bon port, vous aurez bientôt réponse.

---

1. Le cardinal de Tencin avec lequel elle voulait négocier la paix. (ÉD.)

MMDXCIX. — A madame la comtesse de Lutzelbourg.

A Lausanne, où je serai tout l'hiver, 5 janvier.

Eh bien! madame, monsieur votre fils n'a donc perdu qu'un cheval et a gagné de la gloire! Je lui en fais comme à vous, madame, mon très-tendre compliment. Je me flatte qu'il n'a pas été moins heureux dans la bataille qu'on dit que M. le maréchal de Richelieu a gagnée le 26 décembre[1] contre M. le prince de Brunswick. J'ai gagné, à Potsdam, plus de cinquante louis à ce prince aux échecs; mais il vaut mieux gagner au beau jeu que M. de Richelieu joue. Je n'ai aucun détail de cette grande journée qui venge l'honneur de nos armes, et qui lave dans le sang hanovrien la perfidie dont on les accuse, et la honte de l'armée de Soubise.

Vous abandonnez donc Marie-Thérèse, depuis que le roi de Prusse bat ses troupes, reprend Breslau[2], et a quarante mille prisonniers? Ah! madame, ne changez pas avec la fortune. Je vous ai vue si bonne Autrichienne! Mais surtout ayez soin de votre santé. Faites comme moi; mon appartement est si chaud que j'y suis incommodé des mouches en voyant quarante lieues de neiges. Je me suis arrangé une maison à Lausanne qu'on appellerait palais en Italie; quinze croisées de face en cintre donnent sur le lac à droite, à gauche, et par devant. Cent jardins sont au-dessous de mon jardin. Le grand miroir du lac les baigne. Je vois toute la Savoie au delà de cette petite mer, et, par delà la Savoie, les Alpes qui s'élèvent en amphithéâtre et sur lesquelles les rayons du soleil forment mille accidents de lumière. M. des Alleurs n'avait pas une plus belle vue à Constantinople. Dans cette douce retraite, on ne regrette point Potsdam.

Avez-vous toujours Mme de Broumath dans votre île? Vivez-y longtemps heureuse avec elle. Je ne laisse pas de déchiffrer votre écriture, et j'attends vos lettres avec impatience à Lausanne. Le *Suisse* V.

MMDC. — A M. le comte d'Argental.

A Lausanne, 5 janvier.

Le roi de Prusse, en parlant à M. Mitchell, ministre d'Angleterre, de la belle entreprise de la flotte anglaise sur nos côtes, lui dit : « Eh bien! que faites-vous à présent? — Nous laissons faire Dieu, répondit Mitchell. — Je ne vous connaissais pas cet allié, dit le roi. — C'est le seul à qui nous ne payons pas de subsides, répliqua Mitchell. — Aussi, dit le roi, c'est le seul qui ne vous assiste pas. »

Voilà, mon cher ange, les dernières nouvelles après la prise de Breslau. Le roi de Prusse a quarante mille prisonniers à présent, en nous comptant. Je fais des vœux et je crains pour M. de Richelieu. Quoiqu'il ait refusé un malheureux quart de part à Lekain, je l'aime toujours. Mais *que diable allait-il faire dans cette galère?* et vous,

1. Ce fut le 25 décembre qu'eut lieu le combat où les Hanovriens perdirent cinq à six cents hommes et cent cinquante chariots. (Éd.)
2. Breslau, pris par les Autrichiens le 24 novembre, avait été repris, par les Prussiens, le 20 décembre. (Éd.)

pourquoi avez-vous une maison dans une maudite île? C'est l'affaire de M. de Boullongne[1] de vous la payer. Son père l'aurait peinte; il a peint le plafond de la Comédie.

Mais daignez donc me dire ce qu'on fait en faveur des pauvres auteurs qui viennent se faire siffler sous ce plafond. De mon temps, on ne cherchait pas à les consoler. Nous allons, nous autres Suisses, donner nos comédies gratis; nous ne payons ni auteurs, ni acteurs; mais aussi nous ne sommes point sifflés. Nous n'avons point de premier gentilhomme, et nous ne jouons point à la cour. Lekain m'a fait faire des habits pour Zamti et pour Narbas. Nous jouerons *la Femme qui a raison;* et, si cette femme et *Fanime* font plaisir, nous vous les enverrons.

Pour comble de bénédiction, il nous vient un peintre assez bon. Il ne peint qu'en pastel : il travaillera sur ma maigre effigie pour vous et pour les Quarante. Il faudra une copie à l'huile pour mes confrères qui ne veulent pas de crayons. Vous aurez l'original, mon cher et respectable ami; cela est bien juste. Il y a une comédie du roi de Prusse, intitulée *le Singe de la mode;* nous pourrions bien la jouer, tandis qu'il fait de si terribles tragédies en Allemagne. La catastrophe était peu attendue : vous n'auriez pas dit, au 1er d'octobre, qu'il écraserait tout, quand vous autres le teniez pour écrasé, et qu'il m'écrivait qu'il était perdu et qu'il voulait mourir, et que j'essuyais de loin ses larmes que je ne veux plus essuyer de près. Il n'y a qu'à vivre pour voir des prodiges.

Adieu, mon divin ange. Ah! si vous pouviez voir ma maison qui forme un cintre sur mon jardin, et qui voit d'un côté quinze lieues de lac, et sept de l'autre, et qui a le lac en miroir au bout du jardin, et la Savoie par delà ce lac, et les Alpes au delà de cette Savoie, vous me diriez: « Tenez-vous là. » Mais je suis trop loin de vous.

MMDCI. — DE CHARLES-THÉODORE, ÉLECTEUR PALATIN.

Je vous suis très-obligé, monsieur, des souhaits que vous me faites pour la nouvelle année, que je vous souhaite aussi très-heureuse. Celle que nous avons finie ne l'a guère été pour bien du monde : jamais tant de sang n'a été répandu. Je ne crois pas qu'on trouve dans l'histoire un exemple que, dans une seule campagne, on ait donné dix batailles. Il n'y a guère d'apparence que l'hiver nous ramène la paix. Votre santé ne vous permettra-t-elle plus de me donner le plaisir de vous revoir, et de vous assurer de toute l'estime que vous méritez, et que j'aurai toujours pour vous? CHARLES-THÉODORE, *électeur.*

MMDCII. — A M. THIERIOT.

Lausanne, 5 janvier.

Le *cacouac*[2] de Lausanne vous souhaite santé et prospérité. Je ne sais pas comment les supérieurs des jésuites, qui d'ordinaire réparent

---

1. Contrôleur général. (ÉD.) — 2. Ce nom désigne les philosophes. (ÉD.)

par la prudence la folie qu'ils ont faite de s'enrôler à quinze ans, peuvent souffrir de telles impertinences dans leurs bas-officiers. Ils se font des ennemis irréconciliables; ils se rendent l'horreur et le mépris de tous les honnêtes gens. Voilà de plaisants marauds de croire soutenir la religion par des libelles diffamatoires, et de mériter le pilori en prêchant les bonnes mœurs !

Les prédicants de Genève seront plus sages, et je crois qu'ils se garderont bien de s'exposer au ridicule en attaquant l'*Encyclopédie*.

J'attends avec impatience la tragédie [1] de l'homme à talent qui a eu le bon esprit de quitter les jésuites, et le courage de donner à vos dames une belle pièce sans amour. J'espère qu'il n'en sera pas de cette pièce comme de tant d'autres qui ont paru avec éclat pour être plongées ensuite dans un éternel oubli.

Il y a en effet, mon cher et ancien ami, de beaux articles dans le septième tome de l'*Encyclopédie*; mais ce ne sont pas les miens. Ce ne sont pas non plus les déclamations vagues et plates qui se trouvent là en trop grand nombre, mais les articles vraiment utiles concernant les sciences et les arts. Ce sera un ouvrage immortel: et si les entrepreneurs avaient mieux choisi leurs ouvriers, ce serait un ouvrage parfait. Ils me donnent quelquefois des articles peu intéressants à faire; mais tout m'est bon; et je me tiens trop heureux et trop honoré de mettre quelques cailloux à ce magnifique édifice. Je ne suis pourtant pas sans occupations dans ma douce retraite; j'y passerai tout l'hiver. On n'a point une plus belle vue à Constantinople, et on n'y est pas si bien logé. J'irai ensuite revoir mes tulipes aux Délices. J'attends toujours le gros tonneau d'archives qu'on m'emballe de Pétersbourg; mais il ne partira qu'après le dégel des Russes, c'est-à-dire au mois de mai. En attendant, j'ajoute à l'*Histoire générale* les chapitres de la religion mahométane, des possessions françaises et anglaises en Amérique, des anthropophages, des jésuites du Paraguai, des duels, des tournois, du commerce, du concile de Trente et bien d'autres. C'est à M. de Richelieu et au roi de Prusse à terminer cette histoire. Je ne sais à présent où est mon disciple. Il disait, il y a quelque temps, à Mitchell, le ministre d'Angleterre, à propos de la cacata de la flotte d'Albion : « Eh bien ! quo faites-vous à présent? — Sire, nous laissons faire Dieu. — Ah ! je ne savais pas qu'il fût votre allié. — Sire, c'est le seul à qui nous ne payons pas de subsides. — C'est aussi le seul qui ne vous assiste pas. »

Voilà une plaisante conversation.

Vale, scribe, et ama.

MMDCIII. — A M. DARGET.

A Lausanne, 8 janvier.

Vous me demandez, mon cher et ancien compagnon de Potsdam comment Cinéas s'est raccommodé avec Pyrrhus [1]. C'est, première-

1. *Iphigénie en Tauride*, par Guimond de La Touche. (ÉD.)
1. Cinéas désigne Voltaire; Pyrrhus, le roi de Prusse. (ÉD.)

ment, que Pyrrhus fit un opéra de ma tragédie de *Mérope*, et me l'envoya; c'est qu'ensuite il eut la bonté de m'offrir sa clef qui n'est pas celle du paradis, et toutes ses faveurs qui ne conviennent plus à mon âge; c'est qu'une de ses sœurs [1], qui m'a toujours conservé ses bontés, a été le lien de ce petit commerce qui se renouvelle quelquefois entre le héros-poëte-philosophe-guerrier-malin-singulier-brillant-fier-modeste, etc. et le Suisse Cinéas retiré du monde. Vous devriez bien venir faire quelque tour dans nos retraites, soit de Lausanne, soit des Délices; nos conversations pourraient être amusantes. Il n'y a point de plus bel aspect dans le monde que celui de ma maison de Lausanne. Figurez-vous quinze croisées de face en cintre, un canal de douze grandes lieues de long que l'œil enfile d'un côté, et un autre de quatre ou cinq lieues, une terrasse qui domine sur cent jardins, ce même lac qui présente un vaste miroir au bout de ces jardins, les campagnes de la Savoie au delà du lac, couronnées des Alpes qui s'élèvent jusqu'au ciel en amphithéâtre; enfin, une maison où je ne suis incommodé que des mouches au milieu des plus rigoureux hivers. Mme Denis l'a ornée avec le goût d'une Parisienne. Nous y faisons beaucoup meilleure chère que Pyrrhus; mais il faudrait un estomac; c'est un point sans lequel il est difficile aux Pyrrhus et aux Cinéas d'être heureux. Nous répétâmes hier une tragédie; si vous voulez un rôle, vous n'avez qu'à venir. C'est ainsi que nous oublions les querelles des rois, et celles des gens de lettres, les unes affreuses, les autres ridicules.

On nous a donné la nouvelle prématurée d'une bataille entre M. le maréchal de Richelieu et M. le prince de Brunswick. Il est vrai que j'ai gagné aux échecs une cinquantaine de pistoles à ce prince; mais on peut perdre aux échecs et gagner à un jeu où l'on a pour seconds trente mille baïonnettes. Je conviens avec vous que le roi de Prusse a la vue basse et la tête vive; mais il a le premier des talents au jeu qu'il joue, la célérité. Le fonds de son armée a été discipliné pendant plus de quarante ans. Songez comment doivent combattre des machines régulières, vigoureuses, aguerries, qui voient leur roi tous les jours, qui sont connues de lui, et qu'il exhorte, chapeau bas, à faire leur devoir. Souvenez-vous comme ces drôles-là font le pas de côté et le pas redoublé; comme ils escamotent les cartouches en chargeant, comme ils tirent six à sept coups par minute. Enfin, leur maître croyait tout perdu, il y a trois mois; il voulait mourir; il me faisait ses adieux en vers et en prose; et le voilà qui, par sa célérité et par la discipline de ses soldats, gagne deux grandes batailles en un mois, court aux Français, vole aux Autrichiens, reprend Breslau, a plus de quarante mille prisonniers, et fait des épigrammes. Nous verrons comment finira cette sanglante tragédie, si vive et si compliquée. Heureux qui regarde d'un œil tranquille tous ces grands événements du *meilleur des mondes possibles!*

Je n'ai point encore tiré au clair l'aventure de l'abbé de Prades. On l'a dit pendu; mais la renommée ne sait souvent ce qu'elle dit. Je

---

1. La margrave de Bareuth. (ÉD.)

serais fâché que le roi de Prusse fît pendre ses lecteurs. Vous ne me
dites rien de M. Duverney; vous ne me dites rien de vous. Je vous
embrasse bien tendrement, et j'ai une terrible envie de vous voir.
                                                    Le *Suisse* V.

MMDCIV. — A M. DALEMBERT.

                                        A Lausanne, 8 janvier.

On se vante à Genève que vous êtes obligé de quitter l'*Encyclopédie*,
non-seulement à cause de l'article *Genève*, mais pour d'autres raisons
que les prêtres n'expliquent pas à votre avantage. Si vous avez quelque
dégoût, mon cher philosophe, mon cher ami, je vous conjure de le
vaincre; ne vous découragez pas dans une si belle carrière. Je voudrais que vous et M. Diderot, et tous vos associés, protestassent qu'en
effet ils abandonneront l'ouvrage, s'ils ne sont libres, s'ils ne sont à
l'abri de la calomnie, si on n'impose pas silence, par exemple, aux
nouveaux *Garasses* qui vous appellent des *cacouacs*. Mais que vous
seul renonciez à ce grand ouvrage, tandis que les autres le continue-
ront; que vous fournissiez ce malheureux triomphe à vos indignes
ennemis; que vous laissiez penser que vous avez été forcé de quitter;
c'est ce que je ne souffrirai jamais; et je vous conjure instamment
d'avoir toujours du courage. Il eût fallu, je le sais, que ce grand ouvrage eût été fait et imprimé dans un pays libre, ou sous les yeux
d'un prince philosophe; mais, tel qu'il est, il aura toujours des traits,
dont les gens qui pensent vous auront une éternelle obligation.

Que veulent dire ceux qui vous reprochent d'avoir trahi le secret de
Genève? Est-ce en secret que Vernet, qui vient d'établir une commission de prêtres contre vous, a imprimé que la révélation *est utile?*
est-ce en secret que le mot de *Trinité* ne se trouve pas une fois dans
son Catéchisme? est-ce en secret que les autres impertinents prêtres
d'Hollande ont voulu le condamner? Vous n'avez dit que ce que savent
toutes les communions protestantes; votre livre est un registre public
des opinions publiques. Ne vous rétractez jamais, et ne paraissez pas
céder à ces misérables en renonçant à l'*Encyclopédie*. Vous ne pourriez
faire une plus mauvaise démarche, et sûrement vous ne la ferez pas.
On vous écrira une lettre emmiellée; ne vous y laissez pas attraper,
de quelque part qu'elle vienne. On écrira à M. de Malesherbes; c'est
à lui de vous soutenir, et vous n'avez besoin d'être soutenu de personne.

Enfin, au nom des lettres et de votre gloire, soyez ferme, et travaillez à l'*Encyclopédie.*

Voici *Hémistiche* et *Heureux.* J'ai tâché de rendre ces articles instructifs; je déteste la déclamation. Bonsoir; expliquez-moi, je vous
en prie, toutes vos intentions; et comptez que vous n'avez ni de plus
grand admirateur ni d'ami plus attaché que le vieux Suisse V.

MMDCV. — DE M. L'ABBÉ AUBERT.

                                        A Paris, le 10 de janvier 1758.

O toi dont les sublimes chants
Imitent les sons fiers des clairons, des trompettes,

Daigne écouter mes chansonnettes,
Daigne favoriser mes timides accents.
Des cœurs ambitieux admirable interprète,
Ta muse fait parler les princes, les héros.
La mienne fait jaser le serin, la fauvette ;
Par l'organe de l'âne elle enseigne les sots.
    Si quelquefois, dans d'heureuses images,
J'ai peint avec succès le vice ou la vertu,
Voltaire, c'est à toi que l'hommage en est dû :
        J'ai relu cent fois tes ouvrages.

J'ai toujours pensé, monsieur, que le premier devoir d'un homme
qui voulait se faire un nom, dans quelque genre de poésie que ce fût,
était de se former sur vos ouvrages ; et le second, de vous offrir ses
essais. Je m'acquitte de ce dernier, en comptant beaucoup sur votre
indulgence et sur vos avis. Jusqu'à présent les personnes que j'ai consultées m'ont toutes donné des conseils si opposés, que je ne sais
quel parti prendre. L'un me reproche d'imiter trop La Fontaine, et
l'autre de ne pas l'imiter assez ; celui-ci se plaint que mes morales
sont trop longues, celui-là qu'elles sont trop courtes ; un troisième
voudrait m'obliger à les supprimer toutes, alléguant pour raison, malgré l'exemple de tous les fabulistes, que le but d'une fable doit se
faire sentir assez de soi-même pour se passer de cette espèce de commentaire que l'on appelle morale. Il y en a qui voudraient que mes
fables fussent toutes aussi simples que celle de *la cigale et la fourmi*,
comme si un fabuliste était condamné à n'être lu que par des enfants.
    Cette variété d'opinions sur mon recueil m'a mis souvent dans le cas
de m'appliquer la fable du *Meunier, son fils, et l'âne.*

    Parbleu, dit le meunier, est bien fou du cerveau,
    Qui prétend contenter tout le monde et son père.

Vous voyez, monsieur, combien j'ai besoin d'être fixé par des avis
sûrs et dont on ne puisse appeler. Je me déciderai, monsieur, d'après
les vôtres, si je vaux la peine que l'auteur de *la Henriade* sacrifie
quelques moments à la lecture d'une cinquantaine de fables, et qu'il
daigne m'écrire ce qu'il en pense. J'attends, monsieur, cette faveur
de votre attention à encourager les talents naissants ; et je me ferai en
tout temps honneur de prendre des leçons du plus beau génie de
France.
    Je suis, etc.

MMDCVI. — A madame de Fontaine, a Paris.

A Lausanne, 10 janvier.

Si vous veniez, ma chère nièce, passer l'hiver à Lausanne, et l'été
aux Délices, vous pourriez vous vanter d'être dans les deux plus belles
situations de l'Europe, et vous auriez la comédie partout. Nous la
jouons à Lausanne, nous la voyons auprès de Genève ; et si les prédicants en croient M. Dalembert leur bon ami, ils l'auront bientôt dans
leur ville : cela est plus honnête que d'aller s'égorger en Allemagne.

comme font tant de gens, parce qu'ils n'ont pas mieux à faire. Si on était sensé, on ne songerait qu'à passer une vie douce.

Je crois votre santé à présent raffermie. Tronchin a commencé, le régime et l'exercice ont achevé l'ouvrage. Vous vous êtes fait un plan de vie agréable; vous avez un fils qui fait votre consolation; vous avez des amis, vous êtes libre, et enfin vous êtes aimable; vous devez être heureuse.

J'ai reçu une lettre de monsieur votre fils dont je suis très-content. Il me paraît s'être formé en peu de temps; voilà ce que c'est que d'avoir une mère qui est de bonne compagnie. Il m'apprend que vous avez chez vous M. de La Bletterie, qui veut bi n quelquefois encourager ses études : il est trop heureux d'être à portée de recevoir des avis d'un homme de ce mérite.

Vous aurez, je crois, ma maigre effigie que vous demandez pour l'Académie et pour vous. Il y a dans Lausanne un peintre de passage, qui peint en pastel presque aussi bien que vous. Quelque répugnance que j'aie à faire crayonner ma vieille mine, il faut bien s'y résoudre, et être complaisant : c'est bien l'être que de jouer la comédie à mon âge, et de souffrir qu'on m'envoie de Paris des habits de Zamti et de Narbas [1]. C'est une fantaisie de votre sœur : elle en a bien d'autres qui deviennent les miennes. Elle fait ajuster la maison de Lausanne comme si elle était située sur le Palais-Royal. Il est vrai que la position en vaut la peine. La pointe du sérail de Constantinople n'a pas une plus belle vue; je ne suis d'ailleurs incommodé que des mouches au milieu de l'hiver. Je voudrais vous tenir dans cette maison délicieuse; je n'en suis point sorti depuis que je suis à Lausanne. Je ne peux me lasser de la vue de vingt lieues de ce beau lac, de cent jardins, des campagnes de la Savoie, et des Alpes qui les couronnent dans le lointain; mais il faudrait avoir un estomac, ma chère nièce; cela vaut mieux que l'aspect de Constantinople.

Si vous savez quelque chose du procès de M. Dalembert avec les prédicants de Calvin, et de sa prétendue renonciation à l'*Encyclopédie*, je vous prie de m'en faire part.

Avez-vous lu la tragédie d'*Iphigénie en Tauride ?* l'auteur me l'a envoyée, mais je ne l'ai pas encore reçue. Pour moi, je ne travaille plus que pour notre petit théâtre de Lausanne. Il vaut mieux se réjouir avec ses amis, que de s'exposer à un public toujours dangereux. Je suis très-loin de regretter le parterre de Paris; je ne regrette que vous. Mille compliments au grand écuyer de Cyrus [2].

Quoi qu'on en dise, on aurait eu grand besoin de nos chars contre la cavalerie de Luc [3]. Il voulait mourir il y a trois mois, et à présent le voilà au comble de la gloire. Il ne m'écrit plus; *les honneurs changent les mœurs*. Adieu, ma chère enfant.

---

1. Personnages de l'*Orphelin de la Chine* et de *Mérope*. (ÉD.)
2. Florian. (ÉD.) — 3. Le roi de Prusse. (ÉD.)

MMDCVII. — DE M. DALEMBERT.

Paris, 11 janvier

Je reçois presque en même temps vos deux dernières lettres, mon très-cher et très-illustre philosophe, et je me hâte d'y répondre. J'ai reçu, il y a quelques jours, une lettre du docteur Tronchin, qui m'écrit au nom de vos ministres pour me porter leurs plaintes; mais la manière dont ils se plaignent suffirait pour faire connaître la vérité de ce que j'ai dit, et l'embarras où ils sont. Ils prétendent que je les ai accusés de *n'être pas chrétiens*, et se taisent sur le reste. Ma réponse a été bien simple; si M. Tronchin veut vous la communiquer, je me flatte que vous la trouverez raisonnable et mesurée. Je réponds donc à l'ambassadeur que je n'ai pas dit un mot, dans l'article *Genève*, qui puisse faire croire que les ministres de Genève *ne sont pas chrétiens;* que j'ai dit, au contraire, qu'ils respectaient Jésus-Christ et les Écritures : ce qui suffit, *selon leurs propres principes*, pour être réputé chrétien. Du reste, comme M. Tronchin ne m'a dit mot ni sur le socinianisme, ni sur l'enfer, ni sur la divinité du Verbe, je ne lui réponds rien non plus sur tous ces objets, et je feins d'ignorer leurs cris. Comme je ne doute pas que ma réponse à M. Tronchin ne m'attire une seconde lettre, je ferai ce que vous me conseillez, et je leur répondrai que vous voulez bien vous charger de *finir cette affaire*. Je vous prie donc, en cas de nouvelles plaintes de leur part, de leur signifier : 1° que je n'ai rien avancé dans l'article *Genève* que je n'aie recueilli de leurs conversations, et de l'opinion qui m'a paru générale à Genève sur la manière actuelle de penser du clergé; 2° que ce n'est point, par conséquent, un secret que j'ai violé, puisque c'est une chose avouée de tout le monde, et que d'ailleurs ce n'est point tête à tête, mais en présence de témoins, que j'ai eu des conversations avec eux; 3° que, bien loin d'avoir eu dessein de les offenser par ce que j'ai dit, j'ai cru, au contraire, leur faire honneur, persuadé comme je suis que, de toutes les sociétés séparées de l'Église romaine, les sociniens sont les plus conséquents, et que, quand on ne reconnaîtra, comme font les protestants, ni tradition ni autorité de l'Église, la religion chrétienne doit se réduire à l'adoration d'un seul Dieu, par la médiation de Jésus-Christ.

On m'assure que ces messieurs vont envoyer une députation à la cour de France, pour m'obliger de me rétracter. Je ne sais si la cour leur fera l'honneur de les écouter, ni ce qu'elle exigera de moi; mais je sais bien que je ne répondrai jamais autre chose que ce que vous venez de lire. Savez-vous, pour comble de sottise, que cet article *Genève* a pensé être dénoncé au parlement, à ce parlement plus intolérant et plus ridicule encore que le clergé qu'il persécute? On prétend que je loue les ministres de Genève d'une manière injurieuse à l'Église catholique. Ce qui doit pourtant me rassurer, c'est que j'ai trouvé d'honnêtes prêtres de paroisse qui regardent ce même article comme fort avantageux à l'Église romaine, parce que j'y prouve, disent-ils, par les faits, ce que Bossuet a démontré par le raisonnement, que le protestantisme mène au socinianisme. Tout cela n'est-il pas bien plaisant ?

On ne peut s'empêcher d'en pleurer et d'en rire [1].

J'ai reçu vos deux articles *Habile* et *Hauteur* avec leurs dérivés; je vous en remercie de tout mon cœur, et je vous enverrai au premier jour, sous enveloppe, l'article *Histoire ;* mais vous pouvez ne vous pas presser sur le reste. J'ignore si l'*Encyclopédie* sera continuée ; ce qu'il y a de certain, c'est qu'elle ne le sera pas par moi. Je viens de signifier à M. de Malesherbes et aux libraires qu'ils pouvaient me chercher un successeur. Je suis excédé des avanies et des vexations de toute espèce que cet ouvrage nous attire. Les satires odieuses et même infâmes qu'on publie contre nous, et qui sont non-seulement tolérées, mais protégées, autorisées, applaudies, commandées même par ceux qui ont l'autorité en main; les sermons, ou plutôt les tocsins qu'on sonne à Versailles contre nous, en présence du roi, *nemine reclamante ;* l'inquisition nouvelle et intolérable qu'on veut exercer contre l'*Encyclopédie*, en nous donnant de nouveaux censeurs plus absurdes et plus intraitables qu'on n'en pourrait trouver à Goa; toutes ces raisons, jointes à plusieurs autres, m'obligent de renoncer pour jamais à ce maudit travail.

Rien n'est plus vrai ni plus juste que ce que vous me mandez sur l'*Encyclopédie*. Il est certain que plusieurs de nos travailleurs y ont mis bien des choses inutiles, et quelquefois de la déclamation; mais il est encore plus certain que je n'ai pas été le maître que cela fût autrement. Je me flatte qu'on ne jugera pas de même de ce que plusieurs de nos auteurs et moi avons fourni pour cet ouvrage, qui vraisemblablement demeurera à la postérité comme un monument de ce que nous avons voulu et de ce que nous n'avons pu faire.

Oui, vraiment, votre disciple a repris Breslau, avec une armée tout entière qui était dedans, et des magasins de toute espèce. On dit même aujourd'hui que Schweidnitz s'est rendu le 30 [2]. Ainsi voilà les Autrichiens hors de Silésie, et sans armée. J'ai bien peur que nous autres Français nous ne soyons aussi bientôt sans armée et sur le Rhin. Que je suis fâché que le plus grand prince de notre siècle ait contristé celui qui était si digne d'écrire son histoire ! Pour moi, comme Français et comme philosophe, je ne puis m'affliger de ses succès. Nos Parisiens ont aujourd'hui la tête tournée du roi de Prusse. Il y a cinq mois qu'ils le traînaient dans la boue; et voilà les gens dont on ambitionne le suffrage !

Je n'ai point de nouvelles de notre *hérétique* de Prades; mais j'ai peine à croire, comme vous, qu'il ait trahi son bienfaiteur. Voilà un long bavardage, mon cher philosophe; mais je cesse de vous ennuyer en vous embrassant de tout mon cœur.

1. Regnard, *Folies amoureuses*, acte II, scène vi. (ÉD.)
2. Schweidnitz ne fut pris que le 16 mars 1758. (ÉD.)

MMDCVIII. — A M. Diderot.

Est-il bien vrai, monsieur, que tandis que vous rendez service au genre humain, et que vous l'éclairez, ceux qui se croient nés pour l'aveugler aient la permission de faire un libelle périodique contre vous et contre ceux qui pensent comme vous? Quoi! on permet aux Garasses d'insulter les Varrons et les Plines!

Quelques ministres de Genève ont eu la rage, en dernier lieu, de vouloir justifier l'assassinat juridique de Servet : le magistrat leur a imposé silence; les plus sages ministres ont rougi pour leurs confrères bafoués; et il sera permis à je ne sais quels pédants jésuites d'insulter leurs maîtres!

N'êtes-vous pas tenté de déclarer que vous suspendrez l'*Encyclopédie* jusqu'à ce qu'on vous ait fait justice? Les Guignards ont été pendus, et les nouveaux Garasses devraient être mis au pilori. Mandez-moi, je vous prie, les noms de ces malheureux. Je les traiterai selon leur mérite dans la nouvelle édition qui se prépare de l'*Histoire générale*. Que je vous plains de ne pas faire l'*Encyclopédie* dans un pays libre! Faut-il que ce dictionnaire, cent fois plus utile que celui de Bayle, soit gêné par la superstition, qu'il devrait anéantir; qu'on ménage encore des coquins qui ne ménagent rien; que les ennemis de la raison, les persécuteurs des philosophes, les assassins de nos rois, osent encore parler dans un siècle tel que le nôtre!

On dit que ces monstres veulent faire les plaisants, et qu'ils prétendent venger la religion, qu'on n'attaque point, par des libelles diffamatoires, qui devraient servir à allumer les bûchers de leurs sodomites prêtres, si on n'avait pas autant d'indulgence qu'ils ont de fureur.

Votre admirateur et votre partisan jusqu'au tombeau. Le *Suisse libre*.

MMDCIX. — A M. Palissot.

Lausanne, 12 janvier.

Tout ce qui me viendra de vous, monsieur, me sera toujours très-précieux, et j'attends avec impatience les *Lettres* que vous m'annoncez [1]. Si vous revenez chez les hérétiques, après vous être muni d'indulgences à Avignon, je vous ferai les honneurs de Lausanne, mieux que je ne vous fis ceux de Genève. Vous y verrez une plus belle situation. J'y possède une maison charmante. Mes retraites sont un peu épicuriennes. Mon ermitage des Délices, auprès de Genève, est un peu mieux qu'il n'était. Celui de Lausanne est pour l'hiver, les Délices pour les belles saisons; et en tout temps je serai charmé de vous recevoir.

Je suis bien fâché que votre aimable compagnon de voyage nous ait été enlevé. Nous le regretterons ensemble, et vous me consolerez de sa perte. Ma mauvaise santé me laissera assez de sensibilité pour être bien vivement touché des agréments de votre commerce. Je parle souvent de vous avec M. Vernes. Vous avez en nous deux vrais amis. V.

1. *Petites Lettres sur de grands philosophes*, par Palissot. (ÉD.)

MMDCX. — A M. Senac de Méilhan

Mes yeux ne vont pas trop bien, monsieur, mais ils ont un grand plaisir à lire vos lettres. Vous jugez très-bien; il y a des vers un peu durs dans l'ouvrage que vous avez eu la bonté de m'envoyer. Quand vous vous amusez à en faire, les vôtres ont plus de facilité, de douceur, et de grâce. Mais je sens aussi l'horrible difficulté de faire une pièce telle que celle-ci; et cette difficulté me rend bien indulgent. D'ailleurs on ne doit sentir que les beautés d'un auteur qui commence; le public même a besoin de l'encourager. Probablement l'auteur est sans fortune; c'est encore une raison de plus pour disposer en sa faveur. On peut même dire de lui :

...Spirat tragicum satis, et feliciter audet.
Hor., lib. II, ep. i, v. 166.

Il m'a toujours paru qu'au théâtre le public était moins flatté de l'élégance continue d'une belle poésie, qu'il n'était flatté de la beauté des situations. Enfin je me fais un plaisir de chercher toutes les raisons qui peuvent justifier le succès d'un jeune homme qui a besoin d'encouragement. Nous allons jouer des pièces de théâtre dans ma retraite de Lausanne, où je passe mes hivers, et nous sentons tout le prix de l'indulgence.

Je me vanterai à Mme la marquise de Gentil, qui est une de nos actrices, que vous voulez bien me conserver un peu de souvenir. Pour moi, je ne vous oublierai jamais.

Je vous prie de vouloir bien présenter mes obéissances à monsieur votre père et à monsieur votre frère, et d'être persuadé de mes sentiments, qui vous attachent pour jamais le *Suisse* V.

MMDCXI. — De Frédéric II, roi de Prusse.

J'ai reçu vos lettres du 22 de novembre, et du 2 de janvier, en même temps. J'ai à peine le temps de faire de la prose, bien moins des vers pour répondre aux vôtres. Je vous remercie de la part que vous prenez aux heureux hasards qui m'ont secondé à la fin d'une campagne où tout semblait perdu. Vivez heureux et tranquille à Genève; il n'y que cela dans le monde; et faites des vœux pour que la fièvre chaude héroïque de l'Europe se guérisse bientôt, pour que le triumvirat se détruise, et que les tyrans de cet univers ne puissent pas donner au monde les chaînes qu'ils lui préparent. FRÉDÉRIC.

Je ne suis malade ni de corps ni d'esprit, mais je me repose dans ma chambre. Voilà ce qui a donné lieu aux bruits que mes ennemis ont semés. Mais je peux leur dire comme Démosthène aux Athéniens : « Eh bien! si Philippe était mort, que serait-ce? Ô Athéniens! vous vous feriez bientôt un autre Philippe. »

O Autrichiens! votre ambition, votre désir de tout dominer, vous feraient bientôt d'autres ennemis; et les libertés germaniques et celles de l'Europe ne manqueront jamais de défenseurs.

MMDCXII. — A M. DALEMBERT.

A Lausanne, 19 janvier.

Je reçois, mon cher philosophe, votre lettre du 11. Je vous dirai que je viens de lire votre article *Géométrie*. Quoique je sois un peu rouillé sur ces matières, j'ai eu un plaisir très-vif, et j'ai admiré les vues fines et profondes que vous répandez partout.

Je vous ai envoyé *Hémistiche* et *Heureux*, que vous m'avez demandés. *Hémistiche* n'est pas une commission bien brillante. Cependant, en ornant un peu la matière, j'en aurai peut-être fait un article utile pour les gens de lettres et pour les amateurs. Rien n'est à dédaigner, et je ferai le mot *Virgule* quand vous le voudrez. Je vous répète que je mettrai toujours avec grand plaisir des grains de sable à votre pyramide; mais ne l'abandonnez donc pas, ne faites donc pas ce que vos ridicules ennemis voulaient; ne leur donnez donc pas cet impertinent triomphe.

Il y a quarante ans et plus que je fais le malheureux métier d'homme de lettres, et il y a quarante ans que je suis accablé d'ennemis.

Je ferais une bibliothèque des injures qu'on a vomies contre moi, et des calomnies qu'on a prodiguées. J'étais seul, sans aucun partisan, sans aucun appui, et livré aux bêtes comme un premier chrétien. C'est ainsi que j'ai passé ma vie à Paris. Vous n'êtes pas assurément dans cette situation cruelle et avilissante, qui a été l'unique récompense de mes travaux. Vous êtes des deux académies, pensionné du roi. Ce grand ouvrage de l'*Encyclopédie*, auquel la nation doit s'intéresser, vous est commun avec une douzaine d'hommes supérieurs qui doivent s'unir à vous. Que ne vous adressez-vous en corps à M. de Malesherbes? que ne prescrivez-vous les conditions? On a besoin de votre ouvrage; il est devenu nécessaire; il faudra bien qu'on vous facilite les moyens de le continuer avec honneur et sans dégoût. La gloire de M. de Malesherbes y est intéressée. On doit vous supplier d'achever un ouvrage qui doit toujours se perfectionner, et qui devient meilleur à mesure qu'il avance.

Je ne conçois pas comment tous ceux qui travaillent ne s'assemblent pas, et ne déclarent pas qu'ils renonceront à tout, si on ne les soutient; mais, après la promesse d'être soutenus, il faut qu'ils travaillent. Faites un corps, messieurs; un corps est toujours respectable. Je sais bien que ni Cicéron ni Locke n'ont été obligés de soumettre leurs ouvrages aux commis de la douane des pensées; je sais qu'il est honteux qu'une société d'esprits supérieurs, qui travaillent pour le bien du genre humain, soit assujettie à des censeurs indignes de vous lire; mais ne pouvez-vous pas choisir quelques réviseurs raisonnables! M. de Malesherbes ne peut-il pas vous aider dans ce choix? Ameutez-vous, et vous serez les maîtres. Je vous parle en républicain; mais aussi il s'agit de la république des lettres. O la pauvre république!

Venons à l'article *Genève*. Un ministre me mande *qu'on vous doit des remercîments;* je crois vous l'avoir déjà dit. D'autres se fâchent, d'autres font semblant de se fâcher, quelques-uns excitent le peuple;

quelques autres veulent exciter les magistrats. Le théologien Vernet, qui a imprimé que *la révélation est utile*, est à la tête de la commission établie *pour voir ce qu'on doit faire;* le grand médecin Tronchin est secrétaire de cette commission et vous savez combien il est prudent. Vous n'ignorez pas combien on a crié sur l'*âme atroce* de Calvin, mot qui n'était pas dans ma lettre à Thieriot, imprimée dans *le Mercure galant,* et très-fautivement imprimée. J'ai une maison dans le voisinage qui me coûte plus de cent mille francs aujourd'hui; on n'a point démoli ma maison. Je me suis contenté de dire à mes amis que l'*âme atroce* avait été en effet dans Calvin, et n'était point dans ma lettre. Les magistrats et les prêtres sont venus dîner chez moi comme à l'ordinaire. Continuez à me laisser avec Tronchin le soin de la plaisante affaire des sociniens de Genève; vous les reconnaissez pour chrétiens, comme M. Chicaneau reconnaît Mme. de Pimbesche

Pour femme très-sensée et de bon jugement [1].

Il suffit. Je suis seulement très-fâché que deux ou trois lignes vous empêchent de revenir chez nous. Je vous embrasse tendrement.

P. S. Permettez-moi seulement les politesses avec ces sociniens honteux; ce n'est pas le tout de se moquer d'eux, il faut encore être poli. Moquez-vous de tout, et soyez gai.

MMDCXIII. — DE M. DALEMBERT.

A Paris, 20 janvier.

C'est à tort, mon cher et illustre philosophe, que vous vous plaignez de mon silence; vous avez dû recevoir, il y a plusieurs jours, une longue lettre de moi, dont le bavardage vous aura sans doute ennuyé. Je vous y faisais part de mes dispositions par rapport à l'article *Genève;* ces dispositions sont toujours les mêmes, et aucune autorité divine ni humaine ne pourra les changer. Tant que ces messieurs se borneront à se plaindre (comme ils l'ont fait par la lettre que le docteur Tronchin m'a écrite) que je les ai taxés, dans l'article *Genève,* de n'être pas chrétiens, ma réponse sera bien simple. Elle se bornera à leur représenter, comme j'ai fait dans ma réponse, que je n'ai pas dit un mot de ce dont ils m'accusent; mais s'ils portent leurs plaintes plus loin, s'ils disent que j'ai trahi leur secret, et que je les ai représentés comme sociniens, je leur répondrai, et je répondrai à toute la terre, s'il le faut, que j'ai dit la vérité notoire et publique, et que j'ai cru, en la disant, faire honneur à leur logique et à leur judiciaire. Voilà tout ce qu'ils auront de moi; et soyez sûr, quelque chose qu'ils fassent, qu'homme, Dieu, ange, ni diable, ne m'en feront pas dire davantage.

A l'égard de l'*Encyclopédie,* quand vous me pressez de la reprendre, vous ignorez la position où nous sommes, et le déchaînement de l'autorité contre nous. Des brochures et des libelles ne sont rien en eux-mêmes; mais des libelles protégés, autorisés, commandés même par ceux qui ont l'autorité en main, sont quelque chose, surtout quand

---

1. *Les Plaideurs,* acte II, scène IV. (ÉD.)

ces libelles vomissent contre nous les personnalités les plus odieuses et les plus infâmes. Observez d'ailleurs que si nous avons dit jusqu'à présent dans l'*Encyclopédie* quelques vérités hardies et utiles, c'est que nous avons eu affaire à des censeurs raisonnables, et que les docteurs n'ont censuré que la théologie, qui est faite pour être absurde, et qui cependant l'est moins dans l'*Encyclopédie* qu'elle ne pourrait l'être. Mais qu'on établisse aujourd'hui ces mêmes docteurs pour réviseurs généraux de tout l'ouvrage, et qu'on nous donne par ces moyens des entraves intolérables, c'est à quoi je ne me soumettrai jamais. Il vaut mieux que l'*Encyclopédie* n'existe pas que d'être un répertoire de capucinades. Je ne sais quel parti Diderot prendra; je doute qu'il continue sans moi; mais je sais que, s'il continue, il se prépare des tracasseries et du chagrin pour dix ans. En un mot, il faut qu'on dise de nous :

Non sibi, sed patriæ scripserunt:
Nec plus scripserunt quam illa voluit.

C'est une parodie de l'épitaphe du maréchal de Catinat, où il y a *vixit* au lieu de *scripserunt.*

Adieu, mon cher et illustre philosophe; je vous embrasse de tout mon cœur. Voilà votre Alcibiade [1], qui revient plus couvert de gale que de gloire, et votre disciple [2], qui traite le Mecklembourg comme il a fait la Saxe. On dit que l'armée autrichienne est détruite par l'affaire du 5 et la prise de Breslau.

P. S. Les libraires n'ont plus d'exemplaires de mes *Mélanges;* il faut que je les réimprime. Je tâcherai, en attendant, de vous les trouver; mon exemplaire est trop raturé pour que je vous l'envoie.

MMDCXIV. — A M. DIDEROT.

Voilà deux lettres de suite, monsieur; mais il faut que je me confie à votre discrétion, à votre probité, à votre zèle pour la philosophie. On vous engage à demander une rétractation à M. Dalembert. Il se déshonorerait à jamais, lui et le dictionnaire. S'il avait révélé un secret, il aurait eu tort; mais il a imprimé publiquement ce qui est très-public. Le livre où le professeur Vernet, professeur de la science absurde, dit que la révélation est de quelque utilité, et ne dit pas un mot de l'enfer, ni de la très-sainte et individuelle Trinité, ce livre est imprimé à Genève. On ne le lit point, je l'avoue; mais il existe. De quoi s'avisent aujourd'hui les prédicants de Genève de renier leur foi? Craignent-ils de manquer de soutiens? Ne pense-t-on pas comme eux dans toute l'Angleterre, dans la moitié de la Hollande, dans tous les États du roi de Prusse? On touche à une grande révolution dans l'esprit humain, et on vous en a, monsieur, la principale obligation. L'article dont on fait semblant de se plaindre, est un coup important dont il ne faut pas perdre le fruit. Il démasque les ennemis de l'É-

1. Richelieu. (ÉD.) — 2. Le roi de Prusse. (ÉD.)

glise, et c'est beaucoup; il les force, ou à s'avilir en reniant leur créance, ou à convenir tacitement qu'on ne les a pas calomniés. En un mot, il serait infâme que le Dictionnaire encyclopédique se rétractât d'une assertion avancée en connaissance de cause par un témoin oculaire. Il est de la dernière importance que M. Dalembert continue à vous aider, et qu'on ne souffre dans le dictionnaire rien de ce qu'on a dit dans l'article en question. Ne vous laissez entamer par personne, et songez qu'il faut faire justice des Garasses.

MMDCXV. — A M. Thieriot.

Lausanne, 21 janvier.

Eh bien, mon ancien et tranquille ami, comment traite-t-on les *cacouacs*? La guerre est donc partout; et tandis qu'on s'extermine en Allemagne au milieu des neiges, on attaque de tous côtés les pauvres encyclopédistes à Paris. Je crois que je leur ai porté malheur en travaillant pour eux. Messieurs les prêtres de Genève se plaignent que M. Dalembert leur fasse l'honneur de les ranger parmi les philosophes. Ils disent que ce nom n'a jamais convenu à gens de leur espèce, et ils demandent réparation. M. Dalembert, de son côté, fatigué de toutes les criailleries de ses adversaires, et persécuté sourdement par les enfants d'Ignace, sans pouvoir plaire aux enfants de Calvin, renonce à l'*Encyclopédie;* mais il faut espérer qu'il ne persistera pas dans son dépit. Il ne faut pas que le maréchal de Saxe quitte le commandement de de l'armée parce qu'il a des tracasseries à la cour.

J'ai reçu l'*Iphigénie* que M. de La Touche a eu la bonté de m'envoyer. Nous pourrions bien la jouer cet hiver dans notre tripot de Lausanne. M. Dalembert conseille à messieurs de Genève d'avoir dans leur ville une troupe de comédiens de bonnes mœurs : c'est ce que nous nous flattons d'être à Lausanne. Ma nièce et moi nous avons de très-bonnes mœurs dont j'enrage; mais il faut bien à mon âge avoir ce petit mérite. Nous avons une fille du général Constant, et une belle-fille de ce fameux marquis de Langalerie, qui ont aussi les meilleures mœurs du monde, quoiqu'elles soient assez belles pour en avoir de très-mauvaises. Enfin notre troupe est fort édifiante, et, de plus, elle est quelquefois fort bonne. On ne peut guère passer plus doucement sa vie, loin des horreurs de la guerre et des tracasseries littéraires de Paris. Ah! mon ami, que les grosses gelinotes sont bonnes, mais qu'elles sont difficiles à digérer! mon cuisinier et mon apothicaire me tuent. Adieu, je suis fâché de ne vous point revoir.

MMDCXVI. — A M. LE COMTE D'ARGENTAL.

A Lausanne, 22 janvier.

J'ai reçu votre lettre du 13, mon cher et respectable ami, mais rien de M. de Choiseul. J'ai présumé, par ce que vous me dites, qu'il s'agissait d'obtenir un congé pour monsieur son fils blessé et prisonnier. Je doute fort que le roi de Prusse voulût, à ma chétive recommandation, s'écarter des idées qu'il s'est prescrites, et je suis d'autant moins à portée de lui demander une pareille grâce pour M. de Choiseul, que je lui écrivis, il y a huit jours, en faveur d'un Génevois qui est dans le même cas, et qui probablement restera estropié à Mersbourg.

Mais le roi de Prusse a une sœur qui doit avoir quelque crédit auprès de lui, et à qui je puis tout demander. Je lui ai écrit de la manière la plus pressante, et je lui ai recommandé M. le marquis de Choiseul comme je le dois. Ne doutez pas qu'elle n'en écrive au roi son frère : il ne doit lui rien refuser. Je crois que le roi de Prusse peut s'amuser actuellement à faire des grâces; il n'y a pas moyen de se battre avec six pieds de neige; aussi Schweidnitz n'est pas pris; mais j'ai toujours grand'peur que M. de Richelieu ne se trouve entre les Hanovriens et les Prussiens. On se moque de tout cela dans votre Paris, et pourvu que les rentes de l'Hôtel-de-Ville soient payées, et qu'on ait quelques spectacles, on se soucie fort peu que les armées périssent. La chose peut pourtant devenir sérieuse, et vos Sybarites peuvent un jour gémir.

Pour moi, mon cher ange, qui ne m'occupe que des siècles passés, je ne crois pas devoir cette année m'exposer au refus de la médaille[1]. Qui diable a imaginé cette médaille? On ne l'aurait pas donnée à l'auteur de *Britannicus* qui n'eut que cinq représentations, et on l'aurait donnée à l'auteur de *Régulus*[2]! Fi donc! il n'y a de médailles que celles que la postérité donne. Il faut un ami comme vous pour le temps présent et de beaux vers pour l'avenir; mais je suis plus sensible à votre amitié qu'aux vains applaudissements de quelques connaisseurs obscurs, qui pourront dire dans cent ans : « Vraiment ce drôle-là avait quelques talents. »

Mille respects à Mme d'Argental et à tout ange.

MMDCXVII. — A M. GROSLEY.

Lausanne, 22 janvier.

Je ne reçus qu'hier, monsieur, les deux dissertations dont vous avez bien voulu m'honorer. Je les ai lues avec beaucoup de plaisir, et je ne perds pas un moment pour vous en faire mes remerciments. Je vois que non-seulement vous avez beaucoup lu, mais que vous avez bien lu, et que vous réfléchissez encore mieux. Je crois comme vous, monsieur, que l'abbé de Saint-Réal (homme qu'il ne faut pas regarder comme un historien) a fait un roman de la conspiration de Venise; mais on ne peut douter que le fond ne soit vrai. Le procurateur Nani le dit positivement; et je me souviens que l'abbé Conti, noble vénitien très-instruit, et qui est mort dans une extrême vieillesse, regardait la conspiration du marquis de Bedmar comme une chose très-avérée. Comment ne le serait-elle pas, puisque le sénat renvoya cet ambassadeur sur-le-champ, et qu'il fit mourir tant de complices? Eût-on fait cet outrage au roi d'Espagne? se fût-on joué ainsi de la vie de tant de malheureux, pour supposer à l'Espagne une entreprise crimi-

---

1. Louis XV venait d'ordonner que les auteurs, dont les pièces auraient eu un grand succès au théâtre, pour la première fois lui seraient présentés; pour la seconde, auraient une médaille; pour la troisième, obtiendraient une pension. (*Note de M. Beuchot.*)

2. Par Pradon. (ÉD.)

nelle ? On craignait alors beaucoup les Espagnols en Italie. Venise, qui n'était point en guerre avec eux, voulait les ménager. Eût-ce été les ménager que leur imputer une pareille trahison ? On l'ensevelit autant qu'on put dans le silence, et le sénat avait en cela très-grande raison. Comment vouliez-vous que ce même sénat empêchât ensuite la promotion de Bedmar au cardinalat ? Les Vénitiens ont-ils jamais eu de crédit à Rome ? L'entreprise de Bedmar contre Venise était une raison de plus pour lui procurer le chapeau, plutôt qu'une raison pour l'exclure.

Ne rangez pas non plus la conspiration des poudres parmi les suppositions; elle n'est que trop véritable. Personne en Angleterre ne forme le moindre doute aujourd'hui sur cette entreprise infernale. La lettre de Piercy qui existe, la mort qu'il reçut à la tête de cent cavaliers, le supplice de dix conjurés, le discours de Jacques Iᵉʳ au parlement, sont des preuves contre lesquelles les jésuites n'ont jamais opposé que des objections méprisées. C'est en respectant vos lumières que je vous fais ces observations; et c'est avec bien de l'estime que j'ai l'honneur d'être, monsieur, votre, etc.

MMDCXVIII. — A M. COLINI.

A Lausanne, 23 janvier.

Je suis très-sensible à votre souvenir, mon cher Colini, et je vous souhaite un état assuré et tranquille, qui puisse vous faire oublier les agréments de votre beau pays. Je me trouve mieux que jamais de celui que j'ai choisi pour ma retraite. J'ai beaucoup embelli les Délices, et j'ai pris enfin une maison à Lausanne, que j'ai très-ornée, et dans laquelle on est entièrement à l'abri des rigueurs de la saison. Je vois, de mon lit, quinze lieues de ce beau lac que vous connaissez. C'est le plus bel aspect que j'aie jamais vu; c'est là que je m'inquiète assez peu de tous les bouleversements de l'Allemagne. Vous devez vous intéresser à l'Autriche, puisque vous gouvernez un Autrichien, et que vous êtes né sous la domination de l'empereur. Plus heureux qui est né libre! Je vous embrasse.

MMDCXIX. — A MADAME DE FONTAINE, A PARIS.

Lausanne, 26 janvier.

Je reçois votre lettre du 19, ma chère nièce, et je me flatte que vous aurez la bonté de m'accuser la réception de celles que je vous ai envoyées par M. Dalembert. Il faut d'abord que je justifie M. Constant que vous appelez gros Suisse. Il n'est ni Suisse, ni gros. Nous autres Lausannais, qui jouons la comédie, nous sommes du pays Roman, et point Suisses. Il envoya, avant de partir, chercher la boîte chez Mme de Fontaine. On alla chez la fermière générale, qui envoya promener le courrier, et qui dit qu'elle n'envoyait jamais rien à Lausanne.

On peint, il est vrai, la charpente de mon visage; mais c'est à condition que vous le copierez. Votre sœur attend l'habit d'Idamé avec plus d'impatience que je n'attends ceux de Narbas et de Zamti. Si elle avait bien fait, elle se serait habillée à sa fantaisie, sans suivre la fantaisie des autres et sans vous donner tant de peines. Pour moi, avec sept ou huit aunes d'étoffe de Lyon, j'aurais très-bien arrangé mes guenilles de vieux bonhomme. Je n'aime à imiter ni le jeu, ni le style, ni la manière de se mettre; chacun a son goût, bon ou mauvais. Mme Denis a cru qu'on ne pouvait avoir une jarretière bien faite, sans la faire venir de Paris à grands frais; elle voulait que je fisse faire mon jardin des Délices à Paris; mais comme ce jardin est pour moi, j'ai été mon jardinier, et je m'en trouve très-bien. Vous en jugerez, s'il vous plaît. J'aurais tout aussi bien été mon tailleur, et je voudrais que vous puissiez en juger. Toutes ces dépenses réitérées ruinent quand on a acheté, réparé, raccommodé, meublé une maison spacieuse, et qu'on l'embellit; mais il ne faut pas y prendre garde : il ne faut songer qu'à la bonté que vous avez d'entrer dans ces misères.

Je ne crois pas que l'abbé de Prades soit à Breslau, et je crois encore moins qu'on le fouette avec un écriteau au dos; car, s'il avait au dos cette belle devise, ce serait sur l'écriteau qu'on frapperait. Peut-être le fouette-t-on sur le cul; mais cela est sujet à des inconvénients. Les théologiens disent que cette façon peut occasionner ce qu'ils appellent des pollutions. Je crois encore moins qu'on ait exigé à Paris des cartons pour l'article *Genève*; la cour se soucie peu de nos hérétiques, et d'ailleurs il n'est pas possible d'aller proposer un carton à tous les souscripteurs qui ont reçu le livre. Il n'y a pas quatre lecteurs qui l'achètent sans avoir souscrit.

Je ne crois pas non plus que M. le maréchal de Richelieu soit disgracié; on n'a point perdu la bataille de Rosbach, il a passé l'Aller, il a fait reculer les Hanovriens, il a fait de son mieux : on ne doit punir que la mauvaise volonté, et le roi est toujours juste.

Je ne crois point encore qu'il faille vingt ans pour détromper le public sur une très-mauvaise pièce [1]; mais je crois fermement que le public d'aujourd'hui ne vaut pas la peine qu'on travaille pour lui, en quelque genre que ce puisse être.

Voilà, ma chère nièce, tout ce que je crois et tout ce que je ne crois pas. Je vous ai ouvert le fond de mon cœur. Si vous avez quelque chose à croire dans ce monde, croyez que ce cœur est à vous. Vous ne me dites point si vous continuez à vous frotter circulairement avec de l'arthanite [2], si vous mangez, si vous digérez, si vous êtes agréablement logée. Il faut, s'il vous plaît, que vous m'instruisiez de votre manière d'exister, car mon être s'intéresse tendrement au vôtre.

Savez-vous si c'est à Paris qu'on élève le prince de Parme, ou si l'abbé de Condillac va à Parme lui apprendre à raisonner? savez-vous quand il part? seriez-vous femme à lui persuader de prendre sa route par Genève et par Turin? S'il fait ce voyage cet hiver, nous le recevrions à Lausanne, nous le mènerions aux Délices, et de là nous le guinderions par le mont Cenis à Turin, de Turin dans le Milanais, et du Milanais dans le Parmesan. Portez-vous bien, et aimez-nous.

---

1. Allusion sévère à *Iphigénie en Tauride*. (ÉD.)
2. L'arthanite est le nom ancien du *cyclamen europæum*, L., que les Français appellent vulgairement pain de pourceau. (*Note de M. de Cayrol.*)

MMDCXX. — De M. Dalembert

Paris, 28 janvier.

Je suis infiniment flatté, mon très-cher et illustre philosophe, du suffrage que vous accordez à l'article *Géométrie*. J'en ai fait beaucoup d'autres pour ce septième volume, dont je désirerais fort que vous fussiez content, et où j'ai tâché de mettre de l'instruction sans verbiage, tels que *Force, Fondamental, Gravitation, Gravité, Forme substantielle, Fortuit, Fornication, Formulaire, Futur contingent, Frères de la Charité, Fortune*, etc. Vous trouverez aussi, à la fin de l'article *Goût*, des réflexions sur l'application de l'esprit philosophique aux matières de goût, où j'ai tâché de mettre de la vérité sans déclamation; car je déteste la déclamation, à votre exemple; mais vous avez bien mieux à faire que de lire tout cela. Envoyez-nous de quoi nous faire lire, et ne nous lisez point.

Oui, sans doute, mon cher maître, l'*Encyclopédie* est devenue un ouvrage nécessaire, et se perfectionne à mesure qu'elle avance; mais il est devenu impossible de l'achever dans le maudit pays où nous sommes. Les brochures, les libelles, tout cela n'est rien; mais croiriez-vous que tel de ces libelles a été imprimé par des ordres supérieurs, dont M. de Malesherbes n'a pu empêcher l'exécution? Croiriez-vous qu'une satire atroce contre nous, qui se trouve dans une feuille périodique qu'on appelle les *Affiches de province*, a été envoyée de Versailles à l'auteur, avec ordre de l'imprimer; et qu'après avoir résisté autant qu'il a pu, jusqu'à s'exposer à perdre son gagne-pain, il a enfin imprimé cette satire en l'adoucissant de son mieux? Ce qui en reste, après cet *adoucissement* fait par *la discrétion du préteur*, c'est que nous formons une secte qui a juré la ruine de toute société, de tout gouvernement, et de toute morale. Cela est gaillard; mais vous sentez, mon cher philosophe, que si on imprime aujourd'hui de pareilles choses, par *ordre exprès* de ceux qui ont l'autorité en main, ce n'est pas pour en rester là; cela s'appelle *amasser les fagots* au septième volume pour nous jeter dans le feu au huitième. Nous n'avons plus de censeurs raisonnables à espérer, tels que nous en avions eu jusqu'à présent. M. de Malesherbes a reçu là-dessus les ordres les plus précis, et en a donné de pareils aux censeurs qu'il a nommés. D'ailleurs, quand nous obtiendrions qu'ils fussent changés, nous n'y gagnerions rien; nous conserverions alors le ton que nous avons pris, et l'orage recommencerait au huitième volume. Il faudrait donc quitter de nouveau, et cette comédie-là n'est pas bonne à jouer tous les six mois. Si vous connaissiez d'ailleurs M. de Malesherbes; si vous saviez combien il a peu de nerf et de consistance, vous seriez convaincu que nous ne pourrions compter sur rien avec lui, même après les promesses les plus positives. Mon avis est donc, et je persiste, qu'il faut laisser là l'*Encyclopédie*, et attendre un temps plus favorable (qui ne reviendra peut-être jamais) pour la continuer. S'il était possible qu'elle s'imprimât dans le pays étranger, en continuant, comme de raison, à se faire à Paris, je reprendrais demain mon travail; mais le gouvernement n'y consentira jamais; et quand il le voudrait bien, est-il possible que cet ouvrage s'imprime à cent ou deux cents lieues des auteurs?

Par toutes ces raisons je persiste en ma thèse [1].

Parlons un peu de Genève et de vos ministres. Je n'ai garde, monsieur le plénipotentiaire de l'*Encyclopédie*, de vous interdire les *politesses avec ces sociniens honteux;* mais surtout ne passez pas les *politesses* et vos pouvoirs; point de rétractation ni directe, ni indirecte. Dites-leur bien de ma part que je n'ai point violé leur secret, que je n'ai rien dit qui ne soit connu de toute l'Europe, et sur quoi ils se justifieraient vainement; qu'enfin j'ai cru leur faire beaucoup d'honneur en les représentant comme les prêtres du monde qui ont le plus de logique. Proposez-leur à signer cette petite profession de foi de deux lignes : « Je soussigné crois, comme article de foi, que les peines de l'enfer sont éternelles, et que Jésus-Christ est Dieu, égal en tout à son Père; » vous verrez les pharisiens aux prises avec les saducéens, et nous aurons les rieurs pour nous.

La commission établie *pour savoir ce qu'il faut faire* ressemble au grand conseil qui se tint à Dresde le lendemain du jour que Charles XII y passa; et je crois qu'elle aura la même issue.

Je reviens à l'*Encyclopédie;* je doute fort que votre article *Histoire* puisse passer avec les nouveaux censeurs, et je vous renverrai cet article quand vous voudrez, pour y faire les changements que vous avez en vue. Mais rien ne presse; je doute que le huitième volume se fasse jamais. Voyez donc la foule d'articles qu'il est impossible de faire : *Hérésie, Hiérarchie, Indulgence, Infaillibilité, Immortalité, Immatériel, Hébreux, Hobbisme, Jésus-Christ, Jésuites, Inquisition, Jansénistes, Intolérance*, etc., et tant d'autres! Encore une fois, il faut nous en tenir là. A vos moments perdus jetez les yeux, je vous prie, sur *Figure de la terre*, au sixième volume.

MMDCXXI. — A M. DALEMBERT.

A Lausanne, de mon lit, d'où je vois dix lieues de lac,
29 janvier.

N'appelez point vos lettres du *bavardage*, mon digne et courageux philosophe; il faut, s'il vous plaît, s'entendre et parler de ses affaires.

On fait une grande profession de foi à Genève; vous aurez le plaisir d'avoir réduit les hérétiques à publier un catéchisme. On se plaint de l'article des *Comédiens*, inséré dans celui de *Genève;* mais vous avez joint ce petit mot de la comédie à la requête des citoyens qui vous en ont prié. Ainsi d'un côté vous n'avez fait que céder à l'empressement des bourgeois, et de l'autre vous n'avez fait que répéter le sentiment des prêtres, sentiment publié dans le catéchisme d'un de leurs théologiens, et débité publiquement devant vous dans toutes les conversations.

Quand je vous ai supplié de reprendre l'*Encyclopédie*, j'ignorais à

---

1. Vers de *la Coupe enchantée*, de La Fontaine. (ÉD.)

quel excès de brutalité on avait poussé les libelles, et j'étais bien loin de soupçonner qu'ils fussent autorisés. Je vous ai écrit une grande lettre par Mme de Fontaine; elle est votre voisine; ne pourriez-vous pas passer chez elle?

Il serait triste qu'on crût que vous quittez l'*Encyclopédie* à cause de l'article *Genève*, comme on affecte d'en faire courir le bruit; mais il serait encore plus triste de continuer en étant exposé à des dégoûts qui doivent vous révolter autant qu'ils déshonorent la nation. Êtes-vous bien uni avec M. Diderot et les autres associés? *Funiculus triplex difficillime rumpitur* [1]. Quand vous signifierez tous ensemble que vous ne travaillerez qu'avec l'assurance de la liberté honnête qu'il vous faut, et de la protection qu'on vous doit, il faudra bien qu'on en vienne à vous prier de ne pas priver la France d'un monument devenu nécessaire. Les criailleries passeront, et l'ouvrage restera.

Il est beau de quitter tous ensemble et de donner des lois; il serait désagréable pour vous de quitter seul; il ne faut point que la tête se sépare du corps.

Quand vous donnerez le premier volume, faites rougir dans une préface les lâches qui ont permis qu'on insultât à ceux qui seuls aujourd'hui travaillent pour la gloire de la nation; et, pour Dieu, ne souffrez plus les insipides déclamations qu'on insère dans votre *Encyclopédie*. Ne donnez pas à nos ennemis le droit de se plaindre que ceux qui n'ont eu aucun succès dans les arts, où ils ont même été sifflés, osent donner les règles de ces arts, et prendre pour règles leurs ridicules imaginations. Bannissez la morale triviale dont on enfle certains articles. Le lecteur veut savoir les différentes acceptions d'un mot, et déteste un fade lieu commun sur ce mot. Qui vous force à déshonorer l'*Encyclopédie* par cet entassement de fadeurs et de fadaises qui donne un si beau champ aux critiques? et pourquoi joindre du velours de gueux à vos étoffes d'or? Rendez-vous les maîtres absolus, ou abandonnez tout. Malheureux enfants de Paris, il fallait faire cet ouvrage dans un pays libre. Vous avez travaillé pour des libraires; ils ont recueilli le profit, et vous recueillez les persécutions. Tout cela me fait trouver ma retraite charmante. Je vous y regrette de tout mon cœur. Plût à Dieu que vous n'eussiez point vu de prêtres quand vous vîntes chez nous! Mettez-moi au fait de tout, je vous en prie.

MMDCXXII. — A MADAME LA COMTESSE DE LUTZELBOURG.

1er février.

Je suis bien touché du souvenir de M. le comte de Lutzelbourg. Je lui souhaite des campagnes heureuses pendant l'été, et de bons quartiers d'hiver; point de coups de fusil, de grosses pensions et des honneurs, et quelquefois une douce retraite à l'île Jard avec la plus aimable et la plus respectable femme du monde, qui est madame sa mère.

La conversation du roi de Prusse et de l'Anglais Mitchell est imprimée, et n'en est guère plus vraie. Il se peut faire à toute force qu'un

---

1. *Ecclésiaste*, chap. IV, v. 12. (ÉD.)

ministre anglais ait parlé de Dieu; mais il ne se peut qu'il ait dit au marquis de Brandebourg que Dieu était le seul à qui l'Angleterre ne donnât pas de subsides; attendu que le marquis n'en a jamais reçu, et que le Danemark est actuellement le seul Etat qui reçoive des guinées. Je vous supplie, madame, de vous tenir bien chaudement. Je n'ai plus de mouches; mais de la neige, et autant qu'il y en a sur l'Aller. Portez-vous bien, et moquez-vous du monde. Mille respects.

MMDCXXIII. — A M. LE COMTE DE SCHOWALOW.

Lausanne, 5 février.

Monsieur, la dernière lettre que Votre Excellence m'a fait l'honneur de m'écrire me flatte que, dans quelque temps, vous voulez bien m'envoyer, non-seulement les documents authentiques du règne de Pierre le Grand, mais encore ceux qui peuvent servir à la gloire de votre nation, jusqu'à ces jours. En effet, monsieur, tout ce qu'on a fait depuis lui est une suite de ses établissements. C'est à lui qu'il faut rapporter tout ce que les Russes ont fait de grand et de mémorable. Je fais des vœux pour la prospérité de son auguste et digne fille. Sa gloire m'est aussi chère que celle du grand homme dont elle est née. Je regarderai, monsieur, comme la plus grande faveur les instructions que vous voudrez bien me donner. Le plaisir que vous me procurez de rendre justice à un héros, à l'impératrice régnante, et à votre nation, sera le plus agréable travail de ma vie. J'espère qu'il me sera permis de vous en marquer ma reconnaissance.

J'ai l'honneur d'être, avec tous les sentiments que je vous dois, etc. V.

MMDCXXIV. — A M. DALEMBERT.

5 février.

A la réception de votre lettre du 28, j'ai lu vite les articles dont vous parlez, homme selon mon cœur, mon vrai, mon courageux philosophe. Ces articles augmentent mes regrets. Non, il n'est pas possible que la saine partie du public ne vous redemande à grands cris; mais il faut absolument que tous ceux qui ont travaillé avec vous quittent avec vous. Seront-ils assez indignes du nom de philosophes, assez lâches pour vous abandonner? J'écrivis d'abord à M. Diderot, et je lui dis ce que je pense; je lui ai écrit encore. J'ai redemandé mes articles, et je n'ai point eu de réponse; ce procédé est rare.

La profession de foi des sociniens honteux est sous presse et presque finie. Les prêtres qui la font ont voulu parler au nom des magistrats comme au leur, et les magistrats ne l'ont pas souffert. Ils ont consumé un grand mois à ce bel ouvrage. « Voilà qui est bien long, disait-on. — Il faut un peu de temps, répondit Huber [1], quand il s'agit de donner un état à Jésus-Christ. » La seule *politesse* que je fasse consiste à dire que vous avez fait beaucoup d'honneur à la ville, que votre article-

1. Jean Huber, né à Genève en 1722, célèbre par ses découpures de papier. (ÉD.)

2. L'article GENÈVE, dans l'*Encyclopédie.* (ÉD.)

est l'éloge de la liberté, et que le gouvernement doit être très-flatté; que d'ailleurs vous n'avez certainement voulu blesser personne.

Qui donc a eu la bassesse d'envoyer un libelle en *province*[1]? est-ce quelque confesseur de quelque dame du palais?

Mme de Pompadour semblait faite pour protéger l'*Encyclopédie*. L'abbé de Bernis doit chérir cet ouvrage, s'il a le temps de le lire. Ne se feront-ils pas tous deux honneur d'en être le soutien? Je n'en sais rien, je vois tout de trop loin. Mettez-moi au fait, je vous en prie; point tant de cachets quand vous m'écrirez; quatre donnent du soupçon, un seul n'en donne pas.

Je ne me console point que les fanatiques vous rendent Paris désagréable, et vous empêchent de revoir les Délices. Mais pourquoi n'y pas revenir? Quand la profession de foi est faite, la paix l'est aussi.

Que Paris est encore bête! Cicéron et Lucrèce passèrent-ils par les mains des censeurs de livres? pourquoi cette rage contre la philosophie? Je ne m'accoutume point à voir les sages écrasés par les sots. J'ai le cœur navré.

MMDCXXV. — A M. LE COMTE D'ARGENTAL.

A Lausanne, 5 février.

Je me flatte, mon divin ange, que M. le comte de Choiseul a reçu ma lettre; je lui fais mon compliment, et surtout au prince Henri qui a prévenu sa sœur : c'était à qui des deux ferait une action honnête. Ce Henri est très-aimable; ce n'est pas Henri IV, mais il a des grâces, des talents, de la douceur, et c'est lui qui était à la tête de cinq bataillons devant qui toute votre armée prit la poudre d'escampette le 5 novembre, journée qui a changé la destinée de l'Allemagne. Je reconnais bien mes chers compatriotes à l'enthousiasme où ils sont à présent pour le roi de Prusse, qu'ils regardaient comme Mandrin il y a cinq ou six mois. Les Parisiens passent leur temps à élever des statues et à les briser; ils se divertissent à siffler et à battre des mains; et, avec bien moins d'esprit que les Athéniens, ils en ont tous les défauts, et sont encore plus excessifs.

Je m'affermis tous les jours dans l'opinion qu'il ne faut pas perdre un demi-quart d'heure de sommeil pour leur plaire. La persécution excitée contre l'*Encyclopédie* achève de me rendre mon lac délicieux; je goûte le plaisir d'être mieux logé que les trois quarts de vos importants, et d'être entièrement libre. Si j'avais été à la tête de l'*Encyclopédie*, je serais venu où je suis; jugez si j'y dois rester. La littérature est un brigandage; le théâtre est une arène où on est livré aux bêtes; et une médaille pour deux succès, qui d'ordinaire sont deux exemples de mauvais goût, n'est qu'une sottise de plus. Les fous de la cour portaient autrefois des médailles; c'est apparemment celles-là qu'on donnera.

Nos médailles sont ici d'excellents soupers; nous n'avons point de cabales : on regarde comme très-grande faveur d'être admis à nos

1. Allusion aux *Affiches de province*. (ÉD.)

spectacles. Les habits sont magnifiques, nos acteurs ne sont pas mauvais. Mme Denis est devenue supérieure dans les rôles de mère; je ne suis pas mauvais pour les vieux fous : nous ne pouvons commencer que dans quinze jours, parce que nous avons eu des malades : voilà l'état des choses. Je suis très-touché de l'état de Mme d'Argental; il faut qu'elle vienne à Épidaure consulter Esculape. Mme d'Épinai a obtenu des nerfs, Mme de Mui a été guérie, ma nièce Fontaine a été tirée de la mort. Il faut aller à Lyon voir son oncle; de là, dans une terre qui est à M. de Mondorge ou à son frère; et, de cette terre, aux Délices.

Je vous prie de dire à M. le chevalier de Chauvelin que je lui souhaite quelque étisie, quelque marasme, quelque atrophie, afin qu'il prenne son chemin par Genève, quand il retournera à Turin.

Mais qu'est devenue la maison de votre île? Que ne demandez-vous un remboursement sur Hanovre ou sur Clèves?

Comment vont vos affaires de Cadix? ne recevez-vous pas quelques débris de temps en temps? Vivez heureux, mon cher ange; ce sont les vœux du plus maigre Suisse des treize cantons.

MMDCXXVI. — DE M. DALEMBERT.

A Paris, 8 février.

Vous m'écrivez, mon cher et grand philosophe, de votre *lit* où vous voyez *dix lieues de lac*, et moi je vous réponds de mon trou, où je vois le ciel long de trois aunes. Ce trou suffirait pourtant à mon bonheur, si la persécution ne venait pas m'y chercher; mais la violence à laquelle elle est montée, et l'autorité de ceux qui l'exercent, me font envier le sort de ceux qui peuvent avoir un trou ailleurs.

J'ai découvert encore de nouvelles atrocités depuis ma dernière lettre. Il est très-certain que l'on a forcé M. de Malesherbes à laisser imprimer *les Cacouacs;* il est très-certain que la satire plus que violente insérée contre nous dans les *Affiches de province* vient des bureaux d'un ministre [1] aussi *cacouac* pour le moins que nous, mais qui a cru pouvoir faire sa cour au redoutable protecteur des cacouacs par un sacrifice *in anima vili.* Jugez à présent, mon cher et illustre maître, s'il est possible d'achever dans cette terre de perdition le monument que nous avions commencé d'élever à la gloire des lettres. Diderot se borne à dire qu'il ne peut pas continuer sans moi. J'ignore quel parti il prendra en dernière instance; mais je sais que, s'il continue, il se prépare des chagrins de toute espèce : Dieu veuille l'en préserver! mais c'est son affaire. Il me paraît d'ailleurs impossible, d'un côté, que cet ouvrage se continue sur le même pied qu'auparavant; de l'autre, qu'il puisse se continuer sur un autre pied; et il vaut mieux le laisser imparfait que d'en faire une espèce de satyre à tête d'homme et à pieds de bête.

Je suis plus fâché que vous des déclamations et des trivialités qu'on a insérées dans l'*Encyclopédie*, mais croyez que je n'en ai pas été le

1. Bernis. (ÉD.)

maître. Comme je n'ai proprement de juridiction que sur la partie mathématique, la voie de représentation est la seule dont je puisse user sur le reste; d'ailleurs M. Diderot a été souvent dans l'impossibilité de faire autrement. Tel auteur qui nous est utile par un grand nombre de bons articles exige souvent, pour prix de ce qu'il nous donne de bon, qu'on admette aussi ce qu'il fournit de mauvais. Nous nous serions trouvés tout seuls, si nous avions voulu tyranniser nos collègues. C'est un petit ou un grand mal, si vous voulez, que l'on a été forcé d'endurer pour un plus grand bien.

Vous ne me parlez plus de votre disciple; en avez-vous des nouvelles? le voilà plus couvert de gloire que jamais. J'oubliais de vous dire que *les Cacouacs* sont de l'auteur [1] d'une mauvaise brochure intitulée *l'Observateur hollandais*, qui, n'osant plus tourner le roi de Prusse en ridicule, depuis ses victoires, s'est jeté sur l'*Encyclopédie*. Envoyez-moi, je vous prie, par M. de Malesherbes, ou autrement, la profession de foi de vos ministres. J'ai proposé à M. de Cubières de leur en faire signer une fort courte : « Je reconnais que Jésus-Christ est Dieu, égal et consubstantiel à son Père. » *Ils ne signeront pas cela*, me dit M. de Cubières. *Si cela est*, lui répondis-je, *j'ai eu raison*; car vous savez que le *consubstantiel* est le grand mot, l'*homoousios* du concile de Nicée, à la place duquel les ariens voulaient l'*homoiousios*. Ils étaient hérétiques pour ne s'écarter de la foi que d'un iota.

O miseras hominum mentes [2] !...

Adieu, mon cher et illustre maître; je vous embrasse de tout mon cœur.

MMDCXXVII. — A M. LE COMTE D'ARGENTAL.

A Lausanne, 9 février.

Avez-vous, lisez-vous l'*Encyclopédie*, mon cher ange? savez-vous les tracasseries, les tribulations qu'elle essuie? J'ai retiré mes enjeux, et j'ai mandé à M. Diderot de me renvoyer les articles et les papiers concernant cet ouvrage, et j'ai pris la liberté de stipuler qu'il renverrait chez vous les papiers cachetés; vous me le permettrez, sans doute : ce n'est plus la peine de travailler pour une entreprise qui va cesser d'être utile, et qui est traversée de tous côtés. Si Diderot, qui est entouré de sacs comme Perrin Dandin, et qui est accablé du fardeau, oubliait mes paperasses, j'ose vous supplier de vouloir bien envoyer chez lui, rue Taranne, quand vous serez à la Comédie.

Nous allons, nous autres Suisses, jouer *Fanime* et *la Femme qui a raison*. Je pense qu'il faut différer longtemps pour le tripot [3] de Paris, et laisser dégorger *Iphigénie en Crimée* [4]. Par ma foi, vous autres Parisiens, vous n'avez pas le sens commun; Luc n'en a pas davantage

---

1. Moreau. (ÉD.) — 2. Lucrèce, liv. II, vers 14. (ÉD.)
3. La Comédie-Française. (ÉD.)
4. C'est l'*Iphigénie en Tauride* de Guimond de La Touche; Voltaire l'appelait *Iphigénie en Crimée*, à cause de la dureté de la versification. (ÉD.)

d'avoir commencé cette horrible guerre qui lui a donné, à la vérité, de la gloire, mais qui le rend très-malheureux, lui et onze ou douze cent mille hommes ses semblables, s'il y a quelque chose de semblable à Luc. Je ne vois que folie et bêtise. *Interim, vale.* Heureux qui digère tranquillement! Comment va la santé de Mme d'Argental?

MMDCXXVIII. — A MADAME D'ÉPINAI.

Madame, je suis malade et garde-malade; ces deux belles fonctions n'empêcheront pas que je ne sois rongé de remords de ne vous point faire ma cour. Je suis tous les jours tenté de m'habiller (ce que je n'ai fait qu'une fois pour vous depuis trois mois), et d'entreprendre le voyage de Genève. Je ferai ce voyage pour vous, madame, dès que ma nièce sera mieux. Je vous demande des nouvelles de votre santé, et je vous présente mes profonds respects. *Le Suisse V.*

MMDCXXIX. — A M. DARGET.

A Lausanne, 10 février 1758.

Je vois avec douleur, mon cher et ancien ami, que, dans le meilleur des mondes possibles de Leibnitz, vous paraissez n'avoir pas le meilleur lot; et que lorsque tout est bien, votre vessie est toujours un peu mal. Vous ne semblez guère plus content de votre fortune que de votre vessie. *Durum, sed levius sit patientia.* J'ai toujours été fort surpris que les personnes qui vous aiment et qui connaissent vos talents, ne vous aient pas utilement employé comme ils le pouvaient. Il se fait actuellement des fortunes immenses dans des entreprises auxquelles vous aviez travaillé autrefois. Il me semble qu'il y avait de la justice à ne vous pas exclure. Le moindre intérêt dans ces affaires est une chose très-considérable. Si vous avez perdu toute espérance de ce côté, vous goûterez l'*auream mediocritatem* d'Horace. Mais il faut songer à votre santé, qui est le véritable bien. J'éprouve qu'on peut très-bien prendre patience dans un état de langueur et de faiblesse; mais on la perd dans la souffrance continuelle. Vous êtes à portée des soulagements : que seriez-vous devenu en Prusse loin des secours? Vous me paraissez bien informé de ce pays-là. Je crois celui qui en est le maître encore, plus malheureux cent fois que vous. Sa santé est très-dérangée; il n'a ni plaisirs ni amis; et il est embarrassé dans un labyrinthe, dont on ne peut sortir qu'à travers des flots de sang. Quelque chose qui arrive, il est à plaindre. Il est difficile que la France et l'Autriche lui pardonnent, et qu'à la longue il ne succombe pas.

J'ai oublié le nom du premier écuyer du prince de Prusse, qui me venait voir quelquefois : ne vous en ressouvenez-vous point? Il me semble qu'il était originaire de Saxe. Le général Kiow l'était aussi; mais je ne le crois point arquebusé, comme on l'a dit. Je ne crois point non plus au carcan de l'abbé de Prades. Comment, et en quoi aurait-il trahi le roi de Prusse? Il n'était certainement auprès du roi, en campagne, que pour lui faire la lecture. Du moins le roi me l'a mandé ainsi, quatre jours avant la bataille de Rosbach. Il ne lui faisait point part de ses desseins militaires, qu'il ne confie pas même à ses officiers généraux; il ne le chargeait pas de négociations. L'abbé de Prades n'avait pas plus de crédit à Breslau que vous et moi; il n'y connaît personne. Je maintiens qu'il n'a pu trahir le roi de Prusse. Il aura écrit quelque lettre indiscrète; et ce qui n'est point un crime ailleurs, en est un dans ce pays-là, vu les circonstances présentes. Voilà ce que je pense : je crois l'abbé de Prades aussi mauvais chrétien que La Métrie; mais ce n'est point un traître. Je peux me tromper, j'attendrai que le temps me désabuse.

Le prince Henri m'a fait l'honneur de m'écrire de Dresde où il est adoré. La princesse Amélie est allée à Breslau, ce qui m'étonne beaucoup. Mme la margrave de Bareuth a une santé pire que la vôtre. Elle est enchantée des victoires de son frère; mais elle craint les revers, et elle est lasse de tant de dévastations. Comptez qu'on doit se trouver très-heureux dans une douce retraite. Ce M. Coste, dont vous me parlez, n'est-il pas parent du traducteur de Locke ?

Le papier me manque. *Vale, et me ama.* V.

MMDCXXX. — A M. LE COMTE DE TRESCAN.

Lausanne, 12 février.

J'ai pris l'énorme liberté, monsieur, de vous envoyer une bibliothèque complète de fatras imprimés à Genève, chez les frères Cramer; je vous en demande bien pardon. J'aimerais mieux un quart d'heure de votre conversation que les dix-sept volumes qu'on doit avoir l'honneur de vous adresser de ma part.

J'ai reçu une lettre assez singulière, et des vers plus étranges d'un séminariste de Toul, nommé M. Légier. Il se renomme de vous. Je n'ai pu lui faire réponse, parce que je suis très-malade. C'est tout ce que je peux faire que de vous écrire ces quatre lignes. Voici la copie[1] de ce qu'on lui répond pour moi.

Je vous présente mon respect et mon regret de mourir sans vous voir.

MMDCXXXI. — A M. DALEMBERT.

Lausanne, 13 février.

Je vous demande en grâce, mon cher et grand philosophe, de me dire pourquoi Duclos en a mal usé avec vous. Est-ce là le temps où

---

1. « M. de Voltaire, gentilhomme ordinaire de la chambre du roi, et ancien chambellan du roi de Prusse, n'a jamais demeuré à Ripaille en Savoie. Il a une terre sur la route de Genève et celle de France. Il ne connaît pas plus l'*ode* dont on lui parle que la maison de Ripaille. Il est actuellement malade. Sa famille a ouvert le paquet qui, sûrement, n'est pas pour M. de Voltaire, puisqu'on y parle de choses dont il n'a aucune connaissance. Il y a des vers dans ce paquet qui sont sans doute pour quelque autre. Au reste, la famille et les amis de M. de Voltaire avertissent M. Légier que la religion, l'honneur, les bienséances les plus communes, et le savoir-vivre, ne permettent d'écrire de pareilles choses ni à des personnes qu'on connaît, ni à des personnes qu'on ne connaît pas. » — Cette réponse avait été probablement écrite sous la dictée de Voltaire. (ÉD.)

les ennemis de la superstition devraient se brouiller ? ne devraient-ils pas au contraire se réunir tous contre les fanatiques et les fripons ? Quoi ! on ose dans un sermon, devant le roi, traiter de dangereux et d'impie un livre approuvé, muni d'un privilége du roi, un livre utile au monde entier, et qui fait l'honneur de la nation (je ne parle que d'une bonne moitié du livre) ! Et tous ceux qui ont mis la main à cet ouvrage ne mettent pas la main à l'épée pour le défendre ! ils ne composent pas un bataillon carré ! ils ne demandent pas justice ! M. de Malesherbes n'a-t-il pas été attaqué comme vous et vos confrères dans ce discours de harengère, appelé sermon, prononcé par *Garasse*-Chapelain [1], qui prêche comme Chapelain faisait des vers ?

Je vous ai déjà mandé que j'avais écrit à Diderot il y a plus de six semaines ; premièrement pour le prier de vous encourager sur l'article *Genève* en cas que l'on eût voulu vous intimider ; secondement pour lui dire qu'il faut qu'il se joigne à vous, qu'il quitte avec vous, qu'il ne reprenne l'ouvrage qu'avec vous. Je vous le répète, c'est une chose infâme de n'être pas tous unis comme des frères dans une occasion pareille. J'ai encore écrit pour que Diderot me renvoie mes lettres, mon article *Histoire*, les articles *Hauteur*, *Hautain*, *Hémistiche*, *Heureux*, *Habile*, *Imagination*, *Idolâtrie*, etc. Je ne veux pas dorénavant fournir une ligne à l'*Encyclopédie*. Ceux qui n'agiront pas comme moi sont des lâches, indignes du nom d'hommes de lettres ; et je vous prie de leur signifier cela de ma part. Mais je veux absolument que Diderot remette mes lettres et mes articles chez M. d'Argental, en un paquet bien cacheté.

Je ne sais pas ce qui peut autoriser son impertinence de ne me point répondre ; mais rien ne peut justifier le refus de me restituer mes papiers. Il faut avoir un style net et un procédé net.

Les Russes sont à Kœnisberg. L'année 1758 vaudra bien la dernière. D'ailleurs on ne fait que mentir. La fessade et le carcan de l'abbé de Prades sont des contes ; mais il est triste qu'on les fasse. Quiconque est là s'expose au moins à faire dire qu'il est fessé. *Feliciter vivit, qui libere vivit.*

Que fait Jean-Jacques chez les Bataves ? que va-t-il imprimer ? sa rentrée dans le giron de l'église de Genève ?

Ce n'est point Huber qui a dit que les prédicants étaient occupés à *donner un état à Jésus-Christ*, c'est Mme Cramer ; elle en dit quelquefois de bonnes. La lenteur et l'embarras de ces gens-là vous justifient à jamais.

MMDCXXXII. — A M. LE COMTE DE TRESSAN.

A Lausanne, 13 février.

Je reçois, monsieur, une réponse à la lettre que j'eus l'honneur de vous écrire hier. Votre bonté m'avait prévenu. Je ne savais pas que vous eussiez déjà reçu le fatras énorme dont vous voulez bien charger les tablettes de votre bibliothèque. Il y a là bien des inutilités ; mais,

1. Jésuite. (ÉD.)

si on se réduisait à l'utile, l'*Encyclopédie* même n'aurait pas tant de volumes. Il y a d'excellents articles; et celui de *Génie*[1] n'est pas le moindre. Si vous étiez encore dans les gardes, n'est-il pas vrai que vous auriez arrêté ce P. Chapelain qui prêche comme l'autre Chapelain faisait des vers, et qui a l'insolence de condamner, devant le roi, un livre muni du sceau du roi? Ces marauds-là ont peut-être raison de crier contre la vérité, et de sonner l'alarme quand leur ennemi est aux portes; mais on n'a pas raison de souffrir leurs impertinentes et punissables clameurs.

Voilà le temps où tous les philosophes devraient se réunir. Les fanatiques et les fripons forment de gros bataillons, et les philosophes dispersés se laissent battre en détail : on les égorge un à un; et pendant qu'ils sont sous le couteau, ils se brouillent ensemble, et prêtent des armes à l'ennemi commun. Dalembert fait bien de quitter, et les autres font lâchement de continuer. Si vous avez du crédit sur Diderot et consorts, vous ferez une action de grand général de les engager à se joindre tous, à marcher serré, à demander justice, et à ne reprendre l'ouvrage que quand ils auront obtenu ce qu'on leur doit, justice et liberté honnête. Il est infâme de travailler à un tel ouvrage comme on rame aux galères. Il me semble que les exhortations d'un homme comme vous doivent avoir du poids : c'est à vous de donner du cœur aux lâches.

Vous pensez comme il faut d'*Iphigénie en Crimée*; mais ce n'est pas là la première fois que les badauds de Paris se sont trompés, et ce ne sera pas la dernière.

Vous persistez donc dans le goût de la physique; c'est un amusement pour toute la vie. Vous êtes-vous fait un cabinet d'histoire naturelle? Si vous avez commencé, vous ne finirez jamais. Pour moi, j'y ai renoncé, et en voici la raison : un jour, en soufflant mon feu, je me mis à songer pourquoi du bois faisait de la flamme; personne ne me l'a pu dire, et j'ai trouvé qu'il n'y a point d'expérience de physique qui approche de celle-là. J'ai planté des arbres, et je veux mourir si je sais comment ils croissent. Vous avez eu la bonté de faire des enfants, et vous ne savez pas comment. Je me le tiens pour dit; je renonce à être scrutateur : d'ailleurs je ne vois guère que charlatanisme; et, excepté les découvertes de Newton et de deux ou trois autres, tout est système absurde; l'histoire de Gargantua vaut mieux.

Ma physique est réduite à planter des pêchers à l'abri du vent du nord. C'est encore une belle invention que les poêles dans les antichambres; j'ai eu des mouches dans mon cabinet tout l'hiver. Un bon cuisinier est encore un brave physicien; cela est rare à Lausanne. Plût à Dieu que le mien pût vous servir de grosses truites, et que je fusse assez heureux pour philosopher avec vous, le long de mon beau lac, de Lausanne à Genève !

Recevez les tendres respects du vieux Suisse Voltaire.

1. Par Saint-Lambert. (ÉD.)

MMDCXXXIII. — De M. Dalembert.

A Paris, 15 février.

Diderot ne vous traite pas mieux, mon cher maître, que ses meilleurs et ses plus anciens amis. Pendant tout le temps que j'ai été à Lyon et à Genève, je n'en ai pas eu signe de vie. Il faut lui pardonner, comme à Crispin, *à cause de l'habitude*[1]. Je ne sais quel parti il prendra, mais je sais bien celui qu'il aurait dû prendre. Jusqu'à présent il se borne à dire qu'il ne peut pas continuer sans moi. Il me semble qu'il devrait dire plus, mais ce sont ses affaires. Il ne sait pas tous les dégoûts et toutes les tracasseries qui l'attendent. Au reste, nous n'en sommes pas moins bons amis, et nous le sommes assez pour que je lui fasse les reproches qu'il mérite de son silence à votre égard. Vos papiers sont entre mes mains, et n'en sont pas sortis; je vous les renverrai, si vous le jugez à propos; mais vous pouvez être sûr que je ne les laisserai sortir de mes mains que par votre ordre exprès.

Vous me demandez si M. et Mme une telle[2] ne nous protègent pas. Pauvre républicain que vous êtes! si vous saviez de quel bureau partent quelques-unes des satires dont nous nous plaignons! si vous saviez que l'auteur des *Cacouacs* est le même que celui de *l'Observateur hollandais*, cette insipide satire de nos ennemis et du roi de Prusse en particulier; si vous saviez enfin que l'auteur des *Affiches de province*, où nous sommes à peu près traités de *cartouchiens*, est le même que celui de la *Gazette de France*, et reçoit l'ordre des mêmes ministres, vous sentiriez combien vous avez raison quand vous dites que vous voyez tout de trop loin. Qu'ils s'adressent aux faiseurs de *Cacouacs*, d'*Observateur* très-*hollandais*, de libelles et de gazettes, pour faire l'*Encyclopédie*, s'ils veulent que cet ouvrage se continue.

Il faut que je vous divertisse un moment, au sujet de l'article *Fornication*. Quatre évêques se trouvèrent, il y a peu de jours, chez un prince de l'Église romaine, mon double confrère[3]; l'article fut mis sur le bureau, lu et pesé avec attention; on n'y trouva à redire que ces paroles: *En faisant abstraction de la religion, de la probité même*, etc., qui furent vivement défendues par un des assistants comme irrépréhensibles; mais ce même assistant, homme de tête, comme vous allez voir, trouva un venin caché dans la fin de cet article, sur ce que j'y dis du peu de pouvoir de la religion pour servir de frein aux crimes. D'autre part, un vieux cacouac de mes amis m'a dit qu'il avait lu cet article sur le bruit qu'on en faisait, et qu'il le trouvait très-édifiant et très-favorable à la religion. Cela est un peu fort, mais à la bonne heure; tout cela prouve que nos fanatiques sentent les coups sans savoir de quel côté ils viennent.

J'attends avec la plus grande impatience la profession de foi; le mot de votre ami Huber est excellent. Je crois bien que nos sociniens honteux y auront été fort embarrassés; et j'imagine que cette profes-

---

1. *Crispin rival de son maître*, scène XXVI. (Éd.)
2. L'abbé de Bernis et Mme de Pompadour. (Éd.)
3. Le cardinal de Luynes. (Éd.)

sion de foi me donnera bien gain de cause; car on dit qu'il n'y a là
dedans non plus de *consubstantiel* ni d'*homoousios* que dans mon œil;
et vous savez que le *consubstantiel* est, en cette matière, *res prorsus
substantialis*, comme disait Newton de quelque chose [1] de mieux.
Enfin nous la verrons. Cubières m'a promis de me l'apporter dès qu'il
la recevrait. Il ne m'a pas trop caché que cet article de la *divinité* de
qui vous savez embarrasse un peu les ministres, et qu'ils étaient au
fond pour le Père. « Ce qu'il y a de certain, lui dis-je, c'est qu'Arius et
Eusèbe de Nicomédie auraient signé le *Catéchisme* de Vernet sur cet
article, ou plutôt l'auraient condamné; car leur hérésie consistait uniquement à dire que le Fils était *semblable* au Père, mais non *le même*;
et voilà pourquoi les Pères de Nicée les ont anathématisés. Il est vrai
qu'ils ont eu leur revanche à Sirmich et à Rimini. Je crois que ces
deux conciles auraient retranché Vernet de leur communion. » Cubières
finit par me dire qu'assurément on était fort trompé à Genève sur mon
compte, qu'on m'y croyait fort en peine, et qu'on ne savait pas combien je m'y réjouissais à leurs dépens.

Adieu, mon très-cher et très-illustre philosophe. On dit que vous
jouez la comédie à Lausanne tant que vous pouvez; celle que nous
jouons ici n'est pas si bonne que la vôtre. L'année 1758 sera remar-
quable par deux époques un peu différentes, la déroute de l'*Encyclopédie* et de la Sorbonne. Cette dernière est aux abois; elle refuse de
garder le silence sur la *Constitution*, et ne veut plus se taire sur ce
qu'on a eu tant de peine à lui faire dire. Il y a déjà des exilés; la théologie est *in ue* !

MMDCXXXIV. — A M. DALEMBERT.

A Lausanne, 19 février.

On doit avoir envoyé la profession de foi à M. de Malesherbes pour
M. Dalembert; il doit être content. Les hérétiques se plaignent modestement qu'on dise qu'ils ont du respect pour Jésus-Christ, ils prétendent que ce mot de *respect* est beaucoup trop faible; ils ont de la passion, du goût pour lui. A l'égard des peines éternelles, ils disent
qu'on en menace. Cela peut être regardé comme comminatoire; cela
peut aussi avoir son effet. Ainsi tout le monde doit être content. Moi
je ne le suis pas, et je redemande tous mes articles et les lettres écrites
par moi à M. Diderot.

Je regarderai comme une lâcheté infâme la faiblesse de travailler encore au *Dictionnaire encyclopédique*, à moins qu'on n'obtienne une
satisfaction authentique.

MMDCXXXV. — DE M. DIDEROT.

A Paris, ce 19 février 1758.

Je vous demande pardon, monsieur et cher maître, de ne vous avoir
pas répondu plus tôt. Quoi que vous en pensiez, je ne suis que négligent.
Vous dites donc qu'on en use avec vous d'une manière odieuse, et vous

---

1. C'est du repos que Newton parlait ainsi. (ÉD.)

avez raison. Vous croyez que j'en dois être indigné, et je le suis. Votre avis serait que nous quittassions tout à fait l'*Encyclopédie* ou que nous allassions la continuer en pays étranger, ou que nous obtinssions justice et liberté dans celui-ci. Voilà qui est à merveille : mais le projet d'achever en pays étranger est une chimère. Ce sont les libraires qui ont traité avec nos collègues; les manuscrits qu'ils ont acquis ne nous appartiennent pas, et ils nous appartiendraient, qu'au défaut des planches nous n'en ferions aucun usage. Abandonner l'ouvrage, c'est tourner le dos sur la brèche, et faire ce que désirent les coquins qui nous persécutent. Si vous saviez avec quelle joie ils ont appris la désertion de Dalembert, et toutes les manœuvres qu'ils emploient pour l'empêcher de revenir ! Il ne faut pas s'attendre qu'on nous fasse justice des brigands auxquels on nous a abandonnés; et il ne nous convient guère de le demander. Ne sont-ils pas en possession d'insulter qui il leur plaît, sans que personne s'en offense ? et est-ce à nous à nous plaindre lorsqu'ils nous associent dans leurs injures avec des hommes que nous ne vaudrons jamais ? Que faire donc ? ce qui convient à des gens de courage; mépriser nos ennemis, les poursuivre, et profiter, comme nous avons fait, de l'imbécillité de nos censeurs. Faut-il que pour deux misérables brochures nous oublions ce que nous nous devons à nous-mêmes et au public ? Est-il honnête de tromper l'espérance de quatre mille souscripteurs, et n'avons-nous aucun engagement avec les libraires ? Si Dalembert reprend, et que nous finissions, ne sommes-nous pas vengés ? Ah ! mon cher maître, où est le philosophe? où est celui qui se comparait au voyageur du Boccalini? les cigales l'auront fait taire. Je ne sais ce qui s'est passé dans sa tête ; mais si le dessein de s'expatrier n'y est pas à côté de celui de quitter l'*Encyclopédie*, il a fait une sottise. Le règne des mathématiques n'est plus; le goût a changé : c'est celui de l'histoire naturelle et des lettres qui domine. Dalembert ne se jettera pas, à l'âge qu'il a, dans l'étude de l'histoire naturelle; et il est bien difficile qu'il fasse un ouvrage qui réponde à la célébrité de son nom. Quelques articles d'*Encyclopédie* l'auraient soutenu avec dignité pendant et après l'édition. Voilà ce qu'il n'a pas considéré, ce que personne n'osera peut-être lui dire, et ce qu'il entendra de moi; car je suis fait pour dire la vérité à mes amis, et quelquefois aux indifférents, ce qui est plus honnête que sage. Un autre se réjouirait en secret de sa désertion : il y verrait de l'honneur, de l'argent, et du repos à gagner. Pour moi, j'en suis désolé, et je ne négligerai rien pour le ramener. Voici le moment de lui montrer combien je lui suis attaché, et je ne me manquerai ni à moi-même ni à lui. Mais, pour Dieu, ne me croisez pas. Je sais tout ce que vous pouvez sur lui, et c'est inutilement que je lui prouverai qu'il a tort si vous lui dites qu'il a raison. D'après tout cela, vous croirez que je tiens beaucoup à l'*Encyclopédie*, et vous vous tromperez. Mon cher maître, j'ai la quarantaine passée; je suis las de tracasseries, de crier depuis le matin jusqu'au soir : « Le repos, le repos ! » et il n'y a guère de jour que je ne sois tenté d'aller vivre obscur et mourir tranquille au fond de ma province. Il vient un temps où toutes les cendres sont mêlées; alors que m'importera d'avoir été Voltaire ou Diderot, et que ce soit vos trois syllabes ou les trois miennes qui restent ? Il faut travailler; il faut être utile. On doit compte de ses talents d'être utile aux hommes. Est-il bien sûr qu'on fasse autre chose que les amuser, et qu'il y ait grande différence entre le philosophe et le joueur de flûte? Ils écoutent l'un et l'autre avec plaisir ou dédain, et demeurent ce qu'ils sont. Les Athéniens n'ont jamais été plus méchants qu'au temps de Socrate, et ils ne doivent peut-être à son existence qu'un crime de plus. Qu'il y ait là dedans plus d'humeur que de bon sens, je le veux; et je reviens à l'*Encyclopédie*. Les libraires sentent aussi bien que moi que Dalembert n'est pas un homme facile à remplacer; mais ils ont trop d'intérêt au succès de leur ouvrage pour se refuser aux dépenses. Si je peux espérer de faire un huitième volume, deux fois meilleur que le septième, je continuerai; sinon, serviteur à l'*Encyclopédie*; j'aurai perdu quinze ans de mon temps, mon ami Dalembert aura jeté par les fenêtres une quarantaine de mille francs sur lesquels je comptais, et qui auraient été toute ma fortune; mais je m'en consolerai, car j'aurai le repos. Adieu, mon cher maître; portez-vous bien, aimez-moi toujours. Ne soyez plus fâché, et surtout ne me redemandez plus vos lettres; car je vous les renverrais, et n'oublierais jamais cette injure. Je n'ai pas vos articles, ils sont entre les mains de Dalembert, et vous le savez bien. Je suis pour toujours, avec attachement et respect, monsieur et cher maître, etc.

MMDCXXXVI. — A Madame d'Épinai.

Ma belle *philosophe*, vous êtes un petit monstre, une ingrate, une friponne; vous le savez bien; ce n'est pas la peine de vous aimer. Je ne vous reproche rien, mais vous savez tout ce que j'ai à vous reprocher. Venez demain coucher chez nous, si vous daignez nous faire cet honneur, et si vous l'osez. Venez, ma charmante *philosophe!* Ah! ah! c'est donc ainsi que.... fi! quel infâme procédé! Mille respects. V.

MMDCXXXVII. — A M. le comte d'Argental.

A Lausanne, 25 février.

Il ne s'agit point, mon cher et respectable ami, des articles qu'on m'avait demandés pour le huitième tome de l'*Encyclopédie*; ils sont à présent entre les mains de Dalembert: il s'agit de papiers que Diderot a entre ses mains, au sujet de l'article *Genève*, et des *Cacouacs*.

Il faut que mon âme soit bien à son aise pour retravailler à *Fanime*, dans la multiplicité de mes occupations et de mes maladies. Nous la jouâmes hier, et avec un nouveau succès. Je jouais Mohadar; nous étions tous habillés comme les maîtres de l'univers. Je vous avertis que je jouai le bonhomme de père mieux que Sarrazin : ce n'est point vanité, c'est vérité. Quand je dis mieux, j'entends si bien que je ne voudrais pas de Sarrazin pour mon *sacristain*. J'avais de la colère et des larmes, et une voix tantôt forte, tantôt tremblante; et des attitudes! et un bonnet! non, jamais il n'y eut de si beau bonnet. Mais je veux encore donner quelques coups de rabot, à mon loisir, si Dieu me prête vie.

Oui, vous êtes des sybarites, fort au-dessous des Athéniens, dans le siècle présent. La décadence est arrivée chez vous beaucoup plus tôt que chez eux; mais vous leur ressemblez dans votre inconstance. Vous traitiez le roi de Prusse de Mandrin, il y a six mois; aujourd'hui c'est Alexandre. Dieu vous bénisse! Alexandre n'a point fui dix lieues à Molwitz, et n'a point crocheté les armoires[1] de Darius, pour avoir un prétexte de prendre l'argent du pays. Peut-être Alexandre aurait récompensé l'*Iphigénie en Crimée*, comme il récompensa Chérile[2].

Je vous remercie, mon divin ange, de ce que vous faites pour ces Douglas. C'est vous qui ne démentez jamais votre caractère, et qui êtes toujours bienfaisant. Voulez-vous bien faire mes compliments à M. de Chauvelin? Je suis toujours fâché qu'il s'en retourne par Lyon; M. l'abbé de Bernis trouverait fort bon qu'il passât par les Délices. J'ai reçu trois lettres de lui, dans lesquelles il me marque *toujours* la même amitié. Mme de Pompadour a *toujours* la même bonté pour moi. Il est vrai qu'il y a *toujours* quelques bigots qui me voient de travers, et que le roi a *toujours* sur le cœur ma chambellanie; mais je n'en suis pas moins content dans la retraite que j'ai choisie. Je n'aime point votre pays dans lequel on n'a de considération qu'autant qu'on a acheté un *office*, et où il faut être janséniste ou moliniste pour avoir des appuis. J'aime un pays où les souverains viennent souper chez moi. Si vous aviez vu hier *Fanime*, vous auriez cabalé pour me faire avoir la médaille. Mais qui donc jouera Énide? Si c'est la Gaussin, elle a les fesses trop avalées, et elle est trop monotone. Mme d'Hermenches l'a très-bien jouée. Et que dirons-nous de la belle-fille du marquis de Langalerie, belle comme le jour? et elle devient actrice, son mari se forme, tout le monde joue avec chaleur. Vos acteurs de Paris sont à la glace. Nous eûmes après *Fanime* des rafraîchissements pour toute la salle; ensuite le très-joli opéra des *Troqueurs*[3] et puis un grand souper. C'est ainsi que l'hiver se passe, cela vaut bien l'empire de Mme Geoffrin, etc.

Il faut ajouter à ma lettre que la déclaration des prêtres de Genève justifie entièrement Dalembert. Ils ne disent point que l'enfer soit éternel, mais qu'il y a dans l'Écriture des menaces de peines éternelles : ils ne disent point Jésus égal à Dieu le père; ils ne l'adorent point; ils disent qu'ils ont pour lui plus que du respect; ils veulent apparemment dire du goût. Ils se déclarent, en un mot, *chrétiens-déistes*.

MMDCXXXVIII. — A M. DALEMBERT.

A Lausanne, 25 février.

Dieu merci, mon cher philosophe, « turpiter allucinaris, et magis « magnos clericos non sunt magis magnos sapientes[4] » sur les petites

---

1. Frédéric II avait *crocheté* ou fait enfoncer les armoires du roi de Pologne, à Dresde, le 10 septembre 1756. (ÉD.)
2. En lui donnant un soufflet pour chaque mauvais vers. (ÉD.)
3. Paroles de Vadé, musique de Dauvergne. (ÉD.)
4. Cette phrase latine est dans Rabelais, *Gargantua*, I, XXXIX, et dans Montaigne, *Essais*, I, XXIV. (ÉD.)

intrigues de ce monde. Soyez très-sûr que Mme de Pompadour et
M. l'abbé de Bernis sont très-loin de se déclarer contre l'*Encyclopédie*.
L'un et l'autre, je vous en réponds, pensent en philosophes, et agiront hautement dans l'occasion, quand on le pourra, sans se compromettre. Je ne réponds pas de deux commis, dont l'un est un fanatique
imbécile qui, grâce au ciel, est beaucoup plus vieux que moi; et l'autre, un.... dont je ne veux rien dire.

Il y a quatre ou cinq barbouilleurs de papier, et l'auteur de la *Gazette* [1]
en est un. C'est un misérable petit bel esprit ennemi de tout mérite.
Quelques coquins de cette trempe se sont associés, et les auteurs de
l'*Encyclopédie* ne s'associeraient pas! et ils ne seraient pas animés du
même esprit! et ils auraient la bassesse de travailler en esclaves à
l'*Encyclopédie*, et de ne pas attendre qu'on leur rende justice, et qu'on
leur promette l'honnête liberté dont ils doivent jouir! N'y a-t-il pas
trois mille souscripteurs intéressés à crier vengeance avec eux? Dès
que je fus informé de l'article *Genève* et du bruit qu'il excitait, j'écrivis à Diderot, et je lui mandai qu'il y allait de votre honneur à tout
jamais si vous vous rétractiez. Je lui écrivis aussi un petit billet au
sujet du malheureux libelle des *Cacouacs;* je n'ai point eu de réponse.
Ce n'est point paresse, il a écrit au docteur Tronchin, qui tenait la
plume du comité des prédicants de Genève. Je ne suis pas content de
sa lettre à Tronchin ; mais je suis indigné de son impolitesse grossière
avec moi. Vous pouvez lui montrer cet article de ma lettre [2].

Je veux absolument qu'il vous rende tout ce que je lui ai écrit sur
l'article *Genève* et sur les *Cacouacs*, et qu'il remette ces papiers à
Mme de Fontaine ou à M. d'Argental, ou à vous, que je supplie de les
rendre à Mme de Fontaine.

Au reste, je n'ai point de terme pour vous exprimer combien je
serai affligé et indigné si vos confrères continuent à écrire sous la
potence. Attendez seulement un an, et il n'y aura qu'un cri dans le
public pour vous engager à continuer en hommes libres et respectés.

M. de Malesherbes vous a, je crois, donné la profession servetine
qu'on lui a envoyée pour vous. Servet, sans doute, aurait signé cette
confession. C'est là une des belles contradictions de ce monde. Ceux
qui ont fait brûler Servet pensent absolument comme lui, et le disent.
On vient d'imprimer le socinianisme tout cru à Neuchâtel : il triomphe
en Angleterre; la secte est nombreuse à Amsterdam. Dans vingt ans,
Dieu aura beau jeu.

Tout ce qu'on a écrit sur des officiers généraux prussiens et sur
l'abbé de Prades est faux; on ne dit que des sottises. L'abbé de Prades
est aux arrêts pour avoir mandé des nouvelles assez indifférentes, les
seules qu'il pouvait savoir. On traite, à Paris, les hommes comme des
singes; ailleurs, comme des ours.

> *Fortunatus et ille deos qui novit agrestes.*
> Virg., *Georg.*, II, v. 493.

---

1. *La Gazette de France*, rédigée alors par Meusnier de Querlon. (ÉD.)
2 Je reçois enfin, ce 26, une lettre de Diderot. Quel procédé! après **deux**
mois! et quelle misère de mollir! lui, esclave des libraires! quelle honte!

J'attends les beaux jours pour aller voir mes Délices. En attendant nous jouons la comédie, et mieux qu'à Paris : *vana absit gloria.* *Vive liber et felix.* Il faut que vous fassiez encore un voyage à Genève.

MMDCXXXIX. — A MADAME D'ÉPINAI.

Lausanne, 26 février.

Vous, la goutte, madame ! je n'en crois rien ; cela ne vous appartient pas. C'est le lot d'un gros prélat, d'un vieux débauché, et point du tout d'une philosophe dont le corps ne pèse pas quatre-vingts livres, poids de Paris. Pour de petits rhumatismes, de petites fluxions, de petits trémoussements de nerfs, passe ; mais si j'étais comme vous, madame, auprès de M. Tronchin, je me moquerais de mes nerfs. C'est un bonheur dont je ne jouirai qu'après le retour du printemps ; car je ne crois pas que le secrétaire et le chef des orthodoxes veuille jamais venir voir nos divertissements profanes et suisses. Cependant, madame, j'espère qu'il vous accompagnera quand nous serons un peu en train, qu'il y aura moins de neige le long du lac, et que vos nerfs vous permettront d'honorer notre ermitage suisse de votre présence. Il fera pour vous, madame, ce qu'il ne ferait pas pour un vieux papiste comme moi ; et il sera reçu comme s'il ne venait que pour nous.

Je vous remercie, madame, de vos gros gobets ; j'en aurai le soin qu'on doit avoir de ce qui vient de vous.

Permettez que je remercie ici M. Linant ; il n'a pas besoin de son nom pour avoir droit à mon estime et à mon amitié ; et j'ai connu son mérite avant de savoir qu'il portait le nom d'un de mes anciens amis. Je conviens avec lui que tout nous vient du Levant, et j'accepte avec grand plaisir la proposition qu'il veut bien me faire pour une douzaine de pruniers originaires de Damas, et autant de cerisiers de Cérasonte. Ils s'accommoderont mal de mon terrain de terre à pot, maudit de Dieu ; mais j'y mettrai tant de gravier et de pierraille, que j'en ferai un petit Montmorenci. Je présente mes respects à l'élève de M. Linant, à M. de Nicolaï, qui fait ses caravanes de Malte près du lac de Genève. Enfin je présente ma jalousie à tous ceux qui font leur cour à Mme d'Épinai.

Au reste, je serais fâché qu'on fouettât, comme on le dit, l'abbé de Prades tous les jours de marché à Breslau ; car, après tout, je n'aime pas qu'on fouette les prêtres.

Mme Denis se joint à moi, et présente ses obéissances à Mme d'Épinai.

M. de Richelieu est donc renvoyé après M. de Lucé. La cour est une belle chose !

MMDCXL. — A M. LE COMTE D'ARGENTAL.

Lausanne, 26 février.

Quand j'écris au roi de Prusse et à M. l'abbé de Bernis sur des choses peu importantes, ils m'honorent d'une réponse dans la huitaine. J'écrivis à M. Diderot, il y a deux mois, sur une affaire très-grave qui le regarde, et il ne me donna pas signe de vie. Je demandai réponse par quatre ou cinq ordinaires, et je n'en obtins point. Je fis redemander mes lettres ; j'étais en droit de regarder ce procédé comme un outrage :

il a dû me blesser d'autant plus que j'ai été le partisan le plus déclaré de l'*Encyclopédie* ; j'ai même travaillé à une cinquantaine d'articles qu'on a bien voulu me confier ; je ne me suis point rebuté de la futilité des sujets qu'on m'abandonnait, ni du dégoût mortel que m'ont donné plusieurs articles de cette espèce, traités avec la même ineptie qu'on écrivait autrefois *le Mercure galant*, et qui déshonorent un monument élevé à la gloire de la nation. Personne ne s'est intéressé plus vivement que moi à M. Diderot et à son entreprise. Plus cet intérêt est ardent, plus j'ai dû être outré de son procédé.

Je ne suis pas moins affligé de ce qu'il m'écrit enfin au bout de deux mois. Des engagements avec des libraires ! Est-ce bien à un grand homme tel que lui à dépendre des libraires? C'est aux libraires à attendre ses ordres dans son antichambre. Cette entreprise immense vaudra donc à M. Diderot environ trente mille livres! Elle devait lui en valoir deux cent mille (j'entends à lui et à M. Dalembert, et à une ou deux personnes qui les secondent) ; et, s'ils avaient voulu seulement honorer le petit trou de Lausanne de leurs travaux, je leur aurais fait mon billet de deux cent mille livres; et, s'ils étaient assez persécutés et assez déterminés pour prendre ce parti, en s'arrageant avec les libraires de Paris, on trouverait bien encore le moyen de finir l'ouvrage avec une honnête liberté et dans le sein du repos, et avec sûreté pour les libraires de Paris et pour les souscripteurs. Mais il n'est pas question de prendre un parti si extrême, qui cependant n'est pas impraticable, et qui ferait honneur à la philosophie.

Il est question de ne se pas prostituer à de vils ennemis, de ne pas travailler en esclaves des libraires et en esclaves des persécuteurs; il s'agit d'attirer pour soi-même et pour son ouvrage la considération qu'on mérite. Pour parvenir à ce but essentiel, que faut-il faire? Rien; oui, ne rien faire, ou paraître ne rien faire pendant six mois, pendant un an. Il y a trois mille souscripteurs; ce sont trois mille voix qui crieront : « Laissez travailler avec honneur ceux qui nous instruisent et qui honorent la nation. » Le cri public rendra les persécuteurs exécrables. Vous me mandez, mon cher et respectable ami, que M. le procureur général[1] a été très-content du septième volume; c'est déjà une bonne sûreté. L'ouvrage est imprimé *avec approbation et privilége du roi* ; il ne faut donc pas souffrir qu'un misérable[2] ose prêcher devant le roi contre la raison imprimée une fois *avec privilége;* il ne faut donc pas souffrir que l'auteur de la *Gazette* dise dans les *Affiches de province* que les précepteurs de la nation veulent anéantir la religion et corrompre les mœurs; il ne faut donc pas souffrir qu'un écrivain mercenaire débite impunément le libelle des *Cacouacs.*

Ces deux misérables[3] dépendent des bureaux du ministère; mais sûrement ce n'est pas M. l'abbé de Bernis qui les encourage, ce n'est pas Mme de Pompadour.

Je suis persuadé, au contraire, que Mme de Pompadour obtiendrait

1. Joly de Fleury, frère aîné de l'avocat général Omer Fleury. (ÉD.)
2. Le P. Le Chapelain, jésuite. (ÉD.) — 3. Querlon et Moreau. (ÉD.)

une pension pour M. Diderot; elle y mettrait sa gloire, et j'ose croire que cela ne serait pas bien difficile.

C'est à quoi il faudrait s'occuper pendant six mois. Que M. Diderot, M. Dalembert, M. de Jaucourt, et l'auteur de l'excellent article de la *Génération*, déclarent qu'ils ne travailleront plus, si on ne leur rend justice, si on leur donne des réviseurs malintentionnés; et je vois évidemment que la voix du public, qui est la plus puissante des protections, mettra ceux qui enseignent la nation sur le trône des lettres où ils doivent être. Alors M. Dalembert devra travailler plus que jamais; alors il travaillera : mais il faut avoir et la sagesse d'être tous unis, et le courage de persister quelques mois à déclarer qu'on ne veut point travailler *sub gladio*. Ce n'est pas certainement un grand mal de faire attendre le public; c'est, au contraire, un très-grand bien. On amasse pendant ce temps-là des matériaux, on grave des planches, on se ménage des protections, et ensuite on donne un huitième volume dans lequel on n'insère plus les plates déclamations et les trivialités dont les précédents ont été infectés; on met à la tête de ce volume une préface dans laquelle on écrase les détracteurs avec cette noblesse et cet air de supériorité dont Hercule écrase un monstre dans un tableau de Lebrun.

En un mot, je demande instamment qu'on soit uni, qu'on paraisse renoncer à tout, qu'on s'assure protection et liberté, qu'on se donne tout le public pour associé, en lui faisant craindre de voir tomber un ouvrage nécessaire.

Tout le malheur vient de ce que M. Diderot n'a pas fait d'abord la même déclaration que M. Dalembert. Il en est encore temps : on viendra à bout de tout, avec l'air de ne plus vouloir travailler à rien. Du temps et des amis, et le succès est infaillible. Je suis en droit d'écrire à Mme de Pompadour les lettres les plus fortes, et je ferai écrire des personnes de poids, si on trouve ce parti convenable.

Mais un homme qui est capable de passer deux mois sans répondre sur des choses si essentielles, est-il capable de se remuer comme il faut dans une telle affaire ?

Je prie instamment M. Diderot de brûler devant M. d'Argental mon billet sur les *Cacouacs*, dans lequel je me méprenais sur l'auteur. J'aime M. Diderot, je le respecte, et je suis fâché.

MMDCXLI. — De M. Dalembert.

Paris, 26 février.

Diderot doit vous avoir répondu, mon cher maître. Je ne sais ce qu'il a fait ni ce qu'il fera de vos lettres. A l'égard de vos articles, ils sont tous entre mes mains, n'en sont pas sortis, et, comme je vous l'ai mandé, n'en sortiront que par votre ordre exprès. Si vous persistez à vouloir qu'on vous les renvoie, j'en ferai un paquet que je remettrai à M. d'Argental. J'y suis d'autant plus disposé que je persiste dans la résolution de ne plus travailler à l'*Encyclopédie*. Au reste, Diderot ne m'avait rien dit de votre lettre, et je n'ai su que par vous que vous redemandiez vos papiers. Encore une fois, soyez sûr que vous les aurez, au premier mot que vous direz; mais soyez sûr en même temps qu'ils ne courent aucun risque d'être jamais remis à d'autres qu'à vous.

Il est vrai que j'ai fort lieu de me plaindre de Duclos. Dispensez-moi du détail. L'origine de notre brouillerie vient de ce qu'il a voulu faire mettre dans l'*Encyclopédie* des choses auxquelles je me suis opposé. Du reste, on a fait sur notre désunion beaucoup d'histoires qui ne sont pas vraies. On n'oublie rien pour semer la zizanie entre nous. Ne dit-on pas dans Paris que vous avez lu, approuvé, et conseillé d'imprimer une des brochures qu'on a faites en dernier lieu contre nous? J'ai soutenu que cela n'était pas vrai, et je le soutiendrai contre tous.

M. de Cubières vient de m'envoyer la profession de foi de Genève. Comme il serait facile d'embarrasser ces gens-là avec quatre lignes de réponse! mais je veux bien me taire, pourvu que les choses en restent là, et que cette profession de foi ne soit pas un nouveau prétexte d'injures.

Je ne sais ce que c'est que le prétendu voyage de Jean-Jacques en Hollande. Il est toujours à Montmorenci, haïssant, comme de raison, la nature humaine.

Adieu, mon cher et grand philosophe; je suis aussi dégoûté de la France que de l'*Encyclopédie*. Je trouve bien heureux ceux qui sont à Genève, surtout quand ils ne sont pas obligés de dire que les ministres croient la divinité de Jésus-Christ, et les peines éternelles. *Vale.*

MMDCXLII. — A MADAME DU BOCCAGE.

         Nouvelle muse, aimable Grâce,
         Allez au Capitole; allez, rapportez-nous
         Les myrtes de Pétrarque et les lauriers du Tasse.
         Si tous deux revivaient, ils chanteraient pour vous;
         Et, voyant vos beaux yeux et votre poésie,
           Tous deux mourraient à vos genoux
           Ou d'amour ou de jalousie.

Dunque, o signora, dopo ch' ella avrà veduto il cornuto sposo del mare Adriatico, vedrà il padre della chiesa, sarà coronata nel Campidoglio dalle mani del buon Benedetto [1]. Ella dovrebbe ritornare per la via di Ginevra, e trionfare tra gli eretici, quando avrà ricevuto la corona poetica dei santi cattolici. Ma il suo viaggio è tutto per la gloria, e, nel suo gran volo, ella trascurerà i nostri lieti benchè umili tetti. Il zio e la nipote baciano affettuosamente la mano che ha scritto tante belle cose, e si raccomandano alla sua benignità con' ogni ossequio.

Good journey, Milton's daughter, Camoens's sister.

Comptez, madame, que nous ne vous pardonnerons pas de n'avoir point pris la route de Genève; mille tendres respects.

---

1. Benoît XIV, qui avait agréé la dédicace de *Mahomet*. (ÉD.)

MMDCXLIII. — A M. LE COMTE DE TRESSAN.

A Lausanne, 3.

Mon adorable gouverneur, béni soit le sieur Légier et ses consorts, et ses mauvais vers, et sa sottise, puisque tout cela m'attire tant de bontés de votre part ! Soyez bien sûr que je ne suis sensible qu'aux marques généreuses de votre amitié, et point du tout à ces platitudes moitié franc-comtoises et moitié lotharingiennes. La nation des petits collets et des petits beaux esprits de province a été oubliée par M. de Réaumur dans l'*Histoire des insectes ;* ainsi ne prenons pas garde à leur existence.

J'étais fort malade quand on me régala de ces beaux vers dignes d'une académie de.... Mme Denis les renvoya à Toul, bien cachetés; elle est aussi sensible que moi à la mention que vous voulez bien faire d'elle. Vous l'aimeriez davantage si vous l'aviez vue jouer avant-hier dans une tragédie nouvelle, sur un très-joli théâtre, avec de très-bons acteurs dont j'étais le plus médiocre. Je ne me tirai pourtant pas mal du rôle de vieillard, attendu que malheureusement je le joue d'après nature. J'aurais bien voulu que M. le gouverneur de Toul nous eût honorés de sa présence réelle.

Les infamies et les persécutions dont on a affublé nos philosophes Diderot et Dalembert me tiennent plus au cœur que les beaux vers de M. l'abbé Légier. Je persiste toujours dans mon idée qu'il faut déclarer qu'on renonce unanimement à l'*Encyclopédie* jusqu'à ce qu'on soit assuré d'une honnête liberté, et d'un peu de protection. Trois mille souscripteurs se joindront à eux; ils crieront comme des aveugles, et le cri public est la plus infaillible des intrigues et la meilleure des protections.

Vous avez vu, sans doute, que notre ami Dalembert appelé *O* [1], a, dans l'article *Genève*, loué beaucoup cette Église calviniste de n'être pas chrétienne; vous savez que ces prêtres en ont été très-ébaubis, et qu'ils ont fait une belle profession de foi dans laquelle ils résument, pour somme totale, qu'ils ont de la vénération pour Jésus, et qu'ils croient en Dieu. Leurs voisins leur reprochent à présent d'avoir autrefois brûlé Servet, et d'aller aujourd'hui plus loin que Servet : c'est un bon article pour l'histoire des contradictions de ce monde.

Voici le champ de l'histoire des meurtres qui va se rouvrir. M. le comte de Clermont aura une armée terriblement délabrée; son bisaïeul y eût été bien empêché. Qu'aurait dit Louis XIV, s'il avait vu un marquis de Brandebourg résister mieux que lui aux trois quarts de l'Europe? Heureux qui voit du port tous ces orages !

Je vais planter aux Délices; de là je reviens à Lausanne pour nos spectacles; cela est plus sensé que d'aller en Allemagne. Je ne regrette aucun roi, aucun prince; mais je regrette fort le gouverneur de Toul, pour qui je suis pénétré de la plus tendre et de la plus respectueuse reconnaissance, et à qui je serai attaché toute ma vie.

1. Les articles de Dalembert sont signés d'un O dans l'*Encyclopédie*. (ÉD.)

MMDCXLIV. — A M. LE COMTE D'ARGENTAL.

A Lausanne, 3 mars.

Mon cher ange, le porteur est M. de Crommelin, né à Genève, et homme de tous les pays. Il a vu jouer deux fois *Fanime*; il vous dira s'il aime la pièce, et si nous sommes de bons acteurs. Il vous dira surtout si j'avais un beau bonnet : il y a peu de personnes dans notre petit pays Roman qui soient aussi bons juges que M. de Crommelin. Je vous enverrai la pièce quand vous jugerez à propos qu'elle soit jouée, quand vous croirez avoir trouvé avec le public

. . . . Mollia *fandi*

Tempora. . . . .

Virg., *Æn.*, lib. IV, v. 293.

Et vous la trouverez corrigée, non pas comme je l'aurais voulu, mais comme je l'ai pu, au milieu des fatras historiques, de l'embarras des ameublements, et des soupers.

Je n'ai pu jouer encore *la Femme qui a raison*. Il faut que je retourne à mes Délices pour planter. Je suis encore plus jardinier que poëte; c'est que je jouis de mon jardin, et que je suis privé du *tripot* de Paris. Je porte une terrible envie à M. de Crommelin qui aura le bonheur de vous voir.   V.

MMDCXLV. — A M. DE CIDEVILLE.

A Lausanne, 3 mars.

Je reçois de vous, mon cher et ancien ami, deux lettres charmantes; vers et prose, tout me rappelle la bonté de votre cœur et les grâces de votre esprit. J'aime mieux vous dire bien vite, et tout simplement, combien j'en suis touché, que d'attendre l'inspiration et le moment heureux de faire des vers, pour vous remercier dignement. D'ailleurs je suis plongé dans les détails de l'histoire, attendu qu'on va réimprimer cette *Histoire générale*, ce portrait des sottises et des horreurs du genre humain pendant huit à neuf siècles.

Un peu d'histrionage partage encore mon temps. Nous avons joué une pièce nouvelle sur un très-joli théâtre; Mme Denis a été applaudie comme Mlle Clairon, et elle l'aurait été de même à Paris. Je vous avertis, sans vanité, que je suis le meilleur vieux fou qu'il y ait dans aucune troupe. Croyez-vous que vous auriez été bien surpris, si vous aviez vu, sur le bord de notre lac, une tragédie nouvelle très-bien jouée, très-bien sentie, très-bien jugée, suivie de danses exécutées à merveille, et d'un opéra-buffa encore mieux exécuté; le tout par de belles femmes, par des jeunes gens bien faits, qui ont de l'esprit, et devant une assemblée qui a du goût? Les acteurs se sont formés en un an; ce sont des fruits que les Alpes et le mont Jura n'avaient point encore portés. César ne prévoyait pas, quand il vint ravager ce petit coin de terre, qu'il y aurait un jour plus d'esprit qu'à Rome.

Comptez que les *Iphigénie* et les *Astarbé*[1] ne nous épouvantent pas,

---

1. Tragédie de Colardeau. (Éd.)

et que notre pays Roman n'est pas à dédaigner. Je suis malheureusement obligé de quitter tout cela, pour aller faire quelques jours le métier de jardinier aux Délices. Chacun a son Launai[1]. Je cours du théâtre à mes plants, à mes vignes, à mes tulipes; et de là je reviens au
théâtre, du théâtre à l'histoire, et de tout cela à votre amitié, qui est
la première des consolations.

Les vers du roi de Prusse, dont vous me parlez, étaient fourrés dans
une lettre qu'il m'écrivit trois jours[2] avant la journée de Rosbach. La
date rend les vers très-beaux. Je lui avais gardé le secret; mais il a
donné lui-même des copies; et vous savez que les rois, qui sont les
maîtres du bien d'autrui, sont aussi les maîtres du leur. Ce diable
d'homme est, sans contredit, celui de tous les rois qui fait le plus de
vers, et qui donne le plus de batailles. Nous verrons comment le tout
finira.

La canaille de vos *convulsionnaires* est, sans doute, digne des Petites-Maisons; mais il y a eu des corps, des ordres qui méritaient d'y
être admis. Il faut toujours qu'il y ait en France quelque maladie épidémique, et très-souvent elle tombe sur les cervelles; si la guerre continue, elle tombera sur les bourses, j'entends *supra loculos*.

Vous ne me dites rien du *grand abbé*[3]; on parlait d'un voyage qu'il
devait faire au pays Roman; mais il n'osera, ni vous non plus. Je vous
embrasse avec bien de la tendresse et des regrets.

MMDCXLVI. — A MADAME D'ÉPINAI.

Samedi matin.

Venez, ma belle *philosophe*; j'aime mieux Minerve qu'Euterpe,
quoique Euterpe ait son mérite. Honorez-nous, et instruisez-nous. Vos
gens coucheront comme ils pourront. Nous vous attendons demain, le
saint jour du dimanche.

MMDCXLVII. — A M. DALEMBERT.

Lausanne, 7 mars.

En réponse de votre lettre du 26 de février, homme au-dessus de votre
siècle et de votre pays, renvoyez-moi mes guenilles. M. d'Argental me
les fera tenir comme il pourra, à moins que vous ne puissiez encore
les faire contre-signer Malesherbes. Si on reprend la charrue mal at-
telée de l'*Encyclopédie*, et qu'on veuille de ces articles, je les renverrai corrigés. Je ne cesse d'exhorter à tout quitter, à déclarer qu'on ne
veut point ramer aux galères. Je suis convaincu que trois mille souscripteurs vous redemanderont à grands cris, et que la voix publique
sera votre protection. Si vous êtes unis, si on tient ferme, vous serez
maîtres absolus; sinon on sera esclave des libraires, des censeurs, et
des sots.

Diderot parle de ses engagements avec les libraires; c'est à eux à
recevoir vos ordres et les siens. Il parle d'une trentaine de mille livres;
vous en auriez eu deux cent mille, si vous aviez voulu seulement en-

1. Terre de Cideville. (ÉD.) — 2. Lisez *vingt-sept jours*. (ÉD.)
3. L'abbé du Resnel. (ÉD.)

treprendre l'ouvrage à Lausanne; et peut-être, si on s'entendait, si on avait du courage, si on osait prendre une résolution, on pourrait très-bien finir ici l'*Encyclopédie*, l'imprimer ici aussi bien qu'à Paris, envoyer les tomes à Briasson, qui ensuite donnerait aux souscripteurs les volumes des planches qu'on peut graver à Paris, sans que la Sorbonne et les jésuites s'en mêlent. Si on était assez peu de son siècle et de son pays pour prendre ce parti, j'y mettrais la moitié de mon bien. J'aurais de quoi vous loger tous, et très-bien. Je voudrais venir à bout de cette affaire, et mourir gaîment.

Berne, Zurich et la Batavie crient que la vénérable compagnie qui *s'est fait rendre compte de votre article*, et qui, *ouï le rapport*, a donné son *édit*, est plus que socinienne; mais cela ne fait aucune sensation. Nous jouons la comédie à Lausanne, et par Dieu mieux qu'à Paris; et on la joue dans tous les cantons, dans tous les villages. Nous avons établi l'empire des plaisirs, et les prêtres sont oubliés.

Plût à Dieu que les encyclopédistes pussent s'établir parmi nous! ils seraient reçus à bras ouverts; mais ils n'en sauront jamais jusque-là; ils resteront à Paris, persécutés et mal payés.

Quels sont les cuistres, les faquins, les misérables, les théologiens qui osent dire que j'ai approuvé ce qu'on a vomi contre l'*Encyclopédie*, c'est-à-dire contre moi? Que tout me fait aimer mon lac! et que je sens mon bonheur dans toute son étendue! A propos, vous avez dit, je ne sais où dans l'*Encyclopédie*, ou du moins fait entendre que les lettres de Leibnitz, produites par Kœnig, n'étaient pas de Leibnitz. Wolf les avait vues et reconnues, et il me l'a écrit. Comptez qu'on ne vaut pas mieux à Berlin qu'à Paris, et qu'il n'y a de bon que la liberté. Qu'est-ce qu'un *citoyen de Genève* qui se dit libre, et qui va se mettre au pain d'un fermier général, dans un bois, comme un blaireau[1]? *Vale, et me ama.*

MMDCXLVIII. — A M. LE COMTE D'ARGENTAL.

A Lausanne, 7 mars.

Mon cher ange, êtes-vous couché sur le testament de M. le cardinal de Tencin? a-t-il laissé quelque chose à son Goussaut? viendrez-vous à Lyon discuter la succession? Ce serait là une belle occasion pour Mme d'Argental de venir consulter Tronchin; nous ferions un feu de joie aux Délices, non pas pour la mort de l'oncle, mais pour le joyeux avénement du neveu. J'ai perdu dans cet oncle un homme qui, depuis trois mois, s'était lié avec moi de la manière la plus intime et la plus extraordinaire; mais il n'y a pas moyen de vous dire comment.

Il suffit que tout le monde nous redemande *Fanime*, et que nous la rejouons encore demain.

Je persiste, mon cher ange, à conseiller aux encyclopédistes de s'unir comme des frères, et d'être opiniâtres comme des prêtres; de déclarer qu'ils abandonnent tout, et de forcer le public à se mettre à leurs pieds.

1. J. J. Rousseau avait accepté de Mme d'Épinai un asile dans la **vallée de** Montmorency. (ÉD.)

Avez-vous vu le vainqueur de Mahon, qui ne devait pas aller sur le Wéser? est-il encore fâché contre moi de ce que Mme Denis étant très-malade des suites de cette ancienne cuisse, je ne l'ai pas abandonnée pour aller à Strasbourg dans l'antichambre de M. le maréchal, qui, en passant, le nez haut, au milieu de deux haies d'officiers, m'aurait demandé s'il y avait une bonne troupe dans la ville? Ce serait pour vous, mon cher ange, que je ferais cent lieues.

MMDCXLIX. — A M. DE MONTPEROUX, RÉSIDENT DE FRANCE A GENÈVE.

Lausanne, 7 mars.

Puisque vous ne pouvez point, monsieur, venir voir représenter *Fanime*, et que vous vous en tenez à Patipaille, avec la vénérable compagnie, avouez du moins que je jouis de la vie à Lausanne; daignez le certifier à qui il appartiendra. Ajoutez à vos bontés, que je fais ma demeure ordinaire tout près de vous, aux Délices, route de Lyon à Genève. Je vous supplie, monsieur, de vouloir bien avoir la bonté de donner ce certificat à M. Cathala, qui l'enverra sur-le-champ à mon notaire. Car

Omne tulit punctum, qui miscuit utile dulci.

Hor., de *Art. poet.*, v. 343.

En vérité, vous auriez *omne punctum*, si vous étiez témoin de la manière dont nous jouons *Fanime*.

Je perds dans le cardinal de Tencin un très-bon ami que je m'étais fait depuis quelques mois. Les choses n'avaient pas toujours été ainsi. On dit que c'est un signe mortel quand les vieillards changent de caractère. Son Éminence ne l'a pas porté plus loin. Dieu veuille avoir son âme! c'était un terrible mécréant, *sicut sunt omnes hujus farinæ homines*. Je vous montrerai des choses singulières, quand je pourrai avoir l'honneur de dîner avec vous à mes petites Délices.

On va donc s'égorger plus que jamais en Germanie! Pendant ce temps-là, nous jouons la comédie; on la joue à Neuchâtel, et on m'attendait à Nyon pour me donner *Mérope*. Il n'y a de plaisir qu'en Suisse; mais le plaisir le plus flatteur est de vivre avec vous, monsieur; et c'est ainsi que pensent vos deux attachés VOLTAIRE et DENIS.

MMDCL. — A M. LE COMTE DE TRESSAN.

Lausanne, 7 mars.

Je reçois, mon adorable gouverneur, une lettre de l'abbé Légier qui ne me paraît pas en effet de la même écriture que son premier envoi; mais je peux me tromper. J'étais fort malade, et je vis à peine la signature. Cette première fois il paraît repentant.

Je prends la liberté de vous adresser la réponse que je lui fais. Il y a quelque apparence qu'elle ne lui parviendrait pas par la poste, puisqu'il dit n'avoir pas reçu le paquet à lui envoyé.

Je pense que cette noirceur est une affaire finie. Il est pourtant assez singulier que le maître de la poste dise n'avoir pas reçu ce paquet renvoyé. Cela pourrait faire croire que le maître de la poste a été du complot; je n'y entends rien. Vous êtes sur les lieux, et votre place vous autorise à vous faire rendre compte de cette malversation du commis des postes, supposé qu'en effet il soit coupable de la suppression d'un paquet.

Je vous demande bien pardon de toutes les libertés que je prends avec vous; mais, après les extrêmes bontés que vous m'avez témoignées dans cette affaire où l'on a l'insolence de vous compromettre, après les marques d'amitié que vous m'avez données et que je n'oublierai de ma vie, je trouve dans vos bontés mêmes l'excuse de toutes les peines que je vous donne.

Vous savez la mort du cardinal de Tencin; son chapeau pourra couvrir la tête de l'abbé de Bernis. Vous voilà actuellement sous la coupe de M. le gouverneur de Metz. Si, en se chargeant du ministère de la guerre, il voulait troquer avec vous de gouvernement, ce serait une bonne affaire.

On assure que les Russes sont maîtres de tout le royaume de Prusse; que l'armée du prince de Clermont est entre Zell et Lunébourg, et qu'on s'attend à une bataille. Moi je n'assure rien, sinon que je vous serai attaché jusqu'au dernier moment de ma vie, avec la plus tendre et la plus respectueuse reconnaissance.   V.

MMDCLI. — A M. LE COMTE D'ARGENTAL.

A Lausanne, 12 mars.

Mon cher ange, je viens de lire un volume de lettres de Mlle Aïssé, écrites à une Mme Calendrin de Genève. Cette Circassienne était plus naïve qu'une Champenoise; ce qui me plaît de ses lettres, c'est qu'elle vous aimait comme vous méritez d'être aimé. Elle parle souvent de vous comme j'en parle et comme j'en pense.

Vous dites donc que Diderot est un bon homme; je le crois, car il est naïf. Plus il est bon homme, et plus je le plains d'être dépendant des libraires, qui ne sont point du tout bonnes gens, et d'être en proie à la rage des ennemis de la philosophie. C'est une chose pitoyable, que des associés de mérite ne soient ni maîtres de leur ouvrage, ni maîtres de leurs pensées : aussi l'édifice est-il bâti moitié de marbre, moitié de boue. J'ai prié Dalembert de vous donner les articles que j'avais ébauchés pour le huitième volume : je vous supplie de vouloir bien me les renvoyer contre-signés, ou de les donner à Jean-Robert Tronchin, qui me les apportera à son retour.

J'avais toujours cru que Diderot et Dalembert me demandaient de concert les articles dont on m'envoyait la liste; je suis très-fâché que ces deux hommes, nécessaires l'un à l'autre, soient désunis, et qu'ils ne s'entendent pas pour mettre le public à leurs pieds.

Pour moi, je me suis amusé à jouer *Fanime* et *Alzire*. Mademoiselle Clairon, je vous demande pardon, mais vous n'avez jamais bien joué la tirade du troisième acte :

De l'hymen, de l'amour, venge ici tous les droits,
Punis une coupable, et sois juste une fois.

Alzire, acte III, scène v

Pourquoi cela, mademoiselle? c'est que vous n'avez jamais lié les quatre vers de la fin, et appuyé sur le dernier : c'est le secret. Vous n'avez jamais bien joué l'endroit où Alzire demande grâce à son mari pour son amant, et cela par la même raison. Vous êtes une actrice admirable; j'en conviens : mais Mme Denis a joué ces deux endroits mieux que vous. Et vous, vieux débagouleur de Sarrazin, vous n'avez jamais joué Alvarès comme moi, entendez-vous?

Mon divin ange, depuis cette maudite affaire de Rosbach, tout a été en décadence dans nos armées, comme dans les beaux-arts à Paris. Je ne vois de tous côtés que sujets d'affliction et de honte. On dit pourtant que M. Colardeau est remonté sur son *Astarbé;* je ne sais pas sur quoi nos généraux remonteront. Dieu nous soit en aide!

Comment se porte Mme d'Argental? quelles nouvelles sottises a-t-on faites? quel nouveau mauvais livre avez-vous? quelle nouvelle misère? Si vous voyez ce bon Diderot, dites à ce pauvre esclave que je lui pardonne d'aussi bon cœur que je le plains.

MMDCLII. — A M. LINANT[1].

A Lausanne, 12 mars.

Quand je lis vos vers séduisants,
Je ressemble aux vieilles coquettes,
Qui, n'osant plus avoir d'amants,
Baissent leurs yeux et leurs cornettes;
Mais si quelque jeune galant
Parle d'amour en leur présence,
Adieu sagesse, adieu prudence;
La rage d'aimer leur reprend.

La rage des vers ne me reprend pas tout à fait, monsieur; je me contente de sentir le mérite des vôtres. Il est plus aisé que vous ne le dites de faire entendre raison à mes Suisses de Lausanne : il y a Suisses et Suisses; ceux de Lausanne diffèrent plus des Petits-Cantons, que Paris des Bas-Bretons.

Je reviendrai aux Délices le plus tôt que je pourrai, pour faire ma cour à Mme d'Épinai. Ne m'oubliez pas auprès du grand philosophe, votre pupille, etc.

MMDCLIII. — A M. LE BARON DE ZURLAUBEN.

A Lausanne, 14 mars.

Monsieur, il y a longtemps que je respectais votre nom, et votre *Histoire militaire des Suisses,* en France, m'a inspiré pour votre personne l'estime qu'on ne peut lui refuser. Je conviens avec vous que Benjamin de Rohan était un grand et digne chef de parti. Il prenait de l'argent des Espagnols, superstitieux catholiques, pour faire révolter les calvinistes fougueux de France; il en prenait ensuite du roi

---

1. Ce M. Linant n'est point de la famille d'un autre Linant, élève de M. de Voltaire. (*Ed. de Kehl.*)

de France pour faire la paix. Il faisait toujours étaler une grande *Bible* sur une table dans tous les cabarets où il couchait; d'ailleurs entendant mieux que personne la manière dont on faisait la guerre dans ce temps-là. J'ai fait mention de lui dans une *Histoire générale*, au chapitre du ministère du cardinal de Richelieu; mais je n'en ai parlé, dans ce tableau des malheurs de l'univers, qu'autant qu'on le peut d'un ambitieux subalterne qui n'a troublé qu'une petite province dans un coin du monde, et qui n'a pas réussi. Il aurait fait de plus grandes choses sur un plus grand théâtre, surtout s'il eût employé contre les ennemis de l'État le génie qu'il employa contre sa patrie. Les hommes qui n'ont pas changé le destin des États n'ont aujourd'hui qu'une place bien médiocre dans les niches du temple de la Gloire, où l'on trouve une foule prodigieuse de guerriers. On a tant célébré de grands hommes, qu'il n'y a presque plus de grands hommes. Cependant, monsieur, si un homme de votre mérite gratifie le public d'une partie des *Mémoires du duc de Rohan sur la guerre de la Valteline*, je me ferai un plaisir et un honneur d'obéir à vos ordres, supposé que je trouve par hasard quelque idée qui ne soit pas tout à fait indigne de vos peines et du service que vous rendez aux amateurs de l'histoire.

MMDCLIV. — A M. L'ABBÉ DE VOISENON.

Mars.

Mon cher *évêque*, j'ai été enchanté de votre souvenir et de votre beau mandement israélite : on ne peut pas mieux demander à boire : c'est dommage que Moïse n'ait donné à boire que de l'eau à ces pauvres gens; mais je me flatte que vous ferez, pour Pâques prochain, au moins une noce de Cana. Ce miracle est au-dessus de l'autre; et rien ne vous manquera plus, quand vous aurez apaisé la soif des buveurs de l'*Ancien* et du *Nouveau Testament*. Franchement, votre petit ouvrage est très-bien fait et très-lyrique. Mondonville doit vous avoir beaucoup d'obligation; et j'ai plus de soif de vous revoir que vous n'en avez de venir à mes petites Délices; mais ce n'est pas aux Délices qu'il fallait venir, c'est à Lausanne. Mme Denis y a la même réputation que Mlle Clairon a dans votre pays. Vous seriez assez étonné de voir des pièces nouvelles en Suisse, et mieux jouées, en général, qu'elles ne le seraient à Paris : c'est à quoi nous avons passé notre hiver, pour nous dépiquer du malheur de nos armées. Nous vous aurions très-bien logé; nous vous aurions fait manger force gelinottes et de grosses truites; nous vous aurions crevé, et M. Tronchin vous aurait guéri. Mais vous n'êtes pas un prêtre à faire une mission chez nous autres hérétiques; jamais votre zèle ne sera assez grand pour venir sur notre beau lac de Genève. Je vous avertis pourtant qu'il y a de très-jolies femmes à convertir dans Lausanne. Mme Denis se souvient toujours de vous avec bien de l'amitié, et n'en compte pas sur vous davantage. Vous nous écrivez une fois en cinq ans; nous reconnaissons là les mœurs de Paris : encore est-ce beaucoup que, dans vos dissipations, vous vous soyez ressouvenu de vos amis, qui ne vous oublient jamais, et qui savent, autant que vos Parisiennes combien vous êtes aimable.

Nous ne regrettons pas beaucoup de choses, mais nous regrettons toujours le très-aimable et très-volage *évêque de Montrouge*.

MMDCLV. — A madame d'Épinai.

Jeudi.

Le malade V. présente ses respects à la plus aimable des convalescentes (et à la plus heureuse, puisqu'elle a *Esculape*-Tronchin à ses ordres). Il aura l'honneur de lui envoyer son fiacre, et il se flatte qu'elle voudra bien amener un homme[1] d'esprit et de bon sens qui a onze ans.

MMDCLVI. — A M. le comte de Tressan.

Aux Délices, 22 mars.

Mon adorable gouverneur, je suis toujours très-fâché que les auteurs de l'*Encyclopédie* n'aient pas formé une société de frères; qu'ils ne se soient pas rendus libres; qu'ils travaillent comme on rame aux galères; qu'un livre qui devrait être l'instruction des hommes devienne un ramas de déclamations puériles qui tient la moitié des volumes. Tout cela fait saigner le cœur; mais depuis cinquante ans c'est le sort de la France d'avoir des livres où il y a de bonnes choses, et pas un bon livre.

Nous sommes dans la décadence des talents, dans ce temps où l'esprit s'est perfectionné. Au reste, s'il y a de l'esprit en France, ce n'est pas parmi les gredins qui ont osé abuser de votre nom, et qui m'ont écrit sous celui du petit séminariste de Toul. Ces misérables sont encore plus méchants et plus brouillons qu'ils ne sont bêtes.

Cette première lettre qu'ils m'avaient écrite était datée de Toul, et ce fut à Toul qu'on la renvoya, comme vous le s᷉ ᷉ ᷉ est clair que le maître de la poste est du complot, pui᷉ ᷉ ᷉ éminariste n'a point reçu le paquet renvoyé, et que je ᷉ une seconde lettre relative à toute cette aventure, d᷉ ᷉ précisément de la même main qui avait écrit la prem᷉ ᷉

Cette seconde, que je reçois, est d'une m᷉ ᷉ ᷉ te; rien n'est plus bas et plus méprisable que le style et les chos᷉ ᷉ qu'elle contient. On y parle de vous d'une manière indécente. Il y a des vers dignes du cocher de M. de Vertamont. On m'y dit des injures atroces qui me choquent moins que la manière insolente dont on y parle de vous. Elle est signée Ruquentin. Tout cela est un ouvrage de canaille. J'ai jeté la lettre au feu; mais je vous envoie l'enveloppe.

Vous pourrez savoir du maître de poste de quel endroit elle est venue; le timbre, que je ne connais pas, peut servir d'indice. Il y a certainement dans toute cette aventure un manége qui doit être découvert et réprimé.

Il y a de grands fous dans le monde; heureusement cette pauvre espèce-là n'est pas fort dangereuse. Celle qui inonde l'Allemagne de sang, et qui met tant de familles à la mendicité, est un peu plus à craindre.

1. Le fils de Mme d'Épinai. (Éd.)

Si vous vous mettez à voyager autour de votre province, mon cher gouverneur, tâchez de prendre le temps où nous jouons des comédies à Lausanne : nous vous en donnerons de nouvelles, *recreati præsentia.*

Vous vous imaginez donc que j'ai un château près de Lausanne ? Vous me faites trop d'honneur; j'ai une maison commode et bien bâtie dans un faubourg; elle sera château quand vous y serez. Je fais actuellement le métier de jardinier dans ma petite retraite des Délices, qui seraient encore plus *délices,* si on avait le bonheur de vous y posséder.

Conservez vos bontés au *Suisse*   VOLTAIRE.

MMDCLVII. — A M. L'ABBÉ AUBERT, A PARIS.

Aux Délices, 22 mars.

Je n'ai reçu, monsieur, que depuis très-peu de jours, dans ma campagne où je suis de retour, la lettre pleine d'esprit et de grâces dont vous m'avez honoré, accompagnée de votre livre qui me rend encore votre lettre plus précieuse. Je ne sais quel contre-temps a pu retarder un présent si flatteur pour moi. J'ai lu vos *fables* avec tout le plaisir qu'on doit sentir, quand on voit la raison ornée des charmes de l'esprit. Il y en a quelques-unes qui respirent la philosophie la plus digne de l'homme. Celles du *Merle,* du *Patriarche,* des *Fourmis,* sont de ce nombre. De telles fables sont du sublime écrit avec naïveté. Vous avez le mérite du style, celui de l'invention, dans un genre où tout paraissait avoir été dit. Je vous remercie et je vous félicite. Je donnerais ici plus d'étendue à tous les sentiments que vous m'inspirez, si le mauvais état de ma santé me permettait les longues lettres; je peux à peine dicter, mais je ne suis pas moins sensible à votre mérite et à votre présent.

J'ai l'honneur d'être, avec toute l'estime que je vous dois, etc.

MMDCLVIII. — A MADAME DE GRAFFIGNY.

Aux Délices, 22 mars.

Dieu conserve votre santé, madame! je vous tiens ce propos, parce que je suis revenu malade à ma retraite des Délices; et je sens que, sans la santé, on n'a ni plaisir, ni philosophie, ni idées.

Si j'étais capable de regretter Paris, je regretterais surtout de ne me pas trouver à la naissance de la *Fille d'Aristide*[1], et de ne pas faire ma cour à madame sa mère. Melpomène et Thalie sont donc logées dans la même maison? Vous dites que M. de La Touche connaît les livres, et très-peu le monde; mais c'est le connaître très-bien que de vivre avec vous. Vous lui apprendrez comme le monde est fait, et il verra en vous ce que le monde a de meilleur. Vous le peindrez tous deux; vous madame, avec le pinceau de Ménandre, et lui, avec ceux d'Euripide; car vous voilà tous deux Grecs.

1. Comédie de Mme de Graffigny. (ÉD.)

Vous avez voulu mettre un homme juste sur le théâtre; il a fallu chercher dans l'ancienne Grèce : nous n'avons eu que Louis XIII qui ait eu ce beau surnom; Dieu sait comme il le méritait. Ce titre de *Juste* fut la définition d'Aristide et le sobriquet de Louis XIII.

Quant au très-estimable et très-brillant petit-neveu du ministre plus grand que juste de Louis le Juste, je vous félicite tous deux de ce qu'il vient oublier avec vous les tracasseries de la cour et de l'armée. Je ne puis pas me vanter à vous de recevoir de ses lettres, comme vous vous vantez de jouir des charmes de sa conversation; il m'a abandonné : c'est depuis qu'il est allé guerroyer chez les Cimbres. Il m'avait donné rendez-vous à Strasbourg; mais précisément dans ce temps-là une des cuisses de ma nièce s'avisa de devenir aussi grosse que son corps. Elle avait déjà été à la mort de cette maladie : c'était une suite de la belle peur que le roi de Prusse lui avait faite à Francfort. Si tous ceux à qui il fait peur avaient la cuisse enflée, il faudrait élargir bien des chausses. Je ne sais si M. le maréchal de Richelieu m'a trouvé un oncle trop tendre de ne lui pas sacrifier une cuisse pour le voyage de Strasbourg; mais, depuis ce temps-là, il a eu la barbarie de ne me plus écrire.

Je me suis dépiqué avec le roi de Prusse, qui est beaucoup plus régulier que lui; mais je sens cependant que je ferais plus volontiers un voyage pour revoir mon héros français, que mon héros prussien.

Je voudrais bien, madame, me trouver entre vous deux; ma destinée ne le veut pas; elle m'a fait Suisse et jardinier. Je m'accommode très-bien de ces deux qualités. Heureux qui sait vivre dans la retraite! cela n'est pas aisé aux grands de ce monde, mais cela est très-facile pour les petits.

Je me trouve fort bien, et je suis toujours, madame, votre très-fidèle Suisse.

MMDCLIX. — A M. LE BARON DE ZURLAUBEN.

Aux Délices, près de Genève.

Vous me donnez, monsieur, une extrême envie de vous obéir, mais vous ne pouvez me donner le talent de faire quelque chose d'heureux qui remplisse votre idée, et qui plaise au public et à vous. La langue française n'est guère propre aux inscriptions et aux épigraphes; cependant, si vous en voulez souffrir une médiocre à la tête d'un bon livre, et au bas du portrait du duc de Rohan, en voici une que je hasarde, uniquement pour obéir à vos ordres. Puisqu'il s'agit du petit pays et de la petite guerrre de la Valteline, ne trouvez pas mauvais que je trouve le théâtre petit; c'est assez que votre héros ne le soit pas.

> Sur un plus grand théâtre il aurait dû paraître;
> Il agit en héros, en sage il écrivit;
> Il fut même un grand homme en combattant son maître,
> Et plus grand lorsqu'il le servit.

Vous voudriez sans doute de meilleurs vers, monsieur, et moi aussi; mais il y a longtemps que j'ai renoncé à rimer. Une chose à laquelle

je sens que je ne renoncerai jamais, c'est aux sentiments d'estime que
je vous dois, et à l'envie de vous plaire. Pardonnez cette courte prose
et ces plats vers à un pauvre malade.

MMDCLX. — A MADAME D'ÉPINAI.

Mars.

Vraiment, madame, vous me faites bien de l'honneur de croire que
je suis assez sage pour inspirer de la sagesse. Je serai seulement le témoin de celle de monsieur votre fils, de tout son mérite, et de son
envie de vous plaire. Je vois bien qu'il vous a gâtée; vous êtes si accoutumée à le voir au-dessus de son âge, que quand il s'en rapproche
vous êtes tout étonnée. Il vous a accoutumée à une perfection bien
rare; il vous a rendue difficile. Je serai enchanté de le voir, lui et son
aimable mentor. Mais pourquoi suis-je à la fois si près et si éloigné de
la mère? pourquoi me suis-je interdit Genève? pourquoi ne suis-je
plus jardinier? Je devrais vous faire ma cour tous les jours; et je serais le plus assidu de vos courtisans, si mon goût décidait de mes
marches. Mais vous étendez votre empire sur les absents comme sur
les présents. Personne ne sent plus tout votre mérite, ne vous est attaché plus véritablement et avec plus de respect que le Suisse V.

MMDCLXI. — A M. DALEMBERT

Aux Délices, 25 mars.

Vous m'apprenez que je suis mort,
Je le crois, et j'en suis bien aise;
Dans mon tombeau, fort à mon aise,
De vos vivants je plains le sort.
Loin du séjour de la folie,
Des rois sagement séquestré,
J'apprends à jouir de la vie
Du jour que je fus enterré.

Me voilà revenu à mes Délices. Je ne peux pas ôter de la tête des
prêtres l'idée que j'ai été votre complice. Je me recommande contre
eux à *Dieu le père*, car, pour *le fils*, vous savez qu'il a aussi peu de
crédit que *sa mère* à Genève. Au reste, on peut fort bien n'être pas
l'intime ami de ces messieurs, et vivre tout doucement. Je suis très-
fâché que vous ne veniez pas voir vos sociniens en allant en Italie,
très-fâché que vous ayez abandonné l'*Encyclopédie*, et encore plus
fâché que Diderot et consorts ne l'aient pas abandonnée avec vous. Si
vous vous étiez tenus unis, vous donneriez des lois. Tous les cacouacs
devraient composer une meute; mais ils se séparent, et le loup les
mange. J'ai reçu depuis peu une lettre du cacouac roi de Prusse; mais
j'ai renoncé à lui comme à Paris, et je m'en trouve à merveille.
Allez voir le pape, et tâchez de repasser par les Délices; j'en ai fait
un séjour qui mérite le nom qu'elles portent. Je ne crois pas qu'il y
ait sur la terre un être plus libre que moi. Voilà comme vous devriez
vivre. Vous avez déjà la plus grande réputation que mortel puisse

avoir ; mais le roi de Prusse en a aussi, et n'en est pas plus heureux. Je prie Dieu qu'il n'en soit pas ainsi de vous. Mon grand philosophe, soyez à jamais libre et heureux; je vous aime autant que je vous estime.

MMDCLXII. — A M. LE COMTE D'ARGENTAL.

Aux Délices, 4 avril.

Mon cher et respectable ami, je ne devrais être étonné de rien à mon âge. Je le suis pourtant de ce testament. Je sais, à n'en pouvoir douter, que le testateur [1] était l'homme du sacré collége qui avait le plus d'argent comptant. Il y a sept ou huit ans que l'homme [2] de confiance dont vous me parlez, lui sauva cinq cent mille livres qui étaient en dépôt chez un homme d'affaires dont le nom ne me revient pas ; c'est celui qui se coupa la gorge pour faire banqueroute, ou qui fit croire qu'il se l'était coupée. On eut le temps de retirer les cinq cent mille livres avant cette belle aventure.

Certainement, si Mme de Grolée [3] ne se retire pas à Grenoble, si elle reste à Lyon, l'homme de confiance sera l'homme le plus propre à vous servir, et vous croyez bien, mon cher ange, que je ne manquerai pas à l'encourager, quoiqu'un homme qui vous a vu et qui vous connaît, n'ait assurément nul besoin d'aiguillon pour s'intéresser à vous.

Je suis charmé que M. le maréchal de Richelieu ait exigé du cardinal, votre oncle, l'action honnête qu'il fit quand il vous assura une partie de sa pension ; mais s'il faut toujours envoyer de nouvelles armées se fondre en Allemagne, il est à craindre qu'à la fin les pensions ne soient mal payées. Heureux ceux dont la fortune est indépendante! Je ne reviens point de votre singulière aventure de cette maison dans une île [4] que les Anglais ont brûlée. Il faut au moins que, par un dédommagement très-légitime, la pension vous soit payée exactement.

Je ne sais si M. le maréchal de Richelieu a beaucoup de crédit à la cour; je crois que vous le voyez souvent. Je ne suis pas trop content de lui. Je vous ai déjà dit qu'il s'était figuré que je devais courir à Strasbourg pour le voir à son passage, lorsqu'il alla commander cette malheureuse armée. Mme Denis était alors très-malade; elle avait la fièvre. Vous vous souvenez que le roi de Prusse lui avait fait enfler une cuisse il y a cinq ans; cette cuisse renflait encore; les maux que les rois causent n'ont point de fin. M. de Richelieu a trouvé mauvais apparemment que je ne lui aie pas sacrifié une cuisse de nièce. Il ne m'a point écrit, et le bon de l'affaire est que le roi de Prusse m'écrit souvent. Cependant je veux toujours plus compter sur M. de Richelieu que sur un roi. Il est vrai que, dans mon agréable retraite, ni les monarques ni les généraux d'armée ne troublent guère mon repos.

Je suis toujours affligé que Diderot, Dalembert et autres, ne soient

---

1. Le cardinal de Tencin. (ÉD.) — 2. Tronchin, banquier à Lyon. (ÉD.)
3. La comtesse de Grolée, sœur du cardinal de Tencin et de la mère de d'Argental. (ÉD.)
4. Les îles de Rhé et d'Aix, qui appartenaient alors à M. d'Argental, avaient été ravagées par les Anglais. Le roi en a fait depuis l'acquisition. (Ed. de Kehl.)

pas réunis, n'aient pas donné des lois, n'aient pas été libres, et je suis toujours indigné que l'*Encyclopédie* soit avilie et défigurée par mille articles ridicules, par mille déclamations d'écolier qui ne mériteraient pas de trouver place dans le *Mercure*. Voilà mes sentiments, et parbleu j'ai raison.

Mille tendres respects à tous les anges. Je vous embrasse tant que je peux.

MMDCLXIII. — A M. DE BRENLES.

Le pape et moi, mon cher ami, nous sommes encore un peu en vie. Sa Sainteté pisse, et ma profanéité ne digère point; mais je ne suis pas si plaisant que le pape. Son chirurgien s'appelle Ponce; il sondait Benoît XIV, et Benoît lui disait : « Ah! Ponce, tu as crucifié le maître, et tu crucifies encore le vicaire. »

Je compte vous venir embrasser dès que ma santé me permettra d'aller à Monrion. Mille tendres respects à madame votre femme. Adieu; aimez vivant celui que vous avez daigné regretter mort[1], et comptez que mon âme sera à vous tant qu'elle sera dans son triste étui.

VOLTAIRE.

MMDCLXIV. — A M. LE COMTE DE SCHOWALOW.

Aux Délices, près de Genève, 20 avril.

Monsieur, je me console du retardement des instructions que Votre Excellence veut bien m'envoyer, dans l'espérance qu'elles n'en seront que plus amples et plus détaillées. La création de Pierre le Grand devient chaque jour plus digne de l'attention de la postérité. Tout ce qu'il a créé se perfectionne sous l'empire de son auguste fille, l'impératrice, à qui je souhaite une vie plus longue que celle du grand homme dont elle est née. Je me flatte, monsieur, que ceux qui sont chargés par Votre Excellence du soin de rédiger ces mémoires, n'oublieront ni les belles campagnes contre les Turcs, ni celles contre les Suédois, ni ce que votre illustre nation fait aujourd'hui. Plus votre empire sera bien connu, plus il sera respecté. Il n'y a point d'exemple sur la terre d'une nation qui soit devenue si considérable en tout genre, en si peu de temps. Il ne vous a fallu qu'un demi-siècle pour embrasser tous les arts utiles et agréables. C'est surtout ce prodige unique que je voudrais développer. Je ne serai, monsieur, que votre secrétaire dans cette grande et noble entreprise. Je ne doute pas que votre attachement pour l'impératrice et pour votre patrie ne vous ait porté à rassembler tout ce qui pourra contribuer à la gloire de l'une et de l'autre. La culture des terres, les manufactures, la marine, les découvertes, la police publique, la discipline militaire, les lois, les mœurs, les arts, tout entre dans votre plan. Il ne doit manquer aucun fleuron à cette couronne. Je consacrerai avec zèle les derniers jours de ma vie à mettre en œuvre ces monuments précieux, bien persuadé que la collection que je recevrai de vos bontés sera digne de celui qui me l'envoie, et répondra à la grandeur et à l'universalité de ses vues patriotiques. J'ai, etc.

---

1. On avait fait courir le bruit de la mort de Voltaire. (ÉD.)

MMDCLXV. — A madame la comtesse de Lutzelbourg.

Lausanne, 29 avril.

Ce n'est point à mon cœur, ce n'est point à mon âme, ce n'est point à ma main, ce n'est point à mon visage, madame, que vous devez vous en prendre, si je n'ai pas eu l'honneur de vous écrire, depuis si longtemps; c'est, ne vous déplaise, à mon derrière qui m'a joué de fort cruels tours. On souffre de partout, madame, dans ce monde-ci. Il y a pourtant du bon dans la vie. Le mariage de monsieur votre fils, par exemple, est une des bonnes choses que je connaisse. Vingt mille francs de pension pour épouser sa maîtresse ! Il n'y a rien assurément de si bien arrangé et de si heureux. Mme Denis et moi, nous vous en faisons, madame, les plus sincères compliments. Vous voilà très-heureuse par monsieur votre fils; soyez-le toujours par vous-même. Jouissez d'une santé toujours égale, que vous devrez à votre sage régime et à votre tranquillité. Quelque chose qui arrive sur les bords du Rhin, vers Wésel, soyez contente à l'île Jard; quelques millions que le roi emprunte, soyez payée de vos revenus : voilà ce que je vous souhaite du meilleur de mon cœur. Si vous avez quelques nouvelles, amusez-vous-en et daignez m'en amuser; mais ne perdons ni le sommeil ni l'appétit : supportons les malheurs du genre humain tout doucement. Adieu, madame. La philosophie est, après la santé, ce que je connais de mieux. Je vous suis toujours attaché avec le plus tendre respect.

MMDCLXVI. — A M. le comte d'Argental.

Aux Délices, 4 mai.

Mon divin ange, j'avoue d'abord que l'envie de vous voir est très-capable de me faire donner les conseils les plus intéressés. Je ferais des friponneries pour obtenir de vous un petit voyage aux Délices; mais si je suis capable de ne pas écouter un si grand intérêt, je vous dirai que le vôtre est assurément de faire un tour à Lyon. Soyez bien sûr que le confident vous servira comme vous méritez d'être servi; mais votre présence fera bien mieux. Ce serait une façon bien simple, bien honnête, de vous faire prier par Mme de Grolée de venir la voir. Je suis persuadé que le confident n'aura pas de peine à lui faire dire qu'elle en meurt d'envie, quoique à son âge, on n'ait peut-être d'autre envie que celle de vivre; mais s'il lui reste quelque étincelle de bon goût, comment ne souhaitera-t-elle pas très-ardemment de vous avoir quelque temps auprès d'elle ?

Je vous crois bien gauche, mon cher et respectable ami, quand il s'agit de mitonner un héritage; mais le confident travaillera pour vous. Votre unique besogne est de plaire, et c'est à quoi vous réussissez mieux que personne au monde, sans même y songer. Le confident sera à Lyon au mois de mai; plût à Dieu que vous y fussiez au mois d'août ! Voilà peut-être une belle chimère; mais je ne connais point de vérité qui me fasse autant de plaisir qu'une si chère illusion. Et pourquoi serait-ce une chimère ? Vous sentez bien qu'il n'y a pas de temps à perdre; les visites qu'on doit à des dames de quatre-vingts ans ne peuvent guère être différées. C'est à Mme de Grolée à vous payer de votre maison de l'île d'Aix, puisque le gouvernement ne peut vous indemniser. Mme de Crèvecœur a eu vingt mille francs de pension pour épouser le fils de Mme de Lutzelbourg. Si on fait beaucoup de pareils arrangements, il ne reste pas de quoi payer les maisons brûlées; il ne restera pas même de quoi empêcher qu'on en brûle d'autres, s'il est vrai qu'on ait pris les vaisseaux de M. du Quesne [1], et si les affaires de terre sont aussi délabrées qu'on le dit. Cependant a-t-on joué *la Fille d'Aristide* ? a-t-on donné quelque tragédie nouvelle? recommence-t-on le travail de l'*Encyclopédie* ? Dalembert se laisse-t-il fléchir? Je voudrais bien savoir où l'on en est, afin de m'arranger pour mes petits articles.

Mes respects à Mme d'Argental et à tous les anges.

MMDCLXVII. — A M. THIERIOT.

Aux Délices, 8 mai.

Mon cher et ancien ami, il me paraît qu'on n'est pas plus instruit du secret de l'historiographe de toutes les Russies que de celui de *la Pucelle.* Ce sont les mystères de mon gouvernement. Si vous voulez y être initié, vous n'avez qu'à venir dans ma chancellerie; mais je suis bien sûr qu'on ne quitte point de jeunes, belles et brillantes baronnes chrétiennes [2] pour des Suisses hérétiques.

L'énigme de Mme la duchesse d'Orléans est une *attrape-Foncemagne.* Ce n'est pas la première fois que les belles se sont moquées des savants. Voici comme on pourrait lui répondre, en assez mauvais vers :

> Votre énigme n'a point de mot;
> Expliquer chose inexplicable,
> Est ou d'un docteur ou d'un sot:
> L'un et l'autre est assez semblable.
> Mais si l'on donne à deviner
> Quelle est la princesse adorable
> Qui sur les cœurs sait dominer
> Sans chercher cet empire aimable,
> Pleine de goût sans raisonner,
> Et d'esprit sans faire l'habile,
> Cette énigme peut étonner,
> Mais le mot n'est pas difficile.

Je serai fort aise que Marmontel, qui a certainement de l'esprit et du talent, et qu'on a dégoûté fort mal à propos, ait au moins le bénéfice du *Mercure.* Ce sera un antidote contre les poisons de Fréron.

Je doute fort que ceux qui vous ont dit que Fréret a mis Newton en poudre soient des connaisseurs. J'ai lu autrefois le manuscrit de Fréret; il fut composé avant que le système de Newton fût imprimé. Fréret et le jésuite Souciet, autre savantasse, écrivirent tous deux contre Newton, sur un faux exposé de son système, qui parut alors dans un de

---

1. Petit-neveu du grand du Quesne. (ÉD.) — 2. Mme de Montmorency. (ÉD.)

ces journaux dont l'Europe est accablée. Fréret ne savait ce qu'il disait : j'ignore s'il l'a mieux su depuis. Je ferai venir ce livre [1] pour le joindre à tout ce que j'ai sur cette matière.

Il y a une excellente histoire [2] des finances, depuis 1595 jusqu'en 1721. Si vous rencontrez l'auteur, qui est un M. de Forbonnais, directeur des monnaies, dites-lui que je le fais contrôleur général des finances.

Pourriez-vous à votre loisir me faire un petit catalogue des bons livres qui ont paru depuis dix ans ? Je crois qu'il sera court; mais je veux avoir tout ce qui peut être utile, et même les livres médiocres dans lesquels il y a du bon : car on peut toujours tirer *aurum ex stercore Ennii. Interim vale, et mihi scribe.*

MMDCLXVIII. — A M. LE COMTE D'ARGENTAL.

Aux Délices, 8 mai.

Mon cher ange, il doit y avoir une petite caisse plate, qui contient quelque chose d'assez plat, à votre adresse, au bureau des coches de Dijon. Cette platitude est mon portrait. Un gros et gras Suisse, barbouilleur en pastel, qu'on m'avait vanté comme un Raphaël, me vint peindre à Lausanne, il y a six semaines, en bonnet de nuit et en robe de chambre. Je fis partir ma maigre effigie par le coche de Dijon, ou par les voituriers. Une Mme Rameau, commissionnaire de Dijon, s'est chargée de vous faire tenir ce barbouillage. Je vous demande pardon pour ma face de carême; mais non-seulement vous l'avez permis, vous l'avez ordonné, et j'obéis toujours tôt ou tard à mon cher ange. Est-il vrai que *la Fille d'Aristide le Juste* ait été aussi maltraitée par le parterre parisien que son père le fut par les Athéniens? Cela n'est pas poli; heureusement vous aurez bientôt Mme du Boccage, qui revient, dit-on, avec une tragédie. Mme Geoffrin ne nous donnera-t-elle rien ?

J'ignore ce qu'on fait sur mer et sur terre. Il paraît que les chiens de la guerre, comme dit Shakspeare, cessent de mordre et même d'aboyer; les Anglais admirent cette expression. Je suis toujours émerveillé de ce qui se passe; celui que vous appeliez tous *Mandrin*, il y a deux ans, il y a un an, devient un homme supérieur à Gustave-Adolphe et à Charles XII, par les événements. On sera réduit à faire la paix. Dieu nous doit cette douce humiliation ! Cependant nous avons une assez bonne troupe aux portes de Genève. La nièce et l'oncle vous baisent les ailes.

MMDCLXIX. — A M. BERTRAND.

Aux Délices, 9 mai.

Vraiment, mon cher philosophe, il vous est venu là une très-bonne idée. Vous pouvez donner aisément une cinquantaine d'articles d'histoire naturelle, et surtout l'article *Tremblement de terre* vous est dévolu de droit. Je vais sur-le-champ écrire aux encyclopédistes, et leur

---

1. *Défense de la Chronologie*, etc., par Fréret. (ÉD.)
2. *Recherches et considérations sur les finances de France*, etc. (ÉD.)

donner part du service que vous voulez bien leur rendre. J'insisterai pour qu'on vous envoie les exemplaires déjà imprimés.

J'ai été fort malade à Lausanne. Les Délices réparent un peu le mal que Lausanne m'a fait. Je ne sais si M. de Freudenreich ne viendra pas cette année dans nos cantons; je me flatte qu'en ce cas vous serez du voyage, et que j'aurai l'honneur de recevoir dans mon petit ermitage les personnes à qui je suis le plus attaché. Vous verrez mes petites Délices un peu plus ajustées qu'elles n'étaient. Je cultive aussi l'histoire naturelle; mais c'est en plantant des arbres, en faisant des terrasses, des allées, des potagers. Je fais plus de cas d'une bonne pêche que de toutes les coquilles du monde. J'ai reçu votre Gazette italienne des fantaisies qui passent par la tête de nous autres écrivains en Europe. On écrit tant, que je suis honteux d'écrire; mais cela amuse. Quand faudra-t-il envoyer le payement de ce journal? et à qui? Je ne sais, Dieu merci, aucune nouvelle; il me semble qu'il y a plus de quinze jours qu'on n'a massacré personne. C'est une époque singulière.

Mille respects, je vous prie, à M. et à Mme de Freudenreich.

Nous avons une assez bonne comédie aux portes de Genève. Cette ville n'a point encore de théâtre comme Amsterdam; mais quand il y aura quelques millions de plus dans la ville, il faudra bien alors avoir du plaisir.

Je vous embrasse du meilleur de mon cœur.   V.

MMDCLXX. — DE M. MARMONTEL.

De Versailles, le 15 mai.

Monsieur, il y avait autrefois un jeune homme que vous aimiez comme votre enfant, et qui vous respectait comme son père en Apollon. Cet enfant eut la faiblesse et le malheur de s'éloigner de son père; le ciel l'en punit. Il fit des *Égyptus* [1] qui tombèrent; il fit d'autres sottises; en un mot, rien ne lui prospéra.

Dans l'amertume de ses regrets, il dit : « J'irai vers mon père; » et, pour se présenter avec la robe blanche, il alla se purifier chez les Cacouacs. Parmi ce peuple vertueux et persécuté tout retentissait de votre nom. Ce fils, qui vous aimait toujours, mêla sa faible voix à ce concert de louanges, et s'écria comme tout le monde : « Mon père est la lumière de son siècle; il est revêtu de force et de grâce; il porte d'une main le pinceau de la Poésie, de l'autre le compas de la Raison; il grave la vérité sur des tables de diamants; il trace avec des fleurs les sentiers de l'Art et du Goût; il vole sur les ailes du Génie. » Votre fils vous loua, et il fut loué. L'ange de la Prospérité le prit par la main, le conduisit dans une campagne riante et fertile, et lui dit : « Voilà le champ que je t'ai réservé; si tu veux que je te donne des moissons abondantes, jette-toi dans le sein de ton père, et obtiens de lui qu'il le sème. »

Je suis avec une pitié filiale, etc.

1. Tragédie de Marmontel. (ÉD.)

MMDCLXXI. — A M. LE COMTE D'ARGENTAL.

Aux Délices, 15 mai.

Je suis chargé, mon cher ange, de vous supplier encore de vouloir bien donner un petit coup d'aiguillon au rapporteur de MM. de Douglas. Je plains plus que jamais les plaideurs que les rapporteurs négligent. Il y a huit ans que Mme Denis et moi nous sommes très-négligés dans une affaire plus grave que celle de MM. de Douglas. Mon émerveillement dure toujours que le fils de Samuel nous ait fait banqueroute, six mois après avoir pris notre argent, et qu'il ait trouvé le secret de fricasser huit millions, obscurément et sans plaisir. Votre premier président, son beau-frère, ne serait-il pas, entre nous, un peu engagé, par son honneur et par celui de sa place, à faire finir une affaire si odieuse? Le fils d'un banqueroutier, dans notre Suisse, ne peut jamais parvenir à aucun emploi, à moins d'avoir payé les dettes de son père; mais c'est que nous sommes des barbares, et vous autres, gens polis vous donnez vite une belle charge d'avocat-général au fils d'un banqueroutier frauduleux. Cependant une partie de la succession entre dans les coffres du receveur des consignations, qui prend d'abord cinq pour cent par an pour garder l'argent, et qui gagne six pour cent à le faire valoir, le tout pendant vingt années.

> Est-ce là faire droit? est-ce là comme on juge?
>
> Racine, *les Plaideurs*, acte I, scène VII.

Pardon; je suis un peu en colère, parce que j'ai perdu environ le quart de mon bien en opérations de cette espèce; mais je ne dois pas me plaindre devant celui dont les Anglais ont brûlé la maison.

Mon divin ange, je songe à une chose. Si *Babet* [1] vous procurait une ambassade! Vous me direz que vous êtes trop honnête homme pour négocier; mais il y a des honnêtes gens partout. Je voudrais que vous relevassiez M. de Chavigni. Comptez que tous nos Suisses seraient enchantés. Que sait-on? Ce que je vous dis là n'est point si sot; pensez-y.

Ma nièce Fontaine est à Lyon; j'espère qu'elle m'apportera mes paperasses encyclopédiques. Savez-vous des nouvelles de cette *Encyclopédie?* Je les aime mieux que les nouvelles publiques, qui sont presque toujours affligeantes. Mille respects à tous les anges. Je baise toujours le bout de vos ailes. *Le Suisse*   V.

MMDCLXXII. — A MADAME DE GRAFFIGNI.

Aux Délices, 16 mai.

Je suis bien sensible, madame, à la marque de confiance que vous me donnez. Nous pouvons nous dire l'un à l'autre ce que nous pensons du public, de cette mer orageuse que tous les vents agitent, et qui tantôt vous conduit au port, tantôt vous brise contre un écueil; de cette multitude qui juge de tout au hasard, qui élève une statue pour lui casser le nez, qui fait tout à tort et à travers; de ces voix discor-

1. Bernis. (ÉD.)

dantes qui crient *hosanna* le matin, et *crucifige* le soir; de ces gens qui font du bien et du mal sans savoir ce qu'ils font. Les hommes ne méritent certainement pas qu'on se livre à leur jugement, et qu'on fasse dépendre son bonheur de leur manière de penser. J'ai tâté de ce' abominable esclavage, et j'ai heureusement fini par fuir tous les es-clavages possibles.

Quand j'ai quelques rogatons tragiques ou comiques dans mon por tefeuille, je me garde de les envoyer à votre parterre. C'est mon vir du cru; je le bois avec mes amis. J'histrionne pour mon plaisir, sans avoir ni cabale à craindre, ni caprice à essuyer. Il faut vivre un peu pour soi, pour sa société; alors on est en paix. Qui se donne au monde est en guerre; et, pour faire la guerre, il faut qu'il y ait prodigieuse-ment à gagner, sans quoi on la fait en dupe; ce qui est arrivé quel-quefois à quelques puissances de ce monde.

Au reste, les cabales n'empêcheront jamais que vous ne soyez la per-sonne du monde qui a l'esprit le plus aimable et le meilleur goût. Je n'ose vous prier de m'envoyer votre Grecque[1]; mais je vous avoue pourtant que les lettres de la mère me donnent une grande envie de voir *la Fille*. Comptez, madame, sur la tendre et respectueuse amitié du *Suisse* V.

MMDCLXXIII. — A M. LE COMTE D'ARGENTAL.

Aux Délices, 19 mai.

Mon cher et respectable ami, je bénis actuellement les Anglais qui ont brûlé votre maison. Puissiez-vous être payé, et eux confondus! Pardon de vous importuner de l'*Encyclopédie*. Vous aimeriez mieux une tragédie; mais il faut que je m'adresse à vous pour ne pas perdre mon temps. J'ai fait des recherches très-pénibles pour rendre les arti-cles *Histoire* et *Idolâtrie* intéressants et instructifs; je travaille à tous les autres. Mon temps m'est très-précieux. Ce serait me faire perdre une chose irréparable, m'outrager sensiblement, et donner beau jeu aux ennemis de l'*Encyclopédie*, d'avoir avec moi un mauvais procédé, tandis que je me tue à faire valoir cet ouvrage, et à procurer des tra-vailleurs. Je vous demande en grâce d'exiger de Diderot une réponse catégorique et prompte. Je ne sais s'il entend les arts, et s'il a le temps d'entendre le monde. Mon cher ange, vous qui entendez si bien l'ami-tié, vous pardonnerez mes importunités.

MMDCLXXIV. — A M. MARMONTEL.

Aux Délices, 19 mai.

Digne Cacouac, fils de Cacouac, *fili mi dilecte, in quo bene compla-cui*[2], grâces vous soient rendues pour vous être souvenu de moi dans votre planète de Mercure! Quoique je ne sois plus de ce monde, j'ap-prends que votre bénéfice, qui n'est pas simple, est pourtant chargé de grosses pensions. Il y a plus de quinze ans que je n'ai lu aucun *Mer-cure*: mais je vais lire tous ceux qui paraîtront. Je vous prie de me

1. *La Fille d'Aristide.* (ÉD.) — 2. Matthieu, XVII, 5. (ÉD.)

faire inscrire parmi les souscrivants. Quand vous n'aurez rien de nouveau, je pourrai vous fournir quelque sottise qui ne paraîtra pas sous mon nom, et qui servira à remplir le volume. Je vous embrasse de tout mon cœur, et je me réjouis avec le public de ce qu'un ouvrage si longtemps décrié est enfin tombé entre les mains d'un véritable homme d'esprit et d'un philosophe capable de le relever et d'en faire un très-bon journal. Adieu; nos Délices vous font mille compliments.

MMDCLXXV. — DE CHARLES-THÉODORE, ÉLECTEUR PALATIN.

Manheim, le 23 mai.

Je ne pouvais rien apprendre de plus agréable, monsieur, que le projet que vous avez fait de venir ici. J'irai le 27 de ce mois à Schwetzingen[1], où je vous attendrai avec la plus grande impatience. Quel bonheur en effet de jouir de votre compagnie, et de converser avec un homme tel que vous! Je m'en fais un tel plaisir d'avance, que j'espère bien que votre santé ni les houssards ne me tromperont pas dans mon attente. C'est alors que je pourrai raisonner bien plus librement avec le *petit Suisse* sur les grandes révolutions que nous voyons présentement. Vous connaissez les sentiments de la parfaite estime que j'aurai toujours pour le *petit Suisse*. CHARLES-THÉODORE, *électeur.*

MMDCLXXVI. — A M. LE COMTE D'ARGENTAL.

Aux Délices, 24 mai.

Mon divin ange, je vous envoie de la prose. Vous aimeriez mieux une tragédie, je le sais bien; et j'aimerais mieux travailler pour vous que pour l'*Encyclopédie;* mais, entre nous, il est plus aisé de faire le métier de Diderot que celui de Racine. Je vous demande en grâce de lire cet article *Histoire;* il me semble qu'il y a quelque chose d'assez neuf et d'assez utile; mais, si vous n'en jugez pas ainsi, j'en jugerai comme vous. J'ai plus de foi à votre goût que je n'ai d'amour-propre.

Je n'en ai point sur mon portrait, c'est d'amour-propre dont je parle. Vous dites que le portrait ne me ressemble pas; vous êtes la belle Javotte, et moi le beau Cléon. Vous croyez donc qu'après huit ans[2] la charpente de mon visage n'a point changé. Je vous jure, en toute humilité, que le portrait ressemble. Je le trouve encore bien honnête à mon âge de soixante-quatre ans; et si vous vouliez vous entendre avec mon patron d'Olivet, pour en faire tirer une copie et la nicher dans l'Académie, au-dessous de la grosse et rubiconde face de M. l'abbé de Bernis, vous empêcheriez nos amis les dévots de dire qu'on n'a pas osé mettre la mine d'un profane comme moi au-dessous du plus grand des abbés. J'aurais plus de raison, mon cher et respectable ami, de vous demander votre effigie que vous de demander la mienne; mais j'espère vous voir en personne. Je ne peux pas concevoir que Mme de Grolée ne vous prie pas à mains jointes de venir la voir,

---

1. Voltaire arriva chez l'électeur vers le milieu de juillet suivant. (ÉD.)
2. Voltaire avait quitté Paris à la fin de juin 1750; mais il était allé passer quelques semaines à Plombières, avec d'Argental, en 1754. (ÉD.)

et alors je serai un homme heureux. J'aurais bien des choses à vous dire à présent *secreto;* et surtout sur le ridicule dont je suis affublé de ne pouvoir venir qu'après la paix. Cette aventure est d'un très-bon comique.

Il est vrai, mon cher ange, que, dans les horreurs et les vicissitudes de cette guerre, il y a eu des scènes bouffonnes comme dans les tragédies de Shakspeare. Premièrement, le roi de Prusse, qui a un petit grain dans la tête, fait un opéra en vers français de ma tragédie de *Mérope*, en faisant son traité[1] avec l'Angleterre, et m'envoie ce beau chef-d'œuvre; ensuite, quand il est battu, et que les Hanovriens sont chassés d'Hanovre, il veut se tuer; il fait son paquet; il prend congé en vers et en prose; moi, qui suis bon dans le fond, je lui mande qu'il faut vivre. Je le conseille comme Cinéas conseillait Pyrrhus. J'aurais voulu même qu'il se fût adressé à M. le maréchal de Richelieu, pour finir, tout en cédant quelque chose. Arrive alors l'inconcevable affaire de Rosbach; et voilà que mon homme, qui voulait se tuer, tue en un mois Français, Autrichiens, et est le maître des affaires. Cette situation peut changer demain, mais elle est très-affermie aujourd'hui.

Or, maintenant je suppose que les Autrichiens ont intercepté mes lettres; y a-t-il là de quoi leur donner la moindre inquiétude? n'est-ce pas le lion qui craint une souris? qu'ai-je à faire à tout cela, s'il vous plaît? Tout le monde, je crois, souhaite la paix. Si on empêche de venir dans votre ville tous ceux qui désirent la fin de tant de maux, il ne viendra chez vous personne. J'avoue que je voudrais que M. de Staremberg fût bien persuadé que personne n'a plus applaudi que moi au traité de Versailles, en qualité de spectateur de la pièce; j'ai battu des mains dans un coin du parterre.

C'est une chose rare que le roi de Prusse m'ayant tant fait de mal, les Autrichiens m'en fassent encore. Patience; Dieu est juste. Mais, en attendant que je sois récompensé dans l'autre monde, votre ami, le chevalier de Chauvelin, l'ambassadeur, ne pourrait-il pas, à votre instigation, dire un petit mot de moi à cet ambassadeur impérial et royal? ne pourrait-il pas lui glisser qu'il y a un barbouilleur de papier qui a trouvé son traité admirable, et qui désire d'en écrire un jour les suites heureuses? Ce serait là une belle négociation; M. de Chauvelin verrait ce que M. de Staremberg pense. Pour moi, je pense que ce monde est fou, et que vous êtes le plus aimable des hommes.

MMDCLXXVII. — A M. LE COMTE DE SCHOWALOW.

			Ferney, 1er de juin.

J'ai l'honneur d'envoyer à Votre Excellence un second cahier, c'est-à-dire un second essai qui a besoin de vos lumières et de vos bontés. Ce sont plutôt des matériaux qu'un édifice commencé, et c'est à vous à daigner me dire si ces matériaux doivent être employés, et à m'indiquer les nouveaux qui pourraient me servir. Il y a un an que je fais des recherches dans toute l'Europe. La matière est bien belle, mais les

---

1. Le 16 janvier 1766. (ŒD.)

secours sont bien rares. Presque tous ceux qui pouvaient me servir de bouche sont morts, et il est difficile de démêler la vérité dans la foule des mémoires contradictoires qui me sont parvenus. On m'a communiqué beaucoup de petits détails indignes de la majesté de l'histoire et du héros dont j'écris la vie. Je marche toujours à travers des broussailles et des épines, pour arriver jusqu'à la personne de Pierre le Grand. C'est lui que je cherche à rendre toujours grand, jusque dans les plus petites choses; et il me semble que cette grandeur rejaillit sur son épouse, l'impératrice Catherine.

J'ai pensé qu'il fallait un peu adoucir quelquefois le style sévère qu'imposent les grands objets de la politique et de la guerre, varier son sujet, l'égayer même avec discrétion et avec mesure, lui ôter l'air insipide d'annales, l'air rebutant de la compilation, l'air sec que donnent les petits faits rangés scrupuleusement suivant leurs dates. Il faut plaire au grand nombre des lecteurs; et ce n'est qu'en sachant jeter de l'intérêt et de la variété dans son ouvrage, qu'on peut se faire lire, ou plutôt, monsieur, ce n'est qu'en vous consultant. Il y aura des défauts qu'il faudra imputer à la faiblesse de ma santé, à mon âge avancé, et non au défaut de mon zèle. Je reprendrais de nouvelles forces, si je pouvais me flatter de satisfaire votre cour par mon travail, et surtout l'auguste fille du héros dont j'écris l'histoire. Peut-être, en lisant les deux essais que je vous soumets, il vous viendra quelque nouvelle idée. Vous pouvez, monsieur, me faire fournir quelques pièces utiles; disposez de moi et du peu de temps qui me reste à travailler et à vivre.

J'ai l'honneur d'être, avec le zèle le plus empressé, etc.

MMDCLXXVIII. — A M. BERTRAND.

Aux Délices, 7 juin.

Je vous remercie, mon cher philosophe, de l'ouvrage sur l'ancienne langue de notre pays Roman. Je voudrais seulement qu'il fût plus long.

Les libraires de Paris me paraissent aussi intéressés que tous les libraires de ce monde, et je ne sais s'ils entendent bien leurs intérêts. Il faut que les marchands, associés pour débiter nos pensées, tiennent un grand conseil, dans lequel on décidera, à la pluralité des voix, s'il est convenable à leur république d'envoyer un exemplaire de leur *Encyclopédie* à un homme qui veut bien avoir la bonté de travailler pour eux. Briasson, le libraire, me mande qu'il attend le résultat de ce grand conseil. On a mis bien des sottises dans l'*Encyclopédie*, les libraires en font de leur côté; ainsi va le monde, ainsi vont nos affaires de terre et de mer. Mille tendres respects à M. et Mme Freudenreich. Bonsoir, mon cher philosophe.

Le malade suisse V

MMDCLXXIX. — A M. LE COMTE DE TRESSAN.

7 juin.

M. de Florian ne sera pas assurément le seul, mon très-cher gouverneur, qui vous écrira du petit ermitage des Délices; c'est un plaisir dont j'aurai aussi ma part. Il y a bien longtemps que je n'ai joui de cette consolation. Ma déplorable santé rend ma main aussi paresseuse que mon cœur est actif; et puis on a tant de choses à dire, qu'on ne dit rien. Il s'est passé des aventures si singulières dans ce monde, qu'on est tout ébahi, et qu'on se tait; et, comme cette lettre passera par la France, c'est encore une raison pour ne rien dire. Quand je lis les Lettres de Cicéron, et que je vois avec quelle liberté il s'explique au milieu des guerres civiles, et sous la domination de César, je conclus qu'on disait plus librement sa pensée du temps des Romains que du temps des postes. Cette belle facilité d'écrire d'un bout de l'Europe à l'autre traîne avec elle un inconvénient assez triste; c'est qu'on ne reçoit pas un mot de vérité pour son argent. Ce n'est que quand les lettres passent par le territoire de nos bons Suisses qu'on peut ouvrir son cœur. Par quelque poste que ce billet passe, je peux au moins vous assurer que vous n'avez ni de plus vieux serviteur, ni de plus tendrement attaché que moi. Peut-être, quand vous aurez la bonté de m'écrire par la Suisse, me direz-vous ce que vous pensez sur bien des choses; par exemple, sur l'*Encyclopédie*, sur *la Fille d'Aristide*, sur l'Académie française. N'aurai-je jamais le bonheur de m'entretenir avec vous? n'irai-je jamais à Plombières? pourquoi Tronchin ne m'ordonne-t-il point les eaux? pourquoi ma retraite est-elle si loin de votre gouvernement, quand mon cœur en est si près?

Mille tendres respects.   *Le Suisse* VOLTAIRE.

MMDCLXXX. — A M. DALEMBERT.

Aux Délices, 7 juin.

Par ma foi, mon grand et aimable indépendant philosophe, vous devriez apporter votre *Dynamique* à Genève. Qui vous empêche de passer par le mont Cenis? Quoi! parce que quelques marmottes du pays, en manteau noir, ont signé qu'ils sont d'accord avec vous dans le fond, et ont un peu biaisé sur la forme, vous éviteriez de passer par une ville où tous les honnêtes gens vous estiment et vous considèrent comme ils doivent! Qui vous empêche de venir coucher chez M. Necker [1], à la ville, et chez moi, à la campagne? Pour moi, je pense que rien ne serait mieux pour vous et pour les Génevois. Vous feriez voir hardiment que, dans le siècle où nous sommes, les disputes sur la consubstantialité n'altèrent point l'union des gens sages, et qu'on commence à devenir plus humain que théologien; en un mot, pour la rareté du fait, pour l'édification publique, et pour mon plaisir, je vous prie de passer hardiment par chez nous. S'il y a des sots, il faut les braver; et d'ailleurs un sujet, un pensionnaire du roi de France, un

---

1. Probablement Charles-Frédéric Necker, mort professeur de droit civil à Genève en 1760; père de Jacques Necker, ministre sous Louis XVI. (ÉD.)

académicien, doit être respecté dans une ville qui est sous la protection du roi, et qui ne subsiste que par l'argent qu'elle gagne avec la France, argent dont elle fait cent fois plus de cas que de l'*homoiousios*.

Vous avez fait en digne philosophe de dédier la *Dynamique* à un disgracié [1]. Ce n'est pas qu'il entende un mot de votre livre; mais il sera plus flatté de votre attention qu'il ne l'eût été quand il donnait des audiences.

Je vous remercie de la bonté que vous avez de me faire parvenir votre ouvrage. J'en entendrai ce que je pourrai, car j'ai bien renoncé à la physique depuis qu'aucune académie n'a pu m'apprendre le secret de se laver les mains dans du plomb fondu sans se faire de mal, secret connu de tous les charlatans; et celui de chasser les mouches d'une maison, comme font les bouchers de Strasbourg. Si vous savez ces grandes choses, je vous prie de m'en faire part.

Allez voir faire un pape, vous ne verrez pas grand'chose; un be. opéra est plus agréable.

Je suis persuadé que vos voyages ne vous feront pas oublier l'*Encyclopédie*. Vous l'embellirez aux articles *Rome*, et *Pape*, et *Moines*, et vous leur direz tout doucement leurs vérités.

J'ai changé *Histoire*; j'en ai fait un article outrecuidant. S'il passe, à la bonne heure; sinon, je me passerai bien qu'on l'imprime. Mes nièces et l'oncle suisse vous aiment de tout leur cœur.

MMDCLXXXI. — A M. LE COMTE D'ARGENTAL.

15 juin.

Mon divin ange, ce paquet contient de plats articles pour ce *Dictionnaire encyclopédique*. L'article *Heureux* a pourtant quelque chose d'intéressant, ne fût-ce que par le sujet. Il n'appartient guère à un homme éloigné de vous de traiter cette matière.

Si vous avez la bonté de donner ces paperasses avec *Histoire*, on commence à présent le huitième volume, et votre présent sera bien reçu. Diderot ne m'a point écrit; c'est un homme dont il est plus aisé d'avoir un livre qu'une lettre. Il est vrai qu'il n'a pas trop de temps, et qu'on peut lui pardonner. Ce n'est qu'à la campagne qu'on a du temps, encore n'en ai-je guère.

Il est toujours bon, mon cher ange, de dire aux auteurs que leur pièce est bonne. Il n'y a que moi à qui on puisse dire franchement la vérité; d'ailleurs la pièce en question est si intriguée, si chargée, que je n'y comprends plus rien. On dit que les places du parterre ont été mises au double, et que cela indispose le public contre l'auteur; il n'y a que le temps qui décide du mérite des ouvrages. Il faut donc attendre.

Je rends mille grâces à votre aimable ami, au plus aimable des ambassadeurs [2]. Je suis pénétré de reconnaissance pour vous et pour lui. Sa médiation sera d'autant mieux placée, qu'elle sera seulement l'effet de la bonté de son cœur, qu'elle ne paraîtra point mendiée, qu'elle

1. Le comte d'Argenson. (Éd.) — 2. Chauvelin. (Éd.)

ne pourra embarrasser en rien la personne à qui cette médiation s'a-dressera, et que probablement elle sera très-bien reçue. Rien ne presse; et on peut attendre très-patiemment le

> ....mollia *fandi*
> *Tempora*............................
>
> Virg., *Æneid.*, lib. IV, v. 293.

Ce qui me tient beaucoup plus au cœur, c'est que vous veniez à Lyon, mon cher ange. Il faut absolument que Tronchin, qui va par-tir, fasse cette négociation, et qu'il la fasse de lui-même, et qu'il y réussisse. Comptez qu'il entend ces affaires-là comme celles du change. Mon Dieu, le joli coup que ce serait! On est riche comme un puits. On radote. J'aurais le bonheur de vous voir. J'ai toujours peur de rado-ter moi-même en me livrant trop à mes idées; mais pardonnez-moi la plus douce illusion du monde.

Mme de Fontaine vous rapportera *Fanime* et *la Femme qui a raison.* Si ces misères vous amusent, elles en amuseront bien d'autres

Je me flatte que Mme d'Argental est en bonne santé. Je baise les ailes de tous les anges.

Je fais mille tendres compliments à M. de Sainte-Palaie; je suis aussi honoré qu'enchanté de l'avoir pour confrère.

MMDCLXXXII. — A MADAME LA COMTESSE DE LUTZELBOURG.

Aux Délices, 16 juin.

Vous avez dû, madame, avoir M. le prince de Soubise, qui proba-blement a passé par Strasbourg pour aller prendre sa revanche. M. le comte de Clermont joue peut-être sa première partie au moment où je vous écris[1]. En attendant, nous payons les cartes. Permettez-moi de vous demander où est monsieur votre fils pendant toutes ces aventures. Ne sert-il pas toujours? n'a-t-il pas été de son lit de mariage à son lit de camp? était-il dans l'armée de Hanau? est-il dans l'armée du Rhin? Je fais toujours des vœux pour sa conservation, pour son avancement, et pour la tranquillité de votre vie.

J'ai été sur le point, madame, de venir vous faire une visite. Je promets tous les ans à Mgr l'électeur palatin de lui aller faire ma cour. Je viendrais vous demander un lit, et jouir de la consolation de causer avec vous, si je pouvais faire le voyage; mais ma mauvaise santé et ma famille, que j'ai auprès de moi, me retiennent. Daignez au moins m'apprendre quelques bonnes nouvelles des bords de votre Rhin. Notre lac de Genève est plus tranquille; on n'y extermine que des truites qui pèsent trente livres; et on y est presque dégoûté de la félicité paisible qu'on y goûte. Nous sommes trop heureux, et les Allemands et les Français sont trop à plaindre. Vous n'avez vu dans votre vie que des malheurs. Vivez heureuse au milieu de tant de désolations, s'il est possible. Pourquoi donc votre pauvre neveu a-t-il choisi le voisinage

---

1. Quelques jours plus tard, le 23 juin, Louis de Bourbon-Condé, comte de Clermont, fut battu près de Crevelt par le prince Ferdinand de Brunswick. (ÉD.)

de Lyon pour sa maison de campagne? Que de misère générale et particulière dans ce monde ! Consolez-vous avec votre très-aimable chanoinesse, et conservez vos bontés pour les ermites du lac. V.

MMDCLXXXIII. — A M. LE COMTE D'ARGENTAL.

Aux Délices, 16 juin.

Mon cher ange, je cours grand risque de vous déplaire, en ne vous envoyant que de la prose pour l'*Encyclopédie*, au lieu de vous dépêcher des cargaisons de vers pour Clairon et pour Lekain. Je fais partir, sous l'enveloppe de M. de Chauvelin, *Imagination* et *Idolâtrie*; ce sont deux morceaux qui m'ont coûté bien de la peine. C'est une entreprise hardie de prouver qu'il n'y a point eu d'idolâtres. Je crois la chose prouvée, et je crains de l'avoir trop démontrée. C'est à vous à protéger les vérités délicates que j'ai dites dans les articles *Idolâtrie* et *Imagination*. Elles pourront passer au tribunal des examinateurs, si elles ne sont pas annoncées sous mon nom. Ce nom est dangereux, et met tout bon théologien en garde.

Enfin,

.... *Nostrorum sermonum candide judex,*

Hor., lib. I, ep. IV.

voyez si vous pouvez avoir la bonté de donner ces articles à Diderot. Je vous ai déjà envoyé celui d'*Histoire* par M. de Chauvelin; tout cela composerait un livre. J'ai sacrifié mon temps à l'*Encyclopédie*; je ne plaindrai pas mes peines, si le livre devient meilleur de jour en jour, et je souhaite que mes articles soient les moins bons.

Peut-être est-ce prendre bien mal son temps de vous parler de ce qui ne peut occuper que des philosophes, tandis qu'il se passe tant de choses qui doivent intéresser tout le monde.

Je me flatte au moins que vous n'avez de maison ni à Saint-Malo[1], ni sur les bords du Rhin.

Puisse M. le comte de Clermont battre les Hanovriens ! puissent les Anglais, qui sont descendus près de Saint-Malo, ne pas retourner chez eux ! et puissiez-vous approuver et faire approuver *Histoire, Idolâtrie, Imagination!* Je n'en ai plus de cette imagination; mais les sentiments qui m'attachent à vous sont plus vifs que jamais.

J'ajoute encore un petit mot sur ma triste figure. Je vous jure que je suis aussi laid que mon portrait; croyez-moi. Le peintre n'est pas bon, je l'avoue; mais il n'est pas flatteur. Faites-en faire, mon cher ange, une copie pour l'Académie. Qu'importe, après tout, que l'image d'un pauvre diable, qui sera bientôt poussière, soit ressemblante ou non? Les portraits sont une chimère comme tout le reste. L'original vous aimera tant qu'il vivra.

---

1. Le 5 juin les Anglais mouillèrent à Cancale, près de Saint-Malo, et débarquèrent le lendemain quatorze à quinze mille hommes pour assiéger cette ville; mais ils se rembarquèrent les 12, 13 et 14 du même mois. (ÉD.)

MMDCLXXXIV. — AU MÊME.

Aux Délices, 21 juin.

Premièrement, mon divin ange, le confident Tronchin fera sa principale occupation de ménager mon bonheur, c'est-à-dire de vous attirer à Lyon, et je veux absolument croire qu'il en viendra à bout.

Quant à la négociation d'un très-aimable ambassadeur[1], je n'en connais pas de plus facile, et je vous aurai la plus grande obligation, à vous et à lui, du petit mot, en général, qu'il veut bien avoir la bonté de dire de lui-même. Il peut très-aisément, et sans se compromettre, encourager les sentiments favorables qu'on[2] me conserve; il peut faire regarder comme une chose honnête, et même honorable, de revoir un ancien camarade en poésie, en Académie, et non pas en visage. Il y a du mérite, il y a de la gloire à faire certaines actions, et tout cela peut être représenté sans être mendié, et sans autre dessein que de vouloir échauffer, dans le cœur d'un homme qui se pique de sentiments, les bontés dont votre aimable ambassadeur lui donne l'exemple. C'est d'ailleurs un plaisir de dire à un auteur que je suis un des plus ardents partisans de sa pièce[3], et que je la prône partout. Je ne veux point qu'on me donne un éloge. Je ne veux rien, mais je désire ardemment que votre ancien ami parle à votre ancien ami comme vous parleriez vous-même, et je vous prie de remercier d'avance votre ambassadeur.

Il faut que je vous confie, mon cher ange, que je vais passer quelques jours à la campagne, chez Mgr l'électeur palatin. Je laisserai mes nièces se réjouir et apprendre des rôles de comédie pendant ma petite absence. Je ne peux remettre ce voyage; il faut que, pour mon excuse, vous sachiez que ce prince m'a donné les marques les plus essentielles de sa bonté; qu'il a daigné faire un arrangement pour ma petite fortune et pour celle de ma nièce; que je dois au moins l'aller voir et le remercier. M. l'abbé de Bernis a bien voulu m'envoyer, de la part du roi, un passe-port dans lequel Sa Majesté me conserve le titre de son *gentilhomme ordinaire*, de façon que mon petit voyage se fera avec tous les agréments possibles. J'aimerais mieux, je vous en réponds, en faire un pour venir remercier Mme la princesse de Robecq de la bonté qu'elle a de m'accorder son suffrage. Elle a bien senti que rien ne devait être plus glorieux et plus consolant pour moi. C'est à vous que je dois l'honneur de son souvenir, et c'est par vous que mes remerciments doivent passer. Adieu, mon cher et respectable ami; je pars dans quelques jours, et, à mon retour, je ne manquerai pas de vous écrire.

MMDCLXXXV. — A MM. DESMAHIS ET DE MARGENCI[4].

Ainsi Bachaumont et Chapelle
Écrivirent dans le bon temps;

1. Chauvelin. (ÉD.) — 2. L'abbé de Bernis. (ÉD.)
3. Sans doute le traité de Versailles, en 1756. (ÉD.)
4. Auteurs du *Voyage à Saint-Germain.* (ÉD.)

> Et leurs simples amusements
> Ont rendu leur gloire immortelle
> Occupés d'un heureux loisir,
> Éloignés de s'en faire accroire,
> Ils n'ont cherché que le plaisir,
> Et sont au temple de Mémoire.
> Vous avez leur art enchanteur
> D'embellir une bagatelle;
> Ils vous ont servi de modèle,
> Et vous auriez été le leur.

Mais ils écrivaient au gros gourmand, au buveur Broussin, avec lequel ils soupaient; et vous n'écrivez, messieurs, qu'à un vieux philosophe qui cultive la terre. Je finis comme Virgile commença, par les *Géorgiques.* Voilà tout ce que j'avais de commun avec lui; j'y ajoute encore que les Horaces de nos jours m'écrivent de très-jolis vers. Souvenez-vous qu'Horace fit un voyage vers Naples, où il rencontra ce Virgile qui était, disait-il, un très-bon homme [1].

Je suis bon homme aussi; mais ce n'est pas assez pour de beaux esprits de Paris, et il faudrait quelque chose de mieux pour vous faire entreprendre le voyage des Alpes, qui n'est pas si plaisant que celui d'Horace votre devancier.

Je crois que, malgré les mauvais vers qui pleuvent, il y a encore dans Paris assez de goût pour que les commis de la poste n'ignorent pas la demeure des gens de votre espèce. Vous ne m'avez point donné d'adresse; je présente, à tout hasard, mes obéissances très-humbles à mes deux confrères. Le gentilhomme ordinaire de la chambre du roi est doublement mon camarade, car le roi m'a conservé mon brevet, mais le dieu des vers m'a ôté le sien. Rien n'est si triste qu'un poëte vétéran.

> *Nunc itaque et versus et cætera ludicra pono.*
> Hor., lib. I, ep. i, v. 10.

Mais j'aime les vers passionnément, quand on en fait comme vous. Je me borne à vous lire, et à vous dire combien je vous estime tous deux.

MMDCLXXXVI. — A M. LE COMTE D'ARGENTAL. (A VOUS SEUL.)

24 juin.

Mon cher ange, encore un mot avant que je parte pour le Palatinat. Il paraît, par le compte que me rend le confident, que la tante prétend que la santé de la nièce ne lui permettra pas de faire un voyage à Lyon. Cette extraordinaire tante dit qu'elle n'a à présent qu'un appartement, et qu'elle n'en aura deux qu'en 1759, à la Saint-Jean. Elle ajoute qu'alors M. de Pont-de-Veyle viendra; et moi j'ajoute qu'il serait bien peu convenable que les deux frères ne vinssent point. Nous les logerions aux Délices, nous leur donnerions la comédie; enfin je ne peux me défaire de l'idée charmante de vous revoir.

[1]. Liv. I, sat. v, v 40. (ÉD.)

Je reçois dans ce moment la lettre de Diderot. Vous avez dû voir *Imagination* et *Idolâtrie*. Je crois que ce dernier article, tout neuf qu'il est, est si vrai, qu'il passera chez l'examinateur théologien, pourvu qu'il ne lui soit pas donné sous mon nom. Donnez-moi, mon cher ange, la consolation de recevoir une lettre de vous, dans un mois, aux Délices, à mon retour de Manheim. Adieu, mon cher et respectable ami.

P. S. J'ai oublié de vous dire que Tronchin a été chargé de l'emprunt de six millions que la ville de Lyon fournit au roi. Puisse-t-il réussir auprès de la tante, comme auprès du contrôleur général!

MMDCLXXXVII. — A M. Diderot.

Aux Délices, 26 juin.

Vous ne doutez pas, monsieur, de l'honneur et du plaisir que je me fais de mettre quelquefois une ou deux briques à votre grande pyramide. C'est bien dommage que, dans tout ce qui regarde la métaphysique et même l'histoire, on ne puisse pas dire la vérité. Les articles qui devraient le plus éclairer les hommes sont précisément ceux dans lesquels on redouble l'erreur et l'ignorance du public. On est obligé de mentir, et encore est-on persécuté pour n'avoir pas menti assez. Pour moi, j'ai dit si insolemment la vérité dans les articles *Histoire*, *Imagination*, et *Idolâtrie*, que je vous prie de ne les pas donner sous mon nom à l'examen. Ils pourront passer, si on ne nomme pas l'auteur; et, s'ils passent, tant mieux pour le petit nombre de lecteurs qui aiment le vrai.

Je vais faire un petit voyage à la cour palatine. Cette diversion m'empêche d'ajouter de nouveaux articles à ceux que M. d'Argental veut bien se charger de vous rendre. J'enverrai seulement *Humeur (moral)*, et je l'adresserai à Briasson.

Je vous avais trouvé deux aides-maçons, dont l'un est un savant dans les langues orientales, et l'autre un amateur de l'histoire naturelle, qui connaît toutes les curiosités des Alpes, et qui peut donner de bons mémoires sur les fossiles et sur les changements arrivés à ce globe, ou globule, qu'on nomme la terre. Ces deux messieurs ne demandaient qu'un exemplaire, afin de se régler par ce qui a déjà été imprimé. L'un d'eux a fourni quelques articles, mais il ne paraît pas que les libraires veuillent leur faire ce petit présent. Il y a grande apparence qu'on peut se passer de leurs secours.

Je souhaite que vos peines vous procurent autant d'avantages que de gloire. Comptez qu'il n'y a personne au monde qui fasse plus de vœux pour votre bonheur, et qui soit plus pénétré d'estime et d'attachement pour vous que le *petit Suisse*.

MMDCLXXXVIII. — A madame la comtesse de Lutzelbourg.

Aux Délices, 26 juin.

Je fais, madame, ce voyage que je croyais ne pouvoir faire. Je vais à la cour palatine. Ce qui m'a déterminé, c'est que vous êtes sur la route. Je voyage à très-petites journées, en qualité de malade. Je

vous demande un lit dans votre île Jard. Je me fais une idée charmante et la plus douce des consolations de vous faire ma cour, de causer avec vous sur le passé, sur le présent, et même sur l'avenir. Mon
voyage sera très-court, mais il sera très-agréable, puisque j'aurai le
bonheur de vous revoir.   *Le Suisse* VOLTAIRE.

P. S. Je reçois dans le moment la lettre de M. l'abbé de Klingin; je
compte l'en venir remercier incessamment.

MMDCLXXXIX. — A M. LE COMTE D'ARGENTAL.

Aux Délices, 30 juin.

Mon cher ange, quand j'allais partir pour Manheim, Mme du Bo-
cage est venue juger *entre Genève et Rome*, et j'ai retardé mon voyage.
On a donné pour elle une représentation de *la Femme qui a raison;*
elle en a été si contente, qu'elle a voulu absolument vous l'apporter.
J'ai obéi dès qu'elle m'a prononcé votre nom. Il est vrai que nous n'espérons ni elle ni moi que cette pièce soit aussi bien jouée à Paris
qu'elle l'a été à Genève, à moins que ce ne soit Préville qui fasse le
principal rôle. Vous avez un La Thorillière et un Bonneval qui sont
l'antipode du comique. Je suis toujours émerveillé de la disette où
vous êtes de gens à talent. Je ne sais si *la Femme qui a raison* vaut
quelque chose, et si l'on n'est pas plus difficile à Paris qu'à Genève.
J'ignore surtout si on peut être plaisant à mon âge; c'est à vous à en
décider, à donner la pièce, si vous la jugez passable, et à la jeter au
feu, si vous la croyez mauvaise. Pour *Fanime*, nous la jouerons encore à Lausanne, s'il vous plaît; après quoi vous en serez le maître
absolu, comme vous l'êtes de l'auteur. Je vais faire un voyage dont je
n'ai pu me dispenser; et le seul voyage que je voudrais faire m'est
interdit. Il est triste de courir chez des princes, et de ne pas voir son
ami.

J'ai vu enfin les *Sept Péchés mortels* de M. de Chauvelin; c'est le plus
aimable damné du monde. Je le remercie du huitième péché mortel
qu'il veut faire, en disant à qui vous savez combien je lui suis attaché, etc.

Je me flatte que Mme d'Argental est en bonne santé. Mes respects à
tous les anges. Adieu, mon cher et respectable ami. Je me console
toujours de mon voyage, en espérant une lettre de vous à mon retour.

MMDCXC. — A M. DE SAINT-LAMBERT.

Le 9 juillet 1758.

Mon cher Tibulle, votre lettre a ragaillardi le vieux Lucrèce. Je ne
me pendrai absolument pas comme fit le bon philosophe, et j'ai la plus
grande envie de vivre avec tous. Je suis pénétré des bontés de M. de
Boufflers, et je voudrais l'en venir remercier. Voici mon cas : je suis
depuis quelques jours chez l'électeur palatin; par reconnaissance, je
lui suis attaché, tout souverain qu'il est, parce qu'il m'a fait un très
grand plaisir, et j'ai fait cent quarante lieues pour lui dire que je lui
suis obligé. J'en ferais davantage pour votre cour, pour Mme de Boufflers et pour vous

J'ai toute ma famille dans un de mes ermitages nommé les Délices, auprès de Genève. Je suis devenu jardinier, vigneron, et laboureur. Il faut que je fasse en petit ce que le roi de Pologne fait en grand, que je plante, déplante, et bâtisse des nids à rats, quand il rêve des palais. Je déteste les villes, je ne puis vivre qu'à la campagne; et, étant vieux et malingre, je ne peux vivre que chez moi; il est fort insolent d'avoir deux chez moi, et d'en vouloir un troisième; mais ce troisième m'approcherait de vous. J'ai très-bonne compagnie à Lausanne et à Genève; mais vous êtes meilleure compagnie. Mes Délices n'ont que soixante arpents, coûtent fort cher, et ne me rapportent rien du tout : c'est d'ailleurs terre hérétique dans laquelle je me damne visiblement; et j'ai voulu me sauver avec la protection du roi de Pologne. Fontenoy m'a paru tout propre à faire mon salut, attendu qu'il me rapporte dix mille livres de rente, et que j'enrage d'avoir des terres qui ne me rapportent rien. Je ne peux abandonner absolument mes Délices, qui sont, révérence parler, ce qu'il y a de plus joli au monde pour la situation. Craon est un beau nom, Fontenoy aussi, à cause de la bataille. Craon n'est-il pas une maison de plaisance, et puis c'est tout ? Il n'y a rien là à cultiver, à labourer, et planter. J'ai une nièce qui joue *Mérope* et *Alzire* à merveille, toute grosse et courte qu'elle est, et qui, malgré le droit des gens de Puffendorf et de Grotius, a été traînée dans les boues à Francfort-sur-le-Mein, en prison, au nom de Sa Gracieuse Majesté le roi de Prusse; et comme ce monarque ne fait rien pour elle, du moins jusqu'à présent, je me crois obligé, en conscience, de lui laisser une bonne terre, un bon fonds, un bien assuré, voilà ce qui m'a fait penser à Fontenoy. Il n'y a plus qu'une petite difficulté, c'est de savoir si on vend cette terre. Quoi qu'il en soit, la tête me tourne de l'envie de vous revoir. Ma reconnaissance à Mme de Boufflers. Si vous voyez l'évêque de Toul, dites-lui que le bruit de ses sermons est venu jusque dans le pays de Calvin, et que ce bruit-là m'a converti tout net.

Avez-vous à Commerci M. de Tressan? C'est bien le meilleur, et le plus aimable esprit qui soit en France; et M. Devaux, jadis *Panpan*, est-il aussi à Commerci? Conservez-moi un peu d'amitié. Comment va votre machine, jadis si frêle? Je suis un squelette de soixante-quatre ans, mais avec des sentiments vifs, tels que vous les inspirez.

Mandez-moi aux Délices près de Genève de quoi il est question, et aimez un peu *le Suisse* VOLTAIRE.

MMDCXCI. — A M. DARGET.

A Schwetzingen, près Manheim, 17 juillet 1758.

Mon ancien ami, mon ancien camarade de Potsdam, me voilà confondu. J'ai été obligé de faire un petit voyage à la cour de Mgr l'électeur palatin à qui j'ai les plus grandes obligations. On voyage quelquefois chez les princes par intérêt. J'ai fait cent trente lieues par reconnaissance, et c'est un grand effort d'avoir quitté, pour quelques jours, mes petites Délices où ma famille est rassemblée. Adressez, je

vous prie, à ces Délices, votre réponse sur ce qui me confond si terriblement. Le voici : je répondis, le 8 janvier, à une de vos lettres.
Vous m'aviez écrit avec confiance, et je vous écrivis de même. On
m'apporte le *Journal encyclopédique* de Liége (mois de juillet), et j'y
trouve ma lettre tout du long. Quel démon vous a dérobé cette lettre,
qui, assurément, n'était pas faite pour être rendue publique? J'ai
grand'peur qu'elle ne fasse un très-mauvais effet. A qui donc en avez-
vous laissé prendre copie? Pourquoi est-elle imprimée? Quel est l'auteur du *Journal encyclopédique?* Instruisez-moi de tout. Mettez un
peu de baume sur la blessure que vous m'avez faite, et continuez-moi
votre amitié. Elle a toujours été prudente, et je me flatte qu'elle empêchera que la publication de cette lettre n'ait des suites désagréables
pour moi.

Vous savez, mon ancien ami, que nous sommes dans un temps de
jalousies et d'ombrages. Il serait bien triste que mon repos fût troublé
par une lettre que je vous ai écrite dans l'effusion de mon cœur. Ce
cœur est toujours à vous; il est toujours français, et ne cessera d'aimer ses anciens amis. Je suis persuadé que vous irez au-devant de
tout ce qui pourrait me faire de la peine. Rassurez et aimez votre
compagnon de Potsdam, votre bon *Suisse*   V.

Écrivez-moi, je vous prie, aux Délices, où je retournerai bientôt.

MMDCXCII. — A M. LE COMTE DE SCHOWALOW.

A Schwetzingen, maison de plaisance de monseigneur
l'électeur palatin, 17 juillet.

Monsieur, j'ai reçu, en passant à Strasbourg, le paquet dont vous
m'avez honoré, par le courrier de Vienne. J'ai lu toutes vos remarques
et toutes vos instructions. Je suis confirmé dans l'opinion que vous
étiez plus capable que personne au monde d'écrire l'histoire de Pierre
le Grand. Je ne serai que votre secrétaire, et c'est ce que je voulais être.

La plus grande difficulté de ce travail consistera à le rendre intéressant pour toutes les nations; c'est là le grand point. Pourquoi tout le
monde lit-il l'histoire d'Alexandre, et pourquoi celle de Gengis-kan,
qui fut un plus grand conquérant, trouve-t-elle si peu de lecteurs?

J'ai toujours pensé que l'histoire demande le même art que la tragédie, une exposition, un nœud, un dénoûment, et qu'il est nécessaire
de présenter tellement toutes les figures du tableau, qu'elles fassent
valoir le principal personnage, sans affecter jamais l'envie de le faire
valoir. C'est dans ce principe que j'écrirai et que vous dicterez.

Si ma mauvaise santé et les circonstances présentes le permettaient,
j'entreprendrais le voyage de Pétersbourg, je travaillerais sous vos
yeux, et j'avancerais plus en trois mois que je ne ferai en une année,
loin de vous; mais les peines que vous voulez bien prendre suppléeront
à ce voyage.

Ce que j'ai eu l'honneur d'envoyer à Votre Excellence n'est qu'une
première et légère esquisse du grand tableau dont vous me fournissez
l'ordonnance.

Je vois, par vos mémoires, que le baron de Stralemheim, qui nous a donné de meilleures notions de la Russie qu'aucun étranger, s'est pourtant trompé dans plusieurs endroits. Je vois que vous relevez aussi quelques méprises dans lesquelles est tombé M. le général Le Fort lui-même, dont la famille m'a communiqué les mémoires manuscrits. Vous contredites surtout un manuscrit très-précieux, que j'ai depuis plusieurs années, de la main d'un ministre public qui résida long-temps à la cour de Pierre le Grand. Il dit bien des choses que je dois omettre, parce qu'elles ne sont pas à la gloire de ce monarque, et qu'heureusement elles sont inutiles pour le grand objet que nous nous proposons.

Cet objet est de peindre la création des arts, des mœurs, des lois, de la discipline militaire, du commerce, de la marine, de la police, etc., et non de divulguer ou des faiblesses ou des duretés qui ne sont que trop vraies. Il ne faut pas avoir la lâcheté de les désavouer, mais la prudence de n'en point parler, parce que je dois, ce me semble, imiter Tite Live, qui traite les grands objets, et non Suétone, qui ne raconte que la vie privée.

J'ajouterai qu'il y a des opinions publiques qu'il est bien difficile de combattre. Par exemple, Charles XII avait en effet une valeur person-nelle dont aucun prince n'approche. Cette valeur, qui aurait été admi-rable dans un grenadier, était peut-être un défaut dans un roi.

M. le maréchal de Schwerin, et d'autres généraux qui servirent sous lui, m'ont dit que, quand il avait arrangé le plan général d'un combat, il leur laissait tous les détails; qu'il leur disait : « Faites donc vite; toutes ces minuties dureront-elles encore longtemps? » et il par-tait le premier, à la tête de ses drabans, se faisait un plaisir de frap-per et de tuer, et paraissait ensuite, après la bataille, d'un aussi grand sang-froid que s'il fût sorti de table.

Voilà, monsieur, ce que les hommes de tous les temps et de tous les pays appellent un *héros;* mais c'est le vulgaire de tous les temps et de tous les pays qui donne ce nom à la soif du carnage. Un roi soldat est appelé un héros; un monarque dont la valeur est plus réglée et moins éblouissante, un monarque législateur, fondateur et guerrier, est le véritable grand homme, et le grand homme est au-dessus du héros. Je crois donc que vous serez content quand je ferai cette distinction. Permettez-moi de soumettre à vos lumières une observation plus im-portante. Olearius, et, depuis, le comte de Carlisle, ambassadeur à Moscou, regardent la Russie comme un pays où presque tout était en-core à faire. Leurs témoignages sont respectables, et, si on les contre-disait en assurant que la Russie connaissait dès lors les commodités de la vie, on diminuerait la gloire de Pierre Ier, à qui on doit presque tous les arts; il n'y aurait plus alors de création.

Il se peut que quelques seigneurs aient vécu avec splendeur, du temps du comte de Carlisle; mais il s'agit d'une nation entière, et non de quelques boyards. Il faut que l'opulence soit générale, il faut que les commodités de la vie se trouvent dans tous les ordres de l'État, sans quoi une nation n'est point encore formée, et la société n'a point reçu son dernier degré de perfection.

Il est peu important que l'on ait porté un manteau par-dessus une soutane; cependant, par pure curiosité, je désire savoir pourquoi, dans toutes les estampes de la relation d'Olearius, les habits de cérémonie sont toujours un manteau par-dessus la soutane, retroussé avec une agrafe. Je ne peux m'empêcher de regarder cet habillement ancien comme très-noble.

Quant au mot *tsar*, je désirerais savoir dans quelle année fut écrite la *Bible slavonne*, où il est question du *tsar* David et du *tsar* Salomon. J'ai plus de penchant à croire que *tsar* ou *thsar* vient de *sha* que de *césar*; mais tout cela n'est d'aucune conséquence.

Le grand objet est de donner une idée précise et imposante de tous les établissements faits par Pierre Ier, et des obstacles qu'il a surmontés; car il n'y a jamais eu de grandes choses sans de grandes difficultés.

J'avoue que je ne vois, dans sa guerre contre Charles XII, d'autre cause que celle de sa convenance, et que je ne conçois pas pourquoi il voulait attaquer la Suède vers la mer Baltique, dans le temps que son premier dessein était de s'établir sur la mer Noire. Il y a souvent dans l'histoire des problèmes bien difficiles à résoudre.

J'attendrai, monsieur, les nouvelles instructions dont vous voudrez bien m'honorer, sur les campagnes de Pierre le Grand, sur la paix avec la Suède, sur le procès de son fils, sur sa mort, sur la manière dont on a soutenu les grands établissements qu'il a commencés, et sur tout ce qui peut contribuer à la gloire de votre empire. Le gouvernement de l'impératrice régnante est ce qui me paraît le plus glorieux, puisque c'est de tous les gouvernements le plus humain.

Un grand avantage dans l'*Histoire de Russie* est qu'il n'y a point de querelles avec les papes. Ces misérables disputes, qui ont avili l'Occident, ont été inconnues chez les Russes.

MMDCXCIII. — DE M. DALEMBERT.

A Paris, ce 30 juillet.

Cette lettre vous sera rendue, mon cher et très-illustre confrère, par M. l'abbé Morellet, qui, quoique théologien et presque docteur, fait le voyage de Lyon à Genève tout exprès pour vous voir, et pour aller de là s'en vanter à Rome, où il compte se rendre pour le conclave, qui probablement ne tardera pas à se tenir. Je suis seulement fâché qu'il n'ait pas à vous demander des lettres de recommandation pour votre ami Benoît XIV. Vous serez moins étonné de l'empressement qu'un théologien a de vous voir, sans avoir envie de vous convertir, quand vous saurez que ce théologien est celui de l'*Encyclopédie*, mais non pas l'auteur de l'article *Enfer*, qui vous a tant scandalisé. M. l'abbé Morellet est une nouvelle et excellente acquisition que nous avons faite; il est le quatrième théologien auquel nous avons eu recours, depuis le commencement de l'*Encyclopédie*. Le premier a été excommunié, le second expatrié, et le troisième est mort[1]. Nous ne

1. Le premier est Yvon; le second est de Prades; le troisième, Mallet, auteur de l'article ENFER. (ÉD.)

saurions en élever un; Dieu veuille que cela ne porte point de préjudice à notre nouveau collègue! J'ose vous assurer que vous en serez fort content. Vous le trouverez aussi tolérant, et probablement beaucoup plus aimable que votre prêtre de Lausanne; et je crois que vos ministres de Genève, en le voyant, prendront assez bonne opinion de la Sorbonne, depuis que l'*Encyclopédie* se l'est associée. Je me flatte que, par amitié pour moi, et par l'estime que vous prendrez bientôt pour lui, vous voudrez bien lui procurer, dans le pays où vous êtes, tous les agréments qui dépendront de vous. Adieu, mon cher confrère; je vous embrasse de tout mon cœur, et j'espère que vous voudrez bien présenter notre théologien à Mme Denis. Celui-là lui permettrait bien de jouer la comédie à Genève; il serait même homme à y prendre un rôle.

MMDCXCIV. — A M. LE COMTE DE SCHOWALOW.

A Schwetzingen, 1er août.

Monsieur, les agréments de la cour palatine ne m'empêchent pas de songer à la gloire de Pierre le Grand, et au soin que vous prenez de l'immortaliser. Les Mémoires que Votre Excellence a bien voulu m'envoyer seront mes guides. Je ne vous avais envoyé la première esquisse que pour savoir de vous si l'ordre dans lequel j'ai travaillé est, en général, conforme à vos vues. Les faits, les dates, s'arrangeront aisément; et, pour peu que j'aie de santé, le bâtiment dont vous aurez fourni les matériaux sera bientôt achevé.

Permettez-moi, monsieur, de joindre ici un petit mémoire des nouvelles instructions que je demande, au sujet des remarques sur la première esquisse.

Au reste, je regarde les médailles de l'impératrice comme la marque la plus flatteuse de votre bienveillance, et comme un témoignage de la perfection où les arts sont parvenus dans votre empire.

J'ai eu l'honneur de voir à la cour de l'électeur palatin le jeune M. de Woronzow. Il est une preuve que l'esprit est formé de bonne heure dans votre pays; mais vous, monsieur, vous en êtes une preuve plus frappante. J'apprends que vous n'avez que vingt-cinq ans, et je suis étonné de la profondeur et de la multiplicité de vos connaissances. De tels exemples redoublent la reconnaissance qu'on doit à Pierre le Grand, d'avoir amené tous les arts dans un pays où les hommes naissent avec tant de génie. Mon attachement redouble pour vous, monsieur, aussi bien que la reconnaissance avec laquelle j'ai l'honneur d'être, etc.

Mémoire d'instructions joint à la lettre. — Le baron de Stralemberg n'est-il pas, en général, un homme bien instruit? Il dit, en effet, qu'il y avait seize gouvernements, mais que de son temps ils furent réduits à quatorze. Apparemment, depuis lui, on a fait un nouveau partage.

La Livonie n'est-elle pas la province la plus fertile du Nord? Si vous remontez en droite ligne, quelle province produit autant de froment qu'elle?

Brême étant plus éloignée de la Livonie que Lubeck, et étant bien moins puissante, est-il vraisemblable qu'elle ait commercé avec la Livonie avant Lubeck?

En 1514, l'ordre Teutonique n'était-il pas suzerain de la Livonie? Albert de Brandebourg ne céda-t-il pas ses droits à Gautier de Plettenberg, en 1514? et le grand prieur de Livonie ne fut-il pas déclaré prince de l'empire germanique en 1530? Ces faits sont constatés dans la plupart des annalistes allemands.

Il est dit, dans le petit essai envoyé ci-devant, que le capitaine Chancellor remonta la rivière de la Dvina; mais il n'est point dit qu'il arriva à Moscou par eau, ce qui eût été absurde.

On lit dans l'*Histoire du commerce de Venise* que les Vénitiens avaient bâti le petit bourg qu'ils appelaient *Rana*, vers la mer Noire; et de là vient le proverbe vénitien, *ire a la Rana*. Les Génois s'en emparèrent depuis; cependant les remarques envoyées par M. de Stralemberg m'apprennent que les Génois bâtirent Rana.

Pour ce qui regarde les Lapons, il y a grande apparence que, s'étant mêlés avec quelques natifs du nord de la Finlande, leur sang a pu être altéré; mais j'ai vu, il y a vingt ans, chez le roi Stanislas, deux Lapons dont le roi Charles XII lui avait fait présent. Ils étaient probablement d'une race pure; leur beauté naturelle s'était parfaitement conservée, leur taille était de trois pieds et demi, leur visage plus large que long, des yeux très-petits, des oreilles immenses. Ils ressemblaient à des hommes à peu près comme les singes. Il est vraisemblable que les Samoïèdes ont conservé toutes leurs grâces, parce qu'ils n'ont pas eu l'occasion de se mêler aux autres nations, comme les Lapons ont fait. L'un et l'autre peuple paraît une production de la nature faite pour leur climat, comme leurs rangifères ou rennes. Un vrai Lapon, un vrai Samoïède, un rangifère, ont bien l'air de ne point venir d'ailleurs.

Si, du temps de ce Cosaque qui, selon le baron de Stralemberg, découvrit et conquit la Sibérie avec six cents hommes, les chefs des Sibériens s'appelaient *tsars*, comment ce titre peut-il venir de *césar*? Est-il probable qu'on se fût modelé en Sibérie sur l'empire romain?

Knès, signifie-t-il originairement duc? Ce mot *duc*, aux dixième et onzième siècles, était absolument ignoré dans tout le Nord. *Knès* ne signifie-t-il pas seigneur? ne répond-il pas originairement au mot *baron?* n'appelait-on pas *knès* un possesseur d'une terre considérable? ne signifie-t-il pas chef, comme *mirza* ou *kan* le signifie? Les noms des dignités ne se rapportent exactement les uns aux autres en aucune langue.

Je suis bien aise que l'agriculture n'ait jamais été négligée en Russie; elle l'a beaucoup été en Angleterre, et encore plus en France; et ce n'est que depuis environ quatre-vingts ans que les Anglais ont su tirer de la terre tout ce qu'ils en pouvaient tirer. Leur terre est très-fertile en froment, et cependant ce n'est que depuis peu de temps qu'ils sont parvenus à s'enrichir par l'agriculture. Il a fallu que le gouverne-

1. Ce fut en 1521. (ÉD.)

ment donnât des encouragements à cet art, qui paraît très-aisé, et qui est très-difficile.

Je suis fort surpris d'apprendre qu'il était permis de sortir de Russie, et que c'était uniquement par préjugé qu'on ne voyageait pas. Mais un vassal pouvait-il sortir sans la permission de son boyard? un boyard pouvait-il s'absenter sans la permission du czar?

Je voudrais savoir quel nom on donnait à l'assemblée des boyards qui élut Michel Fédérowitz. J'ai nommé cette assemblée *Sénat*, en attendant que je sache quelle était sa vraie dénomination. Pourrait-on l'appeler diète? convocation? enfin était-elle conforme ou contraire aux lois?

Quand une fois la coutume s'introduisit de tenir la bride du cheval du patriarche, cette coutume ne devint-elle pas une obligation, ainsi que l'usage de baiser la pantoufle du pape? et tout usage dans l'Église ne se tourne-t-il pas en devoir?

La question la plus importante est de savoir s'il ne faudra pas glisser légèrement sur les événements qui précèdent le règne de Pierre le Grand, afin de ne pas épuiser l'attention du lecteur, qui est impatient de voir tout ce que ce grand homme a fait.

On suivra exactement les mémoires envoyés. A l'égard de l'orthographe, on demande la permission de se conformer à l'usage de la langue dans laquelle on écrit; de ne point écrire *Moskwa*, mais *Mosca;* d'écrire Véronise, Moscou, Alexiovis, etc. On mettra au bas des pages les noms propres tels qu'on les prononce dans la langue russe.

N. B. Il serait nécessaire que je fusse instruit du temps où les diverses manufactures ont été établies, de la manière dont on s'y est pris, et des encouragements qu'on leur a donnés.

MMDCXCV. — A M. COLINI.

A Schwetzingen, 2 août.

Je compte arriver, mon cher Colini, lundi au soir, 7 du courant, à Strasbourg, et je me flatte de vous y embrasser. Je coucherai ce jour-là chez M. Turckeim, et mardi chez Mme la comtesse de Lutzelbourg.

On se réjouit à Schwetzingen comme on faisait, quand nous y séjournâmes en 1753. Les choses sont changées ailleurs.

Je vous embrasse du meilleur de mon cœur. V.

MMDCXCVI. — A MADAME LA COMTESSE DE LUTZELBOURG.

J'ai vu les Van der Meulen, après bien des peines. Ils sont, comme je l'avais prévu, des répétitions, des seconds originaux de la main de maître, et sont très-beaux. Il y en a six surtout qui méritent d'orner un palais; un septième est assez peu de chose. J'ai vu aussi un Van Dyck qui vaut tous les Van der Meulen. Son seul défaut est sa grandeur. Je voudrais que l'impératrice achetât cette belle collection.

Je pars, madame, avec une douleur très-vive. Vous m'avez donné la plus grande envie du monde de troquer la Suisse contre la Lorraine. Il faut absolument être votre voisin.

Mon cœur est à vous, madame, avec le plus tendre respect

MMDCXCVII. — DE MADAME LA MARGRAVE DE BADE-DOURLACH.

A Carlsruhe, le 17 août.

Monsieur, je viens de recevoir la lettre très-obligeante que vous venez de m'écrire. Si j'avais pu vous prouver dans toute son étendue la considération que j'ai pour vous, j'oserais alors me flatter, monsieur, de mériter votre estime. La reconnaissance que vous me devriez me tiendrait lieu de mérite, et, à quelque prix que je me visse assurée de votre amitié, cela me suffirait toujours pour me rendre trop heureuse.

Votre pastel est en train. Jamais je n'ai travaillé avec plus de plaisir. Je m'abandonne à l'idée charmante que cela vous empêchera d'oublier une personne qui vous est acquise. C'est peut-être une illusion, mais ne me l'ôtez point, monsieur, j'en suis trop charmée.

J'ai rendu compte au margrave de la justice que vous rendez à nos sentiments pour vous, et des politesses que vous me dites à ce sujet; il en est pénétré. J'aurais bien voulu que vous fussiez revenu sur vos pas pour connaître par vous-même l'effet que votre départ faisait sur nous. Nos regrets exprimaient notre admiration et notre estime. Enfin, monsieur, vous êtes bien fêté parmi nous; et comme vous avez si bien su développer le cœur de Zaïre, pourquoi ignoreriez-vous le mien? Permettez que je vous renvoie à cette connaissance, pour vous faire comprendre quels sont les sentiments d'estime et de considération avec lesquels j'ai l'honneur d'être, pour toute ma vie, monsieur, votre très-affectionnée servante, CAROLINE, *margrave de Bade-Dourlach.*

P. S. N'oubliez pas, monsieur, de revenir chez nous. Le margrave et moi nous vous en sollicitons. Vous savez bien qu'une écolière vous attend.

MMDCXCVIII. — A M. L'ABBÉ, COMTE DE BERNIS.

A Soleure, 19 août.

Le vieux Suisse, monseigneur, apprend dans ses tournées que cette tête qualifiée *carrée* par M. de Chavigni est ornée d'un bonnet qui lui sied très-bien. Votre Éminence doit être excédée des compliments qu'on lui a faits sur la couleur de son habit, que j'ai vue autrefois sur ses joues rebondies, et qui, je crois, y doit être encore.

Mes trente-huit confrères ont pu vous ennuyer, et c'est un devoir à quoi, moi trente-neuvième, je ne dois pas manquer. Je dois prendre plus de part qu'un autre à cette nouvelle agréable, puisque vous avez daigné honorer mon métier avant d'être de celui du cardinal de Richelieu. Je me souviendrai toujours, et je m'enorgueillirai que notre Mécène ait été Tibulle. *Gentil* Bernard doit être bien fier aussi.

J'imagine que Votre Éminence n'a eu ni le temps ni la volonté peut-être de répondre à la proposition qu'on lui a faite sur l'Angleterre. Si vous ne vous en souciez pas, je vous jure que je ne m'en soucie guère, et que tous mes vœux se bornent à vos succès. Je n'imagine pas comment quelques personnes ont pu soupçonner que mon cœur avait la faiblesse de pencher un peu pour qui vous savez [1], pour mon ancien

1. Le roi de Prusse. (ÉD.)

ingrat. On ne laisse pas d'avoir de la politesse, mais on a de la mémoire, et on est attaché aussi vivement qu'inutilement à la bonne cause, qu'il n'appartient qu'à vous de défendre. Je ne suis pas, en vérité, comme les trois quarts des Allemands. J'ai vu pourtant des éventails où l'on a peint l'aigle de Prusse mangeant une fleur de lis; le cheval d'Hanovre donnant un coup de pied au cul à M. de Richelieu; un courrier portant une bouteille d'eau de la reine d'Hongrie, de la part de l'impératrice, à Mme de Pompadour. Mes nièces n'auront pas assurément de tels éventails à mes petites Délices, où je retourne. On est Prussien à Genève comme ailleurs, et plus qu'ailleurs; mais, quand vous aurez gagné quelque bonne bataille, ou l'équivalent, tout le monde sera Français ou François.

Je ne sais pas si je me trompe, mais je suis convaincu qu'à la longue votre ministère sera heureux et grand, car vous avez deux choses qui avaient auparavant passé de mode, génie et constance. Pardonnez au vieux Suisse ses bavarderies. Que Votre Éminence lui conserve les bontés dont la belle *Babet* l'honorait. *Misce consiliis jocos* [1]. Agréez le profond et tendre respect d'un Suisse qui aime la France, et qui attend la gloire de la France de vous.

MMDCXCIX. — A M. P. Rousseau, a Liége.

A Lausanne, 24 août.

En revenant de Schwetzingen, château de M. l'électeur palatin, j'ai reçu à mon passage les deux lettres que vous avez bien voulu m'écrire. Il est vrai que les choses écrites à M. Darget avec la liberté de l'amitié ne devaient pas être publiques, et que ma lettre n'a pas été imprimée bien fidèlement; mais c'est là un des plus légers chagrins qu'on puisse avoir dans ce monde. Ces bagatelles sont confondues dans la foule des malheurs publics.

Je désire fort que la nécessité où l'on est de chercher des diversions à tant de désastres ramène un peu les hommes aux belles-lettres, qui sont toujours consolantes. Votre *Journal*, monsieur, sera continuellement une des plus agréables lectures qui puissent amuser les gens de goût. Je n'aurais guère que des fleurs très-fanées à vous offrir pour votre parterre; et d'ailleurs on dit qu'il y a des épines qui blesseraient certains lecteurs délicats. Si jamais je fais des psaumes, je vous prierai d'en inonder votre livre; mais je le ferais tomber. En attendant, je le lis avec un très-grand plaisir.

MMDCC. — A Madame la comtesse de Lutzelbourg.

Une lettre de vous, madame, que j'ouvre en arrivant à ma cabane des Délices, me rend mon séjour plus agréable; mais aussi elle me fait regretter l'île Jard. Puissiez-vous, madame, n'être pas noyée une seconde fois dans votre île! puissiez-vous n'y recevoir que d'agréables nouvelles de l'armée où est monsieur votre fils!

Je plains fort ceux qui ont des maisons de campagne à Louis-

---

1. Horace, liv. IV, ode XII, vers 27. (Éd.)

bourg[1]. Ils s'en sont défaits, comme vous savez, en faveur des Anglais, qui sont maîtres de l'île, de la ville, de la garnison, de nos vaisseaux, etc. Il ne nous restera bientôt plus rien dans l'Amérique septentrionale. Mais afin de ne point faire de jaloux, ils vont caresser toutes nos côtes de France les unes après les autres. Vous savez que la désolation de Paris est grande, non parce que Louisbourg est pris, non parce que nous sommes battus partout, et que nous allons l'être encore, mais parce qu'on manque d'argent, et qu'on craint de nouveaux impôts. On a du moins le plaisir de se plaindre et de crier contre tous ceux qui conduisent notre mauvaise barque.

Je ne dois plus penser à Champignelle, madame; j'apprends que la terre est substituée. La maison du prince Esterhazy ou *comte* Esterhazy est, je pense, une maison de fille, un petit pavillon pour souper et pour ne point dormir. Ce n'est pas là mon fait; il me faut une belle et bonne terre, bien vivante. Mais on passe sa vie en projets, et on meurt au milieu de ses rêves.

Je vous remercie bien vivement, madame, de la bonté que vous avez eue de faire mention de moi dans votre lettre à votre amie de Versailles; j'en suis d'autant plus aise, que je ne lui demande rien, et je me bornais à souhaiter qu'elle sût que je conserverai toute ma vie de la reconnaissance pour elle. Un tel sentiment est toujours assez bien reçu; mais il doit l'être encore mieux quand il passe par vos mains, il en a l'air plus vrai. C'est un véritable service que vous m'avez rendu et auquel je suis très-sensible.

J'ai envoyé au margrave de Bade-Dourlach la note des tableaux de Van der Meulen et du beau Van Dyck. L'immensité de ces tableaux ne leur permet de place que dans une galerie de prince. Les galeries génevoises ne sont pas faites pour eux.

Adieu, madame; je serai toujours fâché que Genève soit si loin de Strasbourg. Mme Denis vous assure de son attachement. Vous connaissez les sentiments de l'oncle, qui vous est dévoué pour la vie.

MMDCCI. — A M. LE COMTE D'ARGENTAL.

Aux Délices, 28 août.

Me voilà rendu à mon ermitage des Délices, mon divin ange, après un voyage à la cour palatine, aussi agréable qu'il était nécessaire. Votre lettre, qui m'attendait, redouble le seul chagrin que je puisse avoir, en m'ôtant l'espérance de vous embrasser. Les tantes et les débarbouillées sont donc d'étranges personnes! Il ne faut pas songer à réformer des têtes aussi mal faites. D'ailleurs, mes établissements et les dépenses considérables que j'y ai faites ne me permettent pas de me transplanter. J'avais voulu acheter une terre, uniquement dans la vue d'avoir un bien solide que je pusse laisser à mes héritiers, comptant fort peu sur la nature des autres biens qui peuvent périr en un jour; mais cela est encore aussi difficile que de faire entendre raison à des dévotes.

1. Pris par les Anglais le 27 juillet 1758. (Éd.)

Je me flatte que votre ami a parlé de lui-même ; je serais fâché qu'on crût que je l'ai prié de faire cette démarche ; mais je n'en aurais pas moins d'obligation à vos bontés et aux siennes. Vous avez donc aussi des coliques, mon respectable ami ! Ce serait bien le cas de venir consulter Tronchin, en dépit des tantes, mais ces mêmes coliques vous empêchent de venir dans le temple d'Épidaure, et c'est ce qui me désespère. Je vous conjure de me mander des nouvelles de votre santé ; ne me laissez pas sans consolation.

Mme du Boccage vous a donc montré notre *Femme qui a raison.* Elle nous a amusés en Savoie ; mais il se pourrait, à toute force, que le goût des Parisiens fût un peu différent de celui des Savoyards. Mme Denis ne m'a point encore fait voir vos commentaires critiques. Je ne crois pas, en général, que Fanime et Mme Duru[1] soient des personnes bien merveilleuses ; elles peuvent avoir quelque succès par le mérite des actrices ; mais entre le succès et la gloire la différence est grande. Je connais des armées et des généraux qui n'ont eu ni l'un ni l'autre. Toutes les pièces des Français sont aujourd'hui sifflées de l'Europe. On dit que nous n'avons ni auteurs, ni acteurs, ni argent pour payer les places. Nous voilà *in fece Romuli.* Où est le temps où l'on donnait *Iphigénie*, au retour de la campagne de 1672 ?

Il ne faut songer qu'à vivre dans la retraite ; et, si les choses continuent à aller du même train, on n'aura plus même de quoi y vivre. Comment se porte Mme d'Argental ? Mille tendres respects à tous les anges. Mme Denis et Mme de Fontaine vous font mille compliments ; et moi je suis pénétré de reconnaissance.

MMDCCII. — A M. DE CIDEVILLE.

Aux Délices, 1er septembre

Mon cher et ancien ami, je reviens dans mes chère Délices, après un assez long voyage à la cour palatine. Je trouve, en arrivant, vos jolis vers, dans lesquels vous ne paraissez pas trop content de Paris ; et je crois fermement que vous avez raison. Mais avez-vous, dans votre Launai, un peu de société ? Il me semble que la retraite n'est bonne qu'avec bonne compagnie.

Vous savez, mon cher Cideville,
Que ce fantôme ailé qu'on nomme le bonheur
N'habite ni les champs, ni la cour, ni la ville.
Il faudrait, nous dit-on, le trouver dans son cœur ;
C'est un fort beau secret qu'on chercha d'âge en âge.
Le sage fuit des grands le dangereux appui,
Il court à la campagne, il y sèche d'ennui ;
J'en suis bien fâché pour le sage.

Ce n'est pas des sages comme vous et moi que je parle ; je suis bien sûr que l'ennui n'approche pas plus de votre Launai que de mes Délices. Je prends acte surtout que je n'ai pas quitté mes pénates champê-

---

1. Personnage de *la Femme qui a raison.* (ÉD.)

tres par inquiétude, pour aller chez l'électeur palatin par vanité. Je vous avouerai que j'ai mis dans cette cour, et entre les mains de l'électeur, une partie de mon bien, qu'on pille presque partout ailleurs. Il a bien voulu avoir la bonté de faire avec moi un petit traité qui me met en sûreté, moi et les miens, pour le reste de ma vie.

Le bon Horace dit :

Det vitam, det opes; æquum mi animum ipse parabo.

Lib. I, ep. xviii, v. 112.

Il aurait dû ajouter *det amicos;* mais vous me direz que c'est notre affaire et non celle du ciel. C'est l'amitié de mes nièces qui fait de près le bonheur de ma vie, c'est la vôtre qui le fait de loin :

Excepto quod non simul essem, cætera lætus.

Hor., lib. I, ep. x, v. 50.

Je vous ai bien souvent regretté, et votre souvenir m'a consolé. Vous n'êtes pas homme à franchir les Alpes, et à me venir voir sur les bords de mon lac, comme Mme du Boccage; vous vous contentez de cueillir les fleurs d'Anacréon dans vos jardins; vous n'allez pas chercher comme elle la couronne du Tasse au Capitole,

Satis beatus unicis Sabinis.

Hor., lib. II, od. xviii, v. 14.

Adieu, mon cher et ancien ami; mes deux nièces, toute ma famille, vous font les plus tendres compliments.

V.

Eh bien, les Anglais ont donc quitté vos côtes normandes, nonobstant clameur de haro! Est-il vrai qu'ils ont pris beaucoup de canons, de vaches, de filles et d'argent? Le Canada va donc être entièrement perdu, le commerce ruiné, la marine anéantie, tout notre argent enterré en Allemagne? Je vous trouve très-heureux, mon cher Cideville, de posséder la terre de Launai. Je n'ai aux Délices que l'agréable, et vous possédez l'agréable et l'utile.

Beatus ille qui, procul ridiculis,
Fecunda rura bobus exercet suis!

Hor., Epod., ii, v. 1.

MMDCCIII. — A M. LE COMTE ALGAROTTI.

Aux Délices, 2 septembre.

Ritorno dalle sponde del Reno alle mie Delizie; qui vedo la signora [1] errante ed amabile; qui leggo, mio caro cigno di Padova, la vostra vezzosa lettera. Siete dunque adesso a Bologna, *la grassa,* ed avete lasciato Venezia *la ricca.* E, per tutti i santi, perchè non venire al nostro paese libero? voi che vi dilettate nel viaggiare, voi che godete d'amici, d'applausi, di novi amori, dovunque andate. Vi è più facile di venire tra i Pappafighi, che non è a me di andare fra i Papimani. Ov'è la raccolta delle vostre leggiadre opere? dove la potrò io trovare?

1. La comtesse de Bentinck. (ÉD.)

VOLTAIRE. — XXVIII

dove l' avete mandata? per qual via? non lo so. Aspetto li figliuoli per consolarmi dell' assenza del padre. Voi passate i vostri begli anni tra l'amore e la virtù. Orazio vi direbbe :

> *Quum tu, inter scabiem tantam, et contagia lucri,*
> *Nil parvum sapias, et adhuc sublimia cures.*
>
> Lib. I, epist. xii, v. 14.

Ed il Petrarca soggiugnerebbe .

> *Non lasciar la magnanima tua impresa.*
>
> P. I, son. vii.

La signora di Bentinck è, come il re di Prussia, condannata dal consiglio aulico, e questa povera Marfisa non è seguita da un esercito per difendersi.

Cette pauvre milady Blakaker, ou comtesse de Pimbesche, va encore plaider à Vienne. C'est bien dommage qu'une femme si aimable soit si malheureuse; mais je ne vois partout que des gens à plaindre, à commencer par le roi de France, l'impératrice, le roi de Prusse, ceux qui meurent à leur service, ceux qui s'y ruinent, et à finir par d'Argens.

> *Felix qui potuit rerum cognoscere causas !*
> *Fortunatus et ille deos qui novit agrestes !*
>
> Virg., *Géorg.* lib. II, v. 490, 493.

Le premier vers est pour vous, le second pour moi. Pour milady Montague, je doute que son âme soit à son aise. Si vous la voyez, je vous supplie de lui présenter mes respects.

> « Farewell, *flos Italiæ*, farewell, wise man
> « Whose sagacity has found the secret
> « To part from Argaleon without being
> « Molested by him. »

Si jamais vous repassez les Alpes, souvenez-vous de votre ancien ami de votre ancien partisan.   *Le Suisse* VOLTAIRE.

MMDCCIV. — A M. DALEMBERT.

Aux Délices, 2 septembre.

Vous vouliez, mon cher philosophe, aller voir le saint-père, et vous restez à Paris. Je ne voulais point aller en Allemagne, et j'en reviens. Je trouve, en arrivant, votre *Dynamique*. Je lis le Discours préliminaire; je vous admire toujours et je vous remercie de tout mon cœur.

Comment va l'*Encyclopédie* ? Est-il vrai que Jean-Jacques écrit contre vous, et qu'il renouvelle la querelle de l'article *Genève* ? On dit bien plus, on dit qu'il pousse le sacrilége jusqu'à s'élever contre la comédie, qui devient le troisième sacrement de Genève. On est fou du spectacle dans le pays de Calvin.

> Nos mœurs changent, Brutus; il faut changer nos lois.
>
> *La Mort de César*, acte III, scène iv.

On a donné trois pièces nouvelles faites à Genève même, en trois mois de temps, et de ces pièces je n'en ai fait qu'une.

Voilà l'autel du dieu inconnu à qui cette nouvelle Athènes sacrifie. Rousseau en est le Diogène, et, du fond de son tonneau, il s'avise d'aboyer contre nous. Il y a en lui double ingratitude.

Il attaque un art qu'il a exercé lui-même, et il écrit contre vous qui l'avez accablé d'éloges. En vérité, *magis magnos clericos non sunt magis magnos sapientes.*

N'êtes-vous pas à Paris dans la consternation? Le roi de Prusse est dans l'embarras, Marie-Thérèse est aux expédients, tout le monde est ruiné. Rousseau n'est pas le plus grave fou de ce monde. Ah! quel siècle! quel pauvre siècle! Répondez à mes questions, et aimez un solitaire qui regrette peu d'hommes et peu de choses, mais qui vous regrettera toujours, qui vous admire et vous aime.

MMDCCV. — A M. COLINI.

Aux Délices, 2 septembre.

Mon cher Colini, je n'ai que le temps de vous dire, en partant pour Lausanne, que ma lettre à Pierron a été lue par l'électeur; que la première place qui vaquera sera pour vous; mais vous savez qu'on attend quelquefois longtemps. Je vous assure que je ne négligerai aucune occasion de vous trouver quelque place qui vous convienne. Je vous prie de faire pour moi les plus tendres remercîments à M. l'*ammeister* Langhans, dont je n'oublierai jamais les procédés charmants. Souvenez-vous de moi auprès de Schœpflin et de M. de Gervasi.

Si Marie-Thérèse et mes Russes ont quelques succès, ne me les laissez pas ignorer : il faut avoir de quoi se consoler de tout le mal qui nous arrive.

Quel est donc l'aimable Italien qui m'envoie des choses si agréables? Quel qu'il soit, je le remercie de tout mon cœur, et je lui dois autant d'estime que de reconnaissance.

MMDCCVI. — A MADAME DU BOCCAGE.

Aux Délices, 3 septembre.

En revoyant, madame, mon petit ermitage, mon premier devoir est de vous remercier, vous et M. du Boccage, de l'honneur que vous avez bien voulu faire aux ermites. Je pourrais en concevoir bien de la vanité, je pourrais vous redire ici tout ce que vous avez entendu de Paris jusqu'à Rome ; mais vous devez être lasse de compliments. Permettez-moi seulement de vous dire que, malgré tous vos talents et tout votre mérite, je vous ai trouvée la femme du monde la plus simple, la plus aisée à vivre, la plus digne d'avoir des amis, quoique vous soyez très-faite pour avoir mieux. Si l'intérêt que j'ai toujours pris, madame, à vos succès et à votre gloire, pouvait me donner quelques droits à votre amitié, j'oserais vous la demander instamment. Il y a grande apparence que je finirai dans la retraite une vieillesse infirme; mais ce sera pour moi une grande consolation de pouvoir compter sur la bienveillance d'une personne qui fait tant d'honneur à son siècle et à son sexe.

Quel triste siècle, madame! et que la disette des talents en tous genres est effrayante! Je ne vois que des livres sur la guerre, et nous sommes battus partout; que des brochures sur la marine et le commerce, et notre commerce et notre marine s'anéantissent; que de fades raisonneurs qui ont un peu d'esprit, et il n'y a pas un homme de génie. Notre siècle vit sur le crédit du siècle de Louis XIV. On parle, il est vrai, dans les pays étrangers, la langue que les Pascal, les Despréaux, les Bossuet, les Racine, les Molière, ont rendue universelle; et c'est dans notre propre langue qu'on dit aujourd'hui dans l'Europe que les Français dégénèrent. S'il y a quelque homme de mérite en France, il est persécuté; Diderot, Dalembert, n'y trouvent que des ennemis. Helvétius a fait, dit-on, un excellent ouvrage, et on s'efforce de le rendre criminel. Il faut, madame, que le nombre des sages ne s'expose pas à la méchanceté des fous; il faut qu'ils vivent ensemble et qu'ils fuient le public.

J'ai eu la faiblesse, madame, de laisser sortir de notre petit coin des Alpes cette *Femme qui a raison*. Si elle avait *raison*, elle n'aurait pas fait le voyage de Paris; c'est un amusement de société; mais vous avez voulu la porter à M. d'Argental. J'ai été trop flatté de vos bontés pour résister à vos ordres; mais il faudra que cette bagatelle, qui a servi à nous amuser, reste dans les mains de nos amis. Je suis las du triste métier de paraître en public; cela est pardonnable dans le temps des illusions, et ce temps est passé pour moi. J'aime les Muses pour elles-mêmes, comme Fénelon voulait qu'on aimât Dieu; mais je redoute le public. Que revient-il de se commettre avec lui? de l'embarras, des tracasseries de comédiens, des jalousies d'auteurs, des critiques, des calomnies. On n'entend point, à cent lieues, le petit bruit des louanges; celui des sifflets est perçant et porte au bout du monde. Pourquoi troubler mon repos, que j'ai cherché, et que j'ai trouvé après tant d'orages?

Vos bontés pour moi sont plus précieuses sans doute que toute la petite fumée de la vaine gloire dont il n'arrive pas un atome dans mon ermitage; j'y ai vu la vraie gloire, quand je vous y ai possédée; je n'en veux pas d'autre.

Tous les habitants de notre retraite se joignent à moi, madame, pour vous dire combien vous êtes aimable. Conservez quelque bonté, je vous en conjure, pour le vieux Suisse Voltaire, à qui vous faites encore aimer la France, et qui est plein pour vous de respect, d'estime et de tous les sentiments que vous méritez.

MMDCCVII. — A M. HENNIN.

Septembre.

Je supplie instamment M. Hennin de vouloir bien excuser un malade s'il n'a pas l'honneur d'aller le voir, et je le supplie de ne pas oublier l'homme du monde qui a été le plus tôt et le plus sensible à son mérite. Je me flatte qu'avant d'aller sur la tombe du pauvre Patu, il n'oubliera pas le squelette des Délices. V.

MMDCCVIII. — A M. DARGET.

Aux Délices, 16 septembre 1758.

Mon ancien ami, vous n'avez point répondu à la lettre que je vous écrivis de Manheim. Vous sentez que, dans les circonstances présentes, il est bien triste que cette lettre par laquelle j'avais répondu avec confiance à vos ouvertures, ait été imprimée dans les journaux et falsifiée. Vous me feriez un plaisir extrême de me renvoyer ma lettre, afin que je pusse la confronter avec celle qui a couru, et que j'eusse une pièce justificative toute prête. Je sens que vous avez été aussi indigné que moi de cet abus que les journalistes se permettent de publier les secrets des particuliers sans en demander la permission. C'est violer un des premiers droits de la société; et quand la fausseté est jointe à cette hardiesse, c'est un crime. Je crois que le journaliste n'a pas eu mauvaise intention, mais il ne m'a pas moins nui. Il m'a écrit, il a fait une espèce de désaveu que je dois à vos soins et à votre probité, et dont je vous remercie. Je n'ai point voulu irriter cet homme par des plaintes qui sont inutiles quand la chose est faite et qui ne peuvent qu'aigrir. Il ne s'attendait pas que le roi de Prusse remporterait sur les Russes une victoire si complète et si mémorable [1]. Il faut à présent se taire sur les succès inouïs de ce monarque et sur les malheurs de la France. Vous me feriez plaisir de me mander s'il est vrai qu'il y ait plusieurs édits pécuniaires, et si on continue de payer les rentes de l'hôtel de ville et de la compagnie des Indes. Vous avez du moins une planche dans le naufrage général. Vous êtes bien placé à l'école militaire, école dont on a grand besoin. Je vous souhaite tout le bonheur que vous méritez, et suis à vous pour jamais bien tendrement.

Le Suisse V.

MMDCCIX. — A M. THIÉRIOT.

Aux Délices, 17 septembre.

Il faut reprendre où nous en étions, mon ancien ami. J'ai été un peu de temps par monts et par vaux; me voilà rendu à ma famille et à mes amis, dans mes chères Délices. Que faites-vous? où êtes-vous? avez-vous reçu un manuscrit concernant la Russie, que M. l'abbé Menet doit vous avoir remis? Il y a un domestique de Mme de Fontaine qui repartira bientôt pour notre lac; je vous serai très-obligé d'envoyer le manuscrit chez elle. Je suppose que vous êtes toujours chez Mme de Montmorency, et que votre vie est douce et tranquille; j'en connais qui ne le sont pas. Je n'ai pas été précisément aux champs de Mars; mais j'étais assez près de ces vilains champs, quand les Hanovriens battaient une aile de notre armée, prenaient Dusseldorf et repassaient le Rhin à leur aise. Mes chers Russes sont venus depuis d'Archangel et d'Astracan pour se faire égorger à Custrin. Nous sommes malheureux sur terre et sur mer; et on dit que l'artillerie prussienne porte jusqu'à Paris, où elle estropie la main droite de nos payeurs des rentes. Je suis honteux d'être chez moi, en paix et aise, et d'avoir

---

1. La bataille de Zorndorf, dont le succès resta indécis. (ÉD.)

quelquefois vingt personnes à dîner, quand les trois quarts de l'Europe souffrent.

J'avais lu dans un journal que M. Helvétius a fait un livre sur l'*Esprit*, comme un seigneur qui chasse sur ses terres; un livre très-bon, plein de littérature et de philosophie, approuvé par un premier commis[1] des affaires étrangères; et j'apprends aujourd'hui qu'on a condamné ce livre, et qu'il le désavoue, comme un ouvrage dicté par le diable. Je voudrais bien lire ce livre, pour le condamner aussi; tâchez de me le procurer. Vous voyez, sans doute, quelquefois cet infernal Helvétius; demandez-lui son livre pour moi. Mais vous êtes un paresseux, un *perdigiorno*; vous n'en ferez rien. Je vous connais; allons, courage; remuez-vous un peu. Je suis aussi paresseux que vous, et je viens de faire trois cents lieues. On dit que cela est fort sain; cependant je ne m'en porte pas mieux. Une de vos lettres me fera probablement beaucoup de bien. Je suis toujours tout ébaubi d'être venu à mon âge avec une santé si maudite. Vous qui êtes, à peu de chose près, mon contemporain, et qui êtes gras comme un moine, n'oubliez pas le plus maigre des Suisses, qui vous aime de tout son cœur.

P. S. Qu'est-ce qu'un livre de Jean-Jacques contre la comédie? Jean-Jacques est-il devenu Père de l'Église?

MMDCCX. — A MADAME LA COMTESSE DE LUTZELBOURG.

Aux Délices, 20 septembre.

On ne sait plus que croire et que penser, madame. Hier, tout le monde avoue que les Russes ont été détruits; aujourd'hui, tout le monde avoue que les Russes sont ressuscités pour battre le roi de Prusse. La nouvelle vous sera venue de Paris de la défaite des Anglais auprès de Saint-Malo. C'est du baume sur la blessure que la perte de Louisbourg nous a faite. Je voudrais bien, en qualité de curieux, et encore plus d'homme pacifique, savoir ce que c'est que cet armistice entre M. le maréchal de Contades et M. le prince de Brunswick; je voudrais un armistice éternel entre les hommes.

Je vous remercie de tout mon cœur, madame, des petites coquetteries que vous faites en ma faveur en Lorraine. Vous savez combien j'aimerais une terre qui me rapprocherait de vous; mais M. de Fontenoi veut à présent vendre trois cent mille livres son Champignelle, qui ne rapporte pas plus de six mille livres de rente. Mme de Mirepoix et Mme de Boufflers veulent me vendre Craon; mais il est substitué, et ce marché est difficile à conclure.

Puisque Colini a l'honneur de vous faire quelquefois sa cour, je vous prie instamment, madame, de lui faire dire que je lui ai écrit deux fois par M. Turckeim, le banquier, et que j'ignore s'il a reçu mes lettres. Mme Denis vous présente ses respects: autant en fait son oncle le Suisse. Il est plein de reconnaissance pour le petit mot dont vous l'avez honoré dans certaine lettre. Portez-vous bien surtout.

---

1. Tercier qui fut destitué pour avoir donné son approbation. (ÉD.)

MMDCCXI. — A M. PILAVOINE, A SURATE.

Aux Délices, près de Genève, le 25 septembre.

Je suis très-flatté, monsieur, que vous ayez bien voulu, au fond de l'Asie, vous souvenir d'un ancien camarade. Vous me faites trop d'honneur de me qualifier de *bourgeois de Genève*. Tout amoureux que je suis de ma liberté, cette maîtresse ne m'a pas assez tourné la tête pour me faire renoncer à ma patrie. D'ailleurs, il faut être huguenot pour être *citoyen de Genève*; et ce n'est pas un si beau titre, pour qu'on doive y sacrifier sa religion. Cela est bon pour Henri IV, quand il s'agit du royaume de France, et peut-être pour un électeur de Saxe, quand il veut être roi de Pologne; mais il n'est pas permis aux particuliers d'imiter les rois.

Il est vrai qu'étant fort malade, je me suis mis entre les mains du plus grand médecin de l'Europe, M. Tronchin, qui réside à Genève; je lui dois la vie. J'ai acheté dans son voisinage, moitié sur le territoire de France, moitié sur celui de Genève, un domaine assez agréable, dans le plus bel aspect de la nature. J'y loge ma famille, j'y reçois mes amis, j'y vis dans l'abondance et dans la liberté. J'imagine que vous en faites à peu près autant à Surate; du moins je le souhaite.

Vous auriez bien dû, en m'écrivant de si loin, m'apprendre si vous êtes content de votre sort, si vous avez une nombreuse famille, si votre santé est toujours ferme. Nous sommes à peu près du même âge, et nous ne devons plus songer l'un et l'autre qu'à passer doucement le reste de nos jours. Le climat où je suis n'est pas si beau que celui de Surate; les bords de l'Inde doivent être plus fertiles que ceux du lac Léman. Vous devez avoir des ananas, et je n'ai que des pêches; mais il faut que chacun fasse son propre bonheur dans le climat où le ciel l'a placé.

Adieu, mon ancien camarade; je vous souhaite des jours longs et heureux, et suis, de tout mon cœur, votre, etc.

MMDCCXII. — A M. HENNIN.

Aux Délices, 25 septembre. (*Partira quand pourra.*)

La lettre dont vous m'honorez, monsieur, marque bien la bonté de votre cœur. Vous voulez bien vous souvenir d'un homme qui n'a d'autre mérite que d'avoir été infiniment sensible au vôtre, et vous avez rempli pour feu notre pauvre Patu des devoirs dont les amitiés ordinaires se dispensent. J'ignore si mes remercîments vous trouveront encore à Turin; je présume que vous laissez partout votre adresse, et qu'on peut vous écrire en toute sûreté. Je vous demanderai en grâce de revoir mon ermitage, au retour de vos voyages; mais c'est une chose que je désire plus que je ne l'espère. Vous me retrouverez aussi tranquille que vous m'avez laissé, et probablement je ne sortirai pas de chez moi pendant que vous courrez le monde.

Vous reviendrez

. . . . *Spoliis Orientis onustus.*

Virg., *Æneid.*, lib. I, v. 293.

Personne n'a jamais mis plus à profit ses voyages; vous vous instruisez de tout, en attendant que vous soyez fixé par quelque poste agréable. Il n'en est point dont vous ne soyez digne. Vous avez devant vous l'avenir le plus flatteur; vous joindrez toujours l'étude aux affaires, et par là votre vie sera continuellement et solidement occupée. Je ne connais point d'état préférable au vôtre. Il est d'autant plus agréable qu'il est de votre choix, et que le roi vous paye pour satisfaire votre goût.

Quid voveat dulci nutricula majus alumno?

Hor., lib. I, ep. iv, v. 8.

Vous aurez sans doute entendu dire, comme nous, de bien fausses nouvelles; que les Russes ont battu le roi de Prusse, dans un second combat qui ne s'est point donné, et que les Anglais ont levé le siége de Louisbourg, dont ils sont en pleine possession. Le monde est composé de mensonges, ou proférés, ou manuscrits, ou imprimés. Mais une vérité sur laquelle vous pouvez compter, monsieur, c'est que vous êtes regretté partout où vous avez paru, et particulièrement dans l'ermitage de votre très-humble et obéissant serviteur.

Le vieux Suisse V.

MMDCCXIII. — DE FRÉDÉRIC II, ROI DE PRUSSE.

De Ramenau, le 28 septembre 1758.

Je suis fort obligé au solitaire des Délices de la part qu'il prend aux aventures du don Quichotte du Nord : ce don Quichotte mène la vie des comédiens de campagne, jouant tantôt sur un théâtre, tantôt sur l'autre, quelquefois sifflé, quelquefois applaudi. La dernière pièce qu'il a jouée[1] était la *Thébaïde*; à peine y resta-t-il le moucheur de chandelles. Je ne sais ce qui arrivera de tout ceci; mais je crois avec nos bons épicuriens, que ceux qui se tiennent sur l'amphithéâtre sont plus heureux que ceux qui se tiennent sur les tréteaux. Quoique je sois par voies et par chemins, j'entends à bâton rompu parler de ce qui se passe dans la république des lettres, et cette bavarde à cent bouches ne dit point ce que vous faites. J'aurais envie de crier à vos oreilles : *Tu dors, Brutus.* Voici trois ans écoulés qu'il ne paraît point de nouvelles éditions de vos ouvrages; que faites-vous donc? Au cas que vous ayez fait quelque chose de nouveau, je vous prie de me l'envoyer. D'ailleurs, je vous souhaite toute la tranquillité et tout le repos dont je ne jouis pas. Adieu.

FRÉDÉRIC.

MMDCCXIV. — A MADAME LA COMTESSE DE LUTZELBOURG.

Aux Délices, 2 octobre.

Vos nouvelles de Choisi, madame, ne sont pas les plus fidèles. On a imaginé à la cour de bien fausses consolations. Il est bien triste d'être réduit à feindre des victoires. Les combats du 26 et du 27 sont bons à mettre dans les *Mille et une Nuits*. Il est très-certain que les Russes

1. La bataille de Zorndorf. (ÉD.)

n'ont point paru après leur défaite du 25 [1], et il est bien clair que le roi de Prusse les a mis hors d'état de lui nuire de longtemps, puisqu'il est allé paisiblement secourir son frère et faire reculer l'armée autrichienne. Croiriez-vous que j'ai reçu deux lettres de lui depuis sa victoire? Je vous assure que son style est celui d'un vainqueur. Je doute fort qu'on ait tué trois mille hommes aux Anglais, auprès de Saint-Malo; mais j'avoue que je le souhaite. Cela n'est pas humain; mais peut-on avoir pitié des pirates?

La paix n'est pas assurément prête à se faire. A combien Strasbourg est-il taxé? Pour nous, nous ne connaissons ni guerre, ni impôts. Nos Suisses sont sages et heureux. J'ai bien la mine de ne les pas quitter, quoique la terre de Craon soit bien tentante. Adieu, madame; je vous présente mes respects à vous et à votre amie et vous suis attaché pour ma vie.

V.

MMDCCXV. — A M. Thieriot.

Aux Délices, 3 octobre.

Urbis amator [2] *credule Galle,*

Vous êtes donc tous fous avec votre bataille du 26! Le fait est que les Russes ont perdu environ quinze mille hommes le 25, et n'avaient nulle envie de se battre le 26; que Frédéric, après les avoir vaincus, et les avoir mis hors d'état de pénétrer plus avant, a couru dégager son frère; qu'il a fait repasser les montagnes au comte de Daun, et qu'on est à peu près au même état où l'on était avant cette funeste guerre.

Maupertuis crèverait s'il savait que le roi son maître m'a écrit deux lettres depuis sa bataille de Custrin; mais je n'en suis ni enorgueilli ni séduit.

Les deux couplets sur le livre d'Helvétius sont assez jolis; mais il me paraît qu'en général il y a beaucoup d'injustice et bien peu de philosophie à taxer de matérialisme l'opinion que les sens sont les seules portes des idées. L'apôtre de la raison, le sage Locke, n'a pas dit autre chose; et Aristote l'avait dit avant lui. Le gros de votre nation ne sera jamais philosophe, quelque peine qu'on prenne à l'instruire.

J'ai reçu les manuscrits concernant la Russie; ce sont des anecdotes de médisance, et par conséquent cela n'entre pas dans mon plan.

Pour Jean-Jacques, il a beau écrire contre la comédie, tout Genève y court en foule. La ville de Calvin devient la ville des plaisirs et de la tolérance. Il est vrai que je ne vais presque jamais à Genève; mais on vient chez moi, ou plutôt chez mes nièces. Mon ermitage est charmant dans la belle saison.

Je vous suis très-obligé, mon cher et ancien ami, du livre [3] que vous me destinez. Le bruit qu'a fait ce livre m'a engagé à relire Locke. J'avoue qu'il est un peu diffus; mais il parlait à des esprits prévenus et ignorants, auxquels il fallait présenter la raison sous tous les aspects

---

1. Du 25 août. (Éd.). — 2. Horace, liv. Ier, épître X, vers 1. (Éd.)
3 Celui d'Helvétius. (Éd.)

et sous toutes les formes. Je trouve que ce grand homme n'a pas encore la réputation qu'il mérite. C'est le seul métaphysicien raisonnable que je connaisse ; et, après lui, je mets Hume [1].

Bonsoir : il est vrai que je me suis amusé avec la *Femme qui a raison ;* mais c'est pour notre troupe, et non pas pour la vôtre : *Scurror mihi, non populo* [2].

Madras pris ! quel conte ! il n'y a que des La Bourdonnais qui le prennent. Ils en ont été bien payés !

MMDCCXVI. — A M. DE FORMONT.

3 octobre.

Mon cher philosophe, votre souvenir m'enchante ; vous êtes un gros et gras épicurien de Paris, et moi un maigre épicurien du lac de Genève ; il est bon que les frères se donnent quelquefois signe de vie. Mme du Deffand est plus philosophe que nous deux, puisqu'elle supporte si constamment la privation de la vue, et qu'elle prend la vie en patience. Je m'intéresse tendrement, non pas à son bonheur, car ce fantôme n'existe pas, mais à toutes les consolations dont elle jouit, à tous les agréments de son esprit, aux charmes de sa société délicieuse. Je voudrais bien en jouir, sans doute, de cette société délicieuse, j'entends de la vôtre et de la sienne ; mais allez vous faire.... avec votre Paris ; je ne l'aime point, je ne l'ai jamais aimé. Je suis cacochyme ; il me faut des jardins, il me faut une maison agréable dont je ne sorte guère, et où l'on vienne. J'ai trouvé tout cela, j'ai trouvé les plaisirs de la ville et de la campagne réunis, et surtout la plus grande indépendance. Je ne connais pas d'état préférable au mien ; il y aurait de la folie à vouloir en changer. Je ne sais si j'aurai cette folie ; mais, au moins, c'est un mal dont je ne suis pas attaqué à présent, malgré toutes vos grâces.

Je ne regrette ni *Iphigénie* en Crimée, ni *Hypermnestre* [3] ; je crains seulement plus encore pour la perte des fonds publics que pour celle des talents. La compagnie des Indes, le commerce, la marine, me paraissent encore plus en décadence que le bon goût. Jamais on n'a tant fait de livres sur la guerre, et jamais nos armes n'ont été plus malheureuses. J'ai trente volumes sur le commerce, et il dépérit. Ni les livres sur l'*esprit* et sur la matière, ni les arrêts du conseil sur ces livres, ne remédieront à tant de maux.

Que dites-vous de la défaite de mes Russes? C'est bien pis qu'à Narva ; tout est mort, ou blessé, ou pris. Il y a eu trois batailles consécutives. Les Prussiens n'ont eu que trois mille hommes de tués ; mais ils ont dix mille blessés, au moins. Si le comte de Daun tombait sur eux dans ces circonstances, peut-être ferait-il aux Prussiens ce que ceux-ci ont fait aux Russes. Il y a une tragédie anglaise dans laquelle le souffleur vient annoncer à la fin que tous les acteurs de la pièce ont été tués ; cette cruelle guerre pourra bien finir de même.

---

1. David Hume. (ÉD.) — 2. Horace, liv. Iᵉʳ, épître XVII, vers 19. (ÉD.) 3. Tragédie de Lemierre. (ÉD.)

Nota qu'il n'est pas vrai qu'on ait battu trois fois les Russes, comme on le dit; c'est bien assez d'une.

Présentez, je vous en prie, mes très-tendres respects à Mme du Deffand, et souvenez-vous quelquefois du vieux Suisse Voltaire qui vous aimera toujours.

MMDCCXVII. — A M. DARGET.

Aux Délices, 4 octobre 1758.

Je vous remercie, mon cher et ancien compagnon de Potsdam, d'avoir renvoyé la pancarte. Elle ne m'a pas paru si terrible; mais il est bon de prendre ses précautions dans un temps où l'on pend les gens pour des paroles.

Est-il permis du moins de vous écrire, que tous tant que vous êtes à Paris, vous ne savez ce que vous dites avec votre prétendue seconde bataille des Russes, et leur prétendue victoire? Chimères toutes pures, messieurs; je vous ai comparés aux petites filles qui s'imaginent que les hommes sont toujours debout. Vous pensez qu'on donne des batailles tous les jours. Cette cruelle guerre n'est pas prête à finir. Je m'unis à votre *Te Deum* pour la déconfiture des pirates anglais près de Saint-Malo; c'est toujours une consolation.

Vous souvenez-vous du petit Francheville, qui avait passé de mon taudis au palais du prince de Prusse? Le prince Henri lui conserve ses appointements; il m'a promis de me venir voir.

Le roi de Prusse m'a écrit deux lettres depuis son affaire avec les Russes. Je vous assure qu'il n'a pas le style d'un homme vaincu.

Je n'abandonne point du tout Pierre le Grand, quoiqu'on ait battu les troupes de sa fille; je suis trop fidèle à mes engagements.

Je n'ai jamais reçu le paquet du 25 juillet dont vous parlez; mais je recevrai avec la plus grande satisfaction les lettres que vous voudrez bien écrire à votre ancien ami le campagnard, et heureux campagnard.

MMDCCXVIII. — A M. DE CIDEVILLE.

Aux Délices, 4 octobre.

Que les Russes soient battus, que Louisbourg soit pris, qu'Helvétius ait demandé pardon de son livre, qu'on débite à Paris de fausses nouvelles et de mauvais vers, que le parlement de Paris ait fait pendre un huissier pour avoir dit des sottises, ce n'est pas ce dont je m'inquiète; mais M. Ango de Lézeau, et quatre années qu'il me doit, sont le grave sujet de ma lettre. Peut-être M. Ango me croit-il mort; peut-être l'est-il lui-même. S'il est en vie, où est-il? s'il est mort, où sont ses héritiers? Dans l'un et l'autre cas, à qui dois-je m'adresser pour vivre?

Pardonnez, mon ancien ami, à tant de questions. Je me trouve un peu embarrassé; j'ai essuyé coup sur coup plus d'une banqueroute. Notre ami Horace dit tranquillement :

Det vitam, det opes; æquum mi animum ipse parabo.

Lib. I, epist. xviii, v. 112.

Vraiment je le crois bien ; voilà un grand effort ! Il n'avait pas affaire
à la famille de Samuel Bernard et à M. Ango de Lézeau. Ce petit ba-
bouin crut faire un bon marché avec moi, parce que j'étais fluet et
maigre ; *vivimus tamen*, et peut-être Ango *occidit* dans son marquisat.

Qu'il soit mort ou vivant, il me semble que j'ai besoin d'un honnête
procureur normand. En connaîtriez-vous quelqu'un dont je pusse employer la prose ?

Mais vous, que faites-vous dans votre jolie terre de Launai ? bâtis-
sez-vous ? plantez-vous ? avez-vous la faiblesse de regretter Paris ? ne
méprisez-vous pas la frivolité qui est l'âme de cette grande ville ? Vous
n'êtes pas de ceux qui ont besoin qu'on leur dise :

> *Omitte mirari beatæ*
> *Fumum et opes strepitumque Romæ.*
> Hor., lib. III, od. xxix, v. 11.

Cependant on dit que vous êtes encore à Paris ; j'adresse ma lettre
rue Saint-Pierre, pour vous être renvoyée à Launai, si vous avez le
bonheur d'y être. Adieu ; je vous embrasse.

> Nisi *quod non simul essem, cætera lætus.*
> Hor., lib. I, ep. x, v. 50.

MMDCCXIX. — A M. BERTRAND.

Aux Délices, 7 octobre.

Mon cher ami, je suis parfois un paresseux, un négligent. Je comptais vous écrire en vous envoyant les sept tomes encyclopédiques,
mais ils sont encore à Dijon. Préparez toujours vos matériaux ; adres-
sez-les au sieur Briasson, libraire à Paris, rue Saint-Jacques ; car je
pourrais bien faire encore un petit voyage. Je n'ai encore lu aucun
des journaux italiens ; je n'en ai pas eu le temps, quoique j'aie l'air
de n'avoir rien à faire. Je les ferai relier quand j'en aurai un certain
nombre, et alors je les lirai. Je me flatte que l'année prochaine M. de
Freudenreich viendra dans nos cantons, et que vous serez de la partie.
Je regarderai les jours que je passerai avec vous comme les plus agréables de ma vie : je vous embrasse du meilleur de mon cœur. Aimez-
moi, tout paresseux que je suis.   V.

MMDCCXX. — A M. FABRY, MAIRE DE GEX.

Fernex[1], 15 octobre.

Je vous écris en hâte, monsieur, et sans cérémonie, chez M. de
Boisi, où je ne suis que pour un moment.

C'est, monsieur, pour avoir l'honneur de vous dire que ma confiance
en vos bontés m'a déterminé à entrer en marché de la terre de Fernex
avec M. de Boisi. Le bonheur d'être en relation avec vous donnerait
un nouveau prix à ce petit domaine. Je compte l'avoir à peu près à
quatre-vingt mille livres sans les effets mobiliers, qui forment un objet

---

1. Qu'il appela plus tard Ferney. (ÉD.)

à part. On m'avait assuré que les lods et ventes allaient à huit mille livres. J'ai demandé à Son Altesse Sérénissime une diminution de moitié, diminution que tous les seigneurs accordent. Ainsi, je me suis flatté que je ne payerais que quatre mille livres ; c'est sur ce pied que j'ai donné ma parole à M. de Boisi. La nature de mon bien, monsieur, ne me met pas en état de trouver sur le champ quatre-vingt mille livres pour payer M. de Boisi ; il faut que j'emprunte. Vous savez, monsieur, combien il en coûte de faux frais avant qu'on soit en possession d'une terre ; il ne me serait guère possible de faire cette acquisition, si je ne trouvais des facilités auprès de M. le comte de La Marche. J'ai écrit à son intendant, et supposant toujours que les droits étaient de huit mille livres, j'ai demandé une diminution de moitié.

Oserais-je vous supplier, monsieur, de vouloir bien spécifier, lorsque vous écrirez, que c'est la somme de quatre mille livres que je propose de donner ?

On me dit que Son Altesse Sérénissime s'est réservé les deux tiers de ce droit. A l'égard de votre tiers, j'en passerai par ce que vous voudrez bien me prescrire, et j'attendrai vos ordres pour conclure ma négociation entamée. Elle me procure l'honneur de vous assurer de mes sentiments ; et soit que je sois possesseur de cette terre, soit que le marché n'ait pas lieu, je serai toujours, monsieur, avec respect, votre très-humble et très-obéissant serviteur, VOLTAIRE, *gentilhomme ordinaire du roi.*

MMDCCXXI. — A M. BERTRAND.

Aux Délices, 16 octobre.

Mon cher ami, votre paquet doit être à Lausanne, avec celui de M. Polier de Bottens ; je lui écris pour qu'il vous le fasse tenir. Vos occupations sont tranquilles et agréables, tandis que le mal moral et le mal physique inondent la terre. On croyait le 7, à Strasbourg, qu'il y avait eu une bataille ; et on craignait beaucoup, parce que le courrier ordinaire avait manqué. Travaillez, mon cher ami, sur les productions merveilleuses de la terre ; les philosophes examinent avec peine ce que les rois détruisent si aisément. Sondez la nature des métaux qu'ils ravissent ou qu'ils emploient à la destruction ; leur cœur et ceux de leurs importants esclaves sont plus durs que tous les minéraux dont vous parlerez. Mes tendres respects à M. et à Mme de Freudenreich, qui ont, ainsi que vous, un cœur si différent de celui des princes.   V.

MMDCCXXII. — A MADAME LA COMTESSE DE LUTZELBOURG

Aux Délices, 17 octobre.

Et monsieur votre fils, madame, que devient-il ? j'ai toujours peur, je vous prie de m'en dire des nouvelles. On parle de je ne sais quelles croquignoles que MM. de Hanovre nous ont données près de Harbourg. Monsieur votre fils est tout propre à s'être présenté là des premiers, et avoir fourré son nez plus avant qu'un autre. Je vous supplie, madame, de dissiper mes inquiétudes. Je vais à Lausanne dans le moment. Je voudrais bien que l'île Jard fût dans mon lac. C'est avec une doûleur extrême que j'envisage cette éternelle séparation. Avez-vous toujours la consolation de Mme de Broumath? Je vous présente à toutes deux mes respects et mes regrets.

MMDCCXXIII. — A M. THIERIOT.

18 octobre.

M. Helvétius m'a envoyé son *Esprit*, mon ancien ami; ainsi vous voilà délivré du soin de me le faire parvenir; je ne veux pas avoir double esprit comme Élisée[1]. Je suis peu au fait des cabales de votre Paris et de votre Versailles; j'ignore ce qui a excité un si grand soulèvement contre un philosophe estimable qui (à l'exemple de saint Matthieu) a quitté la finance pour suivre la vérité[2]. Il ne s'agit, dans son livre, que de ces pauvres et inutiles vérités philosophiques qui ne font tort à personne, qui sont lues par très-peu de gens, et jugées par un plus petit nombre encore, en connaissance de cause. Il y a tel homme dont la signature, mise au bas d'une pancarte mal écrite, fait plus de mal à une province que tous les livres des philosophes n'en pourront jamais causer. Cependant ce sont ces philosophes, incapables de nuire, qu'on persécute.

Je ne suis pas de son avis en bien des choses, il s'en faut beaucoup; et s'il m'avait consulté, je lui aurais conseillé de faire son livre autrement; mais, tel qu'il est, il y a beaucoup de bon, et je n'y vois rien de dangereux. On dira peut-être que j'ai les yeux gâtés.

Il faut qu'Helvétius ait quelques ennemis secrets qui aient dénoncé son livre aux sots, et qui aient animé les fanatiques. Dites-moi donc ce qui lui a attiré un tel orage; il y a cent choses beaucoup plus fortes dans l'*Esprit des lois*, et surtout dans les *Lettres persanes*. Le proverbe est donc bien vrai qu'il n'y a qu'heur et malheur en ce monde.

Au lieu de me faire avoir cet *Esprit*, pourriez-vous avoir la charité de m'indiquer quelque bon atlas nouveau, bien fait, bien net, où mes vieux yeux vissent commodément le théâtre de la guerre et des misères humaines? Je n'ai que d'anciennes cartes de géographie; c'est peut-être le seul art dans lequel les derniers ouvrages sont toujours les meilleurs. Il n'en est pas de même, à ce que je vois, des pièces de théâtre, des romans, des vers, des ouvrages de morale, etc.

Je dicte ce rogaton, mon cher ami, parce que je suis un peu malade aujourd'hui; mais j'ai toujours assez de force pour vous assurer de ma main que je vous aime de tout mon cœur.

MMDCCXXIV. — DE CHARLES-THÉODORE, ÉLECTEUR PALATIN.

Manheim, ce 23 octobre.

Je vous suis bien obligé, monsieur, de la pièce que vous m'avez communiquée. Vous avez bien raison de dire que dans ce siècle il y a des choses qui ne ressemblent à rien, et beaucoup de riens qu'on voudrait faire ressembler à des choses. La seconde bataille des Russes est de ce nombre, et quantité d'autres. On a enfin surpris ce grand homme

1. *IV Rois*, II, 9. (ÉD.) — 2. Matthieu, IX, 9. (ÉD.)

dans son camp [1]; mais ses belles manœuvres ont tout rétabli. Il faut espérer que tant de sang versé fera penser à une paix qui est tant à désirer.

J'espère que votre santé sera entièrement rétablie, et que j'aurai, l'été qui vient, la même satisfaction dont j'ai si peu joui cette année. Soyez bien persuadé de la parfaite estime que j'aurai toute ma vie pour le *petit Suisse*. CHARLES-THÉODORE, *électeur*.

MMDCCXXV. — A M. DE CIDEVILLE.

Aux Délices, 28 octobre.

Mon cher et ancien ami, j'ai peur que vous n'ayez pas reçu un billet adressé dans la rue Saint-Pierre à Paris, et, par renvoi, à votre terre de Launai, si vous n'étiez pas dans la grande vilaine ville. Il s'agirait de savoir si votre marquis Ango de Lézeau est mort ou en vie; s'il a un domicile à Rouen; s'il faut écrire au château de Lézeau; où est ce beau château; en un mot, comment il faut faire pour se faire payer d'une dette de quatre années d'arrérages, de laquelle Ango ne me donne aucunes nouvelles. *Licet miscere seria cum jocis.* Il ne faut pas abandonner le demeurant. *Rem suam deserere turpissimum est*, dit Cicéron.

Si Frédéric est aussi bien frotté qu'on le dit, je ferai relier ensemble l'histoire de Pyrrhus, de Picrochole, la sienne, et la fable du Pot au lait.

Écrivez-moi, je vous en prie, mon cher et ancien ami, des nouvelles d'Ango de Lézeau, mais surtout des vôtres. Que dites-vous de l'*Esprit* d'Helvétius?

Je vous embrasse tendrement. V

MMDCCXXVI. — A M. BERTRAND.

Aux Délices, 28 octobre.

Mon cher ami, je ne lis ni journal partial ni journal impartial, et rarement les gazettes, qui comptent pourtant que le Pyrrhus du Nord a été totalement défait. Cette nouvelle est plus importante que les livres nouveaux sur l'*Esprit*, sur la comédie de Genève, et sur l'autre comédie des pasteurs franco-suisses. Mme de Bentinck, qui croit être grande Autrichienne, parce qu'elle plaide à Vienne, est fort contente de Berne, et peu de votre Helvétie; moi, je suis content de tout, et si content, que je suis en effet en marché de la seigneurie de Fernex. Mais il y a tant de droits à payer, tant de choses à discuter, les affaires sont si longues et la vie est si courte, que je pourrais bien me tenir dans mon petit ermitage des Délices.

Di melius fecere; bene est, nihil amplius opto [2].

---

1. La journée de Hochkirch (14 octobre 1758), où périrent le feld-maréchal Keith et le prince Maurice d'Anhalt, venait de coûter dix mille hommes à Frédéric. Ce fut à cette occasion que Clément XIII envoya à Daun une épée et une toque bénites. (ÉD.)

2. Horace, liv. Ier, épître II, vers 40. (ÉD.)

Mon grand désir est de vous revoir vous et M. et Mme de Freuden-reich, à qui je vous prie de présenter mes respects.　　　V.

MMDCCXXVII. — A M. Pesselier.

Aux Délices, 30 octobre.

Enfin, monsieur, à force de recherches, j'ai découvert tout ce que je vous dois. Ce rouleau, dont vous m'avez favorisé, était à Lausanne depuis longtemps, avec des cartes géographiques et des estampes qu'on m'avait envoyées de Pétersbourg. J'ai fait tout revenir, et je me hâte de vous faire mes remercîments. Je savais déjà, par les vers agréables qu'on a imprimés de vous, avec quel succès vous cultivez les belles-lettres, et j'avais vu dans l'*Encyclopédie* quelles sont vos profondes connaissances sur beaucoup d'objets utiles.

> *Omne tulit punctum, qui miscuit utile dulci.*
> Hor., *De art. poet.*, v. 343.

Voilà votre devise; la mienne est : *Si placeo, tuum est*[1].

Mérope ne s'attendait pas à être traitée aussi honorablement que la finance. Le Parnasse et le trésor royal vous ont bien de l'obligation. Vous avez un double droit à mon estime et à ma reconnaissance. Si j'étais contrôleur général, vous auriez une pension; et si je faisais encore des vers, je vous chanterais

Recevez, monsieur, les assurances de l'attachement sincère du vieux Suisse V.

MMDCCXXVIII. — De Frédéric II, roi de Prusse.

Novembre 1758.

Je ne mérite pas toutes les louanges que vous me donnez. Nous nous sommes retirés d'affaire par des à peu près; mais avec la multitude du monde auquel il faut nous opposer, il est presque impossible de faire davantage : nous avons été vaincus, et nous pouvons dire, comme François Ier : « Tout a été perdu, hors l'honneur. » Vous avez grande raison de regretter le maréchal Keith; c'est une perte pour l'armée et pour la société. Daun avait saisi l'avantage d'une nuit qui laissait peu de place au courage; mais malgré tout cela nous sommes encore debout, et nous nous préparons à de nouveaux avancements : peut-être que le Turc, plus chrétien que les puissances catholiques apostoliques, ne voudra pas que des brigands politiques se donnent les airs de conspirer contre un prince qu'ils ont offensé, et qui ne leur a rien fait. Vivez heureux, et priez Dieu pour les malheureux, apparemment damnés, parce qu'ils sont obligés de guerroyer toujours. *Vale.* Frédéric.

MMDCCXXIX. — A madame la comtesse de Lutzelbourg.

Aux Délices, 1er novembre.

Il me paraît, madame, qu'on passe sa vie à voir des révolutions L'année passée, au mois d'octobre, le roi de Prusse voulait se tuer; il

---

1. Horace, liv. IV, ode III, v. 24. (Éd.)

nous tua au mois de novembre. Il est détruit, cette année, en octobre; nous verrons si nous serons battus le mois prochain. On appelle victoires complètes des actions qui sont des avantages médiocres. On chante des *Te Deum*, quand à peine il y a de quoi entonner un *De profundis*. On nous exagère de petits succès, et on nous accable de grands impôts.

On dit le monarque portugais blessé à l'épaule, le monarque espagnol blessé au cerveau, le roi, ou soi-disant tel, de Suède, gardé à vue, et celui de Pologne buvant et mangeant à nos dépens, tandis que les Prussiens boivent et mangent encore aux dépens des Saxons. Des autres rois je n'en parle pas. Portez-vous bien, madame, et voyez toujours d'un œil tranquille la sanglante tragédie et la ridicule comédie de ce monde. Je tremble toujours que quelque balle de fusil ne vienne balafrer le beau visage de monsieur votre fils, à qui je présente mes respects. Avez-vous le bonheur de posséder Mme de Broumath ?

Voulez-bien permettre, madame, que je mette dans ce paquet un petit billet pour Colini, qui vous est attaché ? Pardonnez cette *liberté grande*. En voici encore une autre. Je vous demande en grâce, quand vous irez à Strasbourg, de vouloir bien dire au coureur qu'il aille, chemin faisant, laver la tête au banquier Turckeim, et lui signifier que je meurs de faim, s'il ne songe pas à moi. Pardon, madame; mais, dans l'occasion, on a recours à ce qu'on aime. Mille tendres respects.　　　　　　　　　　　　　　　　　　　　　V.

MMDCCXXX. — A M. DE BRENLES.

Aux Délices, 2 novembre.

Mon cher ami, je reçois la cargaison de livres anglais sur lesquels je n'avais plus compté. J'avais fait venir, il y a six mois, les mêmes volumes de Londres. Les uns seront dans mon cabinet des Délices, les autres dans celui de Ferney; on n'en saurait trop avoir; tous ces livres sont contre les prêtres. A qui faut-il que je paye ? je suis tout prêt, et je vous remercie de tout mon cœur.

On est très-irrité, à Berne, contre le ministre de Vevay ou de Lausanne, auteur du punissable libelle inséré dans le *Mercure suisse*[1]; et, s'il est découvert, il portera la peine de son insolence.

Vous avez bien raison de plaindre notre ami Polier de Bottens, qui a eu la faiblesse de se laisser gourmander par des cuistres, après avoir eu la force de faire hardiment une bonne œuvre qui devait imposer silence à ces marauds. Je parle un peu en homme qui a des tours[2] et des mâchicoulis, et qui ne craint point le consistoire.

Vous n'êtes point venu aux Délices, mais j'espère que nous vous posséderons dans le château de Ferney, et que *je vous donnerai*, comme M. de Sotenville, *le divertissement de courre un lièvre*[3]. Mille respects à Mme de Brenles. Bonsoir, mon cher ami.　　　　　V.

---

1. Il s'agit de la lettre de Lervêche, insérée dans le *Journal helvétique*. (ÉD.)
2. L'ancien château de Ferney, dont il existe encore des dessins avait des tours, ou plutôt des tourelles. (ÉD.)
3. Molière, *George Dandin*, acte I, scène VIII. (ÉD.)

MMDCCXXXI. — DE FRÉDÉRIC II, ROI DE PRUSSE.

Du 6 novembre.

Il vous a été facile de juger de ma douleur par la perte que j'ai faite. Il y a des malheurs réparables par la constance et par un peu de courage; mais il y en a d'autres contre lesquels toute la fermeté dont on veut s'armer et tous les discours des philosophes ne sont que des secours vains et inutiles. Ce sont de ceux-ci dont ma malheureuse étoile m'accable dans les moments les plus embarrassants et les plus remplis de ma vie.

Je n'ai point été malade, comme on vous l'a dit; mes maux ne consistent que dans des coliques hémorroïdales, et quelquefois néphrétiques. Si cela eût dépendu de moi, je me serais volontiers dévoué à la mort, que ces sortes d'accidents amènent tôt ou tard, pour sauver et pour prolonger les jours de celle qui ne voit plus la lumière. N'en perdez jamais la mémoire, et rassemblez, je vous prie, toutes vos forces pour élever un monument à son honneur. Vous n'avez qu'à lui rendre justice; et, sans vous écarter de la vérité, vous trouverez la matière la plus ample et la plus belle.

Je vous souhaite plus de repos et de bonheur que je n'en ai.

FRÉDÉRIC.

MMDCCXXXII. — A M. DE CIDEVILLE, A SON CHATEAU DE LAUNAI.

Aux Délices, 10 novembre.

Mon affaire avec le marquis Ango est fort sérieuse, mon cher et ancien ami; mais vous l'avez rendue si plaisante par votre aimable lettre, que je ne peux plus m'affliger. Le *constat de cadavere* me fait encore pouffer de rire. Je crois ce puant marquis bien en colère que je vive encore, et que j'aie douté de son existence. Ce petit gnome ne vous a donc pas répondu; je le ferai *ester à droit*, de pardieu, fût-ce dans Argentan en basse Normandie. Je vous suis doublement obligé de vos bons conseils et de vos bonnes plaisanteries.

Je vois qu'il n'est pas aisé de trouver un procureur honnête homme, encore moins un marquis qui paye ses dettes. Cet Ango doit être furieusement grand seigneur; car non-seulement il ne paye point ses créanciers, mais il ne daigne pas leur faire civilité. Cet Ango n'est point du tout poli.

Vous allez donc à Paris, mon cher ami, chercher le plaisir, et ne le point trouver; jouir de la ville, et ne l'aimer ni ne l'estimer, et y attendre le moment de retourner à votre charmante terre. Pour moi, j'ai renoncé aux villes; j'ai acheté une assez bonne terre à deux lieues de mes Délices; je ne voyage que de l'une à l'autre; et, si j'entreprenais de plus grandes courses, ce serait pour vous.

Le roi de Prusse m'écrit souvent qu'il voudrait être à ma place : je le crois bien; la vie des philosophes est bien au-dessus de celle des rois. Le maréchal de Daun et le greffier de l'Empire instrumentent toujours contre Frédéric. Les uns le vantent, les autres l'abhorrent, il

1. La margrave de Bareuth. (ÉD.)

n'a qu'un plaisir, c'est de faire parler de lui. J'ai cru autrefois que ce plaisir était quelque chose, mais je m'aperçois que c'est une sottise; il n'y a de bon que de vivre tranquille dans le sein de l'amitié. Je vous embrasse de tout mon cœur. Mme Denis en fait autant.   **V.**

MMDCCXXXIII. — A M. BERTRAND.

Aux Délices, 11 novembre.

Je n'ai point connu de *comte* de Manstein, mon cher philosophe, à moins que le roi de Prusse ne l'ait fait *comte* pour le consoler d'avoir été massacré par des pandours. C'était un Poméranien devenu Russe, qui avait pris le comte de Munich à bras le corps, l'avait colleté, secoué et mis *di sotto*, puis le garrotta, et l'envoya dans une charrette en Sibérie. Ensuite, ayant peut-être quelque peur d'y aller à son tour, il quitta le service d'Élisabeth pour celui de Frédéric; il se mit à faire des *Mémoires*. J'en mis une partie en français; mais il y a encore quelques fautes; je n'eus pas le temps de tout corriger. Je crois que les Cramer donneront volontiers à la veuve vingt-cinq louis d'or; mais je n'ai pu réussir à en faire donner davantage.

Je crois la veuve mal à son aise, et le roi, son nouveau maître, pourra bien être hors d'état de faire des pensions aux veuves.

Je ne lirai pas plus, mon cher ami, les libelles du *Mercure* germanique que ceux de Neuchâtel; toutes ces pauvretés tombent dans un éternel oubli, après avoir vécu un jour.

Il est toujours question de tremblements; celui de Syracuse n'a pas été si considérable qu'on le disait. Il y en a eu un au Havre de Grâce, qui a renversé des maisons. Je n'ai pas sur ces phénomènes des notions bien détaillées; je sais seulement que la terre tremble depuis deux ans, et que les hommes ensanglantent sa surface depuis longtemps.

Je plante en paix des jardins, et quand j'aurai planté, je reviendrai à Lausanne, où je voudrais bien vous tenir. Je vous prie, mon cher théologien raisonnable, d'assurer M. et Mme de Freudenreich de mes respects. *Valeas.*   **V.**

MMDCCXXXIV. —A M. FABRY, CHEVALIER DE L'ORDRE DE SAINT-MICHEL, PREMIER SYNDIC GÉNÉRAL DES TROIS ÉTATS DU PAYS DE GEX.

15 novembre 1758.

Vous verrez, mon cher monsieur, par la lettre ci-jointe, de la main de Mgr le comte de La Marche, que les choses peuvent changer de pour au contre du 19 septembre au 5 novembre. Mais jamais rien ne changera dans les sentiments que j'ai pour vous. Je me croirais trop heureux de pouvoir contribuer au bien que vous voulez faire au pays. M. le contrôleur général m'a toujours honoré de son amitié; et quand vous voudrez me donner vos ordres, je les remplirai auprès de lui avec toute la vivacité d'un homme qui est idolâtre du bien public, et qui désire avec passion votre amitié. Supprimons les compliments, le cœur n'en veut point.

Votre très-humble et très-obéissant serviteur   **V.**

MMDCCXXXV. — A M. DIDEROT.

Aux Délices, 16 novembre.

Je vous remercie du fond de mon cœur, monsieur, de votre attention et de votre nouvel ouvrage [1]. Il y a des choses tendres, vertueuses, et d'un goût nouveau, comme dans tout ce que vous faites; mais permettez-moi de vous dire que je suis affligé de vous voir faire des pièces de théâtre qu'on ne met point au théâtre, autant que je suis fâché que Rousseau écrive contre la comédie, après avoir fait des comédies.

J'attends avec impatience votre nouveau tome de l'*Encyclopédie*; je m'intéresse bien vivement à ce grand ouvrage et à son auteur; vous méritiez d'avoir été mieux secondé. J'aurai la hardiesse de vouloir que l'article *Idolâtrie* soit de moi, s'il a passé, et j'aurais désiré que d'autres articles importants eussent été écrits avec la même passion pour la vérité. Nous étions indignés, l'autre jour, au mot *Enfer* [2], de lire que Moïse en a parlé; une fausseté si évidente révolte.

Vingt articles de métaphysique, et, en particulier celui d'*Âme* [3], sont traités d'une manière qui doit bien déplaire à votre cœur naïf et à votre esprit juste. Je me flatte que vous ne souffrirez plus des articles tels que celui de *Femme*, de *Fat*, etc., ni tant de vaines déclamations, ni tant de puérilités et de lieux communs sans principes, sans définitions, sans instructions. Jugez, à ma franchise, de l'intérêt que votre grande entreprise m'a inspiré.

Je n'ai pu, malgré cet intérêt, travailler beaucoup à votre nouveau tome. J'ai acheté, à deux lieues de mes Délices, une terre encore plus retirée, où je compte finir mes jours dans la tranquillité, mais où je me vois obligé de me donner beaucoup de soins les premières années. Ces soins sont amusants, et les travaux de la campagne me paraissent tenir à la philosophie; les bonnes expériences de physique sont celles de la culture de la terre. Dans cet heureux oubli d'un monde pervers et frivole, j'interromprai mes travaux avec joie, quand vous me demanderez des articles intéressants dont d'autres personnes ne se seront point chargées.

Adieu, monsieur; honorez de quelque amitié un homme qui vous est attaché comme il voudrait que tous les philosophes le fussent, et qui est extrêmement sensible à tous vos talents.

MMDCCXXXVI. — A M. BERTRAND.

Au Château de Ferney, pays de Gex, par Genève,
20 novembre.

Mon cher ami, je suis bien fâché d'avoir perdu un temps précieux à répondre au misérable qui devait oublier les morts et respecter les vivants. Mais un homme d'un très-grand mérite et d'un très-bon conseil, qui m'apporta ces jours passés le *Mercure suisse*, me dit qu'il

---

1. *Le Père de famille.* (ÉD.) — 2. Par Mallet. (ÉD.)
3. Par l'abbé Yvon. — Les articles FAT et FEMME sont de Desmahis. (ÉD.)

fallait absolument faire rougir et faire repentir l'ennemi de la société. J'ai rempli les devoirs d'un homme et d'un ami, et c'est à ces deux titres que je vous demande votre suffrage. V.

MMDCCXXXVII. — A M. DE CIDEVLLE.

A Ferney, 25 novembre;
mais écrivez toujours aux Délices.

Votre amitié pour moi a donc la malice, mon cher ami, de tarabuster le marquis Ango, et de lui faire sentir que quelquefois les plus grands seigneurs ne laissent pas d'être obligés à payer leurs dettes, malgré les grands services qu'ils rendent à l'Etat. Il ne veut pas m'écrire; vous verrez qu'il s'est rouillé en province. Cependant un Bas-Normand peut hardiment écrire à un Suisse. Le petit bonhomme de marquis veut donc me donner une assignation sur son trésor royal, et, de quatre années, m'en payer une à cause des dépenses qu'il fait à la guerre! Je ferai signifier à monseigneur que je ne l'entends pas ainsi, et que, lui ayant joué le tour de vivre jusqu'à la fin de cette présente année, je veux être payé de mon dû ou deu. On écrivait autrefois *deu* ou *dub*, parce que dû est toujours *dubium;* mais *dû*, ou *deu*, ou *dub*, il faut qu'il paye; et, *point d'argent, point de Suisse.* Et M. le surintendant Ledoux aura beau faire, je ferai brèche à son trésor, car je bâtis une terre; non pas un marquisat comme La Motte, non un palais comme le palais d'Ango, mais une maison commode et rustique, où j'entre, il est vrai, par deux tours entre lesquelles il ne tient qu'à moi d'avoir un pont-levis, car j'ai des mâchicoulis et des meurtrières; et mes vassaux feront la guerre à La Motte-Ango

Le fait est que j'ai acheté, à une lieue des Délices, une terre qui donne beaucoup de foin, de blé, de paille, et d'avoine; et je suis à présent

Rusticus, abnormis sapiens, crassaque Minerva.

Hor., lib. II, sat. II, v. 3.

J'ai des chênes droits comme des pins, qui touchent le ciel, et qui rendraient grand service à notre marine, si nous en avions une. Ma seigneurie a d'aussi beaux droits que La Motte; et nous verrons, quand nous nous battrons, qui l'emportera.

Nunc itaque et versus, et cætera ludicra pono.
Hor., lib. I, ep. I, v. 10.

Je sème avec le semoir; je fais des expériences de physique sur notre mère commune; mais j'ai bien de la peine à réduire Mme Denis au rôle de Cérès, de Pomone, et de Flore. Elle aimerait mieux, je crois, être Thalie à Paris; et moi, non; je suis idolâtre de la campagne, même en hiver. Allez à Paris; allez, vous qui ne pouvez encore vous défaire de vos passions.

Urbis amatorem Fuscum salvere jubemus
Ruris amatores.
Hor., lib. I, ep. X, v. 1.

L'ami des hommes, ce M. de Mirabeau, qui parle, qui parle, qui parle, qui décide, qui tranche, qui aime tant le gouvernement féodal, qui fait tant d'écarts, qui se blouse si souvent, ce prétendu *ami* du genre humain, n'est mon fait que quand il dit : « Aimez l'agriculture. » Je rends grâce à Dieu, et non à ce Mirabeau, qui m'a donné cette dernière passion. Eh bien! quittez donc votre aimable Launai pour Paris; mais retournez à Launai, et regrettez, comme moi, que Launai soit si loin de Ferney. Écrivez-nous quand vous serez à Paris; parlez-nous des sottises que vous y aurez vues, et aimez toujours vos deux amis du lac de Genève, qui vous aiment de tout leur cœur.   V.

MMDCCXXXVIII. — A M. BERTRAND.

Aux Délices, 27 novembre.

Vous vous y prenez un peu tard, mon cher ami. M. de Boisi et M. de Montpéroux m'ont desséché, l'un en me vendant sa terre, l'autre en m'empruntant ce qui me restait. Cependant il ne faut pas abandonner son ami, qui veut faire une bonne œuvre. Je vole donc à mes charpentiers et à mes maçons cinquante louis d'or que je vous envoie en une lettre de change que Panchaud[1] tirera sur Lyon. Je suis très-affligé de ne pouvoir faire mieux; je suis fâché aussi de ne pouvoir faire mieux pour le cuistre qui a imprimé ce libelle dans le *Mercure suisse*. Il mérite une correction plus sévère, et ses insolences doivent être réprimées. Tout le monde sait ici, aussi bien que lui, que le père des Saurin de France avait fait quelques fredaines il y a soixante-dix ans. Mais par quelle frénésie les réveille-t-il? Pourquoi attaquer les morts et les vivants? de quel droit taxer d'irréligion un homme qui fait un acte très-religieux, en sauvant l'honneur d'une famille? Vos ministres de Lausanne, qui en veulent un peu à notre ami Polier, se sont conduits avec lui, dans cette affaire, très-indécemment, et il a eu trop de mollesse. C'était là une occasion où il devait montrer de la fermeté.

Je vous prie de présenter mes très-humbles et très-tendres remercîments à M. le banneret de Freudenreich, qui a bien voulu m'honorer de ses bons offices, au sujet des droits des seigneuries[2] du pays de Gex. Je ne lui écris point, de peur de le fatiguer d'une lettre inutile; mais il agréera, avec sa bonté ordinaire, les sentiments de reconnaissance que j'aurai pour lui toute ma vie, et qui en auront plus de prix en passant par votre bouche. Ne m'oubliez pas auprès de Mme de Freudenreich.

On est très-content des sept articles que vous avez envoyés pour l'*Encyclopédie*; je m'y attendais bien.

Adieu, mon cher ami; quand vous viendrez me voir dans mon ermitage de Ferney, vous y trouverez des jésuites qui sont plus riches que vous, mais qui ne sont pas si savants.

Je vous embrasse.   V.

1. Banquier de Voltaire. (ÉD.) — 2. Les terres de Ferney et de Tournay. (ÉD.)

MMDCCXXXIX. — A FRÉDÉRIC II, ROI DE PRUSSE.

Décembre.

Ombre illustre, ombre chère, âme héroïque et pure,
Toi que mes tristes yeux ne cessent de pleurer,
Quand la fatale loi de toute la nature
Te conduit dans la sépulture,
Faut-il te plaindre ou t'admirer ?

Les vertus, les talents, ont été ton partage;
Tu vécus, tu mourus en sage;
Et, voyant à pas lents avancer le trépas,
Tu montras le même courage
Qui fait voler ton frère au milieu des combats.

Femme sans préjugés, sans vice, et sans mollesse,
Tu bannis loin de toi la Superstition,
Fille de l'Imposture et de l'Ambition,
Qui tyrannise la Faiblesse.

Les Langueurs, les Tourments, ministres de la Mort,
T'avaient déclaré la guerre;
Tu les bravas sans effort,
Tu plaignis ceux de la terre.

Hélas ! si tes conseils avaient pu l'emporter
Sur le faux intérêt d'une aveugle vengeance,
Que de torrents de sang on eût vus s'arrêter!
Quel bonheur t'aurait dû la France !

Ton cher frère aujourd'hui, dans un noble repos,
Recueillerait son âme à soi-même rendue;
Le philosophe, le héros,
Ne serait affligé que de t'avoir perdue.

Sur ta cendre adorée il jetterait des fleurs
Du haut de son char de victoire;
Et les mains de la Paix et les mains de la Gloire
Se joindraient pour sécher ses pleurs.

Sa voix célébrerait ton amitié fidèle,
Les échos de Berlin répondraient à ses chants;
Ah! j'impose silence à mes tristes accents,
Il n'appartient qu'à lui de te rendre immortelle.

Voilà, Sire, ce que ma douleur me dicta, quelque temps après le
premier saisissement dont je fus accablé, à la mort de ma protectrice.
J'envoie ces vers à Votre Majesté, puisqu'elle l'ordonne. Je suis vieux;
elle s'en apercevra bien; mais le cœur, qui sera toujours à vous et à
l'adorable sœur¹ que vous pleurez, ne vieillira jamais. Je n'ai pu

1. La margrave de Bareuth. (ÉD.)

m'empêcher de me souvenir, dans ces faibles vers, des efforts que
cette digne princesse avait faits pour rendre la paix à l'Europe. Toutes
ses lettres (vous le savez sans doute) avaient passé par moi. Le
ministre, qui pensait absolument comme elle, et qui ne put lui
répondre que par une lettre qu'on lui dicta, en est mort de chagrin .
Je vois avec douleur, dans ma vieillesse accablée d'infirmités, tout ce
qui se passe; et je me console parce que j'espère que vous serez aussi
heureux que vous méritez de l'être. Le médecin Tronchin dit que
votre colique hémorroïdale n'est point dangereuse; mais il craint que
tant de travaux n'altèrent votre sang. Cet homme est sûrement le plus
grand médecin de l'Europe, le seul qui connaisse la nature. Il m'avait
assuré qu'il y avait du remède pour l'état de votre auguste sœur, six
mois avant sa mort. Je fis ce que je pus pour engager Son Altesse
royale à se mettre entre les mains de Tronchin; elle se confia à des
ignorants entêtés, et Tronchin m'annonça sa mort deux mois avant le
moment fatal. Je n'ai jamais senti un désespoir plus vif. Elle est morte
victime de sa confiance en ceux qui l'ont traitée. Conservez-vous, Sire,
car vous êtes nécessaire aux hommes.

MMDCCXL. — A M. LE MARQUIS ALBERGATI CAPACELLI.

Aux Délices, 4 décembre.

Monsieur, benedetto sia il cielo che v'ha inspirato il gusto del più
divino trastullo, che e i valenti uomini e le virtuose donne possano
godere, quando sono più di due insieme.

Vous vous adressez tout juste à un homme qui ne rougit point, à
son âge, de jouer encore la comédie avec ses amis. Nous avons à Lausanne un très-joli théâtre; j'en fais bâtir un à une terre[2] que j'ai en
France, à quelques lieues de la campagne où je suis à présent.

Les femmes se mettent comme elles veulent, sans beaucoup de dépense; surtout point de cornettes; un petit diadème de perles fausses,
quelques rubans, des boucles, ou un petit bonnet. Une femme, quand
elle est jolie, est mieux coiffée pour un écu, qu'une laide pour mille
pistoles.

Questo sia detto per i viventi; vengo adesso ai morti. Quand j'ai
fait jouer *Sémiramis*, j'ai fait placer l'ombre dans un coin, au fond du
théâtre; elle montait par une estrade, sans qu'on la vît monter; elle
était entourée d'une gaze noire; tout dépend de la manière dont sont
placées les lumières. Cela fait un terrible effet, quand tout est bien
disposé; car

Segnius irritant animos demissa per aurem
Quam quæ sunt oculis subjecta fidelibus....

Hor., *De art. poet.*, v. 180.

Vous me demandez, monsieur, si on doit entendre, au premier

---

1. Le cardinal de Tencin; l'abbé de Bernis l'obligea de signer une lettre qu'il
lui envoya pour rompre toute négociation; et cette adroite politique nous a
valu la paix glorieuse de 1763. Voy. le *Commentaire historique*. (*Éd. de Kehl.*)
2. A Tournay. (ÉD.)

acte, les gémissements de l'ombre de Ninus; je vous répondrai que, sans doute, on les entendrait sur un théâtre grec ou romain; mais je n'ai pas osé le risquer sur la scène de Paris, qui est plus remplie de petits-maîtres français, à talons rouges[1], que de héros antiques. Je ne conseillerais pas non plus qu'on hasardât cette nouveauté sur un petit théâtre resserré, qui ne laisse pas de place à l'illusion.

Le grand prêtre Oroès ne donne point l'épée de Ninus à Arsace, dans le premier acte; il la lui donne dans le quatrième. Je sauvai à l'acteur l'embarras de ceindre une épée et d'ôter la sienne, en le faisant venir sans épée sur le théâtre.

Le tonnerre est aisément imité par le bruit d'une ou deux roues dentelées qu'on fait mouvoir derrière la scène sur des planches; les éclairs se forment avec un peu d'orcanson.

Voilà, monsieur, tout ce que je peux répondre aux questions que vous avez bien voulu me faire; mais je ne pourrais jamais répondre dignement à l'honneur que je reçois de vous, ni vous exprimer assez les sentiments que je vous dois.

MMDCCXLI. — A M. Thieriot.

A Ferney, 6 décembre.

Ce Ferney dont je vous écris, mon ancien ami, est une terre au bord de ce lac que je ne puis abandonner; c'est le supplément des Délices. *Ex nitido fit rusticus*[2]; mais, au milieu de vingt maçons qui me rebâtissent un château, et parmi les laboureurs à qui je donne de nouvelles charrues à semoir, je n'oublie point mon atlas. Je veux avoir la terre entière présente à mes yeux dans ma petite retraite; et, tandis que je me promène des Délices à Ferney et à Lausanne, je veux que mes yeux se promènent sur la Lusace et sur la Bohême, sur Louisbourg et sur Pondichéri. *Di grazia*, amusez-vous à me faire un bel atlas, bien complet, bien relié; ayez la bonté de me l'envoyer, par le carrosse de Lyon, à mon ami Tronchin, non pas Tronchin l'inoculateur, mais Tronchin le banquier, qui m'est aussi utile que l'autre. Mme de Fontaine vous payera les déboursés que vous aurez eu la bonté de faire. Vous aimez les livres et vos amis; ainsi je compte vous servir à votre goût, en vous faisant exercer votre double métier d'obliger et de bouquiner. Je suis un peu mécontent des bouquins nouveaux; mais je me console *cum veterum libris*. Dites de moi : *Felix nimium ! sua nam bona novit*. Quelle nouvelle sottise avez-vous dans votre pays? *Interim, vale.*

MMDCCXLII. — A M. Colini.

Aux Délices, 14 décembre.

Mon cher Colini, j'ai encore écrit à Mgr l'électeur palatin. Point de place vacante; il faut attendre. J'ai envoyé un ballot qui doit parvenir bientôt à M. Turckeim. Vous pouvez lui dire que ce ballot est pour

---

1. Ils disparurent en 1759, grâce au comte de Lauraguais. (Éd.)
2. Hor., lib. I, ép. VII, v. 83. (Éd.)

vous; je le prie d'en payer les frais. C'est Cramer qui l'a dépêché par les voitures embourbées de Suisse. Il contient trois exemplaires, un pour M. Langhans[1], et deux pour vous. Si les Français, les Autrichiens, les Russes, et les Suédois, ne piquent pas mieux leurs chiens, ils ne forceront point la proie qu'ils chassent; Freitag aura raison, et la peine de M. Langhans sera perdue. *Addio, mio Colini.*

J'ai acquis deux belles terres en France, dans le pays de Gex, qui est un jardin continuel. Si jamais vous êtes las du Rhin, j'habite toujours près du lac.   V.

MMDCCXLIII. — A M. LE COMTE DE SCHOWALOW.

Fernay, par Genève, 16 décembre.

Monsieur, je vous souhaite une année remplie de toutes les félicités que vous méritez; et je ne me souhaite, à moi, qu'un gros paquet qui puisse me mettre en état d'achever l'histoire de Pierre le Grand. J'ai déjà eu l'honneur de vous dire en bon Israélite, que je ne peux faire ma brique quand on ne me donne point de paille[2]. J'ai quelques instructions sur votre empire, et rien sur votre empereur. Je me suis procuré un grand loisir dans une de mes terres, et je ne veux consacrer ce loisir qu'à vous donner des témoignages de mon zèle et de mon attachement pour votre personne.

J'ai l'honneur d'être, avec les sentiments que je vous dois, etc.

MMDCCXLIV. — A M. HELVÉTIUS.

17 décembre.

Vos vers semblent écrits par la main d'Apollon;
Vous n'en aurez pour fruit que ma reconnaissance.
Votre livre est dicté par la saine raison;
Partez vite, et quittez la France.

J'aurais pourtant, monsieur, quelques petits reproches à vous faire; mais le plus sensible, et qu'on vous a déjà fait sans doute, c'est d'avoir mis l'*amitié* parmi les vilaines passions[3]; elle n'était pas faite pour si mauvaise compagnie. Je suis plus affligé qu'un autre de votre tort. L'amitié, qui m'a accompagné au pied des Alpes, fait tout mon bonheur, et je désire passionnément la vôtre. Je vous avoue que le sort de votre livre dégoûte d'en faire. Je m'en tiens actuellement à être seigneur de paroisse, laboureur, maçon et jardinier; cela ne fait point d'ennemis. Les poëmes épiques, les tragédies, et les livres philosophiques, rendent trop malheureux. Je vous embrasse; je vous estime infiniment; je vous aime de même, et je présente mes respects à la digne épouse d'un philosophe aimable.

---

1. *Ammeister* ou premier magistrat de la ville de Strasbourg. (ÉD.)
2. *Exode*, chap. v, versets 7, 10, 12, 13, 16, 18. (ÉD.)
3. L'avarice, l'ambition, l'orgueil, le despotisme. (ÉD.)

MMDCCXLV. — A M. LE COMTE D'ARGENTAL.

Aux Délices, 19 décembre.

Mon cher ange, vous étendez les deux bouts de vos ailes sur tous mes intérêts. Vous voulez que je vous voie et qu'*Oreste* réussisse; ce seraient là deux résurrections dont la première me serait bien plus chère que l'autre. Je suis un peu Lazare dans mon tombeau des Alpes. Je vous ai envoyé mon visage de Lazare il y a un an, et si vous tardez à le faire placer à l'Académie, sous la face grasse de *Babet* [1], bientôt je n'en aurai plus du tout à vous offrir. Je deviens plus que jamais pomme tapée. Ne comptez jamais de ma part sur un visage, mais sur le cœur le plus tendre, toujours vif, toujours neuf, toujours plein de vous.

Oui, sans doute, la scène de l'urne est très-changée et très-grecque; et, croyez-moi, les Français, tout Français qu'ils sont, y reviendront comme les Italiens et les Anglais. Ce n'est qu'à la longue que les suffrages se réunissent sur certains ouvrages et sur certaines gens.

Il n'y avait, à mon sens, autre chose à reprendre que l'instinct trop violent de la nature, dans la scène de reconnaissance; et pour rendre cet instinct plus vraisemblable et plus attendrissant, il n'y a qu'un vers à changer. Électre dit :

D'où vient qu'il s'attendrit ? je l'entends qui soupire.

Voici ce qu'il faut mettre à la place :

ORESTE.

O malheureuse Électre !

ÉLECTRE.

Il me nomme, il soupire;
Les remords en ces lieux ont-ils donc quelque empire? etc.

Oreste, acte IV, scène v.

A l'égard de la fin, plus j'y pense, plus je crois qu'il faut la laisser comme elle est; et je suis très-persuadé, étant hors de l'ivresse de la composition, de l'amour-propre, et de la guerre du parterre, que cette pièce bien jouée serait reçue comme *Sémiramis*, qui manqua d'abord son coup, et qui fait aujourd'hui son effet. Ce serait une consolation pour moi, et de la gloire pour vous, si vous forciez le public à être juste.

Pour *Fanime*, il y a longtemps que j'y ai donné les coups de pinceau que vous vouliez, et je vous l'enverrais sur-le-champ, si vous me promettiez que les comédiens n'auraient pas l'insolence d'y rien changer. Ils furent sur le point de faire tomber l'*Orphelin de la Chine*, en retranchant une scène nécessaire qu'ils ont été obligés de remettre. Ils allèrent jusqu'à donner à un confident un nom qui est hébreu [2]; vous sentez combien cela irrite et décourage. *La femme qui a raison* est dans le même cas; mais je vous avoue que j'aime mieux cent fois

1. Bernis. (ÉD.) — 2. Sans doute le nom d'*Azir* au lieu de celui d'*Étan*. (ÉD.)

labourer mes terres, comme je fais, que de me voir exposé à l'humiliation d'être corrigé et gâté par des comédiens.

Quand je parle de labourer la terre, je parle très à la lettre. Je me sers du nouveau semoir ! avec succès, et je force notre mère commune à donner moitié plus qu'elle ne donnait. Vous souvenez-vous que, quand je me fis Suisse, le président de Brosses vous parla de me loger dans un château qu'il a entre la France et Genève ? Son château était une masure faite pour des hiboux; un comté, mais à faire rire; un jardin, mais où il n'y avait que des colimaçons et des taupes; des vignes sans raisin, des campagnes sans blé, et des étables sans vaches. Il y a de tout actuellement, parce que j'ai acheté son pauvre comté par bail emphytéotique, ce qui, joint à Ferney, compose une grande étendue de pays qu'on peut rendre aisément fertile et agréable. Ces deux terres touchent presque à mes Délices. Je me suis fait un assez joli royaume dans une république. Je quitterai mon royaume pour venir vous embrasser, mon cher et respectable ami; mais je ne le quitterais pas assurément pour aucun autre avantage, quel qu'il pût être.

Ne pensez-vous pas que, vu le temps qui court, il vaut mieux avoir de beaux blés, des vignes, des bois, des taureaux, et des vaches, et lire *les Géorgiques*, que d'avoir des billets de la quatrième loterie, des annuités premières et secondes, des billets sur les fermes, et même des comptes à faire à Cadix? Qu'en dites-vous? *Et de Babeta, quid? et quid de rege hispano?* et des nouvelles destructions qu'on nous promet pour l'année prochaine?

Prenez du lait, madame, engraissez, dormez, et que tous les anges se portent bien.

Je fais tout ce que M. le comte de La Marche exige, j'écrirai à Monin. J'écris en droiture à 545 [2], qui a daigné m'écrire. Je vous remercie tendrement.

MMDCCXLVI. — A M. LE COMTE DE SCHOWALOW, A MOSCOU.

24 décembre.

Monsieur, j'eus l'honneur de vous écrire il y a quatre ou cinq jours; j'ai reçu, le 21 de décembre, la lettre dont vous m'honorez, du 23 d'octobre, et je ne sais à quoi attribuer un si long retardement. Je vous réitère mes prières, et je vous fais mes très-humbles remercîments sur vos nouveaux mémoires. Vous les intitulez: *Réponses* à mes objections; permettez-moi d'abord de dire à Votre Excellence que je n'ai jamais d'objections à faire aux instructions qu'elle veut bien me donner; que je fais simplement des questions, et que je demande des éclaircissements à l'homme du monde qui me paraît le plus savant dans l'histoire.

Nous ne sommes encore qu'à l'avenue du grand palais que vous voulez bâtir par mes mains, et dont vous me tracez l'ordonnance. Il y a dans cette avenue quelques terres incultes, quelques déserts qu'il faut

---

1. Celui de Lullin de Châteauvieux. (ÉD.
2. 545 désigne le maréchal de Richelieu. (ÉD.)

passer vite. Il est moins question de savoir d'où vient le mot de *tsar*, que de faire voir que Pierre Ier a été le plus grand des tsars. Je me garderai bien de mettre en question si le blé de la Livonie vaut mieux que celui de la Carélie ; j'observerai seulement ici, monsieur, que l'agriculture a été très-négligée dans toute l'Europe jusqu'à nos jours.

L'Angleterre, dont vous me parlez, est un des pays les plus fertiles en blé ; cependant ce n'est que depuis quelques années que les Anglais ont su en faire un objet de commerce immense. La nouvelle charrue et le semoir sont d'une utilité qui semble devoir désormais prévenir toutes les disettes. J'en ai vu beaucoup d'expériences, et je m'en sers avec succès dans deux de mes terres en France, dans le voisinage de Genève. Vous voyez par là que les arts ne se perfectionnent qu'à la longue ; et je vois aussi quelles obligations votre empire doit avoir à Pierre le Grand, qui lui a donné plusieurs arts, et en a perfectionné quelques-uns.

Je me servirai du mot *russien*, si vous le voulez ; mais je vous supplie de considérer qu'il ressemble trop à *prussien*, et qu'il en paraît un diminutif ; ce qui ne s'accorde pas avec la dignité de votre empire. Les Prussiens s'appelaient autrefois *Borusses*, comme vous le savez, et, par cette dénomination, ils paraissaient subordonnés aux *Russes*. Le mot de *russe* a d'ailleurs quelque chose de plus ferme, de plus noble, de plus original, que celui de *russien* ; ajoutez que *russien* ressemble trop à un terme très-désagréable dans notre langue, qui est celui de *ruffien* ; et, la plupart de nos dames prononçant les deux *ss* comme les *ff*, il en résulte une équivoque indécente qu'il faut éviter.

Après toutes ces représentations, j'en passerai par ce que vous voudrez ; mais le grand point, monsieur, l'objet important et indispensable, devant lequel presque tous les autres disparaissent, est le détail de tout ce qu'a fait Pierre le Grand d'utile et d'héroïque. Vous ne pouvez me donner trop d'instructions sur le bien qu'il a fait au genre humain. La plupart des gens de lettres de l'Europe me reprochent déjà que je vais faire un panégyrique, et jouer le rôle d'un flatteur ; il faut leur fermer la bouche en leur faisant voir que je n'écris que des vérités utiles aux hommes.

J'espère aussi, monsieur, que vous voudrez bien me faire parvenir des mémoires fidèles sur les guerres entreprises par Pierre Ier, sur ses belles actions, sur celles de vos compatriotes, en un mot, sur tout ce qui peut contribuer à la gloire de l'empire et à la vôtre.

MMDCCXLVII. — A M. THIERIOT.

Aux Délices, 24 décembre.

Vous vous trompez, mon ancien ami, j'ai quatre pattes au lieu de deux ; un pied à Lausanne, dans une très-belle maison pour l'hiver ; un pied aux Délices près de Genève, où la bonne compagnie vient me voir : voilà pour les pieds de devant. Ceux de derrière sont à Ferney et dans le comté de Tournay, que j'ai acheté, par bail emphytéotique, du président de Brosses.

M. Crommelin se trompe beaucoup davantage sur tous les points. La terre de Ferney est aussi bonne qu'elle a été négligée; j'y bâtis un assez beau château; j'ai chez moi la terre et le bois; le marbre me vient par le lac de Genève. Je me suis fait, dans le plus joli pays de la terre, trois domaines qui se touchent. J'ai arrondi tout d'un coup la terre de Ferney par des acquisitions utiles. Le tout monte à la valeur de plus de dix mille livres de rente, et m'en épargne plus de vingt, puisque ces trois terres défrayent presque une maison où j'ai plus de trente personnes, et plus de douze chevaux à nourrir.

> *Nave ferar magna an parva, ferar unus et idem.*
> Hor., lib. II, ep. II, v. 200.

Je vivrais très-bien comme vous, mon ancien ami, avec cent écus par mois; mais Mme Denis, l'héroïne de l'amitié, et la victime de Francfort, mérite des palais, des cuisiniers, des équipages, grande chère, et beau feu. Vous faites très-sagement d'appuyer votre philosophie de deux cents écus de rente de plus.

> .... *Tractari mollius ætas*
> *Imbecilla volet.*
> Hor., lib. II, sat. II, v. 85.

Et il vous faut :

> .... *Mundus victus, non deficiente crumena.*
> Hor., lib. I, ep. IV, v. 2.

Nous serons plus heureux, vous et moi, dans notre sphère, que des ministres exilés, peut-être même que des ministres en place. Jouissez de votre doux loisir; mais je jouirai de mes très-douces occupations, de mes charrues à semoir, de mes taureaux, de mes vaches.

> ...... *Hanc vitam in terris Saturnus agebat.*
> Vírg., *Georg.*, lib. II, v. 538.

Quel fracas pour le livre de M. Helvétius! *voilà bien du bruit pour une omelette*[1]! quelle pitié! Quel mal peut faire un livre lu par quelques philosophes? J'aurais pu me plaindre de ce livre, et je sais à qui je dois certaine affectation de me mettre à côté de certaines gens[2]; mais je ne me plains que la manière dont l'auteur traite l'amitié[3], la plus consolante de toutes les vertus.

Envoyez-moi, je vous prie, cette abominable justification[4] de la Saint-Barthélemi; j'ai acheté un ours, je mettrai ce livre dans sa cage. Quoi! on persécute M. Helvétius, et on souffre des monstres!

Je ne connais point *Jeanne*, je ne sais ce que c'est; mais je me prépare à mettre en ordre les matériaux qu'on m'envoie de Russie, pour bâtir le monument de Pierre le créateur, et j'aime encore mieux bâtir mon château. Je vous remercie tendrement des cartes de ce malheureux univers. *Tuus*   V.

---

1. C'est le mot de Desbarreaux. (ÉD.)
2. Dans le chapitre XII du second discours, Voltaire est nommé après Crebillon. (ÉD.)
3. Discours III, chap. XIV. (ÉD.) — 4. L'ouvrage de Caveyrac. (ÉD.)

MMDCCXLVIII. — A M. SAURIN.

Aux Délices, 27 décembre.

Ah! ah! vous êtes donc de notre *tripot* [1], et vous faites de beaux vers [2], monsieur le philosophe? je vous en félicite, et vous en remercie. Les prêtres d'Isis n'ont pas beau jeu avec vous; l'archevêque de Memphis vous lâchera un mandement, et les jésuites de Tanis vous demanderont une rétractation. Quelle est donc cette *Adèle* dont vous parlez? est-ce qu'il y a eu une *Adèle* [3]?

Dites-moi, je vous prie, ce que devient M. Helvétius [4]. J'aurais un peu à me plaindre de son livre, si j'avais plus d'amour-propre que d'amitié. Je suis indigné de la persécution qu'il éprouve.

Non-seulement l'article en question est imprimé dans la seconde édition des Cramer, mais il a excité la bile des vieux pasteurs de Lausanne. Un prêtre [5], plus prêtre que ceux de Memphis, a écrit un libelle à cette occasion. Les ministres se sont assemblés; ils ont censuré les trois bons et honnêtes pasteurs que j'avais fait signer en votre faveur; je les ai tous fait taire [6]. Les avoyers de Berne ont fait sentir leur indignation à l'auteur du libelle contre la mémoire de votre illustre père, et nous sommes demeurés, votre honneur et moi, maîtres du champ de bataille. Au reste, je suis devenu laboureur, vigneron et berger; cela vaut cent fois mieux que d'être à Paris homme de lettres.

Je vous embrasse du fond de mon tombeau et de mon bonheur.

MMDCCXLIX. — A MADAME LA MARQUISE DU DEFFAND.

Aux Délices, 27 décembre.

J'apprends, madame, que votre ami et votre philosophe Formont a quitté ce vilain monde. Je ne le plains pas; je vous plains d'être privée d'une consolation qui vous était nécessaire. Vous ne manquerez jamais d'amis, à moins que vous ne deveniez muette; mais les anciens amis sont les seuls qui tiennent au fond de notre être, les autres ne les remplacent qu'à moitié.

Je ne vous écris presque jamais, madame, parce que je suis mort et enterré entre les Alpes et le mont Jura; mais, du fond de mon tombeau, je m'intéresse à vous comme si je vous voyais tous les jours. Je m'aperçois bien qu'il n'y a que les morts d'heureux.

J'entends parler quelquefois des révolutions de la cour, et de tant de ministres qui passent en revue rapidement, comme dans une lanterne magique. Mille murmures viennent jusqu'à moi, et me confirment dans l'idée que le repos est le vrai bien, et que la campagne est le vrai séjour de l'homme.

---

1. Le tripot tragique et comique, ou la Comédie-Française. (ÉD.)
2. *Aménophis*, jouée en 1750, ne fut imprimée qu'en 1758. (ÉD.)
3. *Adèle de Ponthieu*, tragédie de La Place. (ÉD.)
4. Helvétius faisait à Saurin une pension de trois mille livres. Lors du mariage de Saurin, il lui en assura le capital (60 000). (ÉD.)
5. Lervêche. (ÉD.)
6. En publiant la *Réfutation d'un écrit anonyme*. (ÉD.)

Le roi de Prusse me mande quelquefois que je suis plus heureux que lui; il a vraiment grande raison; c'est même la seule manière dont j'ai voulu me venger de son procédé avec ma nièce et avec moi. La douceur de ma retraite, madame, sera augmentée, en recevant une lettre que vous aurez dictée; vous m'apprendrez si vous daignez toujours vous souvenir d'un des plus anciens serviteurs qui vous restent.

Vous voyez, sans doute, souvent M. le président Hénault; l'estime véritable et tendre que j'ai toujours eue pour lui me fait souhaiter passionnément qu'il ne m'oublie pas.

Je ne vous reverrai jamais, madame; j'ai acheté des terres considérables autour de ma retraite; j'ai agrandi mon sépulcre. Vivez aussi heureusement qu'il est possible; ayez la bonté de m'en dire des nouvelles. Vous êtes-vous fait lire *le Père de famille?* cela n'est-il pas bien comique? Par ma foi, notre siècle est un pauvre siècle auprès de celui de Louis XIV; mille raisonneurs, et pas un seul homme de génie; plus de grâces, plus de gaieté; la disette d'hommes en tout genre fait pitié. La France subsistera; mais sa gloire, mais son bonheur, son ancienne supériorité... qu'est-ce que tout cela deviendra?

Digérez, madame, conversez, prenez patience, et recevez, avec votre ancienne amitié, les assurances tendres et respectueuses de l'attachement du Suisse.   VOLTAIRE.

MMDCCL. — A M. DE BRENLES

                   Aux Délices, 27 décembre.

Êtes-vous à Lausanne? êtes-vous à Ussières, mon cher philosophe? je vois que cette année vous vous passerez de comédies; il faudra vous en tenir aux sermons; mais, franchement, je crois que nos acteurs valent mieux que vos prédicateurs. Dites-moi par quel hasard malheureux vous vous avisez d'avoir un beau-frère catéchiste à Vevay? Comment diable peut-on avoir un beau-frère catéchiste! Le pis est qu'on dit que ce beau-frère ne sait point son catéchisme. C'est lui qui est l'auteur d'un libelle contre les vivants et les morts, inséré dans le délicat *Mercure suisse.* En ce cas, vous devez lui faire signifier que vous n'êtes plus son beau-frère, attendu que vous laissez les morts pour ce qu'ils sont, et que vous êtes très aimable avec les vivants. On dit encore qu'un de vos libraires de Lausanne a imprimé des Lettres sous mon nom, et qu'il les a envoyé vendre à Paris. Il me paraît qu'on fait argent de tout : ne serait-ce point M. Grasset, à qui le feu pape donna ses divins ouvrages, qui serait l'auteur de cette nouvelle friponnerie? Il ne me reste que de le prier à dîner dans un de mes petits castels, et de le faire pendre au fruit. J'ai heureusement haute justice chez moi; je ne l'ai pas moyenne chez vous; et si M. Grasset veut être pendu, il faut qu'il ait la bonté de faire chez moi un petit voyage. Franchement je vois que j'ai fait à merveille d'avoir des créneaux et des mâchicoulis; j'étais trop exposé aux prêtres et aux libraires. Cependant, malgré les beaux-frères et les Grasset, je viendrai vous voir le plus tôt que je pourrai, vous et votre philosophe de femme, à qui je présente mes hommages   V.

Je crois qu'on a payé à M. Steiger¹ les *bavards anglais* qu'il a eu la bonté de faire venir pour moi.

MMDCCLI. — A MADAME DU BOCCAGE.

Aux Délices, 27 décembre.

Il est vrai, madame, qu'un jour, en me promenant dans les tristes campagnes de Berne avec un illustrissime et excellentissime avoyer de la république, on avait aposté le graveur de cette république, qui me dessina. Mais, comme les armes de nosseigneurs sont un ours, il ne crut pas pouvoir mieux faire que de me donner la figure de cet animal. Il me dessina ours, me grava ours. Comment ce beau chef-d'œuvre est-il tombé entre vos belles mains? Pour vous, madame, quand on vous grave, c'est sur les Grâces, c'est sur Minerve qu'on prend modèle.

> Dans ce charmant assemblage,
> L'ignorant, le connaisseur,
> L'ami, l'amant, l'amateur,
> Reconnaissent du Boccage.

Je suis très-touché de la mort de Formont, car je ne me suis point endurci le cœur entre les Alpes et le mont Jura.

Je l'aimais, tout paresseux qu'il était. Pour moi, j'achève le peu de jours qui me restent dans une retraite heureuse. Je rends le *pain bénit* dans mes paroisses; je laboure mes champs avec la nouvelle charrue; je bâtis *nel gusto italiano;* je plante sans espérer de voir l'ombrage de mes arbres, et je n'ai trouvé de félicité que dans ce train de vie.

Je vous avoue que je trouve l'acharnement contre Helvétius aussi ridicule que celui avec lequel on poursuivit *le Peuple de Dieu* de ce P⁰ Berruyer. Il n'y a qu'à ne rien dire; les livres ne font ni bien ni mal. Cinq ou six cents oisifs, parmi vingt millions d'hommes, les lisent et les oublient. *Vanité des vanités, et tout n'est que vanité.* Quand on a le sang un peu allumé, et qu'on est de loisir, on a la rage d'écrire. Quelques prêtres atrabilaires, quelques clercs, ont la rage de censurer. On se moque de tout cela dans la vieillesse, et on vit pour soi. J'avoue que les fatras de ce siècle sont bien lourds. Tout nous dit que le siècle de Louis XIV était un étrange siècle. Vous, madame, qui êtes l'honneur du nôtre, conservez vos bontés pour l'habitant des Alpes, qui connaît tout votre mérite, et qui est au nombre des étrangers vos admirateurs.

Mille amitiés, je vous en prie, à M. du Boccage.

Mes nièces et moi nous baisons humblement les feuilles de vos lauriers.

MMDCCLII. — A M. BERTRAND.

Aux Délices, 27 décembre.

Ma foi, mon cher ami, je vous avoue que je n'ai pas lu un seul de ces journaux italiens. J'ai peu de moments à moi; il y a autant de

---

1. Cet avoyer de Berne avait envoyé à Voltaire les livres anglais dont il parle dans sa lettre MMDCCXXX; et c'est ce qu'il appelle les bavards anglais. (ÉD.)

journaux que de gazettes. Les livres que je lis, en petit nombre, sont du temps passé; et, pour le temps présent, je le mets à cultiver mes terres. D'ailleurs il faut envoyer à Genève faire relier les feuilles; les ouvriers font attendre, et le journal devient un almanach de l'année passée. Je crois que je dois un louis d'or. M. Panchaud veut-il bien le donner pour moi, sur cette lettre ? je lui en tiendrai compte. Pardon, mille pardons; mais je suis un peu surchargé de maçons, charpentiers, jardiniers, laboureurs. *Ex nitido fit rusticus* [1]; mais entièrement à vous du fond de mon cœur.

MMDCCLIII. — A M. DE BRENLES.

Aux Délices, décembre.

. . . . .Agréable colère !
Digne ressentiment à *votre ami* bien doux !

Corneille, *le Cid*, acte I, scène VIII.

Je suis enchanté, mon cher ami, de savoir que tous vos beaux-frères sont dignes de l'être. Quoi ! vous avez trois beaux-frères prêtres, et tous trois honnêtes gens ! vous êtes un homme unique. Le prêtre qui m'avait dit que le catéchiste de Vevay ne savait pas son catéchisme est tombé là dans une grande erreur, mais il n'est pas coupable de malice : « Errare humanum est, sed perseverare diabolicum, AUT SACERDOTALE. » On m'a mandé aussi qu'il y avait eu une cabale sacerdotale contre notre ami Polier, et qu'on avait pris pour le mortifier la main de l'auteur du libelle. Il paraît qu'à Lausanne l'oisiveté est un peu la mère du vice; je ne parle pas des laïques; les gens du monde sont honnêtes gens. *Nota bene* que parmi eux je ne compte point les libraires.

Oui, les Anglais sont des *bavards;* leurs livres sont trop longs. Bolingbroke, Shaftesbury, auraient éclairé le genre humain, s'ils n'avaient pas noyé la vérité dans des livres qui lassent la patience des gens les mieux intentionnés; cependant il y a beaucoup de profit à faire avec eux.

Après tout, mon cher ami, ils ne nous disent que ce que nous savons, et encore n'osent-ils pas écrire aussi librement que nous parlons, vous et moi, quand j'ai le bonheur de jouir de votre entretien. Je vous regrette beaucoup cet hiver; je suis homme à venir faire un tour à Lausanne pour vous embrasser. Mille tendres respects à votre chère philosophe.

MMDCCLIV. — A M. FABRY.

Ferney, 3 janvier 1759.

Il est juste, monsieur, que je prenne les intérêts des pauvres habitants de Ferney, quoique je ne sois pas encore leur seigneur, n'ayan pu jusqu'à présent signer le contrat avec M. de Boisy. M. l'intendan' de Bourgogne, M. le président de Brosses, et quelques autres magistrats, m'ont fait l'honneur de me mander qu'ils feraient tout ce qui

---

1. Hor., lib. I, ep. VII, v. 83. (ÉD.)

dépendrait d'eux pour adoucir la vexation qu'éprouvent ces pauvres gens. Le sieur Nicot, procureur à Gex, mande aux communiers de Ferney que le curé de Moëns, leur persécuteur, est venu le trouver pour lui dire *qu'il les poursuivrait à toute outrance;* ce sont ses propres mots; et j'ai sa lettre. Je vous supplie, monsieur, d'en avertir M. l'intendant, qui est le père des communautés. Vous partagez ses fonctions et ses sentiments. Il est bon de lui représenter : 1° Qu'il est bien étrange qu'un curé ait fait à des pauvres pour quinze cents livres de frais pour une rente de trente livres. 2° Que les communiers de Ferney ayant plaidé sous le nom de pauvres, tels qu'ils le sont, peuvent être en droit d'agir *in forma pauperum,* selon les lois romaines reconnues en Bourgogne. 3° Que le curé de Moëns ayant fait le voyage de Dijon et de Mâcon pour d'autres procès dont il s'est chargé encore, il n'est pas juste qu'il ait compté dans les frais aux pauvres de Ferney, tous les voyages qu'il a entrepris pour faire d'autres malheureux.

Si vous voulez bien, monsieur, donner ces informations à M. l'intendant, comme je vous en supplie, faites-moi la grâce de les accompagner de la protestation de ma reconnaissance et de mon attachechement pour lui.

Je profite de cette occasion pour vous parler d'une autre affaire. Un Génevois, nommé M. Mallet, vassal de Ferney, a gâté tout le grand chemin dans la longueur d'environ quatre cents toises, au moins, en faisant bâtir sa maison, et n'a point fait rétablir ce chemin. Il est devenu de jour en jour plus impraticable. Ne jugez-vous pas qu'il doit au moins contribuer pour une part considérable à cette réparation nécessaire? Le reste de cette route étant continuellement sous les eaux, et la communication étant souvent interrompue, n'est-il pas de l'intérêt de mes paysans qu'ils travaillent à leur propre chemin? Je suis d'autant plus en droit de le demander, que je leur fais gagner à tous, depuis deux mois, plus d'argent qu'ils n'en gagnaient auparavant dans une année? Ne dois-je pas présenter requête à M. l'intendant pour cet objet de police? Je me chargerai, si on ordonne des corvées, de donner aux travailleurs un petit salaire.

Je vous répète, monsieur, que je me charge de tous ces soins, quoique la terre de Ferney ne m'appartienne pas encore; je n'ai qu'une promesse de vente et une autorisation de toute la famille de M. de Budée, pour faire dans cette terre tout ce que jugerai à propos.

Ce que le conseil de Mgr le comte de La Marche exige de moi, est cause du long retardement du contrat. Il faut que je spécifie les domaines relevant de Gex et d'autres seigneurs. Je n'ai point d'aveu et dénombrement, Ferney ayant été longtemps dans la maison de Budée, sans qu'on ait été obligé d'en faire.

Je crois avoir déjà eu l'honneur de vous mander que plusieurs seigneurs voisins prétendent des droits de mouvance qui ne sont pas éclaircis. Genève, l'abbé de Trévezin, la dame de la Bâtie, le seigneur de Feuillasse, les jésuites même, à ce qu'on dit, prétendent des lods et ventes; et probablement leurs prétentions sont préjudiciables aux droits de Mgr le comte de La Marche, qui sont les vôtres. J'ai lieu de croire que vous pouvez m'aider dans les recherches péni-bles que je suis obligé de faire; vos lumières et vos bontés accéléreront la fin d'une affaire que j'ai d'autant plus à cœur qu'elle vous regarde.

Si vos occupations vous dérobent le temps de rendre compte de ma lettre à M. l'intendant, vous pouvez la lui envoyer.

J'ai l'honneur d'être avec tous les sentiments que je vous dois, monsieur, votre très-humble et très-obéissant serviteur, VOLTAIRE.

MMDCCLV. — A M. ***.

Aux Délices, 5 de janvier.

Il n'est pas moins nécessaire, mon très-cher ami, de prêcher la to-lérance chez vous que parmi nous. Vous ne sauriez justifier, ne vous en déplaise, les lois exclusives ou pénales des Anglais, des Danois, de la Suède, contre nous, sans autoriser nos lois contre vous. Elles sont toutes, je vous l'avoue, également absurdes, inhumaines, contraires à la bonne politique; mais nous n'avons fait que vous imiter. Je n'ai pu, par vos lois, acheter un tombeau en Sichem. Si un des vôtres croit devoir préférer, pour le salut de son âme, la messe au prêche, il cesse aussitôt d'être citoyen, il perd tout, jusqu'à sa patrie. Vous ne souffri-riez pas qu'aucun prêtre dît sa messe à voix basse, dans une chambre close, dans aucune de vos villes. N'avez-vous pas chassé des ministres qui ne croyaient pas pouvoir signer je ne sais quel formulaire de doc-trine? n'avez-vous pas exilé, pour un oui et un non, de pauvres men-nonistes pacifiques, malgré les sages représentations des États-Géné-raux, qui les ont accueillis? n'y a-t-il pas encore un nombre de ces exilés, tranquilles dans les montagnes de l'évêché de Bâle, que vous ne rappelez point? n'a-t-on pas déposé un pasteur, parce qu'il ne vou-lait pas que ses ouailles fussent damnées éternellement? Vous n'êtes pas plus sages que nous, convenez-en, mon cher philosophe, et avouez en même temps que les opinions ont plus causé de maux sur ce petit globe, que la peste ou les tremblements de terre. Et vous ne voulez pas qu'on attaque, à forces réunies, ces opinions! N'est-ce pas faire un bien au monde que de renverser le trône de la superstition, qui arma dans tous les temps des hommes furieux les uns contre les au-tres? Adorer Dieu; laisser à chacun la liberté de le servir selon ses idées; aimer ses semblables, les éclairer si l'on peut, les plaindre s'ils sont dans l'erreur; ne prêter aucune importance à des questions qui n'auraient jamais causé de troubles si l'on n'y avait attaché aucune gravité : voilà ma religion, qui vaut mieux que tous vos systèmes et tous vos symboles.

Je n'ai lu aucun des livres dont vous me parlez, mon cher philoso-phe; je m'en tiens aux anciens ouvrages qui m'instruisent; les moder-nes m'apprennent peu de chose. J'avoue que Montesquieu manque souvent d'ordre, malgré ses divisions en livres et en chapitres; que quelquefois il donne une épigramme pour une définition, et une anti-thèse pour une pensée nouvelle; qu'il n'est pas toujours exact dans ses citations; mais ce sera à jamais un génie heureux et profond, qui pense et fait penser. Son livre devrait être le bréviaire de ceux qui sont appelés à gouverner les autres. Il restera, et les folliculaires seront oubliés.

Quant à tous vos écrits sur l'agriculture, je crois qu'un paysan de bon sens en sait plus que vos écrivains qui, du fond de leur cabinet, veulent apprendre à labourer les terres. Je laboure, et n'écris pas sur le labourage. Chaque siècle a eu sa marotte. Au renouvellement des lettres, on a commencé par se disputer pour des dogmes et pour des règles de syntaxe; au goût pour la rouille des vieilles monnaies ont succédé les recherches sur la métaphysique, que personne ne comprend. On a abandonné ces questions inintelligibles pour la machine pneumatique et pour les machines électriques, qui apprennent quelque chose : puis tout le monde a voulu amasser des coquilles et des pétrifications. Après cela on a essayé modestement d'arranger l'univers, tandis que d'autres, aussi modestes, voulaient réformer les empires par de nouvelles lois. Enfin, descendant du sceptre à la charrue, de nouveaux Triptolèmes veulent enseigner aux hommes ce que tout le monde sait et pratique mieux qu'ils ne disent. Telle est la succession des modes qui changent; mais mon amitié pour vous ne changera jamais.

MMDCCLVI. — A. M. DARGET.

Aux Délices, 7 janvier 1759 [1].

MMDCCLVII. — A M. BERTRAND,

Aux Délices, 9 janvier 1759.

Mon cher ami, dites-moi, je vous prie, en confidence, et au nom de l'amitié, quel est l'auteur de ce libelle inséré dans le *Mercure suisse.* On m'assure que c'est un bourgeois de Lausanne, et, d'un autre côté, on me certifie que c'est un prêtre de Vevai. Je suspends mon jugement, ainsi qu'il le faut quand on assure quelque chose. J'ai écrit au sieur Bontemps de vous faire tenir le montant de la friperie italienne. En vérité, je n'ai guère le temps de lire les extraits de livres inconnus. Quand on bâtit des châteaux, et que ce n'est pas *en Espagne,* on ne lit guère que des mémoires d'ouvriers. Cela n'est pas extrêmement philosophique, mais c'est un amusement; c'est le hochet de mon âge. J'ai beaucoup lu, je n'ai trouvé qu'incertitude, mensonge, fanatisme. Je suis à peu près aussi savant sur ce qui regarde notre être que je l'étais en nourrice. J'aime mieux planter, semer, bâtir, meubler, et surtout être libre. Je vous souhaite, pour 1759 et pour 1859, repos et santé. Ce sont les vœux que je fais pour M. et Mme de Freudenreich; présentez-leur, je vous en supplie, mes tendres respects.   V.

1. La lettre donnée à cette date dans l'édition de Bâle est de 1760. Je m'en suis aperçu un peu tard; déjà le numérotage des lettres était fait bien au delà, et je ne pouvais changer ce numérotage sans rendre faux des renvois déjà imprimés. C'est donc au 7 janvier 1760 que l'on trouvera la lettre à Darget, à laquelle j'avais d'abord donné aveuglément le n° MMDCCLVI. Les mêmes raisons qui me font conserver ici le chiffre MMDCCLVI, m'ont fait doubler les n°⁸ MMDCCXCV, MMCMXLVIII et MMMV. (*Note de M. Beuchot.*)

MMDCCLVIII. — A M. DE BRENLES.

Aux Délices, 9 janvier.

Je suis persuadé, mon cher ami, que vous êtes encore à Ussières. L'été dont nous jouissons dans ce commencement d'hiver ne permet guère à un philosophe d'aller se renfermer dans la prison des villes; je ne viendrai à Lausanne que quand il gèlera.

Le major d'Hermanches ne veut pas perdre son temps; il va donner des opéras buffas. J'irai les entendre, mais je ne pourrai profiter long-temps de ces fêtes, et de votre société qui est pour moi la plus grande fête. Vous croyez avoir mis dans votre dernière lettre la note du prix des livres; mais, ou vous l'avez oubliée, ou vous l'avez égarée. Je l'ai cherchée pendant deux jours. Vous en souviendrez-vous?

Adieu, mon cher philosophe; vous êtes plus heureux à Ussières, et moi aux Délices et à Tournai, que le cardinal de Bernis à son abbaye, le roi de Pologne à Cracovie, et le roi de Prusse courant partout. *Vive felix.* V.

MMDCCLIX. — A M. DE CIDEVILLE.

Aux Délices, 12 janvier.

Mon cher ami, je suis malade de bonne chère, de deux terres que je bâtis, de cent ouvriers que je dirige, du cultivateur et du semoir, et de nombre de mauvais livres qui pleuvent. Pardonnez-moi si je ne vous écris pas de ma main : *Spiritus quidem promptus est, manus autem infirma*[1].

Je soupçonne que vous êtes actuellement dans cette grande villace de Paris, où tout le monde craint, le matin, pour ses rentes, pour ses billets de loterie, pour ses billets sur la Compagnie, et où l'on va le soir battre des mains à de mauvaises pièces, et souper avec gens qu'on fait semblant d'aimer.

J'ai appris avec douleur la perte de notre ami Formont; c'était le plus indifférent des sages. Vous avez le cœur plus chaud, avec autant de sagesse, pour le moins. Je le regrette beaucoup plus qu'il ne m'aurait regretté, et je suis étonné de lui survivre. Vivez longtemps, mon ancien ami, et conservez-moi des sentiments qui me consolent de l'absence.

Notre odoriférant marquis a fait un effort qui a dû lui coûter des convulsions; il m'a payé mille écus par les mains de son receveur des finances. Il faudra que je présente quelquefois des requêtes à son conseil. Le bon droit a besoin d'aide auprès des grands seigneurs, et je vous remercie de la vôtre. Si le marquis savait que j'ai acheté une belle comté, il redouterait ma puissance, et traiterait avec moi de couronne à couronne.

Bonsoir, mon ancien ami. On dit que le cardinal de Bernis a la jaunisse; vous êtes plus heureux que tous ces messieurs-là. V.

---

1. **Évangile** de saint Matthieu, XXVI, 41. (ÉD.)

MMDCCLX. — A M. LE COMTE DE TRESSAN.

Aux Délices, 12 janvier.

Oui, il y a bien quarante ans, mon charmant gouverneur, que je vis cet enfant pour la première fois, je l'avoue; mais avouez aussi que je prédis dès lors que cet enfant serait un des plus aimables hommes de France. Si on peut être quelque chose de plus, vous l'êtes encore. Vous cultivez les lettres et les sciences, vous les encouragez. Vous voilà parvenu au comble des honneurs, vous êtes à la tête de l'Académie de Nanci.

Franchement, vous pourriez vous passer d'académies, mais elles ne peuvent se passer de vous. Je regrette Formont, tout indifférent qu'était ce sage; il était très-bon homme, mais il n'aimait pas assez. Mme de Graffigni avait, je crois, le cœur plus sensible; du moins les apparences étaient en sa faveur. Les voilà tous deux arrachés à la société dont ils faisaient les agréments. Mme du Deffand, devenue aveugle, n'est plus qu'une ombre. Le président Hénault n'est plus qu'à la reine; et vous, qui soutenez encore ce pauvre siècle, vous avez renoncé à Paris. S'il est ainsi, que ferais-je dans ce pays-là? J'aurais voulu m'enterrer en Lorraine, puisque vous y êtes, et y arriver comme Triptolème, avec le semoir de M. de Châteauvieux. Il m'a paru que je ferais mieux de rester où je suis. J'ai combattu les sentiments de mon cœur; mais, quand on jouit de la liberté, il ne faut pas hasarder de la perdre. J'ai augmenté cette liberté avec mes petits domaines; j'ai acheté le comté de Tournai, pays charmant qui est entre Genève et la France, qui ne paye rien au roi, et qui ne doit rien à Genève. J'ai trouvé le secret, que j'ai toujours cherché, d'être indépendant. Il n'y a au-dessus que le plaisir de vivre avec vous.

Les vers dont vous me parlez m'ont paru bien durs et bien faibles à la fois, et prodigieusement remplis d'amour-propre. Cela n'est ni utile ni agréable. Des phrases, de l'esprit, voilà tout ce qu'on y trouve. Oh! qui est-ce qui n'a pas d'esprit dans ce siècle? Mais du talent, du génie, où en trouve-t-on? Quand on n'a que de l'esprit, avec l'envie de paraître, on a fait à coup sûr un mauvais livre. Que vous êtes supérieur à tous ces messieurs-là et que je suis fâché contre les montagnes qui nous séparent!

Mettez-moi, je vous en prie, aux pieds du roi de Pologne; il fait du bien aux hommes tant qu'il peut. Le roi de Prusse fait plus de vers et plus de mal au genre humain. Il me mandait l'autre jour que j'étais plus heureux que lui; vraiment je le crois bien; mais vous manquez à mon bonheur. Mille tendres respects.

MMDCCLXI. — A MADAME LA MARQUISE DU DEFFAND.

Aux Délices, 12 janvier.

Libre d'ambition, de soins et d'esclavage,
Des sottises du monde éclairé spectateur,
    Il se garda bien d'être acteur,
    Et fut heureux autant que sage.

Il fuyait le vain nom d'auteur;
Il dédaigna de vivre au temple de Mémoire,
Mais il vivra dans votre cœur :
C'est sans doute assez pour sa gloire.

Les fleurs que je jette, madame, sur le tombeau de notre ami Formont, sont sèches et fanées comme moi. Le talent s'en va; l'âge détruit tout. Que pouvez-vous attendre d'un campagnard qui ne sait plus
que planter et semer dans la saison? J'ai conservé de la sensibilité,
c'est tout ce qui me reste, et ce reste est pour vous; mais je n'écris
guère que dans les occasions.

Que vous dirais-je du fond de ma retraite? Vous ne me manderiez
aucune nouvelle de la roue de fortune sur laquelle tournent nos ministres du haut en bas, ni des sottises publiques et particulières. Les
lettres qui étaient autrefois la peinture du cœur, la consolation de
l'absence et le langage de la vérité, ne sont plus à présent que de
tristes et vains témoignages de la crainte d'en trop dire, et de la con-
trainte de l'esprit. On tremble de laisser échapper un mot qui peut être
mal interprété. On ne peut plus penser par la poste [1].

Je n'écris point au président Hénault, mais je lui souhaite, comme à
vous, une vie longue et saine. Je dois la mienne au parti que j'ai pris.
Si j'osais, je me croirais sage, tant je suis heureux. Je n'ai vécu que
du jour où j'ai choisi ma retraite; tout autre genre de vie me serait
insupportable. Paris vous est nécessaire; il me serait mortel; il faut
que chacun reste dans son élément. Je suis très-fâché que le mien soit
aussi incompatible avec le vôtre, et c'est assurément ma seule affliction.

Vous avez voulu essayer de la campagne, mais, madame, elle ne
vous convient pas. Il vous faut une société de gens aimables, comme
il fallait à Rameau des connaisseurs en musique. Le goût de la pro-
priété et du travail est d'ailleurs absolument nécessaire dans des terres.
J'ai de très-vastes possessions que je cultive. Je fais plus de cas de
votre appartement que de mes blés et de vos pâturages; mais ma destinée était de finir entre un semoir, des vaches et des Génevois.

Ces Génevois ont tous une raison cultivée. Ils sont si raisonnables,
qu'ils viennent chez moi, et qu'ils trouvent bon que je n'aille jamais
chez eux. On ne peut, à moins d'être Mme de Pompadour, vivre plus
commodément

Voilà ma vie, madame, telle que vous l'avez devinée, tranquille et
occupée, opulente et philosophique, et surtout entièrement libre. Elle
vous est absolument consacrée dans le fond de mon cœur, avec le respect le plus tendre et l'attachement le plus inviolable

MMDCCLXII. — A M. COLINI.

Aux Délices, 16 janvier.

Comme j'ai ici toutes les pièces, je vais faire dresser un mémoire.
Il faudra d'abord que vous fassiez assigner Schmidt par-devant le con-

---

1. On y décachetait les lettres. (ÉD.)

seil de Francfort, en réparation de votre arrêt injuste; que vous redemandiez deux mille écus qu'on vous vola et vingt mille francs en
dépens, dommages et intérêts. La ville déniera justice, alors je me
fais fort de faire condamner Schmidt à Vienne, sans qu'il vous en
coûte rien.

Mes compliments à Mme de Lutzelbourg. Je n'ai pas un moment
moi; je vous embrasse de tout mon cœur.   V.

MMDCCLXIII. — DE MADAME LA MARGRAVE DE BADE-DOURLACH.

A Carlsruhe, le 17 janvier.

Monsieur, je commets peut-être une indiscrétion de vous dérober
des moments dont vous savez faire un meilleur usage; mais pouvez-
vous penser que je puisse recevoir vos vers charmants, que j'admire
en rougissant, et en étouffer ma reconnaissance? Non, en vérité, je
ne le puis. Je ne suis pas digne de votre lyre, monsieur, je le sais,
mais réellement de votre amitié. Ne la refusez donc point à l'estime la
plus pure et la plus vraie. Je fais de bien sincères vœux pour votre
santé. Tout m'y intéresse; et la promesse que vous me donnez, monsieur, de vous revoir chez nous, me les fait redoubler d'ardeur. J'y
mets même une telle confiance, que je sens déjà toute la joie de pouvoir vous assurer de vive voix de cette considération et de cette estime
distinguée que l'on vous doit, et avec lesquelles j'ai l'honneur d'être plus
que personne au monde, monsieur, votre, etc.

CAROLINE, *margrave de Bade-Dourlach.*

P. S. Le margrave, transporté de joie d'oser espérer de vous revoir
cet été, monsieur, et pénétré de vos mérites, m'ordonne de vous tenir
compte de ses sentiments, et de vous dire combien il est sensible à ceux
que vous voulez bien témoigner pour lui.

MMDCCLXIV. — A M. DUPONT, AVOCAT.

Aux Délices, 20 janvier.

Je crois, mon cher ami, que je pourrais bien résigner ma dignité
de sur-arbitre, dans le procès de Goll le riche et des Goll les pauvres,
contre M. le prince de Beaufremont. J'ai conseillé qu'on s'adressât à
vous seul, et que vous finissiez cette affaire; c'est ainsi qu'elles devraient toutes être terminées, par l'arbitrage d'un jurisconsulte éclairé,
et non par des procédures infinies, qui fatiguent les juges et qui les
obligent à juger au hasard.

Je crois qu'heureusement le sot livre du sot moine, non moins fripon
que sot, aura trouvé peu de lecteurs; ce n'était pas au procureur général de se plaindre, c'était à son libraire; vous n'avez pas mal fait
d'intimider un peu le maroufle.

J'ai ici quelquefois votre ancien confrère Adam; ce n'est pas *le premier homme du monde;* mais il me semble que c'est un assez bon
diable. Ne vous ai-je pas déjà dit qu'il est, lui troisième, dans une
terre de six à sept mille livres de rente, dont les jésuites ont dépouillé
les possesseurs qui se damnaient visiblement en abusant de leurs ri-

chesses? Ne vous ai-je pas dit que je suis leur voisin, et que j'ai acheté deux terres auprès des Délices? Je voudrais vous y tenir entre les jésuites et les huguenots;

> *Tros Rutulusve fuat, nullo discrimine habebis.*
>
>   Virg., *Æneid.*, lib. X, v. 108.

Voulez-vous bien présenter mes respects à M. et à Mme de Klinglin? comment se portent Mme Dupont et toute votre jolie petite famille? *Tuus semper*   V.

MMDCCLXV. — DE FRÉDÉRIC II, ROI DE PRUSSE.

A Breslau, 23 janvier.

J'ai reçu les vers que vous avez faits; apparemment que je ne me suis pas bien expliqué. Je désire quelque chose de plus éclatant et de public. Il faut que toute l'Europe pleure avec moi une vertu trop peu connue. Il ne faut point que mon nom partage cet éloge; il faut que tout le monde sache qu'elle est digne de l'immortalité; et c'est à vous de l'y placer.

On dit qu'Apelle était le seul digne de peindre Alexandre; je crois votre plume la seule digne de rendre ce service à celle qui sera le sujet éternel de mes larmes.

.e vous envoie des vers faits dans un camp, et que je lui envoyais un mois avant cette cruelle catastrophe qui nous en prive pour jamais. Ces vers ne sont certainement pas dignes d'elle, mais c'était du moins l'expression vraie de mes sentiments. En un mot, je ne mourrai content que lorsque vous vous serez surpassé dans ce triste devoir que j'exige de vous.

Faites des vœux pour la paix; mais, quand même la victoire la ramènerait, cette paix et la victoire, ni tout ce qu'il y a dans l'univers, n'adouciront la douleur cruelle qui me consume.

Vivez plus heureux à Lausanne, etc.   FÉDÉRIC.

MMDCCLXVI. — A M. COLINI.

Voici, mon cher Colini, la lettre[1] que vous pouvez écrire. Adressez-vous au notaire qui reçut votre protestation; faites présenter la requête au vénérable.... conseil. Il la refusera; vous en appellerez au conseil aulique, et je vous réponds que Freytag sera condamné. Vous n'aurez

---

1. Voltaire ayant appris que le prince de Soubise, nommé maréchal de France le 19 octobre 1758, dirigeait la marche de l'armée française du côté de Francfort-sur-le-Mein, envoya bientôt à Colini un *mémoire* contenant les principaux détails de l'avanie du mois de juin 1753, avec un modèle de lettre qu'il engageait son ancien secrétaire à adresser au nouveau maréchal. Colini ne fit aucun usage du *mémoire* ni de la lettre. Le *mémoire*, selon lui, était dicté par une *juste animosité;* mais *certains personnages* y étaient *présentés sous un jour si défavorable*, qu'il crut devoir, même après la mort de Voltaire, laisser cet écrit dans l'oubli. Quant à la lettre au prince de Soubise, la voici telle qu'on la trouve page 97 des *Mémoires de Colini* :

« Monseigneur, permettez qu'un sujet de Sa Majesté Impériale, dont Votre Altesse défend la cause, implore votre protection dans la plus juste demande contre le brigandage le plus horrible. Peut-être un mot de votre bouche peut obliger

qu'à envoyer la requête à Mme de Bentinck et la supplier de vous donner son avocat. M. le comte de Sauer pourra vous servir. J'agirai fortement en temps et lieu.

N. B. Vous pouvez me citer comme témoin de vos effets volés

MMDCCLXVII. — A M. LE COMTE ALGAROTTI.

Aux Délices, 27 janvier.

Tout le peuple commentateur
Va fixer ses regards avides
Sur le grave compilateur
De l'Histoire des Néréides[1];
Mais si notre excellent auteur
Voulait publier sur nos belles
Des mémoires un peu fidèles
Il plairait plus à son lecteur.
Près d'elles il est en faveur,
Et *magna pars* de leur histoire;
Mais c'est un modeste vainqueur
Qui ne parle point de sa gloire.

Il Pascali è un traditore come tutti i libraj; ho niente ricevuto da
sua parte. Mi accorgo bene che un furbo catolico libraio non ha la
minima corrispondenza coi furbi libraj calvinisti; però i fratelli Cramer di Ginevra sono uomini onesti e di garbo; ma il vostro Pascali è
un briccone, ed io sono arrabbiato contro di lui.

Si jamais, dans vos goguettes, vous vous remettez à voyager, n'oubliez pas de passer par les confins de Genève, où j'ai acquis de belles
terres que je ne dois pas à *Argaléon*[2]. *Vive memor nostri*, and let a
free man visit a free man.

A jamais votre très-humble, etc

MMDCCLXVIII. — A M. BERTRAND.

Aux Délices, 30 janvier.

Il faut vous mettre au fait, mon cher ami, d'une friponnerie typo-
graphique qu'on fait à Lausanne. Il y a déjà onze feuilles d'imprimées
d'un libelle intitulé *la Guerre*[3] *de M. de V.....*; il contient des lettres
supposées sur quelques pairs anglais, sur le roi de Prusse, sur Calvin,

le conseil de Francfort à me rendre justice. Peut-être son attachement à nos
ennemis, sa haine contre la France et contre tous les bons sujets de Sa Majesté
Impériale, lui feront soutenir les iniquités du nommé Freytag ; mais je suis dans
la nécesité d'implorer votre protection pour obtenir une sentence prompte,
favorable ou injuste, afin que je puisse me pourvoir au conseil aulique. C'est
cette sentence expéditive que je demande par la protection de Votre Altesse ;
elle est faite pour secourir les opprimés.
  « Permettez que je mette aussi à vos pieds ma requête au conseil de Francfort.
  « Je suis, etc. » (*Note de Clogenson.*)
  1. Allusion au *Prospectus d'une introduction à la Néréidologie*, composé en
plaisantant, par Algarotti, contre les abus de l'érudition. (ÉD.)
  2. Frédéric II. (ÉD.)
  3. *La Guerre littéraire, ou choix de quelques pièces de M. de V***. (ÉD.)

sur plusieurs particuliers. On soupçonne un nommé Grasset d'être l'imprimeur. Ce Grasset est un fripon chassé de Genève. On dit qu'un M. d'Arnai, fils du professeur, ci-devant associé de Bousquet, a les feuilles chez lui. En tout cas, Berne a de bonnes lois. J'en écris à Leurs Excellences, et surtout à M. de Freudenreich. Je n'ai que le temps de vous en faire part, et de vous demander assistance *in hoc genere pravitatis*. Je vous embrasse de tout mon cœur.   V.

P. S. Le catéchiste Chavanes, de Vevai, n'est point, à ce qu'on m'assure avec serment, l'auteur du libelle. Allaman est homme à être informé de cette intrigue; mais je ne veux pas lui écrire.

MMDCCLXIX. — A MADAME LA MARGRAVE DE BADE-DOURLACH.

Aux Délices, 2 février.

Madame, la lettre dont Votre Altesse Sérénissime m'honore est un bienfait nouveau qui me remplit de reconnaissance, et un nouveau charme qui m'attache à elle. Vos pastels, madame, votre plume, vos bontés, vous font des sujets ou plutôt des esclaves dans un pays libre.

> Tout me plaît en vous, tout me touche;
> Parlez, belle princesse, écrivez ou peignez;
> Les Grâces, par qui vous régnez,
> Ou conduisent vos mains, ou sont sur votre bouche.

J'ai une bien forte tentation, madame, de quitter dans les beaux jours de l'été mes petits ermitages, mes petits châteaux ou chaumières, pour venir me mettre aux pieds de Vos Altesses Sérénissimes, dans le palais du meilleur goût que j'aie jamais vu. Je quitterai mes épinards et mon persil pour vos trois mille plantes de l'Asie et de l'Afrique; mes petits bois pour votre immense forêt[1] de Dodone; mes lièvres pour vos chevreuils; enfin ma liberté pour les belles chaînes dont vous enchaînez tous ceux qui ont l'honneur de vous approcher.

J'ai perdu dans Mme la margrave de Bareuth une princesse qui m'honora toujours d'une bonté inaltérable; je retrouve en vous, madame, son esprit, ses talents et ses grâces, et tout cela très-embelli; je voudrais mériter d'y retrouver la même bienveillance.

Fasse le ciel que le saint-empire romain, qui est sens dessus dessous depuis trois ans, puisse être aussi tranquille, l'été prochain, qu'on l'est dans le beau séjour du *Repos de Charles*[2]! Le midi de l'Allemagne est bien heureux; il ne se ressent point des horreurs de la guerre, et il vous possède. On attend la mort du roi d'Espagne pour troubler le reste de l'Europe. Milord maréchal, ou M. Keith, gouverneur de Neuchâtel, vient de passer par nos Alpes, pour aller négocier en Italie; on dit que ce n'est pas pour la pacification générale. Mais, madame, pourquoi vous parler de nouvelles? il est plus doux de s'en-

---

1. Celle de Hartwald. (ÉD.)
2. Traduction des deux mots allemands dont se compose le nom de *Carlsruhe*. (ÉD.)

tretenir de monseigneur le margrave et de vous. Je suis avec le plus profond respect, madame, de Votre Altesse Sérénissime, etc.

Elle pardonnera à un pauvre malade qui ne saurait écrire de sa main.

MMDCCLXX. — A MADAME DU BOCCAGE.

Aux Délices, 2 février.

Qui les a faits, ces vers doux et coulants,
Qui comme vous ont le talent de plaire?
Pour moi, j'ai dit en voyant ces enfants :
« A leurs attraits je reconnais leur mère. »
Quoi! vous louez ma retraite, mes goûts,
Les agréments de mon séjour champêtre!
Vous prétendez que, même loin de vous,
Je suis heureux, et sage aussi peut-être.
Il est bien vrai que la félicité
Devrait loger sous l'humble toit du sage.
Je la cherchai dans mon doux ermitage;
Elle y passa; mais vous l'avez quitté.

Ou les vers en *té* et en *age*, que j'ai reçus de Paris, sont de vous, madame, ou il y a quelqu'un qui vous ressemble et qui vous vaut bien. Pardonnez-moi si je vous ai soupçonnée sans hésiter. J'ai cru reconnaître votre écriture, et j'ai la vanité de croire que je ne me méprends pas à votre style; ce n'est point un jugement téméraire d'accuser les gens des actions qu'ils sont accoutumés de commettre.

Je ne trouve rien à dire contre ma retraite, sinon que vous habitez Paris. Je suis comme le renard sans queue qui voulait ôter la queue à ses camarades.

Je voudrais que les personnes à grands talents me justifiassent, moi qui ai pris le parti de me retirer parce que je n'en ai que de petits. Je vois qu'en général petits et grands ne trouvent guère que des jaloux et de très-mauvais juges. Il me paraît que les grâces et le bon goût sont bannis de France, et ont cédé la place à la métaphysique embrouillée, à la politique des cerveaux creux, à des discussions énormes sur les finances, sur le commerce, sur la population, qui ne mettront jamais dans l'État ni un écu ni un homme de plus. Le génie français est perdu; il veut devenir anglais, hollandais et allemand. Nous sommes des singes qui avons renoncé à nos jolies gambades, pour imiter mal les bœufs et les ours. *La Tocane* et *la Goutte* de Chaulieu, qui ne contiennent que deux pages, valaient cent fois mieux que tous les volumes dont on nous accable. On croit être solide, on n'est que lourd et lourdement chimérique.

Est-il vrai, madame, que le parlement[1] fait brûler le livre *de l'Esprit?* Passe encore pour des mandements d'évêque; mais de gros in-quarto scientifiques! Sont-ce là des procès à juger dans la cour des pairs?

1. L'arrêt du parlement est du 6 février; mais le réquisitoire d'Omer Joly de Fleury est du 29 janvier 1759; voy. ci-après, lettre MMDCCLXXV. (ÉD.)

M. de Cideville est-il à Paris? Je lui ai écrit dans sa rue de Saint-Pierre; peut-être n'y est-il plus. Voyez-vous souvent le grand abbé du Resnel? Ces deux messieurs me paraissent à moitié sages; ils passent six mois au moins hors de Paris.

Pardon, madame; non, ils ne sont point sages du tout, ni moi non plus; ils vous quittent six mois, et moi pour toujours! Daignez m'écrire, si vous voulez que je ne sois pas à plaindre.

Pardonnez, madame, à un malingre, s'il n'a pas l'honneur de vous écrire de sa main; son corps est faible, mais son cœur est rempli pour vous des sentiments les plus vifs d'estime et d'attachement. Il en dit autant à M. du Boccage.

MMDCCLXXI. — A M. COLINI.

Aux Délices, 2 février.

Si vous voulez entreprendre et suivre l'affaire de la restitution de vos effets, mon cher Colini, il faut courage et patience, et vous en viendrez à bout. Il est nécessaire que vous alliez à Francfort, dussiez-vous y aller en pèlerin. M. de Sauer doit vous aider; je vous ferai toucher quelque argent à Francfort; vous aurez des lettres de recommandation pour Vienne, et Mme de Bentinck pourra vous y être utile. Il n'est point étonnant que vous ayez attendu le moment favorable qui se présente[1]. Vos anciennes protestations subsistent. Votre petite cassette, où étaient vos effets, était dans une des malles dont on s'empara. Vous pouvez me citer, j'agirai en temps et lieu. Il est certain qu'un homme qui s'est emparé des malles et effets d'un voyageur, sans faire d'inventaire et sans forme juridique, est tenu de rendre tout ce qu'on lui redemande. Il n'est question que d'aller secrètement à Francfort avec des lettres de recommandation, et de bien songer que, quand on a fortement résolu de réussir, il est rare qu'on échoue. Il faut discrétion, protection, courage, patience, et vous avez tout cela.

MMDCCLXXII. — A MADAME LA COMTESSE DE LUTZELBOURG.

Aux Délices, 2 février.

Comment va votre santé, madame? comment vous trouvez-vous du plus doux des hivers? Connaissez-vous milord maréchal, ancien conjuré anglais, ancien réfugié en Espagne, aujourd'hui gouverneur *ad honores* de la petite principauté de Neuchâtel? Il passa hier à Genève pour aller, de la part du roi son maître prussien, allumer, s'il le peut, quelques flambeaux de la discorde dans l'Italie. S'il ne sert que suivant l'argent que son maître lui donne, il fera une besogne bien médiocre. Les nouvellistes du pays que j'habite, qui ont des correspondances dans toute l'Europe, disent toujours que la conspiration du Portugal n'est que la suite des amours du roi et de la jalousie d'un homme du vieux temps, qui a trouvé mauvais d'être c.... Vous voyez, mesdames, que, depuis Hélène, vous êtes la cause des plus grands événements; mais les jésuites vous disputent votre gloire. Ils se sont

1. L'occupation de Francfort par les armées françaises. (ÉD.)

mêlés de cette affaire, qui ne les regardait pas. De quoi s'avisent-ils d'entrer dans la vengeance de la mort d'une femme? Ils disent pour raison qu'ils étaient depuis longtemps en possession d'assassiner, et qu'ils n'ont pas voulu laisser perdre leurs priviléges. La mort prochaine du roi d'Espagne, les attentats contre les têtes couronnées, les amis du roi de Suède mourant par la main du bourreau, l'Allemagne nageant dans le sang, forment un tableau horrible. Cependant on ne songe à rien de tout cela dans Paris. On y est toujours aussi fou qu'auparavant, toujours se plaignant, toujours riant, toujours criant misère, et plongé dans le luxe: et moi, madame, toujours vous aimant avec le plus tendre respect.

MMDCCLXXIII. — A M. BERTRAND.

Aux Délices, 6 février.

Je vous remercie bien tendrement, mon cher ami, de tous vos soins obligeants. Premièrement, le fripon dont vous me parlez est très-connu à Genève, d'où il a été chassé. Il avait volé les Cramer, et son procès criminel existe encore.

A l'égard de MM. les curateurs de l'Académie de Lausanne, je ne sais si je dois leur écrire, m'étant déjà adressé à M. de Freudenreich, et craignant de paraître douter de ses bontés et de son crédit. M. de Freudenreich a eu la bonté d'écrire à M. le bailli de Lausanne; je vous serai bien obligé de me mander s'il y a quelque chose de nouveau à faire.

Je vous embrasse de tout mon cœur, et vous supplie de dire à M. et à Mme de Freudenreich qu'il n'y a personne sur la terre qui leur soit plus attaché que moi.

V.

MMDCCLXXIV. — A M. DE BRENLES.

(Secreto.)

Aux Délices, 7 février.

Tout est découvert et constaté, mon cher ami, aussi bien que le fameux vol de Genève. C'est un nommé Lervèche, ci-devant précepteur de M. Constant, qui écrivit le libelle. Il l'envoya aussi à Allaman pour le corriger, et à M. de Chavanes, à Vevai, et M. de Chavanes méprisa cette ordure. Mme de Brenles doit embrasser notre ami Polier, et ne point juger contre lui. Il est vrai qu'il est prêtre, il est vrai que je l'aime; mais dans l'Europe il y a trois ou quatre prêtres honnêtes que j'aime de tout mon cœur.

Ce n'est point lui qui m'a averti de tout ce tissu d'iniquités et de bassesses; il a tout ignoré, et ses ennemis se sont cachés de lui. Les mêmes personnes très-respectables qui m'ont donné avis de toutes ces horreurs, m'ont averti qu'on imprimait aussi à Lausanne un livre scandaleux, intitulé la Guerre de M. de Voltaire, dans lequel on renouvelle l'affaire de Saurin et celle de Servet, et cent autres horreurs. On en a été instruit à Berne, et très-indigné. On a écrit à M. le bailli de Lausanne; il lui sera très-aisé d'arrêter le cours de ces infamies qui peuvent troubler et déshonorer votre ville. Grasse-

est violemment soupçonné; mais il y a d'autres imprimeurs. Une visite chez eux, une défense de continuer, une saisie des exemplaires, ne sont pas chose difficile. Vous pourriez très-aisément, mon cher ami, accélérer l'effet de la justice et des bontés de M. le bailli, en le pressant d'interposer son autorité, et d'agir vivement dans une affaire où il n'y a pas un moment à perdre; je vous aurais une obligation qui égalerait la tendre amitié que j'ai pour vous. Je vous demande instamment de m'instruire de tout ce qui se sera passé, et de n'en parler à personne.

Je vous donne avis que Mme Denis ne sait rien de tout cela, et que je n'en ai écrit à âme qui vive à Lausanne, excepté à M. de Tscharner.

Mille tendres respects à madame votre femme. Je vous embrasse tendrement.

V.

MMDCCLXXV. — A M. Thieriot.

Au château de Tournay, 7 février.

Mon ancien ami, on peut, dans une séance académique, reprocher à l'auteur du livre intitulé *de l'Esprit*, que l'ouvrage ne répond point au titre; que des chapitres sur le *despotisme* sont étrangers au sujet; qu'on prouve avec emphase quelquefois des vérités rebattues, et que ce qui est neuf n'est pas toujours vrai; que c'est outrager l'humanité de mettre sur la même ligne l'*orgueil*, l'*ambition*, l'*avarice*, et l'*amitié*; qu'il y a beaucoup de citations fausses, trop de contes puérils, un mélange du style poétique et boursouflé avec le langage de la philosophie, peu d'ordre, beaucoup de confusion, une affectation révoltante de louer de mauvais ouvrages, un air de décision plus révoltant encore, etc., etc. On devrait aussi, dans la même séance, avouer que le livre est plein de morceaux excellents.

Mais on ne peut voir sans indignation qu'on persécute, avec cet acharnement continu, un livre que cette persécution seule peut rendre dangereux, en faisant rechercher au lecteur le venin caché qu'on y suppose. On dit que cette vexation odieuse est le fruit de l'intrigue des jésuites, qui ont voulu aller par Helvétius à Diderot. J'estime beaucoup ces deux hommes, et les indignités qu'ils éprouvent me les rendent infiniment chers.

Je vous prie de me dire quel est le conseiller ou président géomètre, métaphysicien, mécanicien, théologien, poëte, grammairien, médecin, apothicaire, musicien, comédien, qui est à la tête des juges de l'*Encyclopédie*. Il me semble que je vois l'inquisition condamner Galilée. L'esprit de vertige est bien répandu dans votre pauvre ville de Paris.

Quelle pitié de fourrer dans leurs caquets un poëme *sur la Religion naturelle!* Les gens un peu instruits savent qu'il y a un poëme sur *la loi naturelle*, dans un recueil d'ouvrages assez connus, et que le poëme tronqué de *la Religion naturelle* est une mauvaise brochure dans laquelle l'auteur est estropié. Mais l'auteur ne s'en soucie guère, et sait ce qu'il doit penser des sots et des fous. Il y a longtemps que j'ai mis entre eux et moi un fil long de plus d'une brasse.

Quand vous serez *démontmorencié*, vous feriez bien de venir philosopher, avant ma mort, dans mes retraites. Il vaut mieux vivre avec ses amis que d'aller, jusqu'au tombeau, de gîte en gîte, et de protection en protection. Je vous embrasse de tout mon cœur.

MMDCCLXXVI. — A M. DE BRENLES.

Fernex, 8 février.

Mon cher ami, nos lettres se sont croisées. Moi, renoncer à Lausanne, parce qu'un fripon génevois, M. Grasset, présenté au pape, a mérité le carcan! Moi, renoncer à vous qui m'avez fait Suisse! Je ne suis pas capable d'une telle inconstance; je serais surtout très-ingrat, si je prenais pour vous quitter le temps où l'on m'accable de bontés. Je méprise si souverainement toutes ces misères, que je n'ai jamais lu le *Mercure suisse*, où l'on avait fourré tant de rapsodies sur Calvin, Servet, et moi. Mais qu'on fasse un beau recueil en forme, à Lausanne, sous mon nom; mais que, dans ce recueil, il y ait des choses dangereuses sur la religion et sur le roi de Prusse, c'est un attentat qu'il faut réprimer; et j'aurai toute ma vie la plus profonde reconnaissance pour le gouvernement de Berne, qui a daigné m'honorer d'une si prompte justice, et pour vous en vérité, mon cher ami, qui m'avez marqué dans cette petite affaire une affection si courageuse. Je vous supplie de présenter mes très-humbles remercîments à M. le bailli; je ne doute pas qu'il n'ait étouffé jusqu'aux moindres traces de la friponnerie de ce Grasset. Ce misérable était destiné à me faire du mal C'est par lui seul que le prétendu poëme de *la Pucelle* parut dans le monde, rempli de platitudes et d'horreurs. Chassé de Genève pour avoir volé, il a trouvé grâce devant le pape et devant Bousquet, et l'on me dit que Bousquet avait enfin reconnu le caractère du maraud. J'espère revoir bientôt votre ville purgée de ce monstre, et y retrouver les charmes de votre société. Soyez sûr que mes petits ermitages, appelés châteaux, n'auront point la préférence sur la ville de Lausanne, à qui je dois mes jours les plus heureux.

Je ne sais ce que c'est que ces prétendues lettres imprimées par ce fou de Néaulme; mais je ne m'embarrasse guère des sottises qu'on fait dans les pays où je ne suis pas. J'étais fâché d'être honni dans la ville de Lausanne où j'aime à vivre, et à vivre avec vous. *Vale.*   V.

MMDCCLXXVII. — A M. BERTRAND.

10 février.

Vous connaissez peut-être les nouvelles ci-jointes, mon cher ami. J'envoie aux seigneurs curateurs un *mémoire* accompagné du certificat du décret de prise de corps contre Grasset, convaincu de vol à Genève.

Le libelle est saisi et défendu à Genève. Je sais que ce fatras est très-ennuyeux; mais un fripon n'en est pas moins punissable, parce qu'il est un sot. Je vous prie de voir le *mémoire* envoyé aux seigneurs curateurs, dont un double a été dépêché à l'Académie de Lausanne. Je le supprime ici pour ne pas grossir le paquet.

Je vous conjure de dire à M. de Freudenreich que mon cœur est pénétré de respect, d'estime et de reconnaissance pour lui au delà de toute expression. Mes sentiments pour vous sont les mêmes. V.

Les chefs de la conspiration contre le roi de Portugal ont été exécutés. Le duc d'Aveïro, avant de mourir, a déclaré que c'étaient les jésuites qui l'avaient encouragé à l'assassinat du roi. Ils lui ont dit que non-seulement il ne commettait pas un crime, mais qu'il faisait une action méritoire. Ils ont fait des neuvaines avec l'exposition du saint sacrement pour le succès de l'assassinat.

Les auteurs de ces conseils sont, suivant la déposition du duc d'Aveïro, un jésuite italien, un du Brésil, le père provincial, les anciens confesseurs du roi et de la famille royale, le P. Mathos et le P. Irance, tous cordons bleus de l'ordre. Ils sont actuellement dans les fers, au nombre de neuf. Voilà les nouvelles du 5, de Paris, et copiéess ur la traduction portugaise, pour le roi de France.

MMDCCLXXVIII. — A M. DE BRENLES.

Aux Délices, 12 février.

Votre zèle pour vos amis, monsieur, pour l'honnêteté publique, et pour le maintien du bon ordre, triomphera sans doute de l'aveuglement et de la méprise de ceux qui veulent protéger un voleur qui imprime des libelles. Les magistrats de Genève agissent de leur côté; il est à croire que ceux de Lausanne, et l'Académie, ne souffriront pas que leur ville soit déshonorée par un infâme et par des infamies. Je mande à peu près les mêmes choses à M. de Seigneux, confrère dans l'Académie de Marseille, et j'ajoute que je suis un peu plus utile à la ville de Lausanne que Grasset; que j'y faisais plus de dépense que quatre Anglais; qu'un notaire de Lausanne avait rédigé mon testament, par lequel je faisais des legs à l'école de charité, à la bibliothèque, à plusieurs personnes, et que la petite rage du bel esprit et de la typographie ne doit pas faire sacrifier la probité et les bienséances.

Les seules annotations que j'ai faites sur le libelle de Grasset, et que j'envoie à l'Académie, suffisent pour faire sentir quelle est l'insolence du libelle. Je vous prie, mon cher ami, de présenter mes tendres et respectueux remercîments à M. le bailli de Lausanne. Il me paraît que vous avez à présent dans votre ville un fou et un fripon à juger.

Je vous embrasse tendrement; mille respects à Mme de Brenles, e triomphez des sots; il y en a plus que de fous.   V.

MMDCCLXXIX. — A M. LE BARON DE HALLER.

A Tounay, 13 février.

Voici, monsieur, un petit certificat qui peut servir à faire connaître ce Grasset pour lequel on réclame très-instamment votre protection. Ce malheureux a fait imprimer à Lausanne un libelle abominable contre les mœurs, contre la religion, contre la paix des particuliers, contre le bon ordre. Il est digne d'un homme de votre probité et de vos grands talents de refuser à un scélérat une protection qui honorerait des gens de bien. J'ose compter sur vos bons offices, ainsi que sur votre équité. Pardonnez à ce chiffon de papier; il n'est pas conforme aux usages allemands, mais il l'est à la franchise d'un Français qui vous révère plus qu'aucun Allemand.

Un nommé Lervèche, ci-devant précepteur de M. Constant, est auteur d'un libelle sur feu M. Saurin. Il est ministre d'un village, je ne sais où, près de Lausanne. Il m'a écrit deux ou trois lettres anonymes sous votre nom. Tous ces gens-là sont des misérables bien indignes qu'un homme de votre mérite soit sollicité en leur faveur.

Je saisis cette occasion de vous assurer de l'estime et du respect avec lesquels je serai toute ma vie, etc.

VOLTAIRE.

MMDCCLXXX. — A M. BERTRAND.

A Tournay, par Genève, 16 février.

Mon cher ami, le voleur Grasset, imprimeur du libelle diffamatoire, et le prétendu bel esprit rédacteur de cet infâme ouvrage, trouvent dans Lausanne de la protection, et surtout auprès des examinateurs de l'Académie, dont un membre est associé avec Grasset. Ils remuent ciel et terre, et font servir, selon l'usage, le prétexte de la religion pour justifier leur brigandage. Je me flatte qu'ils ne trouveront pas la même faveur auprès des esprits désintéressés, nobles et éclairés, des seigneurs de Berne leurs maîtres. J'ai lu ce libelle déjà proscrit à Genève et en France, et dont deux ballots ont été saisis. J'envoie un nouveau *mémoire* aux seigneurs avoyers et aux seigneurs curateurs, et surtout à notre respectable M. de Freudenreich. L'Académie de Lausanne lui manque formellement de respect en protégeant un libelle contre moi, malgré la bonté qu'il a eue de me recommander à Lausanne, quand il est venu dans ce pays, au nom de l'État. Je vous prie de lire mon *mémoire*, qui est entre les mains de M. Freudenreich, et de mettre dans cette affaire toute l'activité de votre zèle prudent et de votre amitié.

Si les jésuites ont comploté, comme on l'assure, l'assassinat du roi de Portugal, ils sont un peu plus coupables que vos gens de Lausanne.

V.

O fortunatos nimium, sua quum bona norint,
Agricolas, etc.

Virg., *Georg.*, II, v. 458.

MMDCCLXXXI. — DE M. LE BARON DE HALLER.

Roche, 17 février.

Monsieur, j'ai été véritablement affligé de la lettre dont vous m'avez honoré. Quoi ! j'admirerai un homme riche, indépendant, maître du choix des meilleures sociétés, également applaudi par les rois et par le public, assuré de l'immortalité de son nom, et je verrai cet homme perdre le repos pour prouver qu'un tel a fait des vols, et qu'un autre n'est pas convaincu d'en avoir fait !

Il faut bien que la Providence veuille tenir la balance égale pour tous les humains. Elle vous a comblé de biens, elle vous accable de gloire ; mais il vous fallait des malheurs ; elle a trouvé l'équilibre en vous rendant sensible.

Les personnes dont vous vous plaignez perdraient bien peu en perdant ce que vous appelez la protection d'un homme caché dans un petit coin du monde, et charmé d'être sans influence et sans liaisons. Les lois ont seules ici le droit de protéger le citoyen et le sujet. M. Grasset [1] est chargé des affaires de mon libraire. J'ai vu M. Lervèche chez un exilé, M. May, que j'ai visité quelquefois depuis sa disgrâce, et qui passait ses dernières heures avec ce ministre.

Si l'un ou l'autre a mis mon nom sous des anonymes, s'il a laissé croire que nos relations sont plus intimes, il aura vis-à-vis de moi des torts que vous sentez avec trop d'amitié.

Si les souhaits avaient du pouvoir, j'en ajouterais un aux bienfaits du destin. Je vous douerais de la tranquillité, qui fuit devant le génie, qui ne le vaut pas par rapport à la société, mais qui vaut bien davantage par rapport à nous-mêmes; alors l'homme le plus célèbre de l'Europe serait aussi le plus heureux.

Je suis avec l'admiration la plus parfaite, etc. HALLER.

MMDCCLXXXII. — A FRÉDÉRIC-GUILLAUME, MARGRAVE DE BAREUTH.

Au château de Tournay, 17 février.

Monseigneur, mon cœur remplit un bien triste devoir en envoyant à Votre Altesse Sérénissime, ainsi qu'au roi votre beau-frère, cet ouvrage, que ce monarque m'a encouragé de composer.

Ma vieillesse, mon peu de talent, ma douleur même, ne m'ont pas permis d'être digne de mon sujet; mais j'espère qu'au moins le dernier vers ne vous déplaira pas.

Elle vous aimait, monseigneur, et, après vous, son cœur était à son frère. Ce souvenir, quoique très-douloureux, vous est cher, et peut mêler quelque douceur à son amertume.

Que Votre Altesse Sérénissime daigne recevoir avec indulgence ce faible tribut d'un attachement que j'aurai jusqu'au tombeau. Puissiez-vous ajouter à de longs jours tous ceux que cette auguste princesse devait espérer de passer avec vous !

Je suis avec le plus profond respect, etc.

MMDCCLXXXIII. — A M. DALEMBERT.

A Tournay, 19 février.

J'ai besoin de savoir, mon cher et grand philosophe, si frère Berthier, de la société de Jésus, continue encore à farcir ses *menstrues* de Trévoux d'injures et de sottises contre d'honnêtes gens qui ne pensent point à lui, tandis que douze de ses confrères sont dans les fers,

---

1. Si M. de Haller s'était rappelé combien la conduite de ce Grasset était infâme, il aurait sans doute, tout bon calviniste qu'il était, répondu d'un ton moins magistral.

Un étranger se présente chez M. de Voltaire, et lui raconte qu'il a vu à Berne M. de Haller. M. de Voltaire le félicite sur le bonheur qu'il a eu de voir un grand homme. « Vous m'étonnez, dit l'étranger; M. de Haller ne parle certainement pas de vous de la même manière. — Eh bien ! répliqua M. de Voltaire, il est possible que nous nous trompions tous deux. » (*Éd. de Kehl.*)

à Lisbonne, accusés et convaincus, dit-on, d'avoir encouragé les conjurés au parricide, au nom de la vierge Marie et de son fils Jésus, consubstantiel au Père.

J'ai besoin de savoir ce que c'est qu'un monstre[1] bavard qui a justifié *la révocation de l'édit de Nantes*, et la Saint-Barthélemy.

Il me faut aussi le nom de l'avocat sans cause qui a griffonné des *Lettres* hollandaises[2] contre le roi de Prusse, jusqu'au moment du silence imposé par la bataille de Rosbach, et qui depuis s'est acharné contre la raison.

Et quel est le malheureux[3] qui a engagé le parlement de Paris à se faire géomètre, mécanicien, métaphysicien, médecin, théologien, etc., pour juger vingt volumes in-folio de l'*Encyclopédie ?*

Vous qui savez tant de belles et bonnes choses, ne pourriez-vous point savoir aussi quelque chose des odieuses bêtises sur lesquelles je voudrais être instruit ?

J'avoue que j'aimerais bien mieux savoir à quoi vous vous occupez, et quelles vérités vous voulez apprendre aux hommes qui ne le méritent pas, dans un temps où la vérité est persécutée par les fripons et par les sots. Vous n'avez pas daigné revoir nos sociniens de Genève; mais si vous allez jamais dans le pays du pape, des châtrés, et des processions, passez par chez nous. Vous verrez que les prédicants de Genève respectent les tours de Ferney, les fossés de Tournai, et même les jardins des Délices. Dites-moi si Jean-Jacques est devenu tout à fait fou; dites-moi si Diderot ne l'est pas d'avoir voulu continuer l'*Encyclopédie* en France; et moi, j'avouerai que vous êtes très-sage de vous être tiré de ce bourbier. Mon Dieu! que de bavarderies sur la population, sur le commerce, etc.! Eh! Jeans f....., parlez moins de population, et peuplez.

Que dites-vous du roi de Prusse qui m'envoie deux cents vers de Breslau, pendant qu'il assemble près de deux cent mille hommes? que dites-vous d'Helvétius et de l'honneur qu'on lui a fait? mais que dites-vous de moi qui vous ennuie et qui vous aime?

MMDCCLXXXIV. — A M. DE BRENLES.

A Tournay, 20 février.

Les jésuites font donc pis que Grasset, mon cher ami, ils assassinent donc le roi qu'ils ont confessé! Que ne les jugez-vous, monsieur l'assesseur baillival! que ne sont-ils tous au tribunal de la rue du Bourg! « Voilà qui est fait, disait un vieux galant, à propos de la Brinvilliers; si les dames se mettent à empoisonner, je n'aurai plus d'estime pour elles. » Je n'en ai plus pour Grasset, ni même pour Watteville, et, entre nous, je ne conçois guère comment Darnai s'est associé avec le valet des Cramer décrété de prise de corps pour avoir volé ses maîtres. On me paraît très-indigné à Berne contre cette manœuvre. Gras-

---

1. Caveyrac. (ÉD.)
2. L'*Observateur hollandais ou Lettres*, etc., est de Moreau. (ÉD.)
3. Chaumeix. (ÉD.)

set demandait à être naturalisé, et a été refusé. Darnai demandait de l'argent, et n'en a point eu. Je sens au reste, mon cher philosophe, combien ce libelle est méprisable ; mais n'est-il pas utile de faire sentir aux prêtres qu'il ne leur est pas plus permis de farcir des libelles de leurs ordures, que d'assassiner leurs pénitents ? Et n'est-il pas convenable que votre ami fait Suisse par vous ne soit pas outragé dans votre ville ? Mille respects à la philosophie.

MMDCCLXXXV. — A M. BERTRAND.

A Tournay, par Genève, 20 février.

Mon amitié est enchantée de tous les témoignages de la vôtre ; je les sens, mon cher ami, du fond de mon cœur. Le plus grand service que vous me puissiez rendre est d'entretenir souvent M. le banneret de Freudenreich de ma tendre reconnaissance. Il daigne entrer avec moi dans des détails qui me font voir à quel point je lui ai obligation. Plus il est occupé des affaires de l'État, plus je sens ce que je dois à l'attention dont il honore l'affaire d'un particulier. Je lui avoue que feu le ministre Saurin a mérité la corde ; mais son fils, mon ami, le plus honnête homme du monde, avocat estimé, homme de lettres considéré, secrétaire de Mgr le prince de Conti ; mais ses sœurs et leurs enfants enveloppés dans cet opprobre, ne méritent-ils pas un peu de pitié ? Saurin, le fils infortuné d'un homme qui fit une grande faute, m'écrit des lettres qu'il trempe de ses larmes, et qui vous en feraient verser. Je suis persuadé que son état toucherait les seigneurs curateurs. D'ailleurs plusieurs personnes sont outragées dans ce libelle ; j'y suis traité en vingt endroits de *déiste* et d'*athée*. Les pièces qu'on m'y impute sont supposées. Le libelle est anonyme, sans nom de ville, sans date. Il est imprimé furtivement malgré les lois. Une balle que Grasset avait envoyée à Genève y a été saisie par ordre du magistrat ; on en a usé de même à Lyon, et le lieutenant civil de Paris a averti le nommé Tilliard, correspondant de Grasset, qu'il serait puni s'il en recevait, et s'il en débitait un seul exemplaire. Ce concert unanime de tant de magistrats pour supprimer un libelle diffamatoire ne me laisse pas douter que je n'aie la même obligation aux seigneurs curateurs ; et de toutes les bontés dont on m'honore en tant d'endroits, les leurs me seront les plus sensibles. Darnai joue un bien indigne rôle dans cette affaire. Comment s'est-il associé avec un laquais des Cramer, décrété de prise de corps, à Genève, pour avoir volé ses maîtres ?

Tout ceci n'est qu'une tracasserie infâme ; mais que dire des jésuites ? ils assassinent le roi qu'ils ont confessé ; ils font servir tous les mystères de la religion, au plus grand des crimes. Nous verrons quelles suites aura cette étrange aventure. Je vous remercie et vous embrasse tendrement.

V.

MMDCCLXXXVI. — DE CHARLES-THÉODORE, ÉLECTEUR PALATIN.

Manheim, le 23 février.

J'ai reçu, monsieur, vos lettres avec bien du plaisir, et vous suis très-obligé des bons souhaits que vous me faites. Ce serait un bonheur trop parfait dans ce monde s'ils s'accomplissaient en tout point. L'*Optimisme* est banni depuis longtemps de notre globe, et si Pope vivait encore, je doute qu'il soutînt, en voyant tout ce qui se passe depuis peu d'années, que *all what is, is right.*

Vous me ferez un sensible plaisir de venir cet été. Ne craignez plus le froid; j'y porterai grand soin, et, plutôt que d'être privé de la satisfaction de vous voir, je ferai placer une cheminée à chaque porte et fenêtre. Profitez cette année des fleurs d'orange, car il ne me paraît pas encore que le terroir d'Allemagne soit disposé à porter beaucoup d'olives. Soyez bien persuadé de la parfaite estime que j'aurai toujours pour le vieux Suisse. CHARLES THÉODORE, *électeur.*

MMDCCLXXXVII. — DE M. DALEMBERT.

A Paris, 24 février.

Il y a plus de six ans, mon cher et illustre maître, que je ne lis point les sottises *menstruelles* du Garasse de Trévoux; mais j'entends dire qu'elles n'ont point dégénéré. Ce que je sais, c'est que le frère Berthier et ses complices n'osent paraître actuellement dans les rues, de peur qu'on ne leur jette des oranges de Portugal à la tête. Dieu et M. de Carvalho[1] nous feront raison de cette canaille.

L'apologiste de l'édit de Nantes et de la Saint-Barthélemy est un abbé de Caveyrac, protecteur et protégé de cet évêque du Puy, Pompignan, dont nous avons la DÉVOTION RÉCONCILIÉE AVEC L'ESPRIT, ou *la Réconciliation normande*[2], et qui nous a aussi donné des *Questions sur l'incrédulité*, dont la première est pour prouver qu'il n'y a point d'incrédules, et le reste du livre pour les réfuter.

L'avocat sans cause qui prouvait, il y a deux ans, que le roi de Prusse serait anéanti dans trois mois, et qui, entre les batailles de Rosbach et de Lissa, s'est mis à faire *les Cacouacs*, est un nommé Moreau, pensionné de la cour pour ses Lettres hollandaises.

Enfin le polisson qui est aujourd'hui l'oracle du parlement de Paris (ce tribunal respectable qui ne s'embarrasse guère que le peuple ait du pain, pourvu qu'il ait les sacrements) est un décrotteur d'Orléans, appelé Chaumeix, qui est venu à Paris, il y a six mois, avec des sabots, et qui, pour gagner son pain et boire son eau, barbouille du papier contre vous et contre l'*Encyclopédie.*

Je n'entends point parler de Jean-Jacques, depuis sa capucinade contre moi. Pour Diderot, il s'acharne toujours à vouloir faire l'*Encyclopédie;* mais le chancelier, à ce qu'on assure, n'est pas de cet avis; il va supprimer le privilége de l'ouvrage, et donnera à Diderot la paix malgré lui. Je n'ai de nouvelles du roi de Prusse que par son argent; il m'a fait payer, il y a un mois, ma pension de 1758. Vous voyez qu'il n'est en reste avec personne.

Je ne sais pas si on exigera de nous des rétractations, comme on l'a fait d'Helvétius; mais je sais que je n'en ai point à donner, et je crois qu'on peut être aussi heureux en buvant de l'eau du Rhône que

1. Le marquis de Pombal. (ÉD.) — 2. Titre d'une comédie de Dufresny. (ÉD.

de celle de la Seine. Adieu, mon cher et grand philosophe; ne m'oubliez pas auprès de mesdames vos nièces.

MMDCCLXXXVIII. — A M. DE BRENLES.

J'étais étonné de votre silence, mon cher ami; je tombe des nues; on me dit que vous êtes fâché du petit mot que je vous écrivis sur la cabale de Grasset. Il me semble, autant que je puis m'en souvenir, que j'étais aussi touché de votre amitié que mécontent du parti de Grasset. Je crois vous avoir dit que ce parti me paraissait insensé de protéger un fripon décrété de prise de corps pour avoir volé ses maîtres, contre votre ami qui s'était attaché à Lausanne, qui n'y était venu que pour vous, qui dépensait à Lausanne autant qu'un Anglais, et qui laissait un legs à l'école de charité de Lausanne. Tout cela est vrai; je vous ouvre toujours mon cœur, parce que la franchise de l'amitié permet tout. Si j'ai ajouté quelque sottise, avertissez-moi; un ami doit avertir son ami.

J'ai mandé à M. le bailli de Lausanne « que je me mettais sous la protection d'un brave officier comme lui, et que le parti de Grasset avait beau faire demi-tour à gauche, je ne craignais rien de ses manœuvres, avec un commandant comme lui. » Il me semble encore que cette lettre est agréable et doit plaire; il m'a répondu avec sa bonté ordinaire. Je suis très-content; je n'imagine pas pourquoi on me mande qu'on ne l'est point. Je n'en crois rien; je n'en veux rien croire. Périssent les tracasseries! Conservez-moi, vous et votre chère philosophe, une amitié dont j'ai toujours senti le prix et chéri les douceurs. V.

L'exécution des jésuites ne se confirme pas; on ne fait que mentir d'un bout de l'univers à l'autre.

MMDCCLXXXIX. — A M. BERTRAND.

A Tournay, par Genève, 29 février.

J'allais écrire à mon cher philosophe, dont la courageuse amitié m'est si précieuse; j'allais le prier de m'envoyer par le coche quelque chose de sa façon, sur l'histoire naturelle, pour l'Académie de Lyon, qui vient enfin d'être renouvelée, et qui a pris une meilleure forme et plus digne de lui. Je le supplie avec instance de ne pas tarder un moment; je n'en ai qu'un pour lui répondre. Voici un *mémoire* dont j'envoie quatre copies à Berne; je vous prie de donner la cinquième à M. de Freudenreich, dont la bonté et la justice ne seront pas subjuguées par la faction de Grasset et de Darnai, qui remuent ciel et terre. J'écris à M. de Vermont. Toute cette bêtise m'est très-agréable, parce qu'elle me fait connaître tout le prix d'un cœur comme le vôtre.

Je suis bien fâché de ne savoir les noms que de deux curateurs. Mettez-moi bien avant dans le cœur du vertueux M. de Freudenreich, car il est dans le mien à côté d'Aristide.

Je savais bien que Haller protégeait le Grasset; j'en ai rougi pour lui, et je lui ai écrit de quoi le faire rougir.

Allaman m'écrit que tous les pasteurs de Vevai désavouent le libelle daté de Vevai. Nouvelle raison pour la suppression.

MMDCCXC. — DE FRÉDÉRIC II, ROI DE PRUSSE.

A Breslau, le 2 mars.

Votre lettre contient une contradiction dans les termes et dans les choses. Vous marquez que votre imagination s'éteint, et en même temps vous en remplissez toute votre lettre. Il fallait être plus sur ses gardes en m'écrivant, et supprimer ce beau feu qui vous anime encore à soixante-cinq ans. Je crains bien que vous ne soyez dans le cas de la plupart des hommes, qui s'occupent de l'avenir et oublient le passé;

> Et comme à l'intérêt l'âme humaine est liée,
> La vertu qui n'est plus est bientôt oubliée.
> *OEdipe*, act. I, sc. III.

Mes vers ne sont point faits pour le public. Je n'ai ni assez d'imagination, ni ne possède assez bien la langue pour faire de bons vers; et les médiocres sont détestables. Ils sont soufferts entre amis, et voilà tout. Je vous en envoie de genres différents, mais qui ont le même goût de terroir, et qui se ressentent du temps où ils ont été faits. Et, comme vous êtes à présent riche et puissant seigneur, ne craignant point de vous faire payer cher le port de mes balivernes, je vous envoie en même temps toutes sortes de misères que je me suis amusé à faire par intervalles.

J'en viens à l'article qui doit vous toucher le plus, et je vous donne toute assurance de ne plus songer au passé, et de vous satisfaire; mais laissez auparavant mourir en paix un homme[1] que vous avez cruellement persécuté, et qui, selon toutes les apparences, n'a plus que peu de jours à vivre.

Pour ce que je vous ai demandé, je vous avoue que je l'ai toujours très-fort dans l'esprit; soit prose, soit vers, tout m'est égal. Il faut un monument pour éterniser cette vertu si pure, si rare, et qui n'a pas été assez généralement connue. Si j'étais persuadé de bien écrire, je n'en chargerais personne; mais, comme vous êtes certainement le premier de notre siècle, je ne puis m'adresser qu'à vous.

Pour moi, je suis sur le point de recommencer ma maudite vie errante. Souvent il m'arrive de recevoir des lettres de Berlin, vieilles de six mois; ainsi je ne fais pas état de recevoir sitôt votre réponse; mais j'espère que vous n'oublierez point un ouvrage qui sera de votre part un acte de reconnaissance. Adieu.

FÉDÉRIC.

MMDCCXCI. — A M. FORMEY.

Au château de Tournay, par Genève, 3 mars.

J'ai reçu votre lettre avec un très-grand plaisir, monsieur; je me sers, pour vous répondre sans qu'il vous en coûte de frais, de la voie des mêmes négociants qui envoient mes paquets au *Salomon* et à

---

1. Maupertuis, qui mourut le 27 juillet. (ÉD.)

l'Alexandre du Nord. Il se pourrait bien faire que ce paquet-ci tombât entre les mains de quelques housards, car le champ des horreurs est déjà ensanglanté dans *le meilleur des mondes possibles;* mais on ne verra dans mes paquets que de quoi rire; je ne me mêle point, Dieu merci, des affaires des rois, et je me contente de plaindre les peuples.

J'ai fort connu le meurtrier Manstein dont vous me parlez. Dieu veuille avoir son âme! c'était un vigoureux alguazil; il avait arrêté le général Munnich, et s'était battu avec lui à coups de poing, pour le service de sa gracieuse impératrice. Il s'enfuit, quelque temps après, du beau pays de la Russie pour venir dans votre sablonnière. Il me montra des *Mémoires de Russie,* que je corrigeai à Potsdam. Pendant que nous étions occupés à cette besogne, le roi m'envoya des vers par un coureur. Manstein, impatient de voir que je préférais les vers de Frédéric à la prose de Manstein, s'en plaignit au modeste Maupertuis, lequel, encore plus fâché de ce que le roi ne le consultait pas sur la manière d'exalter son âme et d'enduire le corps de poix-résine, s'avisa de dire que le roi n'envoyait qu'à moi son linge sale à blanchir.

Après avoir dit ce prétendu bon mot, il s'avisa de m'en faire honneur; et de là vinrent toutes les belles tracasseries qui n'ont fait aucun profit ni à Frédéric le Grand, ni à Maupertuis, ni à moi.

Depuis ce temps-là, milord maréchal m'a parlé, à ma campagne, de ce manuscrit que je connaissais mieux que lui. On a proposé aux Cramer, libraires de Genève, de l'imprimer. Mais qui diable a pu vous dire que je l'avais voulu acheter mille ducats? Pourquoi l'achèterais-je? Vous me croyez donc bien riche et bien curieux! il est vrai que je suis bien riche; mais je ne donnerais pas mille ducats de l'*Ancien Testament;* à plus forte raison d'un manuscrit moderne.

Je vous assure que je suis très-sensible à la perte que vous avez faite; mais, s'il vous reste autant d'enfants que vous avez fait de livres, vous devez avoir une famille de patriarche.

Je serais fort aise de voir votre *Philosophe païen,* attendu que je uis *païen* et assez *philosophe.* A l'égard de vos *Consolations pour les alétudinaires,* je n'en ai pas besoin, depuis que j'ai recouvré la santé avec la liberté, dans un séjour charmant. Envoyez-moi plutôt des conseils pour gouverner mes paysans et mes curés. J'ai acheté deux belles terres à une lieue des Délices; je suis devenu laboureur, et je vais semer, cette année, avec la nouvelle charrue; cela me donne de la santé. Je croyais n'avoir pas deux mois à vivre quand je vins aux Délices. Votre roi se serait amusé à faire de moi une plaisante oraison funèbre. Il me mandait, l'autre jour, que Maupertuis se mourait; si cela est, il mourra au lit d'honneur, car il vient d'avoir un petit procès à Bâle pour avoir fait un enfant à une fille, et il s'en est tiré très-glorieusement.

Vous avez donc travaillé aussi à l'*Encyclopédie!* Eh bien! vous n'y travaillerez plus; la cabale des dévots l'a fait supprimer, et peu s'en est fallu qu'elle n'ait été brûlée comme les œuvres de Calvin. Laissons aller le monde comme il va. Puisse la guerre finir bientôt, et que votre chancelier en signe les articles! Faites-lui bien mes compliments.

Si ce n'était pas une indiscrétion, vous me feriez un plaisir extrême de me mander ce qu'est devenu l'abbé de Prades.

Adieu, monsieur; je suis, etc.

VOLTAIRE, *comte de Tournai, gentilhomme ordinaire du roi.*

MMDCCXCII. — A M. LE COMTE DE SCHOWALOW.

A Tournay, par Genève, 4 mars.

Monsieur, je reçois en même temps une lettre de vous et une autre des Grandes-Indes, datées du même mois. Le courrier qui m'a rendu celle dont Votre Excellence m'honore n'a pas, à ce que je crois, des ailes aux talons comme Mercure, ou bien apparemment quelque partisan prussien lui aura coupé ces ailes dans la route. Vous me coupez furieusement les miennes, monsieur, en me privant des mémoires que vous aviez eu la bonté de me promettre sur les exploits militaires du czar Pierre, sur ses lois, sur sa vie privée, et encore plus sur sa vie publique. J'ai tout au plus de quoi composer un recueil très-sec de dates et d'événements; mais je suis très-loin d'avoir les matériaux d'une histoire intéressante. Je ne puis plus imaginer, monsieur, que vous ayez abandonné un projet si noble et si digne de vous, projet dont tout l'empire doit désirer l'exécution, et auquel je présume que votre souveraine s'intéresse. Je suis très-sensible à votre thé de la Chine; mais je vous avoue que des instructions sur le règne de Pierre le Grand me seraient infiniment plus précieuses. Mon âge avance; je ferai mettre sur mon tombeau : *Ci-gît qui voulait écrire l'Histoire de Pierre le Grand.* Je ne doute pas, monsieur, que Votre Excellence n'ait d'autres occupations qui emportent la plus grande partie de son temps; mais, s'il vous en reste, songez, monsieur, que c'est moi qui vous conjure aujourd'hui de ne pas oublier le héros sans les soins duquel vous ne seriez peut-être pas aujourd'hui un des génies les plus cultivés et les plus aimables de l'Europe. Votre esprit s'est embelli de toutes les sciences que ce grand homme a fait naître. La nature a beaucoup fait pour vous; mais Pierre le Grand n'a peut-être pas fait moins. J'ai l'ambition d'être de votre école, et de travailler sous vos ordres. Je ne perdrai cette ambition qu'avec la vie. J'ai, etc.

MMDCCXCIII. — A M. DE BRENLES.

Aux Délices.

Les seigneurs curateurs de l'Académie de Lausanne me font l'honneur, mon cher ami, de me mander, en corps, qu'ils ont condamné le libelle en question, et qu'ils censureront l'éditeur. Je suis également touché de leur justice, de leur bonté, et de leur extrême politesse. Je ne doutais pas d'un jugement si équitable et d'un procédé si noble, après les lettres dont Leurs Excellences, messieurs les avoyers, et les principaux membres de la souveraineté, m'avaient honoré sur cette affaire. En effet, il n'était point du tout convenable qu'il fût permis d'insulter, dans un libelle diffamatoire, une famille vertueuse et très-innocente des fautes de son père. M. Saurin, ancien secrétaire de Mgr le prince de Conti, méritait des égards. J'étais chargé, de sa part

et de celle de toute sa famille, d'empêcher ce scandale; je l'ai fait
avec tout le zèle de l'amitié; j'ai rempli mon devoir, et je vois avec
plaisir que j'ai été secondé par tous les honnêtes gens. Je vous prie de
montrer cette lettre à M. le ministre Polier de Bottens, et à M. d'Hermanches dont l'honneur, la probité et la bonté ont pris si généreuse-
ment le parti d'une famille affligée. Je vous supplie surtout, mon cher
ami, de présenter mes tendres et respectueux remercîments à M. le
bailli, pour qui je conserverai une éternelle reconnaissance.

Adieu; je n'ai pas si bien senti que dans cette petite affaire le prix
de votre amitié, et tout ce que vaut la franchise de votre belle âme.
Je m'applaudis plus que jamais d'avoir été attiré à Lausanne par vous.
Je vous embrasse du meilleur de mon cœur. Mille respects à votre
chère philosophe.　　　　　　　　　　　　　　　　　　　　V.

MMDCCXCIV. — A M. VERNES [1].

Tâchez, mon prêtre aimable, de savoir et de me dire s'il n'y a pas
au moins cinq cents familles françaises dans Genève. Pourquoi ce
monstre de Caveyrac dit-il qu'il n'y en a pas cinquante? Il faut confondre cet ouvrage du diable qui veut justifier la Saint-Barthélemy et
les cruautés exercées dans la révocation de l'édit de Nantes.

Qui sont les oisifs qui m'imputent je ne sais quel *Candide*, qui est
une plaisanterie d'écolier, et qu'on m'envoie de Paris? J'ai vraiment
bien autre chose à faire.

Bonjour, *Fortunate puer*.　　　　　　　　　　　　　　　　　　V.

MMDCCXCV. — A M. THIERIOT.

Aux Délices, 10 mars.

J'ai reçu par le Savoyard voyageur, mon ancien ami, votre lettre,
vos brochures très-crottées, et la lettre de Mme Bellot. Je vais lire ses
œuvres, et je vous prie de me mander son adresse, car, selon l'usage
des personnes de génie, elle n'a daté en aucune façon ; et je ne sais
ni quelle année elle m'a écrit, ni où elle demeure. Pour vous, je
soupçonne que vous êtes encore dans la rue Saint-Honoré. Vous changez d'hospice aussi souvent que les ministres de place. Mme de Fontaine vous reviendra incessamment; elle est chargée de vous rembour-
ser les petites avances que vous avez bien voulu faire pour m'orner
l'esprit.

J'ai lu *Candide* ; cela m'amuse plus que l'*Histoire des Huns* [2], et
que toutes vos pesantes dissertations sur le commerce et sur les finances.
Deux jeunes gens de Paris m'ont mandé qu'ils ressemblent à Candide
comme deux gouttes d'eau. Moi, j'ai assez l'air de ressembler ici au
signor Pococurante ; mais Dieu me garde d'avoir la moindre part à
cet ouvrage! Je ne doute pas que M. Joly de Fleury ne prouve élo-
quemment à toutes les chambres assemblées que c'est un livre contre

---

1. Cette lettre porte pour souscription : *A monsieur, monsieur Vernes; ministre bien marié.* (ÉD.)

2. Par de Guignes. (ÉD.)

les mœurs, les lois, et la religion. Franchement il vaut mieux être dans le pays des Oreillons que dans votre bonne ville de Paris. Vous étiez autrefois des singes qui gambadiez ; vous voulez être à présent des bœufs qui ruminent ; cela ne vous va pas.

Croyez-moi, mon ancien ami, venez me voir; je n'ai de bœufs qu'à mes charrues.

Si quid novi, scribe ; et quum otiosus eris, veni, et vale.

MMDCCXCVI. — DE FRÉDÉRIC II, ROI DE PRUSSE.

A Breslau, le 12 mars.

Il faut avouer que vos mois ne ressemblent pas aux semaines du prophète Daniel[1]; ses semaines sont des siècles, et vos mois des jours.

J'ai reçu cette ode[2] qui vous a si peu coûté, qui est très-belle, et qui certainement ne vous fera pas déshonneur. C'est le premier moment de consolation que j'ai eu depuis cinq mois. Je vous prie de la faire imprimer et de la répandre dans les quatre parties du monde. Je ne tarderai pas longtemps à vous en témoigner ma reconnaissance.

Je vous envoie une vieille épître[3] que j'ai faite il y a un an ; et, comme il y est parlé de vous, c'est à vous à vous défendre, si vous croyez qu'on le puisse. Ce sont de mauvais vers, mais je suis persuadé que ce sont des vérités qu'ils disent. Je pense au moins ainsi. Plus on vieillit, et plus on se persuade que Sa Sacrée Majesté le Hasard fait les trois quarts de la besogne de ce misérable univers, et que ceux qui pensent être les plus sages sont les plus fous de l'espèce à deux jambes et sans plumes dont nous avons l'honneur d'être.

On peut, en conscience, me pardonner des solécismes et de mauvais vers, dans le tumulte et parmi les soins et les embarras dont je suis sans cesse environné.

Vous voulez savoir ce que Néaulme imprime, vous me le demandez à moi qui ne sais pas si Néaulme est encore au monde, qui n'ai pas mis depuis près de trois ans le pied à Berlin, qui ne sais que des nouvelles de Fermor, de Daun, de Soubise, de Lautrihaussen, et d'une espèce d'hommes[4] dont vous vous souciez très-peu, et dont je serais bien aise de ne pas être obligé de m'informer !

Adieu ; vivez heureux, et maintenez la paix dans votre seigneurie suisse; car la guerre de la plume et de l'épée n'ont que rarement d'heureux succès. Je ne sais quel sera mon sort cette année ; en cas de malheur, je me recommande à vos prières, et je vous demande une messe pour tirer mon âme du purgatoire, s'il y en a un dans l'autre monde qui soit pire que la vie que je mène en celui-ci.

FÉDÉRIC.

---

1. Daniel, IX, 24 et suiv. (ÉD.)
2. *Sur la mort de la margrave de Bareuth.* (ÉD.)
3. *Epître à ma sœur Amélie sur le Hasard.* La princesse Amélie était abbesse de Quedlimbourg. (ÉD.)
4. Les jésuites. (ÉD.)

MMDCCXCVII. — A M. LE MARQUIS DE THIBOUVILLE.

Au château de Tournay, par Genève, 15 mars.

J'ai lu enfin, mon cher marquis, ce *Candide* dont vous m'avez parlé, et plus il m'a fait rire, plus je suis fâché qu'on me l'attribue. Au reste, quelque roman qu'on fasse, il est difficile à l'imagination d'approcher de ce qui se passe trop réellement sur ce triste et ridicule globe depuis quelques années. Nous nous intéressons un peu, Mme Denis et moi, aux malheurs publics, à la persécution suscitée contre des philosophes très-estimables, à tout ce qui intéresse le genre humain; et quand nos amis ne nous parlent que de pièces de théâtre et de romans qui nous sont parfaitement inconnus, que voulez-vous que nous répondions? Elle dit que l'amitié doit se nourrir par la confiance, que les lettres de nos amis doivent toujours nous apprendre quelque chose. Je suis mort au monde; il faut des élixirs pour me rappeler à la vie. Votre amitié est le meilleur de tous. L'oncle et la nièce sont également sensibles à votre mérite, et vous seront toujours très-tendrement attachés.

MMDCCXCVIII. — A M. VERNES.

J'ai lu enfin *Candide*; il faut avoir perdu le sens pour m'attribuer cette coïonnerie; j'ai, Dieu merci, de meilleures occupations. Si je pouvais excuser jamais l'inquisition, je pardonnerais aux inquisiteurs du Portugal d'avoir pendu le raisonneur Pangloss pour avoir soutenu l'optimisme. En effet, cet optimisme détruit visiblement les fondements de notre sainte religion; il mène à la fatalité; il fait regarder la chute de l'homme comme une fable, et la malédiction prononcée par Dieu même contre la terre, comme vaine. C'est le sentiment de toutes les personnes religieuses et instruites; elles regardent l'optimisme comme une impiété affreuse.

Pour moi, qui suis plus modéré, je ferais grâce à cet optimisme, pourvu que ceux qui soutiennent ce système ajoutassent qu'ils croient que Dieu, dans une autre vie, nous donnera, selon sa miséricorde, le bien dont il nous prive en ce monde, selon sa justice. C'est l'éternité à venir qui fait l'optimisme, et non le moment présent.

Vous êtes bien jeune pour penser à cette éternité, et j'en approche. Je vous souhaite le bien-être dans cette vie et dans l'autre.

MMDCCXCIX. — DE FRÉDÉRIC II, ROI DE PRUSSE.

A Breslau, le 21 mars.

Vous ne vous êtes pas trompé tout à fait; je suis sur le point de me mettre en marche. Quoique ce ne soit pas pour des siéges, toutefois c'est pour résister à mes persécuteurs.

J'ai été ravi de voir les changements et les additions que vous avez faits à votre ode. Rien ne me fait plus de plaisir que cette matière-là. Les nouvelles strophes sont très-belles, et je souhaiterais fort que le tout fût déjà imprimé. Vous pourrez y ajouter une lettre, selon votre bon plaisir; et, quoique je sois très-indifférent sur ce qu'on peut dire de moi en France et ailleurs, on ne me fâchera pas en vous attribuant mon *Histoire de Brandebourg*. C'est la trouver très-bien écrite, et c'est plutôt me louer que me blâmer.

Dans les grandes agitations où je vais entrer, je n'aurai pas le temps de savoir si on fait des libelles contre moi en Europe, et si on me déchire. Ce que je saurai toujours, et dont je serai témoin, c'est que mes ennemis font bien des efforts pour m'accabler. Je ne sais pas si cela en vaut la peine. Je vous souhaite la tranquillité et le repos dont je ne jouirai pas tant que l'acharnement de l'Europe me persécutera. Adieu.
                                                    FÉDÉRIC.

N. B. Vous m'avez tant parlé du médecin Tronchin, que je vous prie de le consulter sur la santé de mon frère Ferdinand, qui est très-mauvaise. Dans le courant de l'année passée il a eu deux fièvres chaudes dont il lui est resté de grandes faiblesses. A cela se sont joints les symptômes d'une sueur de nuit et d'une toux avec expectoration. Les médecins jusqu'ici croient qu'il crache une vomique; et pour moi, qui ai tant vu de maladies pareilles funestes à tous ceux qui en ont été attaqués, je crains beaucoup pour sa vie; non pas les effets d'une mort prochaine, mais d'un accablement qui le conduira au tombeau à la chute des feuilles. Je crois ne devoir rien négliger pour les secours que l'art peut fournir, quoique j'aie très-peu de confiance en tous les médecins.

Je vous prie de consulter Tronchin pour savoir ce qu'il en pense, et s'il croit pouvoir le sauver. Je dois ajouter à ceci, pour le médecin, que les urines sont fort rouges et fort colorées, que l'expectoration sent mauvais, que la faiblesse est grande, l'abattement considérable, qu'il y a tous les symptômes d'une fièvre lente, qui cependant ne paraît point le jour, pendant lequel le pouls est faible. Je souhaite qu'il en ait meilleure espérance que moi.

MMDCCC. — A M. BERTRAND.

                                                    22 mars.

J'enverrai, mon cher ami, votre *Amiante* à l'Académie de Lyon. J'aurais voulu quelque chose d'un peu plus piquant, et dont le sujet eût donné plus d'exercice à votre esprit philosophique; envoyez-moi encore quelques petits morceaux, afin de faire une cargaison honnête.

Je crois que l'*Encyclopédie* se continuera; mais probablement elle finira encore plus mal qu'elle n'a commencé, et ce ne sera jamais qu'un gros fatras. J'ai eu la complaisance d'y travailler lorsqu'il y avait encore un peu de liberté dans la littérature; mais, puisque les assassins des rois coupent les ongles aux gens de lettres, il faut se contenter de penser pour soi, et laisser là le public, qui ne mérite pas d'être instruit.

Je crois les sottises lausannoises tout à fait finies; mes sentiments pour vous et pour M. et Mme de Freudenreich ne finiront qu'avec ma vie.

La moitié de Genève sortit hier de la ville pour accompagner deux voleurs; l'autre moitié va à Lyon pour voir passer des rois. Cela est peu philosophe.
                                                    V.

MMDCCCI — A M. Dupont, avocat.

Au château de Tournay, 24 mars.

Le conseil soussigné est toujours d'avis qu'il faut porter Goll et les Goll à s'accommoder; que M. Dupont peut avoir des occasions de leur parler, et de les faire trembler sur l'événement du procès; que, pendant la guerre, il ne sera pas permis d'attaquer M. le prince de Beaufremont, et qu'après la paix il sera très-dangereux de l'attaquer. Ledit conseil se fera fort de faire donner cinquante louis à M. Dupont, par le prince, pour ses peines; il faut que les Goll en donnent autant; nous les amènerons là, ou je ne pourrai, car je veux que mon ami ait cent louis d'or de cette affaire, et que tout soit fini. J'ai trois terres, et trois procès au conseil; tout cela m'amuse.

Je ne connais point de traité sur l'optimisme, mais une espèce de petit roman du chevalier de Mouhi, intitulé *Candide, ou l'Optimisme*. Je l'adresse avec cette lettre à M. Dupont, par le canal de M. Defresnei. Le prêtre de Belzébuth qui s'enivre avec des jésuites pourra peut-être être assez ivre pour écrire contre ce roman, avec l'aide du recteur allemand. Ce recteur d'ailleurs est le plus impudent personnage, et le plus sot cuistre de l'Europe.

Mille compliments à Mme Dupont; le conseil embrasse tous les petits enfants.   V.

MMDCCCII. — A M. Bertrand.

26 mars.

Vite, la poste part. Il faut, mon cher ami, que je vous remercie du fond de mon cœur; il faut que vous épuisiez votre éloquence pour faire valoir tous les sentiments de ma reconnaissance, et mes tendres et respectueux remercîments à M. de Freudenreich et à M. Bonstetten.

Comment va le mémoire pour Lyon[1]? Ne pourriez-vous point me communiquer aussi un certain livre sur les *Tremblements*[2]? Il me semble qu'il figurerait très-bien dans une académie des sciences. Je vous embrasse; je suis à vous pour la vie.   V.

Point de nouvelles aujourd'hui du Portugal. Point de jésuite de pendu. La justice est lente.

MMDCCCIII. — A Frédéric II, roi de Prusse.

Aux Délices, 27 mars.

Sire, je reçois la lettre dont Votre Majesté m'honore, écrite le 2 mars, de la main de votre secrétaire, mon compatriote suisse, signée *Fédéric*. Il paraît que Votre Majesté n'avait pas encore reçu le monument qu'elle a voulu que je dressasse de mes faibles mains à votre adorable sœur. En voici donc une copie que je hasarde encore dans ce paquet; je le recommande à Dieu, aux housards, et aux curieux qui ouvrent les lettres. Votre paquet, que j'ai reçu avec votre lettre, con-

---

1. Voltaire voulait qu'il fît un mémoire, pour pouvoir être reçu à l'Académie de Lyon. (Éd.)

2. Bertrand avait publié, en 1756, des *Mémoires pour servir à l'histoire des tremblements de terre de la Suisse.* (Éd.)

tenait votre *Ode au prince Henri*, votre *Épître à milord maréchal*, et votre *Ode au prince Ferdinand*. Il y a dans cette ode un certain endroit dont il n'appartient qu'à vous d'être l'auteur. Ce n'est pas assez d'avoir du génie pour écrire ainsi, il faut encore être à la tête de cent cinquante mille hommes.

Votre Majesté me dit dans sa lettre qu'il paraît que je ne désire que les brimborions dont vous me faites l'honneur de me parler. Il est vrai qu'après plus de vingt ans d'attachement, vous auriez pu ne me pas ôter des marques qui n'ont d'autre prix à mes yeux que celui de la main qui me les avait données. Je ne pourrais même porter ces marques de mon ancien dévouement pour vous pendant la guerre ; mes terres sont en France. Il est vrai qu'elles sont sur la frontière de Suisse ; il est vrai même qu'elles sont entièrement libres, et que je ne paye rien à la France ; mais enfin elles y sont situées. J'ai en France soixante mille livres de rente ; mon souverain m'a conservé, par un brevet, la place de gentilhomme ordinaire de sa chambre. Croyez très-fermement que les marques de bonté et de justice que vous voulez me donner ne me toucheraient que parce que je vous ai toujours regardé comme un grand homme. Vous ne m'avez jamais connu.

Je ne vous demande point du tout les bagatelles dont vous croyez que j'ai tant d'envie ; je n'en veux point ; je ne voulais que votre bonté. Je vous ai toujours dit vrai quand je vous ai dit que j'aurais voulu mourir auprès de vous.

Votre Majesté me traite comme le monde entier ; elle s'en moque quand elle dit que le président[1] se meurt. Le président vient d'avoir à Bâle un procès avec une fille qui voulait être payée d'un enfant qu'il lui a fait. Plût à Dieu que je pusse avoir un tel procès ! Je ...... un peu loin ; j'ai été très-malade, et je suis très-vieux. J .... uis très-riche, très-indépendant, très-heureux ; mais vc .... on bonheur ; et je mourrai bientôt sans vous avoir vu ...... n souciez guère, et je tâche de ne m'en point soucier. .... .s, votre prose, votre esprit, votre philosophie hardie et ferme. ...... pu vivre sans vous, ni avec vous. Je ne parle point au roi, au héros, c'est l'affaire des souverains ; je parle à celui qui m'a enchanté, que j'ai aimé, et contre qui je suis toujours fâché.

MMDCCCIV. — A M. BERTRAND.

30 mars.

Mon cher ami, vos *Tremblements* sont partis ; et je partirai, moi, le plus tôt que je pourrai pour venir remercier M. de Freudenreich et MM. les curateurs, et surtout vous. Mme Denis et moi nous ferons ce voyage agréable le plus tôt que nous pourrons.

Nous sommes fort loin de craindre les brouillons que nous connaissons très-bien ; et je suis très en état de ne craindre personne. Hélas ! mon ami, j'ai plus de terrain que Genève, et je suis le maître chez moi. Le chef des polissons est mon vassal. J'ai des créneaux et des... ; et

1. Maupertuis. (ÉD.)

peut-être, avant qu'il soit peu, le peuple dont vous me parlez aura besoin de moi; en attendant, il gagne honnêtement avec moi, et il est très-soumis dans mon antichambre. C'est un M. Demad, homme de beaucoup d'esprit, qui a fait *Candide* ou l'*Optimisme*, et qui se moque encore plus que moi des sots. Mon cher ami, vivons tranquilles et aussi heureux qu'il est possible dans notre court pèlerinage.

Les jésuites échapperont, n'en doutez pas; et peut-être dans un an ils seront tout-puissants en Portugal[1] comme ils le furent en France, après l'assassinat de Henri IV.

Le roi de Prusse m'a écrit des choses bien extraordinaires. C'est un singulier homme, et ce siècle est un étrange siècle.

On dit que Haller se repent beaucoup d'avoir montré mes lettres et les siennes; il a raison de se repentir.

MMDCCCV. — A Frédéric II, roi de Prusse.

30 mars.

Quoique tout le monde soit en armes et en alarmes, j'ai pourtant reçu tous les paquets de Votre Majesté. L'épître à Sa Béatitude Mme l'abbesse de Quedlimbourg, sur Sa Sacrée Majesté *le Hasard*, a bien un grand fonds de vérité; et, si cette épître était rabotée, je la regarderais comme le meilleur de vos ouvrages, et le plus philosophique. Il me paraît, par la date, que Votre Majesté s'amusa à faire ces vers quelques jours avant notre belle aventure de Rosbach. Certainement vous étiez le seul alors en Allemagne qui fissiez des vers. Le Hasard n'a pas été pour nous. Je pense que celui qui met ses bottes à quatre heures du matin a un grand avantage au jeu contre celui qui monte en carrosse à midi. Je souhaite passionnément que tout ce jeu finisse, et que vos jours soient aussi tranquilles qu'ils sont brillants. Votre Majesté daigne n'être pas mécontente du tribut de louange et de regret que j'ai payé à la mémoire de la plus respectable princesse qui fût au monde. Il est vrai que mon cœur dicta l'éloge assez vite; la réflexion l'a corrigé lentement. Pardonnez, mais voici encore une strophe que je soumets à votre jugement. Je n'avais pas, ce me semble, assez parlé du courage avec lequel cette digne princesse a fini sa vie :

Illustres meurtriers, victimes mercenaires[2],
Qui, redoutant la honte et surmontant la peur,
Animés l'un par l'autre aux combats sanguinaires,
Fuiriez, si vous l'osiez, et mourez par honneur;
　　Une femme, une princesse,
　　Qui dédaigna la mollesse,
　　Qui du sort soutint les coups,
　　Et qui vit d'une âme égale,
　　Venir son heure fatale,
　　Était plus brave que vous.

1. Les jésuites furent chassés du Portugal, par un édit, le 3 septembre 1759. (Éd.)
2. Cette strophe est la douzième de l'*Ode sur la mort de Mme la princesse de Bareuth*. (Éd.)

Sort soutint fait une cacophonie désagréable; *venir* me paraît faible. Je ne trouve pas mieux, et j'avoue qu'après l'art de gagner des batailles, celui de faire des vers est le plus difficile.

Fuiriez, si vous l'osiez; parlez pour vous, messieurs, dira Votre Majesté; et moi chétif, je soutiens que si César se trouvait seul, pendant la nuit, exposé incognito à une batterie de canon, et qu'il n'y eût d'autre moyen de sauver sa vie qu'en se mettant dans un tas de fumier, ou dans quelque chose de mieux, on y trouverait le lendemain matin Caïus Julius César plongé jusqu'au cou.

Cette lettre trouvera peut-être Votre Majesté à quelque batterie, mais non pas dans un tas de fumier. Heureux ceux qui sont sur leur fumier comme moi.

Recevez avec bonté, Sire, les respects et les folies du vieux Suisse.

MMDCCCVI. — A MADAME D'ÉPINAI.

Oncle et nièce remercient tendrement ma philosophe. Il a été question de soupçon d'inflammation d'entrailles. Quatre médecins de Paris nous auraient tués comme ils ont tué leur confrère La Virotte, en cas pareil; mais avec notre cher docteur on ne craint rien,

Mille tendres respects à ma philosophe.

MMDCCCVII. — A M. BERTRAND.

10 avril.

Voici, mon cher ami, votre brevet de Lyonnais; si vous voulez m'envoyer quatre lignes pour le secrétaire[1] éternel, tout sera dit.

On n'a pas pu avoir l'honneur de vous recevoir plus tôt, parce que l'Académie n'est ressuscitée que depuis peu; et vous êtes le premier qu'elle adopte.

Je serais très-surpris qu'il y eût un Boudon député des protestants auprès du roi. Il n'y a point de protestants en France, aux yeux de la cour; il n'y a que des nouveaux convertis. On ne connaît pas plus de corps de protestants que de corps de Turcs. Si par hasard il y en a dans les provinces, on veut n'en rien savoir. Ni le clergé, ni la noblesse, ni le tiers état, ni les parlements n'ont le droit d'avoir un député résident à la cour.

Il se peut faire que quelques négociants huguenots aient imaginé de prêter cinquante millions, et qu'ils aient envoyé Boudon pour cette affaire. Mais je vous garantis qu'ils ne trouveront pas les cinquante millions; si je les avais, je ne les donnerais pas. Je souhaite que Boudon réussisse, mais j'en doute.

On dit que les jésuites ont fait révolter le Portugal contre le roi; il le mérite bien, pour avoir demandé la permission au pape de punir des sujets tonsurés et parricides.

Mille tendres respects à M. et à Mme de Freudenreich.

La Saxe et le Portugal jouent un piètre rôle dans *le meilleur des mondes possibles.*   V.

1. Bollioud Mermet. (ÉD.)

MMDCCCVIII. — DE FRÉDÉRIC II, ROI DE PRUSSE.

Bolkenhain, 11 avril.

Distinguez, je vous prie, les temps où les ouvrages ont été faits. *Les Tristes* d'Ovide et *l'Art d'aimer* ne sont pas contemporains. Mes élégies ont leur temps marqué par l'affreuse catastrophe qui laissera un trait enfoncé dans mon cœur, autant que mes yeux seront ouverts. Les autres pièces ont été faites dans des intervalles qui se trouvent toujours, quelque vive que soit la guerre. Je me sers de toutes mes armes contre mes ennemis; je suis comme le porc-épic qui, se hérissant, se défend de toutes ses pointes. Je n'assure pas que les miennes soient bonnes; mais il faut faire usage de toutes ses facultés telles qu'elles sont, et porter des coups à ses adversaires les mieux assénés que l'on peut.

Il semble qu'on ait oublié dans cette guerre-ci ce que c'est que les bons procédés et la bienséance. Les nations les plus policées font la guerre en bêtes féroces. J'ai honte de l'humanité; j'en rougis pour le siècle. Avouons la vérité; les arts et la philosophie ne se répandent que sur le petit nombre; la grosse masse, le peuple, et le vulgaire de la noblesse, restent ce que la nature les a faits, c'est-à-dire de méchants animaux.

Quelque réputation que vous ayez, mon cher Voltaire, ne pensez pas que les housards autrichiens connaissent votre écriture. Je puis vous assurer qu'ils se connaissent mieux en eau-de-vie qu'en beaux vers et en célèbres auteurs.

Nous allons commencer dans peu une campagne qui sera pour le moins aussi rude que la précédente. Le prince Ferdinand[1] épaule bien ma droite; Dieu sait quelle en sera l'issue. Mais de quoi je puis vous assurer positivement, c'est qu'on ne m'aura pas à bon marché, et que, si je succombe, il faudra que l'ennemi se fraye par un affreux carnage le chemin à ma destruction.

Adieu; je vous souhaite tout ce qui me manque.   FÉDÉRIC.

N. B. On dit qu'on a brûlé à Paris votre poëme de la *Loi naturelle*, la *Philosophie du bon sens* et *l'Esprit*, ouvrage d'Helvétius. Admirez comme l'amour-propre se flatte; je tire une espèce de gloire que la même époque de la guerre que la France me fait devienne celle de la guerre qu'on fait à Paris au *bon sens*.

MMDCCCIX. — A M. THIERIOT.

Vous êtes un paresseux, comme je le dis fort bien à Mme Bellot. Rendez-lui donc cette lettre, mon ancien ami, puisque vous n'avez pas voulu me dire sa demeure. Si vous êtes du voyage de Lyon, venez me voir dans le voisinage.

Quid novi? Où demeurez-vous à présent? Quel livre a-t-on brûlé? On dit que vous êtes gras comme un moine. Que devient la petite affaire des jésuites lusitaniens?

1. Ferdinand de Brunswick. (ÉD.)

Le roi de Prusse vient de faire imprimer l'oraison funèbre d'un *cor-donnier*[1] : c'est un rare corps.

Bonsoir.

MMDCCCX. — A MADAME DE FONTAINE.

15 avril.

J'espère, ma chère nièce, que ma lettre vous trouvera à Paris, et que vous aurez fait un très-agréable voyage, vous et les vôtres. Je ne dis pas que vous soyez revenue avec un excellent estomac; ce n'est pas, je crois, la pièce de votre corps dont vous êtes le plus contente. J'ai reçu votre aimable lettre; vous écrivez mieux que vous ne digé- rez, quoique vous ne soyez pas encore parvenue à une orthographe parfaite. Mais orthographiez comme il vous plaira ; je ne ferai pas comme l'abbé Dangeau, qui renvoyait les lettres à sa maîtresse, quand les points et les virgules manquaient.

Les nouvelles varient beaucoup sur la conspiration sainte du Portu- gal. Nous ne savons encore si nous mangerons du jésuite, ou si les jé- suites nous mangeront.

Il y a des gens qui prétendent à Genève que les huguenots de France prêtent cinquante millions au roi, et qu'ils obtiennent quelques pri- viléges pour l'intérêt de leur argent; mais je doute que les bons hu- guenots aient cinquante millions, et je souhaite que M. de Silhouette les trouve, fût-ce chez les Turcs....

Tronchin a fait un miracle sur Daumart; il l'a rendu boiteux; mais j'espère qu'enfin il en viendra à son honneur, et qu'au moins il lui accourcira l'autre jambe pour égaler le tout.

Le roi de Prusse m'envoie toujours plus de vers qu'il n'a de batail- lons et d'escadrons. Son commerce est un peu dangereux depuis qu'il est l'allié des Anglais; il écrit aussi hardiment qu'eux, et ne nous ménage pas plus avec sa plume qu'avec ses baïonnettes. Il fait tout ce qu'il peut pour me rattraper; c'est un homme rare, et très-bon à fré- quenter de loin.

Pour votre frère[2] du grand-conseil, je ne lui dis mot, quoique je ne sois point du tout parlementaire. Il me méprise parce qu'on lui a dit que j'étais riche; si j'étais pauvre, il m'écrirait tous les jours. C'est un drôle de corps que votre frère. Bonsoir, ma chère nièce; faites-moi écrire des nouvelles, c'est-à-dire des sottises, car on ne fait que cela dans Paris.

P. S. Persuadez M. d'Argental de faire jouer *Oreste* comme il est, car je n'y peux rien faire. Je suis occupé ailleurs.

MMDCCCXI. — DE FRÉDÉRIC II, ROI DE PRUSSE.

A Landshut, le 18 avril.

Vos lettres m'ont été rendues sans que housards, ni Français, ni autres barbares, les aient ouvertes. L'on peut écrire ce que l'on veut,

---

1. *Panégyrique du sieur Jacques-Mathieu Reinhart, maître cordonnier*, prononcé le treizième mois de l'an 2899, dans la ville de l'Imagination, par Pierre Mortier, diacre de la cathédrale. (ÉD.)

2. L'abbé Mignot. (ÉD.)

et très-impunément, sans avoir *cent cinquante mille hommes*, pourvu qu'on ne fasse rien imprimer. Et souvent on fait imprimer des choses plus fortes que je n'en ai jamais écrit ni n'en écrirai, sans qu'il en arrive le moindre mal à l'auteur ; témoin votre *Pucelle*. Pour moi, je n'écris que pour me dissiper.

Tout homme qui n'est pas né Français, ou habitué depuis longtemps à Paris, ne saurait posséder la langue au degré de perfection si nécessaire pour faire de bons vers ou de la prose élégante. Je me rends assez de justice sur ce sujet, et je suis le premier à apprécier mes misères à leur juste valeur; mais cela m'amuse et me distrait; voilà le seul mérite de mes ouvrages. Vous avez trop de connaissances et trop de goût pour applaudir à d'aussi faibles talents.

L'éloquence et la poésie demandent toute l'application d'un homme; mon devoir m'oblige de m'appliquer à présent et très-sérieusement à autres choses. En considérant tout cela, vous devez avouer que des amusements aussi frivoles ne doivent entrer en aucune considération.

Je ne me moque de personne; mais je me sens piqué contre des ennemis qui veulent m'écraser autant qu'il est en eux. Et certainement je ne suis pas condamnable d'employer toutes les armes de mon arsenal pour me défendre et pour leur nuire. Après l'acharnement cruel qu'ils ont témoigné contre moi, il n'est plus temps de les ménager.

Je vous félicite d'être encore gentilhomme ordinaire du *Bien-Aimé*[1]. Ce ne sera pas sa patente qui vous immortalisera; vous ne devrez votre apothéose qu'à *la Henriade*, à l'*OEdipe*, à *Brutus, Sémiramis, Mérope, le Duc de Foix*, etc., etc. Voilà ce qui fera votre réputation tant qu'il y aura des hommes sur la terre qui cultiveront les lettres, tant qu'il y aura des personnes de goût et des amateurs du talent divin que vous possédez.

Pour moi, je pardonne en faveur de votre génie toutes les tracasseries que vous m'avez faites à Berlin, tous les libelles de Leipsick, et toutes les choses que vous avez dites ou fait imprimer contre moi, qui sont fortes, dures, et en grand nombre, sans que j'en conserve la moindre rancune.

Il n'en est pas de même de mon pauvre président, que vous avez pris en grippe. J'ignore s'il fait des enfants ou s'il crache les poumons. Cependant on ne peut que lui applaudir, s'il travaille à la propagation de l'espèce, lorsque toutes les puissances de l'Europe font des efforts pour la détruire.

Je suis accablé d'affaires et d'arrangements. La campagne va s'ouvrir incessamment. Mon rôle est d'autant plus difficile qu'il ne m'est pas permis de faire la moindre sottise, et qu'il faut me conduire prudemment et avec sagesse huit grands mois de l'année. Je ferai ce que je pourrai, mais je trouve la tâche bien dure. Adieu.   FÉDÉRIC.

P. S. Si les vers que je vous ai envoyés paraissent, je n'en accuserai que vous. Votre lettre prélude sur le bel usage que vous en voulez faire; et ce que vous avez écrit à Catt ne me satisfait pas; mais c'est au reste de quoi je m'embarrasse très-peu.

1. Louis XV. (ÉD.)

MMDCCCXII. — Du même.

A Landshut, le 22 avril.

Je vous ai envoyé mes vers à ma sœur Amélie, comme l'esquisse d'une épître. Je n'ai ni l'esprit assez libre, ni assez de temps pour faire quelque chose de fini. Et d'ailleurs quelques inadvertances, quelques crimes de lèse-majesté contre Vaugelas ou d'Olivet, ne doivent pas vous surprendre. Le moyen d'écrire purement en Allemagne, et de ne pas commettre des fautes d'ignorance et contre l'usage, quand je vois tant de poëtes français, domiciliés à Paris, dont les ouvrages en fourmillent! Je remarque de plus qu'il faut avoir un bon critique qui nous fasse observer les fautes que l'amour-propre nous voile, qui marque les endroits faibles et défectueux. Je vois assez bien les négligences des autres, et, dans la composition, je demeure aveugle sur les miennes. Voilà comme les hommes sont faits.

Votre nouvelle strophe de cette funeste ode est belle. Je passerai les petites bagatelles qui vous arrêtent. Ne dites pas que Marsyas juge Apollon, si je m'escrime avec vous de poésie.

Au lieu de *du sort soutint les coups*, on peut mettre *affronta les coups*; et, au lieu de *venir son heure fatale*, *approcher l'heure fatale*.

J'avoue que *son heure fatale* vaut mieux que *l'heure fatale*; c'est à vous d'en juger.

Pour l'ode, en général, elle est très-belle. Voici les difficultés qu'un ignorant vous propose. Vous le confondrez peut-être, fondé sur l'autorité des d'Olivet, des Quarante, et de toute la république.

> Quand la Mort, qu'ils ont bravée,
> Dans cette foule abreuvée
> Du sang qu'ils ont répandu, etc.

Dans cette foule abreuvée, amphibologie; est-ce la Mort ou la foule qui est abreuvée? J'entends bien votre idée; mais un grand poëte comme vous ne doit point avoir recours à un commentaire pour expliquer sa pensée.

V[e] strophe. Je fus battu à Hochkirch dans le moment que ma digne sœur expirait.

VIe strophe, admirable. VIIe, VIIIe excellentes; IXe de même. La dernière partie de la Xe ne répond pas au commencement.

La stupide ignorance; les *Midas*, les *Homère*, les *Zoïle* sont étrangers au sujet de l'ode, et ne servent là que de remplissage. Il s'agit de ma sœur, et non d'Homère ni de Zoïle.

Strophe XIe, bonne. XIIe, *qui font des cours les plus belles*, infâme cheville. Le sens finit, *qui font des cours; les plus belles* [1] n'est qu'un remplissage sans beauté, digne de Mévius et non pas de Virgile. Cela demande absolument une correction, cela est lâche et faible.

Strophe XIII [2] :

> Du temps qui fuit toujours tu fis toujours usage;

1. Voltaire a laissé subsister ces mots dans la strophe X[e] qui était sans doute alors la XIIe. (ÉD.) — 2. Actuellement la XIe. (ÉD.)

la répétition de *toujours* est sans grâce. Si moi, écolier, je devais corriger ce vers, je suerais sang et eau; mais Voltaire n'est pas Voltaire en vain. C'est à lui à y donner plus de force. *Lueur obscure, plus affreuse que la nuit;* cela est digne des *ténèbres visibles* de Milton, dont l'auteur de *la Henriade* s'est tant moqué.

Les strophes XIV° et XV° sont admirables.

Je crois vous voir à la lecture de ma lettre. « Quel écolier! direz-vous; qu'il fasse premièrement de bons vers, et qu'ensuite il se mêle de reprendre ceux des autres. » Mais je vous le dis encore : je ne vois goutte aux miens, je les trouve souvent faibles, mais je n'ai pas le talent de les faire meilleurs. D'ailleurs ne prenez jamais pour juge de vos vers un général d'armée qui se trouve vis-à-vis de l'ennemi; c'est le moment où l'on est le moins traitable.

J'ai dérangé le projet de campagne de M. Daun et des Français, sans presque remuer de ma place. Je suis occupé à présent à d'autres sottises de cette espèce; et, tant que cette chienne de vie durera, ne croyez pas trouver en moi un critique indulgent. On prend l'esprit de son métier; et dans ces moments d'alarmes je fais main basse, si je peux, sur l'ennemi et sur tous les vers qui ne me plaisent pas, hormis les miens.

Adieu, ermite suisse; ne vous fâchez pas contre don Quichotte, qui jetait au feu les vers de l'Arioste, qui ne valaient pas les vôtres, et ayez quelque indulgence pour un censeur germanique, qui vous écrit des fins fonds de la Silésie. FÉDÉRIC.

MMDCCCXIII. — A MADAME D'ÉPINAI.

Madame, j'ai été toute ma vie en butte à la calomnie. Vous m'accusez publiquement d'avoir mangé du lard; je vous jure devant Dieu que.... que.... que vous vous êtes trompée une fois en votre vie. Je suis dans un état pitoyable, sans l'avoir mérité, et affaibli par trois semaines continuelles de perdition de ma chétive substance. Si vous honorez mes pénates de votre *présence réelle*, amenez avec vous quelque philosophe ou quelque écuyer; car, pour moi, je n'ai ni jambes, ni tête. Il ne me reste pour tout potage que mon derrière, qui fait mon malheur. J'oubliais mon cœur; il est à vous, madame, puisqu'il bat encore un peu, et c'est avec le plus tendre respect. V.

Permettez-moi de demander des nouvelles de l'inoculable [1], et de faire aussi mille compliments à M. de Gauffecourt; nous l'attendons demain.

MMDCCCXIV. — DE FRÉDÉRIC II, ROI DE PRUSSE.

A Landshut, le 28 avril.

Je vous suis fort obligé de la connaissance que vous m'avez fait faire avec M. Candide; c'est Job habillé à la moderne. Il faut le confesser, M. Pangloss ne saurait prouver ses beaux principes, et *le meilleur des mondes possibles* est très-méchant et très-malheureux. Voilà la seule

---

1. Le jeune d'Épinai. (ÉD.)

espèce de roman que l'on peut lire; celui-ci est instructif, et prouve mieux que des arguments *in barbara, celarent*, etc.

Je reçois en même temps cette triste ode qui est bien corrigée et très-embellie; mais ce n'est qu'un monument, et cela ne rend pas ce qu'on a perdu et qui mérite d'être à jamais regretté.

Je souhaite que vous ayez bientôt occasion de travailler pour la paix, et je vous promets que je trouverai admirable tout ouvrage fait à cette occasion-là. Il y a bien apparence que nous n'arriverons pas sans carnage à cet heureux jour.

Vous croyez qu'on n'a du courage que par *honneur;* j'ose vous dire qu'il y a plus d'une sorte de courage : celui qui vient du tempérament, qui est admirable pour le commun soldat; celui qui vient de la réflexion, qui convient à l'officier; celui qu'inspire l'amour de la patrie, que tout bon citoyen doit avoir; enfin celui qui doit son origine au fanatisme de la gloire, que l'on admire dans Alexandre, dans César, dans Charles XII, et dans le grand Condé. Voilà les différents instincts qui conduisent les hommes au danger. Le péril en soi-même n'a rien d'attrayant ni d'agréable, mais on ne pense guère au risque quand on est une fois engagé.

Je n'ai pas connu Jules César; cependant je suis très-sûr que, de nuit ou de jour, il ne se serait jamais caché. Il était trop généreux pour prétendre exposer ses compagnons sans partager avec eux le péril. On a des exemples même que des généraux, au désespoir de voir une bataille sur le point d'être perdue, se sont fait tuer exprès pour ne point survivre à leur honte.

Voilà ce que me fournit ma mémoire sur ce courage que vous persiflez. Je vous assure même que j'ai vu exercer de grandes vertus dans les batailles, et qu'on n'y est pas aussi impitoyable que vous le croyez. Je pourrais vous en citer mille exemples; je me borne à un seul.

A la bataille de Rosbach, un officier français, blessé et couché sur la place, demandait à cor et à cri un lavement; voulez-vous bien croire que cent personnes officieuses se sont empressées pour le lui procurer? Un lavement anodin, reçu sur un champ de bataille, en présence d'une armée, cela est certainement singulier; mais cela est vrai, et connu de tout le monde. Dans cette tragi-comédie que nous jouons, il arrive souvent des aventures bouffonnes, qui ne ressemblent à rien, et qu'une paix de mille ans ne produirait pas, mais il faut avouer qu'elles sont cruellement achetées.

Je vous remercie de la consultation du médecin Tronchin. Je l'ai d'abord envoyée à mon frère, qui est à Schwedt auprès de ma sœur; je lui ai recommandé de s'attacher scrupuleusement au régime qu'on lui prescrit. Je vous prie de demander ce que Tronchin voudrait d'argent pour faire le voyage; je ne veux rien négliger de ce que je puis contribuer à la guérison de ce cher frère; et, quoique j'aie aussi peu de foi pour les docteurs en médecine que pour ceux en théologie, je ne pousse pas l'incrédulité jusqu'à douter des bons effets que le régime peut procurer. Je les sens moi-même. Je n'aurais pu supporter les affreuses fatigues que j'ai eues, si je ne m'étais mis à une diète qui paraît sévère à tous ceux qui m'approchent. Reste à savoir si la vie vaut la peine d'être conservée par tant de soins, et si ceux-là ne sont pas les plus sages et les plus heureux qui l'usent tout de suite. C'est à M. Martin et à maître Pangloss à discuter cette matière, et à moi à me battre, tant qu'on se battra.

Pour vous, qui êtes spectateur de la pièce sanglante qu'on joue, vous pourrez nous siffler tous tant que nous sommes. Grand bien vous fasse! soyez persuadé que je n'envie pas votre bonheur; je suis convaincu que l'on ne peut jouir [que lorsqu'on n'est en guerre ni de plume ni d'épée. *Vale.*   FRÉDÉRIC.

MMDCCCXV. — A M. DUPONT, AVOCAT.

Aux Délices, 29 avril.

Il y a longtemps, mon cher Dupont, que j'ai mandé à M. le prince de Beaufremont le résultat des Goll; il se pourra que sa réponse tardera un peu de temps; le procès des Français et des Hanovriens attire un peu plus son attention que celui qui est entre vos mains. Les Français ont gagné un incident; mais il y aura encore bien des chances à essuyer. Puissent les Goll finir les leurs! j'espère que tout ira comme je le voulais. Ces petits succès m'arrivent rarement; celui-ci me sera cher, s'il vous en revient quelques petits avantages. J'ai cette affaire à cœur uniquement pour vous; c'est dans cette vue que j'avais écrit à Mme Goll avant que vous m'eussiez envoyé l'ultimatum de la négociation. Adieu; je voudrais m'entretenir avec vous plus longtemps, mais ma mauvaise santé et quelques affaires me rendent paresseux avec vous sans me rendre moins sensible.   V.

MMDCCCXVI. — DE CHARLES-THÉODORE, ÉLECTEUR PALATIN.

Manheim, ce 29 avril.

L'*Oraison funèbre d'un* cordonnier, que vous m'avez envoyée, monsieur, m'a paru aussi singulière par la façon dont elle est écrite, et à cause de celui qui l'a écrite, que l'*Ode sur la mort de Mme la margrave* m'a paru sublime, et portant presque à chaque strophe quelque vérité frappante avec elle.

J'espère, quand j'aurai le plaisir de vous revoir, que vous apporterez encore quelque bel ouvrage nouveau que vous aurez composé. Vous savez le cas que je fais de votre personne, l'empressement que j'ai toujours d'en profiter, et la vraie estime que j'ai toujours pour le *petit Suisse.*   CHARLES - THÉODORE, *électeur.*

MMDCCCXVII. — A FRÉDÉRIC II, ROI DE PRUSSE.

2 mai.

> Héros du Nord, je savais bien
> Que vous avez vu les derrières
> Des guerriers du roi très-chrétien,
> A qui vous taillez des croupières;
> Mais que vos rimes familières
> Immortalisent les beaux cus

De ceux que vous avez vaincus,
Ce sont des faveurs singulières.
Nos blanc-poudrés sont convaincus
De tout ce que vous savez faire ;
Mais les *ons*, les *its*, et les *us*,
A présent ne vous touchent guère.
Mars, votre autre dieu tutélaire,
Brise la lyre de Phébus ;
Horace, Lucrèce, et Pétrone,
Dans l'hiver sont vos courtisans ;
Vos beaux printemps sont pour Bellone :
Vous vous amusez en tout temps.

Il n'y a rien de si plaisant, Sire, que le congé [1] que vous m'avez donné, daté du 6 novembre 1757. Cependant il me semble que dans ce mois de novembre vous couriez à bride abattue à Breslau, et que c'est en courant que vous chantâtes nos derrières.

Le bel arrêt du parlement de Paris sur le bon sens philosophique de d'Argens, et sur *la Loi naturelle*, pourrait bien aussi avoir sa part dans *l'histoire des culs* ; mais c'est dans le divin chapitre des *torche-culs* de Gargantua. La besogne de ces *messieurs* ne mérite guère qu'on en fasse un autre usage. On a traité à peu près ainsi, à la cour, les impertinentes remontrances que cette compagnie a faites. On ne pourra jamais leur reprocher la *Philosophie du bon sens*. On dit que Paris est plus fou que jamais, non pas de cette folie que le génie peut quelquefois permettre, mais de cette folie qui ressemble à la sottise. Je ne veux pas, Sire, avoir celle d'abuser plus longtemps des moments de Votre Majesté ; je volerais les Autrichiens, à qui vous les consacrez. Je prie Dieu toujours qu'il vous donne la paix, et que son règne nous advienne. Car, en vérité, au milieu de tant de massacres, c'est le règne du diable ; et les philosophes qui disent que *tout est bien* ne connaissent guère leur monde. Tout sera bien quand vous serez à Sans-Souci, et que vous direz :

Alors, cher Cinéas, victorieux, contents,
Nous pouvons rire à l'aise, et prendre du bon temps.
Boileau, épît. i, v. 83.

MMDCCCXVIII. — A M. DALEMBERT.

Au château de Tournai. Venez nous y voir, 4 mai.

Je reçus hier la faveur de vos quatre volumes, mon cher philosophe. Je dévorai d'abord votre *laubrusselerie* [2] ; cela est excellent. On n'aurait

1. Il s'agit d'une pièce de vers du roi de Prusse intitulée : *Congé de l'armée des cercles et des tonneliers.* Ce sont les Français que désigne ce dernier mot ; et le nom de *tonneliers* leur était donné parce qu'ils avaient avec eux les troupes des cercles d'Allemagne. Le *Congé* est daté de Freybourg. (Éd.)
2. Le P. Laubrussel, jésuite, est auteur d'un *Traité des abus de la critique en matière de religion.* Or, dans ses *Mélanges*, Dalembert avait imprimé un morceau de l'*Abus de la critique en matière de religion*, c'est ce morceau que Voltaire appelle une *laubrusselerie*. (*Note de M. Beuchot.*)

jamais brûlé un Laubrussel; on vous incendiera quelque jour. *Macte animo;* vous serez des nôtres. Luc (vous connaissez Luc) me mande du 11 d'avril, entre autres choses : *Je tire une espèce de gloire que la même époque de la guerre que la France me fait devienne celle de la guerre qu'on fait à Paris au bon sens.*

Mais, s'il vous plaît, de quoi vous avisez-vous de dire, dans vos *Éléments de philosophie,* que les sciences sont plus redevables aux Français qu'à aucune nation? Est-ce que vous êtes devenu flatteur? Est-ce aux Français qu'on doit la machine parallactique, la pompe à feu, la gravitation, la connaissance de la lumière, l'inoculation, le semoir, les condons ou condoms? Parbleu, vous vous moquez; nous n'avons pas seulement inventé une brouette.

Vous avez donc fait réimprimer votre article *Genève?* Vous avez très bien fait; mais vous faites trop d'honneur aux prédicants sociniens, vous ne les connaissez pas, vous dis-je; ils sont aussi malins que les autres. Et les sociniens de Genève, et les calvinistes de Lausanne, et les fakirs, et les bonzes, sont tous de la même espèce. Je laisse faire ceux de Paris; mais pour mes Suisses et mes Allobroges, je les range, et je n'ai fait la plaisanterie d'avoir un château à créneaux et à pont-levis que pour y pendre un prêtre de Baal à la première occasion. J'ai deux curés dont je suis assez content. Je ruine l'un, je fais l'aumône à l'autre; il prie Dieu pour moi, et tout va bien.

Vous avez fort mal fait, quand vous êtes venu à Genève, de fréquenter la prêtraille. Quand vous y reviendrez, ne voyez que vos amis; vous serez fêté et honoré.

L'aventure de l'*Encyclopédie*[1] est le comble de l'insolence et de la bêtise. Ce n'était pas en France qu'il fallait faire cet ouvrage. Quoi! vous répondez sérieusement à ce fou de Rousseau, à ce bâtard du chien de Diogène! Vous m'enhardissez; je réponds moi à frère Berthier et à *tutti quanti,* et vous verrez avec quelle impudence. Mais non, vous ne le verrez point, car on ne laissera pas passer ma besogne. Pour vos quatre volumes philosophiques, ils passeront; car, tout brûlable que vous êtes, vous êtes plus sage que moi. Mme Denis vous fait mille compliments, vous lit, et vous regrette; ainsi fais-je.

MMDCCCXIX. — A M. Thieriot.

5 mai.

Mort-Dieu, mon ancien ami, envoyez-moi au plus vite *Abraham Chaumeix crucifié;* on dit que c'est là le titre[2], c'est au moins quelque chose de semblable. Il pleut des brochures, il en pleuvra toujours, et il faut laisser pleuvoir; mais, pour la prophétie d'Abraham Chaumeix, ce n'est pas chose à négliger par gens comme nous. Employez le crédit de M. Bouret pour me faire tenir *Abraham Chaumeix.*

Vous avez vu sans doute Mme de Fontaine, que nous vous avons

1. La révocation du privilége. (ÉD.)
2. *Mémoire pour Abraham Chaumeix contre les prétendus philosophes Diderot et Dalembert.* Cette brochure, dans laquelle Chaumeix était représenté étendu sur la croix, était de Diderot. (ÉD.)

renvoyée en assez bonne santé. Elle est chargée de payer tous les bijoux que vous m'avez fait tenir de Paris. Êtes-vous encore dans la rue Saint-Honoré, ou à l'Arsenal? Je ne sais pas trop où vous prendre; vous me paraissez un beaucoup plus grand voyageur que moi; vous faites plus de chemin dans Paris que je n'en ai fait dans l'Europe. Si vous avez la curiosité de voir à Lyon les cours de France et de Naples, je vous conseille de pousser jusqu'à Genève. Pour moi, je vous avertis que, si vous vous contentez de courir d'un bout de Paris à l'autre, et que vous ne veniez point chez moi, je prendrai le parti de venir vous voir.

Avez-vous pris quelque action dans les fermes générales? On se plaignait autrefois qu'il y eût quarante de ces messieurs, et aujourd'hui tout le monde l'est; c'est le royaume qui est fermier général du royaume. Cette opération est tout à fait anglaise. Remarquez que, depuis trente ans, nous avons tout pris des Anglais : philosophie, petite vérole, nouvelle charrue et finances. Il ne nous manque que de prendre d'eux l'empire de la marine. Il me semble qu'on veut ôter, à vous autres Parisiens, la liberté de penser, que vous devez aussi aux Anglais; mais il est beaucoup plus aisé de tenir une nation dans la stupidité pendant mille ans, comme nous avons eu l'honneur d'y être, que de nous y replonger quand une fois nous en sommes sortis. Frère Berthier, frère Abraham Chaumeix, et leurs semblables, auront beau crier que tout est perdu si on se met à avoir le sens commun, les cabales les plus infâmes auront beau exciter le parlement de Paris à faire des remontrances au roi, et à faire brûler l'*Encyclopédie*, le roi et les philosophes se moqueront du parlement. Bonsoir.

MMDCCCXX. — A MADAME DE FONTAINE, A PARIS.

Aux Délices, 5 mai.

Que j'écrive de la main de notre ami Jean-Louis[1], ou de la mienne, cela est égal, ma chère nièce, pourvu que j'écrive. Votre sœur n'a pas une santé bien brillante, et n'est pas, à beaucoup près, si ingambe que moi. Je suis devenu plus grand cultivateur et plus grand architecte que jamais; j'élève des colonnades, et j'ai des charrues vernies; il ne me manque que de tremper mon blé dans de l'eau de lavande. Vous irez, sans doute, bientôt à Hornoy; vous m'y préparerez, s'il vous plaît, les logis; car soyez très-sûre que j'y viendrai radoter avant qu'il soit deux ans.

Vous me conseillez, en attendant, de faire une tragédie, parce que le théâtre est purgé de petits-maîtres. Moi, faire une tragédie, après ce que le grand Jean-Jacques a écrit contre les spectacles! Gardez-vous, sur les yeux de votre tête, de dire que je suis jamais homme à faire une tragédie. Vous voudriez, n'est-il pas vrai, une tragédie d'un goût nouveau, pleine de fracas, d'action, de spectacle, bien neuve, bien intéressante, bien singulière, féconde en sentiments, en situations, des mœurs vraies, et cependant nouvelles sur la scène? vous n'aurez rien de tout cela. Gardez-vous de croire que je fasse une tragédie. Assez

1. Jean-Louis Wagnière. (ÉD.)

d'autres en feront, et suppléeront, par l'action théâtrale que je leur ai tant recommandée, au génie que je leur recommande encore plus.

Monsieur le conseiller du grand conseil, je vous suis très-obligé d'avoir rompu avec moi votre silence pythagorique. Vous n'êtes pas l'écrivain le plus fécond de nos jours; mais, quand vous vous y mettez, vous écrivez très-joliment, et vous avez, par-dessus Mme de Fontaine, le mérite de l'orthographe. J'espère que, dans l'année 1760, nous recevrons encore de vous un petit mot qui nous fera grand plaisir.

Monsieur le Vitruve d'Hornoy, je ne vous conseille pas de faire à votre château un aussi maudit escalier que vous en avez fait à celui de Tournai Nous verrons comment vous aurez ajusté les appartements de votre aile Je n'oublierai point les offres que vous me faites d'être quelquefois à Paris mon ambassadeur auprès des puissances nommées banquiers, notaires, ou procureurs du parlement. Il faut que votre mousquetaire Daumart ait été blessé dans quelque bataille; c'est le plus déterminé boiteux que nous ayons dans la province. Cependant il ne laisse pas de tuer, en clopinant, tous les renards et tous les cormorans qu'il rencontre.

Monsieur le capitaine de cavalerie[1], vous avez fait un cornette qui est le plus malheureux cornette du pays; non-seulement il n'a point de route, mais je ne sais pas trop par quelle route il pourra se tirer des coquins qu'il a engagés pour servir l'État. Ce sont des gens très-belliqueux, car ils jettent des pierres à tous les passants, comme faisait mon singe. On a beau les mettre en prison, ils finiront par assassiner leur cher cornette sur le grand chemin.

Luc m'écrit, du 11 avril, que cette campagne-ci sera plus meurtrière que les autres. Dieu veuille qu'il se trompe! Je crois que nous ne nous trompons pas, en nous flattant que M. de Silhouette fera, dans son ministère, des choses plus utiles aux hommes que Luc n'en fera de dangereuses.

Adieu, ma chère nièce; les deux ermites vous embrassent de tout leur cœur.

Je me suis arrangé avec la république de Genève, pour avoir une belle terrasse de trente toises de long. Cela n'est pas bien intéressant, mais c'est un grand embellissement à nos Délices, où je voudrais bien vous revoir.

MMDCCCXXI. — A M. COLINI.

Aux Délices, 7 mai.

Je n'ai pas eu un moment à moi depuis deux mois, mon cher Colini; tantôt malade, tantôt surchargé de quelques travaux indispensables, tantôt occupé de ma ruine, en faisant bâtir des châteaux. Je ne perds point de vue, dans tous ces tracas, les objets qui vous regardent. J'ai toujours devant les yeux Manheim et Francfort; je ferai l'impossible pour aller à Schwetzingen, et je ferai l'impossible aussi pour vous prendre en passant. Vous avez grande raison de n'être point de l'avis du docteur Pangloss; je ne penserai comme lui que quand je pourrai parvenir à vous être utile.

1. Florian. (ÉD.)

MMDCCCXXII. — A MADAME LA COMTESSE DE LUTZELBOURG.

Aux Délices, 7 mai.

Il faut que vous me pardonniez, madame; j'écris très-peu, parce que je n'ai pas un moment à moi; je me défais tous les jours de mes correspondances de Paris, je ne voudrais conserver que la vôtre; je ne connais plus que vous et la retraite; je m'intéresse plus à la pension de monsieur votre fils qu'à la guerre et aux finances; je veux que vous soyez heureuse de toutes les façons et de tous les côtés; on aurait beau d'ailleurs tout bouleverser, je n'en prendrai point d'alarmes; j'ai su faire à peu près comme vous. J'ai des terres libres, je veux y vivre et y mourir. Il est vrai que je m'y prends un peu tard pour bâtir et pour planter, mais la vraie jouissance est dans le travail; la culture est un aussi grand plaisir que la récolte. Le docteur Pangloss est un grand nigaud avec son *tout est bien;* je crois que les choses ne vont bien que pour ceux qui restent chez eux, ou pour M. de Zeutmandel et pour sa grasse et riche chanoinesse, qui épouse un très-aimable mari. Tout sera *bien* longtemps pour vous, madame, puisque vous avez le courage de conserver votre régime; ce n'est pas une petite vertu, et votre vertu sera récompensée. Je ne vous mande aucune nouvelle, je n'en sais que des siècles passés; si vous en avez du siècle présent, ne m'oubliez pas; mais songez toujours que celles qui vous regardent me sont les plus chères, et que je vous suis attaché avec le plus tendre respect.

MMDCCCXXIII. — A M. BERTRAND.

Aux Délices, 12 mai.

Je suis devenu un paresseux depuis quelque temps, mon cher ami; je ne vous ai point informé que j'avais envoyé votre lettre à l'abbé Pernetti; je ne vous ai point dit non plus combien l'Académie de Lyon est flattée de vous avoir parmi ses membres, et à quel point on a été content de tout ce que vous avez envoyé. Vous devez avoir reçu des nouvelles des libraires de l'*Encyclopédie;* la publication de l'ouvrage, qui pourtant se fera un jour, rencontre aujourd'hui bien des difficultés. L'affaire des protestants, entreprise par Boudon, n'en rencontre pas moins. Je crois que les Autrichiens essuient encore plus de difficultés avec le roi de Prusse. Il m'écrit, du 22 avril, qu'il a dérangé tous leurs projets de campagne sans sortir de sa place. Si cela est, c'est assurément le plus grand général d'armée de l'Europe; j'aimerais mieux qu'il en fût le pacificateur.

Adieu, mon cher philosophe, mille tendres respects à M. et à Mme de Freudenreich.

Je vous embrasse.

MMDCCCXXIV. — DE M. DALEMBERT.

Paris, ce 13 mai.

Vous ne m'avez pas bien lu, mon cher et illustre maître. Je n'ai point dit que les sciences fussent plus redevables aux Français qu'à aucune des autres nations; j'ai dit seulement, et cela est vrai, que l'astronomie physique leur est aujourd'hui plus redevable qu'aux autres peuples. Si vos occupations vous permettaient de lire ce qu'on a fait en France depuis dix ans, vous verriez que je n'ai rien exagéré. Depuis la mort de Newton, les Anglais ne font presque plus rien que de nous prendre des vaisseaux et de nous ruiner.

Ma *laubrussellerie* aurait mieux valu, si je l'avais faite auprès de vous; mais, telle qu'elle est, je crois qu'elle ne sera pas inutile à la philosophie. Les fanatiques grinceront les dents, et ne pourront pas mordre; je ne leur ai donné que des coups de baguette, mais cela les préparera aux coups de bâton. Quant à vous, mon cher ami, frappez fort; vous êtes en place marchande pour cela. *Exsurgat Deus, et dissipentur inimici ejus* [1]; car ces gens-là sont autant les ennemis de Dieu que ceux de la raison.

J'eus, il y a quelques jours, la visite d'un honnête jésuite à qui je donnai de bons avis. Je lui dis que sa société avait eu grand tort de se brouiller avec vous, qu'elle s'en trouverait mal, qu'elle en aurait l'obligation à leur beau *Journal de Trévoux*, et à leur fanatique Berthier. Mon jésuite, qui apparemment n'aime pas Berthier, et qui n'est pas du *Journal*, applaudissait à mes remontrances. *Cela est bien fâcheux*, me disait-il. — *Oui, très-fâcheux, mon révérend père*, lui répondis-je, *car vous n'aviez pas besoin de nouveaux ennemis.*

Adieu, mon très-cher et illustre maître; je recommande à vos bonnes intentions et la canaille jésuitique, et la canaille jansénienne, et la canaille parlementaire, et la canaille sorbonique, et la canaille intolérante. Je vous embrasse de tout mon cœur.

MMDCCCXXV. — DE FRÉDÉRIC II, ROI DE PRUSSE.

A Landshut, le 18 mai.

Non, ma muse, qui vous pardonne
Tant de lardons malicieux,
N'associa jamais Pétrone
A ces auteurs ingénieux
Qni m'accompagnent en tous lieux,
Et partagent avec Bellone
Des moments courts et précieux
Qu'un loisir fugitif me donne.
Je déteste l'impur bourbier
Où ce bel esprit trop cynique
A trempé sa plume impudique,
Et je ne veux point me souiller
Dans la fange de son fumier.

La mémoire est un réceptacle;
Le jugement d'un choix exquis
Ne doit remplir ce tabernacle
Que d'œuvres qui se sont acquis,
Au sein de leur natal pays,

---

1. Psaume LXVII, v. 2. (ÉD.)

Le droit de passer pour oracle.
C'est pourquoi, vainquant tout obstacle,
Je vous lis et je vous relis.
J'allaite ma muse française
Aux tetons tendres et polis
Que Racine m'offre à son aise.
Quelquefois, ne vous en déplaise,
Je m'entretiens avec Rousseau;
Horace, Lucrèce, et Boileau,
Font en tout temps ma compagnie.
Sur eux se règle mon pinceau,
Et, dans ma fantasque manie,
J'aurais enfin produit du beau,
S'il ne manquait à mon cerveau
Le feu de leur divin génie.

Si vous consultez une carte géographique, vous trouverez le lieu où une boutade de gaieté et de folie produisit ce *congé*. Nous avons poursuivi ces gens, qui nous tournaient le derrière, jusqu'à Erfurth, et de là nous avons pris le chemin de la Silésie.

Vous autres habitants des Délices, vous croyez donc que ceux qui marchent sur les traces des Amadis et des Roland doivent se battre tous les jours pour vous divertir? Apprenez, ne vous en déplaise, que nous avons assez donné de ces tragédies, les campagnes passées, au public; qu'il y aura certainement encore quelque héroïque boucherie; mais nous suivrons le proverbe de l'empereur Auguste : *Festina lente.*

Vos Français brûlent de bons livres, et bouleversent gaiement le système de leurs finances, pour complaire à leurs alliés. Grand bien leur fasse! je ne crains ni leur argent ni leurs épées. Si le hasard ne favorise pas éternellement les trois illustrissimes p......[1] qui m'assaillent de tous côtés, j'espère qu'elles seront (pour conserver la figure de rhétorique) f...... J'éprouve le sort d'Orphée; des dames de cette espèce, et d'un aussi bon caractère, veulent me déchirer; mais certainement elles n'auront pas ce plaisir.

A propos de sottises, vous voulez savoir les aventures de l'abbé de Prades; cela ferait un gros volume. Pour satisfaire votre curiosité, il vous suffira de savoir que l'abbé eut la faiblesse de se laisser séduire, pendant mon séjour à Dresde, par un secrétaire que Broglie y avait laissé en partant. Il se fit nouvelliste de l'armée; et, comme ce métier n'est pas ordinairement goûté à la guerre, on l'a envoyé jusqu'à la paix dans une retraite d'où il n'y a aucunes nouvelles à écrire. Il y a bien d'autres choses; mais cela serait trop long à dire. Il m'a joué ce beau tour dans le temps même que je lui avais conféré un gros bénéfice dans la cathédrale de Breslau.

Vous avez fait *le Tombeau de la Sorbonne*; ajoutez-y celui du parlement, qui radote si fort qu'il ne la fera pas longue. Pour vous, vous

1. La Pompadour, Élisabeth et Marie-Thérèse. (ÉD.)

ne mourrez point. Vous dicterez encore, des Délices, des lois au Parnasse; vous caresserez encore l'*infâme* d'une main, et l'égratignerez de l'autre; vous la traiterez comme vous en usez envers moi, et envers tout le monde.

> Vous avez, je le présume,
> En chaque main une plume;
> L'une, confite en douceur,
> Charme par son ton flatteur
> L'amour-propre qu'elle allume,
> L'abreuvant de son erreur;
> L'autre est un glaive vengeur
> Que Tisiphone et sa sœur
> Ont plongé dans le bitume,
> Et toute l'âcre noirceur
> De l'infernale amertume;
> Il vous blesse, il vous consume,
> Perce les os et le cœur.
> Si Maupertuis meurt du rhume,
> Si dans Bâle on vous l'inhume,
> Ce glaive en sera l'auteur.
>
> Pour moi, nourrisson d'Horace,
> Qui n'ai jamais eu l'honneur
> De grimper sur le Parnasse,
> Parmi la maudite race
> Des beaux esprits, qui tracasse
> Et remplit ce lieu d'horreur,
> Je vous demande pour grâce,
> S'il arrive quelque jour
> Que mon nom par vous s'enchâsse
> Dans vos vers ou vos discours,
> Que sans ruses ni détours
> La bonne plume l'y place.

Je souhaite paix et salut, non pas au *gentilhomme ordinaire*, non pas à l'historiographe du *Bien-Aimé*, non pas au seigneur de vingt seigneuries dans la Suisserie, mais à l'auteur de *la Henriade*, de *la Pucelle*, de *Brutus*, de *Mérope*, etc. FÉDÉRIC.

MMDCCCXXVI. — A M. LE COMTE D'ARGENTAL.

19 mai.

C'est aujourd'hui, mon cher ange, le 19 de mai, et c'est le 22 d'avril qu'un vieux fou commença une tragédie [1] finie hier. Vous sentez bien, mon divin ange, qu'elle est finie et qu'elle n'est pas faite, et que nos maçons, mes bœufs, mes moutons, et les loups nommés fermiers généraux, contre lesquels je combats, et deux ou trois procès qui m'amusent, et des correspondances nécessaires, ne me permettront pas

---

1. *Tancrède.* (ÉD.)

de vous envoyer mon griffonnage, l'ordinaire prochain. Mon cher
ange, je vous avais bien dit que la liberté et l'honneur rendus à la
scène française échauffaient ma vieille cervelle. Ce que vous verrez ne
ressemble à rien, et peut-être ne vaut rien. Mme Denis et moi nous
avons pleuré; mais nous sommes trop proches parents de la pièce, et
il ne faut pas croire à nos larmes. Il faut faire pleurer mes anges, et
leur faire battre des ailes. Vous aurez sur le théâtre des drapeaux portés en triomphe, des armes suspendues à des colonnes, des processions de guerriers, une pauvre fille excessivement tendre et résolue,
et encore plus malheureuse, le plus grand des hommes et le plus infortuné, un père au désespoir. Le cinquième acte commence par un
Te Deum, et finit par un *De profundis*.

Il n'y a eu jamais sur aucun théâtre aucun personnage dans le goût
de ceux que j'introduis, et cependant ils existent dans l'histoire; et
leurs mœurs sont peintes avec vérité. Voilà mon énigme; n'en devinez
pas le mot, et, si vous le devinez, gardez-moi le secret le plus inviolable. Conspirons, mais ne nous décelons pas; donnons la pièce *incognito*. Jouissons une fois de ce plaisir; il est très-amusant, et d'ailleurs
je crois le secret nécessaire. La mesure des vers est aussi neuve au
théâtre que le sujet. Mme Denis n'en a point été choquée; au quatrième vers, elle s'y est accoutumée. Elle a trouvé ce genre plus naturel que l'ancien, et quelquefois plus convenable au pathétique. Il met
le comédien plus à son aise, j'entends le bon comédien. Avec tout cela,
nous pouvons être sifflés, et il faut tâcher de ne l'être pas sous mon
nom.

Gardez-vous bien d'être aussi empressée de faire voir mon monstre
que je l'ai été à le former. Silence, anges, ou point de pièce.

Et ce n'est pas assez de silence, il faut jurer, comme saint Pierre[1],
que vous ne me connaissez pas.

Nota bene que, dans notre petite drôlerie, nous n'avons ni rois, ni
reines, ni princes, ni princesses, ni même de *gouverneur de toute la
province*[2], comme dit Pierre Corneille; et c'est encore un agrément.

Voyez, ô anges, quel pouvoir vous avez sur un Suisse!

Je viens de lire *Titus*[3]. C'est un tour que vous m'avez joué pour
me punir d'avance de l'ennui que je vous causerai; et, pour vous
punir, je vous adresse ma réponse au petit Métastase. Il ne m'a pas
donné son adresse; prenez-vous-en à vous, si j'en use si librement.

MMDCCCXXVII. — A Frédéric II, roi de Prusse.

19 mai.

Sire, vous êtes aussi bon frère que bon général; mais il n'est pas
possible que Tronchin aille à Schwedt, auprès du prince votre frère[4].
Il y a sept ou huit personnes de Paris, abandonnées des médecins,
qui se sont fait transporter à Genève, ou dans le voisinage, et qui

---

1. Matthieu, XXVI, 72. (ÉD.) — 2. *Polyeucte*, IV, III. (ÉD.)
3. Tragédie imitée de *la Clémence de Titus*, de Métastase, par de Belloi. (ÉD.)
4. Ferdinand de Prusse. (ÉD.)

croient ne respirer qu'autant que Tronchin ne les quitte pas. Votre Majesté pense bien que, parmi le nombre de ces personnes, je ne compte point ma pauvre nièce. qui languit[1] depuis six ans. D'ailleurs Tronchin gouverne la santé des enfants de France, et envoie de Genève ses avis deux fois par semaine; il ne peut s'écarter; il prétend que la maladie de Mgr le prince Ferdinand sera longue. Il conviendrait peut-être que le malade entreprît le voyage, qui contribuerait encore à sa santé en le faisant passer d'un climat assez froid dans un air plus tempéré. S'il ne peut prendre ce parti, celui de faire instruire Tronchin toutes les semaines de son état est le plus avantageux.

Comment avez-vous pu imaginer que je pusse jamais laisser prendre une copie de votre écrit adressé à M. le prince de Brunswick? Il y a certainement de très-belles choses; mais elles ne sont pas faites pour être montrées à ma nation. Elle n'en serait pas flattée; le roi de France le serait encore moins, et je vous respecte trop l'un et l'autre pour jamais laisser transpirer ce qui ne servirait qu'à vous rendre irréconciliables. Je n'ai jamais fait de vœux que pour la paix. J'ai encore une grande partie de la correspondance[2] de Mme la margrave de Bareuth avec le cardinal de Tencin, pour tâcher de procurer un bien si nécessaire à une grande partie de l'Europe. J'ai été le dépositaire de toutes les tentatives faites pour parvenir à un but si désirable; je n'en ai pas abusé, et je n'abuserai pas de votre confiance, au sujet d'un écrit qui tendrait à un but absolument contraire. Soyez dans un parfait repos sur cet article. Ma malheureuse nièce, que cet écrit a fait trembler, l'a brûlé[3], et il n'en reste de vestige que dans ma mémoire, qui en a retenu trois strophes trop belles.

Je tombe des nues quand vous m'écrivez que je vous ai dit des duretés. Vous avez été mon idole pendant vingt années de suite;

> Je l'ai dit à la terre, au ciel, à Guzman même.
> *Alzire*, act. III, sc. IV.

Mais votre métier de héros et votre place de roi ne rendent pas le cœur bien sensible; c'est dommage, car ce cœur était fait pour être humain, et sans l'héroïsme et le trône, vous auriez été le plus aimable des hommes dans la société.

En voilà trop, si vous êtes en présence de l'ennemi, et trop peu, si vous étiez avec vous-même dans le sein de la philosophie, qui vaut encore mieux que la gloire.

Comptez que je suis toujours assez sot pour vous aimer, autant que je suis assez juste pour vous admirer; reconnaissez la franchise, et recevez avec bonté le profond respect du Suisse VOLTAIRE.

---

1. Mme Denis avait quelquefois mal à une cuisse, par suite des mauvais traitements qu'elle éprouva, avec son oncle, en juin 1753, à Francfort; mais Frédéric s'ennuyait beaucoup d'entendre parler de *cette nièce* de Voltaire. (*Note de M. Clogenson.*)
2. De septembre à novembre 1757. (ÉD.) — 3. Ce n'était pas la vérité. (ÉD.)

MMDCCCXXVIII. — A M. LE COMTE DE CHOISEUL.

J'ai mandé hier, monsieur, au bonhomme Ralph, qu'il avait fait rire une excellence qui va dans le pays de l'ennui. Ce *Lustig* en est tout ragaillardi. Il dit que ce qu'il désirait le plus, dans le plus sot des *mondes possibles*, était de réjouir un petit nombre de gens d'esprit comme vous, qui ne sont de ce siècle en aucune manière. Il prétend que, si vous voulez le faire avertir par quelque rieur de vos amis, il vous fera présenter à Strasbourg de quoi vous amuser sur la route, et de quoi jeter dans le Danube.

N'oubliez pas la spirituelle, l'éloquente, la sucrée, la romanesque, la bavarde, la précieuse, la bégueule comtesse de Bentinck, quand vous voudrez savoir au juste tous les rogatons de Vienne.

Si j'étais homme à me venger d'un certain Freytag, agent du roi de Prusse, ci-devant mis au pilori en Saxe, et maintenant serré à Dusseldorf, et d'un coquin de Schmidt, faux-monnayeur de Francfort, conseiller du roi de Prusse, qui me volèrent, en sauçant ma nièce dans le ruisseau, et du roi de Prusse lui-même qui employa ces dignes agents, je pourrais aller plaider à Vienne; car c'est une chose délicieuse de se ruiner au conseil aulique, pour ruiner Schmidt, et mortifier cet insolent Frédéric.

Je souhaite à Votre Excellence tous les succès dont je ne doute pas. Elle est bien persuadée de mon tendre respect.

MMDCCCXXIX. — A M. LE MARQUIS DE FLORIAN.

Aux Délices, 26 mai.

Je suis aussi fâché que vous pour le moins, mon cher *grand écuyer* d'Assyrie, qu'on n'ait pas osé adopter mes chars, crainte de ridicule. Le ridicule pourtant n'est pas si à craindre que les Prussiens; et je suis toujours convaincu, quoique je ne sois pas du métier, que ce serait la seule manière de les vaincre en pleine campagne.

L'armée d'exécution, comme ils l'appellent, est exécutée; tout cela est dispersé. Messieurs des Cercles mettent les armes bas quand on leur dit que messieurs de Prusse sont à une lieue.

On dit que les Anglais viennent de nous prendre douze gros vaisseaux marchands. Leur ministère a fait imprimer un ouvrage très-artificieux, très-bien écrit, pour justifier leur conduite envers les avides Hollandais. Le mémoire est fort beau, et sur la lecture seule, je les condamnerais. Ces pirates-là sont aussi méchants sur mer que les Prussiens sur terre. Nous nous ruinons pour leur résister, et nous portons tout notre argent en Germanie. Jamais elle n'a été si dévastée, si sanglante, et si riche.

J'avoue avec vous, mon cher Assyrien, que Dieu a envoyé M. de Silhouette à notre secours. S'il y a quelque bon remède, il le trouvera; car il n'est pas comme la plupart de ses prédécesseurs, gens estimables, mais sans génie, qui traçaient leur sillon comme ils pouvaient

avec la vieille charrue. J'augure beaucoup d'un traducteur de Pope,
qui a vu l'Angleterre et la Hollande.

Il n'est pas de ces vieux novices
Marchant dans des sentiers ouverts,
Et même y marchant de travers,
Créant des charges, des offices,
Billets d'État, écus factices;
Empruntant à tout l'univers;
Replâtrant par des injustices
Nos sottises et nos revers.
Il ramène les temps propices
Et des Sullis et des Colberts,
Et rembourse de mauvais vers
Pour le prix de ses grands services.

Je ne sais pourquoi vous me mandez que tant de poëtes le persecutent avec des éloges en vers. Mes chers confrères n'entrent pour rien
dans les obligations que l'État peut lui avoir; ils ne prendront point
d'actions sur les fermes. En avez-vous pris? Il me semble que mes
nièces en ont quelques-unes. L'opération est un peu à l'anglaise; eh!
tant mieux! il faut faire du public une compagnie qui prête au public; c'est la grande méthode de Londres

MMDCCCXXX. — A M. LE COMTE D'ARGENTAL.
28 mai.

Je vous envoie, mon cher ange, mon dernier printemps[1], mon ouvrage du mois de mai. Il est adressé à M. de Courteilles. Ce n'est point
à moi d'en juger, c'est à vous; mais comment prévoir le succès ou la
chute d'une pièce qui n'est ni tragédie, ni comédie, ni en rimes ordinaires, et qui n'a aucun objet de comparaison? Ne sera-t-il pas amusant de la faire donner par Lekain, ou par M. de Lauraguais, comme
l'ouvrage d'un jeune inconnu? J'ai changé la mesure, afin que ce maudit public ne me reconnût pas à ce qu'on appelle mon style. N'allez
pas vous attendre à de belles tirades, à de ces grands vers ronflants,
à des sentences, à des attrape-parterre, à de l'esprit, à rien enfin de
ce qui est en possession de plaire. Style médiocre, marche simple;
voilà ce que vous trouverez; mais, s'il y a de l'intérêt, tout est sauvé.
Divin ange, je n'ai pas un moment; j'ai quitté la Russie pour vous,
je retourne à Pétersbourg, et je baise, en partant, les ailes des anges.

MMDCCCXXXI. — A. M. LE COMTE DE SCHOWALOW.
29 mai.

Je suis toujours surpris, monsieur, de voir que, sur les bords de la
Néva et de la Mosca, on écrive et on parle français comme à Versailles. La lettre que M. Soltikof vient de me rendre de la part de
Votre Excellence, et sa conversation, redoublent ma surprise et mon

1. *Tancrède.* (ÉD.)

plaisir. Je dois ajouter à ces sentiments ceux de la reconnaissance pour vos belles fourrures, et pour le thé que boit Sa Majesté Chinoise. Il n'y a point, grâce à vos bontés, de potentat en Europe qui prenne de meilleur thé que moi, et qui ait de plus belles doublures d'habits.

Votre dernier envoi d'instructions met le comble à vos magnifiques présents; elles vont jusqu'à l'année 1721, et je me flatte, monsieur, que vous m'honorerez bientôt de la suite de vos mémoires instructifs. Je ne négligerai rien pour tâcher de répondre à vos idées et à vos soins. J'espère avoir l'honneur de vous envoyer, l'hiver prochain, tout l'ouvrage. Je vous prie de trouver bon que je me livre à mon goût et à ma manière de penser; chaque peintre doit suivre son genre et employer les couleurs qui lui réussissent le mieux. J'écris dans ma langue; la plupart des noms doivent être à la française. Nous ne disons point *Alexandros*, mais Alexandre; nous prononçons Auguste, et non pas *Augustus*; Cicéron, au lieu de *Cicéro*; Athènes, au lieu d'*Athenai*, etc. Les noms propres, chargés de doubles *w* et de consonnes, seront au bas des pages.

Je suis bien sûr de me rencontrer avec un homme plein de goût, tel que vous êtes, en évitant toute affectation, et surtout l'affectation de faire un panégyrique. Il faut laisser aux gazetiers et aux sots le soin de dire : *Notre auguste monarque, Sa Gracieuse Majesté, le roi de Prusse, est en haute personne à son armée, Sa Sacrée Majesté Impériale a pris médecine, et son auguste conseil est venu le complimenter sur le rétablissement de sa précieuse santé.* A parler sérieusement, tout ce qui tend à nous faire trop valoir nous met toujours au-dessous de ce que nous sommes.

Vous ne voulez pas non plus qu'on démente des faits avérés de toute l'Europe. En déguisant une vérité publique, on affaiblit toutes les autres, et la plus mauvaise de toutes les politiques est de mentir. Celui qui, en écrivant l'histoire d'Alexandre, nierait ou excuserait le meurtre de Clitus, s'attirerait le mépris et l'indignation. Si l'expérience m'a pu donner quelque connaissance dans l'art d'écrire, je l'emploierai à augmenter, si je le puis, le respect qu'on doit à Pierre le Grand et à votre empire, sans flatter personne.

Je pense qu'en m'attachant à ces principes, je ne suivrai que les vôtres. Il ne me restera d'autre regret que celui de n'avoir pu voir l'empire dont j'écris l'histoire, et la personne qui me procure cet honneur, et dont je ne serai que le copiste.

J'ai l'honneur d'être, avec tous les sentiments que je vous dois, etc.

MMDCCCXXXII. — A MADAME D'ÉPINAI.

Le porteur ne vous dira pas qu'il est la plus aimable créature du monde; mais moi je vous le dis, ma chère philosophe. Il a fait d'ailleurs ce que vous deviez faire; il nous est venu voir.

1. Sans doute Grimm. (ÉD.)

MMDCCCXXXIII. — A M. LE COMTE D'ARGENTAL.

3 juin.

Les ailes des anges m'ont obombré, mon cher et respectable ami ; j'ai le brevet pour Ferney plus favorable que je n'avais osé le demander et l'espérer ; il est pour moi comme pour Mme Denis. Je n'aurais jamais osé prétendre que mon nom fût couché, en parchemin, dans une patente signée *Louis*.

Monsieur l'ambassadeur [1], recevez mes très-humbles actions de grâces.

Mon cher ange, vous avez voulu un pot-de-vin pour vos négociations ; vous devez l'avoir reçu ; vous devez avoir lu mon petit drame. Si j'avais pu deviner que M. le duc de Choiseul pousserait ses bontés, que je vous dois, jusqu'à parler de moi dans la chambre du roi, j'aurais, moi, poussé l'insolence jusqu'à demander dans le brevet l'insertion des droits de Tournay ; cela n'aurait rien coûté, et cette grâce si naturelle était aussi facile que l'autre. Ma modestie m'a perdu ; je n'ai pas eu la témérité de parler de moi ; je n'ai demandé les droits de Ferney que pour ma nièce ; mais Tournay ne regardait que moi, et je me suis tu.

Maintenant que mon brevet pour Ferney est obtenu, je n'ai pas l'insolence d'en demander un second pour Tournay. Figurez-vous quel plaisir ce serait d'avoir deux terres entièrement libres, et comme cela irait à l'air de mon visage. M. de Brosses m'a garanti tous les droits de sa terre ; mais c'est *le beau billet qu'a La Châtre*. Ils disent qu'il n'a pu me garantir des droits qui lui sont personnels ; tant pis pour lui, il ne m'a vendu qu'à cette condition ; mais tant pis pour moi, qui serai vexé.

Monsieur le Parmesan, qui êtes envoyé chez vous, je vous ai fait mon compliment. Vous avez été obligé d'écrire à Parme, vous n'avez pas le temps d'écrire aux Délices. Cependant je vous ai envoyé une tragédie ; pour Dieu, donnez-moi un petit signe de vie. Que dites-vous de l'avis à frère Berthier et à *monsieur* des *Nouvelles ecclésiastiques?*

Mille tendres respects à tout ange.

MMDCCCXXXIV. — A M. DE SOLTIKOF.

J'abuse des bontés de M. de Soltikof. Je le supplie de me mander comment on écrit le nom des sectaires appelés dans mes mémoires Kalkonistky, ou Ratzoniski, ou Ralkoniky, ou Roskolchiqui.

Qui sont donc ces gens-là dont le nom me fait donner au diable?

Et les worsko-jésuites, ou vlorsko-jésuites, qui sont-ils? je n'y entends rien. Tous ces drôles-là ne valent pas la peine qu'on en parle, à moins qu'ils ne soient bien ridicules, comme sont chez nous tous nos fanatiques.

---

1. D'Argental venait d'être nommé ministre plénipotentiaire de l'infant duc de Parme, à Paris. Il reçut alors le titre de *comte*, qu'il ne portait pas avant de remplir ces fonctions créées exprès pour lui. (*Note de Clogenson.*)

MMDCCCXXXV. — A MADAME D'ÉPINAI.

Je suis bien malingre, mais très-heureux. Honorez, madame, nos petits pénates de votre présence, vous et M. Grimm. Liberté entière pour le malade; il sera consolé quand il aura l'honneur de vous voir. L'oncle et la nièce vous attendent avec transport.

MMDCCCXXXVI. — A FRÉDÉRIC II, ROI DE PRUSSE.

Juin.

Vos derniers vers sont aisés et coulants;
Ils semblent faits sur les heureux modèles
Des Sarrasin, des Chaulieu, des Chapelles.
Ce temps n'est plus; vous êtes du bon temps.
Mais pardonnez au lubrique évangile
Du bon Pétrone, et souffrez sa gaîté.
Je vous connais, vous semblez difficile,
Mais vous aimez un peu d'impureté,
Quand on y joint la pureté du style.
Pour Maupertuis, de poix-résine enduit,
S'il fait un trou jusqu'au centre du monde,
Si dans ce trou malemort le conduit,
J'en suis fâché; car mon âme n'abonde
En fiel amer, en dépit sans retour.
Ce n'est pas moi qui le mine et le tue;
Ah! c'est bien lui qui m'a privé du jour,
Puisque c'est lui qui m'ôta votre vue.

Voilà tout ce que je peux répondre, moi malingre et affublé d'une fluxion sur les yeux, au plus malin des rois et au plus aimable des hommes, qui me fait sans cesse des balafres, et qui crie qu'il est égratigné. Balafrez MM. de Daun et de Fermor, mais épargnez votre vieille et maigre victime.

Votre Majesté dit qu'elle ne craint point notre argent. En vérité, le peu que nous en avons n'est pas redoutable. Quant à nos épées, vous leur avez donné une petite leçon; Dieu vous doint la paix, Sire, et que toutes les épées soient remises dans le fourreau! ce sont les dignes vœux d'un philosophe suisse. Tout le monde se ressent de ces horreurs, d'un bout de l'Europe à l'autre. Nous venons d'essuyer à Lyon une banqueroute de dix-huit cent mille francs, grâce à cette belle guerre.

Pour le parlement de Paris, ce tripot de tuteurs des rois diffère un peu du parlement d'Angleterre. Les sottises dites à haute voix par tant de gens en robe, et avocats, et procureurs, ont germé dans la tête de Damiens, bâtard de Ravaillac; les sottises prononcées par les jésuites ont coûté un bras au roi de Portugal; joignez à cela ce qui se passe de la Vistule au Mein, et voilà *le meilleur des mondes possibles* tout trouvé.

Encore une fois, puissiez-vous terminer bientôt cette malheureuse besogne! vous êtes législateur, guerrier, historien, poëte, musicien; mais vous êtes aussi philosophe. Après avoir tracassé toute sa vie dans l'héroïsme et dans les arts, qu'emporte-t-on dans le tombeau? un vain nom qui ne nous appartient plus; tout est affliction ou vanité, comme disait l'autre Salomon, qui n'était pas celui du Nord. A Sans-Souci, à Sans-Souci, le plus tôt que vous pourrez.

De Prades est donc un Doeg, un Achitophel? quoi! il vous a trahi, quand vous l'accabliez de biens! O *meilleur des mondes possibles*, où êtes-vous! Je suis manichéen comme Martin[1].

Votre Majesté me reproche, dans ses très-jolis vers, de caresser quelquefois l'*infâme;* eh! mon Dieu, non; je ne travaille qu'à l'extirper, et j'y réussis beaucoup parmi les honnêtes gens. J'aurai l'honneur de vous envoyer dans peu un petit morceau qui ne sera pas indifférent.

Ah! croyez-moi, Sire, j'étais tout fait pour vous; je suis honteux d'être plus heureux que vous, car je vis avec des philosophes, et vous n'avez autour de vous que d'excellents meurtriers en habits écourtés. A Sans-Souci, Sire, à Sans-Souci; mais qu'y fera votre diablesse d'imagination? est-elle faite pour la retraite? oui, vous êtes fait pour tout.

MMDCCCXXXVII. — DE FRÉDÉRIC II, ROI DE PRUSSE.

A Reich-Hennersdorf, le 10 juin 1759.

Apprenez qu'à moins que celui que vous savez[2] revienne sur terre faire des miracles, mon frère n'ira chercher personne. Il est encore, Dieu merci, assez grand seigneur pour faire venir et payer des médecins suisses; et vous savez que les Frédérics en plus grande quantité que les Louis, l'emportent sur eux, chez les médecins, les poëtes, et quelquefois même chez les philosophes qui, occupés de vaines spéculations, ne font guère réflexion sur la partie morale de leur science. Votre nièce a fait éclater le faste de son zèle en faveur de sa nation; elle m'a brûlé comme je vous ai fait brûler à Berlin, et comme vous l'avez été en France. Vos Français extravaguent tous, quand il est question de la prééminence de leur royaume; ils sont charmés de vous lâcher un *Roi mon maître*, d'affecter les travers de vieux ambassadeurs hors de mode, et de prendre fait et cause pour des rois qui ne leur font pas l'honneur de daigner les connaître; en vérité, c'est dommage que votre nièce n'ait pas épousé M. Prior; cela aurait fait une belle race de politiques. Pour moi, je ne ménage aucun de ceux qui me font enrager, je les mords le mieux que je puis. Nous allons nous battre, selon toute apparence, en peu de jours, et pour peu que la fortune me seconde, les subdélégués de Leurs Majestés impériales et l'homme à la toque bénite seront bien étrillés; après cela, quelle consolation de se moquer d'eux! Pour vous, qui ne vous battrez point, pour Dieu, ne vous moquez de personne; soyez tranquille et heureux, puisque vous n'avez point de persécuteurs, et sachez jouir sans inquiétude d'une tranquillité que vous avez obtenue après avoir couru soixante ans pour l'attraper. Adieu, je vous souhaite paix et salut. Ainsi soit-il.

FRÉDÉRIC.

1. Dans *Candide*. (ÉD.) — 2. Jésus-Christ. (ÉD.)

P. S. Mais êtes-vous sage à soixante et dix ans? apprenez à votre âge de quel style il vous convient de m'écrire. Comprenez qu'il y a des libertés permises et des impertinences intolérables aux gens de lettres et aux beaux esprits. Devenez enfin philosophe, c'est-à-dire raisonnable. Puisse le ciel, qui vous a donné tant d'esprit, vous donner du jugement à proportion! si cela pouvait arriver, vous seriez le premier homme du siècle, et peut-être le premier que le monde ait porté : c'est ce que je vous souhaite. Ainsi soit-il.

MMDCCCXXXVIII. — A M. THIERIOT.

Aux Délices, 11 juin.

Mon ancien ami, Mlle Fel[1] est chez moi avec son frère, qui est plus vieux que vous, qui a fait le voyage gaiement, et qui chante encore. Quand vous voudrez venir nous voir sans chanter, vous ne serez pas si bien reçu que chez les Montmorency; mais

.... *Oves ad flumina pavit Adonis.*

Virg., ecl. x, v. 18.

De là je conclus que vous pouvez très-bien venir philosopher sur les bords de notre lac. J'ai la folie de faire bâtir un très-beau château; mais ce ne sera pas là que j'aurai l'insolence de vous recevoir, mais bien dans la guinguette des Délices. Vous verrez un homme entièrement libre. Le roi m'a accordé la confirmation des priviléges de ma terre, qui la rendent entièrement indépendante. Je suis parvenu à ce que j'ai désiré toute ma vie, l'indépendance et le repos. Vous ferez fort bien de venir partager avec moi ces deux biens inestimables; nous ajusterons ensemble l'*Histoire de Pierre le Grand*. Plus je vais en avant, plus je vois qu'il mérite ce titre. Quand je le vis, il y a quarante ans[2], courant les boutiques de Paris, ni lui ni moi ne nous doutions que je serais un jour son historien. Je vous avertis qu'il a fait sortir les jésuites de ses États; apparemment que quelque frère Berthier lui avait déplu.

Il y a longtemps que quelqu'un[3] exigea de moi des paraphrases de l'*Ancien Testament*; je choisis le *Cantique des cantiques* et l'*Ecclésiaste*. L'un de ces ouvrages est tendre, l'autre est philosophique. J'ai eu le plaisir de parler au cœur et à la raison; mais je crains bien que les copies de l'*Ecclésiaste* ne soient falsifiées : je m'en remets à la Sorbonne pour la condamnation des copistes; je me soumets d'ailleurs au pape et à l'Église, avec toute la résignation d'un bon chrétien tel que je suis et que j'ai toujours été. Il y a longtemps que j'ai lu les quatre volumes de M. Dalembert, et je les ai lus avec un extrême plaisir.

Je ne comprends pas comment vous ne vous êtes pas fait payer des cent vingt livres par Mme de Fontaine. Elle est chargée, par un grand accord de famille, de vous payer cette somme, et vous recevrez votre argent tôt ou tard avec cette lettre.

1. Actrice de l'Opéra. (ÉD.) — 2. En 1717. (ÉD.)
3. Sans doute la Pompadour. (ÉD.)

Bonsoir ; je vous quitte pour *Pierre le Grand*. Je me flatte toujours que, quand vous aurez fait votre cours d'artillerie sous M. Bélidor, vous viendrez vous reposer aux Délices.

Vale, nostrorum sermonum candide judex.

Hor., lib. I, ep. IV.

MMDCCCXXXIX. — A MADAME DE FONTAINE.

15 juin 1759

Si vous êtes à Paris, ma chère nièce, il faut que je vous importune encore pour ma *chevalerie*[1]. J'ai donné congé pour quelque temps à *Pierre le Grand* en faveur de mes *chevaliers*. Gardez-vous bien de montrer mon brouillon à qui que ce soit au monde ; ceci est un secret de famille, excepté pour M. de Florian. Cet ouvrage est-il dans vos mains ? est-il chez M. d'Argental ? je n'en sais rien. Je suis toujours tout stupéfait de ne recevoir aucune nouvelle, depuis plus d'un mois, du nouvel envoyé de Parme[2]. Il s'était chargé d'une négociation avec M. le comte de La Marche, mon seigneur suzerain ; rien n'était plus convenable à un ministre. Je l'ai pressé de ne me point instruire de mes affaires ; mais je ne puis concevoir qu'il ne me parle pas d'une tragédie. Il faut qu'il ait quelque chose sur le cœur ; je vous prie de m'en éclaircir. Il m'aurait autrefois écrit des volumes sur une pièce de théâtre ; je ne conçois rien à son silence.... Aimez toujours un peu le vieux Suisse.

Mon Parmesan m'écrit enfin, et m'envoie des volumes d'observations. Vraiment oui, il est bien question de cela ! Pense-t-il que depuis trois semaines je n'aie pas changé la pièce ? Gardons ce secret d'État, et amusons-nous.

MMDCCCXL. — A M. LE COMTE D'ARGENTAL.

Aux Délices, 15 juin.

Mon divin ange parmesan, je reçois enfin un mot de votre écriture céleste, et un volume de critiques de Scaliger, de la main de Mme l'envoyée de Parme. Sa négociation ne sera pas difficile. Vous ne songez pas qu'il s'est passé trois semaines entre l'envoi de la *chevalerie* et votre réponse ; et que, pendant trois semaines, il faut bien qu'une tragédie ait le temps de changer de visage ; aussi en a-t-elle changé tous les jours. Je viens d'entrevoir quelques critiques auxquelles j'ai répondu, il y a plus de quinze jours, par des vers bons ou mauvais.

Quelque respect que j'aie pour ce barbare de grand homme, Pierre Ier, je l'abandonne à tout moment pour mes chevaliers. Les terres me désolent, M. d'Espagnac m'opprime, les fermiers généraux me tourmentent ; j'ai peu de foin ; et cependant il faut faire des tragédies et des histoires avec une santé déplorable. Mlle Fel a beau adoucir mes maux par son joli gosier, la tête va me tourner.

Mon cher ange, quelle différence de M. le duc de Choiseul à M. l'abbé ! Cependant vous n'aviez point hébergé,

Alimenté, rasé, désaltéré, porté [3]

1. *Tancrède*. (ÉD.) — 2. D'Argental. (ÉD.)
3. Vers du *Joueur*, de Regnard, acte III, scène IV. (ÉD.)

M. le duc de Choiseul. J'augure bien de nos affaires entre les mains d'un homme qui pense si noblement, qui fait du bien à ses amis; c'est une belle âme. Dites-moi donc un peu, n'est-il pas très-bien avec la personne¹ envers qui on prétend que *Babet* fut ingrate?

Ah çà, combien de fromages de Parmesan vous donne-t-on par année? n'est-ce pas douze mille?

Je veux que mon ange soit à son aise. Vraiment M. le duc de Choiseul a eu très-grande raison de créer ce poste; le beau-père Stanislas a un ministre, et le gendre² n'en aurait pas!

La poste part; je n'ai pas eu le temps de lire le volume de Mme d'Argental; je vais le dévorer. Je baise le bout de vos ailes à tous tant que vous êtes.

MMDCCCXLI. — A M. Thieriot.

Aux Délices, 18 juin.

Je reçois, mon ancien ami, votre seconde lettre et votre mémoire; vous avez la bonté de m'envoyer encore quelques rogatons. Je suis très-fâché que les idées philosophiques et les églogues³ de ceux qui ont pris le nom de Salomon courent le monde; passe encore si c'étaient les ouvrages de mon *Salomon du Nord*, il est fait pour être condamné par la Sorbonne; il n'a jamais commencé aucune de ses pièces par dire à une femme : *Donnez-moi un baiser sur la bouche*⁴.

J'ai grand'peur que mes paraphrases du sage de Jérusalem ne courent d'une manière très-fautive; les copistes et les commentateurs ont altéré le texte dans tous les temps

Je n'ai point de foi au département du *Pretender* en Écosse⁵, sur une flotte russe ou suédoise; cela me paraît tiré des *Mille et une Nuits*. A l'égard de notre descente, je fais des vœux pour elle; mais je crains furieusement les philosophes anglais possesseurs d'environ deux cent quatre-vingts vaisseaux de guerre. Ce sont deux cent quatre-vingts problèmes newtoniens, difficiles à résoudre par nos auteurs cartésiens.

Pour moi, je ne m'occupe que de mon czar Pierre; j'aime les créateurs; tout le reste me paraît peu de chose. Je suis bien aise de faire voir que les héros n'ont pas la première place dans ce monde. Un législateur est, à mon sens, bien au-dessus d'un grenadier; et celui qui a formé un grand empire vaut bien mieux que celui qui a ruiné son royaume.

Si M. de Silhouette continue comme il a commencé, il faudra lui trouver une niche dans *le temple de la Gloire*, tout à côté de Jean-Baptiste Colbert. Je vous en donnerai une dans *le temple de l'Amitié*, si vous m'écrivez quelquefois. Vos lettres contiennent toujours des choses intéressantes, et font toujours grand plaisir à l'oncle et à la nièce.

Mandez-moi si vous êtes assez heureux pour avoir quelques actions

1. La Pompadour, qui passait pour avoir été fort *intime* avec *Babet-Bernis*. (*Note de Clogenson.*)
2. Philippe, duc de Parme, avait épousé Louise-Élisabeth, fille de Louis XV, morte à Versailles, le 6 décembre 1759, de la petite vérole. (Éd.)
3. Le *Précis de l'Ecclésiaste*, et le *Précis du Cantique des cantiques*. (Éd.)
4. C'est le début du *Cantique des cantiques*. (Éd.) — 5. Charles-Édouard. (Éd.)

dans les fermes générales. Je crois que ce sera le meilleur bien du royaume; mais, pour moi, je donne la préférence à mes bœufs, à mes chevaux, à mes moutons, et à mes dindons; et je préfère la vie patriarcale à tout. Quand vous viendrez me voir, je ferai tuer un chevreau, je répandrai de l'huile sur une pierre, et nous adorerons ensemble l'Éternel.

MMDCCCXLII. — A MADAME LA COMTESSE D'ARGENTAL.

Aux Délices, 18 juin.

Cette dépêche sicilienne doit être adressée à madame l'envoyée de Parme, qui s'est donné la peine de faire un si beau mémoire et de l'écrire tout entier de sa main. Il paraît bien qu'elle doit partager toutes les négociations de monsieur l'envoyé; elle connaît à fond toutes les affaires de la Sicile[1]; toutes ses réflexions sont justes, profondes et fines; ses raisonnements forts et pressants, bien déduits, clairement exposés, prouvés, appuyés. C'est un petit chef-d'œuvre que ce mémoire; et, ce qui n'est jamais arrivé et n'arrivera plus, c'est que l'auteur adopte sans restriction toutes les critiques qu'elle a eu la bonté d'envoyer. Il en a fait aussi honneur à tous les anges, et baise le bout de leurs ailes avec une profonde humilité et les remercîments les plus tendres et les plus sincères.

O anges! ne soyez en peine de rien; notre niece et moi nous pensions comme vous presque sur tous les points; mais nous n'avons pu résister à la rage de vous envoyer au plus vite notre *chevalier*, et de vous faire voir qu'à soixante et dix ans on a encore du sang dans les veines. *Tancrède* a été fait comme *Zaïre*, en trois semaines; nous en avons des témoins, et, à l'heure où nous faisons cette dépêche, nous attestons le ciel que tout est corrigé à peu près suivant vos divines intentions, que nous avons à moitié devinées et à moitié suivies.

Nous sentons avec douleur que notre intrigue est fondée sur un billet équivoque, comme celle de *Zaïre;* nous avouons en cela notre insuffisance et la stérilité de notre imagination; mais nous réparerons cela par un gros bon sens qui régnera dans toute la pièce. Notre bon sens est très-aidé par les lumières des anges. Le message porté chez les Maures, pour arriver à Messine, n'était pas sans difficulté; le balourd qui porte ce billet a aussi son embarras. Ce sont les cordes et les poulies qui font mouvoir la machine; il faut qu'elles aillent juste, j'en conviens; mais il faut que cette machine soit brillante, pompeuse; que tout intéresse, que le cœur soit déchiré, que les larmes coulent, qu'un grand et tendre intérêt ne laisse pas aux spectateurs le temps de la réflexion, et qu'ils ne songent aux poulies qu'après avoir essuyé leurs larmes.

Mon Dieu! que je fus aise quand j'appris que le théâtre était purgé de blanc-poudrés, coiffés au rhinocéros et à l'*oiseau royal!* Je riais aux anges en tapissant la scène de boucliers et de gonfanons. Je ne sais quoi de naïf et de vrai dans cette *chevalerie* me plaisait beaucoup; et

---

1. *Tancrède,* dont la scène est en Sicile. (ÉD.)

soyez vivement persuadée que, si mes soins étaient faits, la pièce en vaudrait beaucoup mieux.

Monsieur le conseiller de grand'chambre, d'Espagnac, me glace encore l'imagination; messieurs les fermiers généraux la tourmentent, mes maçons l'excèdent; il faut que j'arrange une colonnade le matin, et que je rapetasse une scène le soir. Je vois encore que je serai obligé de présenter une incivile requête, par la main des anges, à M. le duc de Choiseul, et que j'abuserai à l'excès de leur bonté.

Au milieu de tout cela, il faut faire imprimer l'histoire d'une création de deux mille lieues, par l'auguste barbare Pierre le Grand, et faire connaître cent peuples inconnus. Mais retournons à Syracuse.

Je suppose que mes juges trouveront bon que les biens de Tancrède soient une dot que l'État donne à Orbassan pour son mariage; ils verront sans doute que cette circonstance le rend plus odieux à Tancrède et à sa maîtresse; ils seront convaincus qu'il serait inutile de parler de cette donation dans le conseil d'État, si ce n'était pas un des articles du mariage. Il ne faut pas, à la vérité, qu'Orbassan reproche au beau-père de s'y opposer; mais il n'est peut-être pas mal qu'un autre chevalier fasse ce reproche au beau-père. J'aime assez ces contestations parmi des gens du temps passé, dont la politesse n'était pas la nôtre, et qui avaient plus de casques que de chemises.

Mes juges voient bien qu'à l'égard du billet porté par le balourd, quatre vers au plus suffiront pour graisser cette poulie.

Mes juges sentent que c'est une chose fort délicate de faire demander Aménaïde en mariage par un circoncis; c'est bien assez que quelque brutal de chevalier dise qu'en effet il y a quelque Sarrasin qui a fait du bruit dans la ville, qu'il nomme même ce jeune mahométan, et qu'il fasse tomber sur lui tous les soupçons les plus vraisemblables.

Mes juges verront combien il est aisé à ce soldat, intime ami de Tancrède, de dire, au commencement du troisième acte, qu'il fit un tour à la ville, il y a deux jours, et qu'il y entendit murmurer du mariage d'Orbassan.

Mes juges savent qu'il suffit de quatre vers dans un endroit, et d'une douzaine dans un autre, pour expliquer ce qui n'est pas assez clair, et pour rendre l'intérêt plus touchant. Le commencement du cinquième acte, par exemple, avait besoin d'être retouché, et je crois actuellement la scène du père et de la fille beaucoup plus intéressante; enfin il me paraît qu'on ne m'a prescrit que des choses aisées à faire.

J'avertis humblement que ces mots : *ce billet adultère*, ne révolteront point quand il n'y aura pas de petits-maîtres sur le théâtre; ce n'est pas que je sois beaucoup attaché à ce mot, et qu'il ne soit très-facile d'en substituer un autre; mais je le crois bon et je le dis pour la décharge de ma conscience.

Vous avez grande raison, madame, de vous écrier et de m'accuser de barbarie allobroge, sur

> Ces beaux nœuds dont nos cœurs étaient joints....
> Dont on peut accuser ou vanter son courage.

Vous avez le nez fin, et moi aussi; cela ne vaut pas le diable, et cela fut corrigé un quart d'heure après avoir eu l'impertinence de vous l'envoyer

Je vais sortir du Kamtschatka [1], où je suis à présent, et j'aurai l'honneur de vous envoyer la pièce avant un mois; mais, avant ce temps-là, il se pourrait bien faire que je couchasse par écrit un beau mémoire dans lequel je m'accuserais de l'énorme bêtise de m'être fié à des billets de garantie pour les priviléges de ma terre de Tournay.

M. d'Argental s'étant bien voulu charger des *finances* du sieur Pesselier [2], il les enverra quand il pourra; je ne suis pas pressé d'argent. De quoi s'avise Pesselier de gouverner les finances? a-t-il trouvé quelque chose de mieux que les actions sur les fermes? Cependant, si M. d'Argental a la condescendance de m'envoyer cet écrit, ne peut-il pas le faire contre-signer? Je le mettrai dans les rayons de ma petite bibliothèque, destinés aux faiseurs de projets; j'en ai déjà bon nombre.

Dites-moi donc, mes anges, n'avez-vous pas douze mille parmesans au moins par an? mais aussi n'êtes-vous pas obligés d'avoir une plus grosse maison? Je me flatte que vous avez renoncé entièrement à la grand'chambre; c'est un cul-de-sac bien ennuyeux. Et puis, quel bavard que cet avocat-général!

Mes anges, je suis plus que jamais votre Suisse　　　　V.

MMDCCCXLIII. — DE FRÉDÉRIC II, ROI DE PRUSSE.

A Reich-Hennersdorf, 20 juin 1759.

Si j'étais du temps de l'ancienne chevalerie, je vous aurais dit que vous en aviez menti par la gorge, en avançant au public que je vous ai écrit pour défendre mon histoire de Brandebourg contre les sottises qu'en dit un abbé en *ic* ou en *ac*: je me soucie très-peu de mes ouvrages; je n'ai point pour eux cet amour enthousiaste qu'ont les célèbres auteurs pour le moindre mot qui leur échappe; je ne me battrai avec personne, ni pour ma prose ni pour mes vers, et l'on jugera ce que l'on voudra, sans que cela me cause d'insomnies. Je vous prie donc de ne point vous échauffer pour un sujet si mince, qui ne mérite pas que vous vous déchaîniez contre mes ennemis littéraires. Vous criez tant pour la paix; qu'il vous conviendrait mieux d'écrire avec cette noble impertinence qui vous va si bien, contre ceux qui en retardent la conclusion, contre tous ces gens qui sont dans les convulsions et dans le délire! Ce serait un trait singulier dans l'histoire, si on écrivait au XIXᵉ siècle que ce fameux Voltaire, qui, de son temps, avait tant écrit contre les libraires, contre les fanatiques et contre le mauvais goût, avait fait, par ses ouvrages, tant de honte aux princes, de la guerre qu'ils se faisaient, qu'il les avait obligés à faire la paix dont il avait dicté les conditions. Entreprenez cette tâche là, vous vous érigerez un monument que les temps n'effaceront pas. Virgile accompagna

1. L'*Histoire de Russie sous Pierre le Grand*, où Voltaire parle du Kamtschatka. (ÉD.)
2. L'*Idée générale des finances*, par Pesselier. (ÉD.)

Mécène aux voyages de Brindes où Auguste fit sa paix avec Antoine; et Voltaire, sans voyager (dira-t-on), fut le précepteur des rois comme de l'Europe. Je souhaite que l'on puisse ajouter ce trait à votre vie, et que je puisse vous en féliciter bientôt. Adieu.   FRÉDÉRIC.

MMDCCCXLIV. — A M. LE COMTE D'ARGENTAL.

Aux Délices, 23 juin.

Mon divin ange parmesan, si je n'obéis pas bien, j'obéis vite. Il y a quelques coups de lime à donner, nous l'avouons; mais prenez toujours, et, avec le temps, toutes les lois de Mme d'Argental seront exécutées. On sait bien qu'en parlant du courrier qui va porter le billet doux, la confidente peut dire :

        Il vous fut attaché dès vos plus jeunes ans,
        Vos intérêts lui sont aussi chers que la vie,

et en faire ainsi un excellent domestique, qui fait pendre sa maîtresse en ne disant pas son secret. Il y a encore quelque chose à fortifier au cinquième acte; mais il s'agit à présent d'une importante négociation. Votre Suisse vous donnera bientôt autant d'affaires que votre Parme.

Madame la marquise a su que je faisais un drame, et moi je lui ai écrit galamment que je le lui enverrais, que je le soumettrais à ses lumières, que je me souvenais toujours des belles décorations qu'elle eut la bonté de faire donner à *Sémiramis*, etc. Elle m'a répondu qu'elle attendait la pièce. Que faut-il donc faire, mon cher ange? la donner à M. le duc de Choiseul, et que M. le duc de Choiseul la donne à madame la marquise comme un secret d'État. Elle fera ses observations; elle protégera notre Sicile. Je suis Suisse, il est vrai; mais je sais mon monde, et je veux que les prêtres sachent que je suis bien en cour.

Vous voyez, mon divin ange, que je donne toujours la préférence au spirituel sur le temporel; vous serez bientôt outrecuidé d'un mémoire sur Tournay.

Mais M. le comte de Choiseul part-il bientôt? je voudrais lui envoyer quelque chose pour l'amuser sur la route. Qu'il n'oublie point la comtesse de Bentinck à Vienne, s'il veut être amusé.

MMDCCCXLV. — A M. LE DUC DE LA VALLIÈRE.

Aux Délices.

N'ai-je pas tout l'air d'un ingrat, monsieur le duc? Il me semble que je devrais passer une partie de ma vie à vous remercier de vos bontés, et l'autre à tâcher de vous plaire; cependant je ne fais rien de tout cela. Je cultive la terre; je fais quelquefois de mauvais vers; mais je me garde de les envoyer aux ducs et pairs qui ont de l'esprit et du goût. Vous n'allez plus à la comédie, et par conséquent je ne veux plus en faire, mais comment peut-on avoir une bibliothèque complète de théâtre et ne point entendre Mlle Clairon? comment peut-on acheter fort cher des pièces de Hardi et ne pas aller à celles de Corneille?

Avez-vous la tragédie de *Mirame*, dont les trois quarts sont du cardinal de Richelieu? La pièce est bien rare; c'était un détestable rimailleur que ce grand homme. Le cardinal de Bernis faisait mieux des vers que lui, et cependant il n'a pas réussi dans son ministère; cela est inconcevable. C'est apparemment parce qu'il avait renoncé à la poésie. Le roi de Prusse n'en use pas ainsi; il fait plus de vers que l'abbé Pellegrin; aussi a-t-il gagné des batailles.

Je ne veux point mourir sans vous avoir envoyé une ode pour Mme de Pompadour. Je veux la chanter fièrement, hardiment, sans fadeur; car je lui ai obligation. Elle est belle, elle est bienfaisante, sujet d'ode excellent. Elle a eu la bonté de recommander à M. le duc de Choiseul un mémoire pour mes terres, terres libres comme moi, terres dont je veux conserver l'indépendance comme celle de ma façon de penser.

Je me suis fait un drôle de petit royaume dans mon vallon des Alpes; je suis le Vieux de la Montagne, à cela près que je n'assassine personne. Mme de Pompadour a favorisé ma petite souveraineté écornée. Savez-vous bien, monsieur le duc, que j'ai deux lieues de pays, qui ne rapportent pas grand'chose, mais qui ne doivent rien à personne?

> Que les dieux ne m'ôtent rien,
> C'est tout ce que je leur demande.

On m'a écrit que M. de Silhouette faisait de très-bonne besogne. Il est vrai que celui-là n'a point fait de vers, mais il a traduit Pope, et voilà pourquoi il est bon ministre. Monsieur le duc, vous avez fait de très-jolis vers, de ma connaissance; fourrez-vous dans le ministère, vous réussirez infailliblement. Je me jette du Mont Jura au pied de Mont rouge. Je m'occupe à ensemencer mes terres, à les rendre fécondes; et les filles aussi, non pas en les semant, mais en les mariant; je suis bon citoyen. Oh! le roi le saura, monsieur le duc, et je vois d'ici qui lui en fera ma cour. Jouissez de votre vie charmante, et continuez vos bontés au Suisse   V.

MMDCCCXLVI. — A M. LE COMTE D'ARGENTAL.

29 juin.

Mon divin ange, moi fâché contre vous! qui vous a dit cette anecdote? où l'avez-vous prise? Vous êtes bien mal instruit pour un plénipotentiaire. Ne sais-je pas que vous avez eu plus d'une affaire? et ne sais-je pas encore que vous avez daigné vous intéresser aux miennes? Je ne suis pas si Suisse que je n'entende raison. Ne l'ai-je pas entendue sur les *chevaliers?* n'ai-je pas fourbi de nouveau leurs armes? n'ai-je pas à peu près fait ce que Mme Scaliger ordonnait?

Mon ange, que les fondements soient bien ou mal faits, il n'importe; il faut donner la maison à Mme la marquise; il faut la confier à M. le duc de Choiseul, et que, de ses mains bienfaisantes, elle passe dans les belles mains de son amie. Il voulait, disiez-vous, une tragédie pour pot-de-vin du brevet; la voilà. Trêve à vos critiques; laissez place à

M. de Choiseul et à Mme de Pompadour pour faire les leurs; ils s'en intéresseront davantage au bâtiment, quand ils y auront mis quelques pierres. Ceci n'est point affaire de théâtre, c'est affaire d'État.

Vous m'avez laissé ignorer la bonne plaisanterie de la grand'chambre, qui voulait députer à l'infant, et empêcher qu'aucun conseiller du parlement connût jamais les intérêts d'aucun État. Enfin vous voilà compatible. Est-il vrai que vos confrères ont rendu un arrêt contre ceux qui ne saignent pas dans la pleurésie? Cet arrêt doit être imprimé avec celui qui condamne l'*Encyclopédie*. On pourrait faire un beau volume de ces arrêts-là.

Qu'importe, mon cher ange, qu'on donne mon *Russe* tome à tome ou tout en bloc? c'est l'affaire des libraires, et je ne m'en mêle pas. Je me mêle de plaire à l'autocratrice de toutes les Russies; il me faut une impératrice au moins dans mes intérêts, car je ne peux en conscience aimer *Luc*; ce roi n'a pas une assez belle âme pour moi. Il me semble que M. le duc de Choiseul le connaît bien. Je vous demande en grâce, mon cher ange, de souhaiter au moins qu'il soit puni.

Et ce polisson de Gresset[1], qu'en dirons-nous? quel fat orgueilleux! quel plat fanatique! et que les vers de Piron sont jolis! Mais que M. d'Espagnac est raboteux! qu'il est difficile! il demande des choses impossibles, des choses que je n'ai point. C'est le dieu des jansénistes; il commande pour qu'on n'obéisse pas. Je lui ai donné dix fois plus d'éclaircissements que jamais aucun possesseur de Ferney n'en a donné depuis le XIIe siècle. Je suis aussi honteux que reconnaissant de vos bontés, de vos peines, de celles de M. l'ambassadeur de Chauvelin; je baise toutes les ailes.

Je ne peux encore penser à un sous-brevet pour Tournay; je ne peux que songer à vous, mes anges, à *Pierre le Grand*, à mes *chevaliers*, et à mes foins, vous embrasser tendrement avec la plus vive reconnaissance, et vous aimer à jamais. Je suis très-malingre; comment vous portez-vous?

MMDCCCXLVII. — A M. DE CIDEVILLE.

Aux Délices, 29 juin.

Eh bien! mon cher ami, vous êtes donc revenu à vos moutons; mais vous les quittez tous les ans, et je n'abandonne jamais les miens, quoiqu'ils ne soient pas si gras que les vôtres.

Vous êtes enthousiasmé, avec raison, de notre ministre des finances, et de Mlle Dubois; on dit grand bien de l'un et de l'autre. Je suis bien aise de voir un homme de lettres contrôleur général. Il a traduit un Warburton qui vous démontre net que jamais les lois de Moïse n'ont laissé seulement soupçonner l'immortalité de l'âme. Il a traduit le *Tout est bien*, mais quand dirons-nous : *Tout n'est pas mal?* Le génie de M. de Silhouette est anglais, calculateur, et courageux : mais, si on nous prend des Guadeloupe; si ces maudits Anglais ont

---

1. Il venait de publier sa *Lettre sur la comédie*, où il appelle la poésie un *art dangereux*, et où il déclare renoncer pour toujours au théâtre. (ÉD.)

plus de vaisseaux que nous, et meilleurs; si les frais de la visite qu'on veut leur rendre sont perdus; si les dépenses immenses d'une guerre juste, mais ruineuse, absorbent les revenus de l'État, ni M. de Silhouette, ni Pope, n'y pourront suffire.

J'ai pris le parti de mettre une partie de ma fortune en terres; le roi de Prusse ne les saccagera pas, et elles porteront toujours quelques grains. Les biens en papier dépendent de la fortune, ceux de la terre ne dépendent que de Dieu. Si vous gouvernez votre Launai, vous savez que cette occupation emporte un peu de temps; mais avouez qu'on en perd à Paris bien davantage. Je conduis tout le détail de trois terres presque contiguës à mon ermitage des Délices; j'ai l'insolence de bâtir un château dans le goût italien, *nel gran gusto*; cela n'empêchera pas, mon ancien ami, que vous n'ayez votre *Pierre le Grand*, et une tragédie d'un goût un peu nouveau.

Puisque Gresset a renoncé à embellir la scène, il faut bien que je la gâte. Je me damne, il est vrai; cela est honteux à mon âge; mais j'aime passionnément à me damner. Vous connaissez sans doute l'épigramme de Piron sur ce fanatique orgueilleux de Gresset. Qu'elle est jolie! qu'elle est bien faite! que l'insolent ex-jésuite est bien puni! Et que dites-vous du R. P. *Poignardini*-Malagrida, qu'on prétend avoir été loyalement brûlé à Lisbonne? Malheureusement ces nouvelles viennent des jansénistes. Qu'on les brûle ou qu'on les canonise, peu m'importe à moi patriarche, qui ne connais plus que mes troupeaux, et qui ne suis point de leurs ouailles.

Savez-vous que le roi m'a donné de belles lettres patentes, par lesquelles mes terres sont conservées dans leurs anciens priviléges? et ces privilèges sont de ne rien payer du tout, d'être parfaitement libre. Y a-t-il un état plus heureux? Je me trouve entre la France et la Suisse, sans dépendre ni de l'une ni de l'autre. La grâce du roi est pour Mme Denis et pour moi. Tout cela serait bon, si on digérait. Vous digérez, mon cher ami; mon estomac est déplorable; *spiritus quidem promptus est, caro autem infirma*[1]. Mon cœur est toujours à vous.   V.

MMDCCCXLVIII. — DE FRÉDÉRIC II, ROI DE PRUSSE.

                       A Reich-Hennersdorf, 2 juillet.

> Votre muse se rit de moi,
> Quand pour la paix elle m'implore.
> Je la désire, je l'honore,
> Mais je n'impose point la loi
> Au *Bien-Aimé*, votre grand roi,
> A la Hongroise, qu'il adore,
> A la Russienne, que j'abhorre;
> A ce tripot d'ambitieux
> De qui les secrets merveilleux,
> Que Tronchin sait et que j'ignore,
> Ne sauraient réparer les cerveaux vicieux

1. Saint Matthieu, XXVI, 41. (ÉD.)

> Qu'en leur donnant de l'ellébore.
>   Vous à la paix tant animé,
>   Vous qu'on dit avoir l'honneur d'être
> Le vice-chambellan du second *Bien-aimé*,
>   À la paix, s'il se peut, disposez votre maître.

C'est à lui qu'il faut s'adresser, ou à son d'Amboise en fontange [1]. Mais ces gens ont la tête pleine de projets ambitieux; ils sont un peu difficiles; ils veulent être les arbitres des souverains, et c'est ce que des gens qui pensent comme moi ne veulent nullement souffrir. J'aime la paix tout autant que vous la désirez; mais je la veux bonne, solide, et honorable. Socrate ou Platon auraient pensé comme moi sur ce sujet, s'ils s'étaient trouvés placés dans le maudit point que j'occupe en ce monde.

Croyez-vous qu'il y ait du plaisir à mener cette chienne de vie, à voir et faire égorger des inconnus, à perdre journellement ses connaissances et ses amis, à voir sans cesse sa réputation exposée aux caprices du hasard, à passer toute l'année dans les inquiétudes et les appréhensions, à risquer sans fin sa vie et sa fortune?

Je connais certainement le prix de la tranquillité, les douceurs de la société, les agréments de la vie, et j'aime à être heureux autant que qui que ce soit. Quoique je désire tous ces biens, je ne veux cependant pas les acheter par des bassesses et des infamies. La philosophie nous apprend à faire notre devoir, à servir fidèlement notre patrie au prix de notre sang, de notre repos, à lui confier tout notre être. L'illustre Zadig essuya bien des aventures qui n'étaient pas de son goût, Candide de même; ils les prirent cependant leur mal en patience. Quel plus bel exemple à suivre que celui de ces héros?

Croyez-moi, nos *habits écourtés* valent vos talons rouges, les pelisses hongroises, et les justaucorps verts des Roxelans. On est actuellement aux trousses de ces derniers, qui, par leur balourdise, nous donnent beau jeu. Vous verrez que je me tirerai encore d'embarras cette année, et que je me délivrerai des verts et des blancs.

Il faut que le Saint-Esprit ait inspiré à rebours cette créature bénite par Sa Sainteté [2]; il paraît avoir bien du plomb dans le derrière. Je sortirai d'autant plus sûrement de tout ceci, que j'ai dans mon camp une vraie héroïne, une pucelle plus brave que Jeanne d'Arc. Cette divine fille est née en pleine Westphalie, aux environs de Hildesheim. J'ai de plus un fanatique venu de je ne sais où, qui jure son dieu et son grand diable que nous taillerons tout en pièces.

Voici donc comme je raissonne. Le bon roi Charles chassa les Anglais des Gaules à l'aide d'une pucelle, il est donc clair que, par le secours de la mienne, nous vaincrons les trois putains; car vous savez que, dans le paradis, les saints conservent toujours un peu de ten-

---

1. Mme de Pompadour. (ÉD.)
2. Le pape Rezzonico (Clément XIII) avait envoyé une épée bénite et un bonnet doublé d'agnus au maréchal Daun, qui s'était ridiculement prêté à cette facétie digne du XIIIe siècle. (*Ed. de Kehl.*)

dresse pour les pucelles. J'ajoute à ceci que Mahomet avait son pigeon; Sertorius, sa biche; votre enthousiaste des Cévennes, sa grosse Nicole[1]; et je conclus que ma pucelle et mon inspiré me vaudront au moins tout autant.

Ne mettez point sur le compte de la guerre des malheurs et des calamités qui n'y ont aucun rapport.

L'abominable entreprise de Damiens, le cruel assassinat intenté contre le roi de Portugal, sont de ces attentats qui se commettent en paix comme en guerre; ce sont les suites de la fureur et de l'aveuglement d'un zèle absurde. L'homme restera, malgré les écoles de philosophie, la plus méchante bête de l'univers; la superstition, l'intérêt, la vengeance, la trahison, l'ingratitude, produiront, jusqu'à la fin des siècles, des scènes sanglantes et tragiques, parce que les passions, et très-rarement la raison, nous gouvernent. Il y aura toujours des guerres, des procès, des dévastations, des pestes, des tremblements de terre, des banqueroutes. C'est sur ces matières que roulent toutes les annales de l'univers.

Je crois, puisque cela est ainsi, qu'il faut que cela soit nécessaire. Maître Pangloss vous en dira la raison. Pour moi, qui n'ai pas l'honneur d'être docteur, je vous confesse mon ignorance. Il me paraît cependant que si un être bienfaisant avait fait l'univers, il nous aurait rendus plus heureux que nous ne le sommes. Il n'y a que l'égide de Zénon pour les calamités, et les couronnes du jardin d'Épicure pour la fortune.

Pressez votre laitage, faites cuver votre vin, et faucher vos prés sans vous inquiéter si l'année sera abondante ou stérile. Le gentilhomme du *Bien-Aimé* m'a promis, tout vieux lion qu'il est, de donner un coup de patte à l'*infâme*. J'attends son livre. Je vous envoie, en attendant, un *Akakia* contre Sa Sainteté[2], qui, je m'en flatte, édifiera Votre Béatitude.

Je me recommande à la muse du général des capucins, de l'architecte de l'église de Ferney, du prieur des filles du Saint-Sacrement, et de la gloire mondaine du pape Rezzonico, de la pucelle Jeanne, etc.

En vérité, je n'y tiens plus. J'aimerais autant parler du comte de Sabine, du chevalier de Tusculum, et du marquis d'Andès[3]. Les titres ne sont que la décoration des sots; les grands hommes n'ont besoin que de leur nom.

Adieu; santé et prospérité à l'auteur de *la Henriade*, au plus malin et au plus séduisant des beaux esprits qui ont été et qui seront dans le monde. *Vale.*

FRÉDÉRIC.

---

1. On l'appelait *la grande Marie.* (ÉD.)
2. *Relation de Phihihu, émissaire de l'empereur de la Chine en Europe, traduit du chinois.* Cette facétie en six lettres, où Frédéric se moque du pape qui avait envoyé à Daun une toque et une épée bénites, est imprimée dans le tome III du *Supplément aux œuvres posthumes de Frédéric II.* (ÉD.)
3. Village natal de Virgile. (ÉD.)

MMDCCCXLIX. — A M. LE COMTE DE SCHOWALOW,
A PÉTERSBOURG.

Au château de Tournay, 10 juillet.

Monsieur, une grande fluxion sur les yeux me prive de l'honneur de vous écrire de ma main, et du plaisir de continuer, aussi rapidement que je le voudrais, l'*Histoire de Pierre le Grand*. Je l'ai poussée jusqu'à la bataille de Pultava. Le journal que Votre Excellence a eu la bonté de m'envoyer me sert à constater les dates, et à rapporter les événements avec exactitude.

J'espère toujours, monsieur, que non-seulement vous aurez la bonté de me faire parvenir la suite de ce journal, mais que je recevrai de vous des lumières sur tout ce qui peut rendre ces événements plus intéressants pour le public, et plus glorieux pour le monarque.

Je vois bien, dans les mémoires qu'on m'a confiés, quel jour on a pris une ville; je vois le nombre des morts, des prisonniers, dans une bataille; mais je ne vois rien qui caractérise Pierre le Grand. Le lecteur désirera sans doute de savoir comment il traita les principaux officiers suédois prisonniers, après la bataille de Pultava; comment la plupart des capitaines et des soldats furent transportés en Sibérie; comment ils y vécurent; avec quelle générosité l'empereur renvoya le prince de Wurtemberg; pourquoi le comte Piper fut détenu dans une prison rigoureuse; comment on traita les généraux Renschild et Lewenhaupt, et les autres; quel fut réellement l'appareil du triomphe à Moscou. Un billet de lui, une réponse, un mot, deviennent, dans de telles circonstances, des choses importantes pour la postérité; ses négociations, surtout, doivent être un des plus grands objets de son histoire.

Mais, monsieur, tous les princes ont négocié, tous ont assiégé des villes et donné des batailles, nul autre que Pierre le Grand n'a été le réformateur des mœurs, le créateur des arts, de la marine, et du commerce. C'est par là surtout que la postérité l'envisagera avec admiration. Elle voudra être instruite en détail de tout ce qu'il a créé; elle demandera compte du moindre chemin public, des canaux pour la jonction des rivières, des règlements de police et de commerce, de la réforme mise dans le clergé; en un mot, de tous les objets sur lesquels il a étendu ses soins.

Il est même nécessaire que toutes ses grandes entreprises, depuis la Finlande jusqu'au fond de la Sibérie, soient présentées au public dans un jour si lumineux, et d'une manière si imposante, que les lecteurs ne puissent pas regretter ces anecdotes désagréables dont tant de livres sont remplis, et que la gloire du héros empêche de s'informer des faiblesses de l'homme.

J'ignore, monsieur, si c'est votre intention que l'*Histoire de Pierre le Grand* soit suivie d'un chapitre dans lequel je ferai voir, en raccourci, comment on a suivi en tout les vues de ce législateur; avec quelle splendeur on a achevé ce qu'il avait commencé, et tout ce que votre nation a fait de grand, jusqu'au temps heureux de l'impératrice régnante. Je fais mille vœux pour la durée et le bonheur de son empire; j'en fais d'aussi ardents pour votre personne. Le protecteur des arts doit m'être bien cher; l'ouvrage dont vous m'avez chargé m'inspire de la reconnaissance; toutes vos bontés me sont précieuses.

MMDCCCL. — DE FRÉDÉRIC II, ROI DE PRUSSE.

Du Ringswormeck, 15 juillet.

Vous êtes, en vérité, une singulière créature; quand il me prend envie de vous gronder, vous me dites deux mots; et le reproche expire au bout de ma plume.

> Avec l'heureux talent de plaire,
> Tant d'art, de grâces, et d'esprit,
> Lorsque sa malice m'aigrit,
> Je pardonne tout à Voltaire,
> Et sens que de mon cœur contrit
> Il a désarmé la colère.

Voilà comme vous me traitez! Pour votre nièce, qu'elle me *brûle*, ou me rôtisse, cela m'est assez indifférent. Ne pensez pas non plus que je sois aussi sensible que vous l'imaginez à ce que vos évêques en *ic* ou en *ac* disent de moi. J'ai le sort de tous les acteurs qui jouent en public, ils sont favorisés des uns et vilipendés des autres. Il faut se préparer à des satires, à des calomnies, et à une multitude de mensonges qu'on débite sur notre compte; mais cela ne trouble en rien ma tranquillité. Je vais mon chemin; je ne fais rien contre la voix intérieure de ma conscience, et je me soucie très-peu de quelle façon mes actions se peignent dans la cervelle d'êtres quelquefois très-peu pensants, à deux pieds, sans plumes.

Puisque vous êtes si bon Prussien (ce dont je me félicite), je crois devoir vous faire part de ce qui se passe ici.

L'homme à toque et à épée papales est placé sur les confins de la Saxe et de la Bohême. Je me suis mis vis-à-vis de lui dans une position avantageuse en tout sens. Nous en sommes à présent à ces coups d'échecs qui préparent la partie. Vous qui jouez si bien ce jeu, vous savez que tout dépend de la manière dont on a entablé. Je ne saurais vous dire à quoi ceci nous mènera. Les Russes sont pendus au croc. Dohna n'a pas dit *sta*, *sol*, comme Josué [1], de défunte mémoire, mais *sta*, *ursus*; et l'ours s'est arrêté.

En voilà assez pour votre cours militaire; j'en viens à la fin de votre ettre.

Je sais bien que je vous ai idolâtré, tant que je ne vous ai cru ni tracassier ni méchant; mais vous m'avez joué des tours de tant d'espèces.... N'en parlons plus; je vous ai tout pardonné d'un cœur chrétien. Après tout, vous m'avez fait plus de plaisir que de mal. Je m'amuse davantage avec vos ouvrages que je ne me ressens de vos égratignures. Si vous n'aviez point de défauts, vous rabaisseriez trop

1. Josué, X, 12 et 13. (ÉD.)

l'espèce humaine, et l'univers aurait raison d'être jaloux et envieux de vos avantages.

À présent on dit : « Voltaire est le plus beau génie de tous les siècles; mais du moins je suis plus doux, plus tranquille, plus sociable que lui. » Et cela console le vulgaire de votre élévation.

Au moins, je vous parle comme ferait votre confesseur. Ne vous en fâchez pas, et tâchez d'ajouter à tous vos avantages les nuances de perfection que je souhaite de tout mon cœur pouvoir admirer en vous.

On dit que vous mettez Socrate en tragédie; j'ai de la peine à le croire. Comment faire entrer des femmes dans la pièce? l'amour n'y peut être qu'un froid épisode; le sujet ne peut fournir qu'un bel acte cinquième; le *Phédon* de Platon, une belle scène; et voilà tout.

Je suis revenu de certains préjugés, et je vous avoue que je ne trouve pas du tout l'amour déplacé dans la tragédie, comme dans *le Duc de Foix*, dans *Zaïre*, dans *Alzire*; et, quoi qu'on en dise, je ne lis jamais *Bérénice* sans répandre des larmes. Dites que je pleure mal à propos; pensez-en ce que vous voudrez; mais on ne me persuadera jamais qu'une pièce qui me remue et qui me touche soit mauvaise.

Voici une multitude d'affaires qui me surviennent. Vivez en paix, et, si vous n'avez d'autre inquiétude que celle de mon ressentiment, vous pouvez avoir l'esprit en repos sur cet article. *Vale.* FÉDÉRIC.

MMDCCCLI. — A MADAME LA COMTESSE D'ARGENTAL.

A Tournay, par Genève, 20 juillet.

Madame la Parmesane, il faut commencer par vous rendre mille actions de grâces. Quelle bonté vous avez d'entrer dans tous ces détails de vieux chevaliers¹! et ce qui me plaît encore autant, c'est que vous avez une santé brillante; car rien ne pèserait tant à une malade que d'écrire tant de choses si réfléchies. Je l'éprouve bien tristement; il m'a pris un éblouissement, un je ne sais quoi, qui accommode fort peu les idées. Tronchin est venu au secours de ma pie-mère et de ma dure-mère, et c'est à son insu que j'ai l'honneur de vous écrire. J'ai mis, mes divins anges, toutes vos remarques avec la pièce, et je ne reverrai ce procès que quand j'aurai la tête bien nette. En attendant, je vous envoie, pour vous amuser, le drame *de feu M. Thomson*, traduit par mon ami M. Fatema.

Je ne veux, d'ici à quinze jours, penser ni aux chevaliers¹ ni à Pierre le Grand; j'oublierai jusqu'à M. l'abbé d'Espagnac. Il n'en est pourtant pas des affaires comme d'une pièce de théâtre et d'une histoire; ces ouvrages gagnent à se reposer, et les affaires perdent à n'être pas suivies. Mais, si je veux vivre, j'ai besoin d'un parfait repos pour quelque temps.

Ne vous fâchez pas contre moi d'être comtesse, c'est un usage reçu; c'est un titre qu'on donne à beaucoup de ministres qui ne vous valent pas; et, si vous étiez en pays étranger, il faudrait bien vous y accoutumer malgré vous. Tout mon malheur est que vous n'ayez pas l'am-

1. *Tancrède.* (ÉD.)

bassade de Suisse; mais pourquoi non? cela vaut cent mille livres de rente, et on est bien pis que comte, on est roi. Après le plaisir de voir couper ses blés et battre en grange, c'est le premier des emplois; les douze mille fromages de Parmesan ne sont rien en comparaison. Vous auriez une bonne troupe de comédiens à Soleure, vous viendriez voir le petit château que je bâtis, vous seriez enchantée de mon château; il est d'ordre dorique, il durera mille ans. Je mets sur la frise : *Voltaire fecit.* On me prendra, dans la postérité, pour un fameux architecte. Vous ne vous souciez point de tout cela, parce que vous êtes à Paris; mais peut-on ne jamais sortir de Paris! J'aime mon czar qui, dans un clin d'œil, allait bâtir à Archangel, à Astracan, sur la mer Noire, sur la mer Baltique. Mon Dieu, que vous êtes casaniers!

Dites-moi donc comment se trouve M. le comte de Choiseul de son voyage; ne sera-t-il pas bien excédé de l'étiquette de la cour de Vienne? Vous n'auriez point d'étiquette en Suisse, vous régneriez comme vous voudriez. Si je n'avais pas acquis des terres qui me tournent la tête, je supplierais M. le duc de Choiseul de me donner un consulat au Grand-Caire ou en Grèce. J'enrage de mourir sans avoir vu les pyramides, et les ruines du théâtre d'Eschyle.

MMDCCCLII. — A MADAME D'ÉPINAI.

Mme Denis est un gros cochon qui prétend ne pouvoir écrire parce qu'il fait trop chaud; et moi, malgré mon apoplexie, j'écris comme Gauffecourt. Je brave les saisons, et je boude ma philosophe qui ne veut point de nous, qui n'aime que Genève, qui ne veut point venir parler avec nous do l'*infâme.* Je me ferai dévot, et les dévotés viendront me donner des lavements, puisque ma philosophe et mon prophète[1] m'abandonnent.

MMDCCCLIII. — A M. LE COMTE D'ARGENTAL.

Juillet.

Mon divin ange, que vous dirai-je? rien qui ne soit dans le paquet ci-joint. Votre chambrier d'Espagne, le président de Brosses, l'intendant, les fermiers généraux, et mes maçons, ont conjuré ma perte. Les chevaliers et les czars ne s'en trouveront pas mieux. Je suis malade, les affaires me pilent. Je baise les ailes des anges pour me consoler.

MMDCCCLIV. — A MADAME D'ÉPINAI.

Comment se porte ma philosophe? Est-il vrai qu'on a ôté à Gauffecourt son sel? Mais, si le sel s'évanouit, avec quoi salera-t-on, comme dit l'autre[2]?

Certain sermon salé est-il copié? y a-t-il quelque nouvelle? C'est une belle chose que la santé.

---

1. Grimm, auteur du *Petit Prophète de Boemischbroda.* (ÉD.)
2. Saint Matthieu, v, 13. (ÉD.)

MMDCCCLV. — DE CHARLES-THÉODORE, ÉLECTEUR PALATIN.

Schwetzingen, 20 juillet.

Je suis bien mortifié, monsieur, de n'avoir pu jouir de la satisfaction de vous voir ici cet été; j'espère que ce plaisir n'est qu'un peu reculé. Je vous suis très-obligé de votre nouvelle tragédie [1]; je l'ai lue avec bien du plaisir, d'autant plus que vous y avez ôté la monotonie de ces vers qui tombent deux à deux pendant cinq actes entiers. Vous y peignez au mieux cet esprit de chevalerie qui, par bonheur, ne subsiste plus. Chaque siècle a ses ridicules, et peut-être le nôtre surpasse ceux des précédents.

J'ai lu, dans le *Journal encyclopédique*, un *Précis de l'Ecclésiaste* en vers qui vous est attribué. Par les beautés que j'y ai trouvées, je le croirais aisément. Faites-moi le plaisir de me le mander, et soyez toujours persuadé de mon estime particulière pour le *petit Suisse*.

CHARLES-THÉODORE, *électeur*.

MMDCCCLVI. — A MADAME D'ÉPINAI.

Il y a dix ans que je n'ai lu les vers d'Helvétius. S'ils sont mauvais, sa prose ne vaut guère mieux. C'est un fagot vert qui donne un peu de feu et beaucoup de fumée.

Le beau sermon est tout fait pour votre belle âme. Édifiez-vous, ma belle philosophe, tant qu'il vous plaira; soyez toujours femme de bien; et, si vous êtes d'honnêtes gens, vous et votre Bohémien [2], je vous donnerai votre récompense en ce monde, dans quelques jours. Je vous remercie tendrement; mais votre fermier général n'aime pas les belles-lettres, ou je suis trompé.

V.

MMDCCCLVII. — A MADAME DE FONTAINE.

Aux Délices, 27 juillet.

Continuez, aimez la campagne, ma chère nièce; c'est vie de patriarche. Aimez votre terre; plus vous la travaillerez, plus vous vous y plairez. Je vous plains seulement d'être trop grande dame, et de recevoir le produit des terres des autres, sans vous donner le plaisir de l'agriculture. Le blé qu'on a semé vaut bien mieux que celui qu'on recueille des moissons d'autrui. Je vais me servir de mon beau semoir à cinq tuyaux, et cette pièce de menuiserie me fait plus de plaisir que des pièces de théâtre.

Voici le temps où il sied bien de vivre du produit de ses terres; tous les impôts sont augmentés. Il faut bien de quoi repousser les pirateries anglaises. Vous qui d'ailleurs êtes à peu près alliée au contrôleur général, vous trouverez qu'il a raison; car il faut ou se défendre ou recevoir la loi, il n'y a pas de milieu. Je ne vois pas comment on ne prie point MM. *Paris*, *Marquet*, *Pavée*, et cent autres entrepreneurs, de prêter au roi soixante millions à deux et demi pour cent sur ce

---

1. *Tancrède* en manuscrit. (ÉD.) — 2. Grimm. (ÉD.)

qu'ils ont gagné; mais il ne m'appartient pas de me mêler des affaires d'État, je ne dois songer qu'à ma chevalerie, et surtout à vous.

Le roi de Prusse s'avise toujours de m'honorer de ses lettres;· il a toujours des droits sur mon imagination; il n'en aura jamais guère sur mon cœur. Il me mande qu'il a trouvé une Pucelle d'Orléans, une *grosse Jeanne* qui se bat comme Jeanne d'Arc, et qui exhorte ses troupes, au nom de Dieu, à exterminer les papistes et les Autrichiens. Il ne la dépucellera ni ne la payera.

MMDCCCLVIII. — DE M. LE COMTE DE TRESSAN.

A Commercl, ce 29 juillet 1759.

Sa Majesté Polonaise, monsieur, veut que je supplée à sa vue pour répondre à la lettre charmante qu'elle vient de recevoir de vous. Ce prince m'ordonne de vous assurer de son amitié pour vous, et de sa haute estime pour vos ouvrages.

Sa Majesté confirme de nouveau l'attestation qu'elle m'avait ordonné de vous envoyer au sujet de l'exacte vérité de tous les faits contenus dans votre *Histoire de Charles XII*. Elle apprend par vous, monsieur, avec un plaisir sensible, que le roi son gendre, en renouvelant les anciens priviléges de vos terres, vous donne une marque distinguée de sa bienveillance et de son estime. Mais je sens, monsieur, tout ce que vous perdriez si vous ne voyiez pas du moins les caractères d'une main que vous baiseriez avec tant de plaisir; un seul mot de ce prince adoré, qui exécute sans cesse tout ce que vous aimez à célébrer dans les grands rois, sera mille fois plus précieux pour vous que tout ce que le plus fidèle de vos serviteurs et amis pourrait vous dire.

TRESSAN.

¹ *P. S.* Je vous réponds de cœur, au défaut de vue, pour vous assurer que je conserve toujours les sentiments d'une parfaite estime et amitié pour vous.

P. S. Votre cœur vous fera deviner que mon cher et aimable maître vous écrit : *Je vous réponds de cœur, au défaut de vue*, etc. Plaignez une âme active (et celles des rois le sont si rarement); *eheu!* plaignez-la d'être privée du bonheur de revoir ses ouvrages, de ne pouvoir plus lire, écrire, peindre, jouer des instruments, et voir votre ancienne amie, chez qui le roi vient d'écrire ce petit mot.

MMDCCCLIX. — A FRÉDÉRIC II, ROI DE PRUSSE.

Août.

Vous n'êtes pas ce fils d'un insensé,
Huilé dans Reims, et par l'Anglais pressé,
Que son Agnès, si fidèle et si sage,
Aima toujours, ayant tant caressé
Tantôt un moine et tantôt un beau page.
A Jeanne d'Arc vous n'avez point recours;

1. Ce *P. S.* était du roi Stanislas, et à peine lisible, ce qui explique le *P. S.* suivant, qui est du comte de Tressan. (ÉD.)

Son pucelage et son baudet profane,
Et saint Denis, sont de faibles secours;
Le vrai Denis, le héros de nos jours,
Je le connais, et je sais quel est l'âne.
Pour la Pucelle, en vérité,
Il faut que vous alliez dans Vienne,
Au tribunal de chasteté,
Allez, que rien ne vous retienne;
Et retournez à Sans-Souci.
Quand, dans vos courses éternelles,
Vous aurez vu chez l'ennemi
Et des héros et des pucelles.

Vos vers sont charmants, et, si Votre Majesté a battu ses ennemis, ils sont encore meilleurs. Mais pour votre Akakia papal [1], je le trouve très-adroit; il est fait de façon que les trois quarts des protestants le croiront véritable. Il y a là de quoi faire rire les gens qui ont le nez fin, et de quoi animer les sots de la confession *in*, *mit*, *über*. J'attends quelques pièces édifiantes qu'un sage de mes amis doit m'envoyer d'Orient. Je les ferai parvenir à Votre Majesté; mais j'ai peur qu'elle ne soit pas de loisir cette fin de campagne, et qu'elle soit si occupée à donner sur les oreilles aux Abares, Bulgares, Roxelans, Scythes, et Massagètes, qu'elle n'ait pas de temps à donner à la philosophie et à la destruction de l'*infâme*. Je prendrai la liberté de recommander, en mourant, cette *infâme* à Sa Majesté, par mon testament. Elle est plus son ennemie qu'elle ne croit. Sa pucelle et son fanatique sont quelque chose; mais cette pucelle et ce fanatique ne réformeront pas l'Occident, et Frédéric était fait pour l'éclairer. J'aurai l'honneur de lui en parler plus au long.

MMDCCCLX. — A madame d'Épinai.

Si Dieu vous a inspirée, si vous avez fait usage de votre imprimerie de poche, vous avez fait une action très-méritoire. Il faut extirper l'*infâme*, du moins chez les honnêtes gens. Elle est digne des sots; laissons-la aux sots, mais rendons service à notre prochain. Ma chère philosophe, je n'irai point à Lausanne, si vous daignez venir aux Délices.

MMDCCCLXI. — A mademoiselle Fel.

Aux Délices, 7 août.

Très-aimable rossignol, l'oncle et la nièce, ou plutôt la nièce et l'oncle, avaient besoin de votre souvenir. Les gens qui n'ont que des oreilles vous admirent; ceux qui, avec des oreilles, ont du sentiment, vous aiment. Nous nous flattons d'avoir de tout cela. Et sachez, malgré toute votre modestie, que vous êtes aussi séduisante quand vous parlez que quand vous chantez. La société est le premier des concerts, et vous y faites la première partie. Nous savons bien que nous ne joui-

1. Les *Lettres de Phihihu*. (Éd.)

rons plus de votre commerce, dont nous avons senti tout le prix; les habitants des bords de notre lac ne sont pas faits pour être aussi heureux que ceux des bords de la Seine. Voici ce que notre petit coin des Alpes dit de vous :

> De *rossignol* pourquoi porter le nom?
> Il est bien vrai qu'ils ont été ses maîtres;
> Mais tous les ans, dans la belle saison,
> L'Amour les guide en nos réduits champêtres.
> Elle n'a pas tant de fidélité;
> Elle nous fuit, peut-être nous oublie.
> C'est le phénix à jamais regretté,
> On ne le voit qu'une fois dans sa vie.

C'est ainsi qu'on vous traite, mademoiselle; et, quand vous reviendriez, vous n'y gagneriez rien; on vous traiterait seulement de phénix qu'on aurait vu deux fois. Pour moi, quelque forte envie que j'aie de venir vous rendre mes hommages, il n'y a pas d'apparence que j'aille à Paris. Le rôle d'un homme de lettres y est trop ridicule, et celui de philosophe trop dangereux. Je m'en tiens à achever mon château, et ne veux plus en bâtir en Espagne.

Vraiment, vous faites à merveille de me parler de M. de La Borde. Je sais que c'est un homme d'un vrai mérite, et nécessaire à l'État. *Sono pochissimi i signori* de cette espèce.

Adieu, mademoiselle; recevez sans cérémonie les assurances de l'attachement très-véritable de l'oncle et de la nièce. Nos compliments à monsieur votre frère.

MMDCCCLXII. — A MADAME D'ÉPINAI.

Ma belle inoculable, ma courageuse philosophe, je baise vos *mules*; mais pour celle *du pape*, vous ne pourrez l'avoir que demain ou après-demain. Il faut s'en souvenir, la refaire, la transcrire; je n'ai pas un moment à moi, mais tous mes moments sont à vous.

MMDCCCLXIII. — A FRÉDÉRIC II, ROI DE PRUSSE.[1]
1759.

Dans quelque état que vous soyez, il est très-sûr que vous êtes un grand homme. Ce n'est pas pour ennuyer Votre Majesté que je lui écris, c'est pour me confesser, à condition qu'elle me donnera absolution. Je vous ai trahi; voici le fait. Vous m'avez écrit une lettre moitié dans le goût de Marc-Aurèle, votre patron, moitié dans le goût de Martial ou de Juvénal, votre autre patron. Je la montrai d'abord à une petite Française minaudière de la cour de France, qui est venue, comme les autres, à Genève au temple d'Esculape, pour se faire guérir par le grand Tronchin, très-grand en effet, car il est haut de six pieds, beau et bien fait; et si monseigneur le prince Ferdinand, votre frère, était femme, il viendrait se faire guérir comme les autres. Cette

---

1. Probablement la princesse de Robecq. (Ép.)

minaudière est, comme je crois l'avoir dit à Votre Majesté, la bonne
amie d'un certain duc, d'un certain ministre!; elle a beaucoup d'esprit, et son ami aussi. Elle fut enchantée, elle baisa votre lettre, et
vous aurait fait pis si vous aviez été là. « Envoyez cela sur-le-champ à
mon ami, dit-elle; il vous aime dès son enfance, il admire le roi de
Prusse, il ne pense en rien comme les autres, il voit clair; il est de
la vraie chevalerie qui réunit l'esprit et les armes. » La dame en dit tant
que je copiai votre lettre, en retranchant très-honnêtement tout le
Martial et tout le *Juvénal*, et laissant fidèlement tout le *Marc-Aurèle*,
c'est-à-dire toute votre prose, dans laquelle pourtant votre *Marc-Aurèle* nous donne force coups de patte, et prétend que nous sommes
ambitieux. Hélas! Sire, nous sommes de plaisantes gens pour avoir de
l'ambition. Enfin, je ne puis m'empêcher de vous envoyer la réponse
qu'on m'a faite. Je puis bien trahir un duc et pair, ayant trahi un roi;
mais, je vous en conjure, n'en faites semblant. Tâchez, Sire, de déchiffrer l'écriture.

On peut avoir beaucoup d'esprit et de très-bons sentiments, et écrire
comme un chat.

Sire, il y avait autrefois un lion et un rat; le rat fut amoureux du
lion, et alla lui faire sa cour. Le lion lui donna un petit coup de
patte; le rat s'en alla dans la souricière, mais il aima toujours le
lion; et voyant un jour un filet qu'on tendait pour attraper le lion et
le tuer, il en rongea une maille. Sire, le rat baise très-humblement
vos belles griffes en toute humilité; il ne mourra jamais entre deux
capucins comme a fait, à Bâle, un dogue de Saint-Malo?; il aurait
voulu mourir auprès de son lion. Croyez que le rat était plus attaché
que le dogue.

MMDCCCLXIV. — A MADAME LA COMTESSE DE LUTZELBOURG.

Au château de Tournay, 14 août.

Ma douleur, madame, est encore plus forte que ma maladie; il
faut que mon état me permette au moins de dicter mes sentiments, si
je ne peux les écrire moi-même. Je partage toute votre inquiétude;
vous avez sans doute dépêché un exprès pour vous informer du sort
de monsieur votre fils. J'ai été saisi à la nouvelle de cette abominable
journée³. S'il est vrai que M. de Contades ait exposé son armée à une
batterie de quatre-vingts canons, comme on le dit, cela ne peut ni
se comprendre ni être assez déploré. Une faute de jugement fait donc
le deuil et la ruine de la France! Vos chagrins dans ce moment occupent toute mon âme; si vous avez un moment à vous, je vous demande en grâce d'envoyer chercher Colini, et de m'instruire par lui
de l'état de votre fils et du vôtre.

Adieu, madame; ceux qui disent que *tout est bien* sont des fanatiques bien haïssables. Ce que je souffre de corps et d'esprit m'empêche

---

1. Le duc de Choiseul. (ÉD.) — 2. Maupertuis. (ÉD.)
3. La bataille du 1er août 1759, à Minden. Le comte de Lutzelbourg n'y fut
pas même blessé. (ÉD.)

de vous en dire davantage ; mais je n'en suis pas moins sensible à tout ce qui vous touche, et personne ne vous est attaché, madame, avec un plus tendre respect que moi. *L'ermite des Délices.*

MMDCCCLXV. — A MADAME LA COMTESSE D'ARGENTAL.

Aux Délices, 15 août.

Vraiment, madame, il est bien temps de s'occuper de *chevalerie*, pendant que M. de Contades, on vrai Angevin, mène à la boucherie tous les descendants de nos anciens chevaliers, et leur fait attaquer quatre-vingts pièces de canon, comme don Quichotte attaquait des moulins à vent ! Cette horrible journée perce l'âme. Je suis Français à l'excès, surtout depuis mon beau brevet, dont j'ai l'obligation à vous, mes divins anges, et à MM. de Choiseul. *Luc* (vous savez qui est *Luc*) donne probablement bataille aux Autrichiens et aux Russes, au moment que j'a' l'honneur de vous écrire ; du moins il m'a mandé que c'était sa royale intention. S'il est battu[1], comme cela peut arriver, quelle honte pour nous de l'avoir été par ce prince de Brunswick ! Je voudrais que vous connussiez ce prince, vous seriez bien étonnée, et vous diriez : « Il faut que les gens qu'il bat soient de grands imbéciles. » La vérité du fait est que toutes ces troupes-là sont mieux disciplinées que les nôtres. Quiconque ne suivra pas entièrement les maximes du maréchal de Saxe sera infailliblement battu, comme à Rosbach. Voilà ce que j'ai l'impudence de vous dire, en qualité d'historiographe ; et je vous dis encore que je tremble pour votre descente en Angleterre.

Nous allons être réduits à la besace. Heureux qui a des fromages de Parmesan et des terres !

Mon accident n'a pas duré ; il m'a laissé encore des passions vives ; celle d'être libre chez moi est très-forte ; mais la plus grande de mes passions, c'est l'attachement que j'ai pour mes divins anges.

J'ai envoyé d'énormes paquets à M. d'Argental, sous l'enveloppe de M. de Courteilles. J'abuse des bontés de M. d'Argental et de M. de Chauvelin.

M. de Choiseul[2] m'a fait l'honneur de m'écrire ; je le crois bien affligé. Ah ! pauvres Français !

MMDCCCLXVI. — DE M. CLAIRAUT.

Paris, 16 août 1759.

Monsieur, l'amitié dont vous m'avez autrefois honoré m'est toujours présente à l'esprit, comme une des distinctions des plus flatteuses que j'aie obtenues. Si depuis longtemps je ne vous en ai point demandé de nouveaux témoignages, il ne faut l'attribuer qu'à la crainte de vous dérober des moments dont toute l'Europe connaît le prix. Cette crainte, si juste dans la plupart des occasions qui déterminent le commun des hommes, serait déplacée lorsque l'on a quelques réflexions à vous communiquer sur des matières propres à vous intéresser ; et la multi-

1. Il l'avait été le 12 août à Kunnersdorff. (Éd.)
2. Le comte de Choiseul. La réponse de Voltaire manque. (Éd.)

plicité si étendue de vos connaissances vous empêche de trouver la stérilité dans quelque commerce littéraire que ce soit.

J'ai donc imaginé que l'intérêt que vous prenez au système de Newton, que vous avez établi le premier en France par la manière brillante dont vous l'avez exposé, vous engagerait à jeter les yeux sur les efforts que j'ai faits en dernier lieu pour contribuer à l'avancement de ce système. C'est la fixation du retour de la comète annoncée par Halley, opération que j'ai faite en appliquant ma détermination générale des perturbations que les corps célestes se causent mutuellement. Je joins ici le mémoire que je lus à la rentrée publique de la Saint-Martin dernière, sur cette matière. Comme il a été attaqué avec assez de passion dans divers journaux, j'ai cru devoir répondre à mes critiques avant la publication de toute ma théorie. Et j'ai l'honneur de soumettre à votre jugement ce second mémoire ainsi que le premier. Lorsque l'ouvrage entier sera achevé d'imprimer, il vous sera présenté avec le même empressement.

Je suis avec la plus haute estime et le respect qui y est nécessairement lié, monsieur, votre très-humble et très-obéissant serviteur.

CLAIRAUT.

MMDCCCLXVII. — A M. LE COMTE D'ALBARET. A TURIN.

Aux Délices, 16 août.

L'oncle et la nièce, monsieur, devraient avoir répondu plus tôt à la lettre dont vous les avez honorés; mais l'oncle était malade, et la nièce apprenait son rôle. Vous êtes parti dans le temps où nous avions le plus besoin de vous. Nous avons un petit théâtre à Tournay, et, hors moi, tous les acteurs se portent bien. Tous vous regrettent, tous disent que sans vous on n'aura qu'une troupe médiocre; mais on vous regrette encore davantage dans la société; vous en faisiez l'agrément. La bonne compagnie de Turin, qui vous possède, ne vous permettra pas de la quitter pour venir nous voir. Nous le sentons avec douleur; mais, si jamais vous revenez sur les bords de notre lac, n'oubliez pas ceux qui sont pénétrés pour vous de tous les sentiments que vous méritez. Comptez-nous parmi ceux qui vous sont le plus dévoués, et soyez persuadé surtout de l'attachement tendre et respectueux du solitaire et du malade VOLTAIRE.

MMDCCCLXVIII. — A MADAME D'ÉPINAI.

Nous ne manquerons pas de venir admirer le courage et voir la jambe de ma philosophe; car l'inoculateur s'adresse aux jambes. Nous comptons sur la plus heureuse insertion. Je prie ma belle philosophe de vouloir bien m'envoyer les *allégories*.

MMDCCCLXIX. — A M. LE COMTE D'ARGENTAL.

A Ferney, 19 août.

Mon divin ange, est-ce que M. Fatema[1] n'aurait pas trouvé grâce devant vos yeux? Voici, pour vous réjouir, un gros paquet contenant

1. Nom sous lequel Voltaire donna *Socrate*. (ÉD.)

des choses délicieuses, un billet de M. Fabri, fermier de Gex, c'est-à-dire son reçu de son tiers de lods et ventes : quelle lecture agréable ! et puis une lettre à M. l'abbé d'Espagnac, pleine de jérémiades sur le sort des pauvres seigneurs de château; et une lettre à M. de Chauvelin, l'ambassadeur. Je me console au moins avec lui de cet embarras d'affaires. Savez-vous que je passe les jours entiers dans ces discussions de toute espèce ? Il faut s'accoutumer à tout. Cette vie-là ne me déplaît point, elle est toute remplie. Il est plus doux qu'on ne pense de planter, de semer et de bâtir. Je me plains toujours, selon l'usage; mais, dans le fond, je suis fort aise.

Je réserve les *chevaliers* pour le temps des vendanges. Vous, mon cher ange, et M. de Chauvelin, qui daignez être mes médiateurs avec M. d'Espagnac, vous n'échouerez pas dans votre négociation. Lisez ma lettre à M. d'Espagnac, et vous verrez si j'ai raison; lisez aussi ma dépêche à M. de Chauvelin, et vous jugerez si le conseil de Mgr le comte de La Marche n'a pas beaucoup de torts.

Enfin donc je crois que mes Russes sont près du grand Glogau. Qui croirait que la Barbarini va être assiégée par mes Russes, et dans Glogau? O destinée ! Je n'aime point *Luc*, il s'en faut beaucoup ; je ne lui pardonnerai jamais ni son infâme procédé avec ma nièce, ni la hardiesse qu'il a de m'écrire deux fois par mois des choses flatteuses, sans avoir jamais réparé ses torts. Je désire beaucoup sa profonde humiliation, le châtiment du pécheur; je ne sais si je désire sa damnation éternelle.

Mon divin ange, vous ne m'écrivez point; vous ne me dites rien des succès de M. le comte de Choiseul à la cour de Vienne. Je sais sans vous qu'il y réussit beaucoup. Je suis toujours enchanté de M. le duc de Choiseul, et si enchanté que je ne lui demande rien. Je ne veux point du tout l'importuner pour ma terre viagère de Tournay; je veux qu'il sache que je lui suis attaché par goût, par reconnaissance, et que l'intérêt ne déshonore point mes sentiments généreux.

Comment se porte Mme Scaliger ? Je suis à ses pieds; et bientôt je travaillerai sur ses commentaires. Adieu, divins anges; je souhaite à votre nation tous les succès possibles dans le continent et dans les îles. A propos, parlez-vous italien ?

Mille respects à tout ange.

MMDCCCLXX. — À MADAME D'ÉPINAI.

Il faut absolument que j'aille voir ma philosophe. Tous les jours sont pour moi le jour de sa fête. Je ne passe pas les miens en fêtes, avec ma détestable santé; la vue de ma courageuse philosophe me ranimera.

J'ai reçu une lettre de M. d'Épinai, mais je n'ai point répondu, afin de n'être pas soupçonné d'indiscrétion, si on sait à Paris combien ma philosophe a eu de courage.

MMDCCCLXXI. — A M. DALEMBERT.

Aux Délices, 25 août.

Connaissez-vous, mon cher philosophe, un Siméon La Vallette, ou Siméon Valette, ou Simon Valet, lequel fait des lignes courbes et de petits vers ? Il se renomme de vous; mais j'ai perdu sa lettre. Je ne sais où le prendre : où est-il? et quel homme est-ce?

Que dites-vous de Maupertuis mort entre deux capucins? Il était malade depuis longtemps d'une réplétion d'orgueil; mais je ne le croyais ni hypocrite ni imbécile. Je ne vous conseille pas d'aller jamais remplir sa place à Berlin; vous vous en repentiriez. Je suis Astolphe qui avertit Roger de ne pas se fier à l'enchanteresse Alcine; mais Roger ne le crut pas.

Votre livre est charmant; il fait mes délices, au point que je vous pardonne d'avoir vu des prêtres à Genève. Je mène tous ces faquins-là assez bon train. J'ai un château à la porte duquel il y a quatre jésuites; ils m'ont abandonné frère Berthier; je leur fais de petits plaisirs, et ils me disent la messe quand je veux bien l'entendre. Mes curés reçoivent mes ordres, et les prédicants genevois n'osent pas me regarder en face. Je brave M. Catbrée autant que je le méprise, et je plains Diderot d'être à Paris.

Toutes les lettres de Vienne disent le marquis de Brandebourg [1] écrasé; quelques lettres de Saxe le disent vainqueur, et je ne crois ni l'un ni l'autre. Vous savez qu'il faut peu croire; soyez pourtant certain que l'oncle et la nièce vous aiment de tout leur cœur. Point de philosophie sans amitié.

MMDCCCLXXII. — A M. CLAIRAUT.

Du château de Ferney, 27 août.

Votre lettre, monsieur, m'a fait autant de plaisir que votre travail m'a inspiré d'estime. Votre guerre avec les géomètres, au sujet de la comète, me paraît la guerre des dieux dans l'Olympe, tandis que sur la terre les chiens se battent contre les chats. Je suis effrayé de l'immensité de votre travail. Je me souviens qu'autrefois, quand je m'appliquais à la théorie de Newton, je ne sortais jamais de l'étude que malade; les organes de l'application et de l'intelligence ne sont pas si bons chez moi que chez vous. Vous êtes né géomètre, et je n'étais devenu disciple de Newton que par hasard. Votre dernier travail doit certainement honorer la France; les Anglais ne peuvent pas avoir tout dit. Newton avait fondé ses lois en partie sur celles de Keppler, et vous avez ajouté à celles de Newton. C'est une chose bien admirable d'être parvenu à reconnaître les inégalités que l'attraction des grosses planètes opère sur la route des comètes. Ces astres, que nos pères et les Grecs ne connaissaient qu'en qualité de *chevelus*, selon l'étymologie du nom, et en qualité de méchants, comme nous connaissons Clodion *le Chevelu*, sont aujourd'hui soumis à votre calcul, aussi bien que les astres du système solaire; mais il faudrait être bien difficile pour exi-

1. Le roi de Prusse. (ÉD.)

ger qu'on prédît le retour d'une comète à la minute, de même qu'on prédît une éclipse de soleil ou de lune. Il faut se contenter de l'à peu près dans ces distances immenses, et dans ces complications de causes qui peuvent accélérer ou retarder le retour d'une comète. D'ailleurs la quantité de la masse de Jupiter et de Saturne peut-elle être connue avec précision? cela me paraît impossible. Il me semble que, quand on vous accordera un mois d'échéance pour le retour d'une comète, comme on en accorde pour les lettres de change qui viennent de loin, on ne vous fera pas une grande grâce; mais, quand on avouera que vous faites honneur à la France et à l'esprit humain, on ne vous rendra que justice.

Plût à Dieu que notre ami Moreau-Maupertuis eût cultivé son art comme vous, qu'il eût prédit seulement le retour des comètes, au lieu d'exalter son âme pour prédire l'avenir, de disséquer des cervelles de géants pour connaître la nature de l'âme, d'enduire les gens de poix-résine pour les guérir de toute espèce de maladie, de persécuter Kœnig, et de mourir entre deux capucins!

Au reste, je suis fâché que vous désigniez par le nom de *newtoniens* ceux qui ont reconnu la vérité des découvertes de Newton; c'est comme si on appelait les géomètres *euclidiens*. La vérité n'a point de nom de parti; l'erreur peut admettre des mots de ralliement. On dit molinistes, jansénistes, quiétistes, anabaptistes, pour désigner différentes sortes d'aveugles; les sectes ont des noms, et la vérité est vérité. Dieu bénisse l'imprimeur qui a mis les *altercations* de la comète, au lieu d'altérations! Il a eu plus de raison qu'il ne croyait; toute vérité produit altercation. Je pourrais bien me plaindre aussi, à mon tour, de ceux qui m'ont appelé mauvais citoyen, quand j'ai mis le premier en France le système de l'Anglais Newton au net; mais j'ai essuyé tant d'injustices d'ailleurs, que celle-là m'a échappé dans la foule. Je suis enfin parvenu à ne mesurer que la *courbe* que mes nouveaux semoirs tracent au bout de leurs rayons. Le résultat est un peu de froment; mais, quand je me suis tué à Paris pour composer des poëmes épiques, des tragédies, et des histoires, je n'ai recueilli que de l'ivraie. La culture des champs est plus douce que celle des lettres; je trouve plus de bon sens dans mes laboureurs et dans mes vignerons, et surtout plus de bonne foi, que dans les regrattiers de la littérature, qui m'ont fait renoncer à Paris, et qui m'empêchent de le regretter.

Je mets en pratique ce que l'*Ami des hommes* conseille. Je fais du bien dans mes terres, aux autres et à moi. Je fais naître un peu d'abondance dans le pays le plus agréable et le plus pauvre que j'aie jamais vu. C'est une belle expérience de physique de faire croître quatre épis où la nature n'en donnait que deux. Les académies de Cérès et de Pomone valent bien les autres.

Felix qui potuit rerum cognoscere causas...
Fortunatus et ille deos qui novit agrestes!
                    Virg., *Georg.*, lib. II, v. 490, 493

MMDCCCLXXIII. — A M. BERTRAND.

29 août.

Il y a longtemps que je vous dois une réponse, mon cher philosophe. Je crois que les entrepreneurs de l'*Encyclopédie* ont pris des mesures qui vous laissent toute votre liberté, et qu'il vaudra bien mieux que vous rassembliez dans un volume votre histoire naturelle, que de l'éparpiller dans une douzaine d'in-folio.

L'histoire naturelle devient bien vilaine en Allemagne; la nature de l'homme sera toujours de s'égorger sans savoir pourquoi. Maupertuis a fini la sienne d'une manière bien peu philosophique; il valait mieux encore se faire enduire de poix-résine que de mourir entre deux capucins. Formei, qu'il méprisait tant, est plus sage et plus heureux que lui. Je ne sais si les Russes viendront dans Berlin lui demander quelques conférences sur les belles-lettres. On dit aujourd'hui que le roi de Prusse a repris Francfort-sur-l'Oder. Les événements de la guerre changent tous les jours, mais la misère des peuples ne change point. Mille tendres respects à M. et à Mme de Freudenreich. V.

MMDCCCLXXIV. — A M. COLINI.

Aux Délices, 3 septembre.

Un grand mal aux yeux m'a empêché de répondre plus tôt à votre dernière lettre, mon cher Colini. Il sera fort difficile que je puisse aller à la cour palatine cette année; mais attendons encore quelques mois, et j'espère faire pour vous quelque chose dont vous serez content.

MMDCCCLXXV. — A MADAME LA COMTESSE DE LUTZELBOURG.

3 septembre.

J'ai si mal aux yeux, madame, que je ne peux avoir l'honneur de vous écrire de ma main. Je suis aussi enchanté de la conduite de M. le prince de Brunswick envers monsieur votre fils, que je suis affligé de l'événement fatal [1] qui rend M. le prince de Brunswick si grand et les Français si petits. Je me flatte, madame, que M. de Lutzelbourg est actuellement auprès de vous. Si j'étais à portée d'écrire au vainqueur, si certaines circonstances ne m'en empêchaient, je le féliciterais assurément, non pas sur sa victoire, mais sur la manière dont il en use. Il me semble qu'on ne doit que des sentiments de condoléance au roi de Prusse; je le crois plus étonné d'être battu par les Russes, que M. de Contades ne l'est d'être battu par les Hanovriens.

Le roi de Prusse peut perdre son royaume, mais il ne perdra pas sa gloire. Nous sommes dans un cas tout contraire. Ne m'oubliez pas, madame, auprès de monsieur votre fils, ni auprès de Mme de Broumath. Si je ne bâtissais pas un château qui me ruine, je serais actuellement à l'île Jard. Conservez votre santé. Il n'y a plus que cela de bon. V.

---

1. La défaite de Contades à Minden. (ÉD.)

MMDCCCLXXVI. — A M. BERTRAND.

4 septembre.

Je vais écrire, mon cher philosophe, pour qu'on vous rende vos articles de l'histoire naturelle. Il est rare que les libraires soient fort empressés, quand il s'agit d'un procédé honnête; tout homme a plus ou moins les vices de sa profession. La Métrie, dont vous me parlez, n'avait point ceux de la sienne, car, en vérité, il n'était point du tout médecin; il cherchait seulement à être athée. C'était un fou, et sa profession était d'être fou; mais ceux qui vous ont dit qu'il était mort repentant sont de la profession des menteurs; j'ai été témoin du contraire. Quant à Maupertuis, vous pouvez compter que, pour être mort entre deux capucins, il n'en croyait pas davantage à saint François. Il n'était pas moins extravagant que La Métrie; il est mort de la rage de sentir qu'il n'avait pas dans l'Europe toute la considération qu'il ambitionnait. Le pays de Saint-Malo est sujet à produire des cervelles ardentes, dans le goût de celles des Anglais. Ma folie, à moi, est d'être laboureur et architecte, de semer au semoir des terres ingrates, et de me ruiner à bâtir un petit palais dans un désert. Au reste, mon cher ami, il ne faut penser ni comme La Métrie, ni comme Maupertuis; mais comme Socrate, Platon, Cicéron, Épictète, Marc-Aurèle. Les barbares raisonneurs qui sont venus depuis sont la honte du genre humain, et leurs sottises font mal au cœur.

Heureux qui est le maître chez soi, et qui pense librement! *Vale.* V.

MMDCCCLXXVII. — A M. LE COMTE D'ARGENTAL.

(*Mémoire pour tous les anges.*)

Le temps étant fort cher, mon cœur tout plein, ma tête épuisée, *Pierre le Grand* m'occupant du matin au soir, le nouveau semoir[1] à cinq tuyaux demandant ma présence, cinquante maçons me ruinant, l'abbé d'Espagnac me chicanant, trois ou quatre petits procès me lutinant, le désespoir de ces honnêtes prêtres[2] m'amusant, et mes yeux n'en pouvant plus, je dicte avec humilité le présent *Mémoire*, et je supplie le comité des anges de le lire avec bonté, attention et sans prévention.

1º Pour M. l'abbé d'Espagnac, je n'en parlerai pas pour avoir plus tôt fait. Je me borne à remercier tendrement les dignes ministres qui veulent bien traiter avec lui. Je le soupçonne d'être difficile en affaires, et, si les édits du traducteur de Pope[3] sont entre ses mains, je crois que la critique sera épineuse.

2º Je prie tous les anges de députer M. de Chauvelin l'ambassadeur, et de lui faire prendre absolument la route de Genève, qui est plus courte que celle de Lyon. Un homme accoutumé à passer les Alpes passera bien le mont Jura. Son chemin sera plus court de vingt-cinq lieues, en prenant la route de Dijon, Saint-Claude et Anneci. Nous

1. Celui de Lullin de Châteauvieux. (ÉD.)
2. Les jésuites d'Ornex, village voisin de Ferney. (ÉD.) — 3. Silhouette. (ÉD.)

lui promettons de lui jouer une tragédie et une comédie, dans la mesure appelée château de Tournay, sur un théâtre de polichinelle, mais dont les décorations sont très-jolies. Il me verra faire le vieillard d'après nature; nous le logerons aux Délices. Il peut être sûr d'être très-étroitement logé, mais gaiement, et dans la plus jolie vue du monde. On logera son secrétaire et ses valets de chambre encore plus mal, mais on lui fera manger des truites. Il verra, s'il veut, les graves syndics de Genève, les ministres sociniens, et trouvera encore le secret de leur plaire, selon son usage.

3° Il trouvera des cœurs sensibles à toutes ses bontés, pénétrés d'estime et de reconnaissance; on discutera avec lui son mémoire sicilien, qui est plein de sagacité et de vues fines et étendues.

4° Mme Scaliger saura qu'il n'y a aucune de ses critiques, excepté celle du *billet adultère*, que nous n'ayons approuvée. Nous en reconnûmes la justice il y a plus de six semaines; nous fûmes même beaucoup plus difficiles qu'elle, et nous pouvons assurer que nous avons poussé la sévérité aussi loin que si nous avions jugé la pièce d'un autre.

5° Il faut considérer que la pièce ayant été faite en moins d'un mois, on avait voulu essayer seulement s'il en pouvait résulter quelque intérêt; c'est la première chose dont il faut s'assurer, après quoi le reste se fait aisément. Le fond de la pièce est une femme vertueuse et passionnée, convaincue d'un crime qu'elle n'a pas commis, sauvée du supplice par son amant qui la croit criminelle, méprisée par celui qui l'a sauvée, et pour qui elle avait tout fait; plus désespérée de se voir soupçonnée par son amant, qu'elle n'a été affligée d'être conduite au supplice; enfin, son amant mourant entre ses bras, et ne reconnaissant la fidélité de sa maîtresse qu'après avoir reçu le coup de la mort qu'il a cherchée, ne pouvant survivre au crime d'une femme qu'il adorait.

L'intérêt qui doit naître de ce sujet était affaibli par deux défauts, dont le premier a été très-bien censuré dans l'écrit de Mme Scaliger. Ce défaut consistait dans l'invraisemblance, dans le peu de fondement de l'accusation portée contre Aménaïde, dans l'oubli des accessoires nécessaires pour rendre Aménaïde coupable à tous les yeux, surtout à ceux de Tancrède. La correction de ce défaut ne dépendait que de quelques éclaircissements préliminaires, de quelques détails, de quelques arrangements historiques. C'est un travail auquel on ne s'est pas voulu livrer, dans la chaleur de la composition. J'ai traité cette pièce comme la maison que je fais bâtir à Ferney; je fais d'abord élever les quatre faces, pour voir si l'architecture me plaira, et ensuite je fais les caves et les égouts; chacun a sa méthode. Les anges verront, par la première édition qu'on leur enverra, que non-seulement la partie historique qu'ils désiraient est traitée à fond, mais qu'elle répand encore dans la pièce autant d'intérêt que de lumière; et on espère que Mme Scaliger sera contente.

6° Le second défaut consistait dans des longueurs, dans des redites qui détruisaient l'intérêt, aux quatrième et cinquième actes. M. de

Chauvelin a fait sur ce vice essentiel un mémoire plein de profondeur et de génie. On voit bien d'ailleurs que ce mémoire est d'un ministre public, car il propose que Norador soit instruit par ses espions de la condamnation d'Aménaïde, et qu'il envoie sur-le-champ un agent, pour déclarer qu'il va mettre tout à feu et à sang, si on touche à cette belle créature. Je prendrai la liberté, quand j'aurai l'honneur de le voir, de lui représenter mes petites difficultés sur cette ambassade; je lui dirai qu'il est bien difficile que Norador soit instruit de ce qui se passe dans la ville, lorsqu'on se prépare à lui donner bataille, lorsque les portes sont fermées, les chemins gardés, et si bien gardés, qu'on vient de pendre le messager d'Aménaïde, qui les connaissait si bien; je lui dirai encore que si Norador prenait, dans ces circonstances, un si violent intérêt à Aménaïde, elle ne pourrait plus guère se justifier aux yeux de Tancrède : car, qui assurera Tancrède que le billet sans adresse, qui fait le corps du délit, n'était pas pour Norador ? L'ambassade même de ce Turc ne dit-elle pas clairement que le billet était pour lui ? Il n'y a que le père qui puisse certifier à Tancrède l'innocence de sa fille. Mais comment ce père pourra-t-il lui-même en être convaincu, si la fille garde longtemps le silence, comme on le veut dans ce mémoire ? Ce silence même ne serait-il pas une terrible preuve contre elle ? N'est-il pas absolument nécessaire qu'Aménaïde, en voyant Tancrède, au troisième acte, se déclarer son chevalier, avoue à son père, dans les transports de sa joie, que c'est à lui qu'elle a écrit, et qu'elle n'ose le nommer devant ses persécuteurs, de peur de l'exposer à leur vengeance ? Cela n'est-il pas bien plus vraisemblable, bien plus passionné, bien plus théâtral ?

7° On dit dans le mémoire qu'il n'est pas naturel que Tancrède, dans le quatrième acte, coure au combat, sans s'éclaircir avec Aménaïde; qu'elle doit lui dire : *Arrêtez ; vous croyez avoir combattu pour une perfide qui écrivait à un Turc, et c'est à un bon chrétien, c'est à vous que j'écrivais.* Je répondrai à cela qu'il y a des chevaliers sur la scène, que ces chevaliers sont les ennemis de Tancrède, qu'ils trouveraient Aménaïde aussi coupable de lui avoir écrit contre la loi, que d'avoir écrit à Norador. J'ajouterai que dans la pièce, telle qu'elle est, Tancrède n'est point connu ; qu'il était en effet très-ridicule qu'on le reconnût au commencement du quatrième acte ; que c'était la principale source de la langueur qui énervait les deux acteurs ; qu'il y avait encore là une confidente, grande diseuse de choses inutiles, et que tout ce qui est inutile refroidit tout ce qui est nécessaire. J'aurai d'ailleurs beaucoup de remercîments à faire, et quelques objections à proposer; mais j'apprends dans ce moment des nouvelles de mes vaches et de mes semailles, qui sont bien autrement importantes que les amours de Tancrède et d'Aménaïde. Les sangsues du pays de Gex veulent encore me faire payer un centième denier, parce que j'ai prêté mille écus à un pauvre diable pour le tirer de prison. Je vais faire un beau *mémoire* pour M. de Chauvelin l'intendant, qui me fera encore plus d'objections que monsieur son frère.

Le résultat de tout ceci, c'est que M. l'ambassadeur ne peut pas se

dispenser de venir voir la pièce aux Délices. Je la fais copier actuellement, et je l'enverrai bientôt au chœur des anges de qui je baise les
ailes avec toute humilité, pénétré de reconnaissance pour eux tous, et
au désespoir d'être heureux loin d'eux. Mais tout le monde me dit que
je fais très-bien de rester dans mon royaume de Catai, et que je suis
plus sage que Socrate; je le crois bien.

N. B. Que le troisième est tout en action, le quatrième en sentiment,
le cinquième, sentiment et action; vous verrez!

Vous ne verrez jamais un cœur plus fidèle que le mien au culte
d'hyperdalie. Mes anges sont mes divinités.

MMDCCCLXXVIII. — A M. DE CHAUVELIN, INTENDANT DES FINANCES.

A Tournay, 7 septembre.

Non plainte,
Non requête,
Non procès;
Mais très-humble consultation.

Toujours centième denier.

Un peu d'attention, s'il vous plait, monsieur.

Par contrat fait et passé le 20 auguste, V.... a bien voulu donner
trois mille cent quinze livres comptant, pour tirer son vassal Bétems
de prison, et ledit Bétems abandonner son rural au pays de Gex, jusqu'à ce que V.... soit remboursé sur les fruits de ce rural, et le tout
sans intérêt, ainsi qu'il est spécifié au contrat.

Or la sangsue commise par les fermes générales exige le centième
de cette bonne action.

De quel droit, sangsue? est-ce ici une aliénation, un bail à vie?
est-ce aliénation de fonds? est-ce un bail de plus de neuf ans?

Le fonds dont je deviens régisseur vaut environ sept cents livres par
an. Comptez, vous trouverez qu'en quatre ans et demi, tout est fini.
Pourquoi fourrez-vous votre nez dans un plaisir que je fais à mon
vassal de Tournay? pourquoi prenez-vous votre part d'un argent prêté
par pure charité? Si vous m'échauffez les oreilles, je me plaindrai à
M. de Chauvelin.

Vous m'avez extorqué là, avec la petite oie, cinquante livres; sachez
que je les retiendrai (car M. de Chauvelin le jugera ainsi) sur le centième de l'acquisition à vie de Tournay. Je ne veux pas importuner le
roi pour avoir un brevet d'exemption; je suis satisfait de ses bontés,
l'État a besoin d'argent. Oui, vous aurez votre centième d'acquisition
à vie, en protestant que c'est au rusé président de Brosses à le payer,
non à moi. Patience! mais pour vos cinquante livres extorquées, vous
les rendrez, s'il vous plaît, ou il n'y a point de justice sur la terre.
Vous êtes chicaneur et vorace; vous dégoûtez de faire du bien.

Si M. de Chauvelin met NON en marge de ma pancarte, je me tais;
mais il mettra SI.

Le laboureur V.... présente ses respects à monsieur le protecteur des
édits, et à monsieur l'abbé, son frère, examinateur des édits.

Il le supplie de permettre que cette lettre, pour monsieur l'ambassadeur, soit mise dans son paquet.

Du théâtre de Tournay, pays de Gex, pays charmant, mais où la terre ne rapporte que trois pour un, pays où j'entretiens les haras du roi à mes dépens, et où je n'ai point d'avoine; ainsi, tout va.

MMDCCCLXXIX. — À MADAME LA MARQUISE DU DEFFAND.

À Ferney, 17 septembre.

Il est vrai, madame, que vous êtes dans un couvent[1] comme Héloïse, et que vous avez eu, comme elle, un oncle chanoine. Il est encore vrai que je suis à peu près réduit à l'état d'Abeilard; mais, malheureusement pour moi, je ne peux pas goûter la consolation de vous dire : « C'est avec vous que j'ai perdu le peu que je regrette. »

Je peux seulement vous assurer que je vous ai toujours trouvée très-supérieure à Héloïse, quoique vous ne soyez pas aussi théologienne qu'elle. Je vous ai connu une imagination charmante, et une vérité dans l'esprit que j'ai rencontrée bien rarement ailleurs. Si je n'ai point eu l'honneur de vous écrire, c'est que ma retraite m'a fait penser qu'un homme qui avait renoncé à Paris ne devait pas se jouer à ce qu'il a connu dans Paris de plus aimable.

J'ai été sensiblement affligé de votre état, et je vous jure qu'il n'a pas peu contribué à me persuader que *le meilleur des mondes possibles* ne vaut pas grand'chose. Je crois avoir renoncé, pour le reste de ma vie, à la plus extravagante des villes *possibles*. Ce n'est pas que j'aie la vanité de me croire plus sage que ses habitants, mais je me suis fait une petite destinée à part, avec laquelle je ne puis regretter aucune des folies des autres, attendu que je suis trop occupé des miennes; je me suis avisé de devenir un être entièrement libre.

J'ai joint à mon petit ermitage des Délices des terres sur la frontière de France, qui avaient autrefois le beau privilége de ne dépendre de personne; j'ai été assez heureux pour que le roi m'ait rendu tous ces priviléges, malgré le *Journal de Trévoux* et les *Gazettes ecclésiastiques*. J'ai eu l'insolence de faire bâtir un château dans le goût italien; j'ai fait dans un autre une salle de comédie; j'ai trouvé de bons acteurs; et, malgré tout cela, je me suis aperçu, à la fin, que le plus grand plaisir consiste à être particulièrement et utilement occupé.

Je vois que tous les poëtes ont eu raison de faire l'éloge de la vie pastorale; que le bonheur attaché aux soins champêtres n'est point une chimère; et je trouve même plus de plaisir à labourer, à semer, à planter, à recueillir, qu'à faire des tragédies et à les jouer. Salomon avait bien raison de dire qu'il n'y a de bon que de vivre avec ce qu'on aime, se réjouir dans ses œuvres, et que tout le reste est vanité.

Plût à Dieu, madame, que vous pussiez vivre comme moi, et que votre société charmante pût augmenter mon bonheur! Vous voulez que je vous envoie les ouvrages auxquels je m'occupe quand je ne laboure

1. Elle demeurait chez les filles de la Providence. (ÉD.)

ni ne sème; en vérité, madame, il n'y a pas moyen, tant je suis devenu hardi avec l'âge. Je ne peux plus écrire que ce que je pense, et je pense si librement, qu'il n'y a guère d'apparence d'envoyer mes idées par la poste.

Il y a pourtant un ouvrage honnête qui est actuellement sur le métier; c'est l'histoire de la création de deux mille lieues de pays par le czar Pierre. Je fais cette histoire sur les archives de Pétersbourg, qu'on m'a envoyées; mais je doute que cela soit aussi amusant que la vie de Charles XII, car ce Pierre n'était qu'un sage extraordinaire, et Charles un fou extraordinaire, qui se battait, comme don Quichotte, contre des moulins à vent. J'aurai assurément l'honneur de vous envoyer un des premiers exemplaires; mais je serai bien surpris si l'ouvrage est intéressant.

Non, madame, je n'aime des Anglais que leurs livres de philosophie, quelques-unes de leurs poésies hardies; et, à l'égard du genre dont vous me parlez, je vous avouerai que je ne lis que l'*Ancien Testament*, trois ou quatre chants de Virgile, tout l'Arioste, une partie des *Mille et une Nuits*; et, en fait de prose française, je relis sans cesse les *Lettres provinciales*. Ce n'est pas que les pièces nouvelles de nos jours, et les *Poésies sacrées* de M. Le Franc, n'aient leur mérite. On m'a parlé aussi d'un livre de son frère l'évêque, intitulé *la Réconciliation de l'Esprit avec la Religion*, ou, comme quelques-uns disent, *la Réconciliation normande*; mais on ne peut pas tout lire, et il faut bien se livrer à son goût.

Je vous félicite, madame, vous et M. le président Hénault, de vivre souvent ensemble, et de vous consoler tous deux des sottises de ce monde par les agréments délicieux de votre commerce. J'espère que vous jouirez longtemps tous deux de cette consolation. Vous avez été gourmande, et, quand les gourmands sont devenus sobres, ils vivent cent ans. Si les événements du temps sont le sujet de vos conversations, elles ne doivent pas tarir; il ne laisse pas d'y avoir quelque plaisir à voir tous les huit jours une sottise nouvelle.

C'est encore un avantage que j'ai dans le petit coin du monde que j'habite; il n'y a point de pays où l'on soit instruit plus tôt de tout ce qui se passe dans l'Europe; nous savons toujours les aventures d'Allemagne quatre jours avant vous. Le roi de Prusse me faisait l'honneur de m'écrire assez régulièrement, avant que les Russes lui eussent donné sur les oreilles; il n'a pas actuellement le temps d'écrire; je le crois très-embarrassé, et, à moins d'un prodige, il faudra qu'il soit un exemple des malheurs de l'ambition; mais, s'il succombe, il ne pourra pas au moins reprocher sa perte aux Français.

Adieu, madame; soyez heureuse autant que vous le pourrez. Conservez votre santé, continuez à faire le charme de la société; faites-vous lire des livres qui vous amusent. Vous ne pouvez lire l'Arioste dans sa langue, et, en cela, je vous plains beaucoup; mais, croyez-moi, faites-vous lire la partie historique de l'*Ancien Testament* d'un bout à l'autre, vous verrez qu'il n'y a point de livre plus amusant. Je ne parle pas de l'édification qu'on en retire, je parle de la singularité des mœurs antiques, de la foule des événements, dont le moindre tient du prodige, de la naïveté du style, etc.

N'oubliez pas le premier chapitre d'Ezéchiel, que personne ne lit; mais faites-vous surtout traduire le chapitre xvi, qu'on n'a pas osé traduire fidèlement, et vous verrez que « Jérusalem est une belle fille que le Seigneur a aimée dès qu'elle a eu du poil et des tetons; qu'il a couché avec elle, et qu'il l'a entretenue magnifiquement; que cependant elle a couché avec mille amants, et que même elle s'est souvent servie, quand elle était seule, de.... ! » je n'ose pas dire quoi. Et au verset 20 du chapitre xxiii, il est dit « qu'Ooliba, la bien-aimée, après avoir tâté de mille amants, a donné la préférence à ceux qui ont le *talent* d'un âne. »

Enfin cette naïveté, que j'aime sur toute chose, est incomparable. Il n'y a pas une page qui ne fournisse des réflexions pour un jour entier. Mme du Châtelet l'avait bien commenté d'un bout à l'autre.

Si vous êtes assez heureuse pour prendre goût à ce livre, vous ne vous ennuierez jamais, et vous verrez qu'on ne peut rien vous envoyer qui en approche. Ah! madame, que le monde est bête ! et qu'il est doux d'en être dehors ! mais il faudrait surtout le fuir avec vous.

MMDCCCLXXX. — A M. Thieriot

Aux Délices, 17 septembre.

Il y a bien longtemps que je ne vous ai écrit, mon cher et ancien ami; mais je suis le rat des champs, et vous le rat de ville.

Rusticus urbanum murem mus paupere fertur
Accepisse cavo, veterem vetus hospes amicum.

Hor., lib. II, sat. vi, v. 80.

Vous n'en avez pas tant fait; vous avez laissé là votre rat des champs. Ce n'est pourtant pas comme rat piqué de votre négligence qu'il n'a point écrit; c'est qu'il a été fort occupé dans tous ses trous; car, tandis que votre destinée vous a fait faire le long voyage de la rue Saint-Honoré à l'Arsenal, et que vous avez ainsi couru d'un pôle à l'autre, j'ai bâti, labouré, planté, et semé.

Rident vicini glebas et saxa moventem.

Hor., lib. I, ep. xiv, v. 39.

Vous êtes retiré dans Paris, monsieur le paresseux; vous philosophez à votre aise chez M. de Paulmy; mais, moi, il faut que je visite mes métairies, que je guérisse mes paysans et mes bœufs quand ils sont malades, que je marie des filles, que je mette en valeur des terres abandonnées depuis le déluge. Je vois autour de moi la plus effroyable misère dans le pays le plus riant; je me donne les airs de remédier un peu à tout le mal qu'on a fait pendant des siècles. Quand on se trouve en état de faire du bien à une demi-lieue de pays, cela est fort honnête.

1. « Et fecisti tibi imagines masculinas, et fornicata es in eis. » (v. 17.) (*Note de Clogenson.*)

J'entends parler de gens qui vous ravagent, qui vous appauvrissent des deux et trois cents lieues, ou avec leurs plumes, ou avec des canons; ces gens-là sont des héros, des demi-dieux à pendre, mais je les respecte beaucoup.

On dit qu'à Paris vous n'avez ni argent ni sens commun; on dit que vous êtes malmenés sur mer et sur terre; on dit que vous allez perdre le Canada; on dit que vos rentes, vos effets publics, courent grand risque. Quand je dis vous, j'entends nous, car je vogue dans le même vaisseau; mais, en qualité de pauvre ermite habitant de frontière, je parle respectueusement devant un habitant de la capitale.

Comme il faut lire quelquefois après avoir conduit sa charrue et son semoir, dites-moi, je vous en prie, ce que c'est qu'une *Histoire des jésuites* ou *de la Morale des jésuites*, ou *des Dogmes des jésuites, prouvés par les faits*, en trois ou quatre volumes; en un mot, c'est une compilation de tout ce qu'ils ont fait de mémorable, depuis frère Guignard jusqu'à frère Malagrida. J'ai demandé ce livre à Paris, mais je n'en sais pas le titre.

Quid novi? comment vous portez-vous? n'êtes-vous pas gras à lard et assez honnêtement heureux? *Si ita est, congratulor. Farewell, my dear.*

MMDCCCLXXXI. — A M. LE COMTE DE SCHOWALOW.

Au château de Tournay, 12 septembre.

Monsieur, j'ai reçu le panégyrique de Pierre le Grand, que Votre Excellence a eu la bonté de m'envoyer. Il est bien juste qu'un homme de votre Académie chante les louanges de cet empereur. C'est par la même raison que les hommes sont obligés de chanter les louanges de Dieu, car il faut bien louer celui qui nous a formés. Il y a certainement de l'éloquence dans ce panégyrique. Je vois que votre nation se distinguera bientôt par les lettres comme par les armes; mais ce sera principalement à vous, monsieur, qu'elle en aura l'obligation. Je vous ai celle d'avoir reçu de vous des mémoires plus instructifs qu'un panégyrique; ce qui n'est qu'un éloge ne sert souvent qu'à faire valoir l'esprit de l'auteur. Le titre seul avertit le lecteur d'être en garde; il n'y a que les vérités de l'histoire qui puissent forcer l'esprit à croire et à admirer. Le plus beau panégyrique de Pierre le Grand, à mon avis, est son journal, dans lequel on le voit toujours cultiver les arts de la paix au milieu de la guerre, et parcourir ses États en législateur, tandis qu'il les défendait en héros contre Charles XII. J'attends toujours vos nouveaux mémoires avec l'empressement du zèle que vous m'avez inspiré. Je me flatte que j'aurai autant de secours pour les événements qui suivent la bataille de Pultava, que j'en ai eu pour ceux qui la précèdent. Ce sera une grande consolation pour moi de pouvoir achever ma carrière par cet ouvrage. Ma vieillesse et ma mauvaise santé me font connaître que je n'ai pas de temps à perdre; mais ce n'est pas le plus grand motif de mon empressement. Je suis impatient, monsieur, de répondre, si je le puis, à la confiance que vous avez bien voulu me témoigner, et de satisfaire votre goût autant que je suivrai vos instructions.

Voici, monsieur, un moment bien glorieux pour votre auguste impératrice et pour la Russie. C'est la destinée de Pierre le Grand et de sa digne fille de rétablir la maison de Saxe dans ses États.

MMDCCCLXXXII. — De Frédéric II, roi de Prusse.

22 septembre.

La duchesse de Saxe-Götha m'envoie votre lettre, etc. Comme je viens d'être étrangement ballotté par la fortune, les correspondances ont toutes été interrompues. Je n'ai point reçu votre paquet du 29; c'est même avec bien de la peine que je fais passer cette lettre, si elle est assez heureuse de passer.

Ma position n'est pas si désespérée que mes ennemis le débitent. Je finirai encore bien ma campagne; je n'ai pas le courage abattu; mais je vois qu'il s'agit de paix. Tout ce que je peux vous dire de positif sur cet article, c'est que j'ai de l'honneur pour dix, et que, quelque malheur qui m'arrive, je me sens incapable de faire une action qui blesse le moins du monde ce point si sensible et si délicat pour un homme qui pense en preux chevalier, et si peu considéré de ces infâmes politiques qui pensent comme des marchands.

Je ne sais rien de ce que vous avez voulu me faire savoir; mais, pour faire la paix, voilà deux conditions dont je ne me départirai jamais: 1° De la faire conjointement avec mes fidèles alliés, 2° de la faire honorable et glorieuse. Voyez-vous! il ne me reste que l'honneur, je le conserverai au prix de mon sang.

Si on veut la paix, qu'on ne me propose rien qui répugne à la délicatesse de mes sentiments. Je suis dans les convulsions des opérations militaires; je suis comme les joueurs qui sont dans le malheur, et qui s'opiniâtrent contre la fortune. Je l'ai forcée de revenir à moi plus d'une fois, comme une maîtresse volage. J'ai affaire à de si sottes gens, qu'il faut nécessairement qu'à la fin j'aie l'avantage sur eux. Mais qu'il arrive tout ce qu'il plaira à *Sa Sacrée Majesté le Hasard*, je ne m'en embarrasse pas. J'ai jusqu'ici la conscience nette des malheurs qui me sont arrivés. La bataille de Minden, celle de Cadix, et la perte du Canada, sont des arguments capables de rendre la raison aux Français, auxquels l'ellébore autrichien l'avait brouillée. Je ne demande pas mieux que la paix, mais je la veux non flétrissante. Après avoir combattu avec succès contre toute l'Europe, il serait bien honteux de perdre par un trait de plume ce que j'ai maintenu par l'épée.

Voilà ma façon de penser; vous ne me trouverez pas à l'eau rose; mais Henri IV, mais Louis XIV, mes ennemis mêmes, que je peux citer, ne l'ont pas été plus que moi. Si j'étais né particulier, je céderais tout pour l'amour de la paix; mais il faut prendre l'esprit de son état. Voilà tout ce que je peux vous dire jusqu'à présent. Dans trois ou quatre semaines la correspondance sera plus libre, etc.

FRÉDÉRIC.

MMDCCCLXXXIII. — A M. VERNES.

23 septembre.

All that is, is right.

Voilà deux rois assassinés [1] en deux ans, la moitié de l'Allemagne dévastée, quatre cent mille hommes massacrés, etc., etc., etc.

Quelques curieux disent que les révérends pères de la compagnie de Jésus-Christ ont empoisonné le roi d'Espagne, et prétendent en avoir des preuves; *ipsi viderint.* Tout le monde crie dans les rues à Paris : *Mangeons du jésuite, mangeons du jésuite!* C'est dommage que ces paroles soient tirées d'un livre détestable qui semble supposer le péché originel et la chute de l'homme, que vous niez, vous autres damnés de sociniens, qui niez aussi la chute d'Adam, la divinité du Verbe, la procession du Saint-Esprit, et l'enfer.

Nous sommes un peu brouillés pour les odes; cependant ma rapsodie sera à vos ordres; mais il faudra venir dîner quelque jour avec nous; car, tout soi-disant prêtre que vous êtes, et tout orthodoxe que je suis, je vous aime de tout mon cœur.

Gratias ago du journaliste anglais; c'est un bon vivant.

MMDCCCLXXXIV. — A MADAME D'ÉPINAI.

L'ami Hume me vient, madame; je vous remercie de votre bonté, et je vous supplie de contremander votre autre Hume. Mais j'ai l'honneur de vous avertir que je fais plus de cas de votre conversation que de tous les Hume du monde, et qu'il est fort triste pour moi que vous habitiez une ville. Tous les philosophes devraient vivre à la campagne; à Épinai, madame, à Épinai. Je me flatte que l'inoculé se porte mieux que vous. Nos dames vous présentent leurs obéissances.

MMDCCCLXXXV. — DE M. DALEMBERT.

A Paris, ce 27 septembre.

Cette lettre vous sera rendue, mon cher et illustre confrère, par M. l'abbé de Saint-Non, neveu de M. de Boullongne, qui va en Italie pour y voir les chefs-d'œuvre des arts, y entendre de bonne musique, et y connaître les bouffons de toute espèce que ce pays renferme. Il passe par Genève pour aller à Rome, et, avant d'aller demander la bénédiction du pape, il souhaite recevoir la vôtre. Si feu votre ami Benoît XIV vivait encore, je vous demanderais une lettre de recommandation pour notre voyageur; mais la philosophie a perdu jusqu'au pape. Je me borne donc à vous prier de procurer à M. l'abbé de Saint-Non tous les agréments qui dépendront de vous, parmi les hérétiques avec lesquels vous vivez. Il vous rapportera des indulgences, et vous assurera, en attendant, de toute la reconnaissance que j'aurai de ce que vous voudrez bien faire pour lui. Si vous le présentez à quelqu'un de nos sociniens honteux, gardez-vous bien de prononcer mon nom;

---

1. Louis XV, le 15 janvier 1757; Joseph Ier (roi de Portugal), le 3 septembre 1758 (ÉD.)

il est trop mal sur leurs papiers. Je crois, au reste, que notre voyageur est peu curieux de sociniens comme eux; il leur préfère un catholique comme vous, et il va chercher à Genève ce qu'il aurait dû trouver à Paris. Adieu, mon cher philosophe; ne m'oubliez pas auprès de Mme Denis.

MMDCCCLXXXVI. — A M. LE COMTE D'ARGENTAL.

Aux Délices, 1er octobre.

A mon cher ange. — Il saura que, sur ses ordres, on transcrit à force *la Chevalerie*, et qu'on l'enverra incessamment, comme affaire du conseil, à M. de Courteilles. Pour *la Femme qui a raison*, patience, s'il vous plaît; ce serait deux femmes qui auraient raison en un jour, et c'est trop à la Comédie. Pour Mme Scaliger, qui fait la troisième, elle verra qu'on a été en tous les points de l'avis de ses *remontrances*. Au reste, nous jouons après-demain *Mérope* sur mon petit théâtre vert et or. Vous voyez bien, mes divins anges, qu'en faisant le rôle de Narbas, faisant bâtir, faisant mes vendanges, et faisant battre en grange, je ne peux guère songer à *la Femme qui a raison*.

A M. de Chauvelin l'ambassadeur. — Si Son Excellence prend ce chemin de Genève, nous tâcherons de lui donner *la Chevalerie*, sur mon théâtre grand comme la main; et, si elle lui plaît, nous serons bien fiers. Tous les spectateurs feront serment de n'en point parler, et je réponds que Paris n'en saura rien. Nous voudrions seulement savoir quand monsieur l'ambassadeur passera par chez nous. Je lui réitère les plus tendres remercîments.

A M. de Chauvelin l'intendant. — Puisque ma sangsue ne sert qu'à le faire rire, je m'accommode sérieusement avec elle; j'aime à payer ce qui est dû, mais injustice et rapacité révoltent ma bile, et l'allument. Je suppose que M. de Chauvelin a toujours la rage du bien public.

A M. de Chauvelin l'abbé. — Qu'il soit averti que les *remontrances* du parlement n'ont réussi dans aucun pays de l'Europe. Il est triste d'avoir la guerre contre les Anglais; mais, puisqu'ils nous battent, il faut bien que nous payions l'amende.

A maître Omer de Fleury. — A qui en avez-vous, maître Omer? Votre frère l'intendant est aimable; mais quelle fureur avez-vous d'être un petit Anitus? On se moque de vous, et de vos discours, et de vos dénonciations. Mon Dieu, que cela est bête!

Somme totale. — Le sens commun paraît exilé de France, mais il réside chez mes anges avec la bonté et l'esprit.

N. B. Comment pourrons-nous parler de ces grands chevaliers, et dire que

Tout Français est à craindre............

Tancrède, acte I, scène I.

tandis que tout le monde nous donne sur les oreilles? Ah! mon divin ange, que j'ai bien fait de me composer une petite destinée indépendante! que j'ai bien choisi mes retraites! que je m'y moque du genre humain!

Atque metus omnes, strepitumque Acherontis avari
Subjicio pedibus.

Mais mon refrain, mon triste refrain, est toujours que je mourrai sans avoir revu mon cher ange. Il n'y a pas d'apparence que je revienne dans le pays des Anitus [1] et des Fréron. Je suis continuellement partagé entre le bonheur extrême dont je jouis, et la douleur de votre absence.

MMDCCCLXXXVII. — A M. LE MARQUIS D'ARGENCE DE DIRAC, A ANGOULÊME.

1er octobre.

Monsieur, la confiance que vous voulez bien me témoigner, et le goût que vous avez pour la vérité, me touchent sensiblement. Vous avez perdu, dites-vous, des protecteurs; mais vous êtes, sans doute, votre protecteur vous-même; on n'a besoin de personne quand on a un nom et des terres. M. le chevalier d'Aidie a pris, il y a longtemps, le parti de se retirer chez lui; il s'est procuré par là une vie heureuse et longue. Il n'y a personne qui ne regarde le repos et l'indépendance comme le but de tous ses travaux; pourquoi donc ne pas aller au but de bonne heure? On est égal aux rois, quand on sait vivre heureux chez soi.

Quant aux objets de métaphysique dont vous me faites l'honneur de me parler, ils méritent votre attention. Il est bien vrai que, dans les lois de Moïse, il n'est jamais parlé de l'immortalité de l'âme, ni de récompenses et de peines dans une autre vie; tout est temporel; et l'Anglais Warburton, que M. Silhouette a traduit en partie, prétend que Moïse n'avait pas besoin de ce ressort pour conduire les Hébreux, parce qu'ils avaient Dieu pour roi, et que ce roi les punissait sur-le-champ quand ils avaient fait quelque faute. Cependant il est clair que, du temps de Moïse, les Égyptiens avaient embrassé le dogme de l'existence d'une âme aérienne et éternelle, qui devait se rejoindre au corps après une multitude de siècles. C'est pour cette raison qu'on embaumait les corps, afin que l'âme les retrouvât, et qu'on bâtissait des tombeaux en pyramides. L'idée de l'immortalité de l'âme et d'un enfer se trouve dans l'ancien *Zoroastre*, contemporain de Moïse, dont les titres et les opinions nous ont été conservés dans le *Sadder*. La même opinion est confirmée dans les poésies d'Homère. Il est vrai qu'on n'avait pas l'idée d'un esprit pur: l'âme, chez tous les anciens, était un air subtil; mais il n'importe quelle fut son essence; le grand intérêt des sociétés demandait qu'elle fût immortelle, et qu'après sa mort on pût lui demander compte. Démocrite, Épicure et plusieurs autres, combattirent ce sentiment; ils prétendirent que les honnêtes gens n'avaient pas besoin d'un enfer pour être vertueux; que l'idée de l'enfer faisait plus de

1. Anitus, c'est-à-dire Fleury, qui persécutait les philosophes, comme Anitus avait persécuté Socrate. (Éd.)

mal que de bien; que l'âme n'est pas un être à part; que c'est une faculté de sentir, de penser, comme les arbres ont de la nature la faculté de végéter; qu'on sent par les nerfs, qu'on pense par la tête, comme on touche avec les mains, et qu'on marche avec les pieds.

Pour Platon et Socrate, il est indubitable qu'ils croyaient l'âme immortelle. Ce dogme a été le plus universellement répandu; il paraît le plus sage, le plus consolant et le plus politique. Pour peu que vous lisiez, monsieur, les bons livres traduits en notre langue, vous en saurez beaucoup plus que je ne pourrais vous en dire; et, avec l'esprit juste que vous avez, vous vous formerez des idées saines de toutes ces choses qui nous intéressent véritablement. Vous avez grande raison de rejeter toutes les idées populaires; jamais les sages n'ont pensé comme le peuple. Saint Crépin est le saint des cordonniers, sainte Barbe est la sainte des vergetiers; mais la vérité est la sainte des philosophes.

En voilà beaucoup pour un vieillard qui ne connaît plus que sa charrue et ses vignes.

Je trouve que la meilleure philosophie est celle de cultiver ses terres.

Je me croirais fort heureux, si je pouvais avoir l'honneur de vous recevoir dans un de mes ermitages.

MMDCCCLXXXVIII. — A M. LE COMTE DE SCHOWALOW.

A Tournay, 6 octobre.

Monsieur, je vous ai déjà fait compliment sur l'heureux succès de vos armes, lorsque j'ai reçu la lettre dont Votre Excellence m'a honoré, avec la relation de la bataille, que M. de Soltikof a bien voulu me communiquer. Vos bontés augmentent tous les jours l'intérêt que je prends à la gloire de l'impératrice et à l'empire de Russie. Le terme d'*honneur* doit être bien certainement à la mode chez vous, quoi qu'en dise un certain homme[1], qui a mis son honneur à faire bien du mal, et à en dire beaucoup de votre auguste impératrice. Ce n'est pas d'aujourd'hui que j'ai pris part à la gloire de votre nation; tous les événements ont justifié ma manière de penser. Je vois, avec la plus sensible joie, que la digne fille de Pierre le Grand perfectionne tout ce que son père a commencé. Le bruit a couru dans nos Alpes que sa santé avait été dérangée; j'en ai ressenti de bien vives alarmes. Nous faisons mille vœux, dans mes retraites, pour la durée et la prospérité de son règne.

Le premier tome de l'*Histoire de Pierre le Grand* serait déjà parvenu à Votre Excellence, si les personnes que j'emploie étaient aussi diligentes que je l'ai été. La vie est bien courte, et tout ouvrage est bien long. Je consacrerai ce qui me reste de vie à travailler au second volume, aussitôt que j'aurai les matériaux nécessaires. Il n'y a point d'occupation qui me soit plus précieuse; et, si je suis assez heureux pour seconder vos nobles intentions, je n'aurai jamais si bien employé mon temps. Mais je regretterai toujours de n'avoir pu voir la ville que

---

1. Le roi de Prusse. (ÉD.)

Pierre le Grand a fondée, et vous, monsieur, qui faites fleurir les arts et les vertus dans le plus grand empire de la terre.

Je serai toute ma vie, avec l'attachement le plus respectueux et le plus sincère, etc.

MMDCCCLXXXIX. — À MADAME LA COMTESSE DE LUTZELBOURG.

6 octobre.

Quand on a mal aux yeux, madame, on n'écrit pas toujours de sa main; si je deviens aveugle, je serai bien fâché. Ce n'était pas la peine de me placer dans le plus bel aspect de l'univers. Eh bien! madame, êtes-vous comprise dans tous les impôts? vos fiefs d'Alsace sont-ils sujets à cette grêle? N'ai-je pas bien fait de choisir des terres libres, exemptes de ces tristes influences? Avez-vous auprès de vous monsieur votre fils? N'a-t-on pas au moins confirmé sa pension, qu'il a si bien méritée par sa valeur et par sa conduite dans cette malheureuse bataille[1]? L'armée n'a-t-elle pas repris un peu de vigueur? Nous avons besoin de succès pour parvenir à une paix nécessaire. Je suis toujours étonné que le roi de Prusse se soutienne; mais vous m'avouerez qu'il est dans un état pire que le nôtre. Chassé de Dresde et de la moitié au moins de ses États, entouré d'ennemis, battu par les Russes, et ne pouvant remplir son coffre-fort épuisé, il faudra probablement qu'il vienne faire des vers avec moi aux Délices, ou qu'il se retire en Angleterre, à moins que, par un nouveau miracle, il ne s'avise de battre toutes les armées qui l'environnent; mais il paraît qu'on veut le miner et non le combattre. En ce cas, le renard est pris; mais nous payons tous les frais de cette grande chasse. Je ne sais aucune nouvelle de Paris ni de Versailles. Je ne connais presque plus personne dans ce pays-là. J'oublie, et je suis oublié. Le mot d'oubli, madame, n'est pas fait pour vous. Je vous serai attaché jusqu'au dernier moment de ma vie. Le Silhouette, qui rogne les pensions, en a pris pour lui une assez forte[2]. Bravo.

MMDCCCXC. — A M. DUPONT, AVOCAT.

6 octobre.

M. le prince de Beaufremont, mon cher ami, a été un peu plus occupé de cette campagne des Hanovriens et des Hessois, que des Goll; cependant il n'a point négligé leurs affaires; il a écrit à M. le maréchal de Belle-Ile, lequel a recommandé tous les Goll à M. l'intendant d'Alsace. J'ai eu l'insolence, moi qui vous parle, d'écrire aussi pour m'informer du résultat; mais ce résultat n'est pas jusqu'à présent trop favorable à MM. Goll. On dit qu'un Goll ne peut succéder à un catholique, et qu'un damné ne peut avoir la place d'un élu. Pour peu que cette affaire devienne matière de foi, ni vous ni moi n'y aurons grand crédit. Mon avis est qu'on attende un peu, et qu'on s'en remette à la Providence; je tiens que voici un très-mauvais temps pour se ruiner

1. Celle de Minden. (ÉD.)
2. Il s'était fait donner une pension viagère de soixante mille francs, dont vingt mille francs reversibles sur la tête de sa femme. (ÉD.)

en procès; un troisième vingtième doit rendre les hommes sages. J'en parle en homme désintéressé, car toutes mes terres sont libres et ne payent rien. Je ne veux pourtant pas dire avec Lucrèce :

Suave mari magno, etc.
Lib. II, v. I.

Quoique je sois au port, je plains fort ceux qui sont dans le bateau. Je cultive de plus beaux jardins que ceux de Candide; mais j'ai bien peur que vous ne soyez de mauvaise humeur comme Martin. Mille compliments à madame votre femme; ne m'oubliez pas, je vous prie, auprès de M. et de Mme de Klinglin. **V.**

MMDCCCXCI. — A MADAME D'ÉPINAI.

Vos *cartons* sont pour moi, madame, les *cartons* de Raphaël, quand ils sont ornés d'un mot de votre main. Il y a une suite aux *Entretiens* chinois; mais elle est au magasin de Fernex. On vous la donnera; mais ce serait à vous à donner, et vous ne voulez que recevoir. La gourmande Denis se porte mieux. Le philosophe est à vos pieds. A propos, la gourmande est philosophe aussi, car on l'est avec des faiblesses.

Dieu vous en donne! **V.**

MMDCCCXCII. — A MADAME LA MARQUISE DU DEFFAND.

Aux Délices, 13 octobre.

Il est bien triste, madame, pour un homme qui vit avec vous, d'être un peu sourd [1]; je vous plains moins d'être aveugle. Voilà le procès des aveugles et des sourds décidé. Certainement c'est celui qui ne vous entend point qui est le plus malheureux.

Je n'écris à Paris qu'à vous, madame, parce que votre imagination a toujours été selon mon cœur; mais je ne vous passe point de vouloir me faire lire les romans anglais, quand vous ne voulez pas lire l'*Ancien Testament*. Dites-moi donc, s'il vous plaît, où vous trouvez une histoire plus intéressante que celle de Joseph devenu contrôleur général en Égypte, et reconnaissant ses frères. Comptez-vous pour rien Daniel, qui confond si finement les deux vieillards? Quoique Tobie ne soit pas si bon, cependant cela me paraît meilleur que *Tom Jones*, dans lequel il n'y a rien de passable que le caractère d'un barbier.

Vous me demandez ce que vous devez lire, comme les malades demandent ce qu'ils doivent manger; mais il faut avoir de l'appétit, et vous avez peu d'appétit avec beaucoup de goût. Heureux qui a assez faim pour dévorer l'*Ancien Testament!* Ne vous en moquez point; ce livre fait cent fois mieux connaître qu'Homère les mœurs de l'ancienne Asie; c'est, de tous les monuments antiques, le plus précieux. Y a-t-il rien de plus digne d'attention qu'un peuple entier situé entre Babylone, Tyr et l'Égypte, qui ignore pendant six cents ans le dogme de

---

1. Le président Hénault, l'un des anciens amants de la marquise. (ÉD.)

l'immortalité de l'âme, reçu à Memphis, à Babylone et à Tyr? Quand on lit pour s'instruire, on voit tout ce qui a échappé lorsqu'on ne lisait qu'avec les yeux.

Mais vous, qui ne vous souciez pas de l'histoire de votre pays, quel plaisir prendrez-vous à celle des Juifs, de l'Égypte et de Babylone? J'aime les mœurs des patriarches, non parce qu'ils couchaient tous avec leurs servantes, mais parce qu'ils cultivaient la terre comme moi. Laissez-moi lire l'Écriture sainte, et n'en parlons plus.

Mais vous, madame, prétendez-vous lire comme on fait la conversation? prendre un livre comme on demande des nouvelles? le lire et le laisser là? en prendre un autre qui n'a aucun rapport avec le premier, et le quitter pour un troisième? En ce cas, vous n'avez pas grand plaisir.

Pour avoir du plaisir, il faut un peu de passion; il faut un grand objet qui intéresse, une envie de s'instruire déterminée, qui occupe l'âme continuellement; cela est difficile à trouver, et ne se donne point. Vous êtes dégoûtée; vous voulez seulement vous amuser, je le vois bien, et les amusements sont encore assez rares.

Si vous étiez assez heureuse pour savoir l'italien, vous seriez sûre d'un bon mois de plaisir avec l'Arioste. Vous vous pâmeriez de joie; vous verriez la poésie la plus élégante et la plus facile, qui orne, sans effort, la plus féconde imagination dont la nature ait jamais fait présent à aucun homme. Tout roman devient insipide auprès de l'Arioste; tout est plat devant lui, et surtout la traduction de notre Mirabaud[1].

Si vous êtes une honnête personne, madame, comme je l'ai toujours cru, j'aurai l'honneur de vous envoyer un chant ou deux de *la Pucelle*, que personne ne connaît, et dans lequel l'auteur a tâché d'imiter, quoique très-faiblement, la manière naïve et le pinceau facile de ce grand homme. Je n'en approche point du tout; mais j'ai donné au moins une légère idée de cette école de peinture. Il faut que votre ami[2] soit votre lecteur, et ce sera un quart d'heure d'amusement pour vous deux, et c'est beaucoup. Vous lirez cela quand vous n'aurez rien à faire du tout, quand votre âme aura besoin de bagatelles; car point de plaisir sans besoin.

Si vous aimez un tableau très-fidèle de ce vilain monde, vous en trouverez un quelque jour dans l'*Histoire générale* des sottises du genre humain (que j'ai achevée très-impartialement). J'avais donné, par dépit, l'esquisse de cette histoire, parce qu'on en avait imprimé déjà quelques fragments; mais je suis devenu plus hardi que je n'étais; j'ai peint les hommes comme ils sont.

La demi-liberté avec laquelle on commence à écrire en France n'est encore qu'une chaîne honteuse. Toutes vos grandes *Histoires de France* sont diaboliques, non-seulement parce que le fond en est horriblement sec et petit, mais parce que les Daniel sont plus petits encore. C'est un bien plat préjugé de prétendre que la France ait été quelque chose

1. J. B. Mirabaud, mort en 1760, avait traduit *Roland le Furieux*. (ÉD.)
2. Le président Hénault. (ÉD.)

dans le monde, depuis Raoul et Eudes jusqu'à la personne de Henri IV et au grand siècle de Louis XIV. Nous avons été de sots barbares, en comparaison des Italiens, dans la carrière de tous les arts.

Nous n'avons même que depuis trente ans appris un peu de bonne philosophie des Anglais. Il n'y a aucune invention qui vienne de nous. Les Espagnols ont conquis un nouveau monde; les Portugais ont trouvé le chemin des Indes par les mers d'Afrique; les Arabes et les Turcs ont fondé les plus puissants empires; mon ami le czar Pierre a créé, en vingt ans, un empire de deux mille lieues; les Scythes de mon impératrice Élisabeth viennent de battre mon roi de Prusse, tandis que nos armées sont chassées par les paysans de Zell et de Wolfenbuttel.

Nous avons eu l'esprit de nous établir en Canada, sur des neiges, entre des ours et des castors, après que les Anglais ont peuplé de leurs florissantes colonies quatre cents lieues du plus beau pays de la terre; et on nous chasse encore de notre Canada.

Nous bâtissons encore de temps en temps quelques vaisseaux pour les Anglais, mais nous les bâtissons mal; et, quand ils daignent les prendre, ils se plaignent que nous ne leur donnons que de mauvais voiliers.

Jugez, après cela, si l'histoire de France est un beau morceau à traiter amplement et à lire!

Ce qui fait le grand mérite de la France, son seul mérite, son unique supériorité, c'est un petit nombre de génies sublimes ou aimables, qui font qu'on parle aujourd'hui français à Vienne, Stockholm et Moscou. Vos ministres, vos intendants et vos premiers commis, n'ont aucune part à cette gloire.

Que lirez-vous donc, madame? Le duc d'Orléans régent daigna un jour causer avec moi au bal de l'Opéra; il me fit un grand éloge de Rabelais, et je le pris pour un prince de mauvaise compagnie, qui avait le goût gâté. J'avais alors un souverain mépris pour Rabelais. Je l'ai repris depuis, et, comme j'ai plus approfondi toutes les choses dont il se moque, j'avoue qu'aux bassesses près, dont il est trop rempli, une bonne partie de son livre m'a fait un plaisir extrême. Si vous en voulez faire une étude sérieuse, il ne tiendra qu'à vous; mais j'ai peur que vous ne soyez pas assez savante, et que vous ne soyez trop délicate.

Je voudrais que quelqu'un eût élagué en français les *OEuvres philosophiques* de feu milord Bolingbroke. C'est un prolixe personnage, et sans aucune méthode; mais on en pourrait faire un ouvrage bien terrible pour les préjugés, et bien utile pour la raison. Il y a un autre Anglais qui vaut bien mieux que lui; c'est Hume, dont on a traduit quelque chose avec trop de réserve. Nous traduisons les Anglais aussi mal que nous nous battons contre eux sur mer.

Plût à Dieu, madame, pour le bien que je vous veux, qu'on eût pu au moins copier fidèlement le conte du *Tonneau*, du doyen Swift! c'est un trésor de plaisanteries dont il n'y a point d'idée ailleurs. Pascal n'amuse qu'aux dépens des jésuites; Swift divertit et instruit aux dépens du genre humain. Que j'aime la hardiesse anglaise! que j'aime les gens qui disent ce qu'ils pensent! C'est ne vivre qu'à demi que de n'oser penser qu'à demi.

Avez-vous jamais lu, madame, la faible traduction[1] du faible *Anti-Lucrèce* du cardinal de Polignac? Il m'en avait autrefois lu vingt vers qui me parurent fort beaux; l'abbé de Rothelin m'assura que tout le reste était bien au-dessus. Je pris le cardinal de Polignac pour un ancien Romain, et pour un homme supérieur à Virgile; mais, quand son poëme fut imprimé, je le pris pour ce qu'il est : poëme sans poésie, et philosophie sans raison.

Indépendamment des tableaux admirables qui se trouvent dans Lucrèce, et qui feront passer son livre à la dernière postérité, il y a un troisième chant dont les raisonnements n'ont jamais été éclaircis par les traducteurs, et qui méritent bien d'être mis dans leur jour. Nous n'en avons qu'une mauvaise traduction[2] par un baron des Coutures. Je mettrai, si je vis, ce troisième chant en vers, ou je ne pourrai.

En attendant, seriez-vous assez hardie pour vous faire lire seulement quarante ou cinquante pages de ce des Coutures? Par exemple, livre III, page 281, tome Ier, à commencer par les mots, *on ne s'aperçoit point*[3], il y a en marge, xiie argument. Examinez ce xiie argument jusqu'au xxviie, avec un peu d'attention, si la chose vous paraît en valoir la peine.

Nous avons tous un procès avec la nature, qui sera terminé dans peu de temps; et presque personne n'examine les pièces de ce grand procès. Je ne vous demande que la lecture de cinquante pages de ce troisième livre; c'est le plus beau préservatif contre les sottes idées du vulgaire; c'est le plus ferme rempart contre la misérable superstition. Et, quand on songe que les trois quarts du sénat romain, à commencer par César, pensaient comme Lucrèce, il faut avouer que nous sommes de grands polissons, à commencer par Joly de Fleury.

Vous me demandez ce que je pense, madame; je pense que nous sommes bien méprisables, et qu'il n'y a qu'un petit nombre d'hommes répandus sur la terre qui osent avoir le sens commun; je pense que vous êtes de ce petit nombre. Mais à quoi cela sert-il? A rien du tout. Lisez la parabole du *Bramin*, que j'ai eu l'honneur de vous envoyer; et je vous exhorte à jouir, autant que vous le pourrez, de la vie qui est peu de chose, sans craindre la mort, qui n'est rien.

Comme vous n'avez guère que des rentes viagères, l'ennuyeux ouvrage dont vous me parlez tombe moins sur vous que sur un autre. Sauve qui peut! Demandez à votre ami si, en 1708 et en 1709, on n'était pas cent fois plus mal; ces souvenirs consolent.

La première scène de la pièce de Silhouette a été bien applaudie; le reste est sifflé; mais il se peut très-bien que le parterre ait tort. Il est clair qu'il faut de l'argent pour se défendre, puisque les Anglais se ruinent pour nous attaquer.

1. Par Bougainville. (ÉD.)
2. La traduction de La Grange n'avait pas encore paru. (ÉD.)
3. Dans le texte latin, liv. III, vers 606. (ÉD.)

Ma lettre est devenue un livre, et un mauvais livre; jetez-la au feu, et vivez heureuse, autant que la pauvre machine humaine le comporte.

MMDCCCXCIII. — A MADAME D'ÉPINAI.

Comment se porte ma belle philosophe? Depuis huit jours on parle beaucoup à Paris de certaines choses; je compte sur votre amitié et sur celle de M. Grimm, et je recommande à vos bontés la tranquillité du vieux philosophe qui ne veut point boire de ciguë.

MMDCCCXCIV. — A M. DALEMBERT.

15 octobre.

Je trouve, mon cher philosophe, qu'un conseiller du parlement n'a rien de mieux à faire que d'aller en Italie. M. l'abbé de Saint-Non m'a paru digne de ce voyage que vous vouliez faire. Si jamais l'envie vous en reprend, passez hardiment par Genève, et seulement ne donnez plus sur nous la préférence à des prêtres sociniens. Vous êtes bien bon de songer s'ils existent. S'ils osaient, ils reconnaîtraient Jésus-Christ pour Dieu, s'ils pouvaient à ce prix assister à mes spectacles, et être admis au petit théâtre que j'ai fait à Tournay, tout près des Délices. Les Génevois se battent pour avoir des rôles.

Vous avez daigné accabler ce fou de Jean-Jacques par des raisons [1]; et moi je fais comme celui qui, pour toute réponse à des arguments contre le mouvement, se mit à marcher. Jean-Jacques démontre qu'un théâtre ne peut convenir à Genève, et moi j'en bâtis un. De meilleurs philosophes que Jean-Jacques écrivent sur la liberté, et moi je me fais libre. Si quelqu'un est en souci de savoir ce que je fais dans mes chaumières, et s'il me dit : *Que fais-tu là, maraud* [2]*?* je lui réponds : *Je règne;* et j'ajoute que je plains les esclaves. Votre pauvre Diderot s'est fait esclave des libraires, et est devenu celui des fanatiques. Si j'avais un terme plus fort que celui du mépris et de l'exécration, je m'en servirais pour tout ce qui se passe à Paris. Vous êtes né, mon cher philosophe, dans le temps de Mme de La Raubière; vous me demanderez ce que c'est; Mme de La Raubière disait que c'était un f.... temps.

J'ai entendu parler d'un frère L'Arrivée, jésuite, qui confesse, dit-on, Mesdames, et qui est à la cour en grand crédit. On dit que c'est le plus pétulant idiot qui soit dans l'Église de Dieu. Ne trouvez-vous pas que le nom de L'Arrivée est celui d'un valet de comédie? On dit que ce maroufle se mêle d'être persécuteur. Quand il s'agit de faire du mal, les jansénistes, les molinistes, se réunissent; et tous les philosophes sont dispersés ou ennemis les uns des autres. Quels chiens de philosophes! ils ne valent pas mieux que nos flottes, nos armées et nos généraux. Luc se débat violemment, mais Luc périra, je vous en réponds. C'est un maître fou dangereux, et c'est bien dommage.

Suave mari magno, etc.

---

1. Lettre à J. J. Rousseau sur l'article GENÈVE. (ÉD.)
2. *Roi de Cocagne,* comédie de Legrand, acte III, scène VIII. (ÉD.)

Je finirai ma vie en me moquant d'eux tous; mais je voudrais m'en moquer avec vous. Je vous embrasse en Confucius, en Lucrèce, en Cicéron, en Julien, en Collins, en Hume, en Shaftesbury, en Middleton, Bolingbroke, etc., etc.

MMDCCCXCV. — A MADAME D'ÉPINAI.

Octobre.

Ma belle et chère philosophe est instamment suppliée d'envoyer chercher sur-le-champ frère Cramer, et de lui recommander frère Berthier, sans perdre un seul instant : il est vrai que frère Berthier est mort le 12, mais il a apparu le 14, et son *apparition* sera peut-être plus agréable que sa *mort*.

A mardi, ma belle philosophe. Oolla et Ooliba vous font mille compliments.

MMDCCCXCV bis. — A LA MÊME.

Ma très-chère philosophe, ma bien-aimée, la joie et le regret de mon cœur, mettez vite le véritable Cramer en besogne.

L'*Apparition* pourra bien valoir l'agonie. Petit caractère et net, afin de tenir peu de place; le plus d'exemplaires que Cramer pourra; le débit comme il voudra, comme vous jugerez à propos. Pourvu qu'il n'y ait point de nom d'auteur, tout va bien, tout est bon. Il faut rendre l'*infâme* ridicule, et ses fauteurs aussi. Il faut attaquer le monstre de tous côtés, et le chasser pour jamais de la bonne compagnie. Il n'est fait que pour mon tailleur et pour mon laquais. Ma belle philosophe, je veux voir. J'ai la colique, je souffre beaucoup, mais quand je me bats contre l'*infâme*, je suis soulagé. J'embrasse le prophète bohémien. A demain l'*Apparition*.

MMDCCCXCVI. — A M. LE MARQUIS D'ARGENCE DE DIRAC.

L'état de la question est de savoir si, dans la loi des Juifs, il leur est commandé de croire une autre vie; si on leur promet le ciel après la mort, et si on les menace de l'enfer.

Or, dans la loi des Juifs, il n'y a pas un seul mot de ces promesses, de ces menaces, ni de cette croyance. Arnauld, dans son *Apologie de Port-Royal*, l'avoue formellement. « C'est le comble de l'ignorance, dit-il, de ne pas admettre cette vérité, qui est une des plus communes. Les promesses de l'*Ancien Testament* n'étaient que temporelles et terrestres; les Juifs n'adoraient un dieu que pour les biens charnels. » Il est indubitable que, dans le temps où l'on prétend que le *Pentateuque* fut écrit, les Chaldéens, les Syriens, les Perses, les Égyptiens, admettaient l'immortalité de l'âme. Il faut savoir ce que tous les peuples entendaient par ce mot chaldéen *ruah*, traduit en grec par πνεῦμα, et chez les Latins par *anima*; il voulait dire souffle, vent, vie, ce qui anime; et ce mot est toujours pris pour la vie dans le *Pentateuque*.

Les songes dans lesquels l'on voit souvent ses amis morts, et dans lesquels on s'entretient avec eux, firent aisément croire qu'on avait vu les âmes des morts. Ces âmes étaient corporelles; c'était un vent, c'était une ombre légère qui avait la figure du corps, c'étaient des mânes. Il n'y a pas un seul mot dans toute l'antiquité, jusqu'à Platon, qui puisse faire croire que l'âme eût jamais passé pour un être absolument immatériel.

Thaut, Sanchoniathon, Bérose, les fragments d'Orphée, Manéthon, Hésiode, tous les anciens qui ont dit, sans connaître les livres juifs, que Dieu fit l'homme à son image, crurent Dieu corporel; et le *Pentateuque* ne parle jamais de Dieu que comme d'un être corporel.

Dans ce *Pentateuque* il n'y a pas un seul mot concernant la spiritualité immatérielle de Dieu ni de l'âme humaine. Ceux qui, trompés par quelques mots équivoques, épars dans les prophètes, prétendent que les Juifs avaient quelque idée de l'âme immortelle, et des récompenses et des peines après la mort, devraient considérer qu'ils font de Moïse ou un ignorant bien grossier, puisqu'il n'annonce pas ce que les autres Juifs savaient, ou un fourbe bien malavisé, si, étant instruit de ce dogme si utile, il n'en faisait pas usage.

La défense faite dans le *Deutéronome*, chap. xviii, *de consulter les sorciers ou voyants, les pythons*, et de demander la vérité aux morts, n'a rien de commun avec l'espérance d'être récompensé dans la vie future.

Cette défense prouve seulement ce qu'on sait assez, c'est qu'en Égypte, en Chaldée, et en Syrie, il y avait des prophètes, des voyants, des sorciers, qui se mêlaient de prédire. On mettait le crâne ou un autre ossement sous son lit, pour voir en songe l'ombre d'un mort. Ces superstitions très-anciennes ont duré jusqu'à nos jours. Le *Pentateuque* veut que l'on consulte l'Urim et le Thummim, et non d'autres oracles; les prêtres juifs, et non d'autres prêtres; les voyants juifs, et non d'autres voyants.

Au reste, il est prouvé par ce mot de *python*, qui se trouve dans le *Deutéronome* [1], que ce livre ne fut écrit que longtemps après la captivité, quand les Juifs commencèrent à entendre parler du serpent Python, et des autres fables des Grecs.

Les Juifs ont écrit très-tard, et sont un peuple très-moderne, en comparaison des grandes nations dont ils étaient environnés.

L'ignorance, la superstition, la barbarie des Juifs ne doit avoir aucune influence sur les hommes raisonnables qui vivent aujourd'hui.

MMDCCXCVII. — A MADAME D'ÉPINAI.

Aux Délices, 19 octobre.

Voici probablement, madame, la cinquantième lettre que vous recevez de Genève. Vous devez être excédée des regrets; cependant il faut bien que vous receviez les miens. Cela est d'autant plus juste, que j'ai profité moins qu'un autre du bonheur de vous posséder. Ceux qui vous voyaient tous les jours ont de terribles avantages sur nous. Si vous aviez voulu leur donner encore un hiver, nous vous aurions joué la comédie une fois par semaine. Nous avons pris le parti de nous réjouir,

1. Chapitre xviii, verset 11. (ÉD.)

de peur de périr de chagrin des mauvaises nouvelles qui viennent coup sur coup. J'ai le cœur français; j'aime à donner de bons exemples; mais, en vérité, tous nos plaisirs sont bien corrompus par votre absence et par celle du *Prophète* de Bohême. Quelle spectatrice et quel juge nous perdons !

Je suis ravi, madame, que les gens tenant le parlement fassent accoucher des filles heureusement; c'est penser en bons citoyens. J'espère que l'archevêque en fera autant, et que les deux puissances se réuniront pour le bien du monde. C'est par le même esprit que je vous recommande l'*infâme*, à vous et à vos amis. On m'a dit que frère Berthier a été malade d'une humeur froide; je vous supplie, madame, de daigner m'informer de sa chère santé. Lui et ses semblables sont des gens précieux au monde. S'il est rétabli, je lui conseille de déjeuner comme Ézéchiel[1]; c'est le régime le plus convenable aux gens qui sont en si bonne odeur.

N'est-ce pas une chose honteuse que des Anglais, qui ne croient pas en Jésus-Christ, prennent Surate, et aillent prendre Québec[2], qu'ils dominent sur les mers des deux hémisphères, et que les troupes de Cassel et de Zell battent nos florissantes armées ! Nos péchés en sont la cause; c'est l'*Encyclopédie* qui attire visiblement la colère céleste sur nous. Il faut que le maréchal de Contades et M. de La Clue aient fourni quelques articles à Diderot. Que de choses à dire, quand on sera à l'*v* consonne, à *Vingtième* ! Le premier est-il *vingtième* ? — Oui. — Le second aussi ? — Oui. — Le troisième aussi ? — Oui. — Sont-ce trois choses différentes ? — Non. — Le troisième procède-t-il des deux autres ? — Oui.

Seriez-vous assez aimable, madame, pour me faire avoir tout le procès de M. Dupleix, le pour et le contre? Je m'intéresse à l'Inde; j'y ai la plus grande partie de mon bien, et j'ai grand'peur que ces incrédules Anglais ne cassent incessamment le poignet du trésorier de la Compagnie; Abraham Chaumeix ne le lui remettra pas. Il n'y a, au bout du compte, que Tronchin qui fasse des miracles. Je le canonise pour celui qu'il a opéré sur vous, et je prie Dieu, avec tout Genève, qu'il vous afflige incessamment de quelque petite maladie qui vous rende à nous.

Je vous supplie, madame, de ne me pas oublier auprès de M. d'Épinai et de monsieur votre fils. Permettez aussi que je fasse mes compliments à M. Linant. Adieu, madame. L'oncle et la nièce vous adorent. Nous allons répéter.

V.

---

1. Ézéchiel, chap. IV, v. 12. (ÉD.)
2. Les Anglais prirent Québec le 18 septembre 1759. Un mois auparavant, le chef d'escadre de La Clue, commandant sept vaisseaux français, avait été battu, à la côte de Lagos, par quatorze vaisseaux anglais. (ÉD.)

MMDCCCXCVIII. — A M. LE COMTE D'ARGENTAL.

A Tournay, 22 octobre.

Acteurs moitié français, moitié suisses, décorateurs de mon théâtre
de Polichinelle,

　　Durant quelques moments souffrez que je respire[1],

et que je réponde à mon ange. Je devrais lui avoir déjà envoyé la
pièce, telle que Mme Scaliger la veut. Mon ange est aussi un peu Scaliger, et je le suis plus qu'eux tous. Vous ne la reconnaîtrez pas, cette
Chevalerie. J'en use comme dans le temps où j'envoyais à Mlle Des-
mares des corrections dans un pâté : *hesternus error , hodierna virtus.*
Si j'avais quatre-vingts ans , je chercherais à me corriger. Je n'ai
point cette roideur d'esprit des vieillards, mon cher ange; je suis flexi-
ble comme une anguille, et vif comme un lézard, et travaillant toujours
comme un écureuil. Dès qu'on me fait apercevoir d'une sottise, j'en
mets vite une autre à la place.

　　Notre conseil n'a jamais pu adopter les négociations de monsieur
l'ambassadeur; il sera refusé tout net; mais nous adoucirons le mauvais succès de son ambassade par une réception dont j'espère que lui
et madame l'ambassadrice seront contents. D'ailleurs il entend raison;
il ne voudra pas qu'un Maure envoie un espion dans Syracuse quand
les portes sont fermées; il ne voudra pas que ce Maure propose de
mettre tout à feu et à sang, si l'on pend une fille. Figurez-vous le
beau rôle que jouerait la fille pendant tout ce temps-là ; et ne voilà-t-il pas
une intrigue bien attachante, que l'embarras de quatre chevaliers qui
délibéreraient de sang-froid si l'on exécutera mademoiselle ou non ! et
puis alors comment justifier cette pauvre créature? qu'aurait-elle à
dire ? tout déposerait contre elle. L'abbé d'Espagnac, grand raisonneur,
lui dirait : « Mon enfant, non-seulement vous avez écrit à Solamir,
mais vous l'excitez contre nous; il est clair que vous êtes une malheureuse. » Elle serait forcée à dire toujours : « Non, non, non, » pendant
deux actes; ce serait un procès criminel sans preuves justificatives, et
Joly de Fleury ferait brûler son billet comme un mandement d'évêque,
et comme l'*Ecclésiaste*[2].

　　　　O juges malheureux qui, dans *vos sottes* mains[3],
　　　　　Tenez *si pesamment la plume* et la balance,
　　　　　Combien *vos* jugements sont *aveugles* et vains!

Mon cher ange, on dit que la dernière pièce[4] du traducteur de Pope
est sifflée; dites-moi si elle réussit à la longue. Dites-moi s'il est vrai
que le duc de Broglie est le Germanicus qui ranimera les pauvres lé-

　1. Boileau, satire III, v. 14. (ÉD.)
　2. Le *Précis de l'Ecclésiaste et du Cantique des cantiques* avait été brûlé
le 7 septembre; la condamnation est du 3. (ÉD.)
　3. Parodie de vers de *Tancrède*, acte IV, scène VI. (ÉD.)
　4. Trois édits pour lesquels Louis XV avait tenu un lit de justice à Versailles,
le 20 septembre 1759, et qui cependant n'eurent pas d'exécution, étaient l'ouvrage de Silhouette. Ils furent remplacés par d'autres. (*Note de M. Beuchot.*)

gions de Varus. Quoi ! les Anglais auraient pris Surate ! ah ! ils prendront Pondichéry ; et Duplex en rira, et j'en pleurerai, car j'y perdrai la moitié de mon bien, et mon beau château *nel gusto grande* ne sera pas achevé ; et, après avoir fait l'insolent pendant deux ans, je demanderai l'aumône à la porte de mon palais. Faites la paix, je vous en prie, mon cher ange.

N'oubliez pas de demander à M. le duc de Choiseul s'il est content de *la Marmotte* [1].

Mme Denis joue bien. Nous avons un Tancrède admirable. Je crois jouer parfaitement le bonhomme ; je me trompe peut-être ; mais je vous aime passionnément, et en cela je ne me trompe pas ; autant en fait la nièce.

Je supplie mes anges de m'écrire par Genève, et non à Genève ; cet *à Genève* a l'air d'un réfugié.

MMDCCCXCIX. — A M. LE COMTE D'ARGENTAL.

Aux Délices, 24 octobre.

Le théâtre de Polichinelle est bien petit, je l'avoue ; mais, mon divin ange, nous y tînmes hier neuf en demi-cercle assez à l'aise ; encore avait-on des lances, des boucliers, et on attachait des écus et l'armet de Mambrin à nos bâtons vert et clinquant, qui passeront, si l'on veut, pour pilastres vert et or. Une troupe de racleurs et de sonneurs de cors saxons, chassés de leur pays par *Luc*, composaient mon orchestre. Que nous étions bien vêtus ! que Mme Denis a joué supérieurement les trois quarts de son rôle ! Je souhaite, en tout, que la pièce soit jouée à Paris comme elle l'a été dans ma masure. Madame Scaliger, votre pièce a fait pleurer les vieilles et les petits garçons, les Français et les Allobroges ; jamais le mont Jura n'a eu pareille aubaine. Le *billet adultère* n'a choqué personne ; c'est le mot propre. La Sicilienne est mariée par paroles de présents, comme disent les vieux romans. *Namir* [2], *Spartacus* [3], passez les premiers, je ne suis nullement pressé. Je vous enverrai, mon cher ange, pièce, rôles et notes dans quelque temps, et vous en ferez ce qu'il vous plaira.

Si M. et Mme de Chauvelin viennent dans mon ermitage des Délices, nous les mènerons à la comédie à Tournay. Une tragédie nouvelle et des truites sont tout ce qu'on peut leur donner dans mon pays ; mais j'ai bien peur que vous ne gardiez vos amis. Vous me mandez que M. de Chauvelin sera le jour de tous les saints chez moi ; mais ne se pourrait-il pas faire qu'il fût secrétaire d'État, en attendant ? Mon cher ange, si vous n'êtes pas aussi secrétaire d'État, venez nous voir en allant à Parme ; car il faudra bien que vous alliez à Parme. Vous verrez, en passant, votre étrange tante ; vous ferez un fort joli voyage. Que dites-vous de *Luc*, qui, après avoir été frotté par mes Scythes, veut entreprendre le siége de Dresde ? Cette guerre ne finira point ; en voilà pour dix ans. On me mande qu'on est tout consterné et tout sot à Pa-

---

1. Voy. la signature de la lettre MMCMIII. (ÉD.)
2. Tragédie du marquis de Thibouville. (ÉD.) — 3. Tragédie de Saurin. (ÉD.)

ris. On paye cher les malheurs de nos généraux; mais le parlement, sur les conclusions d'Omer Joly, raccommodera tout en faisant brûler de bons ouvrages.

Votre abbé Zachée[1] est donc incurable! Heureusement sa maladie ne fait pas de tort à son frère l'ambassadeur; les folies sont personnelles. Et le vétillard d'Espagnac, qu'en ferons-nous? Il me paraît que ce grave personnage marche à pas bien mesurés. Je vous demande bien pardon de vous avoir embâté de cette négociation.

On m'écrivait que le *chose* du Portugal, comme dit *Luc*, qui ne voulait pas l'appeler roi, avait envoyé tous les jésuistes à l'abbé Rezzonico, et en gardait seulement vingt-huit pour les pendre; mais ces bonnes nouvelles ne se confirment pas. Je baise le bout de vos ailes, mon divin ange.

MMCM. — A M. LE MARQUIS ALBERGATI CAPACELLI.

Au château de Tournay, 1er novembre.

Monsieur, une indisposition me prive de l'honneur de vous écrire de ma main. Mes marchés avec vous ne sont pas si bons que je m'en flattais, puisque ce n'est pas vous qui daignerez traduire la tragédie que vous m'avez demandée; vous l'auriez sûrement embellie. Nous l'avons jouée trois fois sur mon petit théâtre de Tournay; nous avons fait pleurer tous les Allobroges et tous les Suisses du pays; mais nous savons bien que ce n'est pas une raison pour plaire à des Italiens. Ce qui pourrait me donner quelque espérance, c'est que nous avons tiré des larmes des plus beaux yeux qui soient à présent dans les Alpes; ces yeux sont ceux de madame l'ambassadrice de France à Turin. Elle a passé quelques jours chez moi avec monsieur l'ambassadeur; et tous deux m'ont rassuré contre la crainte où j'étais de vous envoyer un ouvrage fait en si peu de temps; ce ne sera qu'avec une extrême défiance de moi-même que je prendrai cette liberté. Mon théâtre se prosterne très-humblement devant le vôtre. Nous savons ce que nous devons à nos maîtres.

J'ai reçu *la Mort de César*, traduite par M. Paradisi. J'admire toujours la fécondité et la flexibilité de votre langue, dans laquelle on peut tout traduire heureusement; il n'en est pas ainsi de la nôtre. Votre langue est la fille aînée de la latine. Au reste, j'attends vos ordres, monsieur, pour savoir comment je vous adresserai le paquet. J'attends quelque chose de mieux que vos ordres, c'est l'ouvrage que vous avez bien voulu me promettre.

MMCMI. — A M. DE BRENLES.

Aux Délices, 4 novembre.

Mon cher ami, le plaisir ne laisse pas de fatiguer. Je vais me coucher à dix heures du matin, cela est, comme vous dites, d'un jeune homme de vingt-cinq ans. Permettez que je ne réponde pas de ma

---

1. L'abbé Chauvelin, qui était de très-petite taille. Voltaire l'appelle Zachée, par allusion à ce petit Juif qui grimpa sur un arbre pour voir passer Jésus. (*Ed. de Kehl.*)

main, parce qu'elle est encore toute tremblante de la joie que j'ai eue de voir jouer Mérope par Mme Denis, comme elle l'a été par Mlle Du-mesnil dans son bon temps. Il ne manquait que vous à nos fêtes; j'espère que cet hiver nous viendrons vous enlever, vous et madame votre femme. Vous me direz peut-être qu'il n'est pas fort honnête d'avoir tant de plaisir, dans le temps que les affaires de notre patrie vont si mal; mais c'est par esprit de patriotisme que nous adoucissons nos malheurs.

Je vous dois sans doute des remercîments de m'avoir envoyé le por-teur de votre lettre; s'il ressemble à son frère, j'aurai encore plus de remercîments à vous faire.

Mme Denis vous fait mille compliments. Je n'en peux plus; bonsoir à dix heures du matin.

Je vous embrasse tendrement. V.

MMCMII. — A M. LE MARQUIS DE CHAUVELIN, AMBASSADEUR A TURIN.

4 novembre.

Vraiment c'est une justice de Dieu que mes chevaux aient égaré Vos très-aimables Excellences. Ils vous auraient menés par le droit che-min, s'ils vous avaient conduits dans nos chaumières; mais ils sont comme moi, ils haïssent le chemin des cours, et surtout n'aiment point à nous priver de votre présence. Voici le jour des contre-temps. Il y avait un petit papier dans la lettre dont vous m'honorez; j'ouvre la lettre avec Mme Denis, et vous jugez bien que ce n'était pas sans précipitation; le petit papier vole dans le feu. Je me suis en vain brûlé le doigt index :

.... *Jam cinis ater erat.*

« Hélas! avons-nous dit, c'est l'image de nos plaisirs! » Voilà comme ce qu'il y a de plus aimable au monde nous a échappé.

> Allez, couple charmant, trop prompt à disparaître
> De nos simples hameaux par vous seuls embellis;
> Nous savons que les fleurs vont naître
> Sur les glaces du mont Cenis.
> Nous connaissons le dieu chargé de vous conduire;
> S'il vous a bien traités, vous l'imitez aussi.
> Vous vous faites un jeu de savoir tout séduire,
> Jusqu'à l'évêque d'Anneci.

C'est un dévot que ce prélat. Il vous dira qu'il faut suivre sa voca-tion, et il sentira bien que la vôtre est de plaire.

Comme les portes de la ville de Jean Calvin sont fermées à l'heure où je reçois le paquet de Votre Excellence, elle ne l'aura que demain lundi. Apparemment que le libraire de Genève, rempli de conscience, vous a donné, pour votre argent, les livres en question, pour suppléer aux œuvres du chevalier de Mouhi. Je doute que les grâces de ma-dame l'ambassadrice s'accommodent de l'outrecuidance de Rabelais; cependant il y a là de très-bonnes frénésies.

Si dans le billet brûlé il y avait quelqu'un de vos ordres, il vous en coûtera encore deux ou trois mots pour réparer mon malheur.

Mérope-Aménaïde-Denis est enchantée de vous deux. Nous faisons comme on fera à Turin, nous en parlons sans cesse; c'est une consolation que nous ne nous épargnerons pas.

Quand la cour de France voudra subjuguer quelque nation, allez-y tous deux; passez-y seulement trois jours, et l'affaire est faite. Vous avez rendu Genève toute française.

Couple adorable, recevez mes regrets, mon respect, mon attachement.
La Marmotte des Alpes.

MMCMIII. — A M. LE COMTE D'ARGENTAL.

A Tournay, 5 novembre.

Divins anges, les députés de votre hiérarchie vous auront peut-être rendu compte de la descente qu'ils ont faite dans nos cabanes. Baucis et Philémon ont fait de leur mieux. Deux tragédies en deux jours ne sont pas une chose ordinaire dans les vallées du mont Jura. Mme de Chauvelin nous a payés comme les sirènes, en chantant d'une manière charmante, et en nous ensorcelant. J'ai retrouvé monsieur l'ambassadeur, tout comme je l'avais laissé, il y a environ quatorze ans, ayant tous *les moyens de plaire* [1], sans avoir lu Moncrif, et expédiant dans ce département dix ou douze personnes à la fois. J'ai retrouvé ses grâces et ses mœurs faciles et indulgentes, que ni les Corses ni les Allobroges n'ont pu diminuer. Vous savez que, malgré cette envie et ce don de plaire à tout le monde, vous avez le fond de son cœur, dont il distribue l'écorce partout. Nous nous sommes trouvés tous réunis par le plaisir de vous aimer. Combien nous avons tous parlé de vous! combien nous vous avons regrettés! et que de châteaux en Espagne nous avons bâtis! Il est vrai que ce n'est pas actuellement en France qu'on en fait d'agréables. Les nouvelles foudroyantes qui nous ont atterrés coup sur coup ne paraissent pas rendre le séjour de Paris délicieux. Divins anges, je ne me sens porté ni à revoir Paris ni à y envoyer mes enfants. Notre *Chevalerie* demande, ce me semble, à être jouée dans un autre temps que celui de l'humiliation et de la disette. Nous l'avons jouée trois fois sur mon théâtre de marionnettes, dans ma masure de Tournay; deux fois devant les Allobroges et les Suisses, sans avoir la moindre peur. Mais, quand il a fallu paraître devant vos députés, nos jambes et nos voix ont tremblé. Nous avons pourtant repris nos esprits, et nous avons fait verser des larmes aux plus beaux et aux plus vilains visages du monde, aux vieilles et aux jeunes, aux gens durs, aux gens qui veulent être difficiles. Les deux députés célestes ont vu qu'en un mois de temps nous avions profité de tous les commentaires de Mme Scaliger. Je leur laisse le soin de vous mander tout ce qu'ils pensent de la pièce et des acteurs.

Vous serez sans doute surpris que *la Chevalerie* ne vous parvienne

---

1. Allusion à l'ouvrage de Moncrif, intitulé : *Essais sur la nécessité et les moyens de plaire.* (ÉD.)

pas avec ma lettre ; mais il faut que vous conveniez que trois représentations doivent éclairer assez un auteur pour lui faire encore retoucher son tableau. Il a été d'abord esquissé avec fougue, il faut le finir avec réflexion. Passez, encore une fois, *Namir* et *Spartacus ;* passez. J'augure beaucoup du gladiateur, et je souhaite passionnément que Saurin réussisse. Mon cher ange, je crois que cet hiver doit être le temps de la prose, du moins pour moi. Saurin d'ailleurs a besoin d'un succès pour sa considération et pour sa fortune. Je vous avoue que, si j'ai aussi quelque petit succès à espérer, je le veux dans un temps moins déplorable que celui où nous sommes. Je veux que certaines personnes aient l'âme un peu plus contente. Ce n'est pas à des cœurs ulcérés qu'il faut présenter des vers ; c'est aux âmes tranquilles, et douces et sensibles, à la fois, comme la vôtre.

Mérope-Aménaïde-Denis vous fait mille compliments, et moi je vous adore plus que jamais.

MMCMIV. — A MADAME DE FONTAINE, A HORNOI.

5 novembre.

A la fin c'est trop de silence
En si beau sujet de parler.

Ces paroles, ma chère nièce, sont tirées de Malherbe, que vous ne connaissez guère, et vont fort bien au sujet. Comment vous trouvez-vous des trois vingtièmes, et de la chute des actions sur les fermes, et de tout ce qui s'ensuit? Voilà bien le temps d'aimer ses terres et d'encourager l'agriculture ; car, en conscience, c'est le seul commerce qui nous reste. Nous faisons pitié à nos alliés et à nos ennemis.

Que vous êtes sage d'avoir achevé votre château ! mais aurez-vous le courage d'y demeurer ? Il faut que je vous avertisse que celui de Ferney est entièrement bâti et couvert; et, sans vanité, c'est un morceau d'architecture qui aurait des approbateurs même en Italie. N'allez pas croire que je n'aie sacrifié qu'à l'agréable, j'y ai joint l'utile ; et Ferney est devenu une terre de sept à huit mille livres de rente, dans le pays le plus riant de l'Europe. Ajoutez à ces avantages l'agrément unique d'être libre, et de ne payer aucun droit, de quelque nature que ce puisse être. Je veux me bercer de l'idée que vous viendrez un jour nous voir dans toute notre beauté. Il faut que vous veniez reconnaître des domaines qui, selon les droits de la nature, doivent appartenir à votre fils [1]. C'est grand dommage que Ferney ne soit pas en Picardie; mais une terre libre mérite bien qu'on passe le mont Jura. Je ne suis point mécontent de la masure de Tournay; j'y ai bâti au moins le plus joli des théâtres, quoique le plus petit. Nous y avons joué trois fois *la Chevalerie* pour nous consoler des malheurs de la France. Cette *Chevalerie* est comme le château de Ferney; cela ne veut pas dire que l'architecture en soit aussi belle; cela veut dire seulement que j'ai pris autant de peine pour l'achever.

1. M. d'Hornoi n'a jamais possédé Ferney. Mme Denis, peu de temps après la mort de son oncle, vendit cette terre au marquis de Villette, qui la revendit bientôt à un membre de la famille Budée. (ÉD.)

Après en avoir donné trois représentations, nous avons joué *Mérope*. Soyez très-convaincue que vous, et M. le chevalier de Florian[1], et le jurisconsulte[2], vous auriez été bien étonnés, et que vous auriez fondu en larmes.

Nous avions à nos Délices M. le marquis de Chauvelin, ambassadeur à Turin, et madame sa femme, députés de M. le duc de Choiseul et de la tribu d'Argental, pour savoir comment j'étais venu à bout de *la Chevalerie*. Ce voyage ne les a guère détournés de la route de Turin, et je peux vous dire qu'ils ne sont pas mécontents d'avoir allongé leur chemin. Ils auraient beau courir tous les théâtres de l'Europe, ils ne verraient rien de si plaisant qu'un Français-Suisse qui a fait la pièce, le théâtre, et les acteurs. Votre sœur a joué comme Mlle Dumesnil ; je dis comme Mlle Dumesnil dans son bon temps. Cela paraît un conte, une exagération d'oncle ; cela est pourtant très-vrai, et je le sais de cent personnes qui me l'ont toutes attesté par leurs larmes. Moi, qui vous parle, je vous apprends que je suis un assez singulier vieillard. Ah ! ma chère nièce, que nous vous avons regrettée ! C'est à présent qu'il faudrait être chez nous ; notre Carthage est fondée. Nous avons eu l'insolence de recevoir M. et Mme de Chauvelin avec une magnificence à laquelle ils ne s'attendaient pas ; mais on ne peut trop faire pour de tels hôtes ; il n'y a rien de plus aimable dans le monde. Ils réunissent tous les talents et toutes les grâces ; ils séduiraient un amiral anglais, et feraient tomber les armes des mains du roi de Prusse.

Je suis excédé de plaisir et de fatigue, voilà pourquoi je ne vous écris point de ma main ; mais c'est mon cœur qui vous écrit, c'est lui qui vous dit combien il vous regrette, vous et les vôtres.

MMCMV. — DE CHARLES-THÉODORE, ÉLECTEUR PALATIN.

J'ai été bien charmé, monsieur, de recevoir la lettre que Colini m'a apportée. J'ai été bien aise de faire sa connaissance. Il paraît avoir beaucoup d'esprit et de mérite.

J'espère bien avoir la satisfaction, l'année prochaine, de vous revoir. Je suis bien mortifié d'en avoir été privé celle-ci. Faites toujours d'aussi beaux poëmes qu'Homère ; mais ne devenez pas aveugle comme lui ; tous les amateurs de la bonne littérature y perdraient trop.

Comme vous donnez présentement dans le vieux *Testament*[3], ne croyez-vous pas le livre de Job susceptible d'une belle poésie? Je vous l'ai entendu louer bien souvent. C'est un temps actuellement où l'on a besoin d'être excité à la patience. Bien des gens sont aujourd'hui aussi mal à leur aise que Job l'était sur son fumier. Vous vivez dans la tranquillité ; mais j'espère qu'on en jouira bientôt partout, et que j'aurai le plaisir de vous assurer ici de la vraie estime que j'aurai toujours pour le *petit Suisse*.　　　　CHARLES-THÉODORE, *électeur*.

---

1. Le père de Florian. (ÉD.) — 2. M. d'Hornoi. (ÉD.)
3. Allusion au *Précis de l'Ecclésiaste*, et à celui du *Cantique des cantiques*. (ÉD.)

MMCMVI. — A M. BERTRAND.

10 novembre.

Je n'ai que le temps, mon cher monsieur, de vous dépêcher ces trois exemplaires dont vous daignez faire usage. Je vous remercie de la bonté avec laquelle vous faites valoir mes travaux helvétiques. Cet enfant-là a été fait presque tout entier en Suisse; vous êtes son parrain à Berne. Puisse l'état déplorable de ma santé me permettre de venir vous faire mes tendres remercîments! V.

MMCMVII. — A M. LE COMTE DE SCHOWALOW.

Au château de Tournay, 11 novembre.

Monsieur, M. de Soltikof s'est chargé de vous faire parvenir un petit ballot, contenant quelques imprimés et quelques manuscrits pour votre bibliothèque. J'offre à Votre Excellence ces fruits de ma petite terre, en attendant que je puisse lui envoyer ceux qu'elle a fait naître elle-même, et qui sont le produit de votre glorieux empire.

Je n'ai jamais tant désiré de m'attirer l'attention des lecteurs que depuis que je suis devenu votre secrétaire; car, en vérité, je n'ai que cette fonction; et, si vous en exceptez le manuscrit du général Le Fort, et quelques autres pièces que j'ai consultées, tout a été fidèlement écrit sur les mémoires que vos bontés m'ont fait tenir. Vous aurez incessamment un volume entier, qui est poussé non-seulement jusqu'à la victoire de Pultava, mais qui embrasse toutes les suites de cette journée mémorable.

Je vous avouerai que j'ai toujours besoin de nouveaux éclaircissements sur la campagne du Pruth. Cette affaire n'a jamais été fidèlement écrite, et le public est aussi incertain qu'il est avide d'en connaître le fond et les accessoires. Le journal de Pierre le Grand passe bien légèrement sur cet important article.

Je ne doute pas, monsieur, que vous ne me fassiez communiquer ce qu'on pourra confier de vos archives. Soyez bien sûr que je ne veux être éclairé que pour assurer mieux la gloire de votre législateur. Vous savez qu'on ne peut donner de crédit aux belles actions qu'en ne dissimulant rien; mais qu'en disant la vérité, on peut toujours la présenter dans un jour favorable. On a imprimé depuis deux ans à Londres les mémoires de Whitworth, envoyé d'Angleterre à votre cour dans le commencement du siècle. Ces mémoires ne sont pas trop favorables à l'impératrice Catherine, et ne rendent pas à Pierre le Grand toute la justice qui lui est due. Je suis obligé quelquefois de réfuter plus d'un auteur, surtout le chapelain Nordberg, l'historien passionné de Charles XII, mais très-maladroit dans sa passion, et très-peu judicieux dans ses idées.

Quelques-uns de nos savants de Paris veulent que les Sibériens viennent des Huns, les Huns des Chinois, les Chinois des Égyptiens; on peut égayer une préface en montrant le ridicule de ces chimères. Il n'y a pas grand profit à faire pour l'esprit humain à rechercher l'ancienne histoire des Huns et des ours, qui ne savaient pas plus écrire les uns que les autres.

Il s'agit de l'histoire de celui qui a créé des hommes. Comme il ne faut rien que de vrai dans cette histoire, je vous ai supplié, monsieur, de vouloir bien me dire si je dois employer le discours qu'on attribue à Pierre le Grand, en 1714 : « Mes frères, qui de vous aurait pensé, il y a trente ans, que nous gagnerions ensemble des batailles sur la mer Baltique? etc. » Ce discours, s'il est authentique, est un morceau très-précieux.

Mon estime pour le jeune M. de Soltikof augmente à mesure que que j'ai l'honneur de le voir. Il est bien digne de vos bienfaits. Son goût pour s'instruire, son assiduité à l'étude, son esprit, qui est au-dessus de son âge, justifient tout ce que votre générosité fait pour lui. Je ne puis, en vous parlant de lui, oublier le général de son nom, qui se couvre de tant de gloire, et qui en acquiert une nouvelle à votre empire.

Pour vous, monsieur, vous vous contentez du rôle de Mécénas. Ce rôle n'est pas assurément le moins noble et le moins utile ; il mène à une sorte de gloire indépendante des événements, et il est fait pour un esprit supérieur et pour un cœur bienfaisant. Voilà la véritable gloire.

MMCMVIII. — DE FRÉDÉRIC II, ROI DE PRUSSE.

Du camp près de Wilsdruff, le 17 novembre.

Grand merci de la tragédie de *Socrate*. Elle devrait confondre le fanatisme absurde, vice dominant à présent en France, et qui, ne pouvant exercer sa fureur ambitieuse sur des sujets de politique, s'acharne sur les livres et sur les apôtres du bon sens.

Les frocards, les mitrés, les chapeaux d'écarlate,
Lisent en frémissant le drame de *Socrate;*
L'atrabilaire amas de docteurs, de cagots,
De la raison humaine implacables bourreaux,
En pâlissant de rage, en bouffissant leur rate,
D'absurdes zélateurs vont soulever les flots.
Si des Athéniens vous empruntez le dos
Pour porter à ceux-ci quelques bons coups de patte,
Les contre-coups sont tous sentis par vos bigots.

Déjà leur cabale est accrue
Du concours imposant des Mélites nouveaux,
Pédantesques tyrans, la honte des barreaux.
On s'empresse, on opine, et la troupe incongrue,
En vous épargnant la ciguë,
Pour mieux honorer vos travaux,
Élève des bûchers, entasse des fagots.

Le brasier étincelle, et déjà part la flamme
Qu'allume la main de l'*infâme,*
Pour consumer ce bel esprit,
Ce brillant précepteur d'un peuple qu'il éclaire;
Mais, au lieu de griller Voltaire,
Ils ne pourront rôtir que son malin écrit.

Je vous en fais mes condoléances. Cependant, tout pesé, tout bien
examiné, il vaut mieux le livre que l'homme. Vous devez bien croire
que je ne me joindrai pas à ces gens-là; et, si vous vous plaignez que
je vous mords, c'est à mon insu, ou du moins sans intention. Pensez,
je vous prie, que je suis environné d'ennemis, pressé de toutes parts.
L'un me pique, l'autre m'éclabousse; ici l'on m'insulte; enfin la patience succombe. L'instinct d'un sentiment trop vif l'emporte sur la
voix de la raison; la colère irritée s'enfle, et je suis dans quelques
moments

> Comme un sanglier écumant
> Qui résiste et qui se défend
> Contre les durs assauts d'une meute aguerrie.
> On le poursuit avec furie,
> Il attaque, il blesse, il pourfend,
> Et donne à propos de sa dent
> Des coups à la race ennemie
> Qui le suit de loin en jappant.
> Trop irrité, dans sa colère
> Il brave le fer inhumain,
> Et brouillant les objets qu'il trouve en son chemin,
> Un innocent agneau lui paraît un cerbère.
> L'homme, ainsi que cet animal,
> S'il souffre, irrité par le mal,
> Livre à l'instinct des sens sa faible intelligence.
> Sous le despotisme fatal
> De la sanguinaire Vengeance,
> Souvent son aveugle fureur
> Confond le crime et l'innocence.
> Le sage, qui voit son erreur,
> Le plaint, la déplore, et soupire;
> Détournant ses pas sans rien dire,
> Il fuit d'un malheureux l'esprit rempli d'aigreur.

Laissez-moi donc ronger mon frein, tant que durera cette pénible
campagne, et attendez qu'un ciel serein ait succédé à tant d'obscurs
nuages. Votre imagination brillante me promène à Vienne; vous m'introduisez au conseil de chasteté; mais sachez que l'expérience m'apprend ce que c'est de se frotter à de méchantes femmes.

> Hélas! pensez-vous qu'à mon âge,
> Le corps en rut, l'esprit volage,
> L'on cherche, d'amour agité,
> De Vénus le doux badinage,
> Les plaisirs, et la volupté?
> Ce temps heureux, c'est bien dommage,
> Loin de moi s'est précipité;
> Et les eaux du fleuve Léthé
> En ont même effacé l'image
> La tendre fleur du pucelage,

Ni l'empire de la beauté,
Sur un vieillard courbé, voûté,
Ne gagnent qu'un faible avantage.
Le conseil de la chasteté
Devient par force mon partage ;
Continence est nécessité ;
À cinquante ans on est trop sage.

Je n'ai point eu, cette campagne-ci, de vision béatifique dans le goût de celle de Moïse. Les barbares Cosaques et Tartares, gens infâmes, à considérer en tout sens, ont brûlé et ravagé des contrées, et commis des inhumanités atroces. Voilà ce que j'ai vu d'eux. Ces tristes spectacles ne me mettent pas de bonne humeur.

La Fortune, inconstante et fière,
Ne traite pas ses courtisans
Toujours d'une égale manière.
Ces fous nommés héros, et qui courent les champs,
Couverts de sang et de poussière,
Voltaire, n'ont pas, tous les ans,
La faveur de voir le *derrière*
De leurs ennemis insolents.
Pour les humilier la quinteuse déesse
Quelquefois les oblige eux-même à le montrer ;
Oui, nous l'avons tourné dans un jour de détresse ;
Les Russes ont pu s'y mirer.
Cette glace pour eux n'a point été traîtresse ;
On les a vus, pleins d'allégresse,
S'y pavaner et s'admirer.
Voilà le sort de ma vieillesse !
Cependant cet homme *bénit*
Par l'antechrist siégeant à Rome,
Ce Fabius, ce plaisant homme,
Qui sur sa tête réunit
De la vanité la plus folle
Le brillant et frêle symbole,
Commence à décamper de nuit.
Je n'ose dire qu'il s'enfuit ;
Jusqu'ici sa pudeur nous cache
Cette attitude qui le fâche ;
Mais comptez sur moi ; nous verrons
Dans peu ces culs dodus et ronds,
Sans façons, sans tant de grimaces,
Sans honte nous montrer leurs faces.
Mais certain duc[1], s'illustrant à jamais,
Sauvera l'empire français,
Sans capitaine, sans finance,

1. Le duc de Choiseul, que Frédéric détestait royalement. (*Note de Clogenson.*)

Sans Amérique, sans prudence,
Jusqu'en ses fondements sapé par les Anglais.
Couvrant tous ces sujets d'un voile de décence,
Et lâchant quelques mots remplis de complaisance,
Des cieux sur notre sphère il conduira la paix.
Moi, quittant le harnois, et le casque, et l'épée
De trop de sang humain trempée,
Je partirai soudain d'ici
J'irai, consolant ma vieillesse
Par l'étude de la sagesse,
M'ensevelir à Sans-Souci.

Ce lieu me vaut les Délices. Par illusion, je croirai vivre hors du grand monde, et quelquefois j'y serai solitaire.

Jouissez de votre ermitage; ne troublez pas les cendres de ceux qui reposent au tombeau; que la mort au moins mette fin à vos injustes haines. Pensez que les rois, après s'être longtemps battus, font enfin la paix. Ne pourrez-vous jamais la faire? Je crois que vous seriez capable, comme Orphée, de descendre aux enfers, non pas pour fléchir Pluton, non pas pour ramener la belle *Émilie*[1], mais pour poursuivre dans ce séjour de douleur un ennemi² que votre rancune n'a que trop persécuté dans ce monde. Sacrifiez-moi votre vengeance, ou plutôt immolez-la à votre propre réputation; que le plus grand génie de la France soit aussi l'homme le plus généreux de sa nation. La vertu, votre devoir, vous parlent par ma bouche; n'y soyez pas insensible, et faites une action digne des belles maximes que vous débitez avec tant d'élégance et de force dans vos ouvrages.

Nous touchons à la fin de notre campagne; elle sera bonne; et je vous écrirai dans une huitaine de jours, de Dresde, avec plus de tranquillité et de suite qu'à présent.

Adieu; négociez, travaillez, jouissez, écrivez en paix; et que le dieu des philosophes, en vous inspirant des sentiments plus doux, vous conserve comme le plus bel organe de la raison et de la vérité.

FRÉDÉRIC.

MMCMVIII bis. — DE FRÉDÉRIC II, ROI DE PRUSSE[3].

Grand merci de la tragédie de *Socrate*; elle devrait confondre l'absurde fanatisme de vos évêques et de vos moines. Ces gens, ne pouvant exercer leur despotisme ambitieux sur des sujets de politique, s'acharnent sur les ouvrages que les apôtres du bon sens publient.

Les fronts tondus, mitrés, et couverts d'écarlate,
Liront en frémissant le drame de *Socrate*.
Je vois se soulever ces docteurs, ces cagots,
Des rayons du bon sens implacables rivaux.

1. La marquise du Châtelet. (ÉD.)
2. Maupertuis, mort à Bâle le 27 juillet précédent. (ÉD.)
3. Cette lettre n'est qu'une seconde version de la précédente. (ÉD.)

      Quand, pour vous dilater la rate,
      En leur donnant un coup de patte,
Du peuple athénien vous empruntez le dos,
Ils le sentiront trop, ces malheureux bigots!
      Voyez-vous leur cabale, accrue
      Des Mélites de vos barreaux,
      Déplorer qu'en ces temps nouveaux
      La bonne mode s'est perdue
D'employer à leur gré le fer et la ciguë?
Leur vengeance, restreinte à de moindres travaux,
      Ne peut entasser des fagots
      A l'honneur de la troupe élue;
      On les élève et l'on y frit
Un ennemi de Dieu pour le bien de son âme.
De joie en ce moment la Sorbonne se pâme,
  Et, pour vous mieux servir, de fagots renchérit;
Le feu prend, il s'élève un tourbillon de flamme
      Qu'allume la main de l'*infâme*
      Pour consumer ce bel esprit
      Qui la persifle et nous éclaire;
      Mais au lieu de rôtir Voltaire,
      Elle ne peut brûler que son malin écrit.

Je vous en fais mes condoléances; cependant, tout bien examiné, il vaut infiniment mieux qu'on brûle l'ouvrage que l'auteur. Je ne sais sur quel fondement vous m'accusez de vous mordre; c'en serait bien le temps! environné comme je le suis d'ennemis, pressé partout; l'un me pique, l'autre m'éclabousse; gare qu'un troisième ne me renverse. Il est pardonnable, en cas pareil, d'avoir de l'humeur et l'esprit aigri. Je suis à présent

      Comme un sanglier écumant,
      Qui, sans s'ébranler, se défend
Contre les durs assauts d'une meute aguerrie
      Qui sur lui s'élance en furie;
      Il attaque, il blesse, il pourfend;
      Il donne à propos de sa dent
      Des coups à la race ennemie;
      Plus il en met hors de combat,
      Et plus cette engeance aboyante
      Par un nombreux concours s'augmente.
      Il soutient ce cruel débat;
Mais la fureur l'emporte, et fougueux dans son ire,
Il ne voit ni connaît la grandeur du danger,
      Et s'enfonce, sans y songer,
L'homicide épieu sur lequel il expire.

Laissez-moi donc ronger mon frein, tant que durera cette pénible guerre. Votre imagination poétique me promène flatteusement jusqu'à

Vienne. Vous m'introduisez au conseil de chasteté; sachez que je n'ai pas besoin de ce conseil, et que l'expérience m'a suffisamment appris ce qu'on doit craindre, quand on se frotte à de méchantes femmes.

Hélas ! pensez-vous qu'à mon âge
L'on cherche, d'amour agité,
Le corps en feu, l'esprit volage,
De Vénus le doux badinage,
Les plaisirs, et la volupté?
Ce temps heureux, c'est bien dommage,
Loin de moi s'est précipité,
Et les eaux du fleuve Léthé
En ont même effacé l'image.
La tendre fleur du pucelage,
Ni l'empire de la beauté,
Sur un vieillard courbé, voûté,
N'ont plus de prise et d'avantage.
Le conseil de la chasteté
Devient par force mon partage;
Continence est nécessité;
A cinquante ans on est trop sage.

Je n'ai point eu, cette campagne, de vision béatifique. Malheureusement les Tartares, Russes, et Cosaques, n'ont pas voulu me montrer leur *derrière*; en revanche, ils ont brûlé, ravagé et pillé des contrées, et dévasté beaucoup de pays.

La Fortune, inconstante et fière,
Ne traite pas ses courtisans
Chaque jour d'égale manière;
Et nous n'avons pas tous les ans
La faveur de voir le *derrière*
De cette vaste fourmilière,
Moitié héros, moitié brigands,
Qui viennent désoler nos champs.
Le hasard très-souvent décide une bataille.
Si je lui dois plus d'un beau jour,
A l'ennemi, par représaille,
Il m'a fait montrer à mon tour
Tout le revers de la médaille.
Cependant cet homme *bénit*
Par l'antechrist siégeant à Rome,
Ce Fabius, ce plaisant homme,
Lui qui naguère se munit
D'une toque, brillant symbole
De gloire et de vanité folle,
Commence à décamper de nuit.
Je ne vous dis pas qu'il nous fuit;
Mais si le ciel nous fait la grace

Qu'il nous montre au plus tôt l'opposé de sa face,
Alors un certain duc, s'illustrant à jamais,
Armé de son trident comme on nous peint Neptune,
Apaisera d'un mot la tempête importune;
C'est lui qui sauvera votre empire français,
    Sans capitaine, sans finance,
    Sans Canada, sans prévoyance,
Jusqu'en ses fondements sapé par les Anglais;
    Il leur dira, plein de décence,
    Par saint George et par sa croyance :
« Bonnes gens d'Albion, accordez-nous la paix. »
    Quand cette nouvelle échappée
    Sortira des antres secrets
    Des politiques cabinets,
    Je quitte et le casque et l'épée,
    Et, m'envolant soudain d'ici,
    J'irai, confortant ma vieillesse
    Par l'étude de la sagesse,
    M'ensevelir à Sans-Souci.

En attendant, jouissez en paix de votre solitude. Ne troublez plus les cendres de grands hommes. Que la mort mette fin à votre injuste haine, et que Maupertuis trouve au moins un asile dans le tombeau ! Songez que les rois, après s'être longtemps battus, font la paix. Je crois que vous descendriez aux enfers, comme Orphée, non pas pour en ramener l'immortelle Émilie, mais pour persécuter dans ce séjour (supposé qu'il existe) un homme que votre rancune a poursuivi violemment dans ce monde-ci. Immolez cette haine qui vous flétrit, et fait tort à votre réputation. Que le plus beau génie de la France soit le plus généreux des hommes. C'est la vertu, c'est le devoir, qui vous parlent par ma bouche; ne soyez pas insensible à cette voix; pratiquez les beaux sentiments que vous exprimez en vers avec tant d'élégance et de force. Croyez-moi, un exemple de magnanimité persuade plus que tous les beaux préceptes qu'étale la tragédie. Que le dieu des philosophes vous inspire des sentiments plus doux et plus modérés, et que le dieu de la santé vous conserve pour l'ornement des belles-lettres et du Parnasse !

MMCMIX. — A. M. COLINI.

Aux Délices, 19 novembre.

Son Altesse Électorale Palatine, mon cher Colini, m'a mandé qu'il vous avait trouvé beaucoup de mérite, et qu'il était très-content de vous. Je ne doute pas qu'il ne vous prenne à son service, et qu'il ne me sache très-bon gré de la connaissance. J'espère vous trouver à Schwetzingen l'année prochaine; qui sait si de là nous ne pourrions pas faire rendre gorge à Francfort ?

Je vous prie d'assurer de mes respects Mme de Lutzelbourg; j'ai si mal aux yeux que j'écris avec beaucoup de peine. S'il y a quelques nouvelles, ne m'oubliez pas. La grande nouvelle de France, c'est que la misère est extrême. On est si abattu qu'à peine songe-t-on aux jésuites du Portugal, les uns chassés[1], les autres pendus. Dieu veuille avoir leur âme ! Je vous embrasse.

MMCMX. — DE FRÉDÉRIC II, ROI DE PRUSSE.

Wilsdruff, le 19 novembre 1759.

Je viens de recevoir la lettre du rat ou de l'aspic, du 6 novembre, sur le point de finir la campagne. Les Autrichiens s'en vont en Bohême, où je leur ai fait brûler, par représailles des incendies qu'ils ont causés dans mes pays, deux grands magasins. Je rends la retraite du benoît héros aussi difficile que possible, et j'espère qu'il essuiera quelques mauvaises aventures entre ci et quelques jours. Vous apprendrez par la déclaration de la Haye si le roi d'Angleterre et moi nous sommes pacifiques. Cette démarche éclatante ouvrira les yeux au public, et fera distinguer les boute-feux de l'Europe de ceux qui aiment l'humanité, la tranquillité, et la paix. La porte est ouverte, peut venir au parloir qui voudra. La France est maîtresse de s'expliquer. C'est aux Français qui sont naturellement éloquents à parler, à nous à les écouter avec admiration, et à leur répondre dans un mauvais baragouin, le mieux que nous pourrons. Il s'agit de la sincérité que chacun apportera dans la négociation. Je suis persuadé que l'on pourra trouver des tempéraments pour s'accommoder. L'Angleterre a à la tête de ses affaires un ministre modéré et sage[2]. Il faut de tous les côtés bannir les projets extravagants, et consulter plutôt la raison que l'imagination. Pour moi, je me conforme à l'exemple du doux Sauveur qui, lorsqu'il alla la première fois au temple, se contenta d'écouter les pharisiens et les scribes. Ne pensez pas que les Anglais me confient tous leurs secrets, ils ne sont point pressés de s'accommoder; leur commerce ne souffre point, leurs affaires prospèrent, et l'État ne manque ni de ressources ni de crédit. Je fais une guerre dure qu'eux par la multitude d'ennemis qui m'attaquent, et dont le fardeau est accablant. Cependant je répondrai toujours bien de la fin de la campagne; il est impossible d'en faire autant pour tous les événements. Je suis sur le point de m'accommoder avec les Russes; ainsi il ne me restera que la reine de Hongrie, les malandrins du saint-empire, et les brigands de Laponie pour l'année qui vient. Notre démarche nous a été dictée par le cœur, par un sentiment d'humanité qui voudrait tarir ces torrents de sang qui inondent presque toute notre sphère, qui voudrait mettre fin aux massacres, aux barbaries, aux incendies, et à toutes les abominations commises par des hommes, que la malheureuse habitude de se baigner dans le sang rend de jour en jour plus féroces. Pour peu que cette guerre continue, notre Europe retombera dans les ténèbres de l'ignorance, et nos contemporains deviendront semblables à des bêtes farou-

---

1. Le 3 septembre 1759, jour anniversaire de l'attentat commis sur Joseph Ier 'n 1758, six cents jésuites furent expulsés du Portugal. Malagrida ne fut mis à mort qu'en septembre 1761. (ÉD.)
2. William Pitt, mort en 1778. (ÉD.)

ches. Il est temps de mettre fin à ces horreurs. Tous ces désastres sont une suite de l'ambition de l'Autriche et de la France. Qu'ils prescrivent des bornes à leurs vastes projets; que si ce n'est la raison, que l'épuisement de leurs finances et le mauvais état de leurs affaires les rende sages, et que la rougeur leur monte au front en apprenant que le ciel, qui a soutenu les faibles contre l'effort des puissants, a accordé à ces premiers assez de modération pour ne point abuser de leur fortune et pour leur offrir la paix. Voilà tout ce qu'un pauvre lion, fatigué, harassé, égratigné, mordu, boiteux et fêlé, vous peut dire. J'ai encore bien des affaires, et je ne pourrai vous écrire à tête reposée qu'après être arrivé à Dresde. Le projet de faire la paix est celui de rendre raisonnables des hommes accoutumés à être absolus, et qui ont des volontés obstinées. Réussissez; je vous féliciterai de vos succès, et je m'en féliciterai davantage. Adieu au rat qui fait de si beaux rêves qu'on les prendrait pour des inspirations; qu'il jouisse, dans son trou, du repos, de la tranquillité, de la paix qu'il possède, et que nous désirons. Ainsi soit-il.
FÉDÉRIC.

N. B. Vous savez que les interprètes et les commentateurs de l'Écriture ont des opinions différentes sur le sens des passages. Suivant le R. P. Dionysius Hortella, il faut, lorsque César est roi des Juifs, et bien juif lui-même, et lorsqu'il est duc de Lorraine, que les Turcs et les Français donnent à César ce qui est à César. Il dit qu'un pareil exemple de restitution encouragerait toutes les petites puissances de l'Europe à l'imiter : qu'en pensez-vous? ce savant docteur ne raisonne pas si mal.

MMCMXI. — A M. BERTRAND.

Aux Délices, près Genève, 20 novembre.

J'ai envoyé, mon cher monsieur, à M. de Morange, une lettre que j'ai écrite à l'Académie française, au sujet des rapsodies qu'on se plaît à imprimer sous mon nom. Cette lettre a déjà paru dans les feuilles littéraires de Genève, et je me flatte que votre gazette voudra bien s'en charger. C'est un nouveau préservatif que je suis obligé de donner contre cet ancien poëme de *la Pucelle*, qu'on renouvelle si mal à propos, et qu'on a déjà défiguré dans trois éditions qui paraissent à la fois. Tout ce que je peux faire, c'est de désavouer cet ouvrage. J'empêche, autant que je peux, qu'il ne paraisse à Genève; je sens bien que mes efforts seront inutiles. J'en connais une édition qui n'est pas sûrement faite par Maubert; car le libraire qui était en marché à Francfort a mandé que la copie de Maubert était en douze chants, et l'édition dont je vous parle est en quinze. Mme la duchesse de Saxe-Gotha, qui l'a lue, m'a fait l'honneur de me mander, comme je crois vous l'avoir déjà dit, que cet ouvrage l'avait beaucoup amusée, et que, tout libre qu'il est, il ne contient aucune de ces indécences qu'on m'avait fait craindre; mais enfin c'est un ouvrage libre, et cela seul suffit pour qu'un homme de soixante ans passés, qui a l'esprit de son âge, soit très-fâché de se voir ainsi compromis. Je suis aussi fâché que l'est le Grondeur, à qui on veut faire danser la courante.

Si j'étais plus jeune, et si j'aimais encore la poésie, je serais tenté de faire un petit poëme épique sur le roi Nicolas Iᵉʳ. Vous savez sans doute qu'on prétend qu'un jésuite s'est enfin déclaré roi du Paraguai, et que ce roi s'appelle Nicolas. On m'a envoyé des vers à la louange de Nicolas; les voici :

> Du bon Nicolas premier
> Que Dieu bénisse l'empire;
> Et qu'il lui daigne octroyer,
> Ainsi qu'à son ordre entier,
> La couronne du martyre!

J'ai reçu une *Ode sur la Mort*, qui m'est adressée. On la dit du roi de Prusse; elle est imprimée à la Haye, avec ce titre qu'on met ordinairement aux ouvrages du roi de Prusse : *de main de maître*, et une couronne pour vignette. Je ne l'enverrai pourtant pas au conseil de Berne, comme Maupertuis a envoyé les lettres du roi de Prusse; je me contenterai d'apprendre tout doucement à mourir, et je mourrai assurément plein d'estime et de tendresse pour vous. Je vous embrasse de tout mon cœur, et je vous avertis que je veux vivre encore ce printemps, pour venir vous dire à Berne combien je vous aime.

MMCMXII. — A M. LE COMTE D'ARGENTAL. (A VOUS SEUL.)

Novembre.

Mon divin ange, vous êtes un ange de paix. Permettez que je vous parle votre langue, après avoir parlé celle de notre *tripot* des Délices. Vous êtes né, de toutes façons, pour mon bonheur, dans mes plaisirs, dans mes affaires. Je vous dois tout; vous êtes en tout temps constitué mon ange gardien; écoutez donc ma dévote prière.

1° Je voudrais savoir, en général, si M. le duc de Choiseul est content de moi; et vous pouvez aisément vous en enquérir un mardi. Tout ce que je peux vous dire, c'est que j'ai grande envie de lui plaire, et comme son obligé, et comme citoyen.

2° S'il entrait avec vous dans quelque détail, comme il y est entré avec M. de Chauvelin, ne pourriez-vous pas lui dire, quelque autre mardi, la substance des choses ci-dessous ?

Voltaire est dans une correspondance suivie avec *Luc;* mais, quelque ulcéré qu'il puisse être et qu'il doive être contre *Luc*, puisqu'il est capable d'avoir étouffé son ressentiment au point de soutenir ce commerce, il l'étouffera bien mieux quand il s'agira de servir. Il est bien avec l'électeur palatin, avec le duc de Wurtemberg, avec la maison de Gotha, ayant eu des affaires d'intérêt avec ces trois maisons, qui sont contentes de lui, et qui lui écrivent avec confiance. Il a été le confident du prince de Hesse l'*apostat*[1]. Il a des amis en Angleterre. Toutes ces liaisons le mettent en droit de voyager partout, sans causer le moindre soupçon, et de rendre service sans consé uence.

---

1. Frédéric, prince de Hesse, avait été élevé dans le calvinisme; mais vers 1754 il s'était fait catholique. Il devint landgrave de Hesse à la fin de janvier 1760. (ÉD.)

Il a été envoyé secrètement, en 1743, auprès de *Luc*. Il eut le bonheur de déterrer que *Luc* alors se joindrait à la France; il le promit; le traité fut conclu depuis, et signé par M. le cardinal de Tencin. Il pourrait rendre aujourd'hui quelque service non moins nécessaire.

Mon cher ange, il faut la paix à présent, ou des victoires complètes sur mer et sur terre. Ces victoires complètes ne sont pas certaines, et la paix vaut mieux qu'une guerre si ruineuse. On ne se dissimule pas sans doute l'état funeste où est la France; état pire pour les finances et pour le commerce qu'il ne l'était à la paix d'Utrecht. Quelquefois, quand on veut, sans compromettre la dignité de la couronne, parvenir à un but désiré, on se sert d'un capucin, d'un abbé Gauthier, ou même d'un homme obscur comme moi, comme on envoie un piqueur détourner un cerf, avant qu'on aille au rendez-vous de chasse. Je ne dis pas que j'ose me proposer, que je me fasse de fête, que je prévienne les vues du ministère, que je me croie même digne de les exécuter; je dis seulement que vous pourriez hasarder ces idées, et les échauffer dans le cœur de M. le duc de Choiseul. Je lui répondrais sur ma tête qu'il ne serait jamais compromis; que je ne ferais jamais un pas ni en deçà ni en delà de ce qu'il me prescrirait. Je pense qu'il ne lui convient pas absolument de demander la paix, mais qu'il lui convient fort d'en faire naître le désir à plus d'une puissance, ou plutôt de faire mettre ces puissances à portée de marquer des intentions sur lesquelles on puisse ensuite se conduire avec honneur.

Il part sans doute d'un principe aussi vrai que triste; c'est qu'il n'y a rien à gagner pour nous, d'aucune façon, dans ce gouffre où tout l'argent de la France a été englouti. J'ai pris la liberté de lui prédire la prise de Québec et celle de Pondichéri; l'une est arrivée, et je tremble pour l'autre [1]. Il y a des citoyens de Genève qui ont des correspondances par tout l'univers habitable. Il y a autour de moi des gens de toute nation, des ministres anglais, des Allemands, des Autrichiens, des Prussiens, et jusqu'à d'anciens ministres russes. On voit les choses d'un œil plus éclairé qu'on ne les voit à Paris; on croit que, si la descente projetée dans une des provinces anglaises s'effectue, il ne reviendra pas un seul Français. Le passé, le présent, et l'avenir, font frémir. Je sais que le ministère a du courage, et qu'il a, cette année, des ressources; mais ces ressources sont peut-être les dernières, et on touche au temps de vérifier ce qui a été dit, qu'il y avait une puissance qui donnerait la paix, et que cette puissance était la misère.

J'ai peur qu'on ne soit résolu encore à faire des tentatives ruineuses, après lesquelles il faudra demander humblement une paix désavantageuse, qu'on pourrait faire aujourd'hui utile, sans être déshonorante.

Enfin, mon cher ange, vous êtes accoutumé à corriger mes plans; si celui-ci ne vous plaît pas, jetez-le au feu, et je vous enverrai simplement *la Chevalerie*.

Vous pouvez au moins savoir si M. le duc de Choiseul est content de moi. Ce n'est pas que je doive craindre qu'il en soit mécontent, mais

---

1. Les Anglais prirent Pondichéri le 16 janvier 1761. (ÉD.)

il est doux d'apprendre de votre bouche à quel point il agrée ma reconnaissance. Comptez d'ailleurs que je ne suis pas empressé, et que je me trouve très-bien comme je suis, à votre absence près. Adieu; je baise le bout de vos ailes.

MMCMXIII. — A M. LE COMTE DE SCHOWALOW.

Aux Délices, 22 novembre.

Monsieur, j'ai reçu aujourd'hui le paquet dont vous m'avez honoré, par les mains de M. de Soltikof, qui me paraît de jour en jour plus digne de son nom et de vos bontés. Je peux assurer Votre Excellence que rien ne vous fera plus d'honneur que d'avoir développé ce mérite naissant. Vous avez la réputation de répandre des bienfaits; mais vous ne pouviez jamais les placer ni sur une âme qui les méritât mieux, ni sur un cœur plus reconnaissant. Il se formera très-vite aux affaires, et vous aurez un jour en lui un homme capable de vous seconder dans toutes vos vues, de rendre votre patrie aussi supérieure par les arts qu'elle l'est par les armes. Je vois bien que le lieu où il est à présent est pour lui un petit théâtre. Votre Excellence le fera voyager en France, en Italie; je regretterai sa perte; mais tout ce qui sera de son avantage fera ma consolation.

Je me flatte, monsieur, que vous avez reçu à présent tout ce que vous avez permis que je vous envoyasse; le premier volume de *Pierre le Grand*, un autre paquet assez gros de livres et de manuscrits, et une caisse d'eau de Colladon, que je ne vous ai présentée que comme un des meilleurs remèdes pour les maux d'estomac, aussi agréable à boire que l'eau des Barbades, et qui peut servir à vos amis dans l'occasion; car, pour vous, je sais que vous joignez à vos vertus celle d'être sobre. Votre Excellence m'honore de présents plus dignes d'elle et de sa cour. Je brave, avec vos belles fourrures, les neiges des Alpes, qui valent bien les vôtres. Un présent bien plus cher est celui des manuscrits que je reçois; ils me serviront beaucoup pour le second tome, auquel je vais me mettre. Je n'ai point de temps à perdre. Mon âge et ma faible santé m'avertissent qu'il ne faut pas négliger un instant. Pierre le Grand mourut avant d'avoir achevé ses grandes entreprises; son historien veut achever sa petite tâche.

Le catalogue de tous les livres écrits sur Pierre le Grand me servira peu, puisque, de tous les auteurs que ce catalogue indique, aucun ne fut conduit par vous. La triste fin du czarovitz m'embarrasse un peu; je n'aime pas à parler contre ma conscience. L'arrêt de mort m'a toujours paru trop dur. Il y a beaucoup de royaumes où il n'eût pas été permis d'en user ainsi. Je ne vois dans le procès aucune conspiration; je n'y aperçois que des espérances vagues, quelques paroles échappées au dépit, nul dessein formé, nul attentat. J'y vois un fils indigne de son père; mais un fils ne mérite point la mort, à mon sens, pour avoir voyagé de son côté, tandis que son père voyageait du sien. Je tâcherai de me tirer de ce pas glissant, en faisant prévaloir, dans le cœur du czar, l'amour de la patrie sur les entrailles de père.

Je suis bien surpris de voir, dans les mémoires que je parcours, ces mots-ci : « Les biens du monastère de la Trinité ne sont point immenses, ils ont deux cent mille roubles de rente. » En vérité, il est plaisant de faire vœu de pauvreté pour avoir tant d'argent; les abus couvrent la face de la terre.

Quelques lettres de Pierre le Grand seront bien nécessaires; il n'y a qu'à choisir les plus dignes de la postérité. Je demande instamment un précis des négociations avec Goërtz et le cardinal Albéroni, et quelques pièces justificatives. Il est impossible de se passer de ces matériaux. Ayez la bonté, monsieur, de me les faire parvenir. Donnez-moi vite, et vous recevrez vite. Vous êtes cause que j'ai fait une tragédie, et que j'ai bâti un théâtre dans mon château, n'ayant rien à faire. J'en suis honteux; j'aurais mieux aimé travailler pour vous. J'aime mieux traiter l'histoire de votre héros que de mettre des héros imaginaires sur la scène. N'allez pas me réduire à m'amuser, quand je ne veux m'occuper qu'à vous servir. Regardez-moi comme votre secrétaire tendrement attaché.

MMCMXIV. — A M. LE MARQUIS DE CHAUVELIN, AMBASSADEUR A TURIN

Aux Délices, 22 novembre.

Vous, faits pour vivre heureux, et si dignes de l'être,
 Qui l'êtes l'un par l'autre, et dont les agréments
  Ont prêté pendant quelque temps
Un peu de leur douceur à mon séjour champêtre,
  Quoi! vous daignez dans vos palais
  Vous souvenir de nos ombrages!
Vous donnez un coup d'œil à ces autels sauvages
Que nous dressions pour vous, où vos yeux satisfaits
  Daignaient accepter nos hommages!
Vous parlez de beaux jours; ah! vous les avez faits!
Vous vantez les plaisirs de nos heureux bocages;
  C'est courir après vos bienfaits.

Vos deux Excellences nous ont enchantés chacun à sa façon. Vous en faites autant à Turin. Vous y avez essuyé plus de cérémonies que chez Philémon et Baucis; mais, si jamais vous daignez repasser par chez nous, vous n'essuierez que des tragédies nouvelles. Nous aurons un théâtre plus honnête, et nos acteurs seront plus formés. Il faudrait alors jouer un tour à M. et à Mme d'Argental, les faire mander à Parme, et leur donner rendez-vous aux Délices.

Il paraît que vous avez écrit à M. le duc de Choiseul avec quelque indulgence sur notre compte; que vous avez fait valoir notre lac, nos truites et notre vie tranquille; car il prétend qu'il est très-fâché de n'avoir pas pris sa route par notre ermitage, en revenant d'Italie. Grâces vous soient rendues de tous vos propos obligeants.

M. d'Argental crie toujours après *la Chevalerie*, et moi, qui suis devenu temporiseur, avec toute ma vivacité, je réponds qu'il faut attendre, que tout ouvrage gagne à rester sur le métier, que le temps présent n'est pas trop celui des plaisirs, et que ceux qui vont aux spectacles avec l'argent qu'ils ont tiré du quart de leur vaisselle d'argent vendue ne sont pas de bonne humeur; en un mot, ce n'est pas le temps de la chevalerie.

Vous croyez bien que je n'ai pas encore reçu des nouvelles de *Luc*; il a été malade, il a beaucoup d'affaires. S'il m'écrit, j'aurai l'honneur de vous en rendre compte, plus que de cet abbé d'Espagnac, qui ne finit point, et que j'abandonne à son sens réprouvé de vieux conseiller-clerc. Au reste, en outrageant ainsi les conseillers-clercs, j'excepte toujours monsieur votre frère [1].

Je me mets aux pieds de Vos très-aimables Excellences. Baucis arrache la plume des mains de Philémon, pour vous dire que Vos Excellences ont emporté nos cœurs en nous privant de leur présence, et qu'il ne nous reste que des regrets.

P. S. De Mme Denis. — Mais que peut dire Baucis après Philémon? Elle se contente de sentir tout ce qu'il exprime; elle se plaît dans l'idée de vous savoir adorés à Turin, où vous représentez si bien une nation faite autrefois pour servir de modèle aux autres. Malgré tous nos malheurs, on en prendra toujours une grande idée, en vous voyant l'un et l'autre. Je vous en remercie pour ma patrie. Aménaïde et Mérope vous demandent vos bontés, et les méritent par le plus tendre et le plus respectueux attachement.

MMCMXV. — A MADAME DE FONTAINE, A HORNOI.

Aux Délices, 24 novembre.

Je reçois, ma chère nièce, votre lettre du 14 de novembre. Vous devez en avoir reçu une très-ample de moi, écrite il y a environ un mois, et adressée au château d'Hornoi, près d'Abbeville, par Amiens en Picardie. Peut-être cette méprise du voisinage d'Abbeville aura fait retarder la réception de la lettre : je vous y disais à peu près les mêmes choses que vous me dites.

Je vous demandais si vous vous étiez déjà mise au rang des bons citoyens qui donnent leur vaisselle d'argent à l'État; je plaignais comme vous la France; je vous demandais quand vous reverriez la grande, vilaine, triste et gaie, riche et pauvre, raisonneuse et frivole ville de Paris. Je vous contais comment nous nous sommes amusés à Tournay, pour nous dépiquer des malheurs publics. Nous nous vantions, Mme Denis et moi, d'avoir tiré des larmes des plus beaux yeux qui soient actuellement à Turin : ces yeux sont ceux de Mme de Chauvelin l'ambassadrice.

Je ne pourrai jamais vous dire combien nous vous avons regrettée dans nos fêtes. Nous disions : « Ah ! si elle était là ! si le grand écuyer de Cyrus, si le jurisconsulte, étaient avec elle, ils verraient les choses bien changées ! ils seraient bien contents du petit palais, » *d'ordre ioni que*, ne vous déplaise, d'ordre ionique bâti, achevé à Tournay; et cela n'est point *ironique*: ce n'est point insulter à vos maçons qui n'ont pas été plus vite que nous.

1. L'abbé de Chauvelin. (ÉD.)

Luc est toujours *Luc*, très-embarrassé et n'embarrassant pas moins les autres; étonnant l'Europe, l'appauvrissant, l'ensanglantant, et faisant des vers, et m'écrivant quelquefois les choses du monde les plus singulières. M. le duc de Choiseul, qui a plus d'esprit que lui, et un meilleur esprit, me fait toujours l'honneur de me donner des marques de bontés auxquelles je suis plus sensible qu'au commerce de *Luc*. Je compte aussi sur les bontés de Mme de Pompadour; avec cela j'aime ma terre ou mes terres, ma retraite ou mes retraites, à la folie; mais je vous aime davantage.

MMCMXVI. — A M. LE COMTE D'ARGENTAL.

Aux Délices, 24 novembre.

Mon cher ange, vous me trouvez bien indigne des plumes de vos ailes; mais c'est pour en être digne que je diffère l'envoi de *la Chevalerie*. Horace veut qu'on tienne son affaire enfermée neuf ans[1]; je ne demande que neuf semaines; voyez comme l'âge m'a rendu temporiseur. Je suis un petit Fabius, un petit Daun. D'ailleurs, moi qui ai d'ordinaire deux copistes, je n'en ai plus qu'un, et il ne peut suffire à tenir l'état de mes vaches et de mon foin en parties doubles, à la correspondance, et aux tragédies, et à *Pierre le Grand*, et à *Jeanne*. Laissez-moi faire, tout viendra à point.

Dites-moi donc, mon divin ange, s'il ne vaut pas mieux bien faire que se presser. Quand on voudra faire la paix, qu'on se presse; mais, en fait de tragédies, si on les veut bonnes, il faut qu'on ait la bonté d'attendre. Parlez-moi, je vous en prie, de la fortune que vous avez faite à Cadix, et dites-moi si vous mangez sur des assiettes à *cul noir*[2]. Le crédit est-il toujours grand à Paris? le commerce florissant? M. le duc de Choiseul m'a mandé que feu M. de Meuse avait une terre sur la porte de laquelle était gravé : *A force d'aller mal*, tout va bien.

Je vous demandais s'il daignait être content de moi; je vous dis aujourd'hui qu'il a la bonté d'en être content.

Quand vous serez de loisir, et lui aussi, quand tout ira de pis en pis, quand on n'aura pas le sou, vous pourrez, mon divin ange, lui dire les belles lanternes dont il est question dans ma dernière épître; cela pourrait réussir; et, en tout cas, cela ne gâtera rien. Vous êtes maître de tout.

Mais vraiment, mon cher ange, je crois que tout le monde fera la campagne prochaine, sur terre et sur mer; j'entends, sur mer, ceux qui auront des vaisseaux; il faut que je déraisonne politique.

1° L'Espagne est seule en état de proposer la paix, d'offrir sa médiation, de menacer si on ne l'accepte pas, etc., etc.

---

1. *De Arte poet.*, v. 388. (ÉD.)
2. Un arrêt du conseil, du 26 octobre, exhortait les Français à porter leur vaisselle à la Monnaie pour être convertie en espèces pour les besoins de l'État, et fixait le prix qui en serait donné. Le roi donna l'exemple, qui ne fut suivi que par Mlle Hus, actrice, et quinze cents citoyens. On se servit alors de plats dont le dessous était recouvert d'un vernis brun, et auxquels on donna le nom de *culs noirs*. (*Note de M. Beuchot.*)

2° Les Anglais peuvent nous prendre Pondichéri, pendant que la gravité espagnole fera ses propositions.

3° Le Canada n'est qu'un sujet éternel de guerres malheureuses, et j'en suis fâché.

4° Il y a des gens qui prétendent que la Louisiane valait cent fois mieux, surtout si la Nouvelle-Orléans, qu'on appelle une ville, était bâtie ailleurs.

5° Je ne vois dans tout ceci qu'un labyrinthe, et peu de fil.

J'aime à vous dire tout ce qui me passe dans la tête, parce que vous êtes accoutumé à rectifier mes idées.

6° *Luc* voudrait bien la paix. Y aurait-il si grand mal à la lui donner, et à laisser à l'Allemagne un contre-poids? *Luc* est un vaurien, je le sais; mais faut-il se ruiner pour anéantir un vaurien dont l'existence est nécessaire?

7° Si vous avez de quoi bien faire la guerre, faites-la; sinon, la paix.

Vous vous moquez de moi, mon divin ange; vous avez raison, mais mes terres sont couvertes de neige, tous mes travaux champêtres sont malheureusement suspendus; permettez-moi de déraisonner, c'est un grand plaisir.

Mille tendres respects à Mme Scaliger.

M. de Choiseul a bien de l'esprit.

MMCMXVII. — A MADAME D'ÉPINAI.

Aux Délices, 26 novembre.

Je n'ai pas votre santé de fer, ma chère et respectable philosophe; c'est ce qui me prive de l'honneur de ᵕ   ᵕrire de ma main. *La Mort et l'apparition du frère Bert*   mourais pas de misère, me feraient mourir de rire. Il ᵕ   ᵕnt qu'il y a un peu de gros sel dans la première parti   ᵕn pour les jésuites, et on peut leur jeter tout à la têtᵕ   ᵕges de Portugal[1], pourvu qu'elles ne coûtent pas trop cᵕ   ᵕ le temps où il faut épargner les dépenses inutiles. Je n'env   ᵕint, comme vous, ma vaisselle d'argent à la Monnaie, parce que ma pauvre vaisselle est hérétique au poinçon de Genève, et que le roi très-chrétien ne voudrait pas m'en donner cinquante-six francs le marc; je m'adresserai aux jésuites d'Ornex, qui, ayant acheté tant de terres dans le pays, m'achèteront mon argenterie, sans doute.

Quoique je n'aie guère le temps, j'ai pourtant lu tout le gros mémoire de M Dupleix, que vous avez eu la bonté de m'envoyer et dont je vous remercie. Je conclus de ce mémoire que les Anglais nous prendront Pondichéri, et que M. Dupleix ne sera point payé; on ne peut avoir, dans le temps où nous sommes, que de mauvaises conclusions à tirer de tout. Je tremble encore plus pour la flotte de M. le maréchal de Conflans que pour le remboursement de M. Dupleix. Le roi de Prusse marche en Saxe, et voilà les choses à peu près comme elles étaient, au commencement de la guerre, dans cette partie du *meilleur des*

1. Allusion à l'attentat du 3 septembre 1758. (ÉD.)

mondes possibles. Martin avait bien raison d'être manichéen; c'est sans doute le mauvais principe qui a ruiné la France de fond en comble en trois ans; dévasté l'Allemagne, et fait triompher les pirates anglais dans les quatre parties du monde. Que faut-il faire à tout cela, madame? s'envelopper de son manteau de philosophe, supposé qu'Arimane nous laisse encore un manteau. J'ai heureusement achevé de bâtir mon petit palais de Ferney; l'ajustera et le meublera qui pourra; on ne paye point les ouvriers en annuités et en billets de loterie; il faut au moins du pain et des spectacles; vous êtes à Paris au-dessus des Romains, vous n'avez pas de quoi vivre, et vous allez voir deux nouvelles tragédies, l'une de M. de Thibouville et l'autre de M. Saurin.

Pour moi, madame, je ne donne les miennes qu'à Tournay; nous avons fait pleurer les beaux yeux de Mme de Chauvelin l'ambassadrice, et nous aurions encore mieux aimé mouiller les vôtres. La république nous a donné de grosses truites, et la gazette de Cologne a marqué que ces truites pesaient vingt livres, de dix-huit onces la livre. Plût à Dieu que les gazetiers n'annonçassent que de telles sottises! celles dont ils nous parlent sont trop funestes au genre humain.

Mme Denis, madame, vous fait les plus tendres compliments. Vous savez bien à quel point vous êtes regrettée dans le petit couvent des Délices; daignez faire le bonheur de ce couvent par vos lettres. Que fait notre philosophe de Bohême? n'est-il pas ambassadeur de la ville de Francfort, que nous n'aimons guère? S'il demande de l'argent pour elle, je ferai arrêt sur la somme. Comment se porte M. d'Épinai? ne diminue-t-il pas sa dépense comme les autres, en bon citoyen? Où en est monsieur votre fils de ses études? ne va-t-il pas un train de chasse? Encore une fois, madame, écrivez-moi; je m'intéresse à tout ce que vous faites, à tout ce que vous pensez, à tout ce qui vous regarde, et je vous aime respectueusement de tout mon cœur.

MMCMXVIII. — A M. LE COMTE D'ARGENTAL.

Aux Délices, 30 novembre.

Mon adorable ange, je vois bien, par votre lettre, que M. le duc de Choiseul est encore plus estimable que je ne le croyais; je vois sa franchise noble et digne d'un meilleur temps, et surtout je vois que son cœur est digne de vous aimer. Il vous a mis au fait de tout; il ne peut assurément mieux placer sa confiance. Je lui envoie aujourd'hui un gros paquet de *Luc*; peut-être, avec le temps, on tirera quelque avantage des lettres que je fais passer. Je ne suis point jaloux du roi[1] d'Espagne, s'il fait la paix; moi, Jodelet, je ne vais point sur les brisées de Sa Majesté Catholique.

Sérieusement, mon cher ange, je n'ai eu aucune envie de me faire de fête; j'ai seulement rêvé que, pouvant aller souvent chez l'électeur palatin, qui daigne m'aimer un peu, et chez Mme la duchesse de Gotha, et même à Londres, où l'on m'a invité vingt fois, je pourrais, dans l'occasion, faire passer au ministre un compte fidèle de ce que

1. Charles III. (ÉD.)

j'aurais vu et entendu. Je me flatte que M. le duc de Choiseul ne me prend pas pour un *alticinctus* qui cherche pratique. Je suis frappé de nos malheurs; et, s'il s'agissait de m'arracher à ma charmante retraite, pour aller ramasser quelque caillou qui pût servir parmi les fondements qu'on cherche pour établir l'édifice de la paix, j'aurais été chercher ce caillou dans l'Elbe ou dans la Tamise; mais, Dieu merci, je serai inutile, et je ne quitterai probablement pas mes étables, ma bergerie, et mon cabinet.

Permettez-moi de laisser dormir mes *Chevaliers* jusqu'en janvier. Pour les oublier mieux, je me mets au second volume de *Pierre le Grand*. Le Pruth, Catherine orpheline gouvernant un empire, un fils condamné par son père, et par quatre-vingts juges dont la moitié ne savait pas signer son nom, sera une diversion qui vaudra les neuf années d'Horace. On dit qu'une nouvelle scène de finances va égayer la nation. On ne fera point la guerre l'hiver, on courra aux spectacles, et *la Chevalerie* pourra vous amuser ce carême.

Je pense que c'était à l'abbé du Resnel à gouverner nos finances plutôt qu'à Silhouette; car celui-ci n'a traduit Pope et le *Tout est bien* qu'en prose, et l'abbé l'a traduit en vers; mais j'aimerais encore mieux Martin le manichéen.

De grâce, mon respectable ami, dites-moi si les effets publics reprennent un peu de faveur. J'ai quatre-vingts personnes à nourrir.

Est-il vrai que M. d'Armentières a été battu? est-il vrai que les flottes se battent? Je croyais que la flotte de M. le maréchal de Conflans allait à la Jamaïque. J'ai peur que tout n'aille au diable, sur mer et sur terre. La paix, la paix, mon divin ange!

MMCMXIX. — A MADAME LA MARQUISE DU DEFFAND.

3 décembre.

Je ne vous ai point dépêché, madame, ce vieux chant de *la Pucelle* que le roi de Prusse m'a renvoyé; unique restitution qu'il ait faite en sa vie. Les plaisanteries ne m'ont pas paru de saison; il faut que les lettres et les vers arrivent du moins à propos. Je suis persuadé qu'ils seraient mal reçus immédiatement après la lecture de quelque arrêt du conseil qui vous ôterait la moitié de votre bien, et je crains toujours qu'on ne se trouve dans ce cas. Je ne conçois pas non plus comment on a le front de donner à Paris des pièces nouvelles; cela n'est pardonnable qu'à moi, dans mon enceinte des Alpes et du mont Jura. Il m'est permis de faire construire un petit théâtre, de jouer avec mes amis et devant mes amis; mais je ne voudrais pas me hasarder dans Paris avec des gens de mauvaise humeur. Je voudrais que l'assemblée fût composée d'âmes plus contentes et plus tranquilles. D'ailleurs vous m'apprenez que les personnes qui ont du goût ne vont plus guère aux spectacles, et je ne sais si le goût n'est point changé, comme tout le reste, dans ceux qui les fréquentent. Je ne reconnais plus la France ni sur terre, ni sur mer, ni en vers, ni en prose.

Vous me demandez ce que vous pouvez lire d'intéressant; madame, lisez les gazettes; tout y est surprenant comme dans un roman. On y voit dès vaisseaux chargés de jésuites, et on ne se lasse point d'admirer qu'ils ne soient encore chassés que d'un seul royaume; on y voit les Français battus dans les quatre parties du monde, le marquis de Brandebourg faisant tête tout seul à quatre grands royaumes armés contre lui, nos ministres dégringolant l'un après l'autre, comme les personnages de la lanterne magique, nos bateaux plats, nos descentes dans la rivière de la Vilaine. Une récapitulation de tout cela pourrait composer un volume qui ne serait pas gai, mais qui occuperait l'imagination.

Je croyais qu'on donnerait les finances à l'abbé du Resnel; car, puisqu'il a traduit le *Tout est bien* de Pope en vers, il doit en savoir plus que le Silhouette, qui ne l'a traduit qu'en prose. Ce n'est pas que ce M. de Silhouette n'ait de l'esprit et même du génie, et qu'il ne soit fort instruit; mais il paraît qu'il n'a connu ni la nation, ni les financiers, ni la cour; qu'il a voulu gouverner en temps de guerre, comme à peine on le pourrait faire en temps de paix, et qu'il a ruiné le crédit qu'il cherchait, comptant pouvoir suffire aux besoins de l'État avec un argent qu'il n'avait pas. Ses idées m'ont paru très-belles, mais employées très-mal à propos. Je croyais sa tête formée sur les principes de l'Angleterre, mais il a fait tout le contraire de ce qu'on fait à Londres, où il avait vécu un an chez mon banquier Bénezet. L'Angleterre se soutient par le crédit; et ce crédit est si grand, que le gouvernement n'emprunte qu'à quatre pour cent tout au plus. Nous n'avons encore su imiter les Anglais ni en finances, ni en marine, ni en philosophie, ni en agriculture. Il ne manque plus à ma chère patrie que de se battre pour des *billets de confession*, pour des places à l'hôpital, et de se jeter à la tête la faïence à *cul noir* sur laquelle elle mange, après avoir vendu sa vaisselle d'argent.

Vous m'avez parlé, madame, de la Lorraine et de la terre de Craon; vous me la faites regretter, puisque vous prétendez que vous pourriez quelque jour aller en Lorraine. Je me serais volontiers accommodé de Craon, si je m'étais flatté d'avoir l'honneur de vous y recevoir avec Mme la maréchale de Mirepoix; mais ce sont là de beaux rêves.

Ce n'est pas la faute du jésuite Menoux si je n'ai pas eu Craon; je crois que la véritable raison est que Mme la maréchale de Mirepoix n'a pas pu finir cette affaire. Le jésuite Menoux n'est point un sot comme vous le soupçonnez, c'est tout le contraire; il a attrapé un million au roi Stanislas, sous prétexte de faire des missions dans des villages lorrains qui n'en ont que faire; il s'est fait bâtir un palais à Nanci. Il fit croire au goguenard de pape Benoît XIV, auteur de trois livres ennuyeux in-folio, qu'il les traduisait tous trois; il lui en montra deux pages, en obtint un bon bénéfice dont il dépouilla des bénédictins, et se moqua ainsi de Benoît XIV et de saint Benoît.

Au reste, il est grand cabaleur, grand intrigant, alerte, serviable, ennemi dangereux, et grand convertisseur. Je me tiens plus habile que lui, puisque, sans être jésuite, je me suis fait une petite retraite de deux lieues de pays à moi appartenantes. J'en ai l'obligation à M. le duc de Choiseul, le plus généreux des hommes. Libre et indépendant, je ne me troquerais pas contre le général des jésuites.

Jouissez, madame, des douceurs d'une vie tout opposée; conversez avec vos amis; nourrissez votre âme. Les charrues qui fendent la terre, les troupeaux qui l'engraissent, les greniers et les pressoirs, les prairies qui bordent les forêts, ne valent pas un moment de votre conversation.

Quand il gèlera bien fort, lorsqu'on ne pourra plus se battre ni en Canada ni en Allemagne; quand on aura passé quinze jours sans avoir un nouveau ministre ou un nouvel édit, quand la conversation ne roulera plus sur les malheurs publics, quand vous n'aurez rien à faire, donnez-moi vos ordres, madame, et je vous enverrai de quoi vous amuser et de quoi me censurer.

Je voudrais pouvoir vous apporter ces pauvretés moi-même, et jouir de la consolation de vous revoir; mais je n'aime ni Paris, ni la vie qu'on y mène, ni la figure que j'y ferais, ni même celle qu'on y fait. Je dois aimer, madame, la retraite et vous. Je vous présente mon très-tendre respect.

MMCMXX. — A M. THIERIOT.

Aux Délices, 5 décembre.

Ermite de l'Arsenal, l'ermite de Tournay et des Délices est *dictateur* parce qu'il a mal aux yeux. Vous m'écrivez toujours à Genève, comme si j'étais un parpaillot; mettez *par Genève*, s'il vous plaît. Je ne veux pas que l'enchanteur qui fera mon histoire prétende, sur la foi de vos lettres, que j'ai fait abjuration. La bonne compagnie de Genève veut bien venir chez moi, mais je ne vais jamais dans cette ville hérétique. C'est ce que je vous prie de signifier à frère Berthier, supposé qu'il vive encore, ou à frère Garasse, ou même à l'auteur des *Nouvelles ecclésiastiques*. Il me semble qu'il faudrait faire une battue contre toutes ces bêtes puantes; mais les philosophes ne sont presque jamais réunis, et les fanatiques, après s'être déchirés à belles dents, se réunissent tous pour dévorer les philosophes. Un de mes plaisirs, dans mon petit royaume, est de tirer à cartouches contre ces drôles-là, sans les craindre; c'est un des amusements de ma vieillesse.

On dit que la tragédie de M. de Thibouville n'a pas si bien réussi que l'*Apparition de frère Berthier*. Il y a quelques années que les choses sérieuses ne réussissent guère en France, témoin la prose retirée [1] du traducteur de Pope, et témoin nos combats sur terre et sur mer. Il faut espérer que le diable, qui n'est pas toujours à la porte d'un pauvre homme, ne sera pas toujours à la porte de la pauvre France.

O passi graviora! dabit Deus his quoque finem.

Virg., *Æneid.*, lib. I, v. 199.

On profitera sans doute des bons exemples des Russes et du maréchal de Daun. Retenez pour votre vie, mon ancien ami, une anecdote

---

1. Les édits du 20 septembre. (ÉD.)

singulière : le roi de Prusse me mande, du 17 de novembre, ces propres mots : *Dans huit jours je vous en écrirai davantage de Dresde ;* et, au bout de trois jours, il perd vingt mille hommes. Vous m'avouerez que ce monde-ci est la fable du *Pot au lait.*

Vous avez sans doute une mauvaise copie de *la Femme qui a raison,* et soyez sûr qu'on n'a que de très-détestables copies de presque tous nos amusements de Tournay et des Délices ; vous auriez bien dû venir voir les originaux. Nous avons joué une nouvelle tragédie sur un petit théâtre vert et or, et nous avons fait pleurer deux des plus beaux yeux que je connaisse, qui sont ceux de Mme l'ambassadrice de Chauvelin, sans compter ceux de son mari, moins beaux à la vérité, mais appartenant à une tête pleine d'esprit et de goût. Ma nièce n'a pas tous les talents de Mlle Clairon, mais elle est beaucoup plus attendrissante, et non moins vraie. Pour moi, je suis, sans vanité, le meilleur vieillard que nous ayons à la Comédie.

Je me suis un peu ruiné, mon cher ami, en bâtiments et en châteaux, et mes moutons se meurent de la clavelée ; cependant je n'ai point envoyé ma vaisselle à la Monnaie, attendu qu'il n'y a point d'hôtel, ni même aucune monnaie dans le pays de Gex, et que je ne veux point la vendre à des huguenots. Je n'ai point de *culs noirs,* et j'ai renoncé aux *blancs,* que j'aimais autrefois à la folie.

M. de Paulmy a-t-il renoncé à l'exécrable dessein d'aller en Pologne ? Présentez-lui mes respects, et dites-lui que, s'il persiste dans cette triste idée, j'avertirai les housards prussiens qui le prendront en passant. N'a-t-il donc pas assez de son mérite pour vivre à Paris, toujours estimé et honoré ?

Buena noche, mon ancien ami.

MMCMXXI. — A M. LE COMTE D'ARGENTAL.

5 décembre.

Mon cher ange, que dites-vous de *Luc,* qui me mande le 17 : *Je vous écrirai plus au long de Dresde ?* et le troisième jour vous savez ce qui lui arrive[1]. Vous voyez qu'il ne faut compter sur rien, pas même sur nos flottes, pas même sur les tragédies de M. de Thibouville. Voyez ce qui arrive à frère Berthier ; il va à Versailles dans toute sa gloire, et meurt on bâillant. On n'est sûr de rien dans ce monde ; j'en excepte *Tancrède.* Vous devez être sûr, mon divin ange, que je la mettrai à vos pieds ; et, si elle a le sort de Thibouville, ce ne sera pas sans y avoir bien songé. Je me flatte que *Spartacus* va se montrer. Seriez-vous assez ange pour faire dire au faiseur de *Spartacus* que mes chevaliers n'osent se battre contre ses gladiateurs, et que mon estime et mon amitié lui ont cédé volontiers le pas ?

Je vois que la prose du traducteur de Pope ne lui a point du tout réussi. Pourriez-vous avoir la bonté de me dire si ses successeurs écrivent plus rondement et ont le style moins dur ? Que pense-t-on des

---

1. Le 20 novembre se donna le combat de Maxen, et le lendemain un corps prussien, fort de seize bataillons et de trente-cinq escadrons, se rendit au général autrichien Daun. (ÉD.)

billets ou actions des fermes ? Il est bien bas de vous parler de cette prose, ou plutôt de ces chiffres, au lieu de vous envoyer des tirades d'*Aménaïde*, en vers croisés; mais on n'est pas toujours sur Pégase, on est ballotté dans le même vaisseau où vous criez tous miséricorde.

MMCMXXII. — A MADAME D'ÉPINAI.

Aux Délices, 7 décembre.

J'ai deux grâces à vous demander, ma chère philosophe, lesquelles ne tiennent en rien à la philosophie; la première, c'est de vouloir bien m'envoyer un second exemplaire de *la Mort* et de *l'Apparition* de mon chère frère Berthier; la seconde, de vouloir bien vous abaisser en ma faveur jusqu'à jeter un coup d'œil sur les misérables affaires de ce monde matériel, et de me dire si les actions des fermes sont un effet qui puisse et qui doive subsister. Ce sont deux propositions de théologie et de finances dont je suis honteux. Le paquet Berthier pourrait être contre signé *Bouret;* car ce cher et bienfaisant Bouret a la bonté de me contre-signer tout ce que je veux. Ma respectable philosophe, vous êtes bien tiède; quoi! vous et le prophète de Bohême, vous êtes à Paris, et l'*infâme* n'est pas encore anéantie! Il faudra que je vienne travailler à la vigne.

Ma chère philosophe, vous n'avez pas eu de confiance en moi, et vous l'avez prodiguée à des prêtres génevois. Vos livres [1] courent Genève; je suis obligé de vous en avertir; je vous aime. Vous avez été déjà la dupe d'un Génevois [2]; ah! ma philosophe, ne vous fiez qu'aux solitaires comme moi, et aux *Bohémiens* [3]; ne me trahissez pas, mais tâchez de rattraper tous vos exemplaires. Votre fils serait un jour désespéré, si cela transpirait.

Mandez-moi, je vous prie, comment vont les affaires publiques; ce n'est pas curiosité, c'est nécessité. Je suis dans la même barque que vous; il est vrai que j'y suis à fond de cale, et vous autres au timon; mais nous sommes battus des mêmes vents. Ma belle philosophe, vous êtes vraie; mettez-moi au fait, je vous en prie, et daignez conserver quelque amitié pour l'ermite.

MMCMXXIII. — A MADAME LA COMTESSE DE LUTZELBOURG.

Aux Délices, 9 décembre.

Dès que Colini sera prêt à partir, madame, je lui enverrai assurément une lettre pour l'électeur palatin, dont on prétend que le pays commence à être exposé aux visites des Hanovriens. Il faut avouer que jusqu'ici la France ne sert pas trop bien ses amis. Je n'imiterai pas ce triste exemple; je servirai Colini de tout mon cœur. Vous me paraissez depuis longtemps, madame, détachée tout à fait de Marie-Thérèse; les grandes passions s'usent; celle que vous avez pour le roi de Prusse s'usera de même. Je crois avoir trouvé le secret de n'avoir aucune passion pour tous ces gens-là; c'est d'être si occupé de mes moutons, de

---

1. *Lettres à mon fils;* — *Mes moments heureux.* (ÉD.)
2. J. J. Rousseau. (ÉD.) — 3. A Grimm. (ÉD.)

mes bœufs, et de mes blés, que je n'aie pas le temps de m'intéresser aux rois. Je vous assure que la vie pastorale est un beau contraste avec la vie horrible qu'on mène auprès d'eux, sans compter la mort ou la pauvreté qu'on va chercher pour eux. La France a perdu cent mille hommes depuis trois ans; et à présent elle n'a pas plus de vaisseaux que de vaisselle. Notre or et notre sang inondent l'Allemagne. Quiconque avait des effets publics est ruiné. Il faut aimer ses moutons quand on en a; mais, si j'avais un Silhouette pour berger, ils mourraient tous de la clavelée.

Monsieur votre fils va-t-il encore se ruiner et hasarder sa vie? où est-il, madame? Permettez que je l'assure de mon respectueux attachement, ainsi que votre bonne et fidèle amie. Si vous avez autant de neige que nous, il faudra que le carnage cesse cet hiver. Tâchez d'être heureuse pour vous dépiquer.

Je suis à vos pieds pour ma vie.   **V.**

MMCMXXIV. — A M. LE COMTE ALGAROTTI.

Aux Délices, décembre.

Quando mi capitò la vostra gentile epistola, stavo bene, e ne fui allegro tutto il giorno; ma sono rica duto, sto male, e sono pigro, attristato, malinconico; ho tralasciato un mese i miei armenti, e l'istoria, e la poesia, ed ancora voi stesso, cigno di Padova, che cantate adesso sulle sponde del piccol Reno, *parvique Bononia Reni*.

Vi parlerò prima dell' opera rappresentata nella corte di Parma,

> Che quanto per udita io ve ne parlo;
> Signor, miraste, e feste altrui mirarla.

Il vostro *Saggio sopra l'Opera* in musica fu il fondamento della riforma del regno dei castrati. Il legame delle feste, e dell' azione a noi Francesi si caro, sarà forse un giorno l'inviolabil legge dell' opera italiana.

Notre quatrième acte de l'opéra de *Roland* [1], par exemple, est en ce genre un modèle accompli. Rien n'est si agréable, si heureux que cette fête des bergers qui annoncent à Roland son malheur; ce contraste naturel d'une joie naïve et d'une douleur affreuse est un morceau admirable en tout temps et en tout pays. La musique change, c'est une affaire de goût et de mode; mais le cœur humain ne change pas. Au reste la musique de Lulli était alors la vôtre; et pouvait-il, lui qui était un *valente buggerone di Firenze*, connaître une autre musique que l'italienne?

Je compte envoyer incessamment à M. Albergati la pièce que j'ai jouée sur mon petit théâtre de Tournay, et qu'il veut bien faire jouer sur le sien, en cas qu'il ne soit point effrayé d'avoir commerce avec une espèce d'hérétique, moitié français, moitié suisse. Je crois, messieurs, que, dans le fond du cœur, vous ne valez pas mieux que nous; mais vous êtes heureusement contraints de faire votre salut.

---

1. Paroles de Quinault, musique de Lulli. (ÉD.)

M. Albergati m'a mandé qu'il avait vraiment une permission de faire venir des livres. O dio ! *o Dii immortales !* Les jacobins avaient-ils quelque intendance sur la bibliothèque d'un sénateur romain ? Yes, good sir, I am free and far more free than all the citizens of Geneva.

> *Libertas, quæ, sera, tamen respexit.......*
>
> Virg., ecl. I, 28.

sed non INERTEM. C'est à elle seule qu'il faut dire : *Tecum vivere amem, tecum obeam libenter* [1]. Cependant j'écris l'histoire du plus despotique bouvier [2] qui ait jamais conduit des bêtes à cornes; mais il les a changées en hommes. J'ai chez moi, au moment où je vous écris, un jeune Soltikof, neveu de celui qui a battu le roi de Prusse; il a l'âme d'un Anglais, et l'esprit d'un Italien. Le plus zélé et le plus modeste protecteur des lettres que nous ayons à présent en Europe, est M. de Schowalow, le favori de l'impératrice de Russie; ainsi les arts font le tour du monde.

Niente dal vostro librajo; ve l'ho detto, è un briccone. Annibal et Brennus passèrent les Alpes moins difficilement que ne font les livres. *Interim, vive felix,* and dare to come to us.

MMCMXXV. — A M. LE MARQUIS DE CHAUVELIN,

AMBASSADEUR A TURIN.

Aux Délices, 11 décembre.

Il est bien beau à Votre Excellence de songer à des tragédies françaises, quand vous avez des opéras italiens. Pour moi, je renonce cet hiver aux uns et aux autres. Phèdre, non pas la *Phèdre* de Racine, mais Phèdre, le conteur de fables, dit :

> *Vacès oportet, Eutyche, a negotiis,*
> *Ut liber animus sentiat vim carminis.*
>
> Lib. III, prolog.

Je maintiens que le public de Paris est comme ce M. Eutychus; il n'est pas en état de sentir *vim carminis*. Il lui faut argent, gaieté, succès; il n'a rien de tout cela; il siffle tout pour se venger.

J'avais fait ma *Chevalerie* dans un temps moins malheureux, et j'espérais que vous pourriez la voir à Paris. Vous et madame l'ambassadrice l'avez assez honorée dans ma petite retraite. M. le duc de Choiseul est, je crois, à présent un vrai Eutychus; moi, chétif, je suis *attristato, malinconico, ammalato*. L'hiver me rend de mauvaise humeur; il m'ôte le plaisir de me ruiner en bâtiments. J'essuie des banqueroutes. Les misères publiques poussent jusqu'au mont Jura, et viennent m'y trouver.

Vraiment oui, monsieur, j'ai reçu une lettre du roi de Prusse; j'en ai reçu trois en huit jours. Je suis comme les gens de l'île des Papegauts : « L'avez-vous vu, bonnes gens, l'avez-vous vu ? Eh oui, pardieu! nous en avons vu trois, et nous n'y avons guère profité. » Cette

---

1. Horace, liv. III, ode IX, vers 24. (ÉD.) — 2. Pierre le Grand. (ÉD.)

petite affaire me paraît aussi épineuse que celle de ce rude abbé d'Espagnac, qui ne finit point, et qui s'amuse à présent à condamner le lit de justice.

Je pense que tout le monde est devenu fou; cela ne serait rien, si l'on n'était pas devenu aussi gueux. Je crois pourtant que *Luc* écrira à votre ami ¹ avant un mois. Pour moi, je vous remercierai toujours des bontés dont vous m'avez honoré auprès de cet épineux d'Espagnac. Il devrait bien plutôt songer à tirer le pays de Gex de la misère, qu'à grimeliner des lods et ventes.

Il ne m'appartient pas de parler à Votre Excellence des affaires publiques; mais il faut que je vous conte un trait assez singulier qui a quelque rapport à ce qui se passe sur terre. Vous savez que le roi de Prusse m'écrit quelquefois en vers et en prose, quand il a fait sa revue et joué de la flûte; or, il m'écrivait le 17 de novembre : « Nous touchons à la fin de notre campagne; elle sera bonne, et je vous écrirai, dans une huitaine de jours, de Dresde, avec plus de tranquillité et de suite qu'à présent; » et vous savez, au bout de trois jours, ce qui lui est arrivé. Je trouve partout la fable du *Pot au lait*. Quel *pot au lait* que ce Silhouette! Son premier début m'avait séduit. Ce traducteur du *Tout est bien*, de Pope, m'a vite rangé du parti de Martin, et m'a fait voir combien tout est mal. Il faut tâcher de vivre comme le seigneur Pococurante. Mais il y a un seigneur qui me paraît de tout point préférable; c'est le plus aimable des hommes, mari de la plus aimable des femmes. Je leur présente à tous deux, avec leur permission, les plus tendres respects.

MMCMXXVI. — A M. LE COMTE D'ARGENTAL.

Aux Délices, 11 décembre.

Je me flatte, mon divin ange, que la mort funeste de la princesse que vous regrettez ne changera rien à votre destinée, et que votre place n'en sera pas moins pour vous une source de choses utiles et agréables. Permettez-moi de vous marquer toute la part que nous prenons, Mme Denis et moi, à ce triste accident. Je suis persuadé que madame l'infante vous avait bien goûté, qu'elle sentait tout ce que vous valez; et, en ce cas, vous perdez beaucoup. Votre cœur sera affligé; mais, quoique votre intérêt ne soit pas pour vous un motif de consolation, il faut bien que vos amis envisagent cet intérêt que vous êtes bien homme à négliger.

Voilà, dit-on, de belles espérances de paix; le roi d'Angleterre l'offre en vainqueur. Je ne veux point demander si cette déclaration de sa part est une suite de certaines démarches; je demande seulement, comme citoyen, si vous pensez que nous aurons la paix. Je la vois nécessaire pour nous. J'ai bien de la peine à la voir glorieuse; mais j'attends tout des lumières et de la belle âme de M. le duc de Choiseul. C'est alors que nous pourrons mettre les chevaliers français sur la scène; ils seront à vos ordres comme l'auteur. Cette *Femme qui a raison* me

1. Le duc de Choiseul. (ÉD.)

fait de la peine; on la dit imprimée, et très-mal; c'est ma destinée, et cette destinée désagréable a été toujours la suite de ma facilité. On ne se corrige de rien; au contraire, les mauvaises qualités augmentent avec l'âge comme les bonnes. Que vous êtes heureux! et que cette loi de la nature vous est favorable! Je vous souhaite, et à Mme Scaliger, une jolie année 1760, et cinq ou six bonnes pièces nouvelles. Si j'avais du temps j'en ferais une, bonne ou mauvaise; mais *Pierre* m'appelle; je ne connais que vous et lui.

MMCMXXVII. — A M. BERTRAND.

15 décembre.

De quoi vous avisez-vous, mon cher ami, de donner sitôt de l'argent[1] à Panchaud? Il n'en a pas probablement tant de besoin que vous; c'était à lui d'attendre votre commodité. Vous êtes bien heureux de n'avoir pas votre bien à Leipsick; le roi de Prusse vient encore de lui extorquer trois cent mille écus. Tout ce qu'on voit, à droite et à gauche, fait aimer et estimer ce pays-ci, surtout si le sage gouvernement de Berne ne donne pas des lettres de naturalité à ce fripon de Grasset. Je crois qu'il faudra faire paraître à la fois les deux volumes de l'*Histoire de Pierre le Grand*, le plus sage et le plus grand des sauvages, qui a civilisé une grande partie de l'hémisphère, et qui, en se laissant battre neuf années de suite, apprit à battre l'ennemi le plus intrépide. Ce qui se passe aujourd'hui est juste le revers de Pierre; on a commencé par des victoires, on finira par le plus affreux revers. On m'écrivait le 17 novembre : *Je vous en dirai davantage de Dresde, où je serai dans huit jours.*

Vous voyez ce qui est arrivé le troisième jour. Pour la France, il n'y a rien à en dire. Il n'y a qu'à n'avoir point d'argent chez elle.

Mille tendres respects à M. et à Mme de Freudenreich. Voilà des gens sages et aimables; je leur suis attaché pour ma vie.

Je vois, par mes archives, qu'un seigneur de leur nom a possédé ma terre de *Fernex*, au XVIᵉ siècle. Cela me rend tout glorieux.

Bonsoir, mon cher ami; je vous embrasse tendrement de tout mon cœur.

MMCMXXVIII. — A M. THIERIOT.

15 décembre.

Vous ne vous plaindrez pas cette fois-ci, mon cher et ancien ami, que j'épargne les ports de lettres. J'ai peur qu'il ne soit ridicule de parler de comédie dans le temps qu'il n'est question que de *culs-noirs*, de bourses vides, de flottes dispersées, et de malheurs en tout genre sur terre et sur mer. L'espérance de la paix est dans le fond de la boîte de Pandore; mais, pendant que tout l'État souffre, il se trouve toujours des gredins qui impriment, des oisifs qui lisent, et des Fréron qui mordent. Je vous prie de m'envoyer, par M. Bouret ou par quelque autre contre-signeur, *la Femme qui a raison*, et la *Malsemaine* dans laquelle Fréron répand son venin de crapaud.

---

1. Voltaire, un an auparavant, avait prêté cinquante louis à Bertrand. (ÉD.)

On m'a envoyé la magnifique édition de l'*Ecclésiaste*; elle est imprimée au Louvre, avec mon portrait à la tête; mais il y a beaucoup de fautes, et le texte manque au bas des pages. Il en paraîtra une belle édition approuvée par le pape. Il faut apprendre à de petits esprits insolents, qui abusent de leurs places, à quel point on doit les mépriser, et à quel point on peut les confondre. On reviendrait à Paris leur marquer tout le dédain qu'on leur doit, si on n'aimait pas mieux être chez soi libre et tranquille.

> *Sed nil dulcius est bene quam munita tenere*
> *Edita doctrina sapientum templum serena,*
> *Respicere unde queas alios, passimque videre*
> *Errare, utque viam palantes quærere vitæ.*
>
> Lucr., lib. II.

MMCMXXIX. — A M. DALEMBERT.

Aux Délices, 15 décembre.

Votre Siméon Valette, ou Valet, ou La Vallette, est chez moi, mon cher philosophe; il s'est fait moine dans mon couvent, mais on ne reçoit pas de moines sans savoir d'où ils viennent et qui ils sont. Cet homme ne donne aucuns renseignements; il paraît assez bon diable, mais je veux au moins savoir qui est ce diable. Où l'avez-vous connu? qui répond de lui?

Quis, quid, ubi, quibus auxiliis, cur, quomodo, quando?

Nous allons donc avoir la paix; votre pension berlinoise sera bien assurée. Je vous plaindrai si vous restez à Paris; je vous plaindrai si vous allez en Prusse; mais partout où vous serez, je vous aimerai de tout mon cœur. Mes compliments à frère Bernard et à *tutti quanti*.

MMCMXXX. — A M. BIORT, ÉVÊQUE D'ANNECI.

15 décembre.

Monseigneur, le curé d'un petit village nommé Moëns, voisin de ma terre, a suscité un procès à mes vassaux de Ferney, et, ayant souvent quitté sa cure pour aller solliciter à Dijon, il a accablé aisément des cultivateurs uniquement occupés du travail qui soutient leur vie. Il leur a fait pour quinze cents livres de frais, pendant qu'ils labouraient leurs champs, et a eu la cruauté de compter, parmi ses frais de justice, les voyages qu'il a faits pour les ruiner. Vous savez mieux que moi, monseigneur, combien, dès les premiers temps de l'Église, les saints Pères se sont élevés contre les ministres sacrés qui emploien aux affaires temporelles le temps destiné aux autels. Mais si on leur avait dit: « Un prêtre est venu avec des sergents rançonner de pauvres familles, les forcer de vendre le seul pré qui nourrit tous leurs bestiaux, et ôter le lait à leurs enfants, » qu'auraient dit les Jérôme, les Irenée, les Augustin? Voilà, monseigneur, ce que le curé de Moëns est venu faire à la porte de mon château, sans daigner même me venir parler. Je lui ai envoyé dire que j'offrais de payer la plus grande partie de ce qu'il exige de mes communes, et il a répondu que cela ne le satisfaisait pas. Vous gémissez, sans doute, que des exemples si odieux soient donnés par des pasteurs catholiques, tandis qu'il n'y a pas un seul exemple qu'un pasteur protestant ait été en procès avec ses paroissiens [1].

Il est humiliant pour nous, il le faut avouer, de voir dans les villages du territoire de Genève des pasteurs hérétiques qui sont au rang des plus savants hommes de l'Europe, qui possèdent les langues orientales, qui prêchent dans la leur avec éloquence, et qui, loin de poursuivre leurs paroissiens pour un arpent de seigle ou de vigne, sont leurs consolateurs et leurs pères; c'est une des raisons qui ont dépeuplé le canton que j'habite. Deux de mes jardiniers ont quitté, l'année précédente, notre religion, pour embrasser la protestante. Le village de Rosières avait trente-deux maisons, et n'en a plus qu'une; les villages de Magni et de Boisi ne sont plus que des déserts; Ferney est réduit à cinq familles, ayant droit de commune, et ce sont ces cinq pauvres familles qu'un curé veut forcer d'abandonner leurs demeures pour aller chercher sur le territoire de la florissante Genève le pain qu'on leur dispute dans les chaumières de leurs pères. Je conjure votre zèle paternel, votre humanité, votre religion, non pas d'engager le curé de Moëns à se relâcher des droits que la chicane lui a donnés, cela est impossible, mais à ne pas user d'un droit si peu chrétien dans toute sa rigueur, à donner les délais que donnerait le procureur le plus insatiable, à se contenter de ma promesse, que j'exécuterai aussitôt que mes malheureux vassaux auront rempli une formalité de justice préalable et nécessaire. J'attends de vous cette grâce, ou plutôt cette justice. Je suis, etc.

MMCMXXXI. — A MADAME LA COMTESSE DE LUTZELBOURG.

Aux Délices, 16 décembre.

Calfeutrez-vous, chauffez-vous bien, madame; digérez; jouissez de la société d'une amie charmante, et de la considération personnelle qui doit rendre votre vie agréable. On abrége ses jours dans le tracas des cours; on les prolonge et on les rend sereins dans la retraite. Si je suis en vie, j'en ai l'obligation à ma campagne. J'ai acheté deux terres belles et bonnes auprès de mes Délices, par reconnaissance du bien que m'a fait la vie champêtre. J'ai trois ports contre tous les naufrages; c'est là que je plains les folies barbares de ceux qui s'égorgent pour des rois. J'y ris de la folie ridicule des courtisans, et du changement continuel de scènes dans une très-mauvaise pièce. Les vers que vous m'envoyez ne donnent point envie de rire; ils disent des vérités bien tristes. Il faut s'attendre à peu de gloire et peu d'argent. Passe

---

1. Ce qui fait que jamais les curés protestants n'ont de procès avec leurs ouailles, c'est que ces curés sont payés par l'État, qui leur donne des gages : ils ne disputent point la dixième ou la huitième gerbe à des malheureux. C'est le parti que l'impératrice Catherine II a pris dans son empire immense. La vexation des dîmes y est inconnue.

pour le premier point. Le duc de Lauraguais renonce à la gloire, et garde son argent; mais la France perd le sien. Bonsoir et mille respects.

V.

MMCMXXXII. — A M. COLINI.

Aux Délices, 16 décembre.

Gli auguro un felice viaggio, o più tosto una stabile dimora. Ecco due lettere, l'una per l'altezza[1], l'altra pe'l Pierron, scritte ambedue colla medesima premura. Intanto sappia che l'amo e l'amerò sempre.

V.

MMCMXXXIII. — A M. PIERRON, A MANHEIM.

Aux Délices, 16 décembre.

Mon cher ami, je vous envoie mon précurseur. Mon régime, malgré toutes mes incommodités, me mettra, l'été qui vient, en état d'aller vous remercier de toutes les marques d'amitié qu'il a reçues de vous. Je prends sur moi le bien que vous lui faites, et je partage sa reconnaissance. Vous aurez en lui un homme très-attaché. Plus vous le connaîtrez, plus vous verrez combien il mérite votre bienveillance. Je lui ai donné une lettre pour Son Altesse Électorale; je me flatte que vous lui procurerez l'honneur de la présenter. Il ne veut avoir d'obligation qu'à vous. Je vous prie de présenter mes respects à M. le baron de Beckers[2], et à tous ceux qui voudront bien se souvenir de moi dans votre aimable cour.

MMCMXXXIV. — A M. BERTRAND.

18 décembre.

Je m'intéresse bien vivement, mon cher monsieur, à tout ce qui peut toucher Mme de Freudenreich; je crains de ne pas assez ménager sa douleur, en lui écrivant une de ces lettres de condoléance qui ne sont, comme dit La Fontaine, que des surcroîts d'affliction. J'ai pris le parti d'adresser ma lettre à M. de Freudenreich. Je reconnais bien votre amitié à la part que vous m'avez faite de ce qui regarde une famille qui me sera toujours respectable et bien chère.

Je vous plains si vous avez mis quelque chose sur les fonds publics de France; il n'y a pas d'apparence que nos pertes immenses soient sitôt réparées. J'ai embarqué comme vous une grande partie de ma fortune sur ce frêle vaisseau de la foi publique; mais il ne faut jamais songer à ce qu'on a perdu, il faut penser à bien employer ce qui reste.

S'il est vrai qu'un corps prussien de huit mille hommes ait été battu[3] par les Autrichiens, et que le maréchal de Daun se soit ouvert les chemins de Berlin, je tiens le roi de Prusse plus à plaindre que vous et moi.

Je vous embrasse de tout mon cœur.

---

1. L'électeur palatin. (ÉD.)
2. Contrôleur général de l'électeur palatin. (ÉD.)
3. Dans les premiers jours de décembre, Beck, l'un des généraux qui servaient sous Daun, avait enlevé un corps de quinze cents Prussiens, près de Meissen, sur la rive droite de l'Elbe. (ÉD.)

MMCMXXXV. — De M. Dalembert.

À Paris, ce 22 décembre.

Le nouveau moine[1] ou frère lai que vous venez de recevoir, mon cher et illustre maître, m'a été adressé, il y a plusieurs années, par une nièce de Mlle Quinault, qui est mariée à Bourges, et qui me le recommanda. Il me parut comme à vous assez bon diable; et d'ailleurs je lui trouvai quelques connaissances mathématiques. Il présenta, quelque temps après, à l'Académie des sciences, un traité de gnomonique qu'elle approuva, et qu'il m'a fait l'honneur de me dédier[2]. Depuis ce temps-là été errant de ville en ville, et m'a écrit de temps en temps pour m'engager à le placer, sans que j'en aie pu trouver les moyens. Je suis aise qu'il ait trouvé un asile chez vous, et je crois que vous en pourrez tirer quelques secours; au surplus, je ne vous demande vos bontés pour lui qu'autant qu'il s'en rendra digne.

Je ne crois pas la paix si prochaine que vous, mais je la désire encore plus que je n'en doute, et je la désire par mille raisons. Je suis bien las de Paris; mais serai-je mieux ailleurs? c'est ce qui est fort incertain. Vous avez choisi, comme Marthe, la meilleure part[3]; mais vous êtes riche, et je suis pauvre. Je n'attends que la paix pour voyager; je tâterai de différents pays, et *quamprimum tetigero bene moratam, et liberam civitatem, in ea conquiescam*[4]. Peut-être, *quod Deus avertat!* finirai-je comme Scarmentado[5].

On continue toujours ici à nous persécuter, et à nous susciter tracasseries sur tracasseries. Voilà encore une querelle d'Allemand qu'on fait à Diderot et aux libraires, au sujet des planches de l'*Encyclopédie*: j'espère qu'ils s'en tireront avantageusement, car pour le coup ils n'ont affaire ni au parlement ni à la Sorbonne. Adieu, mon cher philosophe; quand je vous vois du port contempler les orages, je me rappelle ces vers de Virgile[6]:

> *Hos ego digrediens lacrimis affabar obortis :*
> *Vivite felices, quibus est fortuna peracta*
> *Jam sua; nos alia ex aliis in fata vocamur.*
> *Vobis parta quies; nullum maris æquor arandum.*

Je vous embrasse de tout mon cœur.

MMCMXXXVI. — A M. le comte d'Argental.

22 décembre.

Ma dernière lettre était déjà partie, et mon cœur avait prévenu le vôtre, mon respectable ami, avant que je reçusse les dernières marques de votre amitié et de votre confiance. Vous me confirmez tout ce que j'avais imaginé, votre douleur raisonnable, et les consolations de M. le duc de Choiseul. Il me semble que sa belle âme était faite pour

---

1. Valette. (Éd.)
2. *La Trigonométrie sphérique résolue par le moyen de la règle et du compas.* (Éd.)
3. Luc, chap. x, verset 43. (Éd.) — 4. Cicéron, *Oratio pro Milone.* (Éd.)
5. Voy. la dernière phrase de ce roman. (Éd.) — 6. Æn., III, 492-95. (Éd.)

la vôtre. En qui peut-il mieux placer sa confiance qu'en vous? n'y a-t-il pas de la modestie à lui à penser que c'est le ministère d'Angleterre qui jette les premiers fondements de la paix? mais n'y a-t-il pas aussi un peu d'insolence à moi, à penser que je crois savoir que c'est M. le duc de Choiseul lui-même qui a tout préparé, et que c'est sur une de ses lettres, envoyée certainement à Londres, que M. Pitt s'est déterminé? M. le duc de Choiseul lui-même ne m'ôterait pas de la tête qu'il est le premier auteur de la paix que toute l'Europe, excepté Marie-Thérèse, attend avec empressement. Cependant si *Luc* pouvait être puni avant cette heureuse paix! si, le chemin de la Lusace et de Berlin étant ouvert par le dernier avantage du général Beck, quelque Haddick [1] pouvait aller visiter Berlin! Vous voyez, divin ange, que, dans la tragédie, je veux toujours que le crime soit puni.

On parle d'une grande bataille donnée le 6 entre *Luc* et l'homme à la *toque bénite* [2]; on la dit bien meurtrière. Trois lettres en parlent; il n'y a peut-être pas un mot de vrai; nous ne le saurons que dans deux jours. Je m'intéresse bien vivement à cette pièce. Dès que les Autrichiens ont un avantage, M. le comte de Kaunitz dit à Mme de Bentinck : « Écrivez vite cela à notre ami. » Dès que *Luc* a le moindre succès, il me mande : « J'ai frotté les oppresseurs du genre humain. » Cher ange, dans ces horreurs, je suis le seul qui aie de quoi rire; cependant je ne ris point, et cela à cause des *culs-noirs*, des annuités, des loteries, et de Pondichéri; car *sempre temo per Pondicheri*.

Pour nos *Chevaliers* [3], ils sont à vos ordres. Il faudra s'attendre aux insultes de ce polisson de préron, aux cris de la canaille. Je me préparerai à tout, en faisant mes Pâques dans ma paroisse; je veux me donner ce petit plaisir en digne seigneur châtelain. Et ce M. d'Espagnac! quel homme! quel grand chambrier! quel minutieux seigneur! il ne finira donc jamais? Mais, à propos, je vous prépare des gantelets, des gages de bataille pour Pâques. Et pourquoi ne pas jouer *Rome sauvée* sur votre vaste théâtre cet hiver? pourquoi ne pas entendre les cris de Clytemnestre? ne faut-il rien hasarder? Mille tendres respects à Mme Scaliger.

MMCMXXXVII. — A MADAME LA COMTESSE DE LUTZELBOURG.

Aux Délices, 28 décembre.

Jouissez de la santé, madame, l'année 1760; n'ayez point mal aux yeux, comme moi, qui ne peux vous écrire de ma main. Vivez avec votre amie, et avec monsieur votre fils, tant que vous pourrez; voyez d'un œil tranquille nos énormes sottises; mettez à la tontine, et enterrez votre classe. J'ai envoyé un gros paquet à Colini, dans lequel il y a une lettre pour Mgr l'électeur palatin, et une autre pour le valet de chambre favori; il devrait l'avoir reçu. Les bontés dont vous l'honorez, madame, me mettent en droit de vous prier de l'en avertir.

1. Haddick, entré à Berlin le 16 octobre 1757, y avait levé une contribution de huit cent mille francs. (ÉD.)
2. Daun. (ÉD.) — 3. *Tancrède.* (ÉD.)

On dit qu'on a roué le R. P. Malagrida; Dieu soit béni! Vous aviez deux jésuites bien insolents, l'un à Strasbourg, l'autre à Colmar. M. le premier président, votre frère, ménageait ces maroufles. Ne sait-il pas qu'ils sont à présent fort au-dessous des capucins? Je mourrais content si la paix était faite, et si je voyais les jansénistes et les molinistes écrasés les uns par les autres. Mille tendres respects.

MMCMXXXVIII. — A M. FORMEY.

Aux Délices, 6 janvier 1760.

On m'envoie cette lettre ouverte; je profite de l'occasion pour vous souhaiter la santé et la paix. Soyez secrétaire *éternel*. Votre roi est toujours un homme unique, étonnant, inimitable; il fait des vers charmants, dans des temps où un autre ne pourrait faire une ligne de prose. Il mérite d'être heureux, mais le sera-t-il? et, s'il ne l'est pas, que devenez-vous? Pour moi, je ne mourrai point entre deux capucins. Ce n'était point la peine d'exalter son âme pour voir l'avenir. Quelle plate et détestable comédie que celle de ce monde!

> *Sum felix tamen, o superi : nullique potestas*
> *Hæc auferre Deo. . . . .*

Je vous en souhaite autant, etc.; *vale.*   V.

MMCMXXXIX. — A MADAME D'ÉPINAI.

Aux Délices, par Genève, 7 janvier.

Que faites-vous, madame? où êtes-vous? que dites-vous? comment vous réjouissez-vous? Est-il vrai que le baron d'Holbach est en Italie, et qu'il reviendra par les Délices? Ce sera une grande consolation pour moi de trouver un homme à qui je ne pourrai parler que de vous. Vous êtes à mes yeux *la Femme qui a raison;* mais le faquin de libraire qui l'a imprimée, et indignement défigurée, en a fait la femme qui a tort. Quoique je fasse peu d'attention à ces petites tribulations, elles ne laissent pas cependant de prendre du temps; on n'aime pas à voir ses enfants courir les rues mal vêtus et mal élevés. Il n'est pas bien sûr que notre docteur aille auprès du roi de Prusse; s'il avait cette faiblesse, vous pourriez lui appliquer ces vers de Corneille :

> D'un Romain lâche assez pour servir sous un roi
> Après avoir servi sous Pompée et sous moi.

Pompée, acte III, scène IV.

On dit, madame, qu'il y a une brochure dédiée au cheval de bronze, qui est assez plaisante. Si je pouvais l'avoir par votre protection, je vous serais bien obligé.

Monsieur l'envoyé[1] de Francfort, la guerre me paraît traîner furieu-

---

1. Grimm, qui venait d'être chargé des intérêts de la ville de Francfort-sur-le-Mein, auprès de la cour de France, avec un traitement de vingt-quatre mille livres. Les employés du bureau secret de la poste ayant décacheté, en 1761, une lettre dans laquelle *monsieur l'envoyé* faisait une plaisanterie sur un des

sement en longueur; ayez la bonté de faire finir ces pauvretés-là le plus tôt que vous pourrez. Si *Luc* est écrasé ou enchaîné, je ferai danser ce faquin de Schmidt, qui est, je crois, au nombre de vos seigneurs commettants.

> .... *Antecedentem scelestum*
> Sequitur *pede Pœna claudo.*
>
> Hor., lib. III, od. ii, v. 31.

Je suis accablé de bagatelles; j'en ai cent pieds par-dessus la tête; bagatelles touchant Pierre le Grand, bagatelles de théâtre, bagatelles d'histoire du siècle, bagatelles de mes masures et du gouvernement de mes hameaux. Je ne peux songer de longtemps à l'*Encyclopédie;* d'ailleurs, comment traiter *Idée* et les autres articles? Ma levrette accoucha ces jours passés et je vis clairement qu'elle avait des *idées.* Quand j'ai mal dormi ou mal digéré, je n'ai point d'*idées;* et, pardieu, les idées sont une modification de la matière, et nous ne savons point ce que c'est que cette matière, et nous n'en connaissons que quelques propriétés, et nous ne sommes que de très-plats raisonneurs; et maître Joly de Fleury n'en sait pas plus que moi sur tout cela. Ce n'est pas la peine d'écrire pour ne point dire la vérité. Il n'y a déjà dans l'*Encyclopédie* que trop d'articles de métaphysique pitoyables; si l'on est obligé de leur ressembler, il faut se taire. On m'assure que Diderot est devenu riche; si cela est, qu'il envoie promener les libraires, les persécuteurs et les sots, et qu'il vienne vivre en homme libre entre Gex et Genève.

Ma philosophe, on a grande envie de rendre ce pays de Gex libre et indépendant. Ce serait une bonne affaire pour la philosophie. On trouve une compagnie qui offre de l'argent comptant aux fermiers généraux et même au roi. Pour peu que le plan soit plausible, je vous l'enverrai; je veux que vous fassiez réussir cette affaire et que vous en ayez la gloire; vous ameuterez trois ou quatre des Soixante, et je vous dresserai une statue à Ferney. Vous êtes à jamais dans ma tête et dans mon cœur.

MMCMXL. — A M. BERTRAND.

7 janvier.

Je vous souhaite une vie tolérable, mon cher philosophe, car pour une vie heureuse et remplie de plaisirs, cela est trop fort, après tout ce qui arrive aux annuités, actions et billets de la compagnie des Indes. Tout périt; je laisse là mes bâtiments, *et mea me virtute involvo* [1].

On a imprimé mes lettres que M. de Haller avait fait courir. Il a oublié apparemment cet article dans les principes de l'irritation : *Magis magnos clericos non sunt magis magnos sapientes.* Je ne conçois pas comment vos *magis magni clerici* peuvent accorder des lettres de naturalité à un voleur [2] avéré. Il me semble que la vertu de la république de Berne devait être inflexible.

---

ministres de Louis XV, on obligea aussitôt la ville impériale à choisir un autre chargé d'affaires. (*Note de Clogenson.*)

1. Horace, liv. III, ode XXIX, vers 54-55. (ÉD.)
2. Fr. Grasset. Les lettres de naturalité ne lui furent pas accordées. (ÉD.)

A propos de vertu, mes tendres respects à M. et Mme de Freudenreich.

Ce n'est pas une affaire de vertu que trois éditions faites en Angleterre de la *Vie de Mme de Pompadour*. La moitié de l'ouvrage est un tissu de calomnies; mais ce qu'il y a de vrai fera passer ce qu'il y a de faux à la postérité.

Adieu; je lève les épaules quand on me parle du *meilleur des mondes possibles*. Je vous embrasse de tout mon cœur.   V.

MMCMXLI. — A M. DARGET.

Aux Délices, 7 janvier 1760.

Mes pauvres yeux sont les très-humbles serviteurs des vôtres, mon cher et ancien camarade des bords de la Sprée; je commence à perdre les joies de ce monde, comme disait cet aveugle à Mme de Longueville, qui le prenait pour un châtré; je commence à croire que la poésie n'a jamais fait que du mal, puisque celles dont vous me parlez vous ont attiré de si énormes tracasseries; mais je vous jure que vous n'auriez rien à craindre, quand même on imprimerait à Paris ce qui a déjà été imprimé ailleurs; je n'ai jamais entendu parler d'une Mme d'Artigni. Il vint chez moi, il y a environ deux mois, un prétendu marquis en... *il*, qui prétendait avoir des compliments à me faire du roi de Prusse; ce marquis étant à pied et n'ayant nulle lettre de recommandation, ne parvint pas jusqu'à moi. Il dit qu'il avait des choses importantes à me communiquer. Pour réponse, je lui fis donner une pistole, et je n'en ai pas entendu parler depuis. Il est difficile que ce marquis ait transcrit sous l'abbé de Prades le livre des *poëshies du roi mon maître*, attendu que le roi mon maître m'a mandé qu'il avait fourré, il y a deux ans, l'abbé de Prades à la citadelle de Magdebourg. En tout cas, mon cher camarade, je peux vous répondre que vous ne serez jamais soupçonné d'une infidélité, à moins que ce ne soit avec quelques damoiselles.

Le philosophe de Sans-Souci n'est pas sans souci; cependant il m'envoie toujours des cargaisons de vers avant de donner bataille et après l'avoir donnée; et avant Maxen, et pendant Maxen, et après Maxen; et dans ces vers il y a toujours de l'esprit et un fond de génie. Je suis toujours honteux d'être plus heureux que lui, et, révérence parler, je ne troquerais pas le château que j'ai fait bâtir à Ferney, contre celui de Sans-Souci; la liberté et la plus belle vue du monde sont deux choses qu'on ne rencontre pas dans tous les châteaux des rois. J'aurais bien voulu que vous fussiez venu dans nos tranquilles retraites avec Mme de Bazincourt; elle aurait été charmée d'avoir un tel écuyer, et je vous aurais bien fait les honneurs de mon petit royaume de Cathai. Je visais toujours à une retraite agréable, lorsque nous étions dans la ville des géants; mais je n'osais en espérer une aussi charmante. J'ai avec moi un homme de lettres qui s'est fait ermite dans mon abbaye, la sœur Bazincourt, la prieure Denis, un neveu qui a pris l'habit; bonne compagnie vient dîner, souper et coucher dans le monastère. Si vous étiez homme à y venir passer quelque temps en retraite, nous dirions notre office très-gaiement. Je ne sais si vous savez que le véritable roi mon maître, le roi très-bien aimé de moi chétif, a daigné, par un beau brevet, rendre mes terres que j'ai en France sur la frontière, entièrement franches et libres; c'est un droit qu'elles avaient autrefois, et que Sa Majesté a daigné renouveler en ma faveur; de sorte que mes monastères sont obligés de prier Dieu pour lui, ce que nous faisons très-ardemment; c'est une grâce que je dois à M. le duc de Choiseul et à Mme la marquise de Pompadour. Par ma foi, cela vaut mieux que d'être chambellan. Ne m'oubliez pas auprès de M. Duverney, je vous en supplie, et dites-lui que je lui serai attaché jusqu'à la mort; car, tout moine que je suis, je ne suis pas ingrat.

Ihr treue diener, gehorsamer diener [1], qui ne mourra pas entre deux capucins.
VOLTAIRE.

MMCMXLII. — A M. P. ROUSSEAU.

Janvier.

Quelque répugnance, messieurs, qu'on puisse sentir à parler de soi-même au public, et quelque vains que puissent être tous les petits intérêts d'auteurs, vous jugerez peut-être qu'il est des circonstances où un homme qui a eu le malheur d'écrire doit au moins, en qualité de citoyen, réfuter la calomnie. Il n'est pas bien intéressant pour le public que quelques hommes obscurs aient, depuis dix ans, mis leurs ouvrages sous le nom d'un homme obscur tel que moi; mais il m'est permis d'avertir qu'on m'a souvent apporté, dans ma retraite, des brochures de Paris, qui portaient mon nom avec ce titre : *imprimé à Genève.*

Je puis protester que non-seulement aucune de ces brochures n'est de moi, mais encore qu'à Genève rien n'est imprimé sans la permission expresse de trois magistrats, et que toutes ces puérilités, pour ne rien dire de pis, sont absolument ignorées dans ce pays, où l'on n'est occupé que de ses devoirs, de son commerce et de l'agriculture, et où les douceurs de la société ne sont jamais aigries par des querelles d'auteurs.

Ceux qui ont voulu troubler ainsi ma vieillesse et mon repos, se sont imaginé que je demeurais à Genève. Il est vrai que j'ai pris, depuis longtemps, le parti de la retraite, pour n'être plus en butte aux cabales et aux calomnies qui désolent, à Paris, la littérature ; mais il n'est pas vrai que je me sois retiré à Genève. Mon habitation naturelle est dans des terres que je possède en France, sur la frontière, et auxquelles Sa Majesté a daigné accorder des priviléges et des droits qui me les rendent encore plus précieuses. C'est là que ma principale occupation, assez connue dans le pays, est de cultiver en paix mes campagnes et de n'être pas inutile à quelques infortunés. Je suis si éloigné d'envoyer à Paris aucun ouvrage, que je n'ai aucun commerce, ni direct ni indirect, avec aucun libraire, ni même avec aucun homme de lettres de Paris; et, hors je ne sais quelle tragédie, intitulée *l'Orphelin de la Chine*, qu'un ami [2] respectable m'arracha il y a

---

1. Votre fidèle et dévoué serviteur. (ÉD.) — 2. D'Argental. (ÉD.)

cinq à six années, et dont je fis le médiocre présent aux acteurs du
Théâtre-Français, je n'ai certainement rien fait imprimer dans cette ville.

J'ai été assez surpris de recevoir, le dernier de décembre, une
feuille d'une brochure périodique, intitulée *l'Année littéraire*, dont
j'ignorais absolument l'existence dans ma retraite. Cette feuille était
accompagnée d'une petite comédie qui a pour titre *la Femme qui a
raison, représentée à Karonge, donnée par M. de Voltaire, et imprimée à Genève*. Il y a dans ce titre trois faussetés. Cette pièce, telle
qu'elle est défigurée par le libraire, n'est assurément pas mon ouvrage; elle n'a jamais été imprimée à Genève; il n'y a nul endroit ici
qui s'appelle Karonge, et j'ajoute que le libraire de Paris, qui l'a imprimée sous mon nom, sans mon aveu, est très-répréhensible.

Mais voici une autre réponse aux politesses de l'auteur de l'*Année
littéraire*. La pièce qu'il croit nouvelle fut jouée il y a douze ans, à
Lunéville, dans le palais du roi de Pologne, où j'avais l'honneur de
demeurer. Les premières personnes du royaume, pour la naissance,
et peut-être pour l'esprit et le goût, la jouèrent en présence de ce
monarque. Il suffit de dire que Mme la marquise du Châtelet-Lorraine
représenta la Femme qui a raison avec un applaudissement général.
On tait par respect le nom des autres personnes illustres qui vivent
encore, ou plutôt par la crainte de blesser leur modestie. Une telle assemblée savait, peut-être aussi bien que l'auteur de l'*Année littéraire*,
ce que c'est que la bonne plaisanterie et la bienséance. Les deux tiers
de la pièce furent composés par un homme[1] dont j'envierais les talents,
si la juste horreur qu'il a pour les tracasseries d'auteur et pour les
cabales de théâtre ne l'avait fait renoncer à un art pour lequel il avait
beaucoup de génie. Je fis la dernière partie de l'ouvrage; je remis ensuite le tout en trois actes, avec quelques changements légers que cette
forme exigeait. Ce petit divertissement en trois actes, qui n'a jamais
été destiné au public, est très-différent de la pièce qu'on a très-mal à
propos imprimée sous mon nom. Vous voyez, messieurs, que je ne suis
pas le seul qui doive des remercîments à l'auteur de l'*Année littéraire*,
pour ces belles imputations *de grossièreté tudesque, de bassesse et d'indécence*, qu'il prodigue. Le roi de Pologne, les premières dames du
royaume, des princes même, peuvent en prendre leur part avec la
même reconnaissance; et le respectable auteur que j'aidai dans cette
fête doit partager les mêmes sentiments.

Je me suis informé de ce qu'était cette *Année littéraire*, et j'ai appris que c'est un ouvrage où les hommes les plus célèbres que nous
ayons dans la littérature sont souvent outragés. C'est pour moi un
nouveau sujet de remercîment. J'ai parcouru quelques pages de la
brochure; j'y ai trouvé quelques injures un peu fortes contre M. Lemierre. On l'y traite d'homme sans génie, de plagiaire, de joueur de
gobelets, parce que ce jeune homme estimable a remporté trois[2] prix
à notre Académie, et qu'il a réussi dans une tragédie longtemps honorée des suffrages encourageants du public.

---

1. Sans doute Saint-Lambert. (ÉD.) — 2. Lisez *cinq*. (ÉD.)

Je dois dire, en général, et sans avoir personne en vue, qu'il est un peu hardi de s'ériger en juge de tous les ouvrages, et qu'il vaudrait mieux en faire de bons.

La satire en vers, et même en beaux vers, est aujourd'hui décriée; à plus forte raison la satire en prose, surtout quand on y réussit d'autant plus mal qu'il est plus aisé d'écrire en ce pitoyable genre. Je suis très-éloigné de caractériser ici l'auteur de l'*Année littéraire*, qui m'est absolument inconnu. On me dit qu'il est depuis longtemps mon ennemi, à la bonne heure; on a beau me le dire, je vous assure que je n'en sais rien.

Si, dans la crise où est l'Europe, et dans les malheurs qui désolent tant d'États, il est encore quelques amateurs de la littérature qui s'amusent du bien et du mal qu'elle peut produire, je les prie de croire que je méprise la satire, et que je n'en fais point.

MMCMXLIII. — A M. LE COMTE D'ARGENTAL.

11 janvier.

Je conçois très-bien, mon divin ange, que vous enverrez plus d'un courrier pour raccommoder la balourdise de ce monsieur, soi-disant d'Aragon, qui stipula si mal les intérêts du duc de Parme dans le traité croqué d'Aix-la-Chapelle [1]. Cet homme cependant passait pour un aigle. J'ai vu en ma vie bien des hiboux se croire aigles. Et que dirons-nous de ceux qui nous ont attiré cette belle guerre avec l'Angleterre, en ne sachant pas ce que c'était que l'Acadie ? Mon cher ange, le monde va comme il peut. Je n'ai d'espérance que dans M. le duc de Choiseul. Mes annuités, actions, billets de loterie, font mille vœux pour lui.

Le tripot consolerait un peu de toutes les misères qui nous accablent; mais, divin ange, j'ai fait bien des réflexions. Si la pièce réussit, peu de plaisir m'en revient, comme je vous l'ai déjà dit; si elle tombe, force tribulations me circonviennent; parodies, brochures, foire, épigrammes, journaux, tout me tombe sur le corps. J'ai soixante et six ans, comme vous savez, et je ne veux plus mourir de la chute d'une pièce de théâtre.

Je vous enverrai, n'en doutez pas, *la Chevalerie*, à laquelle je ne peux plus rien faire; mais je vous supplierai de ne la donner qu'à bonnes enseignes; supposé même que vous daigniez vous amuser encore à ces bagatelles, après les impertinences d'Auguste et de Cinna. J'ai lu cette sottise, et j'ai été bien étonné qu'on l'attribuât à Marmontel.

A l'égard de Luc, je n'ai fait autre chose qu'envoyer à M. le duc de Choiseul les lettres qu'il m'écrivait, pour lui être montrées. Je n'ai été qu'un bureau d'adresse. Il voit d'un coup d'œil ce qu'il peut faire de ces épîtres, si tant est qu'on en puisse faire quelque chose. Mais j'ai demandé à M. le duc de Choiseul une autre grâce, qui n'a nul rapport à Luc : voici de quoi il est question. Il faut plaire aux gens avec qui

---

1. Du mois d'octobre 1748. (Éd.)

l'on vit. Le conseil de Genève a condamné à dix mille livres d'amende un citoyen qu'il aime, et qu'il a condamné malgré lui, sur une con-travention faite par son commis, dans son commerce avec la France. Son procès a été fait à la réquisition du résident du roi à Genève. Le coupable en question se nomme Prévost : il est le moins coupable de tous ceux qui étaient dans le même cas; ce cas est la contrebande. Ce Prévost est ruiné : il a une femme qui pleure, des enfants qui meurent de faim. Le conseil veut bien lui remettre une partie de sa peine, mais il ne peut pas avoir cette condescendance sans savoir au-paravant si M. le duc de Choiseul le trouve bon. Il ne veut pas en parler à M. de Montpéroux, résident de France, de peur de se com-promettre, et de compromettre même le résident. On s'est donc adressé à moi. J'ai pris la liberté d'en écrire à M. le duc de Choiseul, et je vous conjure seulement d'obtenir qu'il vous dise qu'on peut faire grâce à ce pauvre diable, et qu'il n'en saura rien. Faites cette bonne œuvre le premier mardi, mon divin ange; on ne peut mieux employer un mardi.

Joue-t-on *le Gladiateur* [1] ? Espère-t-on quelque chose de M. Bertin [2] ? Avez-vous vu M. Tronchin de Lyon? Avez-vous reçu quelque consola-tion de Cadix? Payera-t-on nos rentes? Madame Scaliger, comment vous portez-vous ? Je baise bien tendrement le bout de vos ailes; autant fait Mme Denis.

Vraiment, mon divin ange, j'oubliais l'abbé d'Espagnac. Je ne croyais pas qu'avec de l'argent vous eussiez besoin d'un pouvoir. Votre nom seul est pouvoir; mais voilà la pancarte que vous ordonnez.

MMCMXLIV. — A M. COLINI.

A Tournay, par Genève, 21 janvier.

Mon cher secrétaire intime de Son Altesse Électorale, je connais votre bon cœur à la manière tendre et pathétique dont vous me parlez de M. Pierron, et surtout à votre attachement pour le meilleur prince qu'il y ait sur la terre. Vous voilà heureux, puisque vous êtes auprès de lui. J'espère, tout malingre que je suis, partager votre bonheur cet été. Vous me ferez grand plaisir de m'écrire quelquefois quand.... Je vous embrasse de tout mon cœur. V., *comte de Tournay.*

MMCMXLV. — A M. PIERRON.

A Tournay, par Genève, 21 janvier.

Le froid me tue, les neiges me désespèrent, mon cher monsieur; mais je ne puis m'empêcher de dicter ce petit billet de malade pour vous remercier tendrement de tout ce que vous avez fait pour mon cher Colini. Comptez que vous l'avez fait pour vous-même. Vous vous êtes acquis un ami reconnaissant; il vous est attaché pour la vie : il ne me parle dans ses lettres qu'des obligations qu'il vous a.

Mettez-moi, je vous prie, aux pieds de Son Altesse Électorale, et

1. *Spartacus.* (ÉD.) — 2. Contrôleur général. (ÉD.)

réservez à Schwetzingen une chambre à cheminée pour un pauvre malingre qui fait du feu à la Saint-Jean. J'ose croire que mon cœur est fait pour le sien; mais mon corps est bien loin. Je respecterai et j'adorerai ce prince jusqu'au dernier moment de ma vie.

VOLTAIRE, comte de Tournay.

MMCMXLVI. — A M. BERTRAND.

22 janvier.

Mon cher ami, j'aurais été bien étonné si Leurs Excellences, qui pensent si noblement, et qui ont tant de sagesse, s'étaient laissé surprendre aux insinuations d'un scélérat tel que Grasset. Je suis toujours enchanté des bontés inaltérables de M. de Freudenreich. Si tous les hommes d'État lui ressemblaient, les choses en iraient mieux, et maître Pangloss trouverait avec moins de peine le *meilleur des mondes possibles.* Je ne sais ce que c'est que les pauvretés de Fréron, et toutes ces misérables brochures dont on est chargé, rassasié, dégoûté à l'excès, et qui tombent, au bout de deux jours, dans l'éternel oubli qu'elles méritent. Nos affaires de France sont un objet plus intéressant; on n'a point encore de topique pour les blessures faites à nos finances. Je me ralentis sur mes bâtiments; je vai', selon le temps, et ce n'est pas assurément le temps de décorer des châteaux. J'ai peur que cette année la paix ne soit un *château en Espagne.*

A propos, je me suis mis à lire *Litteras obscurorum virorum,* que je n'avais daigné jamais regarder, par préjugé contre le siècle de barbarie où elles furent faites. Je suis émerveillé, cela vaut mieux que Rabelais. C'est dommage que notre sainte Église romaine y soit tournée en ridicule. Mais quelle naïveté! quelle bonne plaisanterie! je pouffe de rire. Je vois qu'à la fin du xv° siècle on savait déjà du grec en Allemagne, et rien en France. Nous sommes venus les derniers en tout, et nous sommes actuellement *ultimi hominum. Interim vale.* V.

MMCMXLVII. — A M. LE MARÉCHAL DUC DE RICHELIEU.

Aux Délices, 23 janvier.

J'ai laissé passer les fêtes de la Nativité *del divino Bambino,* et sa circoncision. Je n'ai point voulu interrompre mon *héros* dans la foule des occupations graves ou gaies qu'il a pu avoir à Paris et à Versailles; mais je ne suis pas homme à laisser passer le mois de janvier sans renouveler mes hommages à celui qui sera toujours mon héros. Je ne sais pas si, en 1760, son pays aura beaucoup de lauriers et beaucoup d'argent ; mais je sais bien que la statue de Gênes subsiste, que la signature du fils du roi d'Angleterre, forcé à mettre bas les armes, subsiste encore ; et que les bastions du roc de Port-Mahon rendent un témoignage immortel. J'avoue que je ne conçois guère comment on laisse inutile le seul homme qui ait rendu de vrais services. Je devrais pourtant le concevoir très-bien ; car je ne vois que de ces exemples, moi historiographe, dans les histoires que je lis et que je compile. Je dis à présent un petit mot de ce siècle, de ce pauvre siècle, de ce siècle des billets de confession, des querelles pour un hôpital, des refus d'un parlement de rendre justice, des assemblées des chambres pour condamner un dictionnaire[1] qu'on n'a pas lu; de ce beau siècle où, en trois ans de temps, l'État a été ruiné, quand nos armées devaient vivre aux dépens de l'Allemagne, etc.

J'aurai du moins le plaisir d'avoir eu raison, quand je vous ai regardé comme un homme aussi supérieur qu'aimable. Je crois, à l'âge de soixante et six ans, voir les choses comme elles sont. Je les dirai comme je les vois. *La posterità ne dirà ciò che vorrà.*

Je m'imagine que vous devez être l'ami de M. le duc de Choiseul. Je n'en sais rien, mais je le crois, parce qu'il me paraît avoir quelque chose de votre caractère. Il pense noblement, il rend service sans balancer, il aime le plaisir, il a beaucoup d'esprit, et la hauteur qui s'accorde avec les grâces. Il me semble que c'est l'homme de votre pays le plus fait pour vous.

Il s'est passé bien des choses tristes, extravagantes, comiques, depuis que je n'ai eu l'honneur de vous faire ma cour; mais c'est à peu près l'histoire de tous les temps : c'est la même pièce qui se joue sur tous les théâtres, avec quelques changements de noms. Quoi qu'il en soit, votre rôle est beau. Conservez-moi vos bontés, monseigneur, et soyez persuadé que si j'avais en main la trompette de la Renommée, ce serait pour vous que je l'emboucherais. Je vous souhaite la continuation de votre gaieté. Jouissez de votre gloire, et riez des sottises d'autrui. Mille respects.

MMCMXLVIII. — A MADAME D'ÉPINAI.

Aux Délices, 30 janvier.

Ce n'est point à ma chère et respectable philosophe que j'écris aujourd'hui, c'est à la femme d'un fermier général. Nous la supplions, Mme Denis et moi, de vouloir bien recommander le mémoire ci-joint. Nous nous flattons d'obtenir au moins quelque satisfaction. Nous souhaiterions que MM. les fermiers généraux eussent la bonté de nous faire communiquer le tarif des droits qu'on doit payer pour ce qu'on fait venir de Genève au pays de Gex, avec injonction aux commis de ne point molester nos équipages, et de laisser passer librement nos effets de Tournay, territoire de France, à Fernex, territoire aussi de France. Quant au nommé de Crose, préposé par intérim au bureau de Saconex frontière, il ne paraît aucunement propre à cet emploi. La plupart des gardes sont des déserteurs, ou gens de très-mauvaise conduite, qui font continuellement la contrebande. Ils ont dévasté nos forêts, et c'est là la véritable source de leurs vexations. Il paraît convenable que messieurs les fermiers généraux changent cette brigade. Presque tous mes gens de campagne sont des Suisses qu'il serait impossible de retenir. Ils prendront infailliblement querelle avec la brigade de Saconex, et je crains de très-grands malheurs.

1. *L'Encyclopédie.* (ÉD.)

Ma chère philosophe, je vous supplie instamment d'engager M. d'É-
pinai à faire rendre ce service important à la province et à nous.

Il y a sans doute un plus important service à rendre, c'est de s'accommoder avec la province pour le sel et tous autres menus droits.

Une compagnie offre de donner aux fermes générales environ cent
mille écus. Il est constant que les fermes du roi ne tirent pas deux
mille six cents livres par an, tous frais faits, du pays de Gex. Ils ont
quatre-vingts commis qui absorbent tout le profit. Ces commis suppri-
més, il reste tous les bureaux sur les chemins de Lyon, de Franche-
Comté et Bourgogne, dans des postes inaccessibles qu'on peut renforcer
encore. Ce qu'on propose est le bien des fermes du roi encore plus que
de la province.

Si M. d'Épinai veut se charger de venir traiter avec nous, il sera
reçu comme un libérateur. Voilà ce que nous espérons de plus con\.o-
lant, en cas que vous vouliez bien être du voyage. Vous viendrez répandre ici des bienfaits, comme vous êtes accoutumée à y répandre
des agréments; vous reverrez un pays où vous êtes adorée; tout notre
bonheur viendra de vous. Une autre fois je vous parlerai *Encyclopédie*;
mais aujourd'hui je ne suis que citoyen d'un pays malheureux que j'ai
pris en affection, et pour lequel je vous demande vos bontés. V.

MMCMXLIX. — A M. LE COMTE DE SCHOWALOW.

Aux Délices, 5 février.

Monsieur, c'est pour dire à Votre Excellence les mêmes choses que
je lui disais dans ma dernière lettre, écrite il y a huit jours, et adressée par Vienne, sous l'enveloppe de M. le comte de Kaiserling, conseiller aulique; c'est pour vous renouveler mon étonnement et mon
affliction de n'avoir aucune nouvelle des paquets envoyés depuis plus
de quatre mois. Je ne peux cependant imaginer que les paquets aient
été interceptés. Il me semble que les chemins sont libres par la voie
de Vienne, et que vos troupes victorieuses assurent la liberté des
courriers par la Pologne. Mon plus grand chagrin est que ce retardement de l'arrivée des deux paquets envoyés à M. de Kaiserling, pour
Votre Excellence, retarde les travaux que j'avais entrepris pour vous
plaire.

Je me faisais d'autant plus de plaisir de célébrer votre nation et votre
ministère dans l'*Histoire de Pierre le Grand*, que l'un et l'autre sont
cruellement outragés dans le nouveau livre dont j'ai eu l'honneur de
vous parler en ma dernière lettre envoyée par la voie de Vienne.

Quoi qu'il arrive, j'attendrai vos ordres avec le plus grand empressement de leur obéir. V

MMCML. — A MADAME D'ÉPINAI.

6 février.

Quand il s'agit de son pain, ma chère et respectable philosophe, on
oublie tout le reste, hors vous, à qui je songerais en mourant de faim.

J'envoie aux fermiers généraux les déclarations du contrôleur et du receveur, qui avouent leur prévarication, le crime de faux dans le procès-verbal, et toutes les horreurs que nous avons essuyées. Je rends compte de la scélératesse de ces employés que j'ai vus moi-même faire la contrebande. Je fais voir que le pays de Gex est à charge aux fermes du roi ; je propose les moyens de faire le bien des fermes générales et de la province. Je demande que M. d'Épinai ait la bonté de venir traiter avec nous. Si vous pouvez, madame, obtenir qu'il y vienne, et l'accompagner, la province sera, comme moi, à vos pieds. Le sel, le blé, sont de pauvres objets. Il y a des peuples qui n'ont ni pain ni sel. Mais quand on vous a vue, il faut mourir de vous revoir.

Et la paix, et la guerre, et *Luc*, et la compagnie des Indes, je me moque de tout cela, madame ; il faut que vous reveniez.   V.

MMCMLI. — A MADAME LA COMTESSE DE LUTZELBOURG.

9 février.

La santé, madame, la santé ! Voilà donc tout ce qui nous restait, et nous ne l'avons pas ! Vous avez été malade, l'hiver m'a tué ; Silhouette m'a ruiné. Il faut que je reprenne un peu de vie pour aller passer quelques jours auprès de vous, cet été, à l'île Jard. Monsieur votre fils se battra sans doute alors contre les Anglais et contre le prince Ferdinand, et j'en suis fâché.

On vend dans toute l'Europe les *Poëshies* du roi de Prusse, dans lesquelles il dit que l'âme est mortelle, et que les chrétiens sont des faquins. Apparemment qu'à Rosbach nos Français étaient de bons chrétiens, et ont cru leur âme immortelle. Ils n'ont pas voulu perdre un si beau trésor et hasarder d'être damnés. Ils ont pardonné au roi de Prusse en bons chrétiens, et ont sauvé leurs âmes.

Que deviendra tout ceci, madame ? Maupertuis le savait. Il avait prétendu qu'on pouvait aisément prévoir l'avenir en exaltant son âme. Il a laissé ce beau secret aux deux capucins entre lequels il a remis son âme mortelle ou immortelle. Pour nos fortunes, elles sont très-mortelles, et Silhouette leur a fait une blessure incurable. J'ai grand'peur que monsieur votre fils ne soit pas payé de sa pension. Cependant ceux qui font la guerre pendant que les autres font l'amour mériteraient quelque petite distinction. Je veux vous parler de tout cela à l'île Jard, madame, avant que mon âme subisse le destin dont le roi de Prusse la menace.

Vivez tant que vous pourrez ; je suis à vos pieds pour ma vie.

MMCMLII. — A M. LE COMTE D'ARGENTAL.

15 février.

Divin ange, *Spartacus* est-il joué ? a-t-il réussi ? Je ne sais rien, je suis enterré dans mes Délices ; les *Géorgiques* me poursuivent, je quitte la charrue pour prendre la plume. Vous me direz : « Que ne vous servez-vous de cette plume pour griffonner quelques vers de *la Chevalerie* ? » Patience, tout viendra. Cet hiver n'a pas été le quartier de Melpomène chez moi ; il faut un peu varier. Je mourrais d'ennui si je n'avais pas cent choses à faire. J'ai eu une violente querelle pour mon pain avec les commis des fermes ; j'ai fait des écritures ; je négocie avec les *Soixante* ; chacun a ses peines. Je voudrais seulement que vous vissiez le plan de mon château ; il vaut pour le moins un plan de tragédie. C'est Palladio tout pur, et vous ne sauriez croire combien ces occupations sont satisfaisantes, combien elles consolent de ces chiens de bureaux, de ces chiens de commis. Mais, mon cher ange, vous verrez mardi cet homme dont je suis fou, M. le duc de Choiseul. Les lettres dont il m'honore m'enchantent. Dieu le bénira, n'en doutez pas ; il a la physionomie heureuse. Je sais bien qu'il ne donnera pas de flottes à M. Berrier ; et, quand il en donnerait, autant de perdu :

Non illi imperium pelagi......
                    Virg, *Æneid.*, I, v. 142.

Nous avons à Pondichéri un Lally, une diable de tête irlandaise qui me coûtera, tôt ou tard, vingt mille livres tournois annuelles, le plus clair de ma pitance ; mais M. le duc de Choiseul triomphera de *Luc* de façon ou d'autre, et alors quelle joie ! J'imagine qu'il vous montrera mes impertinentes rêveries. Savez-vous bien que *Luc* est si fou que je ne désespère pas de le mettre à la raison ? c'est bien cela qui est une vraie comédie. Je voudrais que vous me donnassiez vos avis sur la pièce.

Écrivez-moi donc un petit mot ; dites-moi des nouvelles de la santé de Mme Scaliger. Dites-moi, je vous en prie, s'il est vrai que le P. Saci, jésuite, ait été condamné par corps aux consuls, pour une lettre de change de dix mille écus. Mais parlez-moi donc des *Poëshies* de cet homme qui a pillé tant de vers et de villes. Est-il vrai qu'on ait défendu son œuvre [1] ? Allons, maître Joly, bavardez ; messieurs, brûlez.

    Ma foi, juge et *rimeur*, il faudrait tout lier.
            Racine, *les Plaideurs*, acte I, scène VIII.

Que je vous aime, mon cher ange !

MMCMLIII. — A M. THIERIOT.

                                                18 février.

Je fais venir, mon cher et ancien ami, un dictionnaire de santé et un almanach de l'état de Paris, sur votre parole ; je crois surtout la santé très-préférable à Paris. J'ai grande envie de me bien porter, et nulle de venir dans votre ville. Vous me ferez grand plaisir de m'envoyer la pancarte arabe ; j'en ai déjà quelque connaissance ; elle est d'un Anglais ; et l'auteur, tout Anglais qu'il est, a tort. Je crois en savoir beaucoup sur Mahomet, que j'ai étudié à fond. Je n'ai pas l'honneur d'avoir les talents dont il se vante ; douze femmes m'embarrasseraient beaucoup. Ni vous ni moi n'irons au ciel, comme lui, sur une jument ; mais je tiens que nous sommes beaucoup plus heureux que

---

1. *L'Épître au maréchal Keith, imitation du livre III de Lucrèce, sur les vaines terreurs de la mort et les frayeurs d'une autre vie.* (ÉD.)

lui; il a mené une vie de damné avec toutes ses femmes. Je n'aime de tous les gens de son espèce que Confucius; aussi j'ai son portrait dans mon oratoire, et je le révère comme le je dois.

Le philosophe de Sans-Souci, qui n'est pas sans soucis, est encore au ang de ces gens que je n'envie point. Je ne connais point l'édition dont vous me parlez, mais j'en connais une faite à Lyon, dans laquelle il y a une épître au maréchal Keith, qui a fort choqué le tympan de toutes les oreilles pieuses.

    Allez, lâches chrétiens, etc.

a révolté tous les dévots; il voulait apparemment parler de ceux qui ont combattu contre lui à Rosbach; il leur prouve d'ailleurs, tant qu'il peut, que l'âme est mortelle. Je souhaite qu'ils en profitent, afin qu'ils se battent mieux contre lui, quand ils croiront avoir moins à risquer. Le philosophe de Sans-Souci pille quelquefois des vers, à ce qu'on dit; je voudrais qu'il cessât de piller des villes, et que nous eussions bientôt la paix.

Au reste, si l'on m'accuse d'avoir raboté quelquefois des vers de ce diable de *Salomon du Nord*, je déclare que ne je veux avoir nulle part à sa mortalité de l'âme. Qu'il se damne tant qu'il voudra, je ne veux le voir dans ce monde ni dans l'autre.

Je prie Dieu que les housards prussiens ne dévalisent point M. de Paulmy en chemin. Je suis très-fâché que mon petit ermitage ne se trouve point sur sa route. Il faudra que tôt ou tard il ramène le roi de Pologne à Dresde. Si ce roi de Pologne était un Sobieski, il serait déjà l'épée à la main.

Au reste, il faut que le *Salomon du Nord* soit le plus grand général de l'Europe, puisque, après deux batailles perdues, et l'affaire de Maxen, il trouve encore le secret de menacer Dresde. Il écrit actuellement sur les campagnes de Charles XII; c'est Annibal qui juge Pyrrhus. Ce qu'il m'a envoyé est fort au-dessus des *Rêveries* du maréchal de Saxe.

Darget m'a paru très-inquiet de l'édition des poésies du *Salomon;* il a craint qu'on ne lui imputât d'être l'éditeur. Dieu merci, on ne m'en soupçonnera pas, car *Salomon* me fit la niche de me défaire de ses œuvres à Francfort; et son ambassadeur en cette ville me signa bravement ce beau brevet :

« Monsié, dès que vou aurez rendu les *poëshies* du roi mon maître, vou pourez partir pour où vou semblera; » et je lui signai : « Bon pour les *poëshies* du roi votre maître, en partant pour où il me semble. »

Et maintenant il me semble que je suis mieux aux Délices, à Tournay, et à Ferney, qu'à Francfort. Voyez-vous quelquefois Dalembert ? n'a-t-il pas dans sa tête d'aller remplacer Moreau-Maupertuis à Berlin ? C'est, par ma foi, bien pis que d'aller en Pologne.

Je suis fort aise que M. Hennin veuille bien se souvenir de moi; son esprit est comme sa physionomie, fort doux et fort aimable.

A propos, écrivez-moi si vous avez ouï dire que l'esprit de discorde se soit reglissé dans l'armée de M. le duc de Broglie. Si cela est, **nous** ferons encore des sottises. Dieu nous en préserve! car il n'y en a point qui ne coûte fort cher. *Interim, vale, et me ama.*

MMCMLIV. — A MADAME LA MARQUISE DU DEFFAND.

18 février.

L'éloquent Cicéron, madame, sans lequel aucun Français ne peut penser, commençait toujours ses lettres par ces mots : « Si vous vous portez bien, j'en suis bien aise; pour moi, je me porte bien. »

J'ai le malheur d'être tout le contraire de Cicéron; si vous vous portez mal, j'en suis fâché; pour moi, je me porte mal. Heureusement je me suis fait une niche dans laquelle on peut vivre et mourir à sa fantaisie. C'est une consolation que je n'aurais pas eue à Craon, auprès du R. P. Stanislas, et de *frère Jean des Entommeures* de Menoux [1]. C'est encore une grande consolation de s'être formé une société de gens qui ont une âme ferme et un bon cœur; la chose est rare, même dans Paris. Cependant j'imagine que c'est à peu près ce que vous avez trouvé.

J'ai l'honneur de vous envoyer quelques rogatons assez plats par M. Bouret. Votre imagination les embellira. Un ouvrage, quel qu'il soit, est toujours assez passable quand il donne occasion de penser.

Puisque vous avez, madame, les poésies de ce roi qui a pillé tant de vers et tant de villes, lisez donc son *Épitre au maréchal Keith*, sur la mortalité de l'âme; il n'y a qu'un roi, chez nous autres chrétiens, qui puisse faire une telle épître. Maître Joly de Fleury assemblerait les chambres contre tout autre, et on lacérerait l'écrit scandaleux; mais apparemment qu'on craint encore des aventures de Rosbach, et qu'on ne veut pas fâcher un homme qui a fait tant de peur à nos âmes immortelles.

Le singulier de tout ceci est que cet homme, qui a perdu la moitié de ses États, et qui défend l'autre par les manœuvres du plus habile général, fait tous les jours encore plus de vers que l'abbé Pellegrin. Il ferait bien mieux de faire la paix, dont il a, je crois, tout autant besoin que nous.

J'aime encore mieux avoir des rentes sur la France que sur la Prusse. Notre destinée est de faire toujours des sottises, et de nous relever. Nous ne manquons presque jamais une occasion de nous ruiner et de nous faire battre; mais, au bout de quelques années, il n'y paraît pas. L'industrie de la nation répare les balourdises du ministère. Nous n'avons pas aujourd'hui de grands génies dans les beaux-arts, à moins que ce ne soit M. Le Franc de Pompignan, et M. l'évêque son frère; mais nous aurons toujours des commerçants et des agriculteurs. Il n'y a qu'à vivre et tout ira bien.

Je conçois que la vie est prodigieusement ennuyeuse quand elle est uniforme; vous avez à Paris la consolation de l'histoire du jour, et surtout la société de vos amis; moi, j'ai ma charrue et des livres

---

1. Jésuite, confesseur de Stanislas. (ÉD.)

anglais, car j'aime autant les livres de cette nation que j'aime peu leurs personnes. Ces gens-là n'ont, pour la plupart, du mérite que pour eux-mêmes. Il y en a bien peu qui ressemblent à Bolingbroke; celui-là valait mieux que ses livres; mais, pour les autres Anglais, leurs livres valent mieux qu'eux.

J'ai l'honneur de vous écrire rarement, madame; ce n'est pas seulement ma mauvaise santé et ma charrue qui en sont cause; je suis absorbé dans un compte que je me rends à moi-même, par ordre alphabétique, de tout ce que je dois penser sur ce monde-ci et sur l'autre, le tout pour mon usage, et peut-être, après ma mort, pour celui des honnêtes gens. Je vais dans ma besogne aussi franchement que Montaigne va dans la sienne; et, si je m'égare, c'est en marchant d'un pas un peu plus ferme.

Si nous étions à Craon, je me flatte que quelques-uns des articles de ce dictionnaire d'idées ne vous déplairaient pas; car je m'imagine que je pense comme vous sur tous les points que j'examine. Si j'étais homme à venir faire un tour à Paris, ce serait pour vous y faire ma cour; mais je déteste Paris sincèrement, et autant que je vous suis attaché.

Songez à votre santé, madame; elle sera toujours précieuse à ceux qui ont le bonheur de vous voir, et à ceux qui s'en souviennent avec le plus grand respect.

MMCMLV. — A M. LINANT.

Aux Délices, 22 février.

Je remercie à deux genoux la philosophe[1] qui met son doigt sur son menton, et qui a un petit air penché que lui a fait Liotard[2]; son âme est aussi belle que ses yeux. Elle a donc la bonté de s'intéresser à notre malheureuse petite province de Gex; elle réussira si elle l'a entrepris : puisse-t-elle revenir avec M. Linant et le *Prophète* de Bohême!

J'écris, monsieur, à M. d'Argental, en faveur de Mlle Martin, ou Lemoine, ou tout ce qu'il lui plaira; quelque nom qu'elle ait, je m'intéresse à elle. J'ai entendu parler de deux nouveaux volumes du roi de Prusse, imprimés depuis peu à Paris; il fait autant de vers qu'il a de soldats. La police a défendu ses vers, on dit même qu'on les brûlera; cela paraît plus aisé que de les battre.

Je suis médiocrement curieux de l'éloquente *Oraison* de M. Poncet de La Rivière, mais je voudrais avoir le *Spartacus* de M. Saurin; c'est un homme de beaucoup d'esprit, et qui n'est pas à son aise. Je souhaite passionnément qu'il réussisse.

Vous me parlez de terribles impôts; puissent-ils servir à battre les Anglais et les Prussiens! mais j'ai peur que nous n'en soyons pour notre argent.

Je présente mes obéissances très-humbles à toute la famille. Si Mme d'Épinai veut m'écrire un petit mot, elle comblera de joie un solitaire malade dans son lit. Ce malade a demandé au grand Tronchin

---

1. Mme d'Épinai. (ÉD.) — 2. Un peintre de Genève. (ÉD.)

s'il fallait s'enduire de poix-résine, comme l'ordonne Maupertuis; il a répondu qu'il fallait attendre des nouvelles de l'Académie française.

MMCMLVI. — A M. THIERIOT.

Aux Délices, 22 février.

On reconnaît ses amis au besoin; il faut que vous me disiez absolument ce que c'était que cette lettre de change du R. P. de Saci, de la compagnie de Jésus et de Judas. Il faut aussi que vous ayez la bonté de me faire avoir, par le moyen de M. Bouret, les œuvres du poëte roi. Je n'entends pas par là les Psaumes de David; mais bien la prose et les vers de Sa Majesté prussienne. Il n'est plus guère majesté prussienne, attendu que les Russes lui ont raflé la Prusse; il est encore électeur de Brandebourg, mais peut-être ne le sera-t-il pas longtemps. Je serai fort flatté d'avoir mis la main à ses ouvrages, s'ils durent un peu plus que son royaume.

A-t-on joué *Spartacus*[1], et M. Le Franc de Pompignan a-t-il fait un bel éloge de Maupertuis? a-t-il bien prôné la religion de cet athée? a-t-il fait de belles invectives contre les déistes de nos jours? Je vous prie, mon cher ami, de me mettre un peu au fait.

J'ai beau exalter mon âme pour lire dans l'avenir, comme feu Moreau-Maupertuis, je ne peux deviner ce que deviendront nos fortunes. On parle d'arrangements de finances qui dérangeront furieusement les particuliers. Si, avec cela, on peut avoir des flottes contre les Anglais, et des grenadiers contre le prince Ferdinand, il ne faudra pas regretter son argent.

Je n'ai point été surpris de voir qu'il n'y ait que quinze conseillers au parlement qui aient porté leur vaisselle; mais je suis fâché que sur plus de vingt mille hommes qui en ont à Paris, il ne se soit trouvé que quinze cents citoyens qui aient imité Mlle Hus et le roi.

On dit que le parlement fera brûler les œuvres du roi de Prusse; c'est une plaisanterie digne de notre siècle; il vaudrait mieux brûler Magdebourg; mais malheureusement on y rôtirait l'abbé de Prades, qui est dans un cachot de la citadelle, et je n'aime point qu'on brûle les bons chrétiens.

Je vous embrasse de tout mon cœur.

MMCMLVII. — DE FRÉDÉRIC II, ROI DE PRUSSE.

A Friedberg, 24 février.

De combien de lauriers vous êtes-vous couvert,
Au théâtre, au lycée, au temple de l'histoire!
    Amant des filles de Mémoire,
Leurs immenses trésors vous sont toujours ouverts;
    Vous y puisez la double gloire
D'exceller par la prose ainsi que par les vers;
Malgré tous ces écrits dont vous êtes le père,
Un laurier manque encor sur le front de Voltaire.

1. De Saurin. (ÉD.)

Après tant d'ouvrages parfaits,
Avec l'Europe je croirais,
Si par une habile manœuvre
Ses soins nous ramènent la paix,
Que ce sera son vrai chef-d'œuvre.

Voilà ce que je pense avec toute l'Europe. Virgile a fait d'aussi beaux vers que vous, mais il n'a jamais fait de paix. Ce sera un avantage que vous gagnerez sur tous vos confrères du Parnasse, si vous y réussissez.

Je ne sais qui m'a trahi et qui s'est avisé de donner au public des rapsodies qui étaient bonnes pour m'amuser, et qui n'ont jamais été faites à intention d'être publiées. Après tout, je suis si accoutumé à des trahisons, à de mauvaises manœuvres, à des perfidies, que je serais bien heureux que tout le mal qu'on m'a fait, et que d'autres projettent encore de me faire, se bornât à l'édition furtive de ces vers. Vous savez mieux que je ne le peux dire, que ceux qui écrivent pour le public doivent respecter ses goûts, et même ses préjugés. Voilà ce qui a donné des nuances différentes aux auteurs, selon les siècles dans lesquels ils ont écrit, et pourquoi les hommes, même les plus supérieurs à leur temps, n'ont pas laissé de s'imposer le joug de la mode. Pour moi, qui ai voulu être poëte incognito, on me traduit malgré moi devant le public; et je jouerai un sot rôle. Qu'importe? je le leur rendrai bien.

Vous me parlez de détails d'une affaire qui ne sont jamais venus jusqu'à moi. Je sais que l'on vous a fait rendre, à Francfort, mes vers et des babioles; mais je n'ai ni su ni voulu qu'on touchât à vos effets et à votre argent. Cela étant, vous pouvez le redemander de droit; ce que j'approuverai fort; et Schmidt n'aura sur ce sujet aucune protection à attendre de moi.

Je ne sais quel est ce Bredow dont vous me parlez. Il vous a dit vrai. Le fer et la mort ont fait un ravage affreux parmi nous; et, ce qu'il y a de triste, c'est que nous ne sommes pas encore à la fin de la tragédie. Vous pouvez juger facilement de l'effet que d'aussi cruelles secousses font sur moi; je m'enveloppe dans mon stoïcisme le plus que je peux. La chair et le sang se révoltent souvent contre cet empire tyrannique de la raison; mais il faut y céder. Si vous me voyiez, à peine me reconnaîtriez-vous; je suis vieux, cassé, grison, ridé; je perds les dents et la gaieté. Si cela dure, il ne restera de moi-même que la manie de faire des vers, et un attachement inviolable à mes devoirs et au peu d'hommes vertueux que je connais. Ma carrière est difficile, semée de ronces et d'épines. J'ai éprouvé de toutes les sortes de chagrins qui peuvent affliger l'humanité, et je me suis souvent répété ces beaux vers :

Heureux qui retiré dans le temple des sages, etc.

Il paraît ici quantité d'ouvrages que l'on vous donne; le *Salomon*, que vous avez eu la méchanceté de faire brûler par le parlement, une comédie, *la Femme qui a raison*, enfin une oraison funèbre de frère Berthier. Je n'ai à riposter à toutes ces pièces que par celles que je vous envoie, qui certainement ne les valent pas; mais je fais la guerre de toutes les façons à mes ennemis; plus ils me persécuteront, et plus je leur taillerai de la besogne. Et, si je péris, ce sera sous un tas de leurs libelles, parmi des armes brisées sur un champ de bataille; et je vous réponds que j'irai en bonne compagnie dans ce pays où votre nom n'est pas connu, et où les Boyer et les Turenne sont égaux.

Je serais bien aise de vous recevoir; je vous souhaite mille bonheurs; mais où, quand, et comment? Voilà des problèmes que Dalembert ni le grand Newton ne sauraient résoudre.

Adieu; vivez heureux et en paix; et n'oubliez pas ceux que le diable, ou je ne sais quel être malfaisant, lutine. FÉDÉRIC.

MMCMLVIII — A M. HENNIN.

Aux Délices, 27 février.

Monsieur, vous êtes bien bon de vous ressouvenir de moi, lorsque, après avoir vu le Pausilippe, vous allez revoir les salines de Pologne. J'aimerais comme vous l'Italie, s'il n'y fallait pas demander permission de penser à un jacobin; mais je n'aimerais pas la Pologne, quand même on y penserait sans demander permission à personne. Je vous souhaite beaucoup de plaisir, et à M. le marquis de Paulmy, avec les palatins et les palatines. Tâchez surtout de conserver votre santé dans vos voyages. Autrefois on envoyait chez les Suisses et chez les Polonais des hommes vigoureux qui tenaient tête, à table, aux deux républiques; aujourd'hui on n'y envoie que des gens d'esprit. Leur seule instruction était : *Bibat aut moriatur;* mais il paraît qu'aujourd'hui leur instruction est de plaire.

Vous avez, monsieur, à la tête des affaires étrangères un homme [1] d'un rare mérite, bien fait pour connaître le vôtre. Je lui suis passionnément attaché par inclination et par reconnaissance. Il donnera sûrement à son ministère plus de force et de noblesse qu'il n'en a eu jusqu'ici. Je souhaite qu'il soit aussi aisé d'avoir de l'argent qu'il lui est naturel d'avoir de grands sentiments.

Vous m'étonnez beaucoup, monsieur, de dire que vous repasserez par Berlin. Je me flatte au moins que vous ne verrez pas le roi de Prusse à Dresde. Jamais prince n'a donné plus de batailles et fait plus de vers. Plût à Dieu que, pour le bien de l'Europe, vous le trouvassiez à Sans-Souci, faisant un opéra! Vous trouverez le roi de Pologne moins poète et moins guerrier; mais vous ferez la Saint-Hubert avec lui, et c'est une grande consolation. Vous aurez le plaisir de voir en passant l'armée russe couchée sur la neige, et vous l'exhorterez à aller coucher à Leipsick.

Au reste, monsieur, je conçois que cette sorte de vie doit vous être agréable; ce sont toujours des objets nouveaux; vous avez le plaisir de vous instruire, et de servir le roi : cela vaut bien les soupers de

1. Le duc de Choiseul. (ÉD.)

Paris, où, de mon temps, tout le monde parlait à la fois sans s'entendre. Je ne crois pas qu'aujourd'hui notre capitale ait lieu de penser qu'on n'est bien que chez elle. Je suis bien sûr que vous ne la regretterez pas plus dans vos voyages que moi dans ma retraite. Il faudrait être bien bon pour croire qu'on ne peut être heureux que dans la paroisse de Saint-Sulpice ou de Saint-Eustache.

Vous verrez probablement de grands événements : c'est le Nord qui est le grand théâtre; mais c'est l'Angleterre qui joue le plus beau rôle. Le nôtre n'est pas aujourd'hui si brillant; mais M. de Paulmy et vous, vous serez comme Baron et la Champmêlé, qui faisaient valoir les pièces de Pradon.

Je vous demande pardon de ne pas vous écrire de ma main, étant un peu malingre. Les sentiments de mon cœur pour vous n'en sont pas moins vifs; je me vante d'avoir senti tout d'un coup tout ce que vous valez. Je vous prie de me conserver un peu d'amitié; je suis entièrement à vos ordres, et c'est avec tous les sentiments que vous méritez, que j'ai l'honneur d'être passionnément, etc.   VOLTAIRE.

Si vous et M. de Paulmy étiez d'honnêtes gens, vous passeriez par chez nous.

MMCMLIX. — A M. FORMEY.

Février.

J'aime votre concitoyen[1]; il me procure le plaisir d'avoir de vos nouvelles. Je voudrais bien voir l'enduit de poix-résine dont vous avez embaumé ce fou de Maupertuis, avec sa petite perruque, et sa loi de l'épargne. Avez-vous bien exalté son âme ?

J'ai peur que vos corps ne meurent de faim à Berlin.

Je ne sais comment vous envoyer l'almanach de Priam et d'Hector que votre Troyen m'a envoyé pour vous. Quand votre guerroyant philosophe daigne m'écrire par Michelet, je fourre tous les paquets possibles dans le mien; mais il m'écrit par d'autres voies lorsqu'il me fait cet honneur. Je ne peux, en conscience, vous envoyer par la poste un almanach qui vous coûterait plusieurs florins d'Empire; je ménage votre bourse par le temps qui court. La France est ruinée comme la Prusse. Voilà à quoi se réduisent les beaux exploits du *meilleur des mondes possibles*. Ajoutez-y quelques centaines de mille pauvres diables de monades au diable d'enfer.

MMCMLX. — A MADAME D'ÉPINAI.

1er mars.

Ma respectable philosophe, et qui pis est, très-aimable, il fait un de ces vents du nord qui me tuent, et que vous bravez. Je suis dans mon lit, et de là je dicte les hommages que je vous rends. L'affaire de mon avanie, et des commis de Saconex, n'est point du tout terminée. Cette précieuse liberté pour qui j'ai tout fait, pour qui j'ai tout quitté, m'est ravie, ou du moins disputée. J'écris à M. de Chalut de Vérin

---

1. Grosley, de Troyes. La famille de Formey était originair de Vitry en Champagne. (ÉD.)

une prodigieuse lettre; vous devez avoir du crédit dans le corps des Soixante. Qui peut vous connaître et ne pas se rendre à vos volontés? Voyez si vous pouvez faire donner quelques petits coups d'aiguillon à la bienveillance que M. de Chalut me témoigne. C'est à vous, madame, que je veux devoir mon repos; il serait bien dur d'être exposé au vent du nord, et de n'être pas libre. Vous sentez bien qu'on fait peu de petits chapitres lorsqu'on a la guerre avec des commis; on ne peut pas chanter quand on vous serre la gorge. Si vous daigniez faire encore un voyage dans ce pays-ci, on vous donnerait un chapitre par semaine.

Je sais bien que Fréron est un lâche scélérat, mais je ne savais pas qu'il eût porté l'infamie jusqu'à se rendre délateur contre les éditeurs de l'*Encyclopédie*. J'ignore quel est son associé Pat.[1], dont vous me faites l'honneur de me parler; ces deux messieurs sont apparemment les parents de Cartouche et de Mandrin; mais Mandrin et Cartouche valaient mieux qu'eux; ils avaient au moins du courage.

Il y a grande apparence, madame, que nous ferons une campagne sur terre, attendu qu'il nous est impossible de fourrer notre nez sur mer. Mais avec quoi ferons-nous cette campagne, si le parlement ne veut pas que le roi ait de quoi se défendre? Il paraît aussi déterminé contre la douceur du style de M. Bertin, que contre la dureté de la prose de M. Silhouette. Nous nous occupons plus de ces objets sur la frontière qu'on ne fait à Paris, parce que nous voyons le danger de plus près. La perte de nos flottes, de nos armées, de nos finances, n'empêche pas vos chers compatriotes de faire bonne chère sur des *culs-noirs*, d'appeler M. Bertin *le médecin malgré lui*, et de courir siffler les pièces nouvelles.

Je me flatte au moins que le *Spartacus* de M. Saurin n'aura pas été sifflé; c'est un homme de beaucoup d'esprit, et, de plus, philosophe; c'est dommage qu'il n'ait pas travaillé à l'*Encyclopédie*.

Est-il vrai, ma belle philosophe, qu'il faut vous donner rendez-vous à Feuillassé? Ce serait de votre part un bel exemple. Si vous êtes capable d'une si bonne action, je ne serai plus malade; je braverai la bise comme vous. Toutes les Délices sont à vos pieds.

MMCMLXI. — A M. DE BRENLES.

Aux Délices, 3 mars.

Votre petit mémoire, mon cher ami, est une bonne provision pour l'histoire; mais il doit servir encore plus à la philosophie. Il peut apprendre aux hommes nés libres qu'ils ne doivent point vendre leur sang à des maîtres étrangers, qu'ils ne connaissent pas, et qui peuvent leur faire plus de mal que de bien.

J'ai la plus grande envie de venir philosopher avec vous avant que vous retourniez à Ussières. Je ne regrette guère les bals et les comédies, mais je regrette beaucoup votre conversation. Je vous prie de vouloir bien ne me pas oublier auprès de vos amis, et surtout auprès

---

1. Pierre Patte, architecte. (ÉD.)

de M. le bailli de Lausanne et de madame son épouse. La vôtre vous a-t-elle donné quelque petit philosophe?

Je vous embrasse de tout mon cœur; adieu. La misère et le trouble sont en France; nous avons ici le nécessaire et la paix V.

MMCMLXII. — A M. LE COMTE D'ARGENTAL.

Aux Délices, 7 mars.

Mon divin ange, le malingre des Délices est au bout dès facultés de son corps, de son âme et de sa bourse. C'était un bon temps pour les gredins que celui de Chapelain, à qui la maison de Longueville donnait douze mille livres tournois annuellement pour sa *Pucelle*; ce qui faisait, ne vous déplaise, environ le double des honoraires d'un envoyé de Parme. La maison de Conti n'en use pas comme la maison de Longueville avec les auteurs de *la Pucelle*; apparemment que M. le comte de La Marche ne me regarde pas comme un gredin. J'ai pris la liberté de lui écrire directement, et de lui expliquer mes droits très-nettement; et il m'a répondu très-honnêtement qu'il s'en tenait à la proposition de M. l'abbé d'Espagnac. Si M. Bertin n'obtient pas une meilleure composition, je ne vois pas avec quoi on pourra mettre *Luc* à la raison. Je crois avoir tout le droit de mon côté, ainsi que le pensent tous les chicaneurs.

Mais, après avoir chicané un an, j'aime encore mieux payer à monseigneur, par amour dominant, neuf cent vingt livres que je ne lui dois pas, que de les dépenser en frais de procureurs et de juges; je suis bien las de tous ces frais. Le parlement de Dijon s'est avisé de faire pendre, ou à peu près, un pauvre diable de Suisse, pour me faire payer la procédure, en qualité de haut justicier. Je suis tout ébahi d'être haut justicier, et de faire pendre les Suisses en mon nom.

Le *tripot* est plus plaisant; mais on a les sifflets et les Fréron à combattre. De quelque côté qu'on se tourne, ce monde est plein d'anicroches.

J'ai écrit à Delaleu[1] de faire porter chez vous neuf cent vingt livres, pour achever le compte abominable de M. l'abbé d'Espagnac; mais, en même temps, je meurs de honte de vous donner toutes ces peines. Comment ferez-vous? ce conseiller-clerc demeure à une lieue de chez vous; aurez-vous la bonté de lui écrire un petit mot d'avis par un polisson? voudrez-vous qu'il envoie le trésorier de Son Altesse Sérénissime avec une belle quittance bien catégorique? ou bien opinerez-vous que cette quittance se fasse chez mon notaire? Tout ce que je sais, c'est que vous êtes mon ange gardien de toutes façons, et que je suis un pauvre diable. Je me suis ruiné en bâtiments à la Palladio, en terrasses, en pièces d'eau; et les pièces de théâtre ne réparent rien. J'attends toujours, mon divin ange, que vous me disiez votre avis sur *Spartacus*.

Je suis actuellement avec Platon et Cicéron; il ne me manque plus

1. Notaire de Voltaire. (ÉD.)

que l'abbé d'Olivet pour m'achever. Il y a loin de là au *tripot*, mais je suis toujours à vos ordres, et à ceux de Mme Scaliger, à qui je présente mes respects. Votre créature, V.

MMCMLXIII. — A M. LE COMTE ALGAROTTI.

Aux Délices, 7 mars.

Je suis malade depuis longtemps, mon cher cygne de Padoue, et j'en enrage. Le *linquenda* [1], etc., fait de la peine, quelque philosophe qu'on soit; car je me trouve fort bien où je suis, et n'ai daté mon bonheur que du jour où j'ai joui de cette indépendance précieuse et du bonheur d'être le maître chez moi, sans quoi ce n'est pas la peine de vivre. Je goûte dans mes maux du corps les consolations que votre livre fournit à mon esprit; cela vaut mieux que les pilules de Tronchin. Si vous voulez m'envoyer encore une dose de votre recette, je crois que je guérirai.

Si tout chemin mène à Rome, tout chemin mène aussi à Genève; ainsi je présume qu'en envoyant les choses de messager en messager, elles arrivent à la fin à leur adresse; c'est ainsi que j'en use avec votre ami M. Albergati, dont les lettres me font grand plaisir, quoiqu'il écrive comme un chat; j'ai beaucoup de peine à déchiffrer son écriture. Vous devriez bien l'un et l'autre venir manger des truites de notre lac avant que je sois mangé par mes confrères les vers. Les gens qui se conviennent sont trop dispersés dans ce monde. J'ai quatre jésuites auprès de Ferney, des pédants, des prédicants auprès des Délices, et vous êtes à Venise ou à Bologne. Tout cela est assez mal arrangé; mais le reste l'est de même.

Ayez grand soin de votre santé; il faut toujours qu'on dise de vous :

> *Gratia, fama, valetudo contingit abunde.*
> Hor., lib. I, ep. IV, v. 10.

Pour *gratia* et *fama*, il n'y a point de conseils à vous donner, ni de souhaits à vous faire.

> *Vive memor leti; fugit hora; hoc quod loquor, inde est.*
> Pers., sat. v, v. 153.

> *Vive lætus, et ama me.*

MMCMLXIV. — A M. LE MARQUIS ALBERGATI CAPACELLI.

Aux Délices, 7 mars.

Je reçois, monsieur, la lettre dont vous m'honorez, en date du 20 février; elle finit par une chose bien agréable. Vous me faites entrevoir que vous pourriez vous arracher quelque jour à la terre sainte, pour venir à la terre libre. En ce cas, je vous prierais de vous presser, car il y a quelque petite apparence que je ne serai pas longtemps *in terra viventium*. Mes maladies augmentent tous les jours. La na-

---

1. Allusion au vingt et unième vers de l'ode d'Horace *Ad Postumum*, livre II, ode XIV. (ÉD.)

ture s'est avisée de faire à mon âme un très-mauvais étui; mais je lui pardonne de tout mon cœur, puisque cela entrait nécessairement dans le plan du *meilleur des mondes possibles.*

J'ai l'honneur de vous envoyer, comme je peux, par les marchands de Genève, le Bolingbroke. Pour ma tragédie suisse, je ne peux la faire partir, pour deux raisons : la première, parce que je ne la crois point bonne; la seconde, c'est que toute mauvaise qu'elle est, mes amis, qui ont la rage du théâtre, veulent la faire jouer à Paris. Mais je vous envoie, en récompense, une comédie[1] qui n'est pas dans le goût français; je souhaite qu'elle soit dans le vôtre. Les lettres que vous daignez m'écrire me font désirer de vous plaire plus qu'au parterre de notre grande ville.

J'ai l'honneur d'être, monsieur, sans cérémonie, mais avec la plus grande vérité, votre, etc.

MMCMLXV. — A M. LE COMTE DE LA TOURAILLE.

Aux Délices, 10 mars.

Il paraît, monsieur, par votre lettre et par vos vers, que vous êtes bien digne d'être auprès d'un prince qui nous fait espérer de revoir bientôt le grand Condé. Il en a l'esprit et la valeur.

Les faibles ouvrages qui ont pu échapper à mon loisir et à l'inutilité dont j'ai toujours été dans le monde, méritent peu d'être honorés de ses regards. Je ne dois sans doute qu'à vous, monsieur, cette bonté de Son Altesse Sérénissime. Recevez-en mes remercîments. Le parti de la retraite, que j'ai pris, ne me rend point insensible à l'honneur que vous me faites.

Je ne suis depuis cinq ans qu'un laboureur et un jardinier; mais, quoique je ne sacrifie plus qu'à Cérès et à Pomone, votre commerce me ferait encore aimer les muses. Je me souviens avec plaisir de mes premières passions, quand elles sont justifiées par votre exemple. Un commerce tel que le vôtre me serait bien précieux. S'il vous prenait envie de m'envoyer quelque chose, soit de vous, soit de vos amis, je vous prierais de vouloir bien adresser les paquets sous l'enveloppe de M. de Chenevières, premier commis de la guerre, à Versailles.

J'ai l'honneur d'être, monsieur, avec l'estime que vous m'inspirez et les sentiments que je vous dois, etc.

MMCMLXVI. — DE CHARLES-THÉODORE, ÉLECTEUR PALATIN.

Manheim, ce 12 mars.

Dès que j'ai reçu, monsieur, votre lettre du 9 du mois passé, j'ai tâché de me procurer les *OEuvres* de poésie du *philosophe de Sans-Souci,* que j'ai lues avec un grand plaisir. La première épître à son frère, la suivante à Hermotime, la dixième au général Bredow, et la dix-neuvième à Darget, sont celles qui m'ont le plus frappé. *L'Art de la guerre* est un poëme unique et de toute beauté. Ce grand auteur est bien digne d'en donner des leçons.

---

1. *Le Droit du Seigneur.* (ÉD.)

Vous vous souviendrez, monsieur, que je n'ai aucun goût pour les odes, et que je m'y entends encore moins qu'aux autres pièces de poésie. J'ai trouvé dans la sixième épître, au comte de Gotter, les descriptions de plusieurs arts et métiers admirables, entre autres celle sur le pain, qui commence ainsi :

> Voyez ces laboureurs, dès l'aube vigilants,
> Qui guident la charrue et cultivent les champs.

Je crois avoir reconnu le *petit Suisse* en plusieurs endroits, entre nous soit dit. Faites-moi le plaisir de me mander si j'ai rencontré votre goût en quelque chose, dans les articles que je vous ai cités. Je suis toujours charmé de profiter de vos lumières; j'espère d'en profiter davantage cet été à Schwetzingen; vous me le faites espérer. Vous devez être persuadé du plaisir que j'aurai de revoir le *petit Suisse.*

CHARLES-THÉODORE, électeur.

MMCMLXVII. — A M. BERTRAND.

Au château de Tournay, 14 mars.

Le planteur de choux et le semeur de grains n'a pas oublié, monsieur, d'envoyer en son temps votre lettre à M. de La Tourrette [1]. Vous me parlez de fossiles et de curiosités naturelles; si je pouvais trouver quelque chose de rare pour le cabinet de Mgr l'électeur palatin, vous me feriez grand plaisir de me l'indiquer. Je me souviens d'avoir vu à Berne du sable d'une petite rivière qui donne dans l'Aar; ce sable, vu au microscope, est un amas de pierres précieuses; n'y aurait-il point encore quelques autres colifichets pour amuser les curieux? Je fais plus de cas, dans le fond, d'un bon champ de blé et d'une belle prairie; mon cabinet de physique est ma campagne; mes curiosités sont des charrues et des semoirs; mais il faut que les princes aient ce que les autres hommes n'ont pas : de belles coquilles du temps du déluge, de belles pierres qui enfermaient un poisson, lequel n'a jamais existé, des congélations qui ne sont bonnes à rien, quelque animal né avec deux têtes, quelque belle maison de colimaçon. On a raison de rechercher toutes ces drogues, si elles font plaisir.

Je ne crois pas que le Bonneville qui est à Pierre-Encise y soit pour les vers du roi de Prusse; on le soupçonne de quelque prose; et, pour le roi de Prusse, on le soupçonne d'être fort mal dans ses affaires.

Cet impudent Grasset

............*Fruitur diis*

Iratis ;................

Juven., lib. I, sat. I, v. 49.

et, malgré la défense de Leurs Excellences, imprime tout ce qu'il veut à Lausanne, sous le nom d'un autre. Ce malheureux m'écrivit, il y a cinq ou six mois, la lettre la plus punissable, signée de son nom, d'une écriture contrefaite et qui n'est pas la sienne. Si jamais je fais un

---

1. Claret de La Tourette, né à Lyon, naturaliste. (ÉD.)

tour à Lausanne, il entendra parler de moi. Adieu, monsieur; ne m'oubliez pas auprès de M. et de Mme de Freudenreich. *Tuus.* V.

MMCMLXVIII. — A M. LE COMTE D'ARGENTAL.

17 mars.

Le *tripot* l'emporte sur la charrue et sur la métaphysique. Vous êtes obéi, mon divin ange, vous et Mme Scaliger; un *Tancrède* et une *Médime* partent sous l'enveloppe de M. de Courteilles, et ceci est la lettre d'avis. Vous saurez encore que, comme il s'agit toujours d'Arabes dans ces deux pièces, j'y ai joint un petit éclaircissement en prose sur le prophète Mahomet, dont je mets quelques exemplaires aux pieds de Mme Scaliger comme aux vôtres. Si vous connaissez quelque savant dans les langues orientales, vous pourrez l'en régaler; c'est du pédantisme tout pur.

Vous êtes bien véritablement mon ange gardien; vous me protégez contre le diabloteau Fréron, sans m'en rien dire; c'est la fonction des anges gardiens; ils veillent autour de leurs clients, et ne leur parlent point. Que voulez-vous que je vous dise? vous êtes plus adorable que jamais, et j'ai pour vous culte de latrie.

J'ai saisi l'occasion pour demander une espèce de grâce, ou plutôt de justice, à M. de Courteilles. On me persécute, ne vous déplaise, de la part du conseil; on veut que je sois haut justicier; on fait pendre, ou à peu près, de pauvres diables en mon nom. On me fait accroire que rien n'est plus beau que de payer les frais, et on va saisir mes bœufs pour me faire honneur. Je suis toujours en querelle avec le roi, mais je le mène beau train. J'ai déjà fait bouquer messieurs du domaine; je l'emporterai encore sur eux, car j'ai raison, et M. de Courteilles entendra raison. Je vous en fais juge; lisez la lettre que je lui écris, seulement pour vous en amuser et pour la recommander. La charge d'ange gardien n'est pas avec moi un bénéfice simple. Vous avez encore eu l'endosse d'un abbé d'Espagnac; tout cela est fini. Je ne le traite pas comme le roi; je crains un conseiller-clerc bien davantage, et j'aime mieux payer cent pistoles que je ne dois pas, que d'avoir un procès avec un grand chambrier qui en sait plus que moi. Mais, pour le roi, je ne lui ferai point de grâce; il aura affaire à moi, avec ma chienne de haute justice. Poussez cela, je vous prie, vivement avec M. de Courteilles.

Luc est plus fou que jamais; je suis convaincu que, s'il voulait, nous aurions la paix. Je ne désespère encore de rien; mais il faudrait que M. le duc de Choiseul m'écrivît au moins un petit mot de bonté. Cela n'est-il pas honteux que je reçoive quatre lettres de *Luc* contre une de votre aimable duc?

Et M. le maréchal de Richelieu, autre négligent, autre Pococurante [1], que fait-il? ne le voyez-vous pas? n'a-t-il pas des filles? ne rit-il pas dans sa barbe de tout ce qui se passe? Est-il vrai que les jésuites ont fait pour quinze cent mille francs de lettres de change

1. Personnage de *Candide*. (É.)

qu'ils ne payent point? Il n'y a qu'à les mettre entre les mains des jansénistes, il faudra bien qu'ils payent.

Mon Dieu, que si j'ai de bon foin cette année, je serai heureux!

Je baise plus que jamais le bout de vos ailes avec la plus tendre reconnaissance.

Madame Scaliger, si je n'ai pas fait dans *Tancrède* tout ce que vous vouliez, écrivez contre moi un livre.

MMCMLXIX. — A madame la comtesse de Lutzelbourg.

19 mars 1760.

Votre santé m'inquiète beaucoup, madame; mais si vous avez le bonheur d'avoir encore auprès de vous monsieur votre fils, j'attends tout de ses soins. Ce qu'on aime fait bien porter. Je prends mes mesures, autant que je le peux, pour avoir encore la consolation de passer quelques journées auprès de vous; mais je suis devenu un si grand laboureur, un si fier maçon, que je ne sais plus quand mes bœufs et mes ouvriers pourront se passer de moi. Nous laisserons, vous et moi, madame, ce monde-ci aussi sot, aussi méchant que nous l'avons trouvé en y arrivant. Mais nous laisserons la France plus gueuse et plus vilipendée. Voilà encore ce pauvre capitaine Thurot gobé, lui et son escadre et ses gens. La mer n'est pas du tout notre élément; et la terre ne l'est guère. Il est dur de payer un troisième vingtième pour être toujours battus.

On dit qu'il se forme de petits orages à la cour qui pourront bien retomber sur la tête d'une personne [1] que vous aimez, et à laquelle je suis attaché. Rien ne vous surprendra. Votre machine a donc pris une plume et de l'encre! il y a longtemps que je suis persuadé que nous ne sommes que de pauvres machines. Mais quand je vous écris, c'est mon cœur qui prend la plume. Je m'intéresse à votre santé avec la plus vive tendresse, et j'espère vous faire ma cour dans votre jardin cet été.

MMCMLXX. — De Frédéric II, roi de Prusse.

(*Toujours sur la paix.*)

Friedberg, 20 mars.

Peuple charmant, aimables fous,
Qui parlez de la paix sans songer à la faire,
A la fin donc résolvez-vous :
Avec la Prusse et l'Angleterre
Voulez-vous la paix ou la guerre?
Si Neptune sur mer vous a porté des coups,
L'esprit plein de vengeance et le cœur en courroux,
Vous formez le projet de subjuguer la terre;
Votre bras s'arme du tonnerre.
Hélas! tout, je le vois, est à craindre pour nous;
Votre milice est invincible,

1. Mme de Pompadour. (ÉD.)

De vos héros fameux le dieu Mars est jaloux,
    La fougue française est terrible;
Et je crois déjà voir, car la chose est plausible,
    Vos ennemis vaincus tremblant à vos genoux.
Mais je crains beaucoup plus votre rare prudence,
      Qui par un fortuné destin
  A du souffle d'Éole, utile à la finance,
    Abondamment enflé les outres de Bertin.

Vous parlez à votre aise de cette cruelle guerre. Sans doute les contributions que votre seigneurie de Ferney donne à la France nourrissent la constance des ministres à la prolonger. Refusez vos subsides au *Très-Chrétien*, et la paix s'ensuivra. Quant aux propositions de paix dont vous parlez, je les trouve si extravagantes, que je les assigne aux habitants des Petites-Maisons, qui seront dignes d'y répondre. Que dirai-je de vos ministres ?

    Ou ces géants sont fous, ou ces géants sont dieux.

Ils peuvent s'attendre de ma part que je me défendrai en désespéré; le *Hasard* décidera du reste.

      De cette affreuse tragédie
Vous jugez en repos parmi les spectateurs,
Et sifflez en secret la pièce et les acteurs;
Mais de vos beaux esprits la cervelle étourdie
      En a joué la parodie.
Vous imitez les rois; car vos fameux auteurs
De se persécuter ont tous la maladie.
Nos funestes débats font répandre des pleurs,
      Quand vos poétiques fureurs
Au public né moqueur donnent la comédie.
      Si Minerve de nos exploits
Et des vôtres un jour faisait un juste choix,
Elle préférerait, et j'ose le prédire,
Aux fous qui font pleurer les peuples et les rois,
      Les insensés qui les font rire.

Je vous ferai payer jusqu'au dernier sou, pour que *Louis du Moulin* ait de quoi me faire la guerre. Ajoutez dixième au vingtième, mettez des capitations nouvelles, créez des charges pour avoir de l'argent; faites, en un mot, ce que vous voudrez : nonobstant tous vos efforts, vous n'aurez la paix signée de mes mains qu'à des conditions honorables à ma nation. Vos gens bouffis de vanité et de sottises peuvent compter sur ces paroles sacramentales :

    Cet oracle est plus sûr que celui de Calchas.
           Racine, *Iphigénie*, acte III, scène VII.

Adieu, vivez heureux; et, tandis que vous faites tous vos efforts pour détruire la Prusse, pensez que personne ne l'a jamais moins mérité que moi, ni de vous, ni de vos Français.

MMCMLXXI. — A M. BETTINELLI.

24 mars 1760, par Genève, aux Délices.

Le paquet dont vous m'avez honoré, monsieur, me fait regretter plus que jamais votre personne; vous me paraissez furieusement riche; vous me comblez de biens qui semblent ne vous rien coûter. Tout ce que vous m'apprenez coule d'une source bien abondante; tous les arts vous sont présents, ainsi que tous les siècles. Vous ajoutez encore à mon estime pour l'Italie. Je vois plus que jamais qu'elle est en tout notre maîtresse. Mais puisque nous sommes à présent des enfants drus et forts, qui sommes sevrés depuis longtemps, et qui marchent tout seuls, il n'y a pas d'apparence que j'aille voir votre nourrice, à moins que je ne sois cardinal. Comme j'ai eu, je crois, l'honneur de vous le dire, je respecte fort Ignace Danti; mais je n'aime point du tout les jacobins, et j'étranglerais saint Dominique pour avoir établi l'inquisition. Je ne peux vous passer que vous disiez qu'il y a des hypocrites en Angleterre. Ne seriez-vous pas comme cette femme honnête qui croyait que tous les hommes avaient l'haleine puante, parce que son mari puait comme un bouc? Non, il n'y a point d'hypocrites en Angleterre. Qui ne craint rien ne déguise rien; qui peut penser librement ne pense point en esclave; qui n'est point courbé sous le joug despotique séculier ou régulier, marche droit et la tête levée. N'ôtez pas au seul peuple de la terre qui jouit des droits de l'humanité, ce droit précieux envié par les autres nations. Il a été autrefois fanatique et superstitieux, mais il s'est guéri de ces horribles maladies; il se porte bien, ne lui contestez pas la santé.

Comme les Français ne sont qu'à demi libres, ils ne sont hardis qu'à demi. Il est vrai que Buffon, Montesquieu, Helvétius, etc., ont donné des rétractations; mais il est encore plus vrai qu'ils y ont été forcés, et que ces rétractations n'ont été regardées que comme des condescendances qu'on a pour des frénétiques. Le public sait à quoi s'en tenir : tout le monde n'a pas le même goût pour être brûlé que Jean Hus et Jérôme de Prague. Les sages, en Angleterre, ne sont point persécutés; et les sages, en France, éludent la persécution. Pour les petits pédants de la petite ville de Genève, je vous les abandonne. S'ils sont assez sots pour prendre le parti d'Arius contre celui d'Athanase, et pour prétendre que 4 et 4 font 7, contre des gens qui disent que 4 et 4 font 9, ces maroufles-là devraient au moins être assez hardis pour l'avouer; j'ai pour eux presque autant de mépris que pour les convulsionnaires de Saint-Médard.

Avez-vous entendu parler des *Poésies* du roi de Prusse imprimées! c'est celui-là qui n'est point hypocrite; il parle des chrétiens comme Julien en parlait. Il y a apparence que l'Église grecque et l'Église latine, réunies sous M. de Soltikof et sous M. Daun, l'excommunieront incessamment à coups de canon. Il se défendra comme un diable : nous sommes bien sûrs qu'il sera damné; mais nous ne sommes pas si certains qu'il sera battu.

Pour nous autres Français, nous sommes écrasés sur terre, anéantis sur mer, sans vaisselle, sans espérance; mais nous dansons fort joliment. Je ne danse point; mais je sens tout votre mérite, et suis à vous pour jamais : *e da bando le ceremonie.*

MMCMLXXII. — A M. LE COMTE D'ARGENTAL.

26 mars.

Ange toujours gardien, je n'ai qu'un moment; il sera consacré aux actions de grâces, non pas pour le grand chambrier[1], non pas même pour le prince du sang[2], mais pour vous seul. Il faut que vous sachiez encore que M. Budée de Boisi, qui m'a vendu la terre de Ferney, veut absolument que je vous sollicite encore auprès de M. de Courteilles, pour je ne sais quel procès auquel je ne m'intéresse guère. Je lui ai donc donné une lettre pour vous, qu'on vous présentera sans doute. Voilà comme nous sommes faits, nous autres provinciaux; nous pensons qu'avec une lettre de recommandation, on réussit à tout à Paris. Je ne vous ai point écrit de lettre de recommandation pour nos *Chevaliers;* je m'en soucie pourtant un peu plus que du procès de M. de Boisi; mais je ne suis point du tout empressé de me faire juger, quoique au fond je croie ma cause bonne. Vous voulez un chant de *la Pucelle :* eh mon Dieu! mon cher ange, que ne parliez-vous? vous en aurez deux au lieu d'un. J'avais imaginé qu'un ministre[3] ne se mettait pas en peine de ces facéties; mais, puisque vous en êtes curieux, vous serez servi; vers et prose, tout est à vous.

Au milieu de mes douces occupations, je suis fâché; on nous a pris Masulipatan, on nous prendra Pondichéri; il y a un an que je le dis. Je plains infiniment M. le duc de Choiseul; on lui a donné notre pauvre vaisseau à conduire au milieu du plus violent orage. J'ai eu longtemps dans la tête que si *Luc* voulait céder quelque chose, vous pourriez, en ce cas, vous débarrasser avec bienséance du fardeau et des chaînes que l'Autriche vous fait porter; mais je ne vois qu'un petit coin, et pour bien voir il faut embrasser tout l'édifice. J'ai une étrange idée; je soupçonne que le roi de Portugal, que *Luc* appelait le *chose* de Portugal, pourrait bien perdre son *chose,* son royaume; que le roi d'Espagne pourrait bien, dans peu, tenter cette conquête; le temps est assez favorable; les jésuites sont gens à lui promettre le paradis en sus, pour sa peine; ils ne s'endorment pas. Le *chose* de Portugal n'est pas aimé, son ministre est détesté : belle occasion pour un roi d'Espagne, qui a de l'argent et des troupes, de faire rebâtir Lisbonne.

Je ne peux aimer *Luc,* car je le connais; mais il vaut mieux que le *chose* du Portugal. Nous verrons comment il se tirera d'affaire cette année. Mais nous, que ferons-nous? rien sur mer, et peut-être des sottises sur terre. Plaisante saison pour mettre un héros français sur le théâtre !

M. le duc de La Vallière a donc fait l'histoire chronologique de l'Opéra; c'est quelque chose; il y a encore du génie en France. Je vous adore.

1. L'abbé d'Espagnac. (ÉD.) — 2. Le comte de La Marche. (ÉD.)
3. D'Argental était ministre plénipotentiaire du duc de Parme. (ÉD.)

MMCMLXXIII. — A M. DE CIDEVILLE.

Aux Délices, 28 mars.

Il faut que vous sachiez, mon ancien ami, que Mme Denis me dit depuis un mois : « J'écris demain à M. de Cideville, » et que je dois mettre quelques lignes au bas des siennes. Je suis las d'attendre les femmes, et j'écris enfin de mon chef, car je suis honteux de ne vous avoir point écrit depuis que vous me fîtes tant rire du *puant marquis* [1], et que vous me rendîtes de bons offices auprès de sa ladre personne.

Je reçois quelquefois une lettre du grand abbé [2] en douze mois; je suis peu instruit de vos marches, et fort incertain si vous êtes dans le plat tumulte de Paris, ou si vous jouissez des douceurs de la retraite. Que vous avez bien fait de conserver cette terre, qu'on dit mériter bien mieux le nom de *Délices* que mes Délices ! Plus on avance dans sa carrière, et plus on est convaincu que l'on n'est bien que chez soi. Pour moi, je vous répète que je ne date ma vie que du jour où je me suis *enterré.* Ce n'est pas que je ne sois assez au fait de ce qui se passe. Je vois tous les orages, mais je les vois du port; et je vous assure que mon port est bien joli et bien abrité.

Je souhaiterais à mes amis des terres indépendantes et libres comme les miennes. On paye assez en France. Il est doux de n'avoir rien à payer dans ses possessions. Figurez-vous ce que c'est à présent que d'avoir des terres en Saxe, en Poméranie, en Prusse, en Silésie; c'est bien pis que le troisième vingtième.

Vous avez lu, sans doute, les *Poésies du philosophe de Sans-Souci*, qu'on soupçonne de n'être ni *sans souci*, ni *philosophe*. Je suis aussi honteux de tous les vers qui m'appartiennent dans ses Œuvres, que fâché de ses œuvres guerrières. Jamais poëte n'a fait verser tant de sang; Tyrtée et Denys n'étaient que des petits garçons auprès de lui. Nous verrons s'il ira à Corinthe.

Adieu mon ancien ami; souvenez-vous quelquefois du Suisse V., qui vous aime.

MMCMLXXIV. — A M. LE COMTE DE SCHOWALOW.

Aux Délices, 1ᵉʳ avril.

Monsieur, la lettre de Votre Excellence, du 19 février, reçue par la voie de Vienne le 29 mars, me remplit de reconnaissance, et augmente la douleur où j'étais de la perte du paquet que j'avais eu l'honneur de vous envoyer au mois d'octobre dernier.

J'ai remis aujourd'hui entre les mains de M. de Soltikof un nouvel exemplaire pour suppléer à la perte du premier. J'espère que ce dernier paquet vous sera rendu; mais cette ressource ne calmera pas les inquiétudes où nous sommes, les éditeurs et moi. On prétend que le paquet envoyé au mois d'octobre a été intercepté en Allemagne, et qu'on imprime aujourd'hui à Hambourg et à Francfort cette première partie de la *Vie de Pierre le Grand* qui est contenue dans le paquet

---

1. Ango de La Motte-Lézeau. (ÉD.)
2. L'abbé du Resnel, qui mourut un an plus tard. (ÉD.)

intercepté. J'envoie à Francfort un homme affidé pour suivre les traces de cette affaire.

Mais s'il est vrai que le livre a été vendu à des libraires allemands, je prévois avec douleur que tous mes soins seront inutiles. Ce chagrin est bien capable de corrompre la satisfaction que je ressentais à mettre en ordre les matériaux du monument que vous érigez, monsieur, au grand homme à qui nous devons votre auguste impératrice, et à qui je dois l'honneur de vous connaître. Mais vos bontés me servent de consloation; et, quelque contre-temps douloureux que j'essuie, je consacrerai le peu qui me reste de force à finir un ouvrage commencé sous vos auspices, et que vos soins m'ont rendu si cher. Si ma santé m'avait permis de faire le voyage de Pétersbourg, je l'aurais entrepris avec joie, et vous auriez été servi avec plus de promptitude; mais mon âge et mes maladies ne me permettent plus de me transplanter. Ma seule espérance est de recevoir vos ordres dans ma retraite, et de vous témoigner de loin mon attachement et mon zèle.

Je ne sais si Votre Excellence a vu le petit livre qui a fait tant de bruit, et dont j'avais l'honneur de lui parler dans ma dernière lettre. Quoi qu'il en soit, rien ne peut aujourd'hui diminuer l'estime que toute l'Europe a pour votre nation.

J'ai eu l'honneur d'avoir chez moi, pendant quelques jours, deux de vos compatriotes amis de M. Soltikof, et même, je crois, ses parents; ils sont tous deux infiniment aimables; ils parlent ma langue aussi purement que vous l'écrivez. Je n'ai point encore vu de vos compatriotes qui ne m'aient convaincu du mérite de votre nation, et de l'éducation heureuse qu'on reçoit par vos soins et par votre protection dans les deux capitales de votre empire. Tout sert à confirmer les sentiments tendres et respectueux avec lesquels je serai toute ma vie, etc.,

V.

MMCMLXXV. — A M. BERTRAND.

Aux Délices, 2 avril.

Pardon, mon cher monsieur, de n'avoir pas répondu comme je le devais à la lettre que vous m'avez écrite touchant votre cabinet[1]. Je compte aller chez Son Altesse Électorale Palatine à la fin de mai; ce sera là ma meilleure réponse. L'étude, qui est ici ma plus grande occupation, m'a absorbé depuis un mois. Je me suis enterré dans mon imagination; je ressusciterai pour vous aller voir à Berne. Ce sera pour moi un grand plaisir d'y faire ma cour à M. et à Mme de Freudenreich, et de revoir encore cette ville où l'on a eu tant de bonté pour moi.

Il est vrai qu'on négocie beaucoup; mais il n'est pas moins vrai qu'on arme davantage. Si nous avons la paix à la fin de cette année, l'olive sera sanglante. Messieurs de Lausanne ont grand tort de garder ce Grasset chez eux. C'est un fripon artificieux et insolent qui leur attirera quelques affaires.

Je vous embrasse.

V

1. Cabinet d'histoire naturelle. (ÉD.)

MMCMLXXVI. — De Frédéric II, roi de Prusse.

Friedberg, 3 avril.

Quelle rage vous anime encore contre Maupertuis? Vous l'accusez de m'avoir trahi. Sachez qu'il m'a fait remettre ses vers bien cachetés après sa mort, et qu'il était incapable de me manquer par une pareille indiscrétion.

> Laissez en paix la froide cendre
> Et les mânes de Maupertuis;
> La Vérité va le défendre,
> Elle s'arme déjà pour lui.
> Son âme était noble et fidèle;
> Qu'elle vous serve de modèle.
> Maupertuis sut vous pardonner
> Ce noir écrit, ce vil libelle,
> Que votre fureur criminelle
> Prit soin chez moi de griffonner.
> Voyez quelle est votre manie :
> Quoi ! ce beau, quoi ! ce grand génie,
> Que j'admirais avec transport,
> Se souille par la calomnie,
> Même il s'acharne sur un mort !
> Ainsi, jetant des cris de joie,
> Planant en l'air, de vils corbeaux
> S'assemblent autour des tombeaux,
> Et des cadavres font leur proie.
> Non, dans ces coupables excès
> Je ne reconnais plus les traits
> De l'auteur de *la Henriade;*
> Ces vertus dont il fait parade,
> Toutes je les lui supposais.
> Hélas! si votre âme est sensible,
> Rougissez-en pour votre honneur,
> Et gémissez de la noirceur
> De votre cœur incorrigible.

Vous en revenez encore à la paix. Mais quelles conditions ! certainement les gens qui la proposent n'ont pas envie de la faire. Quelle dialectique que la leur ! céder le pays de Clèves, parce qu'il est habité par des *bêtes!* Que diraient ces ministres, si on demandait la Champagne, parce que le proverbe dit : Nonante-neuf moutons et un Champenois font cent bêtes? Ah ! laissons tous ces projets ridicules. A moins que le ministre français ne soit possédé de dix légions de démons autrichiens, il faut qu'il fasse la paix.

Vous m'avez mis en colère; votre repentir obtiendra votre pardon. En attendant, je vous abandonne à vos remords et aux furies vengeresses qui poursuivent les calomniateurs, jusqu'à ce que cette *religion naturelle*, que vous dites innée, renouvelle 'es traces qu'elle avait autrefois imprimées dans votre âme. *Vale.*

MMCMLXXVII. — DE MADAME LA PRINCESSE D'ANHALT-ZERBST.

Avril.

Monsieur, ne craignez-vous pas de m'enorgueillir, ou bien est-ce pour essayer si le cœur d'une Allemande saura sentir la valeur d'une approbation aussi flatteuse que l'est la vôtre, que vous me l'accordez, et que vous y ajoutez de nouveau de ces faveurs aussi propres à servir de modèles qu'à vous attirer la reconnaissance des siècles à venir, par conséquent à vous immortaliser? Je ne suis pas assez philosophe pour résister à l'une [1]; et, pour l'autre, j'ai su vous lire, vous préférer, vous estimer. Ce sont là les titres des remercîments dont je m'acquitte, qui me font oser vous demander votre amitié, et vous assurer que j'ai l'honneur d'être, monsieur, votre tout acquise amie et très-humble servante, ÉLISABETH.

MMCMLXXVIII. — A M. LE COMTE D'ALBARET, A TURIN.

Aux Délices, 10 avril.

Vous direz, monsieur, que je suis un paresseux, et vous aurez raison; mais vous connaissez ma détestable santé. Ne jugez point de mes sentiments par ma négligence; croyez que, de tous les paresseux, et de tous les malades, je suis celui qui vous est le plus dévoué. Mme Denis va rejouer; mais pour moi, je renonce au *tripot*. Je suis trop vieux, et je m'affaiblis tous les jours. Vraiment je serais charmé de voir la traduction de cette *Alzire*. Je suis comme les vieilles qui aiment les portraits dans lesquels elles se trouvent embellies.

Tout ce que vous me dites de Mme l'ambassadrice de France se rapporte fort à ce qu'elle nous a laissé entrevoir. Elle paraît pétrie de grâces et de talents. Si j'avais la hardiesse de passer les Alpes, ce serait pour elle, pour M. de Chauvelin, pour vous, monsieur, et non pour entendre des opéras; mais il faut achever ma carrière dans ma retraite. Je suis assez semblable aux girouettes, qui ne se fixent que quand elles sont rouillées. Comptez que, malgré mes misères, je sens bien vivement votre mérite et vos bontés; autant en fait Mme Denis. *Umillimo.*

VOLTAIRE.

MMCMLXXIX. — A M. LE COMTE D'ARGENTAL.

Aux Délices, 12 avril.

Mon divin ange, je suis bien faible, je vieillis beaucoup, mais il faut aimer le *tripot* jusqu'au dernier moment. Voici une pièce [2] de Jodelle, ajustée par un petit Hurtaud, que je vous envoie; mais vous comprenez bien que je ne vous l'envoie pas, et que jamais on ne doit savoir que vous vous êtes mêlé de favoriser ce petit Hurtaud. Je pense que cela vaut mieux que de donner ces *Chevaliers*, qui, malheureusement, passent pour être de moi. Le plaisir du secret, de l'incognito, de la surprise, est quelque chose. Vous savez ce que c'était que le droit du seigneur; je ne l'ai pas dans mes terres, et il ne me servirait à

1. Le poëme de *Jeanne d'Arc*. (ÉD.)
2. Le *Droit du seigneur*, que Voltaire dit successivement être de divers auteurs. (ÉD.)

rien. Il me paraît que ce petit Hurtaud a traité la chose avec décence. J'ai seulement remarqué dans la pièce le mot de *sacrement* [1]; j'ignore si ce mot divin peut passer dans une comédie sans encourir l'excommunication majeure. Je ne suis pas assez hardi pour corriger les vers de Hurtaud, mais on peut bien mettre *votre engagement* au lieu de *votre sacrement;* c'est, je crois, au premier acte, autant qu'il peut m'en souvenir.

Mettrez-vous M. le duc de Choiseul dans la confidence? Je le crois à présent plus occupé des Anglais que de ce qui se passait sous Henri II.

Voilà donc deux chants [2] de *Pucelle* pour les anges. Mais êtes-vous capable de garder le plus grand des secrets? « Plus que vous, sans doute, » m'allez-vous dire.

Oui, je sais bien que j'ai joué *Tancrède,* et par là je l'ai affiché, il est vrai; mais je ne pouvais faire autrement. Il fallait essayer sur M. et Mme de Chauvelin cette *Chevalerie;* mais ici le cas est différent. Point d'essai, et la chose est beaucoup plus singulière que tous les *Chevaliers* du monde. Motus, au moins. Et Pondichéri ! ma foi, je le crois pris comme Surate.

Mon cher ange, nous parlerons une autre fois des *Chevaliers.* Je crois que monsieur votre frère [3] a raison de ne pas trop aimer *Médime* ou *Fanime.*

Mais comment va la santé de Mme Scaliger? voilà le point essentiel.

Mon divin ange, vous êtes pour moi le démon de Socrate; mais son démon se bornait à le retenir, et vous m'inspirez.

MMCMLXXX. — A MADAME LA MARQUISE DU DEFFAND.

Aux Délices, 12 avril.

Je ne vous ai envoyé, madame, aucune de ces bagatelles dont vous daignez vous amuser un moment. J'ai rompu avec le genre humain pendant plus de six semaines; je me suis enterré dans mon imagination; ensuite sont venus les ouvrages de la campagne, et puis la fièvre. Moyennant tout ce beau régime, vous n'avez rien eu, et probablement vous n'aurez rien de quelque temps.

Il faudra seulement me faire écrire : « Madame veut s'amuser, elle se porte bien, elle est en train, elle est de bonne humeur, elle ordonne qu'on lui envoie quelques *rogatons;* » et alors on fera partir quelques paquets scientifiques, ou comiques, ou philosophiques, ou historiques, ou poétiques, selon l'espèce d'amusement que voudra madame, à condition qu'elle les jettera au feu dès qu'elle se les sera fait lire.

Madame était si enthousiasmée de *Clarisse,* que je l'ai lue, pour me délasser de mes travaux, pendant ma fièvre; cette lecture m'allumait le sang. Il est cruel, pour un homme aussi vif que je le suis, de

---

1. Acte I, scène I, v. 57. (ÉD.)
2. Un de ces chants était peut-être l'esquisse de celui que Voltaire appelle *la Capilotade,* et qui est aujourd'hui le chant XVIII de *la Pucelle.* (ÉD.)
3. Pont de Veyle. (ÉD.)

lire neuf volumes entiers dans lesquels on ne trouve rien du tout, et qui servent seulement à faire entrevoir que Mlle Clarisse aime un débauché, nommé M. de Lovelace. Je disais : « Quand tous ces gens-là seraient mes parents et mes amis, je ne pourrais m'intéresser à eux. » Je ne vois dans l'auteur qu'un homme adroit qui connaît la curiosité du genre humain, et qui promet toujours quelque chose de volumes en volumes, pour les vendre. Enfin j'ai rencontré Clarisse dans un mauvais lieu, au dixième volume, et cela m'a fort touché.

La *Théodore* de Pierre Corneille, qui veut absolument entrer chez la Fillon [1], par un principe de christianisme, n'approche pas de Clarisse, de sa situation, et de ses sentiments; mais, excepté le mauvais lieu où se trouve cette belle Anglaise, j'avoue que le reste ne m'a fait aucun plaisir, et que je ne voudrais pas être condamné à relire ce roman. Il n'y a de bon, ce me semble, que ce qu'on peut relire sans dégoût.

Les seuls bons livres de cette espèce sont ceux qui peignent continuellement quelque chose à l'imagination, et qui flattent l'oreille par l'harmonie. Il faut aux hommes musique et peinture, avec quelques petits préceptes philosophiques, entremêlés de temps en temps avec une honnête discrétion. C'est pourquoi Horace, Virgile, Ovide, plairont toujours, excepté dans les traductions qui les gâtent.

J'ai relu, après *Clarisse*, quelques chapitres de Rabelais, comme le combat de frère Jean des Entommeures, et la tenue du conseil de Picrochole (je les sais pourtant presque par cœur); mais je les ai relus avec un très-grand plaisir, parce que c'est la peinture du monde la plus vive.

Ce n'est pas que je mette Rabelais à côté d'Horace; mais si Horace est le premier des faiseurs de bonnes épîtres, Rabelais, quand il est bon, est le premier des bons bouffons. Il ne faut pas qu'il y ait deux hommes de ce métier dans une nation; mais il faut qu'il y en ait un. Je me repens d'avoir dit autrefois trop de mal de lui.

Il y a un plaisir bien préférable à tout cela; c'est celui de voir verdir de vastes prairies, et croître de belles moissons : c'est la véritable vie de l'homme, tout le reste est illusion.

Je vous demande pardon, madame, de vous parler d'un plaisir qu'on goûte avec ses deux yeux; vous ne connaissez plus que ceux de l'âme. Je vous trouve admirable de soutenir si bien votre état; vous jouissez au moins de toutes les douceurs de la société. Il est vrai que cela se réduit presque à dire son avis sur les nouvelles du jour; et il me semble qu'à la longue cela est bien insipide. Il n'y a que les goûts et les passions qui nous soutiennent dans ce monde. Vous mettez à la place de ces passions la philosophie, qui ne les vaut pas; et moi, madame, j'y mets le tendre et respectueux attachement que j'aurai toujours pour vous. Je souhaite à votre ami de la santé, et je voudrais qu'il se souvînt un peu de moi.

1. La Fillon tenait un mauvais lieu sous la Régence. (ÉD.

MMCMLXXXI. — DE M. DALEMBERT.

A Paris, 14 avril.

Quand on a le bonheur d'être dans un pays libre, mon cher et grand philosophe, on est bien heureux, car on peut écrire librement pour la défense des philosophes, contre les invectives de ceux qui ne le sont pas.

Quand on a le malheur d'être dans un pays de persécution et de servitude, au milieu d'une nation esclave et moutonnière, on est bien heureux qu'il y ait, dans un pays libre, des philosophes qui puissent élever la voix.

Quand les philosophes persécutés auront lu l'apologie écrite en leur faveur par le philosophe libre, ils remercieront Dieu et l'auteur.

Voilà, mon cher philosophe, ma réponse à une petite feuille[1] que je viens de recevoir de Genève. Ne sauriez-vous point, par hasard, qui m'a fait ce présent-là? Ce ne saurait être vous, car, depuis quatre jours, tout le monde veut ici que vous soyez mort; on vous désignait même, à quatre lieues d'ici[2], l'ancien évêque de Limoges[3] pour successeur. Votre éloge aurait été fait par un prêtre, et cela eût été plaisant; j'aime pourtant mieux ne pas entendre votre éloge sitôt, dût-il être fait par le frère Berthier, ou par M. de Pompignan.

Il faudrait imprimer, à la suite du *Discours* de notre nouveau confrère, une épître[4] que je viens de recevoir du roi de Prusse contre les fanatiques; les dévots, les jésuites, et notre saint-père le pape, y sont bien traités. Adieu, mon cher et grand philosophe; vivez longtemps, et portez-vous bien, tout mort que vous êtes.

P. S. Il ne manquait plus à la philosophie que le coup de pied de l'âne. On va jouer sur le théâtre de la Comédie-Française une pièce intitulée *les Philosophes modernes*[5]. Préville doit y marcher à quatre pattes, pour représenter Rousseau. Cette pièce est fort protégée. Versailles la trouve admirable.

MMCMLXXXII. — A FRÉDÉRIC II, ROI DE PRUSSE.

15 avril.

Puisque vous êtes si grand maître
Dans l'art des vers et des combats,
Et que vous aimez tant à l'être,
Rimez donc, bravez le trépas;
Instruisez, ravagez la terre;
J'aime les vers, je hais la guerre,
Mais je ne m'opposerai pas
A votre fureur militaire.
Chaque esprit a son caractère;
Je conçois qu'on a du plaisir
A savoir, comme vous, saisir
L'art de tuer et l'art de plaire.

1. Les *Quand*. (ÉD.) — 2. Versailles. (ÉD.) — 3. Coetlosquet. (ÉD.)
4. Épître à Dalembert. (ÉD.)
5. Comédie de Palissot, jouée le 2 mai suivant. (ÉD.)

Cependant ressouvenez-vous de celui qui a dit autrefois :

> Et quoique admirateur d'Alexandre et d'Alcide,
> J'eusse aimé mieux choisir les vertus d'Aristide.

Cet Aristide était un bon homme ; il n'eût point proposé de faire payer à l'archevêque de Mayence les dépens et dommages de quelque pauvre ville grecque ruinée. Il est clair que Votre Majesté a encouru les censures de Rome, en imaginant si plaisamment de faire payer à l'Église les pots que vous avez cassés. Pour vous relever de l'excommunication majeure, je vous ai conseillé, en bon citoyen, de payer vous-même. Je me suis souvenu que Votre Majesté m'avait dit souvent que les peuples de.... étaient des sots. En vérité, Sire, vous êtes bien bon de vouloir régner sur ces gens-là. Je crois vous proposer un très-bon marché, en vous priant de les donner à qui les voudra.

> Je m'imaginais qu'un grand homme,
> Qui bat le monde et qui s'en rit,
> N'aimait à dominer que sur des gens d'esprit,
> Et je voudrais le voir à Rome.

Comme je suis très-fâché de payer trois vingtièmes de mon bien, et de me ruiner pour avoir l'honneur de vous faire la guerre, vous croirez peut-être que c'est par ladrerie que je vous propose la paix ; point du tout ; c'est uniquement afin que vous ne risquiez pas tous les jours de vous faire tuer par des Croates, des housards, et autres barbares qui ne savent pas ce que c'est qu'un beau vers.

Vos ministres auront sans doute à Bréda de plus belles vues que les miennes. M. le duc de Choiseul, M. de Kaunitz, M. Pitt, ne me disent point leur secret. On dit qu'il n'est connu que d'un M. de Saint-Germain, qui a soupé autrefois dans la ville de Trente avec les Pères du concile, et qui aura probablement l'honneur de voir Votre Majesté dans une cinquantaine d'années. C'est un homme qui ne meurt point, et qui sait tout. Pour moi, qui suis près de finir ma carrière, et qui ne sais rien, je me borne à souhaiter que vous connaissiez M. le duc de Choiseul.

Votre Majesté m'écrit qu'elle va se mettre à être un vaurien ; voilà une belle nouvelle qu'elle m'apprend là ! eh, qui êtes-vous donc, vous autres maîtres de la terre? Je vous ai vu aimer beaucoup ces vauriens de Trajan, de Marc-Aurèle et de Julien ; ressemblez-leur toujours, mais ne me brouillez pas avec M. le duc de Choiseul, dans vos goguettes.

Et sur ce, je présente à Votre Majesté mon respect, et prie honnêtement la Divinité qu'elle donne la paix à ses images.

MMCMLXXXIII. — A M. LE COMTE DE LORENZI.

Au château de Tournay, 15 avril.

J'ai reçu, monsieur, la lettre et les patentes de botaniste dont vous m'honorez, dans le temps où j'ai le plus besoin de simples. Je ne suis pas jeune, et je suis très-malade. Si je peux trouver quelque herbe qui rajeunisse, je ne manquerai pas de l'envoyer à votre académie. J'ai toujours été fâché qu'il y eût sur la terre tant de plantes qui fissent du mal, et si peu de salutaires; la nature nous a donné beaucoup de poisons et pas un spécifique. C'est dommage que nous ayons perdu le bel ouvrage de Salomon qui traitait de toutes les plantes, depuis le cèdre jusqu'à l'hysope; c'était sans doute un très-bel ouvrage, puisqu'il était composé par un roi. Il était apparemment le premier médecin de ses sept cents femmes et de ses trois cents concubines. Je ne sais si vous avez vu les hérésies du *Salomon du Nord;* il va plus loin que son devancier, lequel ne sait pas s'il reste quelque chose de l'homme après sa mort. Pour celui-ci, il est sûr de son fait, et il croit que ses soldats tuent si bien leur monde qu'il n'en reste rien du tout. J'attends le *Peut-être* de Rabelais le plus doucement que je peux.

MMCMLXXXIV. — A MADAME DE FONTAINE, A PARIS.

Aux Délices, 19 avril.

Partez-vous bientôt, ma chère nièce, pour votre royaume d'Hornoi, et abandonnez-vous cette ville de Paris, qui n'est bonne que pour *Messieurs* du parlement, les filles de joie, et l'Opéra-Comique? Êtes-vous bien lasse de cette malheureuse inutilité dans laquelle on passe sa vie, de ces visites insipides, et du vide qu'on sent dans son âme après avoir passé sa journée à faire des riens et à entendre des sottises? Comptez que vous aurez beaucoup plus de plaisir à gouverner votre Hornoi et à l'embellir, qu'à courir après les fantômes de Paris. Tout ce que j'apprends de ce pays-là fait aimer la retraite.

Luc m'écrit toujours, mais il ne m'écrit que pour me montrer qu'il a de l'esprit, et pour me dire qu'il ne craint rien. Il prétend que nous n'aurons jamais ni honneur ni profit dans la belle guerre que nous faisons; j'ai grand'peur qu'il n'ait raison. J'embrasse tendrement M. de Florian et monsieur votre fils, etc.

MMCMLXXXV. — A FRÉDÉRIC II, ROI DE PRUSSE.

Au château de Tournay, par Genève, 21 avril.

Sire, un petit moine de Saint-Just disait à Charles-Quint : « Sacrée Majesté, n'êtes-vous pas lasse d'avoir troublé le monde? Faut-il encore désoler un pauvre moine dans sa cellule? » Je suis le moine, mais vous n'avez pas encore renoncé aux grandeurs et aux misères humaines comme Charles-Quint. Quelle cruauté avez-vous de me dire que je calomnie Maupertuis, quand je vous dis que le bruit a couru qu'après sa mort on avait trouvé les *Œuvres du philosophe de Sans-Souci* dans sa cassette? Si en effet on les y avait trouvées, cela ne prouverait-il pas au contraire qu'il les avait gardées fidèlement, qu'il ne les avait communiquées à personne; et qu'un libraire en aurait abusé? ce qui aurait disculpé des personnes qu'on a peut-être injustement accusées. Suis-je d'ailleurs obligé de savoir que Maupertuis vous les avait renvoyées? Quel intérêt ai-je à parler mal de lui? que m'importent sa personne et sa mémoire? en quoi ai-je pu lui faire tort en disant à Votre Majesté qu'il avait gardé fidèlement votre dépôt jusqu'à sa mort? Je ne songe moi-même qu'à mourir, et mon heure approche; mais ne la troublez pas par des reproches injustes et par des duretés qui sont d'autant plus sensibles que c'est de vous qu'elles viennent.

Vous m'avez fait assez de mal : vous m'avez brouillé pour jamais avec le roi de France, vous m'avez fait perdre mes emplois et mes pensions; vous m'avez maltraité à Francfort, moi et une femme innocente, une femme considérée, qui a été traînée dans la boue, et mise en prison; et ensuite, en m'honorant de vos lettres, vous corrompez la douceur de cette consolation par des reproches amers. Est-il possible que ce soit vous qui me traitiez ainsi, quand je ne suis occupé depuis trois ans qu'à tâcher, quoique inutilement, de vous servir sans aucune autre vue que celle de suivre ma façon de penser ?

Le plus grand mal qu'aient fait vos œuvres, c'est qu'elles ont fait dire aux ennemis de la philosophie, répandus dans toute l'Europe : « Les philosophes ne peuvent vivre en paix, et ne peuvent vivre ensemble. Voici un roi qui ne croit pas en Jésus-Christ; il appelle à sa cour un homme qui n'y croit point, et il le maltraite; il n'y a nulle humanité dans les prétendus philosophes, et Dieu les punit les uns par les autres. »

Voilà ce que l'on dit, voilà ce qu'on imprime de tous côtés ; et, pendant que les fanatiques sont unis, les philosophes sont dispersés et malheureux. Et tandis qu'à la cour de Versailles et ailleurs on m'accuse de vous avoir encouragé à écrire contre la religion chrétienne, c'est vous qui me faites des reproches, et qui ajoutez ce triomphe aux insultes des fanatiques ! Cela me fait prendre le monde en horreur avec justice; j'en suis heureusement éloigné dans mes domaines solitaires. Je bénirai le jour où je cesserai, en mourant, d'avoir à souffrir, et surtout de souffrir par vous; mais ce sera en vous souhaitant un bonheur dont votre position n'est peut-être pas susceptible, et que la philosophie seule pourrait vous procurer dans les orages de votre vie, si la fortune vous permet de vous borner à cultiver longtemps ce fonds de sagesse que vous avez en vous; fonds admirable, mais altéré par les passions inséparables d'une grande imagination, un peu par l'humeur, et par des situations épineuses qui versent du fiel dans votre âme; enfin par le malheureux plaisir que vous vous êtes toujours fait de vouloir humilier les autres hommes, de leur dire, de leur écrire des choses piquantes; plaisir indigne de vous, d'autant plus que vous êtes plus élevé au-dessus d'eux par votre rang et par vos talents uniques. Vous sentez sans doute ces vérités.

Pardonnez à ces vérités que vous dit un vieillard qui a peu de temps à vivre; et il vous les dit avec d'autant plus de confiance que, convaincu lui-même de ses misères et de ses faiblesses infiniment plus grandes que les vôtres, mais moins dangereuses par son obscurité, il ne peut être soupçonné par vous de se croire exempt de torts, pour se mettre en droit de se plaindre de quelques-uns des vôtres. Il gémit des fautes que vous pouvez avoir faites autant que des siennes, et il ne veut plus songer qu'à réparer, avant sa mort, les écarts funestes d'une imagination trompeuse, en faisant des vœux sincères pour qu'un aussi grand homme que vous soit aussi heureux et aussi grand en tout qu'il doit l'être.

MMCMLXXXVI. — A M. COLINI, A MANHEIM.

Au château de Tournay, 21 avril.

Sono stato sul punto di fare come il povero Pierron[1].

On m'a dit mort; cela n'est pas entièrement vrai. Je compte, mon cher Colini, que vous deviendrez nécessaire à Son Altesse Électorale. Plus vous l'approcherez, plus elle vous goûtera. Je vous adresse ma lettre pour lui. Je suis encore bien mal; si mes forces reviennent, j'irai à Schwetzingen. Je ne veux pas mourir sans avoir encore vu le plus aimable et le meilleur des souverains. Il y a un Français, nommé M. de Caux, qui a écrit à Manheim à ma nièce. Je porterai, si je peux, la réponse. Je vous embrasse.

MMCMLXXXVII. — A M. LE COMTE DE SCHOWALOW.

Aux Délices, près Genève, 22 avril.

Monsieur, la personne qui est allée à Francfort-sur-le-Mein, et qui s'est chargée de s'informer de l'aventure du paquet du mois de septembre ou d'octobre dernier, me mande qu'on attend de Hambourg, tous les jours, une édition de l'*Histoire de Pierre le Grand*, sous le nom des libraires de Genève. Cette nouvelle est assez vraisemblable. Les libraires de Genève ont tiré à grands frais huit mille exemplaires de leur édition, qui leur restent entre les mains. Je fais l'impossible depuis quatre mois pour les apaiser. Je suis toujours entièrement aux ordres de Votre Excellence. Le plus grand de mes plaisirs, dans ma vieillesse, est de travailler au monument que vous érigez au plus grand homme du siècle passé. La multitude épouvantable de livres qui s'accumulent de tous côtés ne permet peut-être pas qu'on entre dans beaucoup de détails. L'esprit philosophique qui règne de nos jours permet encore moins un fade panégyrique. Le milieu entre ces deux extrémités est difficile à garder; mais je ne désespère de rien, monsieur, quand je serai aidé de vos conseils et de vos lumières. Ce sera par votre seul moyen que je pourrai parvenir à ne blesser ni la vérité, ni la délicatesse de votre cœur, ni le goût des gens de lettres, qui seuls décident, à la longue, de la bonté d'un ouvrage. Je souhaite surtout que votre *Histoire de Pierre le Grand*, dans laquelle je ne suis que votre copiste, puisse servir de réponse aux calomnies répandues contre votre nation et contre votre auguste souveraine, dans le recueil qui vient de paraître. J'ai l'honneur d'être avec le plus respectueux dévouement, etc.   V.

MMCMLXXXVIII. — A M. PILAVOINE, A PONDICHÉRI.

Au château de Ferney, 23 avril.

Mon cher et ancien camarade, vous ne sauriez croire le plaisir que m'a fait votre lettre. Il est doux de se voir aimé à quatre mille lieues

---

1. Voltaire venait d'apprendre, par Colini, la mort récente de Pierron. (ÉD.)

de chez soi. Je saisis ardemment l'offre que vous me faites de cette histoire manuscrite de l'Inde. J'ai une vraie passion de connaître à fond le pays où Pythagore est venu s'instruire. Je crois que les choses ont bien changé depuis lui, et que l'université de Jaganate ne vaut point celles d'Oxford et de Cambridge. Les hommes sont nés partout à peu près les mêmes, du moins dans ce que nous connaissons de l'ancien monde. C'est le gouvernement qui change les mœurs, qui élève ou abaisse les nations.

Il y a aujourd'hui des récollets dans ce même Capitole où triompha Scipion, où Cicéron harangua.

Les Égyptiens, qui instruisirent autrefois les nations, sont aujourd'hui de vils esclaves des Turcs. Les Anglais, qui n'étaient, du temps de César, que des barbares allant tout nus, sont devenus les premiers philosophes de la terre, et, malheureusement pour nous, sont les maîtres du commerce et des mers. J'ai bien peur que dans quelque temps ils ne viennent vous faire une visite; mais M. Dupleix les a renvoyés, et j'espère que vous les renverrez de même. Je m'intéresse à la Compagnie, non-seulement à cause de vous, mais parce que je suis Français, et encore parce que j'ai une partie de mon bien sur elle. Voilà trois bonnes raisons qui m'affligent pour la perte de Masulipatan.

J'ai connu beaucoup MM. de Lally et de Soupire; celui-ci est venu me voir à mon petit ermitage auprès de Genève avant de partir pour l'Inde; c'est à lui que j'adressai ma lettre pour vous à Surate. N'imputez cette méprise qu'au souvenir que j'ai toujours conservé de vous. Je pense toujours à Maurice Pilavoine, de Surate; c'était ainsi qu'on vous appelait au collège, où nous avons appris ensemble à balbutier du latin, qui n'est pas, je crois, d'un fort grand secours dans l'Inde. Il vaut mieux savoir la langue du Malabar.

Je serais curieux de savoir s'il reste encore quelque trace de l'ancienne langue des brachmanes. Les brachmanes d'aujourd'hui se vantent de la savoir; mais entendent-ils leur *Veidam?* Est-il vrai que les naturels de ce pays sont naturellement doux et bienfaisants? Ils ont du moins sur nous un grand avantage, celui de n'avoir aucun besoin de nous, tandis que nous allons leur demander du coton, des toiles peintes, des épiceries, des perles, et des diamants, et que nous allons, par avarice, nous battre à coups de canon sur leurs côtes.

Pour moi, je n'ai point encore vu d'Indien qui soit venu livrer bataille à d'autres Indiens, en Bretagne et en Normandie, pour obtenir, le crisk[1] à la main, la préférence de nos draps d'Abbeville et de nos toiles de Laval.

Ce n'est pas assurément un grand malheur de manquer de pêches, de pain et de vin, quand on a du riz, des ananas, des citrons et des cocos. Un habitant de Siam et du Japon ne regrette point le vin de Bourgogne. J'imite tous ces gens-là; je reste chez moi; j'ai de belles terres, libres et indépendantes, sur la frontière de France. Le pays que j'habite est un bassin d'environ vingt lieues, entouré de tous côtés

---

1. Ou crid, poignard dont se servent les Malais. (ÉD.)

de montagnes ; cela ressemble en petit au royaume de Cachemire. Je ne suis *seigneur* que de deux paroisses, mais j'ai une étendue de terrain très-considérable. Les pêches, dont vous me paraissez faire tant de cas, sont excellentes chez moi ; mes vignes même produisent d'assez bon vin. J'ai bâti dans une de mes terres un château qui n'est que trop magnifique pour ma fortune ; mais je n'ai pas eu la sottise de me ruiner pour avoir des colonnes et des architraves. J'ai auprès de moi une partie de ma famille, et des personnes aimables qui me sont attachées. Voilà ma situation, que je ne changerais pas contre les plus brillants emplois. Il est vrai que j'ai une santé très-faible, mais je la soutiens par le régime. Vous êtes né, autant qu'il m'en souvient, beaucoup plus robuste que moi, et je m'imagine que vous vivrez autant qu'Aureng-Zeb. Il me semble que la vie est assez longue dans l'Inde, quand on est accoutumé aux chaleurs du pays.

On m'a dit que plusieurs rajas et plusieurs omras ont vécu près d'un siècle ; nos grands seigneurs et nos rois n'ont pas encore trouvé ce secret. Quoi qu'il en soit, je vous souhaite une vie longue et heureuse. Je présume que vos enfants vous procureront une vieillesse agréable. Vous devez sans doute vivre avec beaucoup d'aisance ; ce ne serait pas la peine d'être dans l'Inde pour n'y être pas riche. Il est vrai que la Compagnie ne l'est point ; elle ne s'est pas enrichie par le commerce, et les guerres l'ont ruinée ; mais un membre du conseil ne doit pas se sentir de ces infortunes.

Je vous prie de m'instruire de tout ce qui vous regarde, de la vie que vous menez, de vos occupations, de vos plaisirs et de vos espérances. Je m'intéresse véritablement à vous, et je vous prie de croire que c'est du fond de mon cœur que je serai toute ma vie, monsieur, votre, etc.

MMCMLXXXIX. — A madame d'Épinay.

25 avril.

Je ne vous ai point encore remerciée, ma belle philosophe, de votre jolie lettre et de votre pierre philosophale ; car c'est la vraie pierre philosophale que la multiplication du blé dont vous m'avez envoyé le secret. J'irai présenter la première gerbe devant votre portrait, au temple d'Esculape[1], à Genève. Ce portrait sera mon tableau d'autel ; j'en fais bien plus de cas que de l'image de mon ami Confucius. Ce Confucius est, à la vérité, un très-bon homme, ami de la raison, ennemi de l'enthousiasme, respirant la douceur et la paix, et ne mêlant point le mensonge avec la vérité ; mais vous avez tout cela comme lui, et vous possédez de plus deux grands yeux, très-préférables à ses yeux de chat et à sa barbe en pointe. Confucius est un bavard qui dit toujours la même chose, et vous êtes pleine d'imagination et de grâce. Vous êtes probablement, madame, aujourd'hui dans votre belle terre, où vous faites les délices de ceux qui ont l'honneur de vivre avec vous, et où vous ne voyez point les sottises de Paris ; elles me paraissent se mul-

---

1. Chez Tronchin, dont Liotard avait aussi fait le portrait. (Éd.)

tiplier tous les jours. On m'a parlé d'une comédie contre les philosophes, dans laquelle Préville doit représenter Jean-Jacques marchant à quatre pattes. Il est vrai que Jean-Jacques a un peu mérité ces coups d'étrivières par sa bizarrerie, par son affectation de s'emparer du tonneau et des haillons de Diogène, et encore plus par son ingratitude envers la plus aimable des bienfaitrices; mais il ne faut pas accoutumer les singes d'Aristophane à rendre les singes de Socrate méprisables, et à préparer de loin la ciguë que maître Joly de Fleury voudrait faire broyer pour eux par les mains de maître Abranam Chaumeix.

On dit que Diderot, dont le caractère et la science méritent tant d'égards, est violemment attaqué dans cette farce. La petite coterie dévote de Versailles la trouve admirable; tous les honnêtes gens de Paris devraient se réunir au moins pour la siffler; mais les honnêtes gens sont bien peu *honnêtes;* ils voient tranquillement assassiner les gens qu'ils estiment et en disent seulement leur avis à souper. Les philosophes sont dispersés et désunis, tandis que les fanatiques forment des escadrons et des bataillons.

Les serpents appelés *jésuites* et les tigres appelés *convulsionnaires,* se réunissent tous contre la raison et ne se battent que pour partager entre eux ses dépouilles. Il n'y a pas jusqu'au sieur Le Franc de Pompignan qui n'ait l'insolence de faire l'apôtre, après avoir fait le Pradon.

Vous m'avouerez, ma belle philosophe, que voilà bien des raisons pour aimer la retraite. Nos frères du bord du lac ont reçu une douce consolation par les nouvelles qui nous sont venues de la bataille donnée au Paraguai, entre les troupes du roi de Portugal et celles des révérends pères jésuites. On parle de sept jésuites prisonniers de guerre et de cinq tués dans le combat; cela fait douze martyrs, de compte fait. Je souhaite, pour l'honneur de la sainte Église, que la chose soit véritable.

Je ne vous écris point de ma main, ma belle philosophe, parce que Dieu m'afflige de quelques indispositions dans ma machine corporelle. Je ne suis pas précisément *mort,* comme on l'a dit, mais je ne me porte pas trop bien. Comment aurais-je le front d'avoir de la santé, quand Esculape a la goutte?

Adieu, ma belle philosophe, vous êtes adorée aux Délices, vous êtes adorée à Paris, vous êtes adorée présente et absente. Nos hommages à tout ce qui vous appartient, à tout ce qui vous entoure.

MMCMXC. — A madame la marquise du Deffand.

25 avril.

Je suis si touché de votre lettre, madame, que j'ai l'insolence de vous envoyer deux petits manuscrits très-indignes de vous; tant je compte sur vos bontés!

Lisez les vers, quand vous serez dans un de ces moments de loisir

1. Dalembert. (Éd.)

où l'on s'amuserait d'un conte de Boccace ou de La Fontaine; lisez la prose, quand vous serez un peu de mauvaise humeur contre les misérables préjugés qui gouvernent le monde, et contre les fanatiques; et, ensuite jetez le paquet au feu.

J'ai trouvé sous ma main ces deux sottises[1]; il y a longtemps qu'elles sont faites et elles n'en valent pas mieux.

Je n'ai jamais été moins mort que je le suis à présent. Je n'ai pas un moment de libre; les bœufs, les vaches, les moutons, les prairies, les bâtiments, les jardins, m'occupent le matin; toute l'après-dînée est pour l'étude, et, après souper, on répète les pièces de théâtre qu'on joue dans ma petite salle de comédie.

Cette façon d'être donne envie de vivre; mais j'en ai plus d'envie que jamais, depuis que vous daignez vous intéresser à moi avec tant de bonté. Vous avez raison, car, dans le fond, je suis un bon homme. Mes curés, mes vassaux, mes voisins, sont très-contents de moi; et il n'y a pas jusqu'aux fermiers généraux à qui je ne fasse entendre raison, quand j'ai quelques disputes avec eux sur les droits des frontières.

Je sais que la reine dit toujours que je suis un impie; la reine a tort. Le roi de Prusse a bien plus grand tort de dire, dans son *Épître au maréchal Keith*:

> Allez, lâches chrétiens; que les feux éternels
> Empêchent d'assouvir vos désirs criminels, etc.

Il ne faut dire d'injures à personne; mais le plus grand tort est dans ceux qui ont trouvé le secret de ruiner la France en deux ans, dans une guerre auxiliaire.

J'ai reçu, ce matin, une lettre de change d'un banquier d'Allemagne sur M. de Marmontel. Les lettres de change sont numérotées, et vous remarquerez que mon numéro est le mille quarantième, à commencer du mois de janvier. Il est bien beau aux Français d'enrichir ainsi l'Allemagne.

Il me vient quelquefois des Anglais, des Russes; tous s'accordent à se moquer de nous. Vous ne savez pas, madame, ce que c'est que d'être Français, en pays étranger. On porte le fardeau de sa nation; on l'entend continuellement maltraiter; cela est désagréable. On ressemble à celui qui voulait bien dire à sa femme qu'elle était une catin, mais qui ne voulait pas l'entendre dire aux autres.

Tâchez, madame, d'être payée de vos rentes, et de prendre en pitié toutes les misères dont vous êtes témoin. Accoutumez-vous à la disette des talents en tout genre, à l'esprit devenu commun, et au génie devenu rare; à une inondation de livres sur la guerre pour être battus, sur les finances pour n'avoir pas un sou, sur la population pour manquer de recrues et de cultivateurs, et sur tous les arts pour ne réussir dans aucun.

Votre belle imagination, madame, et la bonne compagnie que vous

---

1. *Tancrède* et *le Droit du seigneur*. (ÉD.)

avez chez vous, vous consoleront de tout cela; il ne s'agit, après tout, que de finir doucement sa carrière; tout le reste est vanité des va-nités, dit l'autre. Recevez mes tendres respects.

MMCMCXI. — A M. DALEMBERT.

25 avril.

Mon cher et digne philosophe, j'avoue que je ne suis pas *mort*, mais je ne peux pas dire que je sois en vie. Berthier se porte bien, et je suis malade; Abraham Chaumeix digère et je ne digère point; aussi ma main ne vous écrit pas, mais mon cœur vous écrit; il vous dit qu'il est sensiblement affligé de voir les fanatiques réunis pour acca-bler les philosophes, tandis que les philosophes divisés se laissent tran-quillement égorger les uns après les autres. C'est grand dommage que Jean-Jacques se soit mis tout nu dans le tonneau de Diogène; c'est le sûr moyen d'être mangé des mouches. Est-il possible qu'on laisse jouer cette farce impudente dont on nous menace? c'est ainsi qu'on s'y prit pour perdre Socrate. Je ne crois pas que la comédie des *Nuées*[1] ap-proche des opéras-comiques de la Foire. Je crois Favart et Vadé fort supérieurs au Gilles d'Athènes, quoi qu'en dise Mme Dacier; mais enfin ce fut par là que les prêtres commencèrent à préparer la ruine des sages. La persécution éclate de tous côtés dans Paris; les jansé-nistes et les jésuites se joignent pour égorger la raison, et se battent entre eux pour les dépouilles. Je vous avoue que je suis aussi en co-lère contre les philosophes qui se laissent faire que contre les marauds qui les oppriment. Puisque je suis en train de me fâcher, je passe à *Luc;* il fait le plongeon, il désavoue ses Œuvres, il les fait imprimer tronquées; cela est bien plat, quand on a cent mille hommes; mais cet homme-là sera toujours incompréhensible. Il m'envoie tous les huit jours des paquets les plus outrecuidants, les plus terribles, de vers et de prose; des choses à faire coffrer le receveur, si le receveur était à Paris; et il ne m'envoie point l'épître qu'il vous a adressée, qui est, dit-on, son meilleur ouvrage. Il ne sait pas trop ce qu'il veut, et sait encore moins ce qu'il deviendra. Il serait bien à souhaiter qu'il se mît à devenir sage; il eût été le plus heureux des hommes, s'il avait voulu; et il valait cent fois mieux être le protecteur de la philosophie que le perturbateur de l'Europe. Il a manqué une belle vocation; vous devriez bien lui en dire deux mots, vous qui savez écrire et qui osez écrire. Il est très-faux que l'abbé de Prades l'ait trahi; il écrivait seu-lement au ministre de France pour avoir la permission de faire un voyage en France; et cela dans un temps où n'étions pas en guerre avec le Brandebourg. S'il avait en effet tramé une trahison contre son bienfaiteur, soyez très-persuadé qu'on ne se serait pas borné à lui donner un appartement dans la citadelle de Magdebourg.

Vous savez que Darget a mieux aimé un petit emploi subalterne à Paris que deux mille écus de gages, et le magnifique titre de secré-taire. Algarotti a préféré sa liberté à trois mille écus de gages, je dis

1. D'Aristophane. (ÉD.)

trois mille écus d'empire. Vous savez que Chazot a pris le même parti ; vous savez que Maupertuis, pour s'étourdir, s'était mis à boire de l'eau-de-vie, et en est mort. Vous savez bien d'autres choses ; vous savez surtout que vous n'avez une pension de cinquante louis que comme un hameçon. Faites vos réflexions sur tout cela ; je me fie à votre probité, et je veux avoir votre amitié.

Mandez-moi, je vous en prie, à quoi en est la persécution contre les seuls hommes qui puissent éclairer le genre humain. N'imitez pas le paresseux Diderot ; consacrez une demi-heure de temps à me mettre un peu au fait. On prétend que la cabale dit : *Oportet* Diderot *mori pro populo* [1].

Le *Dictionnaire encyclopédique* continue-t-il ? sera-t-il défiguré et avili par de lâches complaisances pour des fanatiques ? ou bien sera-t-on assez hardi pour dire des vérités dangereuses ? est-il vrai que de cet ouvrage immense, et de douze ans de travaux, il reviendra vingt-cinq mille francs à Diderot, tandis que ceux qui fournissent du pain à nos armées gagnent vingt mille francs par jour ? Voyez-vous Helvétius ? connaissez-vous Saurin ? qui est l'auteur de la farce contre les philosophes ? qui sont les faquins de grands seigneurs, et les vieilles p...... dévotes de la cour qui les protégent ? Écrivez-moi par la poste, et mettez hardiment : *A Voltaire, gentilhomme ordinaire du roi, au château de Ferney, par Genève;* car c'est à Ferney que je vais demeurer, dans quelques semaines. Nous avons Tournay pour jouer la comédie, et les Délices sont la troisième corde à notre arc. Il faut toujours que les philosophes aient deux ou trois trous sous terre, contre les chiens qui courent après eux. Je vous avertis encore qu'on n'ouvre point mes lettres, et que, quand on les ouvrirait, il n'y a rien à craindre du ministre des affaires étrangères, qui méprise autant que nous le fanatisme moliniste, le fanatisme janséniste et le fanatisme parlementaire. Je m'unis à vous en Socrate, en Confucius, en Lucrèce, en Cicéron, et en tous les autres apôtres ; et j'embrasse vos frères, s'il y en a, et si vous vivez avec eux.

MMCMXCII. — A M. THIERIOT.

26 avril.

Je ne vous ai point encore remercié, mon cher et ancien ami, du beau calendrier des crimes des jésuites ; ce n'est pas que je sois *mort*, comme on l'a dit au roi, mais je suis toujours faible et languissant. Si vous voulez me procurer guérison entière, envoyez-moi aussi le calendrier des insolences janséniennes; car encore faut-il avoir son almanach complet. Je tiens les uns et les autres également méchants; mais les jésuites ont des troupes régulières, et les jansénistes ne sont encore que des housards sans discipline. On m'a mandé qu'on avait mis à Bicêtre deux troupes d'énergumènes qui faisaient des miracles ; il faudrait faire travailler aux grands chemins tous ces animaux-là, jésuites, jansénistes, avec un collier de fer au cou, et qu'on donnât

---

1. Jean, XVIII, 14. (ÉD.)

l'intendance de l'ouvrage à quelque brave et honnête déiste, bon serviteur de Dieu et du roi. Vous me demanderez pourquoi je veux faire travailler ainsi jésuites et jansénistes; c'est que je fais actuellement une belle terrasse sur le grand chemin de Lyon, et que je manque d'ouvriers.

M. de Paulmy est-il parti avec M. Hennin, pour aller faire la Saint-Hubert avec le roi de Pologne? Il verra là vraiment une cour bien gaie et bien opulente, et un roi qui a bravement défendu son État.

On parle beaucoup de paix, à ce que je vois; mais les Anglais envoient dix-huit mille négociateurs en Allemagne pour rédiger les articles, et arment une forte escadre pour en aller porter la nouvelle à Pondichéri.

Le roi de Prusse mettra en vers l'histoire du congrès, et la dédiera à Gresset ou à Baculard; en attendant, il est un peu pressé par les Russes et les Autrichiens. On prépare cependant de beaux divertissements à Vienne, pour le mariage de l'archiduc[1]. Il est bien digne de la majesté autrichienne de donner des fêtes, au lieu d'envoyer l'héritier des césars à l'armée du maréchal Daun s'abaisser à voir tirer du canon. Cela est bon pour un petit marquis de Brandebourg, mais non pour le petit-fils de Charles VI.

Il me vient quelquefois des Russes, des Anglais, des Allemands; ils se moquent tous prodigieusement de nous, de nos vaisseaux, de notre vaisselle, de nos sottises en tout genre. Cela me fait d'autant plus de peine, à moi qui suis bon Français, que l'on ne me paye point mes rentes. Plaignez-moi, car, depuis quelque temps, je suis en guerre pour des droits de terre : *Qui terre a*, et qui plume a, *guerre a*. Cela ne m'empêche ni de planter, ni de bâtir, ni de faire jouer la comédie, ni de faire bonne chère. Je suis seulement fâché que mon ami Falkener soit mort; je perds tous mes anciens amis. Restez-moi, et, puisque vous n'êtes pas homme à venir aux Délices, consolez-moi de votre absence en me disant tout ce que vous pensez, tout ce que vous voyez, tout ce que vous croyez, tout ce que vous ne croyez pas; et, sur ce, je vous embrasse de tout mon cœur.

MMCMXCIII. — A M. LE COMTE D'ARGENTAL.

27 avril.

Le malade, qui n'est pas *mort*, n'est pas assez abandonné de Dieu pour contredire son ange gardien. Il ne peut pas trop écrire de sa main, pour le présent; tout ce qu'il peut faire est de se conformer à la volonté céleste, et de dicter sa réponse à l'écrit intitulé *Petites remarques*, mais qu'on croit cependant essentielles.

On demande grâce pour le reste, et surtout on insiste pour que Mlle Clairon entre armée sur le théâtre[2]; parce qu'elle est à la tête de ses soldats, parce qu'elle est forcenée, parce qu'elle ne sait ce qu'elle veut, parce que j'ai vu ce moment faire un très-grand effet, parce que Mlle Clairon aura fort bonne grâce avec une cuirasse et une lance à la main.

---

1. Empereur, en 1765, sous le nom de Joseph II. (ÉD.)
". Dans le rôle de Zulime. (ÉD.)

L'ange est très-ardemment supplié de ne pas s'opposer à ce mouvement théâtral, sans quoi il agirait plutôt en démon incarné qu'en ange gardien.

On proteste au divin ange que, si la pièce est sifflée, on mettra tout sur son compte, et qu'il en sera responsable devant Dieu.

Au reste, faudra-t-il que les comédiens, qui, en qualité de compagnie ou de troupe, sont des ingrats, jouissent seuls de la part qui appartient à l'auteur, et qu'il ne puisse en gratifier quelqu'un qui en aurait de la reconnaissance? Faudra-t-il qu'un libraire, tel que Michel Lambert, qui a l'insolence d'imprimer toutes les pauvretés que Fréron débite contre moi, gagne cent louis d'or à imprimer malgré moi mon ouvrage? cela est-il juste?

Nous ne trouvons point ici que la pièce[1] du petit Hurtaud ressemble à *Nanine*. Acanthe est une personne de condition, et Nanine est une paysanne; Nanine a une rivale, et Acanthe n'en a point; et Mathurin est bien un autre personnage que Lucas; mais nous réservons à d'autres temps nos *remontrances* et nos plaintes.

Nous nous contentons de protester ici que nous n'avons jamais lu le *Discours* de M. Le Franc de Pompignan; que nous mettons *monseigneur son frère* au-dessus de saint Ambroise; sa *Didon* au-dessus de celle de Virgile; ses *Cantiques sacrés* au-dessus de ceux de David, et d'autant plus sacrés que personne n'y touche. Nous prêtons serment que nous n'avons jamais lu ni ne lirons jamais le *Journal*[2] du révérend frère Berthier; et nous certifions à maître Joly de Fleury que nous trouvons son discours[3] contre l'Encyclopédie un ouvrage unique en son genre. Nous lui en avons même fait de très-sincères remercîments qui paraîtront un jour, soit avant notre mort, soit après notre mort, et qui le couvriront de la gloire immortelle qu'il mérite.

Nous déclarons plus sérieusement que nous ne serons jamais assez fous pour quitter notre charmante retraite; que, quand on est bien, il faut y rester; que la vie frelatée de Paris n'approche assurément pas de la vie pure, tranquille, et doucement occupée, qu'on mène à la campagne; que nous faisons cent fois plus de cas de nos bœufs et de nos charrues que des persécuteurs de la philosophie et des belles-lettres; que, de toutes les démences, la démence la plus ridicule est de s'aller faire esclave quand on est libre, et d'aller essuyer tous les mépris attachés au plat métier d'homme de lettres, quand on est chez soi maître absolu; enfin, d'aller ramper ailleurs, quand on n'a personne au-dessus de soi dans le coin du monde qu'on habite.

Plus j'approche de ma fin, mon cher ange, plus je chéris ma liberté; et, si je ne la trouvais pas au pied des Alpes, j'irais la chercher au pied du mont Caucase. J'ai sous ma fenêtre un aigle qui ne bouge depuis cinq ans, et qui n'a nulle envie d'aller dans le pays des aigles; je suis comme lui. Mais vous savez, mon divin ange, combien mon bonheur est empoisonné par l'idée que je mourrai sans vous

1. *Le Droit du seigneur.* (ÉD.) — 2. *Le Journal de Trévoux.* (ÉD.)
3. Le réquisitoire du 23 février 1759. (ÉD.)

avoir revu. Comptez que cela seul répand une amertume continuelle sur le destin heureux que je me suis fait. Je vous prie, pour ma consolation, de vouloir bien me mander ce que vous faites de *Zulime*, à qui vous faites donner les rôles, qui est premier gentilhomme du *tripot*; s'il est vrai qu'on joue une pièce contre les philosophes, dans laquelle on représente Jean-Jacques marchant à quatre pattes, et si le premier gentilhomme du *tripot* souffre une telle indécence? Jean-Jacques Rousseau, s'étant mis tout nu dans le tonneau de Diogène, s'est exposé, à la vérité, à être mangé des mouches; mais il me semble que c'est assez de persécuter les philosophes à la cour, dans la Sorbonne, et dans le parlement, et que c'en serait trop de les jouer sur le théâtre. Je n'aime pas d'ailleurs qu'on fasse un batelage de la Foire du temple de Corneille.

Mon cher ange, j'arrache la plume à mon clerc, pour vous dire avec la mienne combien je vous aime. Vous m'avez presque fait aimer *Zulime*, que je viens de relire.

A propos, j'ai toujours peur d'avoir fait quelque sottise entre M. le duc de Choiseul et *Luc*. Je tâche cependant de ne me point brûler avec des charbons ardents. Je me flatte que M. le duc de Choiseul n'est pas mécontent de ma conduite, et qu'il n'a que des preuves de mon zèle et de ma tendre reconnaissance pour ses bontés. Seriez-vous assez aimable pour m'assurer qu'il me les continue? On parle ici beaucoup de paix. J'ai eu chez moi le fils[2] de M. Fox, jadis premier ministre, qui n'en croit rien.

Je vous demande pardon de cette énorme lettre, et je me mets aux pieds de Mme Scaliger.

MMCMXCIV. — A M. LE MARQUIS D'ARGENCE DE DIRAC.

Aux Délices, 28 avril.

Monsieur, si la chair n'était pas aussi infirme chez moi que l'esprit est prompt, quand il s'agit des sentiments d'estime que vous m'inspirez; si j'avais un moment de santé, il aurait été employé depuis longtemps à vous remercier du souvenir dont vous m'honorez. Je ne me suis guère flatté que vous puissiez passer nos montagnes, et venir voir dans un petit coin du monde la philosophie libre et indépendante. Vous la porterez dans vos terres. Peu d'hommes savent vivre avec eux-mêmes, et jouir de leur liberté; c'est un trésor dont ils sont tous embarrassés. Le paysan le vend pour quatre sous par jour, le lieutenant pour vingt, le capitaine pour un écu de six francs, le colonel pour avoir le droit de se ruiner. De cent personnes il y en a quatre-vingt-dix-neuf qui meurent sans avoir vécu pour eux. Les hommes sont des machines que la coutume pousse, comme le vent fait tourner les ailes d'un moulin. Ce Hume dont vous me parlez, monsieur, est un vrai philosophe; il ne voit dans les choses que ce que la nature y a mis. Je

---

1. Le duc de Fleury, l'un des premiers gentilshommes de la chambre, était d'*année* en 1760. (ÉD.)

2. Frère aîné du très-célèbre orateur qui est mort en 1806. (ÉD.)

doute qu'on ait osé traduire fidèlement les petites libertés qu'il prend avec les préjugés de ce monde. Il n'est pas encore permis en France d'imprimer des vérités anglaises; il en est de la philosophie de ce pays-là comme de l'attraction et de l'inoculation; il faut du temps pour les faire recevoir. Les Anglais sont les premiers qui aient chassé les moines et les préjugés; c'est dommage que nos maîtres d'école nous battent, et privent leurs écoliers de morue; nous sommes sur mer comme en philosophie des commençants. Pour moi, monsieur, je ne suis qu'une voix dans le désert. Je resterai tout le mois de mai dans ma petite cabane des Délices; elle n'est éloignée de Genève que d'une portée de carabine; il faut que le malade soit auprès du médecin. Mon *Esculape*-Tronchin est à Genève. Si, contre toute apparence, vous veniez dans ces quartiers, vous y verriez un Suisse qui vous recevrait avec toute la franchise et la pauvreté de son pays, mais avec les sentiments les plus respectueux.

MMCMXCV. — A M. LE COMTE D'ARGENTAL.

30 avril.

O anges! je mets tout sous vos ailes, tout retombera sur vous. Le nœud est bien mince; Ramire est bien peu de chose. *Madame, je suis son mari*[1]; eh! Nicodème, que ne le disais-tu plus tôt?

M. le duc de Choiseul semble avoir senti cela comme je le sens; il m'a écrit une lettre charmante. Mon divin ange, il paraît qu'il vous aime comme vous méritez d'être aimé. Dites-moi, en conscience, aurons-nous la paix? Vous la voulez; mais veut-on vous la donner? est-ce tout de bon? J'ai plus besoin de la paix que de sifflets. J'aime mieux *les Chevaliers*[2] que *Ramire*. Il n'y a que deux coups de rabot à donner aux *Chevaliers*, mais il manque à tout cela un peu de force. Je baisse, je baisse, je fonds; j'ai acquis de la gaieté, et j'ai perdu du robuste.

Vous vous moquez de moi; on peut faire quelque chose de Hurtaud. Ce petit drôle-là n'a mis que quinze jours à son œuvre.

Nous allons jouer sur notre théâtre de Ferney, mais je ne peux plus même faire les pères; j'ai cédé mes rôles; je suis spectateur bénévole.

Mon cher ange, je deviens bien vieux; j'ai, je crois, cinq ou six ans plus que vous.

> *Le temps* va d'un tel pas, qu'on a peine à *le* suivre.
> *Tartufe*, acte I, scène I.

Je voudrais bien savoir si le chevalier d'Aidie, autre philosophe campagnard de mon âge, est à Paris, comme on me l'a mandé; serait-il assez lâche pour se démentir à ce point? au moins je me flatte que c'est pour peu de temps. Vous avez dû recevoir vingt pages de moi l'ordinaire dernier, et je vous écris encore. Les gens qui aiment sont insupportables.

1. Parodie de ce que Ramire dit à Zulime, dans la tragédie qui porte ce titre, acte V, scène III, v. 61. (ÉD.)
2. *Tancrède.* (ÉD.)

MMCMXCVI. — DE FRÉDÉRIC II, ROI DE PRUSSE.

Au camp de Porcelaine, à Meissen, le 1er mai 1760.

De l'art de César et du vôtre
J'étais trop amoureux dans ma jeune saison;
Mais je vois, au flambeau qu'allume ma raison,
Que j'ai mal réussi dans l'un comme dans l'autre.
Depuis ce vrai héros, qui force à l'admirer,
Parmi ceux que l'histoire eut soin de consacrer,
Il n'en est presque aucun, exceptez-en Turenne,
  Condé, Gustave-Adolphe, Eugène,
  Que l'on ose lui comparer.
   Sur le Parnasse, après Virgile,
   Je vois passer dix-sept cents ans
   Où le génie humain stérile
  S'efforce vainement d'atteindre à ses talents.
   Et si le Tasse a su nous plaire
   Par certains détails de ses chants,
    Sa fable mal ourdie altère
    La beauté de ses traits brillants.
Le seul fils d'Apollon, le seul digne adversaire
Qu'au cygne de Mantoue on ait droit d'opposer,
  Vous l'avez deviné, je me le persuade;
   C'est l'auteur que *la Henriade*
   Mérita d'immortaliser.
Pour moi, je me renferme en mes justes limites;
Et loin de me flatter d'atteindre en mon chemin
 Les talents du poëte et du héros romain,
  Je borne mes faibles mérites
Au devoir d'être juste, au plaisir d'être humain.

Vous me demandez des vers; c'est comme si l'Océan demandait de l'eau à un ruisseau. Voici donc une ode *aux Germains;* une épître *à Dalembert;* une autre épître *sur le commencement de cette campagne,* et un conte. Tout cela a été bon pour m'amuser; mais, je ne cesse de le répéter, cela n'est bon que pour cela. Il faut faire des vers comme vous, Racine, ou Boileau, pour qu'ils aillent à la postérité; et ce qui n'est pas digne d'elle ne doit point être public.

Vous badinez au sujet de la paix; s'il s'agit de badiner, vous saurez que, depuis que j'ai lu l'Arioste, j'ai pris Mgr de Mayence en aversion; et, depuis l'aventure de Lisbonne, l'Église ne saurait trop payer les horreurs qu'elle protége, ni le scandale qu'elle donne. Quoi que pense M. de Choiseul, il faudra pourtant qu'avec le temps il prête l'oreille, et très-fort même, à ce que j'ai imaginé. Je ne m'explique pas, mais on verra en moins de deux mois.... toute la scène se changer en Europe; et vous-même vous conviendrez que je n'étais pas au bout de mes ressources, et que j'ai eu raison de refuser à votre duc mon parc de Clèves.

Or sus, *monsieur le comte de Tournay,* vous savez que dans le paradis les premiers sujets de nos premiers pères furent des *bêtes;* vous connaissez l'attachement que tant de personnes ont pour les animaux, chiens, singes, chats, ou perroquets; et j'espère que vous conviendrez encore que si toutes les sacrées et clémentes majesté qui gouvernent devaient renoncer au nombre de leurs très-humbles sujets qui n'ont pas le sens commun, leur cour s'éclaircirait la première, et leurs esclaves disparaîtraient. A quoi les réduiriez-vous? avec quoi feraient-ils la guerre? qui cultiverait les champs? qui travaillerait, etc., etc.? Le paradis d'Éden n'est donc, selon moi, qu'une allégorie qui ne signifie autre chose que, pour deux hommes d'esprit dans une société, il s'en trouve mille que frère Lourdis[1] a fabriqués.

Pour votre duc, monsieur le *comte,* vous le louez mal, à mon sens, en m'assurant qu'il fait des vers comme moi. Je ne suis pas assez dépourvu de goût pour ne pas sentir que les miens ne valent pas grand'-chose. Vous le loueriez mieux, si vous pouviez me persuader (ce qui est difficile) que ledit duc ne soit endiablé des Autrichiens; et je soutiens, en outre, que ni Socrate ni le juste Aristide n'auraient jamais consenti qu'on démembrât le moins du monde la république grecque; en quoi j'imite leur façon de penser.

C'est à présent que je dois déployer toutes les voiles de la politique et de l'art militaire. Ces filous qui me font la guerre, m'ont donné des exemples que j'imiterai au pied de la lettre. Il n'y aura point de congrès à Bréda, et je ne poserai les armes qu'après avoir fait encore trois campagnes. Ces polissons verront qu'ils ont abusé de mes bonnes dispositions, et nous ne signerons la paix, que le roi d'Angleterre à Paris, et moi à Vienne.

Mandez cette nouvelle à votre petit duc, il en pourra faire une gentille épigramme. Et vous, monsieur le *comte,* vous payerez des vingtièmes jusqu'à extinction de vos finances.

On m'a mis en colère; j'ai rassemblé toutes mes forces, et tous ces drôles, qui faisaient les impertinents, apprendront à qui ils se sont joués.

Le comte de Saint-Germain[2] est un *conte pour rire.* Pour votre duc, il ne sera pas longtemps ministre; songez qu'il a duré deux printemps. Cela est exorbitant en France, et presque sans exemple. Sous ce règne-ci les ministres n'ont pas poussé des racines dans leurs places.

Je vous ai envoyé mon *Charles XII;* je n'en ai fait tirer que douze exemplaires, que j'ai donnés à mes amis. Il ne m'en est resté aucun. C'est encore de ce genre d'ouvrages qui sont bons dans de petites sociétés, mais qui ne sont pas faits pour le public. Je suis un *dilettante* en tout genre; je puis dire mon sentiment sur les grands maîtres; je peux vous juger, et avoir mon opinion du mérite de Virgile; mais je ne suis pas fait pour le dire en public, parce que je n'ai pas atteint à la perfection de l'art. Que je me trompe ou non, ma société indulgente

---

1. *La Pucelle,* ch. XXI. (ÉD.)
2. C'était un aventurier qui se donnait pour immortel; il avait assisté Jésus-Christ au Calvaire, et s'était trouvé au concile de Trente; il vivait moitié aux dépens des dupes qui le croyaient un adepte, moitié aux dépens des ministres qui l'employaient comme espion. (*Éd. de Kehl.*)

relèvera mes bévues et me pardonnera ; il n'en est pas de même du public ; il faut être plus circonspect en écrivant pour lui que pour ses amis. Mes ouvrages sont comme ces propos de table où l'on pense tout haut, où l'on parle sans se gêner, et où l'on ne se formalise point d'être contredit.

Lorsque j'ai quelques moments de reste, la démangeaison d'écrire me prend ; je ne me refuse pas ce léger plaisir ; cela m'amuse, me dissipe, et me rend ensuite plus disposé au travail dont je suis chargé.

Pour vous parler à présent raison, vous devez croire que je n'étais point aussi pressé de la paix qu'on se l'est imaginé en France, et qu'on ne devait point me parler d'un ton d'arbitre. On s'en mordra les doigts, à coup sûr ; et, pour moi, ou, pour mieux dire, pour les intérêts de l'État que je gouverne, il n'y perdra rien.

Adieu ; vivez en paix ; que mes vers vous causent un profond sommeil, et vous donnent des rêves agréables. Si au moins vous vouliez m'en marquer les fautes grossières, encore serait-ce quelque chose. Les corrections ne me coûtent rien à présent.

Je vous recommande, monsieur le *comte*, à la protection de la très-sainte immaculée Vierge, et à celle de monsieur son fils le pendu.

FÉDÉRIC.

N. B. Tous ceux qui étudient le protocole du cérémonial pourront prendre copie de la fin de cette lettre, et en augmenter le style de la chancellerie par ce tour nouveau. Si vous voulez le communiquer au saint-père, peut-être lui ferez-vous plaisir, et la chancellerie des brefs pourra s'en servir.

MMCMXCVII. — De CHARLES-THÉODORE, ÉLECTEUR PALATIN.

Je vous suis très-obligé, monsieur, de m'avoir envoyé les deux chants de la *Pucelle*, que j'ai lus avec bien de l'empressement, de même que tout ce que vous écrivez. Vous me faites un bien sensible plaisir de m'apprendre que votre santé et le fameux Tronchin vous permettront de venir chez celui qui aime et admire une personne d'un mérite tel que le possède le *petit Suisse*.

CHARLES-THÉODORE, électeur.

MMCMXCVIII. — A M. SAURIN, A PARIS.

5 mai.

Je vous remercie de tout mon cœur, monsieur. J'aime beaucoup *Spartacus* ; voilà mon homme ; il aime la liberté, celui-là. Je ne trouve point du tout Crassus petit. Il me semble qu'on n'est point avili quand on dit toujours ce qu'on doit dire. J'aime fort que Noricus tourne ses armes contre Spartacus pour se venger d'un affront ; cela vaut mieux que la lâcheté de Maxime, qui accuse son ami Cinna, parce qu'il est amoureux d'Émilie. Cet emportement de Spartacus, et le pardon qu'il demande noblement, sont à l'anglaise ; cela est bien de mon goût. Je vous dis ce que je pense ; je vous donne mon sentiment pour mien et non pour bon. Peut-être le parterre de Paris aura désiré un peu plus d'intérêt.

Il y a quelques vers duriuscules. Je ne hais pas qu'un Spartacus soit quelquefois un peu raboteux; je suis las des amoureux élégants. Ma cabale veut donner malgré moi une pièce toute confite en tendresse; il y a une espèce d'amoureux qui me paraît un grand benêt [1]. Cela a un faux air de Bajazet; cela est bien médiocre. J'en ai averti; ils veulent la jouer; je mets le tout sur leur conscience.

Je vous avertis que je n'aime point du tout votre épître à M. Helvétius [2]; quand je vous dis que je ne l'aime point, c'est que je ne connais personne qui l'aime. *Tout est dit :* non, tout n'est pas dit; et vous auriez dû dire adroitement bien des choses.

J'ignore si on a joué la farce contre les philosophes; on ne sait comment s'y prendre pour détruire cette pauvre raison. On braille contre elle sur les bancs, dans les rues; on la joue à la Comédie. Lui donnera-t-on bientôt la ciguë? Vous êtes plus fous que les Athéniens. Jansénistes, molinistes, cafés, bord..., tout se déchaîne contre les philosophes; et les pauvres diables sont désunis, dispersés, timides. En Angleterre, ils sont unis, et ils subjuguent.

Je viens de recevoir le *Discours* de Le Franc de Pompignan et les *Quand.* Il me prend envie de les avoir faits. Ce discours est bien indécent, bien révoltant; il met en colère. Je m'applaudis tous les jours d'être loin de ces pauvretés. Je méprise les hypocrites, et je hais les persécuteurs; je brave les uns et les autres. Tout cela ne contribue pas à faire aimer les hommes. Il en vient pourtant chez moi beaucoup, et quelques-uns me remercient d'avoir osé être libre, et écrire librement. Pour le peu de temps qu'on a à vivre, que gagne-t-on à être esclave? Je voudrais vous voir vous et votre ami [3].

Faites-moi le plaisir de me mander le succès de la pièce contre les philosophes, et le nom de cet Aristophane.

MMCMXCIX. — De M. DALEMBERT.

Paris, ce 6 mai.

Mon cher et grand philosophe, je satisfais, autant qu'il est en moi, aux questions que vous me faites. La pièce contre les philosophes a été jouée vendredi, pour la première fois, et hier, pour la troisième, et jusqu'ici avec beaucoup d'affluence. On dit (car je ne l'ai point vue et ne la verrai point) qu'elle n'est pas mal écrite, surtout dans le premier acte; que, du reste, il n'y a ni conduite ni invention. Nous n'y sommes attaqués *personnellement* ni l'un ni l'autre. Les seuls maltraités sont Helvétius, Diderot, Rousseau, Duclos, Mme Geoffrin, et Mlle Clairon, qui a tonné contre cette infamie. Il me paraît, en général, que les honnêtes gens en sont indignés. Jusqu'à présent la pièce n'a été applaudie que par des gens payés, presque tous les billets de parterre ayant été donnés. Le premier jour, entre autres, il y en avait quatre cent cinquante de donnés, et malgré cela le peu de spectateurs libres qui restaient furent révoltés au point qu'à la seconde représen-

---

1. Ramire, l'un des personnages de *Zulime.* (ÉD.)
2. La dédicace de *Spartacus*, à Helvétius. (ÉD.) — 3. Helvétius. (ÉD.)

tation, on a été obligé de retrancher plus de cinquante vers. Le but de cette pièce est de représenter les philosophes, non comme des gens ridicules, mais comme des gens de sac et de corde, sans principes et sans mœurs; et c'est M. Palissot, maquereau de sa femme et banque-routier, qui leur fait cette leçon.

Les protecteurs femelles (déclarés) de cette pièce sont Mmes de Vil-leroi, de Robecq, et du Deffand votre amie, et ci-devant la mienne. Ainsi la pièce a pour elle des p...... en fonctions, et des p...... hono-raires. En hommes, il n'y a jusqu'ici de protecteur déclaré que maître Aliboron dit Fréron, de l'Académie d'Angers; mais il n'est certaine-ment que sous-protecteur, et l'atrocité de la pièce est telle qu'elle ne peut avoir été jouée sans protecteurs *puissants*. On en nomme plu-sieurs qui tous la désavouent. Les seuls qui soient un peu plus francs, sont messieurs les gens du roi, Séguier et Joly de Fleury, auteurs de ce beau réquisitoire contre l'*Encyclopédie*. M. Séguier a dit, en plein foyer, qu'ils avaient lu la pièce, et qu'ils n'y avaient rien trouvé de répréhensible. Voilà, mon cher philosophe, ce que je sais sur ce sujet.

Vous êtes indigné, dites-vous, que les philosophes se laissent égor-ger; vous en parlez bien à votre aise; et que voulez-vous qu'ils fassent? écriront-ils contre Palissot? en vaut-il la peine? Contre des femmes, contre des gens puissants et inconnus, qui protégent la pièce et qui le nient? C'est à vous, mon cher maître, qui êtes à la tête des lettres, qui avez si bien mérité de la philosophie, et sur qui la pièce tombe plus peut-être que sur personne; c'est à vous, qui n'avez rien à crain-dre, à venger l'honneur des gens de lettres outragés. Vous en avez un moyen bien sûr et bien facile, c'est de retirer des mains des comé-diens votre pièce qu'on répète actuellement, et de leur déclarer que vous ne voulez pas être joué sur le théâtre où l'on vient de mettre de pareilles infamies. Tous les gens de lettres vous en sauront gré, et vous regarderont comme leur digne chef. Si vous daignez m'en croire, vous suivrez ce conseil. Je suis sur les lieux, et mieux à portée que vous de juger de l'effet que cette démarche produira.

Il est vrai que l'épître que le roi de Prusse m'a adressée est peut-être ce qu'il a fait de mieux. Je viens d'en recevoir encore un autre papier intitulé: *Relation de Phihihu, émissaire de l'empereur de la Chine en Europe*. C'est une satire violente des prêtres. Je ne sais ce qu'il deviendra, et moi aussi; mais si la philosophie n'a pas en lui un protecteur, ce sera grand dommage.

Je ne connais que légèrement Helvétius; mais je ne puis m'empê-cher d'être indigné de la barbarie avec laquelle on le traite. A l'égard de Saurin, je le vois plus souvent; c'est un homme d'un esprit plus juste que chaud; sa pièce de *Spartacus* a, ce me semble, de beaux endroits.

J'ignore absolument quel sera le sort de l'*Encyclopédie*. J'ai donné presque entièrement aux libraires ma partie mathématique, à l'ex-ception des deux dernières lettres; du reste, je ne me mêle et ne me mêlerai de rien. On grave actuellement les planches qu'apparemment la Sorbonne et le parlement ne condamneront pas, et dont on aura un volume cette année.

Voilà, mon cher philosophe, le triste état de la philosophie, que milord Shaftesbury appellerait bien aujourd'hui *poor lady*. Vous voyez combien elle est malade ; elle n'a de recours qu'en vous ; elle attend avec impatience et avec confiance ce que vous voudrez bien faire pour elle. Je vous embrasse de tout mon cœur.

MMM. — A M. LEKAIN.

Mon cher et grand acteur, quand vous pourrez venir introduire un peu de bon goût à Lyon et à Dijon, vous me ferez un extrême plaisir de ne pas oublier les Délices et le château de Tournay, où vous trouverez un théâtre grand comme la main, mais où l'on admirera vos talents tout aussi bien que sur un plus grand. Vous avez, dit-on, envie de jouer *la Mort de César* et celle de *Socrate*. *Socrate* ne passera point, et *César*, sans femmes, ne peut être joué que chez des jésuites. Cependant, si on le veut absolument, il faudra s'y prêter, à condition que l'auteur de *Socrate* le rende plus susceptible du théâtre de Paris.

Il vaudrait beaucoup mieux jouer *Rome sauvée ;* cela formerait un beau spectacle sur un théâtre purgé de petits-maîtres. Il arriverait peut-être à *Rome sauvée* la même chose qu'à *Sémiramis ;* elle n'a réussi que quand la scène a été libre.

Je fais bien peu de cas de *Médime ;* le présent est médiocre ; mais je fais un cas infini de vous.

MMMI. — A M. LACOMBE, A PARIS.

Aux Délices, 9 mai.

Je recevrai, monsieur, avec une extrême reconnaissance l'ouvrage dont vous voulez bien m'honorer. Votre lettre me donne grande envie de voir votre livre ; elle est d'un philosophe, et il n'appartient qu'aux philosophes d'écrire l'histoire ; les autres sont des satiriques, des flatteurs, ou des déclamateurs.

Je n'ai encore qu'un volume de prêt de l'*Histoire de Pierre le Grand*. Les mémoires qu'on m'envoie de Pétersbourg viennent fort lentement et de loin à loin ; plusieurs ont été pris en route par les housards. Vous voyez que la guerre fait plus d'un mal. Au reste, je doute fort que cette histoire réussisse en France ; je suis obligé d'entrer dans des détails qui ne plaisent guère à ceux qui ne veulent que s'amuser. Les folies héroïques de Charles XII divertissaient jusqu'aux femmes ; des aventures romanesques, telles même qu'on n'oserait les feindre dans un roman, réjouissaient l'imagination ; mais deux mille lieues de pays policées, des villes fondées, des lois établies, le commerce naissant, la création de la discipline militaire, tout cela ne parle guère qu'à la raison.

Ajoutez à ce malheur celui des noms barbares inconnus à Versailles et à Paris ; et vous m'avouerez que je cours grand risque de n'être point lu de tout ce que vous avez de plus aimable.

Il se pourra encore que maître Abraham Chaumeix me dénonce comme un impie, attendu que Pierre le Grand n'a jamais voulu entendre parler de la réunion de l'Église grecque à la romaine, proposée par la Sorbonne. Les jésuites se plaindront qu'on les ait chassés de Russie, tandis qu'on a laissé une douzaine de capucins à Astracan. Nous verrons, monsieur, comment vous vous êtes tiré de ces difficultés.

Je suis aussi indigné que vous qu'on permette à Paris l'affront qu'on fait sur le théâtre à des hommes respectables. Serait-il possible, monsieur, qu'on eût désigné injurieusement dans la pièce nouvelle MM. Dalembert, Diderot, Duclos, Helvétius et tant d'autres? J'ai peine à croire que notre nation légère soit devenue assez barbare pour approuver une telle licence. Je ne sais qui est l'auteur de cette pièce; mais, quel qu'il soit, il aurait à se reprocher toute sa vie un tel abus de son talent; et les approbateurs [1] auraient encore plus de reproches à se faire. Peut-être la licence qu'on suppose dans cette pièce n'est-elle pas aussi grande qu'on le dit. J'ignore si la pièce a été jouée; j'ai conservé à Paris peu de correspondances; je sais seulement, en général, qu'on m'y attribue souvent des ouvrages que je n'ai pas même lus. Les vôtres, monsieur, serviront à me désennuyer de ceux qui me sont venus de ce pays-là.

Vous me donnez trop de louanges; mais vous savez, vous qui êtes avocat, que la forme emporte le fond. Elles sont si bien tournées qu'on vous pardonnerait même le sujet.

MMMII. — A M. LE COMTE D'ARGENTAL.

Aux Délices, 11 mai.

ACTE V, SCÈNE II.

MÉDIME, *armée; soldats dans l'enfoncement.*

(A son père.)   (A sa suite.)
Non, n'allez pas plus loin. — Frappez; et vous, soldats,
Laissez périr Médime, et ne la vengez pas.
Vous n'avez que trop bien secondé mon audace;
J'ai mérité la mort, méritez votre grâce;
Sortez, dis-je.

MOHADAR.
Ah, cruelle! est-ce toi que je vois?

MÉDIME, *en jetant ses armes.*
Pour la dernière fois, seigneur, écoutez-moi.
. . . .
Je baise cette main dont il faut que j'expire;
Mais, pour prix de mon sang, pardonnez à Ramire :
C'est assez vous venger, et ce sang à vos yeux,
Ce sang qui fut le vôtre, est assez précieux.

---

[1] C'était Crébillon qui, en qualité de censeur, avait signé l'approbation mise au bas des *Philosophes*. Il se conforma à l'ordre que le duc de Choiseul lui avait donné de ne rien retrancher. (*Note de M. Beuchot.*)

Peut-être ces deux derniers vers, prononcés avec une grandeur mê-
lée de tendresse, pourront faire quelque effet.

N. B. Que dans la dernière scène Mohadar dit :

> J'ai trop vu, je l'avoue, en ce combat funeste.

Il y avait :

> J'ai trop vu, malgré moi, dans ce combat funeste,

et cela faisait deux *malgré moi* en deux vers.

Voilà, mon divin ange, de quelle manière j'ai obéi sur-le-champ à
votre lettre; et, si vous n'êtes pas content, je trouverai peut-être quelque chose de mieux.

Je sacrifie mes craintes et mes remords aux espérances et à l'absolution que vous me donnez. Allons donc, puisque vous l'ordonnez.
C'est déjà quelque chose que Mlle Gaussin ne joue pas Énide; mais gare
que Mlle Clairon ne donne de ses tons à Mlle Hus, et qu'au lieu du
contraste intéressant de deux caractères opposés, on ne voie qu'une
écolière répétant sa leçon devant sa maîtresse! En ce cas, tout serait
perdu. Mlle Clairon en sait-elle assez pour enseigner un jeu différent du
sien ?

Je suis mortifié, en qualité de Français, d'homme, d'être pensant, de
l'affront public qu'on vient de faire aux mœurs, en permettant qu'on
dise sur le théâtre des injures atroces à des gens de bien persécutés.
A-t-on lâché un plat Aristophane contre les Socrates, pour accoutumer
le public à leur voir boire la ciguë sans les plaindre? Est-il possible
que Mme de La Marck ait protégé si vivement une si infâme entreprise?

Vous me faites un plaisir sensible, mon cher ange, en donnant le
produit de l'impression à Lekain. Il faudra qu'il veille à empêcher les
éditions furtives. Vous pouvez promettre le profit de l'édition de *Tancrède* à Mlle Clairon; ainsi il n'y aura point de jalousie, et Lekain
pourra hautement jouir de ce petit bénéfice, supposé que la pièce
réussisse. Vous saurez que *Tancrède* est corrigé, comme vous et
Mme Scaliger l'avez ordonné.

Mais je vous demande une grâce à genoux. Il y a un M. Jacques à
Paris. Vous ne connaissez point ce nom-là; c'est un homme de lettres
qui a du talent, et qui est sans pain. Il voulait venir chez moi; j'ai
pris malheureusement à sa place une espèce de géomètre qui me fait
des méridiennes, des cadrans, qui me lève des plans; et je n'ai rien pu
faire pour M. Jacques. Je lui destinais cinq cents francs sur la part
d'auteur que je donne aux comédiens, et deux cents sur l'édition que
je donne à Lekain (supposé toujours le succès dont mes anges me flattent); au nom de Dieu, réservez cinq cents francs pour Jacques. Il serait même bon qu'il présidât à l'édition, et qu'il fît la préface.

Vous me direz : « Que ne donnez-vous à Jacques cinq cents francs de
votre bourse? » Je vous répondrai que je suis ruiné; que j'ai eu la sottise de bâtir et de planter en trois endroits différents; que j'ai chez
moi trois personnes à qui j'ai l'insolence de faire une pension; que
Mme Denis après sa réception à Francfort, a droit de ne se rien refu-

ser à la campagne; que la proximité d'une grande ville et le concours des étrangers exigent une grande dépense; qu'enfin je suis devenu un grand seigneur, c'est-à-dire que j'ai des dettes et point d'argent, avec un gros revenu. Voilà mon cas; il ne faut rien cacher à son ange gardien.

Vous n'avez rien répondu sur la juste haine que je porte à la ville de Paris; est-ce que je n'ai pas raison? Mais j'ai bien plus raison de vous aimer jusqu'à mon dernier moment, avec la plus tendre reconnaissance. Mme Scaliger permet-elle qu'on lui en dise autant?

J'ai oublié l'adresse de Jacques. Il demeurait à Paris, rue Saint Jacques, près la fontaine Saint-Séverin, chez.... je ne m'en souviens plus. C'est un M. Audelet ou Audet, homme d'affaires.... On pourrait donner des billets à Jacques. V.

MMMIII. — DE FRÉDÉRIC II, ROI DE PRUSSE.

A Meissen, le 12 mai.

Je sais très-bien que j'ai des défauts, et même de grands défauts. Je vous assure que je ne me traite pas doucement, et que je ne me pardonne rien, quand je me parle à moi-même. Mais j'avoue que ce travail serait moins infructueux, si j'étais dans une situation où mon âme n'eût pas à souffrir des secousses aussi impétueuses et des agitations aussi violentes que celles auxquelles elle a été exposée depuis un temps, et auxquelles probablement elle sera encore en butte.

La paix s'est envolée avec les papillons; il n'en est plus question du tout. On fait de toutes parts de nouveaux efforts, et l'on veut se battre jusque *in secula seculorum*.

Je n'entre point dans la recherche du passé. Vous avez eu sans doute les plus grands torts envers moi. Votre conduite n'eût été tolérée par aucun philosophe. Je vous ai tout pardonné, et même je veux tout oublier. Mais, si vous n'aviez pas eu affaire à un fou amoureux de votre beau génie, vous ne vous en seriez pas tiré aussi bien chez tout autre. Tenez-le-vous donc pour dit, et que je n'entende plus parler de cette nièce qui m'ennuie, et qui n'a pas autant de mérite que son oncle pour couvrir ses défauts. On parle de la servante de Molière, mais personne ne parlera de la nièce de Voltaire. Pour mes vers et mes rapsodies, je n'y pense pas; j'ai bien ici d'autres affaires, et j'ai fait divorce avec les muses jusqu'à des temps plus tranquilles.

Au mois de juin la campagne commencera. Il n'y aura pas là de quoi rire; plutôt de quoi pleurer. Souvenez-vous que *Phihihu* est en plein voyage. Si un certain petit duc[1] possédé d'une centaine de légions de démons autrichiens ne se fait promptement exorciser, qu'il craigne le voyageur qui pourrait écrire d'étranges choses à son sublime empereur.

Je ferai la guerre de toute façon à mes ennemis. Ils ne peuvent pas me faire mettre à la Bastille. Après toute la mauvaise volonté qu'ils me témoignent, c'est une bien faible vengeance que celle de les persifler.

1. Le duc de Choiseul. (ÉD.)

On dit qu'on fait de nouvelles cabrioles sur le tombeau de l'abbé Pâris. On dit qu'on brûle à Paris tous les bons livres ; qu'on y est plus fou que jamais, non pas d'une joie aimable, mais d'une folie sombre et taciturne. Votre nation est de toutes celles de l'Europe la plus inconséquente ; elle a beaucoup d'esprit, mais point de suite dans les idées. Voilà comme elle paraît dans toute son histoire.

Il faut que ce soit un caractère indélébile qui lui est empreint. Il n'y a d'exceptions dans cette longue suite de règnes que quelques années de Louis XIV. Le règne de Henri IV ne fut pas assez tranquille ni assez long pour qu'on en puisse faire mention. Durant l'administration de Richelieu, on remarque de la liaison dans les projets et du nerf dans l'exécution ; mais, en vérité, ce sont de bien courtes époques de sagesse pour une aussi longue histoire de folies.

La France a pu produire des Descartes, des Malebranche, mais ni des Leibnitz, ni des Locke, ni des Newton. En revanche, pour le goût, vous surpassez toutes les autres nations, et je me rangerai sous vos étendards quant à ce qui regarde la finesse du discernement, et le choix judicieux et scrupuleux des véritables beautés de celles qui n'en ont que l'apparence. C'est une grande avance pour les belles-lettres, mais ce n'est pas tout.

J'ai lu beaucoup de livres nouveaux qui paraissent, en regrettant le temps que je leur ai donné. Je n'ai trouvé de bon qu'un nouvel ouvrage de Dalembert, surtout ses *Éléments de philosophie*, et son *Discours* encyclopédique[1]. Les autres livres qui me sont tombés entre les mains ne sont pas dignes d'être brûlés.

Adieu ; vivez en paix dans votre retraite, et ne parlez pas de mourir. Vous n'avez que soixante-deux ans[2], et votre âme est encore pleine de ce feu qui anime les corps et les soutient. Vous m'enterrerez, moi et la moitié de la génération présente. Vous aurez le plaisir de faire un couplet malin sur mon tombeau, et je ne m'en fâcherai pas ; je vous en donne l'absolution d'avance. Vous ne ferez pas mal de préparer les matières dès à présent ; peut-être les pourrez-vous mettre en œuvre plus tôt que vous ne le croyez. Pour moi, je m'en irai là-bas raconter à Virgile qu'il y a un Français qui l'a surpassé dans son art. J'en dirai autant aux Sophocle et aux Euripide ; je parlerai à Thucydide de votre histoire[3] ; à Quinte-Curce, de votre Charles XII ; et je me ferai peut-être lapider par tous ces morts jaloux de ce qu'un seul homme a réuni en lui leurs mérites différents. Mais Maupertuis, pour les consoler, fera lire dans un coin l'*Akakia* à Zoïle.

Il faut mettre un *remora* dans les lettres que l'on écrit à des indiscrets ; c'est le seul moyen de les empêcher de les lire au coin des rues et en plein marché.

FÉDÉRIC

---

1. Discours préliminaire de l'*Encyclopédie*. (É.)
2. Né le 20 février 1694, Voltaire avait alors soixante-six ans. (ÉD.)
3. L'*Essai sur les mœurs*. (ÉD.)

MMMIV. — A M. LE COMTE DE SCHOWALOW.

Tournay, par Genève, 14 mai.

Monsieur, j'ai reçu aujourd'hui, par les mains du jeune M. de Soltikof, les deux mémoires dont Votre Excellence a bien voulu le charger pour moi. Je me flatte que je recevrai autant d'instructions sur
les affaires et sur la guerre que j'en reçois sur les moines et sur les
religieuses. Je présume, monsieur, que vous avez reçu à présent le
volume qu'va jusqu'à Pultawa, et que vous ne laisserez point imparfait le bâtiment que vous avez élevé. Quoique j'aie suivi en tout, dans
ce premier volume, les mémoires authentiques que j'ai entre les
mains; cependant, si je me suis trompé en quelque chose, ou même
si j'ai dit quelques vérités que le temps présent ne permette pas de
mettre au jour, il sera aisé de substituer d'autres pages aux pages que
vous croirez devoir être réformées. Cette histoire est votre ouvrage
plutôt que le mien; il ne doit paraître que sous vos auspices; aussi
tout doit être muni du sceau de votre approbation. Je suis bien persuadé que vous n'aurez point de vains scrupules; votre esprit juste en
est incapable. Vous savez mieux que moi ce que je vous ai toujours
dit, que l'histoire ne doit être ni une satire, ni un panégyrique, ni
une gazette. Il faut surtout que l'histoire puisse fouiller dans le cabinet, sans pourtant abuser de cette permission.

J'espère que la paix de l'Europe, qui ne peut nous être donnée
que par vos armes victorieuses, sera l'époque de la publication de
l'*Histoire de Pierre le Grand*. Ce sera une grande consolation pour
moi de servir à réfuter les calomnies odieuses dont on a osé noircir
depuis ce héros de votre nation. Mais je suis bien vieux et bien infirme; il faut que je me hâte et ne meure point avec le regret de n'a-
voir point achevé ce que vous avez fait commencer. Je suis toujours à
vos ordres.

J'ai l'honneur d'être, avec les plus respectueux sentiments, etc. V.

MMMV. — A M. LE COMTE D'ARGENTAL.

16 mai.

Un Gasparini, mon divin ange, doit demander ou avoir demandé
votre protection pour débuter, pour être reçu, ou pour être souffert à
l'essai. Il est bon dans les rôles à manteau, dans certains rôles de père;
et je vous assure qu'il fit mourir de rire dans le rôle de M. Duru,
quoi qu'en dise le grand Fréron mon ami.

Je reçois vingt lettres de connus, d'inconnus, qui tous s'adressent
à moi pour que je sois le réparateur des torts, pour que je venge le
public de l'infamie du théâtre. Je m'en garderai bien; je n'ai que
trop fait le don Quichotte. Que les intéressés pourvoient à leurs affaires.

Je vous accable de lettres, pardon; mais, puisque m'y voilà, vous
saurez que j'ai relu *Tancrède;* elle finissait languissamment. Que dites-vous des fureurs d'Oreste? déclamation, et puis c'est tout. Mais
fureurs de femme, fureurs mêlées de tendresse, rage contre les chevaliers, emportements contre son père, larmes sur le corps de son

amant, évanouissement, retour à la vie, transports, désespoir aux yeux de ceux qui ont fait ses malheurs; si cela n'est pas théâtral, si cela n'est pas déchirant, je suis un grand sot.

Patience; *la Chevalerie* a quelque chose de bien neuf, en dépit de l'envie; et Mme Scaliger sera contente; et je baise le bout de vos ailes plus que jamais. Ainsi fait *Clairon*-Denis.

MMMV bis. — À MADAME D'ÉPINAI.

17 mai 1760.

Ma belle philosophe, la lettre du philosophe que vous m'avez envoyée, a fait grand plaisir au philosophe de Ferney. Je prends gaiement une petite aventure qu'il a prise sérieusement par bonté pour moi. Au reste, il est bon que ces pauvres philosophes s'aident mutuellement, comme les premiers chrétiens priaient Dieu les uns pour les autres.

Quoi! vous perdez les yeux comme moi, cela n'est pas juste. Attendez au moins encore soixante ans pour que vos armes se rouillent.

J'obéis à vos ordres. Je vous souhaite des plaisirs sans privations. Qui mérite plus que vous d'être heureuse?

MMMVI. — A LA MÊME.

19 mai.

Ma belle philosophe, *les Qui* et *les Quoi*, qu'on m'envoie, m'ont amusé; il faut rire de tout; il n'y a que ce parti-là de bon. On parle des *Si*, des *Mais*, et des *Pourquoi*; il faut que quelque bonne âme fasse les *Comment*.

La comédie contre les philosophes a donc réussi. Eh bien! ils en seront plus philosophes. Qu'est-ce qu'une comédie intitulée *le Café*, et une *Relation du Voyage de frère Garassise?*

Où est ma belle philosophe? où est le prophète?

Mille tendres respects.

MMMVII. — A M. BERTRAND.

20 mai.

Mon cher philosophe, si la misère de ma machine et de mes affaires me permet le voyage, j'irai à Manheim, et je porterai votre catalogue. Il vaut mieux parler qu'écrire; mais ce ne sera que vers le mois de juillet, sinon j'écrirai.

Je ne sais pourquoi je me suis amusé à prendre le parti du *Koran* ou de l'*Alcoran* contre un sot; car je suis un pauvre Osmanli, et je ne fais nul cas du *Koran*. Pour l'*Écossaise*, elle n'est pas de moi, ni bien des sottises nouvelles qu'on m'attribue. On a joué Jean-Jacques Rousseau à Paris, et on l'a fait marcher à quatre pattes. Il me semble pourtant qu'après toutes nos humiliations nous ne devrions nous moquer de personne.

Je vous embrasse tendrement. Ne m'oubliez jamais auprès de M. et de Mme de Freudenreich. *Vale.*

MMMVIII. — A M. LE MARQUIS DE THIBOUVILLE,

A Tournay, par Genève, 20 mai.

Si vous avez eu mal à la jambe, mon cher marquis, votre tête et votre cœur vont très-bien. Votre lettre m'a enchanté; tout ce que vous dites est vrai, hors les louanges dont vous m'honorez, la fin surtout de cette *Chevalerie* étant fort languissante. Figurez-vous que cela avait été imaginé, fait, et envoyé en trois semaines. Les jeunes gens sont toujours un peu trop vifs; mais on fait ensuite des retours sur soi-même. J'ai l'impudence de penser que Mlle Clairon ne serait pas mé-contente de la dernière scène. Oreste a des fureurs tout seul; mais des fureurs auprès de son amant qui expire, aux yeux d'un père qui est cause en partie de tant de malheurs, aux yeux de ceux qui avaient proscrit l'amant et condamné à mort la maîtresse; des fureurs mêlées de l'excès de l'amour; mais embrasser son amant qui meurt pour elle, mais repousser son père et lui demander pardon, et tomber dans les convulsions du désespoir : si cela n'est point fait pour le jeu de Mlle Clairon, j'ai tort.

Je crois qu'en tout le rogaton de *la Chevalerie* est moins mauvais que le rogaton de *Médime;* mais c'est à ceux qui me gouvernent à régler les rangs et l'ordre des sifflets. Je n'ai point fait *les Quand;* mais il me prend envie de les avoir faits. Il n'y a qu'à rire de tout ce qui se passe; les philosophes surtout doivent rire, s'ils sont sages. On m'envoie de Paris les pauvretés ci-jointes; on les dit de Robbé; en ce cas, Robbé est un sage, car il rit. La guerre des auteurs est celle des rats et des grenouilles; cela ne fait de mal à personne. Jansénistes, molinistes, convulsionnaires; Jean-Jacques voulant qu'on mange du gland; Palissot monté sur Jean-Jacques allant à quatre pattes; maître Joly de Fleury braillant des absurdités, les chambres assemblées : tout cela empêche qu'on ne soit trop occupé des désastres de nos ar-mées, et de nos flottes, et de nos finances. Il faut vivre en riant et mourir en riant; voilà mon avis, et la façon dont j'en use. Les Délices rient et vous embrassent.

N. B. On me reproche d'être *comte* de Ferney; que ces jean-f......-là viennent donc dans la terre de Ferney, je les mettrai au pilori. N'allez pas vous aviser de m'écrire à M. le *comte*, comme fait *Luc;* mais écrivez à Voltaire, gentilhomme ordinaire du roi, titre dont je fais cas, titre que le roi m'a conservé avec les fonctions; car, pardieu ! ce qu'on ne sait pas, c'est que le roi a de la bonté pour moi, c'est que je suis très-bien auprès de Mme de Pompadour et de M. le duc de Choiseul, et que je ne crains rien, et que je me f... de.... et de..... et de....., ainsi que de Chaumeix, et que je leur donnerai sur les oreilles dans l'occasion. Pourtant brûlez ma lettre, et gardez le secret à qui vous aime.

MMMIX. — A M. LE COMTE D'ARGENTAL.

Aux Délices, 25 mai.

Je n'aime point, mon divin ange, que Mme Scaliger soit toujours malade; cela nuit beaucoup à la douceur de ma vie.

Vous êtes un homme bien hardi de vouloir faire jouer *la mort de Socrate*; vous êtes un anti-Anitus. Mais que dira maître *Anitus*-Joly de Fleury? Ce *Socrate* est un peu fortifié depuis longtemps par le nouvelles scènes, par des additions dans le dialogue. Toutes ces additions ne tendent qu'à rendre les persécuteurs plus ridicules et plus exécrables; mais aussi elles ne contribueront pas à les désarmer. Les Fleury feront ce qu'ils firent à *Mahomet*; et ce pantalon de Rezzonico ne fera pas pour moi ce que fit ce bon polichinelle de Benoît XIV. Voyez ce que vous pouvez hasarder. Je suis à vos ordres avec toute la témérité possible. Je vous avertis seulement que les déclamations de Socrate, sur la fin, doivent être bien courtes, et que celui qu'on va pendre ne doit pas pérorer longtemps; tout sermon est ennuyeux.

Si vous avez la probité et le courage de faire jouer ce bon pasteur Hume, il n'y a qu'à donner à Fréron le nom de guêpe, au lieu de frelon; M. Guêpe fera le même effet. Quant au petit procès-verbal des raisons pour quoi cette Lindane est à Londres, c'est l'affaire d'un moment. Les Français aiment donc ces procès-verbaux; les Anglais ne s'en soucient guère. Lindane est à Londres, on ne se soucie point de savoir comment elle y est arrivée d'Écosse; et toutes ces vétilles ne font rien à l'intérêt et au succès. Mais, si vous exigez ces préliminaires, vous serez servi, et vite.

26 mai.

On pourrait rendre *le Droit du seigneur* très-intéressant au troisième acte. Cette pièce fut jetée en sable; elle n'a jamais coûté quinze jours. On peut aisément donner quelques coups de ciseau; vous serez encore servi sur cet article, quand vous voudrez.

Très-bonne idée, excellente idée de reculer *Médime*, elle n'en vaudra que mieux; on aura le temps de la coiffer; elle ne paraîtra point immédiatement après l'infamie contre les philosophes; et j'aurai la gloire de n'avoir pas voulu que les comédiens profitassent de ma pièce, après s'être déshonorés en se prêtant, pour de l'argent, au déshonneur de la nation.

Mon très-cher ange, voilà une vilaine époque. La pièce de Palissot, le discours de maître Joly, celui de maître Le Franc de Pompignan, mettent le comble à l'ignominie de la France; cela vient tout juste après Rosbach, les *billets de confession*, et les convulsions.

M. de Choiseul est-il bien affligé de la maladie de Mme de Robecq ? Je la tiens morte; c'est la maladie de sa mère [1]. C'est bien dommage; mais pourquoi protéger Palissot ? Hélas ! M. de Choiseul protège aussi ce Fréron. Il a bien mal fait de s'adresser à lui, pour répondre aux invectives horribles de *Luc* contre le roi; il ne connaît pas Fréron; c'est un monstre, mais un monstre dont je ne fais que rire. Je ris de tout; je m'en trouve bien; mais c'est bien sérieusement que je vous aime avec la plus grande tendresse.

1. La duchesse de Luxembourg, morte en 1747. (ÉD.)

MMMX. — A M. DALEMBERT.

A Tournay, 23 mai.

Mon cher et grand philosophe, j'ai suivi vos conseils; j'ai retiré ma pièce; je n'ai pas voulu que les comédiens jouassent quelque chose de moi, immédiatement après avoir déshonoré la nation. Comme je ne donnais mon très-faible drame[1] ni par vaine gloire ni par intérêt, et que j'abandonne tout aux comédiens, je ne perds rien à mon sacrifice.

Je n'ai point vu la pièce contre les philosophes; j'en ignore jusqu'au titre. Il pleut des *monosyllabes*. On m'a envoyé les *Que*, on m'a promis les *Oui*, les *Non*, les *Pour*, les *Qui*, les *Quoi*, les *Si*[2]. Il est très-bon de rire aux dépens des faquins qui font les importants, et des absurdes faiseurs de réquisitoires; je crois que chacun aura son tour.

On parle d'une comédie de Hume, à la tête de laquelle on vous appelle par votre nom[3].

Pourriez-vous me rendre un petit service? J'ai fait jadis des *Éléments de Newton*; ils se trouvent dans l'édition des Cramer; je les ai fait examiner avec soin. On trouve que je ne me suis pas mépris; pourrai-je les faire approuver par l'Académie des sciences? comment faut-il s'y prendre?

Mettez-moi un peu au fait des sottises courantes; je tâcherai de les peindre; cela m'amuse quand je digère mal. Vous devriez venir nous voir; les Cramer imprimeraient tout ce que vous voudriez; et, à l'égard des plats sociniens honteux, vous les recevriez dans votre antichambre, comme de raison.

Je vous embrasse de tout mon cœur; ainsi fait Mme Denis.

J'apprends que Mlle Clairon est malade; cela concourt à la soustraction de ma pauvreté tragique; mais je ne veux pas que cela m'en ôte l'honneur.

MMMXI. — A M. DE CHENEVIÈRES[4].

Aux Délices, 26 mai

Ressusciter est sans doute un grand cas;
C'est un plaisir que je viens de connaître;
Mais le plus grand, ce serait d'apparaître
A ses amis; je ne m'en flatte pas.
Pour ce prodige il est quelques obstacles.
C'en serait trop pour des gens d'ici-bas
Que deux plaisirs, et surtout deux miracles.

J'ai grande envie de ressusciter entièrement, c'est-à-dire de voir M. et Mme de Chenevières, et votre ami, qui me fait d'aussi jolis compliments; mais un maçon, un laboureur, un jardinier, un vigneron, tel que j'ai l'honneur de l'être, ne peut quitter ses champs sans faire une sottise. Je suis plus capable de faire des sottises que des miracles.

Bonjour, homme aimable.

---

1. *Médime.* (ÉD.) — 2. Les *Si* sont de Morellet. (ÉD.)
3. Dans la préface de l'*Écossaise*, Dalembert est appelé homme de génie. (ÉD.)
4. Chenevières avait, le 12 mai, écrit à Voltaire que le bruit de sa mort avait couru à Versailles. (ÉD.)

MMMXII. — A M. THIERIOT.

A Tournay, et non à *Tornel*, 26 mai.

Je n'ai pas un moment; la poste part. Je reçois la bêtise[1] qu'on a jouée à Paris, j'en lis deux pages, je m'ennuie, et je vous écris.

Vous m'envoyez, mon ancien ami, d'autres bêtises qui ne sont pas de Resseguier, mais de Le Franc et de Fréron; et moi je vous envoie des *Que* qui m'ont paru plaisants. J'avais déjà retiré ma guenille tragique quand Clairon est tombée malade; j'ai déclaré que je ne voulais rien donner à un théâtre où l'on a joué la raison et mes amis.

Il m'est d'ailleurs très-égal qu'on joue des pièces de moi, ou qu'on n'en joue pas; je n'attends nulle gloire de ces *performances*[2]. L'intérêt n'y a point de part, puisque je donne le profit aux comédiens; MM. d'Argental font ce qu'ils veulent pour s'amuser. D'ailleurs, je me.... de tout bon ou mauvais succès, et de toutes les sottises de Paris, et des réquisitoires, et de maître Abraham Chaumeix, et des Fréron, et des Le Franc, et de *tutti quanti*. Il faut ne songer qu'à vivre gaiement; c'est à quoi j'ai visé et réussi.

Excepto quod non simul essem, cætera lætus.

Hor., lib. I, ep. x, v. 50.

Envoyez-moi donc les *Quand*, les *Si*, les *Pourquoi*, qu'on dit imprimés en couleur de rose, les *Oui*, et les *Non*.

MMMXIII. — A MADAME DE FONTAINE, A HORNOI.

Aux Délices, 28 mai.

Je suis toujours affligé, ma chère nièce, que la Picardie soit si loin de mon lac; mais je vous vois d'ici bâtissant, arrangeant, meublant, et je me console en pensant que vous avez du plaisir. N'allez pas vous aviser de regretter Paris; quand vous auriez vu la prétendue comédie des *Philosophes*, vous n'en seriez pas mieux; et, quand vous auriez été témoin de toutes les sottises qui se font dans ce pays-là, vous n'y gagneriez rien. Attendez patiemment que la destinée de l'Europe soit tirée au clair.

Luc a cent mille hommes sous les armes : c'est presque autant de soldats qu'il a fait de vers. Les Russes en ont autant, la reine de Hongrie davantage. Les Hanovriens et nous, nous en pouvons compter plus de quatre-vingt mille de chaque côté; ce qui, joint aux Suédois, fait au delà de cinq cent mille héros, à cinq sous par jour, qui vont travailler à nous donner la paix.

Luc, en attendant, fait imprimer ses œuvres. Il a été mécontent de l'édition qu'on avait donnée. On lui a fait apercevoir qu'il pouvait perdre quelques partisans, en laissant subsister une tirade contre le christianisme, qui commence par :

Allez, lâches chrétiens, etc. . . . .

1. La comédie des *Philosophes*. (ÉD.)
2. Mot anglais qui signifie *ouvrages*. (ÉD.)

il a fait brûler cette édition par le bourreau, à Berlin, et en a donné une autre où il a mis *pauvres chrétiens;* ce qui a tout réparé, comme vous le voyez bien. C'est un rare mortel; il m'a confié qu'il ferait durer la guerre encore quatre ans; ainsi prenez vos mesures là-dessus.

Le tonnerre a fait des siennes, en attendant le canon; il est tombé sur le chevalier de La Luzerne, qui était à la tête de sa troupe. Il a brûlé ses habits et sa culotte, sans lui faire beaucoup de mal; le chevalier est arrivé à cul nu. Si le roi de Prusse avait été là, il aurait cru que c'était une galanterie que le tonnerre lui faisait.

Si vous me demandez de mes nouvelles, je vous dirai que j'ai eu trois ou quatre petits procès; l'un avec un prêtre, l'autre avec les fermiers généraux; un troisième contre le parlement de Bourgogne; un quatrième contre la république de Genève. Je les ai tous gagnés, tous finis gaiement, et sans que personne fût de mauvaise humeur.

Nos jardins sont charmants. Nous allons jouer la comédie dès que Lécluse aura fait des dents à notre première actrice. Le duc de Villars prétend qu'il jouera les rôles de père. Marmontel arrive avec un Gaulard, receveur général; voilà l'état des choses; mais aussi rendez-moi compte des plaisirs d'Hornoi.

Dieu vous donne un jour, monsieur le chevalier, les mêmes sujets d'angoisse qu'à monsieur votre père! Il me fait l'honneur de m'écrire; il consulte Tronchin; savez-vous bien sur quoi? sur ce que, à l'âge de quatre-vingt-sept ans, il a le malheur de ne s'endormir qu'à quatre heures du matin, et de dormir jusqu'à dix; d'ailleurs il est assez content de lui.

Monsieur le jurisconsulte, que faites-vous? êtes-vous toujours gras comme un moine? que dites-vous de Daumart, qui ne peut plus marcher depuis quatre mois, même avec des béquilles? Je soupçonne notre ami Tronchin de s'être fourvoyé en lui appliquant, l'année passée, un cautère pour le fortifier. J'ai peur que ce pauvre garçon ne boite toute sa vie.

Je vous embrasse tous; je vous aime, je vous regrette.

MMMXIV. — A M. LE COMTE D'ARGENTAL.

Aux Délices, 4 juin.

Mon divin ange, la paix sera aussi difficile à établir parmi les gens de lettres qu'entre la France et l'Angleterre.

Palissot m'envoie sa pièce, et m'écrit. Jugez de sa lettre par ma réponse. Je prends la liberté de vous l'adresser, et en même temps je vous conjure de me dire s'il est vrai que Diderot ait fait deux libelles contre Mmes de Robecq et de La Marck. Cela peut être vrai, mais cela n'est pas possible.

Vous pourriez bien, avant d'envoyer ma réponse à Palissot, la faire transcrire, *ne varietur;* car je dois craindre qu'on ne me reproche d'être complice de la comédie des *Philosophes.* Dieu soit loué qu'on ne joue point *Médime!* elle viendrait mal à propos; elle serait sifflée. Il est très-heureux, très-décent qu'on ne me joue pas après les *Philosophes.*

D'ailleurs, mon cher ange, je suis à vos ordres. Décidez pour *Socrate*, pour *l'Écossaise*; je ferai tout ce qu'il faudra. Je suis en train d'aimer le *tripot*, et de rire.

N'abandonnons point le droit de cuissage; il me semble qu'on en peut faire quelque chose de très-intéressant. Le IV et le V étaient à la glace; mais en quinze jours on ne peut avoir un feu égal dans son fourneau.

Cela ne ressemblera point à *Nanine*. Pourquoi ne feriez-vous point jouer *Rome sauvée*? Mais avez-vous des acteurs? Si vous n'en avez point pour *Catilina*, vous n'en aurez pas pour *la Mort de César*; et *vice versa*.

Mon cher ange, comment se porte Mme Scaliger?

Il me prend quelquefois des fureurs de venir vous voir; mais il faut se contenir; il faut marcher toujours sur la même ligne.

> Paris, que veux-tu de moi?
> Mon cœur n'est pas fait pour toi.

Il est fait pour vous, mon cher ange.

MMMXV. — A M. PALISSOT.

Aux Délices, 4 juin.

Je vous remercie, monsieur, de votre lettre et de votre ouvrage; ayez la bonté de vous préparer à une réponse longue; les vieillards aiment un peu à babiller.

Je commence par vous dire que je tiens votre pièce pour bien écrite; je conçois même que Crispin philosophe, marchant à quatre pattes, a dû faire beaucoup rire, et je crois que mon ami Jean-Jacques en rira tout le premier. Cela est gai; cela n'est point méchant; et d'ailleurs le *citoyen de Genève* étant coupable de lèse-comédie, il est tout naturel que la comédie le lui rende.

Il n'en est pas de même des citoyens de Paris que vous avez mis sur le théâtre; il n'y a pas là certainement de quoi rire. Je conçois très-bien qu'on donne des ridicules à ceux qui veulent bien nous en donner; je veux qu'on se défende, et je sens par moi-même que, si je n'étais pas si vieux, MM. Fréron et de Pompignan auraient affaire à moi : le premier, pour m'avoir vilipendé cinq ou six ans de suite, à ce que m'ont assuré des gens qui lisent les brochures; l'autre, pour m'avoir désigné en pleine Académie comme un radoteur qui a farci l'histoire de fausses anecdotes. J'ai été très-tenté de le mortifier par une bonne justification, et de faire voir que l'anecdote de l'Homme au masque de fer, celle du testament du roi d'Espagne Charles II, et autres semblables, sont très-vraies, et que, quand je me mêle d'être sérieux, je laisse là les fictions poétiques.

J'ai encore la vanité de croire avoir été désigné dans la foule de ces pauvres philosophes qui ne cessent de conjurer contre l'État, et qui certainement sont cause de tous les malheurs qui nous arrivent; car enfin j'ai été le premier qui aie écrit en forme en faveur de l'attraction, et contre les grands tourbillons de Descartes, et contre les petits tourbillons de Malebranche; et je défie les plus ignorants, et jusqu'à Fréron lui-même, de prouver que j'ai falsifié en rien la philosophie newtonienne. La société de Londres a approuvé mon petit catéchisme d'attraction. Je me tiens donc comme très-coupable de philosophie.

Si j'avais de la vanité, je me croirais encore plus criminel, sur le rapport d'un gros livre intitulé *l'Oracle des nouveaux philosophes*, lequel est parvenu jusque dans ma retraite. Cet *oracle*, ne vous déplaise, c'est moi. Il y aurait là de quoi crever de vaine gloire; mais malheureusement ma vanité a été bien rabattue, quand j'ai vu que l'auteur de *l'Oracle* prétend avoir plusieurs fois dîné chez moi, près de Lausanne, dans un château que je n'ai jamais eu. Il dit que je l'ai très-bien reçu, et, pour récompense de cette bonne réception, il apprend au public tous les aveux secrets qu'il prétend que je lui ai faits.

Je lui ai avoué, par exemple, que j'avais été chez le roi de Prusse pour y établir la religion chinoise; ainsi me voilà pour le moins de la secte de Confucius. Je serais donc très en droit de prendre ma part aux injures qu'on dit aux philosophes.

J'ai avoué de plus à l'auteur de *l'Oracle* que le roi de Prusse m'a chassé de chez lui, chose très-possible, mais très-fausse, et sur laquelle cet honnête homme en a menti.

Je lui ai encore avoué que je ne suis point attaché à la France, dans le temps que le roi me comble de ses grâces, me conserve la place de gentilhomme ordinaire, et daigne favoriser mes terres des plus grands priviléges. Enfin j'ai fait tous ces aveux à ce digne homme, pour être compté parmi les philosophes.

J'ai trempé de plus dans la cabale infernale de *l'Encyclopédie*; il y a au moins une douzaine d'articles de moi imprimés dans les trois derniers volumes. J'en avais préparé pour les suivants une douzaine d'autres qui auraient corrompu la nation, et qui auraient bouleversé tous les ordres de l'État.

Je suis encore des premiers qui aient employé fréquemment ce vilain mot d'*humanité*, contre lequel vous avez fait une si brave sortie dans votre comédie. Si, après cela, on ne veut pas m'accorder le nom de philosophe, c'est l'injustice du monde la plus criante.

Voilà, monsieur, pour ce qui me regarde. Quant aux personnes que vous attaquez dans votre ouvrage, si elles vous ont offensé, vous faites très-bien de le leur rendre; il a toujours été permis par les lois de la société de tourner en ridicule les gens qui nous ont rendu ce petit service. Autrefois, quand j'étais du monde, je n'ai guère vu de souper dans lequel un rieur n'exerçât sa raillerie sur quelque convive, qui, à son tour, faisait tous ses efforts pour égayer la compagnie aux dépens du rieur. Les avocats en usent souvent ainsi au barreau. Tous les écrivains de ma connaissance se sont donné mutuellement tous les ridicules possibles. Boileau en donna à Fontenelle, Fontenelle à Boileau. L'autre Rousseau, qui n'est pas Jean-Jacques, se moqua beaucoup de *Zaïre* et d'*Alzire*; et moi, qui vous parle, je crois que je me moquai aussi de ses dernières épîtres, en avouant pourtant que l'ode sur les conquérants est admirable, et que la plupart de ses épigrammes sont très-jolies; car il faut être juste, c'est le point principal.

C'est à vous à faire votre examen de conscience, et à voir si vous êtes juste, en représentant MM. Dalembert, Duclos, Diderot, Helvétius, le chevalier de Jaucourt, et *tutti quanti*, comme des marauds qui enseignent à voler dans la poche.

Encore une fois, s'ils ont voulu rire à vos dépens dans leurs livres, je trouve très-bon que vous riiez aux leurs; mais, pardieu, la raillerie est trop forte. S'ils étaient tels que vous les représentez, il faudrait les envoyer aux galères, ce qui n'entre point du tout dans le genre comique. Je vous parle net; ceux que vous voulez déshonorer passent pour les plus honnêtes gens du monde; et je ne sais même si leur probité n'est pas encore supérieure à leur philosophie. Je vous dirai franchement que je ne sais rien de plus respectable que M. Helvétius, qui a sacrifié deux cent mille livres de rente pour cultiver les lettres en paix.

S'il a, dans un gros livre, avancé une demi-douzaine de propositions téméraires et malsonnantes, il s'en est assez repenti, sans que vous dussiez déchirer ses blessures sur le théâtre.

M. Duclos, secrétaire de la première Académie du royaume, me paraît mériter beaucoup plus d'égards que vous n'en avez pour lui; son livre *sur les mœurs* n'est point du tout un mauvais livre, c'est surtout le livre d'un honnête homme. En un mot, ces messieurs vous ont-ils publiquement offensé? il me semble que non. Pourquoi donc les offensez-vous si cruellement?

Je ne connais point du tout M. Diderot; je ne l'ai jamais vu; je sais seulement qu'il a été malheureux et persécuté; cette seule raison devait vous faire tomber la plume des mains. Je regarde d'ailleurs l'entreprise de l'*Encyclopédie* comme le plus beau monument qu'on pût élever à l'honneur des sciences; il y a des articles admirables, non-seulement de M. Dalembert, de M. Diderot, de M. le chevalier de Jaucourt, mais de plusieurs autres personnes, qui, sans aucun motif de gloire ou d'intérêt, se font un plaisir de travailler à cet ouvrage.

Il y a des articles pitoyables sans doute, et les miens pourraient bien être du nombre; mais le bon l'emporte si prodigieusement sur le mauvais, que toute l'Europe désire la continuation de l'*Encyclopédie*. On a traduit déjà les premiers volumes en plusieurs langues; pourquoi donc jouer sur le théâtre un ouvrage devenu nécessaire à l'instruction des hommes et à la gloire de la nation?

J'avoue que je ne reviens point d'étonnement de ce que vous me mandez sur M. Diderot. Il a, dites-vous, imprimé deux libelles contre deux dames du plus haut rang [1], qui sont vos bienfaitrices. Vous avez vu son aveu signé de sa main. Si cela est, je n'ai plus rien à dire; je tombe des nues, je renonce à la philosophie, aux philosophes, à tous les livres, et je ne veux plus penser qu'à ma charrue et à mon semoir.

Mais permettez-moi de vous demander très-instamment des preuves

1. Mmes de Robecq et La Marck. (ÉD.)

souffrez que j'écrive aux amis de ces dames. Je veux absolument savoir si je dois mettre ou non le feu à ma bibliothèque.

Mais si Diderot a été assez abandonné de Dieu pour outrager deux dames respectables, et, qui plus est, très-belles, vous ont-elles chargé de les venger? Les autres personnes que vous produisez sur le théâtre avaient-elles eu la grossièreté de manquer de respect à ces deux dames?

Sans jamais avoir vu M. Diderot, sans trouver *le Père de famille* plaisant, j'ai toujours respecté ses profondes connaissances; et, à la tête de ce *Père de famille*, il y a une épître à Mme la princesse de Nassau qui m'a paru le chef-d'œuvre de l'éloquence et le triomphe de l'*humanité;* passez-moi le mot. Vingt personnes m'ont assuré qu'il y a une très-belle âme. Je serais affligé d'être trompé, mais je souhaite d'être éclairé.

> La faiblesse humaine est d'apprendre
> Ce qu'on ne voudrait pas savoir.

Je vous ai parlé, monsieur, avec franchise. Si vous trouvez dans le fond du cœur que j'aie raison, voyez ce que vous avez à faire. Si j'ai tort, dites-le-moi, faites-le-moi sentir, redressez-moi. Je vous jure que je n'ai aucune liaison avec aucun encyclopédiste, excepté peut-être avec M. Dalembert, qui m'écrit, une fois en trois mois, des lettres de Lacédémonien. Je fais de lui un cas infini; je me flatte que celui-là n'a pas manqué de respect à Mmes les princesses de Robecq et de La Marck. Je vous demande encore une fois la permission de m'adresser sur cette affaire à M. d'Argental.

J'ai l'honneur d'être, monsieur, avec une estime très-véritable de vos talents, et un extrême désir de la paix, que MM. Fréron, de Pompignan, et quelques autres, m'ont voulu ôter, votre, etc.

MMMXVI. — A M. LE COMTE DE SCHOWALOW.

Aux Délices, 7 juin.

Monsieur, par une lettre de M. de Kaiserling votre ami, reçue aujourd'hui en même temps que la vôtre, je vois que vous avez eu la bonté de partager toutes mes inquiétudes, et je me flatte qu'elles sont calmées. Les ordres qu'on a donnés à Hambourg mettront probablement un frein à l'avidité des libraires; j'aurai le temps de consacrer tous mes soins au désir de vous plaire; je pourrai attendre en paix les nouvelles instructions dont Votre Excellence m'a flatté. On se conformera en tout à vos volontés, tant dans la rédaction du second volume que dans les corrections nécessaires au premier. Ce qui n'était d'abord pour moi qu'une occupation agréable, devient aujourd'hui mon principal devoir; il semble que vous m'ayez fait un de vos concitoyens, en me chargeant d'écrire une histoire qui doit faire voir combien votre pays est respectable. Le jeune M. de Woronzow m'a fait l'honneur de venir plusieurs fois dans ma retraite, et a augmenté mon zèle pour votre patrie. Tous les jeunes gens de votre cour que j'ai vus m'ont paru fort au-dessus de leur âge; mais M. de Woronzow m'a paru au-dessus d'eux. J'en excepte toujours M. de Soltikof, car je ne peux

donner à personne la préférence sur lui. Le mérite de tant de voyageurs de votre pays est une meilleure réfutation des injures atroces
de certaines gens que tout ce que je pourrais dire. Je souhaite passionnément que les Autrichiens et les Français secondent cette année
vos nobles efforts, et nous procurent une paix glorieuse devenue nécessaire à l'Europe.

J'ai l'honneur d'être, avec les sentiments les plus respectueux et un
attachement inviolable, etc.   V.

MMMXVII. — A M. THIERIOT.

9 juin.

J'ai reçu, mon cher et ancien ami, toutes les archives de l'esprit et
de la raison, de l'horreur et de la méchanceté, du pour et du contre,
de la persécution contre les philosophes, et de leur juste défense; il
me manque *la Vision*[1]. On dit qu'il y a des *Pourquoi*, des *Oui* et des
Non nouveaux qui sont aussi bons que les *Que*; je les attends aussi. Il
faut que j'aie toutes les pièces du procès; il est intéressant.

J'étais dans un bosquet de roses quand je reçus votre paquet; je me
flatte que je ne sentirai pas les épines de cette dispute. Voilà donc
Robin-*mouton* envoyé à la boucherie! Est-ce pour *la Vision* qu'on a
saisi Robin? et cette *Vision* est-elle bien de Grimm? Je soupçonne
que Grimm est de la troupe des prophètes, mais que l'esprit ne des-
cend pas sur lui seul.

Il serait bien à désirer que les frères fussent unis; ils écraseraient
leurs indignes adversaires, qui les mangent l'un après l'autre. Il faudrait que les *Da*[2], *Dé*, *Di*, *Do*, *Du*, les *H*, les *G*, etc., soupassent tous
ensemble deux fois par semaine.

Mes enfants, aimez-vous les uns les autres[3], *si vous pouvez*. Votre
ennemi vous a dit, ou plutôt redit,

Que nous sommes perdus, si nous nous divisons[4].

Par quelle dure fatalité arrive-t-il que j'aie la réponse de Ramponeau,
et que je n'aie pas le factum de M. de Beaumont contre Ramponeau?
Il n'y avait qu'un exemplaire de ce factum dans notre petite province;
je ne l'ai tenu qu'un instant. Je l'ai lu rapidement, mais avec grand
plaisir, et j'ai eu la bêtise honnête de le rendre. Voyez combien les
philosophes sont honnêtes gens, quoi qu'en dise Palissot!

Je vous envoie la seule copie de la réponse que j'aie en main; elle
est d'un homme de l'Académie de Dijon; cela m'a paru gai, et je
n'aime plus que ce qui est gai. Je veux passer, encore une fois, le
reste de ma vie à lire et à rire.

Vous trouverez sans doute quelque bon citoyen qui se fera un plai-

---

1. *Préface de la comédie des* PHILOSOPHES, *ou la Vision de Charles Palissot*,
brochure de l'abbé Morellet. (ÉD.)
2. Dalembert,... Diderot,... Duclos, et autres philosophes. — Les initiales
H et G désignent Helvétius et Grimm. (ÉD.)
3. Jean, chap. XV, v. 17. (ÉD.)
4. Vers de la comédie des *Philosophes*, acte III, scène III. (ÉD.)

sir de publier le *Plaidoyer de Ramponeau*. Je voudrais avoir de plus belles choses à vous envoyer, et de plus longues; mais il vient rarement de bonnes choses de la province.

Les Fétiches[1] du président de Brosses n'ont pas eu grand cours; le *Discours* même du président de Montauban[2] n'est pas recherché. C'est la pierre sur laquelle on va aiguiser ses couteaux; mais, pour la pierre, elle est au rebut.

La *Préface* de Palissot est pire que son ouvrage. Il impute aux encyclopédistes des passages de La Métrie; passages horribles, mais que La Métrie lui-même réfute. Il supprime la réfutation. Il présente ce poison à la cour, pour faire croire que ce sont nos philosophes qui l'ont apprêté. Je n'ai point ce livre de La Métrie, *de la Vie heureuse*. Pouvez-vous me faire avoir toutes les œuvres de ce fou? Vous devriez courir chez M. Dalembert, qui ne sait pas peut-être combien ces passages sont altérés; car ce livre est, je crois, très-rare. Je pense qu'il faudrait faire un ouvrage sage, ferme et piquant, où tous les tours de mauvaise foi des ennemis fussent relevés. Qui le peut mieux que M. Dalembert? Mais ce pauvre Robin, ce pauvre Robin-*mouton!* Pour Dieu, envoyez-moi *la Vision*.

MMMXVIII. — A M. DALEMBERT.

10 juin.

Mon cher philosophe et mon maître, *les Si, les Pourquoi* sont bien vigoureux; les Remarques sur *la Prière du déiste* fines et justes; cela restera. On pourrait y joindre *les Que, les Oui, les Non*, parce qu'ils sont plaisants et qu'il faut rire. On a oublié le cadavre sur lequel on vient de faire toutes ces expériences, et les expériences subsisteront.

La Vision est bien; mais c'est un grand malheur et une grande imprudence d'avoir mêlé dans cette plaisanterie Mme la princesse de Robecq. J'en suis désespéré; ce trait a révolté. Il n'est pas permis d'insulter à une mourante, et le duc de Choiseul doit être irrité. On ne pouvait faire une faute plus dangereuse; j'en crains les suites pour la bonne cause. On a mis en prison *Robin*-mouton du Palais-Royal; cela peut aller loin. Cette seule pierre d'achoppement peut renverser tout l'édifice des fidèles.

Palissot m'a écrit, en m'envoyant sa pièce. J'ai prié M. d'Argental de vouloir bien lui faire passer ma réponse, et d'en faire tirer copie, *ne varietur*. Je lui dis dans cette réponse que je regarde les encyclopédistes comme mes maîtres, etc. Sa lettre porte qu'il n'a fait sa comédie que pour venger Mmes de Robecq et de La Mark d'un libelle insolent de Diderot contre elles, libelle avoué par Diderot. Je lui dis que je n'en crois rien; je lui dis qu'on doit éclaircir cette calomnie; et voilà que dans *la Vision* on insulte Mme la princesse de Robecq; cela est désespérant. Je ne peux plus rire; je suis réellement très-af-

---

1. *Du culte des dieux fétiches, ou parallèle de l'ancienne religion d'Égypte avec la religion actuelle de Nigritie*. (ÉD.)
2. Le Franc de Pompignan. (ÉD.)

fligé. Dès que la préface ou post-face de la comédie des *Philosophes*
parut, je fus indigné. J'écrivis à Thieriot, je le priai de vous parler et
de chercher le malheureux libelle de la *Vie heureuse* du malheureux
La Métrie, qu'on veut imputer à des philosophes. La cour ne sait pas
d'où sont tirés ces passages scandaleux, et les attribuera aux frères,
et dira : *Palissot est le vengeur des mœurs*, et on coffrera les frères, et
on aura les philosophes en horreur.

O frères, soyez donc unis ! *fratrum quoque gratia rara est*[1].

Mandez-moi, je vous en supplie, où l'on en est. On fera sans doute
un recueil des pièces du procès. Serait-il mal à propos de mettre à la
tête une belle préface, dans laquelle on verrait un parallèle des mœurs,
de la science, des travaux, de la vie des frères, de leurs belles et
bonnes actions, et des infamies de leurs adversaires ? Mais, ô frères !
soyez unis.

Quand je vous écrivis, en beau style académique : *Je m'en f...*, et
que vous me répondîtes, en beau style académique, que vous vous en
f......, c'est que je riais comme un fou d'un ouvrage de quatre cents
vers, fait il y a quelque temps, où Fréron, et Pompignan, et Chaumeix, jouent un beau rôle. On dit que ce poème est imprimé. Il est,
je crois, de feu Vadé, dédié à maître Abraham; et maître Joly est prié
de le faire brûler. *La Palissotrie* est venue, sur ces entrefaites, et
j'ai dit : « Ah ! Vadé, pourquoi êtes-vous mort avant *la Palissotérie*? »

Et alors on m'envoyait de mauvais *Quand* et de mauvais *Pourquoi*
contre moi; et je disais : « *Je m'en f...*, » en style académique.

Et dites au diacre Thieriot qu'il persévère dans son zèle, et qu'il
m'envoie toutes les pièces des fidèles, et toutes celles des fanatiques et
des hypocrites ennemis de la raison. Et soyez unis en Épicure, en
Confucius, en Socrate et en Épictète; et venez aux Délices, qui sont
devenues l'endroit de la terre qui ressemble le plus à Éden, et où l'on
se f... de maître Joly et de maître Chaumeix.

Cependant mon ancien disciple-roi est un peu follet, et je le lui ai
écrit, et il n'en est pas disconvenu. Dieu vous comble toujours de ses
grâces ! et vivez indépendant, et aimez-moi.

MMMXIX. — A MADAME D'ÉPINAI.

13 juin.

Ma belle et respectable philosophe, vous avez un grand défaut, vous
êtes comme tous les Parisiens et toutes les Parisiennes de ma connaissance; ils ne manquent pas de m'écrire : *Vous savez sans doute;
vous avez lu; que dites-vous de ce mémoire*? Eh ! non, messieurs, je
n'ai rien lu. Tout le monde me parle du *Mémoire* de M. Le Franc de
Pompignan, et personne ne me l'envoie; au reste, il se peut fort bien
faire que le dévot Le Franc de Pompignan ait été interdit pour avoir
donné ou mérité des soufflets ; mais le fait est que le pédant chancelier Daguesseau lui refusa, de ma connaissance, les provisions de sa
charge pendant six mois, en 1739, pour avoir mal traduit la *Prière*

---

1. Ovide, *Métam.*, I, 146. (ÉD.)

du déiste; je le servis dans cette affaire, et il m'en a récompensé dans son beau discours à l'Académie.

La Vision m'a fait une peine extrême; c'est le comble de l'indécence et de l'imprudence d'avoir mêlé Mme la princesse de Robecq dans cette querelle. Il est affreux d'avoir insulté une mourante; cela irrite contre les philosophes, les fait passer pour des fous et des cœurs mal faits; cela justifie Palissot, cela fait mettre Robin en prison, cela inquiète le Prophète de Bohême, cela achève de perdre le pauvre Diderot, qui a trouvé le secret de renverser le plus bel édifice du monde pour y avoir mis une douzaine de pierres mal taillées, qui ne s'accordent pas avec le reste du bâtiment.

Vous me feriez un très-grand plaisir, madame, de m'envoyer en détail vos réflexions sur *l'Écossaise;* je les ferais passer à mon ami M. Hume, digne prêtre, qui ne manquerait pas d'en profiter, et qui vous aurait une extrême obligation. Je vous envoie le *Plaidoyer de Ramponeau,* à condition que vous aurez la bonté de me faire tenir, par qui il vous plaira, le *Mémoire* du grave président.

Vous me faites prendre, madame, un vif intérêt à madame votre mère [1]; je reconnais votre cœur; il n'y a que votre esprit que je lui compare. Adieu, madame, si vous me faites le plaisir d'être un peu exacte, instruisez-moi de la demeure du Prophète de Bohême, je ne m'en souviens plus, mais je me souviendrai toute ma vie de lui.

Je crois qu'il serait à propos que les *Que* et le *Ramponeau* parussent. On a besoin de plaisanterie; c'est un remède sûr contre la maladie épidémique qui trouble si tristement tant de cerveaux.

MMMXX. — A M. LE COMTE D'ARGENTAL.

Aux Délices, 13 juin.

Mon divin ange, à peine ai-je reçu votre paquet, que j'ai envoyé sur-le-champ la consultation à M. Tronchin, et je l'ai accompagnée de la lettre la plus pressante.

Je m'intéresse à la santé de M. de Courteilles comme vous-même; je dois beaucoup à ses bontés. Il est vrai qu'elles sont la suite de son amitié pour vous; mais je n'en suis, par cette raison-là même, que plus reconnaissant. Dès que Tronchin aura fini, vous aurez son mémoire, mais il faudra s'y conformer. Je vous jure, quoi qu'en dise M. le duc de Choiseul, que c'est un homme admirable pour les maladies chroniques; la preuve en est que je suis en vie. Je vous prie de vouloir bien présenter mon respect à Mme de Courteilles, qui m'édifie. Pour Mme Scaliger, je crois qu'elle s'en tient à Fournier [2], et elle a raison; il connaît son tempérament, il est attentif. Je voudrais qu'elle fît un peu d'exercice, mais il ne faut pas en parler aux dames de Paris.

Venons maintenant au *tripot;* passez-moi le mot, car je suis du métier, et nous allons jouer sur le nôtre. Je supplie donc Mlle Clairon de bien dire que j'ai retiré la *Médime;* elle la jouera ensuite quand

1. Mme d'Esclavelles. (ÉD.) — 2. Médecin. (ÉD.)

elle voudra; mais je veux me donner un peu l'air d'être indigné de la pièce des *Grenouilles* [1] contre les Socrates. Je le suis encore davantage de la réponse intitulée *Vision*, dans laquelle on insulte Mme de Robecq mourante; c'est le coup le plus mortel que les philosophes puissent se porter à eux-mêmes.

Je suppose que vous avez reçu, mon cher ange, mon paquet adressé à M. de Chauvelin, paquet dans lequel était ma réponse à Palissot. J'ai pris la liberté de vous prier que cette réponse passât par vos mains, afin que vous fussiez à la fois témoin et juge.

Encore une fois, il paraît difficile qu'on joue *Socrate*. Cette pièce ne peut plaire qu'en rendant les Mélitus et les Anitus, et les autres juges, aussi méprisables que des coquins peuvent l'être; d'ailleurs je voudrais que la pièce fût en vers, cela donne plus de force aux maximes, et la morale est un peu moins ennuyeuse en vers bien frappés qu'en prose.

Pour l'*Écossaise*, vous l'aurez quand vous voudrez; et tout le procès-verbal du voyage de Lindane à Londres, et de ce qu'elle y fait, ne tiendra pas dix lignes. Frelon embarrasse fort M. Hume. Il me mande que, si on change le caractère de cet animal, il croira qu'on l'a craint, et qu'il est bon que ce scorpion subsiste dans toute sa laideur. M. Guêpe vaut bien M. Frelon; *wasp* signifie en anglais frelon et guêpe; mais on ne peut pas s'appeler Wasp à Paris.

Le petit Hurtaud croit le *Droit du seigneur* ou le *Débauché* infiniment supérieur à *Socrate* et à l'*Écossaise;* il n'y voit pas la moindre ressemblance avec *Nanine*. Il compte vous soumettre la pièce, et vous 'envoyer avec l'ordonnance de M. Tronchin (mais, non, il ne vous l'enverra pas de quinze jours; tant mieux).

Venons, s'il vous plaît, à un autre article. Je ne lis point les feuilles de Frelon. J'ignore s'il loue ou s'il blâme les œuvres de *Luc;* mais, entre nous, je soupçonne M. le duc de Choiseul de s'être servi de lui pour répondre à une certaine ode de *Luc* contre le roi. Cependant M. le duc de Choiseul m'écrivit qu'il l'avait faite lui-même [2]. Tant mieux, si cela est; j'aime qu'un ministre soit du métier, et j'admire sa facilité et sa promptitude.

Marmontel est ici avec un Gaulard très-aimable et très-doux. Il jure qu'il n'a pas la moindre part à l'infamie de la scène d'Auguste, et il le jure avec larmes.

Est-il vrai, mon cher ange, qu'on persécute les philosophes avec fufureur? Que je suis aise d'être aux Délices! mais que je suis fâché d'être loin de vous!

Je reçois dans ce moment les arrêts de Tronchin; je ne crois pas que ce soient des édits contre lesquels on puisse faire des *remontrances*. Je vous adresse le paquet, afin qu'il parvienne par vous à Mme de Courteilles, avec qui je vous soupçonne de conspirer contre la gourmandise de monsieur.

1. Ce titre d'une comédie d'Aristophane désigne celle des *Philosophes*. (ÉD.)
2. Elle était de Palissot. (ÉD.)

MMMXXI. — De M. Dalembert.

Paris, ce 16 juin.

Mon cher et illustre maître, 1° ce n'est pas tout d'être *mourante*, il faut encore n'être pas vipère. Vous ignorez sans doute avec quelle fureur et quel scandale Mme de Robecq a cabalé pour faire jouer la pièce de Palissot; vous ignorez qu'elle a empêché qu'on ne jouât votre tragédie, que les comédiens voulaient représenter avant les *Philosophes*, espérant par là gagner de l'argent et du temps, et fuir ou éloigner la honte dont ils sont couverts; vous ignorez qu'elle s'est fait porter à la première représentation, toute *mourante* qu'elle est, et qu'elle fut obligée, tant elle était malade ce jour-là, de sortir avant la fin du premier acte. Quand on est atroce et méchante à ce point, on ne mérite, ce me semble, aucune pitié, eût-on f.... avec Dieu le père et son fils.

2° Cette méchante femme d'ailleurs a été ménagée dans *la Vision*. On dit, il est vrai, qu'elle est bien malade, mais cela ne lui fait aucun tort; et si c'est là un crime, j'ai grand'peur pour celui qui imprimera ses billets d'enterrement; car, puisqu'il n'est pas permis de dire qu'elle se meurt, il le sera encore moins de dire qu'elle est morte.

3° Il est très-vrai qu'on a arrêté Robin-*mouton* du Palais-Royal.

> *Ils m'ont pris ce* pauvre Robin,
> Robin-mouton, qui par la ville
> *Vendait tout* pour un peu de pain, etc.

Mais soyez sûre que Mme de Robecq n'en est pas la cause. Ceux qui persécutent les philosophes ne se soucient guère ni de Dieu ni d'elle; mais ils sont au désespoir d'être démasqués; *hinc iræ, hinc lacrymæ.* Ils croyaient qu'on serait la dupe de leurs *cachoteries*, et ils se voient l'objet des cris et de la haine publique. Je ne vous en dis pas davantage; mais souvenez-vous de ce que je vous ai marqué dans ma dernière lettre, que vos *amis* [1] l'étaient encore plus de Palissot, et relisez *la Vision* dans cette idée, vous verrez clair.

4° Il est très-vrai que la persécution est plus grande que jamais. On vient d'arrêter et de mettre à la Bastille un abbé Morellet, ou Morlet, ou *Mords-les*, qu'on accuse ou qu'on soupçonne d'avoir fait cette *Vision*; item, d'avoir fait *les Si* et *les Pourquoi*; item, les *Notes* sur la *Prière du déiste*. Je ne sais ce qui en est; mais je sais seulement que c'est un homme de beaucoup d'esprit, ci-devant théologien ou théologal de l'*Encyclopédie*, que je vous avais adressé il y a un an à Genève, et qui ne vous y trouva pas. Au reste, il est traité à la Bastille avec beaucoup d'égards et de ménagements. Tout Paris crie, tout Paris s'intéresse pour lui. Il y a apparence que sa captivité ne sera ni longue ni fâcheuse, et il lui restera la gloire d'avoir vengé la philosophie contre les Palissots mâles et femelles, contre les Palissots de Nanci et ceux de Versailles.

5° Palissot se vante d'avoir reçu de vous une lettre pleine d'éloges;

Le duc de Choiseul et Mme du Deffand. (Éd.)

il va, dit-il, la faire imprimer. M. d'Argental sera à portée de lui donner le démenti.

6° Il vous mande qu'il a voulu venger Mmes de Robecq et de La Marck. C'est un mensonge impudent, car depuis deux ans il est brouillé avec Mme de La Marck, et il en tient les propos les plus insolents et les plus infâmes. Elle ne l'ignore pas non plus que M. d'Aïen, et tous deux ont regardé sa pièce comme une infamie.

7° Je ne crois pas plus que vous que Diderot ait jamais rien écrit contre ces deux femmes; ce qui est certain, c'est que personne n'avait plus à s'en plaindre que moi, et qu'assurément je n'ai rien écrit contre elles. Mais, quand Diderot aurait été coupable, fallait-il, pour venger Mme de Robecq, attaquer Helvétius et tous les encyclopédistes, qui ne lui avaient fait aucun mal?

8° J'ai grande envie de voir le petit poëme dont vous me parlez. Je suis certain que feu Vadé a des héritiers auprès de Genève. Vous devriez bien vous adresser à eux pour me faire parvenir ce poëme; mais, s'il n'y a rien sur la pièce des *Philosophes*, on ne sera pas content de feu Vadé.

9° C'est très-bien fait au chef de recommander l'union aux frères; mais il faut que le chef reste à leur tête, et il ne faut pas que la crainte d'humilier des polissons protégés l'empêche de parler haut pour la bonne cause, sauf à ménager, s'il le veut, les protecteurs, qui au fond regardent leurs protégés comme des polissons.

10° Avez-vous lu le *Mémoire* de Pompignan? Il faut qu'il soit bien mécontent de l'Académie, car il ne lui en a pas envoyé d'exemplaire, quoiqu'il l'ait envoyé partout. Pour répondre à ce qu'il dit sur sa *naissance*, on vient, dit-on, de faire imprimer sa généalogie, qui remonte, par une filiation non interrompue, depuis lui jusqu'à son père.

11° Tout mis en balance, le meilleur parti est toujours de finir par la phrase académique: *Je m'en f...;* c'est aussi ce que je fais de tout mon cœur. Les sottises des hommes méritent qu'on en rie, et non pas qu'on s'en fâche.

Adieu, mon cher et grand philosophe; j'attends votre catéchisme newtonien, et je ne vous ferai pas attendre dès que l'aurai.

MMMXXII. — DE J. J. ROUSSEAU.

A Montmorency, le 17 juin.

Je ne pensais pas, monsieur, me retrouver jamais en correspondance avec vous. Mais apprenant que la lettre que je vous écrivis en 1756 a été imprimée à Berlin, je dois vous rendre compte de ma conduite à cet égard, et je remplirai ce devoir avec vérité et simplicité.

Cette lettre, vous ayant été réellement adressée, n'était point destinée à l'impression. Je la communiquai sous condition à trois personnes à qui les droits de l'amitié ne me permettaient pas de rien refuser de semblable, et à qui les mêmes droits permettaient encore moins d'abuser de leur dépôt, en violant leur promesse. Ces trois personnes sont: Mme de Chenonceaux, belle-fille de Mme Dupin, Mme la comtesse d'Houdetot, et un Allemand nommé Grimm. Mme de Chenonceaux souhaitait que cette lettre fût imprimée, et me demanda mon consentement pour cela. Je lui dis qu'il dépendait du vôtre. Il vous fut demandé; vous le refusâtes, et il n'en fut plus question.

Cependant M. l'abbé Trublet, avec qui je n'ai nulle espèce de liaison, vient de m'écrire, par une attention pleine d'honnêteté, que, ayant reçu les feuilles d'un journal de M. Formey, il y avait lu cette même lettre avec un avis dans lequel l'éditeur dit, sous la date du 23 octobre 1759, « qu'il l'a trouvée y a quelques semaines chez les libraires de Berlin, et que comme c'est une de ces feuilles volantes qui disparaissent bientôt sans retour, il a cru lui devoir donner place dans son journal. »

Voilà, monsieur, tout ce que j'en sais. Il est très-sûr que jusqu'ici l'on n'avait pas même ouï parler à Paris de cette lettre; il est très-sûr que l'exemplaire, soit manuscrit, soit imprimé, tombé dans les mains de M. Formey, n'a pu lui venir que de vous, ce qui n'est pas vraisemblable, ou d'une des trois personnes que je viens de nommer. Enfin il est très-sûr que les deux dames sont incapables d'une pareille infidélité. Je n'en puis savoir davantage de ma retraite; vous avez des correspondances au moyen desquelles il vous serait aisé, si la chose en valait la peine, de remonter à la source et de vérifier le fait.

Dans la même lettre M. l'abbé Trublet me marque qu'il tient la feuille en réserve, et ne la prêtera point sans mon consentement, qu'assurément je ne donnerai pas; mais cet exemplaire peut n'être pas le seul à Paris. Je souhaite, monsieur, que cette lettre n'y soit pas imprimée, et je ferai de mon mieux pour cela. Mais si je ne pouvais éviter qu'elle le fût, et qu'instruit à temps je pusse avoir la préférence, alors je n'hésiterais pas à la faire imprimer moi-même. Cela me paraît juste et naturel.

Quant à votre réponse à la même lettre, elle n'a été communiquée à personne, et vous pouvez compter qu'elle ne sera point imprimée sans votre aveu, qu'assurément je n'aurai pas l'indiscrétion de vous demander, sachant bien que ce qu'un homme écrit à un autre, il ne l'écrit pas au public. Mais si vous en vouliez faire une pour être publiée, et me l'adresser, je vous promets de la joindre fidèlement à ma lettre, et de n'y pas répliquer un seul mot.

Je ne vous aime point, monsieur, vous m'avez fait les maux qui pouvaient m'être les plus sensibles, à moi votre disciple et votre enthousiaste. Vous avez perdu Genève pour le prix de l'asile que vous y avez reçu; vous avez aliéné de moi mes concitoyens pour le prix des applaudissements que je vous ai prodigués parmi eux. C'est vous qui me rendez le séjour de mon pays insupportable; c'est vous qui me ferez mourir en terre étrangère, privé de toutes les consolations des mourants, et jeté pour tout honneur dans une voirie, tandis que tous les honneurs qu'un homme peut attendre vous accompagneront dans mon pays. Je vous hais enfin, puisque vous l'avez voulu; mais je vous hais en homme encore plus digne de vous aimer si vous l'aviez voulu. De tous les sentiments dont mon cœur était pénétré pour vous, il n'y reste que l'admiration qu'on ne peut refuser à votre beau génie, et l'a-

mour de vos écrits. Si je ne puis honorer en vous que vos talents, ce
n'est pas ma faute; je ne manquerai jamais au respect que je leur dois,
ni aux procédés que ce respect exige. Adieu, monsieur.

MMMXXIII. — A M. Thieriot.

Aux Délices, 19 juin.

Vous devez, encore une fois, mon cher et ancien ami, avoir reçu
ma réponse et mes remercîments, et la liste de mes besoins, par
M. Darboulin, à qui je l'ai recommandée.

M. Dalembert suppose toujours que j'ai tout vu; c'est une règle de
fausse position. Je n'ai rien vu; je n'ai point le *Mémoire* de M. Le
Franc de Pompignan; je demande *l'Interprétation de la Nature* [1], la
Vie heureuse de l'infortuné La Métrie, etc., etc.

Je réitère mes sanglots sur *la Vision;* cette vision est celle de la
ruine de Jérusalem. Voilà la philosophie perdue et en horreur aux
yeux de ceux qui ne l'auraient pas persécutée. O ciel! attaquer les
femmes! insulter à la fille d'un Montmorency! à une femme expirante!
Je suis réellement au désespoir.

M. Dalembert croit m'apprendre que M. le duc de Choiseul protége
Palissot et Fréron. Hélas! j'en sais plus que lui sur tout cela, et je
peux répondre que M. le duc de Choiseul aurait protégé davantage les
pauvres Socrates; et je vous prie de le lui dire. Il m'écrit que les philosophes sont unis, et moi je lui soutiens qu'il n'en est rien; quand
ils souperont deux fois par semaine ensemble, je le croirai. On cherche
à les diviser; on va jusqu'à m'appeler *l'oracle des philosophes*, pour
me faire brûler le premier. On ose dire, dans la préface de Palissot,
que je suis au-dessus d'eux; et moi je dis, j'écris qu'ils sont mes maîtres. Quelle comparaison, bon Dieu! des lumières et des connaissances
des Dalembert et des Diderot avec mes faibles lueurs! Ce que j'ai au-
dessus d'eux est de rire et de faire rire aux dépens de leurs ennemis;
rien n'est si sain; c'est une ordonnance de Tronchin.

Écrivez-moi, mon ancien ami; voyez *Protagoras*-Dalembert, et venez aux Délices.

MMMXXIV. — A M. le comte d'Argental.

19 juin.

Mon divin ange, je peux encore quelquefois penser avec ma tête;
mais je ne peux pas toujours écrire avec ma main; ainsi pardonnez-
moi, si je vous dis par la main d'un autre que je suis excédé par les
travaux de la campagne et par les sottises du Parnasse. Je suis très-
fort de votre avis; voilà assez de plaisanteries. Je vais revoir dès demain *Médime* et *Tancrède*. Il y a grande apparence que la copie de *Tancrède* est entre les mains d'un ami de M. le duc de Choiseul ou de
Mme la duchesse; que par conséquent cet ami sera fidèle. Tout ce que
je puis faire est d'être docile à vos ordres, et de travailler tant que ma
pauvre tête le permettra. Si je fais quelque chose dont je sois content,

---

1. *Pensées sur l'interprétation de la nature,* par Diderot. (Éd.)

je vous l'enverrai; si j'en suis mécontent, je le jetterai au feu. Bonne volonté et imagination sont deux choses fort différentes; la terre devient stérile à force d'avoir porté. Si le terrain de *Tancrède* et de *Médime* est devenu ingrat, je vous supplie de pardonner au pauvre laboureur.

Il serait pourtant plaisant de présenter la *Requête aux Parisiens* la veille de *l'Écossaise*. Il me paraît qu'un homme qui prétend que la pièce n'est pas anglaise, parce que le bruit a couru qu'il avait été aux galères, est une des bonnes choses, des plus comiques qu'on connaisse.

Mon cher ange, vous êtes le maître du tout, et du tragique et du comique, et surtout de moi, qui suis tantôt l'un, tantôt l'autre, fort à votre service. Mais je pense que vous vous moquez un peu de moi quand vous me dites de proposer à M. le duc de Choiseul l'entrée de M. Diderot à nctre Académie; c'est bien à vous, s'il vous plaît, à rompre cette glace. Qui donc est plus à portée que vous de faire sentir à M. le duc de Choiseul que tous les gens de lettres le béniront? Qui est plus en droit de lui dire qu'il est important pour lui de faire sentir au public qu'il n'a point persécuté les philosophes? Je n'ai aucuns droits sur M. le duc de Choiseul, et vous les avez tous, ceux de l'amitié, de la persuasion, de la bienséance, de l'à-propos. On pourrait engager Diderot à désavouer les petits ouvrages qui pourraient lui fermer les portes de l'Académie. Nous avons besoin, dans cette place, d'un homme de lettres; tout parle en sa faveur; et, quand même il ne réussirait pas, ce serait toujours un grand point de gagné d'avoir été sur les rangs dans les circonstances présentes. Enfin vous aimez Diderot et la bonne cause; c'est à vous à les protéger.

J'ai une autre grâce à vous demander. Je vous conjure de ne vous jamais servir de votre éloquence auprès de M. le duc de Choiseul, en faveur d'un homme qui lui a manqué personnellement et indignement. Quoi! on renoncerait à ses engagements dans la seule idée de soutenir.... Ici l'auteur s'embarrasse, et ne peut dicter. Il faut, tout malingre qu'il est, qu'il écrive... Oui, de soutenir un homme qui, dans quatre ans, peut se joindre contre nous avec l'Autriche, si on lui offre quatre lieues de pays de plus vers le duché de Clèves! Songez, je vous prie, à ce qui arriverait de nous, si *Luc* avait joint cent cinquante mille hommes à l'armée de la reine de Hongrie, il y a dix ans.

Vous ne pouvez à présent manquer à vos engagements sans vous déshonorer, et vous ns gagneriez rien à votre honte. Les Russes et les Autrichiens doivent écraser *Luc* cette année, à moins d'un miracle; alors l'électeur de Hanovre, toute la maison de Brunswick tremble pour elle-même. Alors George, ou son petit-fils, est obligé de vous laisser votre morue, pour être protégé dans son électorat. Ayez seulement de bonnes troupes, de bons généraux, et vous n'avez rien à craindre. Je soutiens que si *Luc* est perdu, vous devenez l'arbitre de l'Empire, et que tous ses princes sont à vos pieds. Je n'ai point de réponse, je n'ai point d'emplâtre pour l'énorme sottise qu'on a faite de se brouiller avec l'Angleterre avant d'avoir cent vaisseaux; mais il ne tient qu'à vous d'être formidables sur terre. L'avantage que M. le duc de Broglie vient de remporter[1] présage les plus grands succès. Tout peut finir dans une campagne; les Anglais ne vous respecteront que quand vous serez dans Hanovre. Tâchez, mon divin ange, d'être de ce sentiment. Je vous en prie, dites à M. le duc de Choiseul qu'il ne doit faire la paix qu'après une campagne triomphante.

Je vous en prie, mille tendres respects à Mme d'Argental; remarquez qu'elle se porte mieux en été.

MMMXXV. — A M. LE MARQUIS ALBERGATI CAPACELLI.

Aux Délices, 19 juin.

En tout pays on se pique
De molester les talents;
Goldoni[2] voit maint critique
Combattre ses partisans.

On ne savait à quel titre
On doit juger ses écrits;
Dans ce procès on a pris
La nature pour arbitre.

Aux critiques, aux rivaux,
La nature a dit sans feinte :
« Tout auteur a ses défauts,
Mais ce Goldoni m'a peinte. »

Ecco, o mio signore, la mia sentenza. Mi lusingo ch'ella sarà firmata al vostro tribunale. Aspetto un Shaftesbury, e subito lo spedirò a voi.

Mille compliments à M. Algarotti.

Aimez toujours le théâtre pour être béni. Si nous jouons à Tou quelque nouveauté, nous ne manquerons pas de l'envoyer à Bolc *quæ docet.* Je vous aime sans vous avoir vu, et j'aime le cher Algarotti, parce que je l'ai vu. Mille respects à l'un et à l'autre.

MMMXXVI. — A M. DUCLOS.

A Tournay, 20 juin.

Je crois, monsieur, devoir vous informer de ce qui s'est passé entre M. Palissot et moi. Il vint aux Délices, il y a plus de deux ans; il m'envoya depuis, par le canal d'un jeune prêtre de Genève, sa comédie jouée à Nanci, qui ne ressemblait point à celle qu'il a donnée depuis à Paris. Je l'exhortai à ne point attaquer de très-honnêtes gens qui ne l'avaient point offensé. Le prêtre de Genève, qui est un homme de mérite, lui écrivit en conformité.

M. Palissot m'a envoyé sa pièce des *Philosophes* imprimée. Il a depuis donné au public une lettre pour servir de préface à sa comédie. Dans cette préface, il me fait l'injustice de dire que je suis au-dessus des philosophes qu'il outrage; je ne sens l'intervalle qui me sépare

1. Le 10 juillet à Corbach. (ÉD.)
2. Ch. Goldoni, nommé, par ses compatriotes, le *Molière italien.* (ÉD.)

d'eux que par mon impuissance d'atteindre à leurs lumières et à leurs connaissances.

Il vous rend encore moins de justice qu'à moi, en attaquant sur le théâtre votre livre des *Mœurs*. Je lui ai mandé que je regarde ce livre comme un très-bon ouvrage; que votre personne mérite encore plus d'égards; que, si M. Helvétius et tous ceux qu'il offense l'ont outragé publiquement, il fait très-bien de se défendre publiquement; que, s'il n'a point à se plaindre d'eux, il est inexcusable. Telle est la substance de ma lettre, que j'ai envoyée à cachet volant à M. d'Argental. Voilà, monsieur, les éclaircissements que j'ai cru vous devoir touchant cette aventure, et je vous prie de les faire passer à M. Helvétius.

Quant à la persécution qui s'élève contre les seuls hommes qui fassent aujourd'hui honneur à la nation, je ne vois pas sur quoi elle est fondée. Je soupçonne qu'elle ressemble à celle qui s'éleva contre Pope, Swift, Arbuthnot, Gay, et leurs amis. Ils en triomphèrent aisément; je me flatte que vous triompherez de même, persuadé que sept ou huit personnes de génie bien unies doivent, à la longue, écraser leurs adversaires, et éclairer leurs contemporains.

Je pourrais me plaindre du discours de M. Le Franc à l'Académie; il m'a désigné injurieusement. Il ne fallait pas outrager un vieillard retiré du monde, surtout dans l'opinion où il était que ma retraite était forcée; c'était, en ce cas, insulter au malheur, et cela est bien lâche. Je ne sais comment l'Académie a souffert qu'une harangue de réception fût une satire.

Il est triste que les gens de lettres soient désunis; c'est diviser des rayons de lumière pour qu'ils aient moins de force. Un homme de cour s'avisa d'imaginer que je vous avais refusé ma voix à l'Académie; cette calomnie jeta du froid entre nous, mais n'a jamais affaibli mon estime pour vous. Jugez de cette estime par le compte exact que je vous rends de mon procédé; il est franc, et vous me rendrez justice avec la même franchise.

MMMXXVII. — A M. DALEMBERT.

20 juin.

Ma cousine Vadé me mande qu'elle a recouvré cet ouvrage moral [1] depuis trois mois, et que notre cousin Vadé étant mort au commencement de 1758, il ne pouvait parler de ce qui se passe en 1760; mais il en parlera par voie de *prosopopée*.

Je n'ai point vu le *Mémoire* de Pompignan. Thieriot m'abandonne, tirez-lui les oreilles.

Mons Palissot dit que je l'approuve! Qu'on aille chez M. d'Argental, il montrera ma lettre à lui adressée, en réponse de la comédie d'Aristophane, reliée en maroquin du Levant. Je ne puis publier cette lettre sans la permission de M. d'Argental; elle est naïve. Je pleure sur l'abbé Morellet et sur Jérusalem. O mon aimable, et gai, et ferme, et profond philosophe! il faut f..... les dames et les respecter. Je ne dis

1. *Le Pauvre diable.* — La lettre à maître Abraham Chaumeix, qui **précède** cette satire, est signée Catherine Vadé. (ÉD.)

pas qu'il faille f..... Mme du Deffand; mais sachez qu'elle ne m'envoya jamais la lettre dont vous vous plaignez. Elle fit apparemment ses ré-flexions, ou peut-être vous lui lâchâtes quelque mot qui la fit rentrer en elle-même.

N'aurons-nous point l'histoire de la persécution contre les philo-sophes, un résumé des âneries de maître Joly; un détail des efforts de la cabale, un catalogue des calomnies, le tout avec les preuves? Ce serait là le coup de foudre; *interim ridendum.*

Oui, sans doute, le seigneur, le ministre dont il est question, a protégé Palissot et Fréron, et il me l'a mandé, et il les abandonnait, et il n'est pas homme à persécuter personne, et il pense comme il faut, quoique *pædicaverit cum Freronio in collegio Clari-Montis* [1], et quoique Palissot soit le fils de son homme d'affaires; mais l'insulte faite à son amie *mourante* est le tombeau ouvert pour les frères. Ah! pauvres frères! les premiers fidèles se conduisaient mieux que vous. Patience, ne nous décourageons point; Dieu nous aidera, si nous sommes unis et gais. Hérault disait un jour à un des frères : « Vous ne détruirez pas la religion chrétienne. — C'est ce que nous verrons, » dit l'autre [2].

MMMXXVIII. — DE FRÉDÉRIC II, ROI DE PRUSSE.

A Radeberg, le 21 juin.

Je reçois deux de vos lettres à la fois, l'une du 30 de mai, l'autre du 3 de juin. Vous me remerciez de ce que je vous rajeunis; j'ai donc été dans l'erreur de bonne foi. L'année 1718 a paru votre *Œdipe;* vous aviez alors dix-neuf ans, donc....

Nous allions livrer bataille hier; l'ennemi, qui était ici, s'est retiré sur Radeberg; et mon coup se trouve manqué. Voilà des nouvelles que vous pouvez débiter par toute la Suisserie, si vous le voulez.

Vous me parlez toujours de la paix; j'ai fait tout ce que j'ai pu pour la ménager entre la France et l'Angleterre, à mon inclusion. Les Fran-çais ont voulu me jouer, et je les plante là; cela est tout simple. Je ne ferai point de paix sans les Anglais, et ceux-là n'en feront point sans moi. Je me ferais plutôt châtrer que de prononcer encore la syllabe de *paix* à vos Français.

Qu'est-ce que signifie cet air pacifique que votre duc affecte vis-à-vis de moi? Vous ajoutez qu'il ne peut pas agir selon sa façon de penser. Que m'importe cette façon de penser, s'il n'a point le libre arbitre de se conduire en conséquence? J'abandonne le *tripot* de Versailles au patelinage de ceux qui s'amusent aux intrigues. Je n'ai point de temps à perdre à ces futilités; et, dussé-je périr, je m'adresserais plutôt au Grand-Mogol qu'à Louis *le Bien-aimé*, pour sortir du labyrinthe où je me trouve.

Je n'ai rien dit contre lui. Je me repens amèrement d'en avoir écri*

---

1. Le collége de *Louis le Grand* (ou collége des *Jésuites*) porta d'abord le nom de collége de *Clermont.* (ÉD.)
2. C'est au lieutenant de police Hérault que Voltaire fit cette réponse. L'anec-dote est rapportée, par Condorcet, dans sa *Vie de Voltaire.* (ÉD.)

en vers plus de bien qu'il n'en mérite. Et si pendant la présente guerre, dont je le regarde comme le promoteur, je ne l'ai pas épargné dans quelques pièces, c'est qu'il m'avait outré, et que je me défends de toutes mes armes, quelque mal affilées qu'elles soient. Ces rogatons ne sont d'ailleurs connus de personne. Je ne comprends donc rien à ces personnalités, à moins que par là vous ne désigniez la Pompadour.

Je ne crois cependant pas qu'un roi de Prusse ait des ménagements à garder avec une demoiselle Poisson, surtout si elle est arrogante, et qu'elle manque à ce qu'elle doit de respect à des têtes couronnées.

Voilà ma confession, voilà tout ce que je pourrais dire à Minos, à Rhadamante, si j'étais obligé de comparaître à leur tribunal. Mais on me fait parler souvent sans que j'aie ouvert la bouche. On peut avoir mis sur mon compte des choses auxquelles je n'ai pas pensé. Ce sont des tours dont la cour de Vienne s'est souvent servie, et qui dans plus d'une occasion lui ont réussi.

Cette tracasserie, dans le fond, ne vaut pas la peine que j'en parle davantage. Vous faut-il des douceurs ? à la bonne heure; je vous dirai des vérités. J'estime en vous le plus beau génie que les siècles aient porté; j'admire vos vers, j'aime votre prose, surtout ces petites pièces détachées de vos mélanges de littérature. Jamais aucun auteur avant vous n'a eu le tact aussi fin, ni le goût aussi sûr, aussi délicat que vous l'avez. Vous êtes charmant dans la conversation; vous savez instruire et amuser en même temps. Vous êtes la créature la plus séduisante que je connaisse, capable de vous faire aimer de tout le monde, quand vous le voulez. Vous avez tant de grâces dans l'esprit, que vous pouvez offenser et mériter en même temps l'indulgence de ceux qui vous connaissent. Enfin vous seriez parfait si vous n'étiez pas homme.

Contentez-vous de ce panégyrique abrégé. Voilà toutes les louanges que vous aurez de moi aujourd'hui. J'ai des ordres à donner, des lieux à reconnaître, des dispositions à faire, et des dépêches à dicter.

Je recommande M. le *comte* de Tournay à la protection de son ange gardien, de la très-sainte et immaculée Vierge, et du chevalier puîné du pendu. *Vale.* FÉDÉRIC.

P. S. Pour vous amuser peut-être, je joins à ma lettre un petit morceau, comme dit notre bon d'Argens. J'ai composé ce morceau pour un Suisse qui sert depuis un an dans mon artillerie. Cet honnête Suisse ayant fait tourner dans sa garnison, à Breda, la tête à une belle Hollandaise, il m'a demandé à différentes reprises la permission de l'épouser quand notre paix serait faite. Je l'accorde enfin; mais la belle, se mourant d'amour, n'a pas voulu attendre si longtemps, et le bel amour s'est envolé à tire-d'aile. *O tempus! o mores!* Vous voyez que je n'oublie pas mon latin.

MMMXXIX. — A M. PALISSOT.

Aux Délices, 23 juin.

Vous me faites enrager, monsieur; j'avais résolu de rire de tout dans mes douces retraites, et vous me contristez. Vous m'accablez de politesses, d'éloges, d'amitiés; mais vous me faites rougir, quand vous imprimez que je suis supérieur à ceux que vous attaquez. Je crois bien que je fais des vers mieux qu'eux, et même que j'en sais autant qu'eux en fait d'histoire; mais, sur mon Dieu, sur mon âme, je suis à peine leur écolier dans tout le reste, tout vieux que je suis. Venons à des choses plus sérieuses.

M. d'Argental m'a assuré, dans ses dernières lettres, que M. Diderot n'était point reconnu coupable des faits dont vous l'accusez. Une personne non moins digne de foi m'a envoyé un très-long détail de cette aventure, et il se trouve qu'en effet M. Diderot n'a eu nulle part aux deux lettres condamnables qu'on lui imputait. Encore une fois, je ne le connais point, je ne l'ai jamais vu; mais il avait entrepris avec M. Dalembert un ouvrage immortel, un ouvrage nécessaire, et que je consulte tous les jours. Cet ouvrage était d'ailleurs un objet de trois cent mille écus dans la librairie; on le traduisait déjà dans trois ou quatre langues; *questa rabbia*, *detta gelosia*, s'arme contre ce monument cher à la nation, et auquel plus de cinquante personnes de distinction s'empressaient de mettre la main!

Un Abraham Chaumeix s'avise de donner à M. Joly de Fleury un mémoire contre l'*Encyclopédie*, dans lequel il fait dire aux auteurs ce qu'ils n'ont point dit, empoisonne ce qu'ils ont dit, et argumente contre ce qu'ils diront. Il cite aussi faussement les *Pères de l'Église* que le *Dictionnaire*. M. de Fleury, accablé d'affaires, a eu le malheur de croire maître Abraham; le parlement croit M. Joly de Fleury; M. le chancelier retire le privilège; les souscripteurs en sont pour leurs avances, les libraires sont ruinés; M. Diderot est persécuté. Je me trouve, pour ma part, désigné très-injustement dans le réquisitoire de M. de Fleury; et, quoique le public n'ait pas approuvé le réquisitoire, la persécution subsiste, malgré les cris de la nation indignée.

C'est dans ces circonstances odieuses que vous faites votre comédie contre les philosophes; vous venez les percer quand ils sont *sub gladio*.

Vous me dites que Molière a joué Cotin et Ménage : soit; mais il n'a point dit que Cotin et Ménage enseignaient une morale perverse; et vous imputez à tous ces messieurs des maximes affreuses, dans votre pièce et dans votre préface.

Vous m'assurez que vous n'avez point accusé M. le chevalier de Jaucourt; cependant c'est lui qui est l'auteur de l'article Gouvernement; son nom est en grosses lettres à la fin de cet article. Vous en déférez plusieurs traits qui pourraient lui faire grand tort, dépouillés de tout ce qui les précède et qui les suit, mais qui, remis dans leur tout ensemble, sont dignes des Cicéron, des de Thou, et des Grotius.

Vous n'ignorez pas d'ailleurs que M. le chevalier de Jaucourt est un homme d'une très-grande maison, et beaucoup plus respectable par ses mœurs que par sa naissance.

Vous voulez rendre odieux un passage de l'excellente préface que M. Dalembert a mise au-devant de l'*Encyclopédie*; et il n'y a pas un mot de ce passage. Vous imputez à M. Diderot ce qui se trouve dans les *Lettres juives;* il faut que quelque Abraham Chaumeix vous ait fourni des mémoires comme il en a fourni à M. Joly de Fleury, et qu'il vous ait trompé comme il a trompé ce magistrat. Vous faites plus; vous joignez à vos accusations contre les plus honnêtes gens du monde, des horreurs tirées de je ne sais quelle brochure intitulée *la Vie heureuse,* qu'un fou, nommé La Métrie, composa un jour, étant ivre, à Berlin, il y a plus de douze ans. Cette sottise de La Métrie, oubliée pour jamais, et que vous faites revivre, n'a pas plus de rapport avec la philosophie et l'*Encyclopédie* que *le Portier des chartreux* n'en a avec l'*Histoire de l'Église;* cependant vous joignez toutes ce accusations ensemble. Qu'arrive-t-il ? votre délation peut tomber entre les mains d'un prince, d'un ministre, d'un magistrat, occupé d'affaires graves, de la reine même, plus occupée encore à faire du bien, à soulager l'indigence, et à qui d'ailleurs les bienséances de la grandeur laissent peu de loisir. On a bien le temps de lire rapidement votre préface, qui contient une feuille; mais on n'a pas le temps d'examiner, de confronter les ouvrages immenses auxquels vous imputez ces dogmes abominables. On ne sait point qui est ce La Métrie; on croit que c'est un des encyclopédistes que vous attaquez, et les innocents peuvent payer pour le criminel, qui n'existe plus. Vous faites donc beaucoup plus de mal que vous ne pensiez, et que vous ne vouliez; et certainement, si vous y réfléchissez de sang-froid, vous devez avoir des remords.

Voulez-vous à présent que je vous dise librement ma pensée ? Voilà votre pièce jouée; elle est bien écrite, elle a réussi : il y aurait une autre sorte de gloire à acquérir; ce serait d'insérer dans tous les journaux une déclaration bien mesurée, dans laquelle vous avoueriez que, n'ayant pas en votre possession le *Dictionnaire encyclopédique,* vous avez été trompé par les extraits infidèles qu'on vous en a donnés; que vous vous êtes élevé avec raison contre une morale pernicieuse; mais que, depuis, ayant vérifié les passages dans lesquels on vous avait dit que cette morale était contenue; ayant lu attentivement cette préface de l'*Encyclopédie,* qui est un chef-d'œuvre, et plusieurs articles dignes de cette préface, vous vous faites un plaisir et un devoir de rendre au travail immense de leurs auteurs, à la morale sublime répandue dans leurs ouvrages, à la pureté de leurs mœurs, toute la justice qu'ils méritent. Il me semble que cette démarche ne serait point une rétractation (puisque c'est à ceux qui vous ont trompé à se rétracter); elle vous ferait beaucoup d'honneur, et terminerait très-heureusement une très-triste querelle.

Voilà mon avis, bon ou mauvais; après quoi je ne me mêlerai en aucune façon de cette affaire; elle m'attriste, et je veux finir gaiement ma vie. Je veux rire; je suis vieux et malade, et je tiens la gaieté un remède plus sûr que les ordonnances de mon cher et estimable Tronchin. Je me moquerai, tant que je pourrai, des gens qui se sont moqués de moi; cela me réjouit, et ne fait nul mal. Un Français qui n'est pas gai est un homme hors de son élément. Vous faites des comédies, soyez donc joyeux, et ne faites point de l'amusement du théâtre un procès criminel. Vous êtes actuellement à votre aise; réjouissez-vous, il n'y a que cela de bon.

> Si quid novisti rectius istis,
> Candidus imperti; si non, his utere mecum.
> Hor., lib. I, ep. vi, v. 67.

E per fine, sans compliment, votre très-humble, etc.

MMMXXX. — A M. LE COMTE D'ARGENTAL.

Aux Délices, 23 juin.

Mon divin ange, M. le duc de Choiseul m'a mandé qu'il avait vu le Pauvre diable. Vous devez l'avoir chez vous; mais en voici, je crois, une meilleure édition, que la cousine Catherine Vadé m'a envoyée, et que je remets dans vos mains pour vous amuser, car il faut s'amuser. Voici encore l'amusement d'une nouvelle réponse à une nouvelle lettre de Palissot de Montenoi. Puisque vous avez eu la bonté de lui faire parvenir ma première, j'ose encore vous supplier de lui faire tenir ma seconde. Elle est argumentum ad hominem; et, s'il ne fait pas ce que je lui demande, je pense qu'on peut alors rendre ma lettre publique; mais ce ne sera pas sans votre consentement.

Vous aurez, par le premier ordinaire, le drame de Jodelle, ajusté au théâtre moderne par Hurtaud. Si cela ressemble à Nanine, j'ai tort; si cela n'est pas gai et intéressant, j'ai encore tort; si cela peut être joué sans qu'on soupçonne le moins du monde un autre que Hurtaud, j'aurai un vrai plaisir. Voulez-vous m'en faire un? c'est de m'envoyer un des mémoires de M. Le Franc de Pompignan. Tout le monde m'en parle, et je ne l'ai point vu.

Mon cœur est aussi tendre avec vous que coriace avec Pompignan. Trublet travaille au Journal chrétien. Il a imprimé que je le faisais bâiller; Catherine Vadé dit qu'il est plus ennuyeux encore que moi.

Mes respects, je vous prie, à Abraham Chaumeix, si vous le voyez chez M. Joly de Fleury.

Je ne vous en aime pas moins, mon divin ange.

MMMXXXI. — A M. DALEMBERT.

23 juin.

Je voudrais que Thieriot m'envoyât les nouveautés, et surtout le mémoire de M. Le Franc de Pompignan, natif de Montauban; et Thieriot m'abandonne.

Je voudrais avoir perdu toutes mes vaches, et qu'on n'eût pas mêlé Mme de Robecq dans la Vision, parce que c'est un coup terrible à la bonne cause, parce que tous les amis de cette dame lui cachaient son état, parce que le prophète lui a appris ce qu'elle ignorait, et lui a dit : Morte morieris; parce que c'est avancer sa mort; parce qu'elle n'avait d'autre tort que de protéger une pièce dont elle ne sentait pas les conséquences; parce qu'elle n'avait jamais persécuté aucun philosophe; parce que cette cruauté de lui avoir appris qu'elle se meurt est ce qui a ulcéré M. le duc de Choiseul; parce que je le sais, et je le sais parce qu'il me l'a écrit; et je vous le confie, et vous n'en direz rien.

Je voudrais que mon cousin Vadé eût pu parler de la querelle présente; mais, comme il est mort deux ans auparavant, et qu'il n'était pas prophète, il ne pouvait avoir une *vision*.

Je voudrais voir, après ces déluges de plaisanteries et de sarcasmes, quelque ouvrage sérieux, et qui pourtant se fît lire, où les philosophes fussent pleinement justifiés et l'*infâme* confondue.

Je voudrais que les philosophes pussent faire un corps d'initiés, et je mourrais content.

Je voudrais pouvoir vous envoyer une seconde réponse que je viens de faire à une seconde lettre de Palissot, réponse qui passe par M. d'Argental, réponse dans laquelle je lui prouve qu'il a déféré et calomnié le chevalier de Jaucourt, ce qu'il me niait; qu'il a confondu La Métrie avec les philosophes; qu'il a falsifié les passages de l'*Encyclopédie*, etc. Je lui parle paternellement; je lui fais un tableau du bien que l'*En-cyclopédie* faisait à la France; puis vient un Abraham Chaumeix, qui fournit des mémoires absurdes à maître Joly de Fleury, frère de l'intendant de ma province. Joly croit Chaumeix, le parlement croit Joly; on persécute, et c'est dans ces circonstances que vous venez percer, vous Palissot, des gens qu'on a garrottés! vous les calomniez! Votre feuille peut être lue de la reine et des princes qui lisent volontiers une feuille, et qui ne confronteront point sept volumes in-folio, etc. Vous faites donc un très-grand mal. Qu'y a-t-il à faire? votre pièce a réussi; il faut ajouter à ce succès la gloire de vous rétracter. Il n'en fera rien, et alors j'aurai l'honneur de vous envoyer ma lettre. Je la crois hardie et sage; nous verrons si M. d'Argental la trouvera telle.

Je voudrais savoir quel est l'ouvrage auquel vous vous occupez. On dit qu'il est admirable; je le crois; il n'y a que vous qui écriviez toujours bien, et Diderot parfois; pour moi, je ne fais plus que des coïonneries. Je voudrais vous voir avant de mourir. Je voudrais que Rousseau ne fût pas tout à fait fou, mais il l'est. Il m'a écrit une lettre pour laquelle il faut le baigner, et lui donner des bouillons rafraîchissants.

Je voudrais que vous écrasassiez l'*infâme;* c'est là le grand point. Il faut la réduire à l'état où elle est en Angleterre, et vous en viendrez à bout, si vous voulez. C'est le plus grand service qu'on puisse rendre au genre humain.

Adieu, mon grand homme; je vous embrasse tendrement

MMMXXXII. — A M. THIERIOT.

Aux Délices, 23 juin..

La poste part; je n'ai que le temps de vous dire, mon cher ami, que vous ne savez ce que vous dites; que je sais mieux que vous l'aventure de Robin, et les sentiments de ceux qui l'ont fait coffrer, et le tort extrême qu'on a eu de fourrer Mme la princesse de Robecq dans une querelle de comédie; et qu'on trouve à Versailles le *Mémoire* de Pompignan aussi sot qu'à Paris, et qu'un compliment de M. de La Vauguyon n'est qu'un compliment, et qu'il ne faut point s'alarmer, et que les bons caçouacs auront toujours le public pour eux, et qu'il faut rire.

Par quelle fatalité me dit-on toujours : « Vous avez lu le *Mémoire* de Pompignan; que dites-vous de ce mémoire et de sa généalogie? » et personne ne me l'envoie, et je suis tout honteux.

J'ai reçu une grande lettre de Jean-Jacques Rousseau; il est devenu tout à fait fou; c'est dommage.

J'ai commencé ma lettre, mon cher ami, par ces beaux mots : « Vous ne savez ce que vous dites; » j'ajoute à présent que vous ne savez ce que vous faites, car il vaudrait bien mieux venir aux Délices, dans la chambre des fleurs, que d'aller chez un médecin dont vous n'avez pas besoin, puisque vous êtes gros et gras.

J'ai vu Marmontel; il est gros et gras aussi, et, de plus, m'a paru fort aimable. Il soutient sa disgrâce en homme qui ne la méritait pas.

J'ai *la Vision*, j'en ai deux exemplaires; mais, pour Dieu, faites-moi avoir *Moses's Legation* [1], et *l'Interprétation de la nature*.

Je suis dans un commerce très-vif avec le bienheureux Palissot; je lui ai écrit une lettre paternelle, en dernier lieu, dans laquelle je lui propose de faire une rétractation publique. Adieu, adieu; une autre fois je vous en dirai davantage; mais il faudrait venir chez nous. Je vous embrasse tendrement.

MMMXXXIII. — A M. LE COMTE D'ARGENTAL.

27 juin.

Mon cher ange pardonnera si je n'écris pas de ma main; on n'est pas de fer, quoiqu'on soit dans un siècle de fer. M. Tronchin est étonné que vos médecins de Paris n'aient pas prévu la pierre bilieuse; je l'ai consulté sur le rhumatisme; il demande des détails, et alors il dira son avis.

Il faudrait, mon divin ange, refondre *l'Écossaise*, changer absolument le caractère de Frelon, en faire un balourd de bonne volonté qui gâterait tout en voulant tout réparer, qui dirait toutes les nouvelles en voulant les taire, et qui influerait sur toute la pièce jusqu'au dernier acte. Cette pièce a été faite bonnement et avec simplicité, uniquement pour faire donner Fréron au diable; elle ne pourrait être supportée au théâtre qu'en cas qu'on la prît pour une comédie véritablement anglaise. Elle ressemble aux toiles peintes de Hollande, qui ne sont de débit que quand elles passent pour être des Indes. Je vous enverrai, je crois, demain cette misère, avec quelques légères corrections. Il est impossible de rien changer aux derniers actes, à moins de faire une pièce nouvelle. Je me trompe peut-être, mais je crois que *le Droit du seigneur* vaut infiniment mieux. Vous aurez le petit embellissement de la fin de *Tancrède*, en son temps, afin de ne pas mêler les espèces.

Pour *Médime*, j'en ai par-dessus la tête; je ne puis rien faire pour elle; je suis son serviteur, et lui souhaite toutes sortes de prospérités.

1. Ouvrage de Warburto (ÉD.)

Vous devriez bien donner un *Pauvre diable* à votre ancien portier; peut-être trouverait-il quelque honnête typographe qui s'en chargerait pour l'édification publique. Tout le monde admire la modestie de Le Franc de Pompignan, et on voit combien le *roi et tout l'univers* prennent le parti de ce grand homme; je crois que Mlle Vadé lui en dira deux mots. J'ai pris la liberté de vous adresser ma seconde réponse à la seconde lettre du sieur Palissot. Cette lettre le met si fortement et si honnêtement dans tout son tort, elle justifie si pleinement Diderot, elle doit faire tellement rougir M. Joly de Fleury sans l'offenser, elle est si mesurée et si vraie dans tous ses points, que je crois que c'est une très-bonne œuvre de se la laisser dérober en ôtant votre nom.

Vous êtes un véritable ange d'avoir fait cette démarche auprès de Mme la comtesse de La Marck; rien n'est plus digne de vous que de protéger Diderot, qui le mérite d'autant plus qu'il est malheureux.

MMMXXXIV. — A MADAME D'ÉPINAI.

30 juin.

Ma charmante et respectable philosophe (car ce nom est toujours beau, malgré la comédie et Joly de Fleury), vous êtes bien bonne de songer aux scènes de Frelon. Si on voulait faire quelque chose de cette pièce, je conseillerais au traducteur de Hume de retrancher absolument ce misérable, qui d'ailleurs ne sert en rien au dénoûment. Je crois deviner que Hume n'a introduit dans son drame anglais ce bélître de Frelon, que pour peindre un coquin à qui il en voulait. Ce Frelon est sans doute quelque ennemi de la philosophie anglaise. On veut jouer *l'Écossaise* à Paris, et ce n'est pas mon avis. Le public s'intéresse à l'humiliation des philosophes, qu'il respecte malgré lui; mais il ne prendra aucun plaisir à voir un fripon qu'il méprise. Au reste, ma belle philosophe, si Fabrice, ce bon homme, conseillait des méchancetés à Fréron, vous voyez bien qu'on aurait alors deux coquins au lieu d'un; et c'est trop. Je crois que Mlle Vadé vous a envoyé *le Pauvre diable* de son cousin, sous l'enveloppe de M. d'Épinai. Je tiens *la Vanité* d'un frère de la Doctrine chrétienne. Ayez la charité d'accuser la réception de l'une et de l'autre. On m'a parlé du *Russe à Paris*, poëme singulier, composé en effet par un Russe qui connaît très-bien la France. Mais il faut savoir si le prophète a reçu le paquet adressé au secrétaire [1] de Mgr le duc d'Orléans, au Palais-Royal. Comment faut-il faire d'ailleurs pour adresser ses paquets? est-ce à M. d'Épinai, à l'hôtel des postes?

Dites-moi des nouvelles de tout, je vous en conjure, madame. Je salue votre belle âme, vos beaux yeux noirs, votre esprit, etc., etc., etc.

---

1. Grimm, en devenant le chargé d'affaires de la ville de Francfort, n'avait pas cessé d'être secrétaire des commandements du duc d'Orléans. (ÉD.)

Aux Délices, 30 juin.

Je commence, mon cher ami, par ce qui est le plus intéressant. La personne dont je respecte le nom et le mérite se préparerait probablement de cruels repentirs, si elle prenait le parti dont vous parlez. Le service est ingrat dans ce pays-là, les mœurs en général aussi dures que le climat, la jalousie contre les étrangers extrême, le despotisme au comble, la société nulle. Le maréchal Keith n'y put tenir, et aima encore mieux la Prusse; c'est tout dire. L'impératrice est aimable, mais sa santé est fort équivoque; elle est menacée d'un mal qui ne pardonne guère, et à sa mort il peut y avoir des révolutions. En général, une telle transplantation ne peut convenir qu'à un soldat de fortune, jeune, robuste, et sans ressource; mais elle est bien peu faite pour un homme d'un si grand nom, encore moins pour une jeune dame élevée en France. Le nom de M*** [1] ne doit briller que dans nos armées. Il vaut mieux attendre tout du temps en France, que d'aller chercher l'ennui et le malheur sous le pôle. Tel est mon avis, puisqu'on me le demande. On peut d'ailleurs consulter sur cela M. Alethof, jeune Russe, qui parle français comme vous, et dont on m'a montré un petit ouvrage que vous verrez dans peu.

Je vous ai renvoyé *le Pauvre diable*, de Vadé, que vous m'avez confié; *questa coglioneria* m'a fort réjoui. M. Bouret a peur de son ombre; il pouvait très-bien, sans rien risquer, m'envoyer *la Vision*. M. le duc de Choiseul, qui d'ailleurs abandonne Palissot à l'indignation publique, sait très-bien que je condamne plus que personne le trait indécent et odieux contre Mme la princesse de Robecq. Il est absurde de mêler les dames dans des querelles d'auteurs; voilà des philosophes bien maladroits. Il faut se moquer des Fréron, des Chaumeix, des Le Franc, et respecter les dames, surtout les Montmorency [2].

Des Jésuites, ci-devant empoisonneurs des âmes, et aujourd'hui des corps, sont une plaisanterie si bien saisie de tout le monde, qu'elle se trouve dans les notes de l'ouvrage intitulé *le Russe à Paris*, composé par M. Alethof. Les beaux esprits se rencontrent. Ce poëme vaut mieux, à mon avis, que celui que je vous renvoie, et dont pourtant je vous remercie; mais celui du *Russe* est cent fois plus varié, plus intéressant, plus général, plus utile.

La lettre à Palissot ne peut être confiée qu'avec le consentement de M. d'Argental, par les mains de qui elle a passé.

Je n'ai eu que par hasard le *Mémoire* de Pompignan. Tout le monde me demandait ce que j'en pensais, et personne ne me le faisait tenir.

Je vous prie instamment de me dire ce qu'on fait de l'imprudent et excusable abbé Morellet, de ce pauvre Robin-*mouton*, d'un autre typographe, des jésuites vendeurs d'orviétan, des crucifiés, et des billets de loterie. Le nouvel emprunt, avec deux tiers en coupons et le tiers en argent, se remplit-il? Vous n'êtes pas homme à être instruit de ce dernier article.

1. Sans doute Montmorency. (ÉD.) — 2. Mme de Robecq. (ÉD.)

Comment vont vos petites affaires? comment vous trouvez-vous de votre nouveau gîte[1]? où logerez-vous dans trois mois?

Vale, et ama antiquum amicum.

MMMXXXVI. — A MADAME LA COMTESSE DE LUTZELBOURG.

Aux Délices, 2 juillet.

Vous m'avez envoyé, madame, la plus grosse face qui soit à Strasbourg. Oh! que ce frocart a bien l'air du secrétaire d'un intendant! Je l'ai reçu de mon mieux. Il m'a paru enchanté de mon pays. En effet, c'est la plus jolie nature du monde, et personne ne se vante d'avoir une plus belle situation que moi. Je voulais cependant la quitter; mais je suis arrêté par mes bâtiments jusqu'au mois de septembre. J'espère bien alors avoir l'honneur de vous faire ma cour à l'île Jard. Je ne sais pas encore bien positivement si on a repris la ville de Québec. En tout cas, cela n'est bon à reprendre que l'été. Je ne vois pas ce qu'on peut faire de ce vilain pays en hiver. Paris est, l'hiver et l'été, le centre du ridicule. Ramponeau, cabaretier de la Courtille, a occupé la cour et la ville. Les convulsionnaires, qui se crucifient, ont un grand parti, et la Tournelle ne sait pas trop comment les juger. Les jésuites sont poursuivis par les apothicaires, pour avoir vendu du vert-de-gris, et sont accusés d'empoisonner *les corps*, après l'avoir été jadis d'empoisonner *les âmes*. On s'est mangé le blanc des yeux pour une mauvaise comédie[2]. Portez-vous bien, madame, et vivez pour voir des temps plus heureux et moins sots.

MMMXXXVII. — A M. SENAC DE MEILHAN.

Aux Délices, 4 juillet.

Faites de la prose ou des vers, monsieur; donnez-vous à la philosophie ou aux affaires, vous réussirez à tout ce que vous entreprendrez. Je suis bien surpris de la conversation du maréchal de Noailles et de milord Stair. Ils ne se parlèrent certainement à Ettingen qu'à coups de canon. M. le maréchal de Noailles s'en alla d'un côté, et l'Anglais de l'autre. Milord Stair vint à la Haye, où je le vis. Ces deux généraux s'écrivirent; j'ai leurs lettres; mais la prétendue conversation est des *Mille et une Nuits.*

Soyez très-sûr que jamais le lord Stair ne parla à Louis XIV qu'en présence de M. de Torci; et le président Hénault sait bien que M. de Torci n'a jamais entendu cette rodomontade qu'on attribue à Louis XIV, et qui eût été assurément bien mal placée.

Tout ce que vous m'envoyez sur M. le maréchal de Saxe me paraît très-conforme à son caractère. Il est étrange qu'il ait fait la guerre avec une intelligence si supérieure, étant très-chimérique sur tout le reste. Je l'ai vu partir, pour aller conquérir la Courlande, avec deux cents fusils et deux laquais; revenir en poste pour coucher avec Mlle Lecou-

1. Thieriot, sorti de chez le marquis de Paulmy, était allé demeurer au Marais chez un médecin nommé Baron. (ÉD.)
2. Celle de Palissot. (ÉD.)

vreur, et construire sur la Seine une galère qui devait remonter de Rouen à Paris en douze heures. Sa machine lui coûta dix mille écus, et les ouvriers se moquaient de lui. Mlle Lecouvreur disait : *Qu'allait-il faire dans cette galère?* C'est pourtant lui qui a sauvé la France, parce qu'il en savait plus que les hommes bornés à qui il avait affaire.

Vous me parlez, monsieur, d'un voyage philosophique vers mon petit pays Roman. Vos lettres inspirent le désir de voir celui qui les écrit; ma retraite serait très-honorée, et je serais charmé. Je félicite monsieur votre père d'avoir un fils aussi aimable. Assurez-le, je vous prie, de mon attachement, et soyez persuadé de tous les sentiments que vous faites naître dans le cœur du *Suisse* V.

MMMXXXVIII. — A M. BERTRAND.

5 juillet.

Je ne crois pas, mon cher philosophe, qu'il y ait un plus mauvais correspondant que moi. Je ne vous ai point répondu, parce que, de jour en jour, je me suis flatté de partir pour la cour palatine; mais, quand on a des maçons et des charpentiers, on n'est plus son maître. Les moissons sont venues, je ne sais plus quand je pourrai faire ce voyage. Si je ne pars pas, j'écrirai pour le cabinet de la manière la plus engageante que je pourrai imaginer. L'envie de servir ses amis arrondit le style et échauffe le cœur. L'histoire naturelle cède, pour le présent, à l'histoire de la guerre; les princes ne sont plus occupés que de la façon dont le roi de Prusse succombera ou se tirera d'affaire. On dit qu'on a envoyé le landgrave de Hesse prisonnier à Stade; il l'était déjà dans ses États. Ce prince était *confesseur,* le voilà *martyr;* cela est bien plus beau que d'être landgrave.

On fait, à Paris, la guerre des brochures. Les Palissot, les Pompignan sont un peu battus en vers et en prose. Cela amuse les badauds de Paris, qui s'occupent plus de ces bagatelles que de ce qui se passe en Silésie. Le Parisien trouve toujours le moyen d'être heureux au milieu des malheurs publics; *et cantilenis miserias solabantur.*

Adieu, mon cher philosophe; je m'imagine que vous êtes à la campagne avec les deux personnes de Berne à qui je suis le plus dévoué. Présentez-leur mes tendres respects, je vous en prie. V.

MMMXXXIX. — A M. LE COMTE D'ARGENTAL.

6 juillet.

Mon cher ange, il faut faire ses foins et ses moissons à la fois, veiller à son bâtiment, apprendre ses rôles pour les comédies que nous allons jouer, avoir une correspondance suivie avec ma cousine Vadé, avec M. de Kouranskoy, cousin germain de M. Alethof, avec le frère de la *Doctrine chrétienne,* auteur de *la Vanité.* Cependant M. de Courteilles, qui s'en va aux eaux de Vichi, me laisse en proie aux publicains maudits dans l'Écriture; et, quoiqu'il soit démontré que je ne suis point seigneur de La Perrière, on veut me faire payer les dettes du roi; Le Franc de Pompignan ne me traiterait pas plus rudement. M. le duc de Richelieu s'enfuit à Bordeaux sans me faire réponse, et sans m'envoyer un passe-port que je lui ai demandé pour un pauvre diable de Gascon hérétique; et voilà mon hérétique sur le point d'être ruiné. Malgré tout cela, mon divin ange, voici encore quelques corrections nécessaires que le traducteur de M. Hume vous envoie. Maître Aliboron, dit Fréron, est un ignorant bien impudent de dire que le poëte-prêtre Hume n'est pas frère de Hume l'athée; il ne sait pas que Hume le prêtre a dédié une de ses pièces à son frère.

J'avais tant crié après le *Mémoire* du sieur Le Franc de Pompignan, qu'on m'en a envoyé trois par la dernière poste. Heureusement le frère de la *Doctrine chrétienne*, et M. de Kouranskoy, cousin germain de M. Alethof, en avaient chacun un.

Mon divin ange, je ne peux regarder *Médime* d'un mois. Il ne faut pas se morfondre et s'appesantir sur son ouvrage; cela glace l'imagination.

A la façon dont vous parlez, on dirait que Mme de Robecq est morte; j'en suis fâché, la mort d'une belle femme est toujours un grand mal. Est-il vrai que Mme du Deffand prend parti contre la philosophie, et qu'elle m'abandonne indignement? Comment suis-je auprès de M. le duc de Choiseul? a-t-il fait voir à Mme de Pompadour l'élucubration de M. de Kouranskoy?

Je vous conjure de vous servir de toute votre éloquence pour lui dire que, s'il arrive malheur à *Luc*, il n'en résultera pas malheur à la France; que le Brandebourg restera toujours un électorat; qu'il est bon qu'il n'y ait pas d'électeur assez puissant pour se passer de la protection du roi; que tous les princes de l'Empire auront toujours recours à cette protection *contra l'aquila grifagna*. *Nota bene* que, si *Luc* était déconfit cette année, nous aurions la paix l'hiver prochain.

Mlle Vadé se recommande à Robin-*mouton*[1].

Mon divin ange, donnez des copies de ma lettre paternelle à Palissot. Où est donc la difficulté de mettre trois étoiles au lieu de votre nom, de dire la personne *à qui je me suis adressé*, ou de mettre tout ce qui vous plaira?

Mais revenons à *l'Écossaise*. Qui sont donc les malintentionnés qui prétendent que ce n'est pas une traduction, et qui veulent la mettre sous mon nom, pour la faire tomber? Ah! les méchantes gens!

Il y a encore des malvivants qui prétendent que je ne suis pas chez moi de mon bon gré, qui l'impriment, qui veulent le faire croire; fi, que cela est vilain! Il faut bien dire, bien soutenir qu'il ne tient qu'à moi d'aller rire à leur nez, à Paris; mais que j'aime mille fois mieux rire où je suis; il faut qu'ils sachent que je suis heureux, et qu'ils crèvent.

Il y a plus de deux mois qu'on m'a envoyé l'épigramme assez plate contre Fréron. Je joins à mon paquet les lettres originales de l'ami Palissot. Je vous prierai d'avoir la bonté de me les renvoyer.

J'ajoute, mon divin ange, que le commentateur de M. Alethof s'est

---

1. Le libraire Robin, mis en prison comme vendeur et distributeur de *la Vision de Charles Palissot*, en était sorti le 25 juin précédent. (ÉD.)

trompé dans ses notes. Il faut mettre le 14 au lieu du 10, jour de l'anniversaire de Henri IV.

Mme Scaliger n'aurait pas fait cette faute. Je lui présente mes tendres respects, et me réjouis de sa santé; et je vous aime encore plus que de coutume.

Un petit mot encore. Pourquoi changer le nom de Frelon? Est-ce la faute de Hume s'il y a un cuistre dans Paris qui porte un nom, lequel a un rapport éloigné au mot de frelon? De plus, songeons que s'il est bon de rire, il est meilleur de rire aux dépens des méchants. Mais ce petit hypocrite de Joly de Fleury, ce petit ballon noir, gonflé de vapeurs puantes, aura son tour, si Dieu n'y met la main.

Vous a-t-on dit que cette grosse masse de chair fraîche, nommée le landgrave de Hesse, est en prison à Stade?

J'entends murmurer la prise de Marbourg. On ne saura que demain si la chose est vraie.

L'oncle et la nièce baisent le bout de vos ailes.

MMMXL. — A M. THIERIOT.

A Tournay, 7 juillet.

Vous m'avez comblé de joie, mon ancien ami, par votre lettre du 28. Je ne crois pas que M. Dalembert se fasse Prussien si aisément. Le *Salomon du Nord* doit être un peu embarrassé après la perte de ses vingt [1] mille hommes à Landshut, ayant sous son nez quatre-vingt mille Autrichiens, et cent mille Russes à son *cul*, lesquels Russes sont de rudes Potsdamites.

Je ne sais si je me trompe, mais j'ai une grande idée de l'année 1760. On me mande qu'on vient d'envoyer prisonnier à Stade le landgrave de Hesse; je n'en suis pas surpris; il y a trois ans qu'il était prisonnier, et, en dernier lieu, il l'était encore dans ses États.

On dit que le duc de Broglie,

Sage en projets, et vif dans les combats,

a pris Marbourg et son château avec douze cents hommes.

Le *Salomon du Nord* m'écrit toujours; il me mande que le 19 juin il a voulu donner bataille à M. de Daun, qu'il n'a pu en venir à bout; mais que ce qui est différé n'est pas perdu. Il aime toujours à écrire en prose et en vers, dans quelque situation qu'il se trouve; mais je n'ai jamais pu obtenir de lui qu'il réparât, par la moindre galanterie, l'indigne traitement fait à ma nièce dans Francfort. Tant pis pour lui; n'en parlons plus.

Je vous ai mandé ce que je pensais d'un voyage en Russie. J'aime fort *le Russe à Paris*, mais je n'aime point que le premier baron chrétien soit Russe. Songez que ces Russes ne sont chrétiens que depuis six cents ans, ou environ, et qu'il y avait déjà plusieurs siècles que les Montmorency étaient baptisés. Je ne veux ni premier baron chrétien à Archangel, ni premier philosophe [2] en Brandebourg.

---

1. Lisez *dix* mille ou environ. (ÉD.) — 2. Allusion à Dalembert. (ÉD.)

Maître Aliboron, dit Fréron, me paraît furieusement bête. Il conte qu'un jour la nouvelle se répandit qu'il était aux galères, et il est assez aveugle pour ne pas voir que c'est une nouvelle toute simple.

Ramponeau n'est point si plaisant que le *Pauvre diable*; mais *Ramponeau* peut tenir son coin dans le *Recueil*[1]; quand ce ne serait qu'en faveur de la cabaretière Rahab, aïeule de qui vous savez[2].

Dites à l'abbé Trublet qu'il faut qu'il se réconcilie avec les vers, comme Pompignan le prêtre *avec l'esprit.*

Dites à Protagoras[3] qu'il se trompe grossièrement, pour la première fois de sa vie, s'il pense que M. le duc de Choiseul protégé les *Polissots* et les *Frelons*, au point de prendre leur parti contre des hommes qu'il estime. Il les a protégés en grand seigneur, tel qu'il est; il leur a donné du pain; mais il est si loin de prendre leur parti, qu'il trouvera fort bon qu'on les assomme de coups de canne. On aurait beaucoup mieux fait de prendre ce parti que d'aller fourrer mal à propos la fille de M. le duc de Luxembourg dans des querelles de comédie.

Je savais déjà que Robin-*mouton* devait retourner à sa bergerie. Je ne sais si l'abbé Morellet ne restera pas encore quelques jours dans son château[4]; c'est dommage qu'un aussi bon officier ait été fait prisonnier à l'entrée de la campagne.

Vous devriez bien, conjointement avec Protagoras, m'envoyer une liste des ennemis et de leurs ridicules; cela sera un peu long; mais il faut travailler pour le bien de la patrie. Je voudrais un peu de faits; je voudrais jusqu'aux noms de baptême, si cela se pouvait : les noms de saints font toujours un très-bon effet en vers. Je ne sais si l'abbé Trublet est de cet avis.

Nous avons ici une espèce de plaisant qui serait très-capable de faire une façon de *Secchia rapita*, et de peindre les ennemis de la raison dans tout l'excès de leur impertinence. Peut-être mon plaisant fera-t-il un poëme gai et amusant sur un sujet qui ne le paraît guère. *La Dunciade* de Pope me paraît un sujet manqué.

Il est important encore de savoir le nom du libraire qui imprime le *Journal de Trévoux*, le *Journal chrétien*, ou tels autres rogatons; si ce libraire a femme, ou fille, ou petit garçon; car il faut de l'amour et de l'intérêt dans le poëme; sans quoi, point de salut. En un mot, mon plaisant veut rire et faire rire, et mon plaisant a raison, car on commence à se lasser des injures sérieuses; mais gardez le secret à mon plaisant. Interim, *I am with all my heart yours.*

MMMXLI. — A M. LE COMTE D'ARGENTAL.

9 juillet.

Mon divin ange, je crois que la plaisanterie ne finira pas. On dit qu'il la faut courte; mais celle-ci m'amusera longtemps, à moins qu'elle ne vous ennuie.

1. *Recueil des facéties parisiennes* dont Voltaire fit la préface. (ÉD.)
2. Voyez la généalogie de Jésus-Christ dans Matthieu, I, 5; voyez aussi Josué, II, 1; et VI, 17, 25. (*Note de M. Beuchot.*)
3. Dalembert. (ÉD.) — 4. Il n'en sortit que le 30 juillet. (ÉD.)

Il me vient une idée que vous savez sans doute. Il faut, en dépit des dévots, mettre Diderot de l'Académie. Mettez-vous à la tête de la cabale, nous aurons pour nous tous les philosophes. M. de Choiseul, Mme de Pompadour, ne s'opposeront pas à son élection; je me flatte même qu'ils nous aideront. Quelle belle réponse ce serait à l'infamie de Palissot! Entreprenez cette affaire et réussissez, je serai au comble de la joie. La chose ne me paraît pas difficile, et, si elle l'est, c'est une nouvelle raison pour l'entreprendre.

N. B. Dans *l'Écossaise*, page 25, quand le chevalier Monrose sort, et qu'avant de finir la scène troisième, il demande, à part, à Fabrice, si milord Falbrige est à Londres, et qu'il demande au maître du café si ce lord vient souvent dans la maison, le cafetier répond : *Il y vient quelquefois;* il doit répondre : *Il y venait avant son voyage d'Espagne.*

Cette petite particularité est nécessaire : 1° pour faire voir que Monrose ne vient pas sans raison se loger dans ce café-là; 2° qu'il a besoin de Falbrige; 3° pour prévenir les esprits sur la mort de ce Falbrige; 4° pour fonder la demeure de Lindane près d'un café où ce Falbrige *vient quelquefois.*

C'est un rien; mais rien c'est beaucoup.

Mon cher ange, la détention de la chair fraîche du landgrave ne se confirme pas; cependant je ne parierais pas contre.

Je vous écris fort à la hâte, mais j'ai bien plus de hâte de recevoir de vos nouvelles. Je n'ai pas un moment à moi, car j'ai quelque chose en tête, et toujours pour rire.

> Par la sambleu!.... je ne croyais pas être
> Si plaisant que je suis.
>> *Le Misanthrope*, acte I, scène VII.

MMMXLII. — A M. DALEMBERT.

9 juillet.

Mon cher philosophe, j'ai la vanité de croire que vous avez la même idée que moi. Vous voulez que Diderot entre à l'Académie; vous le voulez et il faut en venir à bout. Ne croyez point du tout que M. le duc de Choiseul vous barre; je vous le répète, je ne vous trompe pas; il se fera un mérite de vous servir, vous et les penseurs. Quoi ! vous imaginez qu'il vous en veut, parce qu'il a donné du pain à Palissot, fils de son homme d'affaires, et qu'il a souffert dans son antichambre son ancien préfet Fréron ! Il a laissé jouer la *Palissoterie* pour rire, pour complaire à l'extravagance d'une pauvre malade. Je vous jure que, si cette malade était morte le jour de la représentation, jamais l'auteur de *la Vision* n'eût été à la Bastille; d'ailleurs il abandonne Palissot aux coups de bâton, si quelqu'un veut prendre la peine de lui en donner. Il y a très-grande apparence qu'il protégera Diderot. Il ne sera pas difficile d'avoir pour nous Mme de Pompadour; l'évêque d'Orléans[1] ne parlera pas contre lui comme eût fait le mage *Yebor*[2], qui signait toujours *l'âne évêque de Mirepoix*, au lieu de signer *l'anc.,*

---

1. M. de Jarente. — 2. Anagramme de Boyer. (ÉD.)

il croyait mettre l'abréviation d'*ancien*, et il signait son nom tout au long.

En un mot, il faut mettre Diderot à l'Académie : c'est la plus belle vengeance qu'on puisse tirer de la pièce contre les philosophes. L'Académie est indignée contre Le Franc de Pompignan; elle lui donnera avec plaisir ce soufflet à tour de bras. Je ferai un feu de joie lorsque Diderot sera nommé, et je l'allumerai avec le réquisitoire de Joly de Fleury, et le déclamatoire de Le Franc de Pompignan. Ah! qu'il serait doux de recevoir à la fois Diderot et Helvétius! Mais notre siècle n'est pas digne d'un si grand coup. Bonsoir, âme ferme que j'aime.

J'ai, depuis six mois, une envie de rire qui ne me quitte point. Ne pourrais-je avoir quelques anecdotes sur Gauchat, Moreau[1], Chaumeix, Hayer, Trublet, et leurs complices?

1. J. N. Moreau. (ÉD.)

FIN DU TRENTE-SEPTIÈME VOLUME.

RAPPORT

15

MIRE ISO N° 1

1   10